十四夜

著

（上册）

四川文艺出版社

图书在版编目（CIP）数据

醉玲珑 / 十四夜著. -- 成都 : 四川文艺出版社,
2021.8

ISBN 978-7-5411-5934-3

Ⅰ.①醉… Ⅱ.①十… Ⅲ.①长篇小说—中国—当代
Ⅳ.①I247.5

中国版本图书馆CIP数据核字(2021)第035448号

ZUI LING LONG

醉玲珑

十四夜 著

出 品 人　张庆宁
出版统筹　赵丽娟　杨 琴
选题策划　木本水源　众和晨晖
责任编辑　陈润路　彭 炜
特约编辑　陈乐意　余淑敏
责任校对　汪 平
封面设计　VIOLET
版式设计　唐 昊

出版发行　四川文艺出版社（成都市槐树街2号）
网　　址　www.scwys.com
电　　话　028-86259287（发行部）　028-86259303（编辑部）
传　　真　028-86259306

邮购地址　成都市槐树街2号四川文艺出版社邮购部　610031
印　　刷　大厂回族自治县德诚印务有限公司
成品尺寸　170mm×240mm　　　开　本　16开
印　　张　50　　　　　　　　　字　数　1010千
版　　次　2021年8月第一版　　印　次　2021年8月第一次印刷
书　　号　ISBN 978-7-5411-5934-3
定　　价　128.00元（全三册）

目　录

（上　册）

目　录

（上　册）

目　录

（上　册）

楔子 幻生

引 天泣

天朝圣武十一年，仲夏。伊歌城外，宝麓山。

夜雨苍茫，漆黑的天幕不见星月，却被一道道蛇舞般的闪电寸寸割裂。

刺目的电光之中，一匹黑色骏马挟着急雨沿山狂奔，马身上赫然插着数支箭羽，马蹄激溅，扬起赤色的烟尘。随一声惊雷过耳，一道金光瞬间照亮天地，前方赫然出现一方断崖。疾驰的骏马长声惊嘶，驻足不及，连人带马向着崖下冲去。电光石火之间，只见一道白色身影自急坠的马身之上生生拔起，飘然落于断崖边缘。

漫天惊电之下，那人怀中抱着一名黑衣女子，而背后却用丝绦缚着一个年幼的女童，白衣沾雨微湿，却不见丝毫狼狈，一身飘逸绝尘。电闪倏然照上他的眉目，那本是一张俊秀的面容，此时却带着凌厉与狂戾，冷冷注视着前方雨幕。

一道蜿蜒的火龙随着急骤的铁蹄声包围上来。当先一人是个中年男子，看去相貌儒雅，气度深沉，赫然竟是权倾朝野，两朝为相的凤阀宗主凤衍。待到崖前，他微微将手一扬，身后的一队人马迅速分开，将那一对男女困在中心，逼向绝崖。弓弦微响，重重劲弩纷纷指向面前二人。马上诸人身着一式的紧身甲袍，个个身形剽悍，目含精光，显然绝非凤府家奴这般简单。

凤衍冷笑一声，缓缓道："前面已无路可逃，我劝你还是放了我女儿，本相尚可考虑保这妖女全尸，留你一条性命！"

那男子背后的女童似被这阵势吓坏，紧紧地伏在那白衣男子的背上，看着应该被她称为父亲的凤衍，嘤嘤啼哭起来。

那白衣男子却看也未看这天朝权贵，缓缓半跪下去，只温柔地注视着怀中黑衣女子，轻轻拭去她唇边因这一番震荡而涌出的血迹。

那女子容颜极美，只是此时玉容惨白，一丝血色也无，心口处深深没入一支赤红色的箭羽，虽然伤口附近的血脉已被人用精妙的手法封住，但伤势危重，显然已是回天乏力。

似是感觉到白衣男子的目光，那女子张开眼睛，缓缓抬手抚上他的脸庞，道："是我连累了你。"随着低微的话语，她的唇角又有鲜血流出，滴落在男子白衣之上，宛若点点桃红零落。那白衣男子眼中一抹惊痛闪过，却只轻声道："别说话，一切有我。"

他的语气轻缓，声音温润，自有一股平淡冲和的味道，背后的女童听到男子的声音，莫名便安静了下来，一双小手下意识地紧紧攀住了那白衣人的脖子。

凤衍微微眯起双目，左手一扬，身后便有两人自马背之上猛然跃起，向崖边急抢过去，一人持剑攻向白衣男子，一人却扑向他身后所缚的女童，观其行动，武功造诣皆是不凡。

那白衣男子却连头都不抬，淡哼声中，左手如若拈花，指端变幻。长袖挥处，漫天雨丝骤然化作无数冰芒，迎面向那二人疾射出去。那二人未想对方武功如此诡异，半空中不及变换身形，齐声惨呼，带着一片血花摔回己方阵中，眼见不活。

凤衍心头猛然一凛，似是想到了什么，挥手止住手后诸人，沉声道："你是巫族之人！"

白衣人闻言一声冷笑，终于抬眸看向他。雨夜背后，凤衍只见一双幽黑深邃的修眸，不由一怔，心神已被那道清冷的目光牵引，似是骤然陷入千年沉潭，急坠下去……

一个个奇诡的画面破碎闪现，是深宫暗闱先帝虚弱的病躯，是宫变之日似血的残阳，是新帝登基时的志得意满，是位极人臣的锦绣繁华……最终凝结于漫天大火中荣华鼎盛的相府化为白地的画面，是何人的鲜血何人的成败何人的不甘，脑海之中似是燃起滔天大火，生生燃尽一切，摧毁一切，浑噩之际竟生出强烈的绝望之感。

凤衍面色几度变化，忽然抬手拔出所佩的长剑，猛地便向自己颈中抹去。身边一名护卫眼疾手快，断喝一声"凤相不可"，急忙探手扣住了他的手腕。

凤衍身形一震，头脑蓦然清醒，惊出一身冷汗。众人惮于对手的武功，一时未敢妄动。那白衣人淡淡道了声"可惜"，旋即再也不理会凤府诸人，只低头看向怀中的女子，"这就是你一直要追查的真相吗？值得吗？"

那黑衣女子温柔地看向他，"你违背你师父禁足的命令，为我千里……驱驰至此，甚至……不顾巫族禁令，施用摄魂之术，又是否……值得？"

黑衣女子伤势极重，每说一句都需耗费极大的力气，需要缓上一缓。那白衣男子修眉微蹙，低声道："但为心中所愿，又何谓值与不值。可是，我终是迟来了一步……"

"我和你是同一样的……心思。"

"但此时此刻，你又将我置于何处？"

那黑衣女子闻言一笑，艰难抬手指向自己的心口，道："在这。"

她缓缓褪下腕间的七彩灵石，交到男子手中，目中留恋嘱托，柔丝万缕，如散落一夜曼陀罗花。那白衣男子猛然闭目，不知是泪水还是雨水沿着他的面容她的发丝辗转滑落。女子靠近他的耳际，声音几不可闻："孩子是无辜的……放了她……不要为我造下杀孽……"她微凉的唇缓缓滑向男子唇畔，几许甘甜，几许酸涩，莫名的滋味纠拌缠绵，令人心痛如狂。她贪恋他唇间清冷的味道，久久停驻，终于吐出最后的两个字，"快走！"

男子只觉衣间一股温热渐渐散开，心中猛然一惊，低头看去，只见那箭羽已被女子用尽最后的力气贯胸而过，怀中之人已是气息全无，香消玉殒。

怀中尚残存清淡的幽香，温柔的话语依稀还在耳际，然伊人已逝，永难再回。那男子深深看向宛如陷入长梦的女子，心头似被万千利刃洞穿，清俊的面容陡然生出几分狰狞。众人惊呼声中，只见他猛地将身后的女孩甩至身前，伸手扼住那女孩的脖颈。

悲伤如狂的目光倒映在夜雨深处女孩澄澈的眸中，小小的孩童在他手间啼哭挣扎，他的手剧烈地颤抖着，耳边却响起女子最后的话语：孩子是无辜的……不要为我造下杀孽……

他蓦地惨淡一笑，终是松开手指，任那女孩跌落在身前，猛然仰天长啸。凤衍诸人只觉那啸声如疯似魔贯耳而入，好似身临鬼境，胸臆烦恶之气丛生，阵阵气血翻涌，又似被那啸声中蕴含的巨大无比的悲伤所感染，直欲伏地痛哭，生不如死。那女孩却早已在这悲狂欲绝的啸声之中昏了过去。

山风鼓荡，激起那人白衣墨发有如九天之下狂舞的怒龙，他戟指指向暗黑的苍穹，恨声道："八方冥雨，九天玄雷，天地同泣，此恨无极！"

声声冷笑，一连串法诀变幻，但见天地之间，乌云忽收，八荒六合唯余一片虚空，坠入极致的黑暗之中。突然，一道霹雳自九天激落，无光无形，轰然一声巨响，高峰山石迸裂，纷落如雨，啸着砸向崖边诸人，随之一场赤色暴雨瓢泼而下，天地一片混沌，掩盖一切视听。

凤府诸人不及躲闪，死伤无数，纷纷哭号逃命。

无云而布玄冥赤雨，无形而引九天狂雷，此等逆天之行必损施术之人阳寿，更加极耗精元。白衣人张口鲜血喷出，衣襟尽染赤色，双鬓便在那一刹那变得苍白若雪，竟似下子苍老了十年。但他浑然不觉，只漠然注视着眼前的一切，断了的肢体，破碎的骨肉，清冷的眸心深处是幽幽地狱之火，却燃不尽心中无穷的恨意。眼见石阵之中尚有人在翻滚躲避，他复又结起手印，狂雷隆隆，天摇地动，酝酿着足以毁灭一切的力量，足下的女孩却恰在此时清醒了过来，突然伸出小手紧紧抓住了男子的衣袂。

女孩并没有哭闹，只静静看向这欲与天地俱焚的男子。白衣人目光与那澄澈的黑瞳撞，蓦然如见黑衣女子临终时空灵的眼神，不由心神一松，终于无法将这上古巫术发挥到极致。

他在苍穹电光之中环视一片惨烈的山崖，慢慢抱起那女子的尸身，仰天长声悲啸，挥手将那女孩卷入袖中，纵身向崖下飞坠而去。

断崖下，楚堰江波涛汹涌如故，从不解世人悲喜愁苦，一味奔流……

一　桃妖

桃妖。桃之夭夭灼灼其华，那是一个明艳而又媚极的女子。她自幼师从冥衣楼楼主，并在少年时便显示出极高的武学天赋，很早便被视为冥衣楼的继承人。

在她十四岁之前，她几乎时刻跟在师父身边潜心修习武道，她以为自己一生也许就会这样单纯地度过，直到有一天，师父带她来到屏叠山，见到了他。

屏叠山，只有冥衣楼主才会知晓的巫族离境天传人隐居之所。天朝开国百年，巫族人脉凋零，传至今日，所余不过百人，却出了一位百年难遇的奇才，不仅武功奇绝，医道精深，更是天文地理、五行数术、兵法音律无一不精。她听师父这样提起他的时候，只是笑了笑，心里却是不以为然，直到她真的见到那个人。

那还真是一个很特别的人。他似刚刚风尘仆仆从外面赶回，一袭白衣却是纤尘不染，静静地坐在席间，不说一句多余的话，眼中亦看不出任何的情绪，表情淡漠疏离，俊秀的眉宇之间有着清冷的风华。而他的师父，是个形容几近枯槁的耄耋老者，在见到他走进竹屋的一刻，她似在老人的眼神之中捕捉到些许复杂的神色。老人或是见他们枯坐无聊，便说山下有一处潭水景致极佳，你们不妨去看看。她当然知道老人是故意支开他们的，要和师父说一些不愿他们听到的事情。他默默在前面带路，白衫飘逸，一头乌发随意地披散着，随风轻舞。一路上气氛沉默得有些尴尬，她终于耐不住性子，停住脚步，说："我叫桃夭，你呢？"

或是听出了她语气中的不耐，他停下脚步，转过身，淡淡地笑了，那样舒缓的一笑，她却不由地呆了一呆。

"昔邪。"

她微微一撇嘴，昔邪，这样一个秀逸出尘的人，竟然会取这样的一个名字，真真是怪人。他似乎看懂了她的表情中的含义，却毫不为意。

潭水处的景致果然很美，激溅的水珠不时扬上衣衫，洒上眉梢发尖，为他萧然的背影笼上一层淡淡水雾，如在画中。他这样的人也许只合生于画中，太过仙风道骨，便不似凡人的真实。她这样想着，不由便笑出声来，随着她的笑声，脚下穿梭而过的鱼群突。

然毫无预兆地跃出水面，溅起晶莹的水花落了她一脸一身。

昔邪恰在此时回头，幽邃漆黑的眸子里倒映了少女笑靥如花。

他的目光凝注于她，双手悠然负在手后，毫不掩饰眼底的赞美，唇角淡淡牵起一抹笑意，宛如三春暖阳。她沿着少年目光，猛然低头，才发现身上的黑色云衫已被烟雨和潭水打了半湿，少女玲珑的曲线朦胧显现，不由得脸上一片飞红，看向他隐于背后搞怪的手，心中微恼，但面对着那样坦白清亮的眸子，却又发作不出分毫。

"屏叠山还有一处景致，其实最是适合你不过。"他却微微挑起眉梢，转开目光，遥望潭水对岸那一片桃红如火。

天近日暮，漫山红云，如霞似锦的桃林与对面山上竹林碧海共沐烟岚，极致的红，清浅的碧，相映相衬融于天际暮霭，夕阳下生出炫目的光彩。他一手轻扣灵诀，眼前光影变幻，云生雾涌，于两山之间，慢慢生出一道七彩云桥。

"好美！"她被眼前的幻境所震撼，不由惊叹出声。

他的声音在耳边轻轻响起："十六年前我出生之时，替我接生的是巫族最后的离境天大长老，也就是我现在的师父。他曾预言我的一生，说我十六岁时会爱上一个人。师父预言过很多事情，都一一成为现实，我以为他总该有一次是错的，谁知这次还是没有错。"他说话的时候并没有回头，甚至语调仍然是那般平静而带着清冷的味道。

桃殀却不由慢慢停下脚步。

她不过是十四岁的少女，此前并不知晓男女之间到底会产生何种的感情。那一瞬间，她似乎被前面霞光披拂下缓步前行的白衣少年下了蛊，怔怔地相望，却说不出一句话。

离开屏叠山的时候，微雨如雾。昔邪并没有前来送行，只是他们行到半山腰的时候，山间却隐约传来琴声。那琴声不似她之前听过的任何曲调，来得自然而然，时而如屏叠山寒潭之水清幽深邃，时而又幻化成那艳若霞光的桃林，一片绚烂炽烈，随风而至，摄去人心魂神思。她回眸望向云雾缭绕的屏叠山，宛如看见那高山之巅，白衣飘摇，盘膝而坐的少年，那指尖流淌着的缕缕心绪随着漫山空蒙的雨意点点洒落在心头。彼时，皆是年少。

那日以后，师父再也没有带她去屏叠山，白衣少年清隽的身影依稀萦绕在少女绮丽多彩的梦境里。但昔邪却不知为何被他的师父禁足，再也不得步出屏叠山。

两年后，在得到昔邪的师父离世的消息后，师父独自前往漠北，却在回来的路上意外遇袭，虽然尽诛敌人，却也身负重伤，在赶回总坛之后不久便撒手人寰。当她从师父手中接过碧玺灵石成为继任楼主后，伊歌城传来更为惊人的消息，正值春秋鼎盛的穆帝突然驾崩。随后几年，冥衣楼并没有等到新帝持皇族信物前来接掌，相反却遭到规模一次更甚一次的剿杀。

穆帝猝然驾崩，天朝皇位更迭，冥衣楼作为监督皇权的秘密组织却遭受到一股神秘而强大力量的诛杀，这不能不让人怀疑，天朝那位皇皇在上的帝君，他的王者之路究竟是用何人的鲜血，何人的骨殖铺就？

冥衣楼接连遭受重创，不得已分散潜藏到各处，暗中调查穆帝死因。只是穆帝驾崩之后，当年宫中内侍、宫女、御医但凡与其有过亲密接触的人接连殒命或者失踪，根本无从查起。

她身受先师重托，背负着杀师之仇先帝之恨，辗转于各地探查消息，并暗中积蓄力量以待扶持穆帝后人复位，年华就在这样的忙碌中匆匆流逝，而她与昔邪相见的机会越来越少。她还记得最后一次在屏叠山见到昔邪，寒潭之旁仍然是那样的清绝孤寂。他从来不关心世事，这俗世之中的苦痛挣扎权谋杀伐都似与他无关，他看着她越来越憔悴的容颜也并不多说一句，只是当她在他怀中安然睡去之后，默默为她贯通真气，调理经脉，在她醒来之后告诉她这一年莫要再进天都，切记。

当她离开屏叠山后不久，便在阳河郡接到一个颇得信任的下属传来密报，说是天都相府密牢内竟囚禁着当年曾为穆帝诊病开方的御医，只因此人医术精湛，曾经救过凤衍夫人的性命，穆帝崩后便被凤衍秘密幽禁于相府，成为凤衍夫人的专用医师。

如将此人救出必可揭开当年穆帝之死的真相。她忽略了昔邪的告诫，只身赶至伊歌城，那下属正好打探到当晚凤衍为三岁幼女庆生大宴宾客，府中守卫对密牢的看守定然有所松懈，自是将人救出的大好时机。她来不及通知城外部属，亦自恃武功高强复有内应，当即决定趁夜潜入凤府劫人。

未料想那本是凤衍设下的陷阱，那名下属早已在重金利诱之下背叛了冥衣楼，混战中趁机在她背后施以暗算。她虽奋力突围，亲手击毙那叛徒，却没有躲过寒雨深处淬毒的暗箭。

赤红似血的箭羽贯通胸膛，单薄的黑衣在夜雨之中飘零如花。当她从半空坠向凤府中一片刀林剑阵的时候，身体蓦然落入一个清冷的怀抱。

那人一袭白衣依然纤尘不染，风华如旧，他还是来了，不放心她，但终是迟了一步。

在生命的最后时刻，她宛如又看到那个漫天霞光中缓步前行的白衣少年，她一生飘零，辗转于死地，终于可以在他的怀抱中安然逝去。

天地无情，夜雨如洗，鲜血、前尘都似不见，也湮没了一切可以追踪的痕迹。

他静静地伫立在江边，猎猎江风，拂起白色衣袂翻卷如残蝶。他冷然看着滔滔而逝的江水，伤痛恨怒所有的情绪似乎都随方才一场天火焚尽，只是紧紧抱着一个白玉瓷罐。指下玉瓷传来冰冷的触觉，却瞬间燃起噬心的火，灼痛了他的指尖，延展到血脉深处。

桃夭，那个明艳而媚极的女子，他纵能毁灭天地，却已无法让她重生，只能任由她随着宿命化为这红尘劫世中的一缕飞灰。

如果十三年前不曾相见，是不是便可以让她躲过命定的劫数，冥冥之中，天意难违，他以为他可以占卜的未来，原来一切早已有定数。他长叹一声，携了那女童飘然而去。

二　山月

人间寒来暑往，转眼已是圣武十六年，又是仲夏。

天色微暝，屏叠山茂林深处却传来清脆悦耳的说话声。

"别乱动啊，听话，你要乖乖的，才会很快好起来……"说话的是一个身着白衣年约七八岁的小女孩，那女孩相貌甚为清秀，一双瞳子若秋水明波，灵动异常，一个人蹲在地上，却不知她在与谁说话。

一声微弱的鸟儿鸣叫应声响起，却是小女孩手心托着一只受伤的小鸟，那鸟儿受伤的腿部被人非常细致地用细小的竹片进行了固定。小女孩看着鸟儿无奈地道："你呀，可真淘气，以后可要乖乖地待在巢里等妈妈回来，听到没有？"那鸟儿似是听懂她话中之意，附和似的啾啾叫了两声。"唉，我从小就没有妈妈，不知有多羡慕你。不过，我有一个师父，师父对我虽然很严厉，却教会我许多东西。"那鸟儿又是啾啾叫了两声。

这一人一鸟便这样你一言我一啼相谈甚欢，最后小女孩叹了口气又道："我还是送你回家去吧，不然你的妈妈看不到你，那该有多着急。"抬头看向半山岩上隐于枝叶间的鸟巢，女孩抿嘴想了一会儿，便将鸟儿小心地放入怀里，沿着山岩向上爬去。

女孩身体虽然柔弱瘦小，却灵活轻盈，慢慢越爬越高，偶尔踩着山石低头下望，感觉地面看起来好远，一颗心不由怦怦乱跳。待快到树旁，她试着将手伸那位于枝丫间的鸟巢，却总是差了那么一点点，便大着胆子向一块突起的岩石移去，却不料脚下忽然一滑，惊叫一声，身体不受控制地向下坠去。

耳边风声呼啸，只觉骤然落入一个坚实而温暖的怀抱，那人衣袍之上盈有淡淡药香，丝丝缕缕，若有若无，如此熟悉的味道，散发着安全气息。

她不敢睁开眼睛，只感觉一双清冷的眼睛正注视着自己，过了很久终于熬不住，悄悄将眼睛打开一条细缝，眼前飘拂着几缕苍白若雪的发丝，掩映着一双清寂的眸。

女孩缩在男子的怀中，怯怯叫道："师父。"那人微微皱起眉头，唇角有着冷峻的痕迹，却也只淡淡地说了两个字："胡闹。"

女孩吐了吐舌头，从男子臂弯滑落到地上，却觉袖袍一拂，怀里被小心翼翼护着的鸟儿已到了他的手中。鸟儿嫩黄的羽毛衬得那男子的手指略显苍白，这幼小的生命似乎感觉到什么，颤颤地伏在他的掌心发抖。男子手掌慢慢地收拢，指尖之上清冷的力量，让小女孩感到莫名的害怕。"师父，不要！"

"害怕了？怎么方才爬那么高的山岩，也未见你害怕？"

"卿尘……卿尘知道即便掉下来，师父也一定会接住我！"

"哦，是吗？"男子低头看向那刚刚高及自己腰部的女孩，那清水般的瞳仁倒映着他黑冷的眸，就像多年前那一夜。

"卿尘知道师父……师父其实一直都在看着我！对不对？"女孩俏皮地眨了眨眼睛，看向白衣如雪的男子，"卿尘能感觉到师父的。"

男子没有答话，女孩只觉耳边一阵风声，已被他带着腾空而起。他轻轻牵着她的手，衣畔流风，凭虚而行，飘然立于半山崖边树梢上，碧色如海，更衬白衣胜雪。

他将那雏鸟交于女孩的手上，不经意回头，女孩似乎看到他眉宇间潜藏着一丝浅浅的笑意，不由呆了一呆，在她的记忆里，师父从来是不苟言笑的，即使是这般不着痕迹淡淡的欢喜。回去的路上，女孩不停央求男子要学那样的轻身功夫，男子却连头都不回，只淡淡说不可以。女孩委屈地看着男子，想要问个究竟，男子却早已拂袖离去，只是幽深的眸心依稀掠过叹息的痕迹。

山间一处青竹小屋，洁静素雅，和它的主人一样透着无言的清寂。那男子打起竹帘进了里间的卧室，盘膝打坐，再不说话。

女孩似乎也习惯了这样的清静，走进药房，将竹篓中的草药熟练地分门别类，从书架之上随手抽了一本书，却是一部厚厚的医典，书页泛黄略微陈旧，看来已被翻阅了好多遍。女孩心中仍想着修习武功之事，根本无心去读，懒懒地翻到最后一页，却被一行字所吸引："昔邪记于丙辰年壬子月……"昔邪，那便是师父的名字吧……

女孩不由得看向那道竹帘，天色近晚，冥暗的暮光透过些许微亮，可以隐约看见竹榻之上打坐的白衣男子。天边一痕新月，帘下发若飞雪。

那男子便是五年前心灰意冷隐迹于屏叠山不再出世的昔邪。

回来的那一日，屏叠山上翠色如海，桃花却谢了一地残红。

那日断崖之上他几乎耗尽精元，上古巫术威力有多大，对经脉冲击就有多大，他内伤极为沉重，每隔一段时间便需闭关调理，虽经五年静养，却也不见太大起色。

日升日落，月满中天，他盘膝坐于榻上，不言不语，任那一夕月华铺陈满身。七天期满，他缓缓睁开眼睛，却见竹帘便在他睁眼的一瞬间被一双稚嫩的小手拂开，那女孩捧着一碗清水，静静立于他的面前，怯怯地道："师父，你好些了吗？"并举手过头奉上那一碗清水。

翦水双瞳清澈，他冷淡的目光竟然也为之一滞，便有柔和的底色泛开在眸底深处。

眼前不过是一个年幼的孩子，七天七夜不知道她是如何度过，却在他清醒的第一刻奉上她所能给予的所有关爱。

他已施术去除了她那一夜之前的记忆，并告诉她称自己师父。他相信那些记忆过于残酷，对于她来说不存在或者会更好一些。

孩子是无辜的……放了她……

放了她，让她忘掉那一夜的血腥杀戮，亦该让她远离那样的父亲，和那权力的旋涡。何况他发现女孩的身体患有先天不足之症，这弱小的生命如果得不到有效的治疗，恐怕活过十岁也是一种奢望。以他的医术，如果她一直跟在身边，自然可以稳住她的病情，但他现在的状况，又还能照顾她多久？

若有一日，她回到曾经属于自己的家族，又将会是怎样的命运？

他接过那碗清水，看着那双琉璃清眸，缓缓道："记住你的名字，凤卿尘。"

女孩乖巧地点头，小声地重复："我叫凤卿尘。"

三　昔邪

女孩聪慧乖巧，尤其对医术星相颇有天赋，但受身体所限，却无法修习武功，否则对她的病情有害无益。正如这一日，她又苦苦哀求，而他也唯有再次冷然相拒。

每一年桃夭的祭日，他必会到屏叠山山巅弹奏当年那一首曲子。

时光流转，又逢月满花落。

清辉入窗，药房之内女孩似乎已经睡得沉了，手里还握着一卷医书。他信手扯过一方薄衾搭在女孩身上，竹门轻轻掩上的时候，月光之下，女孩悄悄睁开了清亮的眼眸。

山风鼓荡，白衣飘摇，指端挑抹间带出记忆深处那些生死铭刻的画面，一刀一痕清晰如昨。月下微光，宛如又见寒潭水边盈盈俏立的黑衣女子，笑靥如花，娇媚妖娆。绚烂桃林之下裙裾飞舞，飘然若举，魅影依稀，月圆人缺。弦音骤紧，他猝然闭目，眼前的画面瞬间被刺目淋漓的鲜血湮没，化为玄衣白衫之上艳若桃花的斑驳血痕。

桃花零落，伊人何在？一曲能教肠寸断。

那些预知的命运轨迹，总是如此惊人地合辙而行，悲欢离合，却最终无力改变。

如果当年，他不曾因少年心性而不听师父的劝告从南疆赶回来，只为见那个命中注定的女子一面，那最终的结果会不会有所改变？那时他宁愿一生哭过笑过，也不愿永远坐在那高山之巅，做一个俯瞰命运喜悲无迹的神，但现在他宁愿光阴倒流，参商不见，只在云之彼端遥想伊人风华。

他的身体损耗过于严重，如果彻底闭关修行，至少可以恢复往日一半功力，可过去的五年，他生无所恋，一任身体就这样无声无息地衰老下去，伤势不减反重。今夜琴音所至，心绪起伏，体内郁积的伤势竟在这一刻激发，心脉间一阵强烈的剧痛袭来，一声铮鸣，五弦俱断，数年来伤痛作盅，早已浸透骨血，这一刻再也无法抑制，一口鲜血喷在琴身之上。他猛然睁开双目，眸底一片赤色翻涌，挥袖便将那染血的古琴向崖边一块突起的岩石摔去！

"师父不要！"

一个轻灵纤弱的身影突然出现在山崖之前，张开双臂，竟欲以弱小的身体去阻挡那之下运劲摔出的古琴。琴身破风，激起女孩一头乌发恍如墨蝶急舞，女孩澄澈的瞳子，一瞬不瞬地看进他心头。

他心中大惊，强自运起最后的气力，身形急闪，赶在那琴击中女孩之前，堪堪抓住琴尾，断弦落地，他口中亦绽出大片的血花，点点溅落在女孩纯净的白衣之上。

女孩方才毫无惧色的眸心却瞬间涌起惊痛之色，失声叫道："师父！"伸手去扶，蓦然心口传来莫名的悸痛，眼前天旋地转，人便一个趔趄，向前跌进了男子温冷的怀抱。

她勉力睁开眼睛，轻声央求："师父……那是你最心爱的古琴……不要摔它……"

却来不及等到男子的回答，人已然陷入昏迷。

他以为这世间自己早已了无挂念，可是此刻，又或者更久之前，断崖之上那双琉璃般的眸，竹榻之前那一碗甘甜的清水，此时怀中清弱怜人的容颜，他知道眼前的女孩已经注定是他这残生之中唯一的牵绊。

烛焰跳动，照在女孩安静而苍白的面容之上，他缓缓收起手中的金针。女孩的心疾源于先天之症，除非他能一直陪伴左右看护照料，药石得当，尚可暂保一时无虞。但是他的身体每况愈下，自知天命，最多不过五年。如今之计，唯有借助上古巫术为她替换一副健康的躯壳，才能保她此生平安。

移魂禁术，这被世人视为邪恶而育有重生和毁灭力量的巫族禁术，失传已近百年。

他唯一所知便是这禁术需以九转玲珑阵为引，此后数年，他阅尽巫典，所得却极为有限，而身体却一天一天接近最后的期限。

直到有一天，他翻阅残存的前朝王典，看到襄帝二年九公主诞生之时的记载："天生异象，白昼倾夜，九星耀射，幽香满室，七彩琼光夺目而照殿宇……"九星齐耀吗？

他思索三天三夜之后，忽有所悟，唇角牵起意味深长的一笑，是欣慰，也有深深的遗憾。贴身珍藏的碧玺灵石在他苍白的指尖轻轻闪耀着流水般的幽光，十三年前他不曾掌握的法门，任那一缕香魂散入虚空，如今却可以为仇人之女延续生命，再添轮回。

世事茫茫，原难自料，他缓缓睁开眼睛，望向西部天际本命之星，星光沉暗，已呈坠之象，心脉间的窒痛阵阵加剧，低咳之下，再见血痕。竹帘之后，隐约可见少女绰约的身影，方要说话，却见少女已匆匆打帘进来，半跪榻前，柔声道："师父，该药了。"

浮浮沉沉的月光下，那清澈的声音微带颤抖，显然在极力克制心中的情绪，纤手捧起药盏，嗒的一声，却有一滴清泪沿着白玉般的脸庞滴落尘埃。

他淡然一笑，接过药盏一饮而尽，随后，抬眸看向默默垂泪的少女，抬手抚上她柔软的秀发，声音冲淡："人生百年，难免一死，这十年本来也是为师借来的岁月，又何必如此伤怀？明日随为师一起去桃林吧。"

人间四月，桃花开得正艳，他的生命终于走到了最后的一刻。

盘膝坐于桃花树下，微风拂衣，苍颜华发却不掩绝世风华，弦音起时，他似乎又回到与桃妖初遇那一日，点点轻红，纷落飘飞，桃花影下随着琴声飘然起舞的白衣少女在光芒渐逝的眼底幻化成玄裳艳容的女子，一天一地，落英如雪。

一曲终了，他含笑阖眸而逝，他终于可以追随那一缕香魂而去，少女的舞步，却无法在琴绝之时停下，她倾尽心力地舞着，狠狠地咬着唇，仰起头，不让眼泪流下，似乎不回头，不去看，那人还会端坐于桃花树下，他会看着她，永远……

尾声　落尘

她从来没想过死亡会来得如此突然，那一日也不过是她十几年生命中平淡无奇的一天。

屏叠山上的竹海，漫山浅碧，那是师父生前最喜欢去的地方，而他死后也葬在这竹海之中，就像一直陪伴在她的身边。

那一天，她想涉水过到对面山上的桃林，为师父再折一束桃花奉于坟前。师父生前最喜欢桃花，却从来没有告诉过她缘由。她只是在药房的医书中，偶尔看到他多年前未曾寄出的一封书信，信是写给一个叫作桃夭的女子的，她猜想那也许就是师父喜欢桃花的原因。

就在她刚刚踏过溪水时，突然间心口一痛，像被一只无形的手狠狠捏紧，就连呼吸也似停住，身子一个踉跄便往前栽去。竹篮中花草散落一地，她尽可能地放松身体，师父临终前的话语清晰地在脑海里复现，若遇心疾突发，不得已时，可以此法续命……

她勉力扣起灵诀，剧烈的疼痛之中，只觉三魂六魄似正从自己的身体迅速抽离，游荡在一片冥暗的虚空之中。蓦然天光一现，极致的明亮在头顶闪现，刹那之间，幽冥的黑暗深处九星齐耀，清光万丈，若有感应一般，师父临终所赠，她从不离身的碧玺灵石，也同时绽出七彩夺目的光芒。

这般情形，难道有人在异世发动了九转玲珑阵？她心神甫动，却见一道异亮的星芒自头顶的空洞之处蓦然冲入，那空洞也随之倏然闭合……

她并不能尽解这上古巫术的奥秘，师父虽然曾经细细讲述施术的法门，但这巫术的最终结果，却没有任何典籍记录留存。而此时，她已隐约感知到这上古巫术的神奇力量，那缕异芒的突然冲入，亦使她的灵魂得到破出现世空间的唯一机会。一些破碎的画面纷飞而至，那是她的记忆里不曾出现的东西，雕梁画栋的府邸，锦衣华服的人影，漆黑的断崖，灭天的惊雷，惨烈的杀戮，飞溅的鲜血，渐渐化入师父孤寂的眸光，一声叹息，发若飞雪。

水波荡漾，飘忽的光影中，她看到了临水而立的自己，而那已非自己。

冥冥之中的双手再次拨弄了她命运的轨迹，是重合，是延续，是再生，水波之下，她淡淡地笑了。红尘十年，原本一梦，她已无法挽回禁术造成的结果，那么便让这个叫作凤卿尘的女子，重新谱写属于她和她共同的传奇也好。让那些恩怨与杀戮，情仇与执念随她而去，只留下所知所学，单纯的记忆，想必师父不会反对她的选择。

星芒渐逝，水中破碎的倒影散若雪融，依稀间，清风里，又听琴声如梦，花落漫天。

第一章　玲珑九转几世醉

　　屋子里很黑，宁文清回到家，几乎是用了全身的力气将一只高跟鞋踢得远远的。鞋子撞在名贵的檀木地板上，发出砰的一声闷响。她随手将外套丢落在地，站在黑暗里发了会儿呆，慢慢地把另外一只高跟鞋也甩掉，光着脚迈进卧房。

　　地板微凉，踩上去恍如冰水，月光清亮穿窗斜洒，在精致的家具摆设上覆上一层朦胧的轻纱，宁静中带着些许诡异的幽美。

　　她丝毫没有开灯的想法，在床沿坐下，缓缓后仰倒在床上。天花板惨白如雪，李唐和徐霏霏的神情话语清晰如在眼前，一幕幕情深意长，她目光中浮现出微薄的厌恶。

　　没有别的原因，只因李唐是她的未婚夫，而徐霏霏又恰好是她的好朋友。烂俗的八点档情节，这是半个小时前她提着新婚礼服在停车场看到两人抱在一起时的第一念头。命运弄人毫无新意，她以为永远不会发生在自己身上的故事，却毫无预兆地在眼前上演。

　　数载相恋，一夕鲜活残忍的真相。骤然目睹的那一瞬间她脸上居然浮出了莫名其妙的笑，唇角的弧度一直维持到现在，于是有些酸楚。她突然对着黑暗噗地笑出声，气息仿佛吹得月光一动，李唐那句话以一种幻觉的姿态生成浮光般的刀刃穿心划过——

　　"不要着急，等我娶到宁文清，宁氏企业一半的股权就到手了。"

　　瞬目呼吸，她很奇怪自己居然没有因此愤怒流泪。眼看着完美支离破碎的一刹那，如果可以选择，她依旧会在深夜十一点三十九分突发奇想，兴致勃勃地驱车去找李唐，只是想告诉他她要把礼服上粉色的扣饰换成淡紫。

　　那种三更雨下梧桐花一样的淡紫，她本来打算这样对他描述。

　　她打赌他一定会问："你们医学院楼下那排梧桐树开花时的颜色？"

　　那么她就补充给他："从左边数第四棵，晚春细雨飘过以后的颜色。"

　　数年前曾有那么一个落雨的季节，她回头寻找自己失落的笔记时，转头看到了俯身微笑的李唐。

　　梧桐花清疏坠落的声音，一点淡淡宁静的浅紫，他指尖拈着那抹浪漫的颜色，连同那本笔记交到她手中。

　　她在他温柔的注视中抬头一笑，一笑却如今。

　　她下意识地把弄着手腕上的碧玺串珠，月光仿似穿过身躯照得心中无比清晰，没有歇斯底里的痛苦，只是有点儿过于清醒的麻木。又或者温存幻灭疼痛太甚，一时间根本不敢碰触，唯有用自卫般的清醒，以示绝情。

　　应该庆幸事情发生在婚前吧，至少保住了公司的股权。宁文清自嘲似的笑了笑，清透的七彩碧玺触手温凉，月光莹亮，隐没在交睫一瞬的墨线之后。她静静躺着闭目伸手，摸到置于床头的一个花纹古朴的小银盒。盒内收藏着几副不同的水晶串珠，静陈在深蓝色的丝绒上，玲珑剔透。

晶石纯净的温度幽凉如水，她扭头挑出一副有着"黑金刚武士"之称，可以驱邪辟晦的黑曜石，抬指一撑滑上手腕，晶黑色衬着皮肤细腻的白，十八粒黑曜石颗颗都开了彩虹眼，幽幽浮于月前。

晦气退散。她挑指，勾起另一副串珠，纯金色灿烂的钛晶，吉祥华贵，如神佛加持……

淡蓝色清亮之海蓝宝，地水火风，净化灵通……

莹白色幽柔之月光石，平和心绪，清净安神……

深绿色诡奇之绿幽灵，蕴生慈悲，开放心灵……

幽红色华丽之石榴石，驱魔辟邪，护身驻颜……

明紫色尊贵之紫水晶，集中意念，聚气化煞，还象征着……坚贞的爱情……

芙蓉色星光冰种粉晶，温柔晶莹的颜色，代表愉悦的亲和力，治愈爱情的创伤……

她对着月光眯起眼睛，看着一串串晶石在手上幽静陈列，微微蹙眉，忽然感觉这简直就像喧闹的夜市地摊上卖杂货的小贩。

贵与贱，爱与恨，不过在人一念间。

若你真心喜欢，它们就是手心眸底璀璨生辉的珍宝；若你眼中无视，它们便是路边泥中滚入尘埃的顽石。

如所谓爱情，如所谓爱人，如所谓海枯石烂地久天长。

水晶石天然的凉意在手臂上纠缠蔓延，仿佛深秋寒冷的湖水轻涌，凉意透心。她一把将八串水晶褪了下来丢在一旁，只余了初时的碧玺，恢复仰面的姿势闭上了眼睛。

然而她没有注意，丢出的水晶恰巧摆成了一个整齐的半弧形，在幽曳清亮的月光下，不约而同地发出了淡淡的光彩。

八道彩亮的光芒在空中汇成一道，照亮了整个房间，而后缓缓地、缓缓地注入了她左手那串碧玺之中。

睡梦中觉得有些冷，衣服潮湿地贴在身上，寒意沁骨，四周有流水的声音和阳光的温度，宁文清颇不情愿地睁开眼睛，刺眼的亮光顿时照入眼底，她不由侧首躲避这突如其来的光线，好一会儿方才适应。

高山峻岭，碧水浅滩，风过幽林醉人心神，仿佛置身一处幽美的梦境。宁文清微微瞬目，一时有些迷茫。如此真实的梦境……四下青山环绕，密林葱郁，无边无垠的碧色里，山巅一道清流飞瀑，如白练挂川，碎珠溅玉。水声隐隐，沿山峰层层飞落直下，聚成一道清河奔流，斗折蛇行蜿蜒西去，最终消失在苍翠的山间。而她现在就在这水边，身着一件白色衣衫，缠弦抱腰，长襟广袖，手边翻落一个竹篮，其中装了些不知名的花草。

宁文清起身环顾，手掌突然被尖石硌得生疼，这一点切实的感觉牵着千番思绪万马奔腾般涌来，证明眼前景象不是梦中。她四下打量，心中渐生不安，荒山野岭里鸟兽无踪，唯有微风拂面，溪水潭中倒映出一个淡淡身影。

水中女子白衣长发，全然不同的模样。宁文清蹙眉，上前一步俯身看向水中，那倒影随着她的动作越发清晰，令人蓦然一惊。

那水中之人分明不是自己，又偏偏神似自己。如瀑般的长发沿肩泻下，黛眉修长，樱唇淡薄，若有若无的水色中唯有那双眸子，眼波如旧，是她熟悉的。一片叶子落下水面，涟漪荡漾处晃散了影子，再看时，那眉眼也如水，朦胧之处，连这一分也不像了。

就在这时，她耳边突然响起一声几不可闻的叹息："唉，想必是成了。"

宁文清吃了一惊，脱口问道："谁？"

水里倒影丹唇微启，道："我叫凤卿尘，但可能从此以后你才是凤卿尘了。"

"你说什么？"宁文清莫名所以地看着水中，一时弄不清状况。

那倒影再叹一声，盈盈道："此事原委并非三言两语能够说清，你且将手伸到水中来。"

宁文清犹豫了片刻，只觉眼前之事诡异莫名，但迟疑过后，还是依言将手伸入溪中。手腕上的碧玺碰到水流的时候，蓦然发出淡淡清芒，映照着折射在水中的阳光，晶莹夺目。片刻之后，不知是水的清凉还是碧玺的冷意，轻轻沿着手臂向周身扩散开来。

便这刹那，她似是看到无数纷繁复杂的镜头在眼前掠过，人影交错，寂静无声，仿佛浮光掠影，几番轮回，经历了数万年后尘埃落定，不经意间，便有什么东西就这样进入了思绪，静静地留驻。

等到光影消逝，清光收敛，水中倒影开口问道："现在你知道了吗？这些是属于我的记忆，好像不够完整……但我不得法门，也只能做到如此了。"

宁文清不由抬手抚额，想去理顺那些突如其来的东西，脑海中首先清晰的就是草药医方，和她多年医科大学所学的知识冲撞结合，交织成一团。时光纷乱，一重重涌上心头，多少感触心思纷涌不绝，却有一点寒意随之扩散，隐隐蔓延出恐惧与不安。

正想着，她突然微抽一口冷气，看向水中影子道："你这是……"

"是心疾，"水中那倒影叹道，"我虽自幼学习医术，其实也算久病成医。"

宁文清手压胸口，并未察觉异常，近前一步，忍不住追问："这是什么地方？我怎么会在这里？又怎么会变成你的样子？"

面对她一连串的发问，倒影在水中静默片刻后道："此处乃是天朝之境，地近漠北。着实对不住，是我因心疾忽发，迫不得已借助巫族禁术用来续命，却不想事出意外，竟然连累了你。"

"天朝……巫族禁术？你到底在说什么？"宁文清蹙眉再问。

那倒影道："师父曾说这禁术叫'九转玲珑阵'，乃是数百年前巫族不传之秘。据说此阵借九转灵石之力，能够更替万象、操纵轮回，若九石齐聚，可开四界八亿重天，九百九十九万空境，令人移魂换魄，不受天道循环所限，甚至轮回他世，变成另外一个人。"

"九转灵石……可这和我又有什么关系？"

那倒影叹道："冥冥之中自有定数，你拥有九转灵石，也是你自己摆出了九转玲珑阵，这或许是早便注定的因缘。"

宁文清想起睡前取出的九串水晶石，张口欲言，却只觉匪夷所思，不知该说些什么，只听那倒影再道："无论如何都是我连累了你，再多抱歉也已无益。我先前并不知后果会如此严重，为了保你元神无恙，我已将自己的精神记忆尽数传你。我得先师多年教诲，所知所学亦算广博，至少那些星相医术应该有用，也算是一点补偿吧。我所能做的只有这些，或者……你可凭手中的碧玺灵石去寻冥衣楼，日后一切便听凭造化，祸福随缘了。"

宁文清下意识地摸了摸腕上的串珠，俯视水中，问道："这么说我变成了你，那你呢？"

那倒影摇头不语，在水波的涟漪中露出清清淡淡的笑容，笑容逐渐地破碎、融化，最后消失得无影无踪，变成了宁文清陌生的一张面容，一模一样的，除了那满脸的惊愕。

"喂！你别走，冥衣楼是什么……"宁文清连续问了几声，水中再无动静，不由得跌坐在旁边岩石上，也不知现在的自己究竟是活着，还是已经死去。身体发肤、思想神魂，哪一个才算生命的存在？眼前的她是谁，另外一个她呢？她到底在哪里，又该做什么？

两厢混杂的记忆伴着前赴后继的无助感极其强烈地涌上心头，宁文清将手指徐徐扣进岸边的青石，尽力说服自己这只是一场荒唐的梦境，梦醒后一切都会恢复正常。但是刺目的阳光和清晰的流水声却提醒着她眼前所有都是真的，而且从此以后她再也不是以前的自己，这个陌生的世界现在真实地存在着。

日渐西移，一轮血色孤独地沉没天际，慢慢平静下来的宁文清，或者说是凤卿尘打量着将要笼入暮色的山野凝神思索，在她想了很久准备回头的时候，身后突然伸来一双大手紧紧捂住了她的嘴。

第二章　萍水相逢天涯人

卿尘大惊，张口欲喊，声音未出喉咙便被阻断。那手用力捂在她的嘴上，有着烟草唾液恶心的浊气，她奋力挣扎，从水中混乱的倒影中看到一个满脸络腮胡子、身着铠甲的大汉正挟持着自己。惶急中她用尽全力将手肘向后撞去，趁那大汉吃痛松手的当儿拼命一挣。

"小美人！哪里跑？"那人冷不防被她推得一个趔趄，一把抓空，却不着急，只是招手一挥。

眼前身影一晃，卿尘骇然发现那人已至近前，而另有两个装束相仿的大汉早将两边出路拦住。

"还挺有胆量，模样也够标致，没想到这荒山野岭里竟还能遇上这等货色。"之前那人用一种看待猎物的眼神将她上下打量，赤裸裸的目光仿佛要将人衣衫剥尽。

"合该咱们兄弟有艳福，这趟也算没白跑。"另外一人跟着狞笑道。

三人一边说笑，一边向前走来。卿尘心下惊骇，看他们形容似是军中之人，言语之中却绝非善类。她被迫一步步后退，对方不疾不徐地逼近，慢慢将她逼向水边，却并不急着动手抓人，脸上尽是淫邪玩弄的奸笑。

卿尘在他们逼迫下踏上一块突起的岩石，猛地回头，眼见下方已是山涧水潭。她回头看向潭中深流，再退一步道："你们要干什么？别再过来！"

"想寻死吗？要死也伺候完大爷再说，说不定咱们还舍不得你呢。"其中一人放肆大笑。旁边之人呸地吐出口中烟草，道："还跟她废什么话！"话音未落，合身便向前扑来。

卿尘见状大惊，不及多想，将心一横，转身便向水中跃去。

岸上一声怒喝，跟着有人纵身跳下水来。

卿尘其实不谙水性，先前只是抱着宁为玉碎不为瓦全的想法，不愿落在这种人手中受辱，慌乱之中尽力往深水处游去。水流不宽，却似乎越来越深，水从腰部迅速漫到胸口。不过片刻，她依稀感觉追来的人迫近身边，对岸就在眼前，一道急流却蓦然冲来。

此时，身畔突然响起强劲的破风声，岸边哧哧两道激响夹杂一声惨叫，有个清冷低哑的声音在她耳边道："伸手！"

卿尘下意识遵从那声音，一只几乎和流水同样冰冷的手大力将她从水中拉向岸边，眼前闪过一双沉寂的眼睛。她还未及看清那人模样，先发现两支金翎羽箭钉在岸上两人脚前，一分不多一分不少，箭入山岩直没羽翎，可见力道非凡。

追入水中的人却被一箭射中胳膊，惨声痛呼，连滚带爬地向岸上摸去，水中立刻拖出一道殷红的血线。

"你们是哪个营的？竟敢擅离驻地！几个爷们儿合伙欺负一个女子，算什么本事！"岸旁一个手握缠金长弓、身形英挺的年轻男子断声喝道。

卿尘这才发现射箭的和救她的并非一人。拉她上岸的人靠在岩石上，挺拔的身形被一袭修长的黑色披风裹住，脸上戴着副古铜面具，遮住了大半张脸。因为面具的原因，卿尘看不到他确切的样子，唯有面具之后一双深沉的眼睛，幽黑无垠，不见丝毫情绪，露在外面薄而坚定的唇，和那冷清的眸子如出一辙。

"十一，留心，他们是突厥人。"

那人救上卿尘，突然低声说了一句。旁边年轻男子目现精光，手中箭锋微闪，一支羽箭破空而去。水中那人不及上岸，一箭透背而入，挣扎一下沉入水里，潭中顿时冒出一摊血水。

岸上两人见状齐声怒喝，双双拔刀出鞘，凌空跃起，向着对手攻来。那年轻男子唇角一扬，金弓再响，手下连珠箭出。半空中只听短暂的惨呼，两条血花骤现，那两人几乎同时滚落岸边，再无动静。

卿尘惊魂未定，却见那男子连杀三名恶人，笑容不改，只漫不经心地收了弓箭上前查看，回头道："还是四哥眼利，这几人的军服是假的，不知他们怎么……"

那被称为"四哥"的人微一摇头。年轻男子便不再多说，掠回他身旁，目光落到卿尘身上，突然一愣，急忙转开脸。

卿尘下意识低头，发现自己身上的衣服全然湿透，几与透明无异。她呆了片刻，顿时俏脸飞红，正不知如何是好，对面却有一件宽大的披风迎头罩来，落在她的肩上。

卿尘急忙将披风扯紧，抬头正迎上面具后安静的眸子，目光往下移了几分，心中不由得一惊。

面前那男子胸口赫然插着支短箭，先前被披风裹着看不到，现在丢开披风，露出的玄色衣衫早已被鲜血染透，半边呈现出一种浓重的色泽，就连她手中拉着的披风上亦沾染了不少血迹。

难怪这人一直靠在石上，看起来伤势竟是不轻。可能因方才用力的缘故，此时又有新鲜的血液殷殷从他伤口流出，紧抿的薄唇苍白到没有一丝颜色。

卿尘正愕愕间，听他沉声道："十一，拔了这箭。"

那被称作"十一"的年轻男子无暇顾及卿尘，上前扶那人坐在石边，犹豫地看着伤口。

那人从怀中掏出一块令符样的东西交给他："你见机行事，动手吧。"

十一剑眉紧蹙，用力一握令符："四哥，你忍着点儿。"抬手握住露在他身体外的箭尾。

"慢着！"卿尘从震惊中反应过来，急忙阻止道，"你这样拔箭不行，他不疼死过去也会流血死掉。"

"那如何是好？"面前伤口的血随着那人的呼吸不断涌出，十一停下手，有些心急地道，"这箭不拔一样要命。"

　　卿尘过去在他旁边蹲下，她之前便是学医出身，更是外科专业，应付这般情况可谓驾轻就熟。她垂眸仔细打量箭伤的位置和情形，估计并没有伤到心肺，否则人怕也熬不到现在，便问十一道："有刀吗？最好是小一点儿的。"

　　十一自身上取出一把长约三寸的小刀，刀鞘简约却精致，一看便非凡品。卿尘道："我懂一点医术，你如果相信我，可以让我试试。"

　　十一迟疑，扭头看向那人。那人和卿尘对视片刻，卿尘在他眼中没有捕捉到任何情绪的波动，仿佛面对一片静冷的湖水，无底无尽的目光，只一瞬短暂的停留，便似将人看得透彻分明，而他的声音亦同样简单平静："好。"

　　那样清冷的声音，在人心中倏然划过，带来些许意外。卿尘没想到他会信她，回望一眼，接过十一递来的小刀。这刀入手略沉，锋刃窄薄，相当锋利，虽不能和外科手术刀比，但也可用。

　　她反手将长发束起，复又挽起衣袖，对十一道："轻一点儿扶他躺平，让伤口高于心脏。再找找有没有酒之类的东西，没有的话就想办法点火过来。"

　　十一道："酒有一点儿，也有火折子。"说着从怀里掏出一个银质小壶。

　　卿尘点点头，很快用小刀将披风相对干净些的里料裁下一幅，分作几块，就着一旁的清水洗了手，然后接过十一递来的酒壶，蘸了酒将刀子擦拭一番，小心地将伤口四周的衣服割裂，整个伤口便呈现在眼前。

　　她俯身仔细检查，发现伤处的血随着呼吸不断流出，整个呈暗红色，说明并未伤到动脉，这样拔箭时的危险便不会太大。卿尘将刀子在十一燃起的火上烧炙后，交给十一拿着，又用酒擦了手，拿蘸了酒的布将伤口附近简单地处理了一下，接过刀子道："没有麻药，可能会很疼，你要忍一忍。"

　　那人不语，只是微微点了下头。

　　箭有倒刺，不能直接拔出，卿尘抬手压住他静脉血管，复又抬头问道："你刚刚怎么知道那两人是突厥人？"那人闻言一愣，她手中小刀趁机准确利落地划上伤口旁边的肌肉，随着那人一声闷哼，握上箭尾略一用力，断箭应手而出，紧跟着鲜血涌出，但由于处理的手法正确，并没有大量地喷出血液。

　　卿尘随手将断箭丢到一旁，对十一道："布。"她方才的问话只是为了转移那人注意力，并不在乎答案。十一此时也不及细思，急忙将刚才叠好的布递过去，看她层层压在那人伤口上，紧张地问道："四哥，觉得怎样？"

　　那人唇色惨白，但在这样的剧痛下居然还保持着神志清醒，隔了会儿，方慢慢道："没事。"

卿尘将静脉血管的位置示意给十一看："你用手压着这里，我去看看能不能找到止血的草药，记着别松手，也别太用力。"

十一依言接手。不多会儿，卿尘拿着些绿色的山草回来，洗净碾碎敷在那人伤口处，换了块干净的布重新按压包扎，那血果然逐渐止住。

此时天色渐暗，黛山凝紫，已入黄昏。天边暮云火烧般地燃起，透过夕阳的余晖弥漫山间。飞鸟自霞色中成群飞掠，投林归巢，窸窣一片。

卿尘替那人处理完伤口，坐在一旁岩石上长长松了口气，抬起头来："天黑了。"

十一蹙眉打量了一下四周，转身问道："这附近可有人家？"

卿尘沉默了一下，略微思量，笑笑说："转过山坳有间竹屋，是我的家，你们若不介意便随我来吧。"

十一见那人不反对，便道："如此叨扰了，还未请教姑娘芳名？"

卿尘又抿唇想了想，道："我叫……凤卿尘，你呢？"

听她问起来，十一沉吟一下，抱拳道："姑娘萍水相逢援手施救，在下本该将姓名如实相告，但我兄弟二人另有苦衷，如编造欺瞒，非是君子所为，不知姑娘能否见谅？"

卿尘抬眸看他一眼，笑道："你不愿说，我就不问了，是你们先救了我，我也该谢谢你们才是。"

十一稍加斟酌，再道："在下家中排行十一，你不妨称我'十一'。"

"好，十一。"卿尘点头，看向一直闭目养神的那人。

那人睁开眼睛，清冷中带着沉沉倦意，淡声道："多谢。"

卿尘微微一笑："不谢，听他叫你'四哥'，那你一定排行第四了？"

十一道："四哥大我几岁，看你我年龄相仿，不如……你也称一声'四哥'好了。"

卿尘点头站起来："他伤得不轻，我先带你们找地方休息吧。"

三人一起溯河而上，待到了山间竹屋，天色已全然黑下。卿尘一路凭着陌生的记忆寻到这里，见到这屋子时心中方松了口气。带着一种奇异的心情，她赶在十一之前伸手推开竹篱小门，借着天上星光依稀看到这院中植了不少草木，夜风拂面带着若有若无的清香。

进入屋中摸到烛火，点燃后光线也并不十分明亮，恍惚柔和，令人更觉身在梦中。然而这梦境十分熟悉，卿尘一手执灯，一手打起垂帘。这竹屋并不大，分为前后两进，收拾得清雅干净，一应用具皆以碧色青竹制成，几案桌椅摆放得错落有致，烛火摇曳下映着一层柔和的光色，显然已是历经了岁月。再往里面是间卧房，正中低榻上垂着青纱罗帐，一侧摆了张小案，其上铜镜光可鉴人，镜旁放着的玉簪木梳说明这是间女子的闺房，而靠近窗子的一边，有张质朴的古琴。

卿尘深深吸了口气，安顿好伤者后挑帘而出，发现另有间侧室，里面放着些瓶瓶罐罐，还有不少整理好的药草，另一边则摆满了各种各样的书籍。她随手翻过，只见大半都是医书，剩下则是琴谱、星相之类的抄本，甚至还有一些兵书。

但此刻她来不及研究这些书籍，也暂时无暇多想其他事情，借着灯火拿了药瓶逐个细看，略略思索片刻，从中挑出两个小瓷瓶，又找到些干净的布带。她拿了这些东西转身出来，顺便再看隔壁，原来是间灶房。

环目四周清幽自在，一切井井有条，这屋子之前的主人也当得上是兰心蕙质了。卿尘不由想起白天离奇的经历，一时出神地站在屋中，此时此刻，只觉眼前一切在真实和虚幻中交替浮沉，就像是自己正在扮演着戏中的角色，无数陌生的念头在脑海中穿梭，但一转眼却又是真实的自己。真真假假轮转不休，莫名的感觉说不出也理不清，但不知为何，在内心最深处，偏又有些奇异的安宁，仿佛这发生的一切都是理所当然，很久很久以前自己像是到过这些地方，见过这些人。

卿尘微微蹙起眉头，独自看着周围发呆，不知道站了多久，直到身后垂帘一响，十一步出内室："凤姑娘。"

卿尘蓦然回神，双眸略带迷茫地看着十一。十一见她神色有异，上前问道："怎么了，出什么事了？"

卿尘急忙摇头，道："没事。这里有药，我给他换药包扎一下，那边是灶房，你去想办法弄点儿吃的来吧。"

十一愣了愣："灶房？好，我看看去。"话题的转移让他暂时忽略了卿尘眸中的异样，并未多加追问。

卿尘打了盆水回到卧房，将药和布带放在榻前，转身道："那些草药只是权宜之计，不太管用，我得帮你换药，你能坐起来吗？"

烛火在榻前落下淡淡温柔的晕黄，那人露在面具外面的脸却煞白如雪，只是眼神清朗明了，不像重伤之后的模样。他略微吃力地用手撑起身体，卿尘伸手搀扶，在他身后垫上被褥扶他靠好，复又帮他解开衣衫，准备换药，却未注意这毫不避讳的举动令那人原本静漠的眼中掠过一丝诧异。

伤口果然因途中震动再次裂开，卿尘皱了皱眉头，从一个白玉瓷瓶里倒出些清透的汁液，小心清理了一下血污，再取出一些乳白的药粉，轻轻敷在伤处，重新用干净的布带开始包扎。

利箭贯胸而入，几透后背，虽然侥幸未中要害，但处理伤口时的疼痛可想而知。那人却默不作声，卿尘手指碰到他的肌肤，那触手处仿佛蕴藏着某种沉稳的力量，受伤和流血并没有使他放松，他似乎随时保持着一种不易察觉的警戒。

他随身的长剑亦放在近侧，如他的人一样有着一种冷冽的气质，令人隐觉寒意。卿尘心中想着这一日的经历，那三个假扮的士兵，十一引弓杀人时的果决与利落，直觉他们并非寻常路人那么简单。这些对她来说也并不重要，只是各种事情接踵而来，反而暂时冲淡了她对目前处境的迷惑和忧虑。

身前之人似乎亦在打量着她，卿尘回过神来，感觉到他的注视，眸光轻动，对他投去淡淡一笑，那笑落在了他深黑的眼眸底处，转瞬便被吸了进去。

换完药扶他躺好，卿尘起身收拾东西。那人疲倦地闭上眼睛，忽然又睁开，道："……凤姑娘。"

"嗯？"卿尘一边抬头，一边整理着总是碍事的衣袖。

"十一弟，身上也挂了彩。"分明是关心别人，声音却不带什么感情，一径的波澜不惊。

卿尘方才已看到十一肩头有伤，只是不太严重，忙乱中没时间理会，经他提醒便也想了起来，道："我知道，我出去看看，你先休息。"说着替他轻掖被角，掀帘出去。

刚刚步出屋外，忽然一阵浓烟迎面扑来，呛得人睁不开眼睛。卿尘看到灶房那边不停涌出的浓烟，急忙前去查看，冷不防和一身狼狈掀帘而出的十一撞个满怀。

十一伸手拉住她，抹把脸道："怎么回事儿？灶火点不着。"

卿尘看着他被烟灰抹了个唱戏一样的花脸，忍俊不禁，扑哧笑出声来。十一剑眉飞挑："你……笑我！不然你去试试？"

卿尘笑想，不就是生火嘛，把木头用火点燃又有什么难？她挽挽袖子道："看我的。"信心十足地步入灶间。十一见她胸有成竹的模样，心下好奇，倒不知这灶中点火究竟有什么诀窍，便返身跟在后面决定虚心请教。

半盏茶的工夫，两个人回到外屋，灶间乱七八糟一片狼藉。

十一看着卿尘，眼中带着三分笑意三分戏谑三分无奈。卿尘不服气地抿嘴站着，她从未想到生火居然如此不易，非但那所谓火石百敲不着，小小炉灶更加难办，最可气的是眼前十一一脸调侃神情，眼见他忍得辛苦，她没好气地道："想笑就笑，干吗表情那么古怪？"

十一看着她黑一道白一道的小脸，忍了忍，终于还是大笑起来。

他爽朗的笑声带着几分快意潇洒，便好似阳光万丈千里无云，使那俊秀眉目一时英气逼人。卿尘却看着他跺脚道："笑！我现在是没时间弄，你不快点生火，别说药不能煎，大家也都饿着好了，到时候看谁着急。"修眉一扬，做个要挟的表情，甩手走人。

不管十一在外一脸哭笑不得，她自顾自入屋配药。品种繁多的草药有些她之前便认识，有些是根据得到的记忆才知道，在需要的时候突然便会冒出来，时常叫人措手不及。她思索着仔细挑选药材，亦尽量适应着那些原本不属于她的东西，丝毫不敢马虎，片刻后，冷不防十一掀帘道："哈，成了。"

"成了？"卿尘随他出去，颇带怀疑，"没再灭掉？"

"烧得好好的。"十一神情中带着点儿得意，"此等小事，难不倒本……少爷。"

卿尘步入灶房，看着炉火不以为然地挑挑纤眉，道："哦？那么煮饭的事情想必也难不倒十一少爷，那边有米有菜，拜托了。"说着趁十一愣神，抬手一拍他肩头的伤口，在十一哎哟痛喊时举起手中药瓶，"还是先看看你的伤吧。"

十一肩上、左臂都有轻伤，左臂一道稍重，流了不少血，几乎将衣袖染透。卿尘低头检查，发现竟似刀伤，抬头时话到了嘴边，想了一想却又停住，只仔细替他上药包扎。桌旁放着金弓长剑，锋刃锐利，隐约尚含杀气。卿尘因顾虑自己现在不明不白的情况，始终也未曾问过他们任何事情，此时想起他先前诛杀恶人的情景，不知为何却不觉恐惧，反而他的坦荡与英朗更加令人印象深刻。

待伤口处理妥当，十一笑道："多谢。"

卿尘道："谢就不必了，不如你煮好饭，就当诊费好了。"

十一摇头道："伶牙俐齿，一点儿亏都不吃。"

卿尘抱起桌上的药，道："承让，彼此。麻烦你先点火煎药如何？"

"好说。"十一故技重施，从屋中拎出坛酒洒了点在卿尘备好的药炉中，加了木柴，打了火石一碰即燃。

卿尘凑上前去看了看那酒，蹙眉道："真是牛嚼牡丹，这坛可是浸了许多珍贵药材的好酒。"

"哦？"十一闻言，以小盏倾出酒来饮了一口，半晌道，"好酒！"

卿尘好奇心起，伸手在酒坛中蘸了蘸，以舌尖品尝。只一滴，入口清苦的药香混着酒的纯冽，久久不散，丝丝回味叫人心神舒泰。

她点头道："果真不错。"又伸手去坛中，突然轻呼一声将手缩回，坛底那层深色的东西原来竟是条蛇。

十一仔细一看，突然笑道："这酒莫非不是你制的？这么害怕，当初这蛇你怎么抓来的？"

卿尘微怔，随即道："自然不是，这是很久以前别人制的酒，既然给你找到，便敬你一杯吧。"她顺口转移话题，担心有些事被人追问起来自己都不知如何回答。

十一又看了她一眼，目中颇带探询。卿尘见他欲言又止，索性抬眸道："有些事你不说，我不问，我不能说的，你能不能也不要追问？你我皆无恶意，却又各存苦衷，就当我们扯平了好吗？"

十一听她说得直爽，反觉不再疑惑，朗朗一笑，随手倒了两盏酒，道："好，便如你所说，今日有幸相识，我先敬你一杯。"

卿尘将酒盏接在手中，唇角轻扬，低声道："今生有缘相见，或许命中注定。"

两人举杯，饮尽后彼此照杯一亮，酒劲酽冽入喉清醇，都觉十分痛快，一阵笑声响起在屋中。

第三章　锦瑟无端五十弦

两人一番忙乱弄好吃的，卿尘端了碗粥去房里。出于医生的习惯，她伸手想试试那人额头的温度，却又在半空中停住，一副面具隔在那里冷冷划开两人之间的距离。

灯色轻淡，他看起来像是睡着了。卿尘迟疑片刻，最后还是放弃了心中那点好奇的念头，正犹豫要不要将他叫醒，一抬眸，发现他不知何时已睁开眼睛，黑沉沉的眸子中有点儿疲倦的神色，却掩盖不了那种天生入骨的峻冷。

卿尘和他对视片刻，心中再次生出整个人都被看透的感觉，仿佛那目光可以穿透一切，令人没有任何保留的余地。她却没有回避，轻轻将眉一挑，转身去端粥："醒了吗？吃点儿东西吧。"

那人闭了一下眼睛，缓缓摇头。

"不吃东西就没法恢复体力，对伤势毫无益处。"卿尘劝道。

本以为还要再费些口舌才行，那人却只停顿一下，又安静地闭了会儿眼睛，便没有任何异议："好。"

卿尘扶他半躺起来，试了试粥的温度。瓷勺随着她手腕轻翻碰到碗沿，发出细微的声响，那人看了她一会儿，淡淡道："面具是戴给敌人看的，摘了吧。"

"嗯？"

卿尘停下手中的动作，心里揣摩着那面具之后的模样，不知为何居然有些紧张，过了片刻方道："那，我摘下来了？"

那人不再说话，她便伸手，轻轻将那副面具取了下来。

面具之后露出一张轮廓分明的面孔，因伤势的关系不见血色，显得略有些苍白，漠然而淡定。没有想象中的英俊潇洒风流倜傥，但是卿尘一下愣住，仿佛在千万年之前，曾见过这清峻的面容。

那一刹那的恍惚，让她似乎沉沦梦中，时光流转，坠入了未知的轮回。

蓦然回首，那人却在，灯火阑珊处。

如此奇异的情绪，无端在心中蔓延开来。两人静默对视，那人眸中无底的幽黑倒映出她窈窕的身影，一抹淡淡清光悄然掠过。

卿尘突然回过神来，方才那杯酒仿佛化作了满腔热意突然烧上脸庞，她急忙转眸避开他的眼睛，将面具放到一边，端过粥来。

那人没有接，一瞬不解后卿尘暗想自己真是粗心，想了想，便舀了一勺送到他唇边。他坦然任她服侍，并未有丝毫不适，身上有种清贵的气度，仿佛自然便该如此。

只喝了半碗粥，他便摇头不想再喝，卿尘也没有勉强，问道："还有没有别的不舒服？"

"没有。"他不带波澜地回答，明明精神不济，目光却还是可以一直看到人的眼底心底。

"嗯。"卿尘也不再说话。屋子里一下子很静，一旦静下来便没有人打破这样的气氛，她觉得和他在一起所有语言似乎都是多余的，待再喝了药，不多会儿他便昏昏沉沉睡了过去。

窗外月色如水，透过细竹窗棂明明暗暗洒入些花影。夜色渐深，十一也趴在外面睡着了，不知为何，卿尘却一点儿倦意都没有。

空旷的夜里只有她独自一人，在这样陌生的世界，面对陌生的一切。迷茫趁着黑夜悄然滋生，她毫无目的地在铜镜前坐下，拿起梳子理顺着垂肩长发，镜子中淡淡映出人影，恍然仍旧沉梦未散。

卿尘抬头看向窗外，月华如练，寒照长夜，清辉落影悄然覆上心底，带着无尽的幽凉深黯。一种孤独的滋味蓦地涌上心头，杂草一样蔓延生长，渐渐令人有种窒息的感觉。她很想把十一喊起来和自己说说话，免得独自胡思乱想，可见他睡得那样沉，又不忍心叫醒他，反而找了件薄衾给他搭在肩头。

即便唤醒他又能说些什么呢？谁会相信这样一个故事，就连她自己都弄不清楚。或许这真的就只是个梦吧，他们都是梦中的人，一转眼便会醒来，从此只是记忆。

榻上的人一直睡得不很安稳，她放轻脚步走过去，伸手试了试他的额头。许是药力作用，他没有如前几次般睁开眼睛，只是微微蹙了下眉，肌肤触手滚烫，终究还是烧起来了。

卿尘蹙眉站在榻前，就她以前所知的方法，原可以更加有效的一些药品现在无处可寻，伤口的处理便不尽如人意，目前这种状况也在意料之中。她斟酌一番，便去院中打了盆清水，又将十一找到的那坛酒取来。

夏日井水冰凉刺骨，正好合用，卿尘将布巾蘸湿敷在那人额上，稍后再换下，反复保持清凉，又将浸凉了的布巾垫在他颈后和腋下，每隔一会儿，便用酒小心地替他擦拭身子。

这种降温的方法简单却有效，就在她挽起那人衣袖时，有样东西沿他手腕滑下。卿尘借着烛光看去，见是一道黑色晶石串珠，她立刻认出那是串极其纯正的黑曜石，光泽沉敛，每颗珠子上面都开了双面彩虹眼，在寂静的夜色深处发出幽亮的微光。

烛火莹亮，卿尘腕上的碧玺串珠幽然流过七彩的光芒，她不由便想起那所谓的九转玲珑阵，还有神秘的巫族禁术，既然是不同的晶石一起发动了九转玲珑阵，那么如果找到这九种水晶，是不是她就可以重新回到原来的世界？

这念头让她一阵激动，正胡思乱想，那人突然轻轻动了一下。卿尘怕他翻身动到伤口，急忙压住他的手，不料突然被他紧紧握住。卿尘一愣，试着抽了抽手，却觉得他握得很紧，似乎正隐忍着某种剧烈的痛苦，心中一软，便没有再动。

一边替他换着额上的布巾，一边乱七八糟想着发生的事情，如此折腾了半夜，天色将明时，卿尘终于撑不住趴在榻前睡去。等到醒来的时候，晨光已淡淡地洒满四周，原来披在十一身上的薄衾不知何时罩在了自己肩头，她的手反盖在那人修长的指下，有种被保护的感觉。她轻轻把手抽出，再将他的手放进被中，他看起来已经退烧了，睡得很沉的样子。

卿尘如释重负，轻声道："太好了。"

"什么太好了？"十一的声音突然在身后响起。

卿尘吓了一跳，回头瞪他道："干吗蹑手蹑脚，吓死人了！"

十一没像之前一样和她斗嘴，反而一笑，低声道："昨夜辛苦你了。"

卿尘知道他连日疲惫，昨夜其实也没睡安稳，也不介意，只随口道："唔，记着你欠我一份人情好了。"

十一双手抱在胸前，笑问："那怎么还？你说。"

"我还没想好，想好了再说，你先欠着。"卿尘道。

"行，算我欠你的便是。"十一爽快说道，"这样难得的机会可不要随便用，我可轻易不答应别人的要求。"

卿尘睨他一眼，满脸不以为然。十一跟着笑道："我去外面看看，顺便弄点野味回来。"

"好啊！"卿尘对这附近环境亦是好奇，便道，"我和你一起去。"

十一摇头，做了个拜托的手势，指了指榻上。

卿尘回头看去，挑挑眉梢，接着明眸一转，道："两个要求。"

"趁火打劫。"十一低声轻笑，却并不推辞，"只要四哥无恙，区区两个要求又算什么？"

卿尘原本只是跟他玩笑，见他竟是一口答应，不由抿唇笑道："哈！去吧，这里有我。"

十一露出个爽朗笑脸，转身离开。

卿尘透过窗子目送他远去，竹屋依山而建，半隐于茂林修竹，夏日山风微凉，外面一碧如洗的天色，阳光似金，淡淡铺泻长空。

她站在窗前伸出手去，仿佛想握住那一丝穿窗而入流动的光，那光芒落入眸心，有一点刺痛。

就连阳光，都感觉如此陌生。

她轻叹一声，百无聊赖地坐到案旁，随手拨了一下那张古琴。琴弦悠长颤于指尖，发出似有似无细微的声音。这琴和她以前见过的不甚相同，那些奇异的记忆却仿若潮水一般，再次冲上心头，两相交错，仿佛融合一个新的自己。她一时好奇，便抬手一弦弦挑抹，慢慢摸索弹法。

弦动琴微，仿佛依稀可见白衣身影，桃红满山，微雨深处一曲又一曲的琴声，一重又一重的落花。

花落如雪，琴声入幻，有些悲伤与怀念，温柔与依恋，那是她从来没有过的感觉。琴声中流光碎影却不清晰，多少过往凌乱成片，唯觉情深如许，是说不出的忧伤，动人心弦。琴弦声音极轻极轻，一曲终了，她抬手压着琴弦出神，尽力想抓住思绪中飘忽的碎片，突然听到一个清冷的声音道："商音往角音时再慢些，会更好。"

卿尘意外回头，却见那人不知什么时候已经醒了，正靠在榻上听她弹琴。

"是不是我吵醒你了？"她平复一下情绪，站起身来。

"什么曲子？"他不答她的话，反而问道。

卿尘微微一笑："随手拨弄而已。"

那人也不再追问，只淡淡道："有些烟雨苍茫，世外花落的意趣。"

卿尘抬眼看他，听他口气，想来也是通晓音律的。

那人又道："此曲若以箫相和应该不错，可以一试。"

"你会吹箫？"

"会。"

一时间，两人似乎再无话说，一个静静地靠着，一个静静地站着。

卿尘觉得和这人在一起总是特别安静，不像和十一，可以随性地斗嘴说笑。不过就连十一对着他都一副认真的模样，不是人变得安静，而是有他在的地方就会自然而然地静下来。他身上似乎有种奇怪的气质，一点儿淡然的清寂，一点儿峻冷的高贵，让人不敢在他面前放肆胡闹。

她自顾自地想着，无意抬眸，正遇上那人看向她的目光，眼底带着若有所思、研判的意味。而当她回望过去，却只见无尽幽深，如同一口古井，唯有他吞噬别人，由不得人探索他。

看不透，也经不住再这么看下去，卿尘转回琴边，随口道："你若不嫌吵，不如就听我练琴？"

"佳人抚琴，岂会嫌吵。"那人道，看起来精神尚好。

卿尘坐在琴前，淡淡思绪记忆沿着阳光流入指尖，一丝丝若即若离的縠波，慢慢沉淀成清泉静水，与琴间明澈的光阴相映相融。她随手轻拨丝弦，抬头看向窗外，缓缓理韵，一声悠扬的琴音应手而起。

曲调低缓，沉远平旷。

"数尽江湖千万峰，无极浩瀚吾心胸，走遍中原到南疆，看我大翼展雄风。魔道崎岖路难通，明日青山又几重，人生运命各不同，但求屹立天地中……"浅声低唱，平川策马，天高地广，如吟如诉渐渐铺展。

忽而，原本平缓广阔的弦下隐隐生出金戈剑影，气势逼人："势似奔雷，威震山河动，剑如白虹，出鞘追元凶……"

霸气正浓，却化作绕指丝柔，随着她轻缓的嗓音透出深情无限："也有情深处，何必相约再相逢，自古英雄多寂寞，将相本无种……"

曲终弦收，余音袅袅，缭绕在窗前清淡的阳光中，浮沉微动，悠悠散去。她垂眸坐在琴前，心中竟觉万念纷涌，如潮而至。悲喜爱恨情仇怨，透过这七弦冰丝入心动魂，似有千年之前尘封于世的故事，被这琴音蓦然惊动，但又转瞬即逝，只留下淡淡余痕，丝缕不绝。

正出神间，忽听屋外有人拍手道："好琴！"垂帘一动，十一拎着尾活蹦乱跳的鲜鱼进来，"好词好曲，甚合吾意！"

卿尘闻声抬头，见他笑嘻嘻凑到近前，问道："刚才琴是你弹的？"

"嗯。"卿尘起身轻应了一声。

"人生运命各不同，但求屹立天地中！"十一点头道，"不错，不像出自女子之手。"

"人生运命各不同。"卿尘回过神来，不由笑了一笑，"都说人生命定，但若一句命运便能主宰一切，人活着还有什么意思？"

她说这话时神情略有异样，榻上那人的目光不着痕迹地掠过她的脸庞，十一却看着她微微一停，突然道："喂，会做鱼吗？"

他的笑容如此明朗，仿佛可以将一切消沉的情绪融化。卿尘抬头，怔了一怔，而后扬唇道："我会吃鱼。"

十一朗声笑道："那麻烦了，我也只会吃鱼，做的鱼能不能吃可不知道。"

"我看有点悬。"卿尘想了想道，"不然……我们烤了它？这个我以前试过，后院应该有现成的香料。"

"哈，好主意！"十一立刻赞同，"四哥你且歇着，待会儿等鱼吃。走了，来帮忙！"

卿尘回头看了看那人，笑着随他而去。

第四章　万里星辰万里心

夜半无人，清风不问流年，自在青竹翠色间淡淡穿拂。星光点点泼溅了漫山遍野，卿尘悄悄推开门，来到院中，清新的气息扑面而来，依稀风摇翠竹的轻响，反而更衬得四周寂静，叫人连呼吸都屏住。

仍是睡不着，虽然连续几日都没好好休息，入夜之后依旧无眠。从那天遇到十一他们，已经过去了数日，卿尘独自抱膝坐在横搭的竹凳上，低头轻抚腕上的碧玺串珠，那种空落落的感觉再次浮上心头。

抬头遥望天上星辰，璀璨星光在广袤的夜色上流出一道宽阔的天河，遥远深灿，无边无垠。夜凉似水，繁星如许，人说每一颗天星都代表着一个灵魂，谁能知道哪一颗是自己，来自何方，又去向何处？

如此陌生的世界，只有她孤零零一个人，如今这缕魂魄究竟是谁？面对这样天翻地覆的变化，每当黑夜独处之时便会感觉周围徐徐陷入黑暗，没有一丝光线，没有半声轻响，死寂骇人。

这里不属于她，她也不属于这里，一切都弄错了，弄错了，却回不去。

心底的悲伤悄然涌上，慢慢吞噬着勉强维持的平静，随之而来却是几近绝望的孤独，心底一直压抑着的，无法言说的孤独。

她想念亲人、朋友，一切曾经熟悉的人，甚至李唐。

李唐，她爱了五年的李唐，他的完美连同她的世界一起，轰然倒塌，干净而彻底，甚至都不给她留下半分留恋的余地。

没有时间去想时，心中似乎不会感觉难过，但是一旦碰触，泪水竟然不期而至，几日来紧紧绷着的那根弦好像突然断了，弦丝如刃，抽得心腑生疼。

啾啾清鸣的夜虫似乎受到了惊吓，悄然收敛声息。黑夜里一片寂静，唯有晶莹的泪水，流淌在破碎的前尘里，仿若点点溅落的星光。

无尽的黑暗，空茫心痛……卿尘紧紧抓着手中的串珠，努力想要让自己平静下来，但越是如此，眼泪越是难止。她抬头仰望夜空，索性任泪水流了满面，压抑了太久的情绪如同洪水破堤，便再无法控制。

泪水合着星光，化作片片迷蒙的光影。不知过了多久，突然有片深深的影子落在眼前，无声无息，遮住了清冷的星夜。

漫漫夜色映入来人眼中，那双眸子带着令人沉没的幽深，如它的主人一般。卿尘之前并没听到丝毫脚步声，一惊之下转过头去，胡乱伸手抹了抹眼睛。那人慢慢地在她身边坐下，并不说话。

好一会儿，卿尘平静了一下心绪，闷声问道："你的伤还没好，怎么不好好休息？"

那人目光投向无垠的夜空，简单地道："睡不着。"

卿尘也不再出声，不知他在身后站了多久，是不是看到她在哭，哭出来后才发现，原来人往往并不像自己想象的那样坚强。如果此时可以选择，她宁愿自己并不需要坚强，有人陪伴，有人安慰。她将双臂抱在一起，紧紧抵着膝头，过了片刻，方才迟疑地问道："四哥……你……陪我坐一会儿好吗？"

"好。"那人依旧淡声回答，似乎根本未曾考虑。

"你可不可以，不问任何事情，就只陪我坐在这里？"卿尘茫然相问，话一出口又觉后悔，他不过是萍水相逢的陌生人，又有什么必要深更半夜不去休息，待在这里陪伴同样陌生的自己？

但是，她听到他用平淡的声音道："好。"

同样并没有考虑，他还是给了这个答案。

简简单单的一个字，似乎蓦然触动了卿尘拼命压抑的情绪，碎珠般的泪水滑下脸庞落在衣间，她执意抬头，睁大眼睛看着早已模糊不清的星光。

那人终于扭头看向她，道："哭并不能解决问题。"

卿尘不想去反驳，只是下意识叫道："四哥……"声音中散碎的无助让自己觉得陌生，她想寻找一个认识的人，喊一个存在的名字，这样或许能抓住什么，不会陷入黑寂的深渊。

那人看着她，眼底仿佛洒落了漫天的星光。他对她示意了一下，向她伸出手。

卿尘略微犹豫，便将手伸去。

他握着她的手翻转过来，手心向上，用手指在她的掌心中写了个"凌"字："我的名字。"

"凌。"卿尘默念，缓缓地握手成拳。

他将手收回，带走了原本包裹她手掌沉稳的温度："哭虽然没用，不过你想哭的时候还是可以哭。"

他望向她泪水盈盈的眼睛，语声淡淡似无情绪，却又像是温柔流水，带来无边安宁。听到这话，卿尘竟然再也忍不住，孩子般抓着他的衣襟失声痛哭起来。

青竹幽幽，阳光半洒在地上，斑驳明暗。

门前竹帘半垂，几只青鸟在晨阳中蹦跳几下，啄食地上的草籽落物。风过帘动，它们展展翅，跳远几步。

"这如何能行？"屋中声音略高，十一站起来大步走至帘前，惊得鸟儿们匆忙飞走，叽喳一片。

凌依旧靠坐在案前，用那亘古不变冷淡的声音道："我们在这待了几天，必定牵扯到她，带她一起回去，也有个照应。"

十一略微有些急躁："这是当然，近年来漠北战事频繁，这山中并不太平，带她回营反倒安全，但你要我自己先走，我怎能放心？"

凌压抑着微微咳了一声："我这伤一两天走不了，如此耽搁下去前方恐生变故，此事轻重缓急你当清楚。你先回去，一是定人心，二要长征带兵来接，否则单凭你我二人之力，也难保她平安。"

十一蹙眉道："事涉归离剑，恐怕突厥那边不会善罢甘休。前日我们遇到的三人身着我军服饰，汉话亦说得异常流利，显然混入军中已非一日，若不是遇上四哥，等闲人根本分辨不出，军中怕是已有些不妥。"

凌目光一转，落在案边长剑之上，道："你的猜测不无道理，但看情形，他们应该并未得知归离剑的消息，否则便不是现在这般境地了。"

十一低声道："四哥，若非我一时大意，也不会害你受伤。"

凌抬了抬手道："军情紧急，不能再多耽搁，对方一路追查，此处也不能久留。"

十一道："但就怕对方真有心，已然寻到此处，所以你让我走，我不放心。"

凌闭目稍歇片刻，睁开眼睛道："那样的话即便你在也于事无补，不过多条人命。反是你走，赶得及回来，才是脱身之策。"

十一皱眉，但也知他所说有理，盯着地面透过竹帘落下的细长光影沉默片刻，随即抬头，当机立断："两天之内我必定赶回。"

"你将归离剑带走。"凌缓缓道，"自己小心。"

十一答应一声，又道："也不知她有何打算，是否愿跟我们走。"

凌转头往内室看去，道："她若不走，恐遭杀身之祸，说得明白，她当会了解。"

"去看看她醒了没有。"十一回身掀帘，迈入内室，却见卿尘抱膝坐在榻上，对他两人一前一后进来似乎并无诧异之色。

十一一怔，问道："咦，何时醒的？"

卿尘笑了笑，道："你们两个说要把我带到什么地方去的时候。"

凌扶着长案在一旁坐下，看了她一眼。十一道："你都听到了？"

卿尘抬眸相望，点了点头。

十一和凌对视一眼，难得认真地问道："既然如此，你可愿跟我们回去？"

卿尘略微侧首，垂眸思量，无意间看到凌手上的那串黑曜石，心中微微一动。

十一见她半天不说话，道："可是住惯了舍不得这里？"

卿尘不料他有此一问，愣了愣，抬眼打量这竹屋。竹色青青，淡黄浅绿，耳边鸟鸣清脆，婉转悦人，倒真是个不错的住处，只是本不应该属于她。

　　十一又道："或是，不相信我们？我与四哥不会害你。"

　　卿尘抿了抿唇，抬头道："我相信你们不会害我，但我也不知道究竟发生过什么事，不知道你们要带我去哪里，甚至不知道你们是谁……"

　　十一似是想说什么，最后却转向凌："四哥，你看……"

　　卿尘便也扭头看去，蓦地便撞入一双透彻的眼睛，那如水如墨冷冷的黑，一泓深湖，无情无绪，偏又让人觉得湖底隐着万千颜色，耐人寻味。她不知道他是何人，甚至还没弄清自己是谁，但是他让她感到安全，那是一种奇怪的感觉，或许只是因为孤单，陌生一世界，举目无相识，他和十一是她现在唯一认识的人。

　　他的声音仍旧波澜不惊："你可以自己决定，我不会勉强你。"

　　十一却接着道："但你继续待在这里，有可能惹上杀身之祸，此事不开玩笑。何况你自己独居在此，方圆数里无人照应，便更加危险。"

　　"我明白，其实我并不想待在这里。"卿尘起身坐到榻前，微微咬唇，过了会道，"跟你们走也可以，但是……"她转头对十一伸出一根手指，"加一个要求！"

　　"嗯？"十一一时没反应过来。

　　"加在一起，三个要求。"卿尘重复道，其实她原本是想凌答应借她一样东西，但话到嘴边却生生改了主意，反而将话抛给了十一。

　　"你……"十一语塞，稍后哈哈笑道，"成交！就这么点要求，莫不成我还怕了你？"

　　卿尘道："男儿一言既出……"

　　"驷马难追！"十一痛快答应。

　　卿尘忍不住笑起来，十一无奈摇头，心中却觉颇为轻松，终于放下一桩心事。卿尘站起身来，垂眸想了会儿，便道："事已至此，我愿意听从你们的安排，反正我无亲无故，到哪里也都是一样的。方才不是说要走吗？既然四哥要你回去，就必定有他的道理，赶快上路才是正事。"

　　十一也收敛了嬉笑，微一点头道："我速去速回，最多两天，四哥的伤还要拜托你。"

　　"好。"卿尘道，"你放心，我照顾着，不会有什么差错。"

　　凌沉默着听他俩说话，用一种研判的目光注视卿尘，似是从未见过她。

　　这个女子，嬉笑时俏皮狡黠，忧伤时安静幽凉，冷静时沉稳从容，言行举止别具一格，清风静流底下如云似雾的感觉，引人入胜的奇异，和他见过的女子都不同。

第五章　火海风波平地起

十一走后，竹屋中变得极为安静。

凌性子肃静，再加上伤势未愈，多数时候卿尘不说话，他便独自闭目养神，想要揣摩他的心思，如探深海，难比登天。

和他共处一室，如同自己一人，卿尘倒并不十分在意，多数时候都待在药房里翻弄那些琴谱医书。

此处藏书全是清一色手抄的蝇头小楷，其中还有不少抄书人的心得，扉页上多数用工整的字体写着一行小字：某年某月某日卿尘谨录先师教诲。卿尘由此推断那水边见过的女子应是有位博古通今的师父，但对其人其事却没有太过清晰的印象，只是偶尔惊鸿一瞥的感觉，常常伴着依恋与怀念的心情稍纵即逝。书籍的记录中也没有更多确凿的信息，尤其是与九转玲珑阵相关的记录，更是毫无头绪。手边书卷种类繁杂，琴棋星相、奇门兵法、医书剑谱应有尽有，有些东西她常要停下稍加琢磨，慢慢回忆才能寻到吻合的记忆，静下心来细细理顺，便像进入一个无休无止的寻宝游戏，自觉妙趣无穷，一时竟有点儿废寝忘食的样子。

两天过去，十一还未回来，四处倒也平静。卿尘一来醉心医术，二来想要寻找和九转玲珑阵相关的记录，空闲时有书在手常常看得入迷，这天晚上还是抱着书卷静坐于灯下研读。凌这几天调息用药，伤势已然稳定，见她整晚坐着不动，起身过来随手翻了翻她丢在手边的书，道："在看什么？"

卿尘从书中抬起头来："这些都是医书，你拿的那本是写如何用毒的。"

凌目光落到翻开的书上，略加看读："亦有不少解毒之法。"

卿尘道："不错，世间诸物相生相克，凡毒必有解药，但有些毒因用法太过阴损，几乎无解。像这个被列入天下九品奇毒的'红尘劫'，若要解毒，必先种毒，以毒攻毒，毒复生毒，看记载是从古时巫典中流传下来的，但除此之外，也再没有多余的记录。"

凌顺她手指看去，只见书上写道：红尘劫，源出西域，连环奇毒。绝神志，断脉息，血逆全身，关脉三寸处隐有红线如镯，镯绕九指，无解……

卿尘再道："还有这'碧罗烟'……"

凌手掌一翻，将书合上，道："你的医术已经很好，整整看了两天，难道不累？"

卿尘抬眸一笑，道："以前有人跟我说过，生不能为相济世，亦当为医救人，何况学无止境，多看些书总没有坏处。"

凌点了点头，拿起她随手乱写的东西看去。卿尘吃了一惊，急忙伸手去抢："字太差，你别看！"

凌早已翻了两页，被她抢了回去，也不坚持，淡声道："还不错，略欠笔力而已。"说着在桌边坐下，取笔过来，于纸的空白处走笔落墨：

数尽江湖千万峰，无极浩瀚吾心胸，走遍中原到南疆，看我大翼展雄风。
魔道崎岖路难通，明日青山又几重，人生运命各不同，但求屹立天地中。
势似奔雷，威震山河动，剑如白虹，出鞘追元凶……

一气呵成，字如其人，迎面而来一袭冷然孤傲，潇洒的行体清劲峻拔，稳中笔锋含锐，傲处隐透沉敛，自有种令人神往心折的气势。

卿尘暗赞一声，佩服他竟能将听过一遍的词一字不误地记下来，而这字着实漂亮。她细细端详取笔临摹，运笔尚觉生疏，但风骨间却隐含其神。

不多会儿写了几张，凌淡淡看她灯下清眸似水，佳人容颜映了灯光，柔美隽雅，令这夜色平添几分旖旎。

"这几日没见你弹琴。"片刻后他突然道。

卿尘闻言停笔，扭头问道："可有想听的曲子？"

"便听你喜欢的吧。"他道。

卿尘笑了笑，敛衽落座琴前，挑了几首散曲，随意轻弹。这些日子她处处留意，言行举止尽量适应，除了医术外，笔墨琴棋之类也格外用心。她人本聪慧，又因那些离奇的记忆，不过数日，这些东西已不觉生疏，此时按弦成曲，倒似自来便会，毫无突兀之感。

弦声袅袅，曲意淡淡，悠然于夜色风中，曲清月高，月光苍茫一片，天地间仿佛变得无比辽阔。

凌负手立于窗前，目光穿透重重夜色不知投向何方。微风迎面轻拂，吹得他衣衫飘荡，卿尘突然觉得这身影如此孤寂，仿佛沉淀了难言的清冷，挺拔与俊伟都难以掩饰他身上那种突如其来的落寞。

她凝神看他轮廓分明的侧脸，弦下羽音尚自悠扬，凌本来静如深海的眼底突然掠过一丝警觉，一抬手压住了琴弦，悠悠弦音顿时拦腰中断。

卿尘诧异抬头，看到他转为凝重的神色，便知有什么事情发生，否则以他沉稳的性子，绝不会做出如此唐突佳音的举动。未等她开口相问，风中已然传来阵阵隐约的马蹄声。

"是不是十一回来了？"她敛衽起身，但见凌微蹙的眉头便知并非如此，想到那日他和十一的对话，心下隐约掠过不安。凌的眸中似有精光稍现，转身道："有什么非带不可的东西，去拿。"

卿尘将桌上几本手记收到怀中，方才写的几张字也夹在了里面，快步取来一瓶药给他："这是伤药。"

凌看她一眼，收药入怀，抓住她的手沉声道："跟我走。"

两人出了竹屋，一旁山崖上火光点点，不知何时燃起了无数火把。凌沉声冷哼，淡淡不屑，原本清淡的面容透出冰寒冷冽，风云暗涌，隐约竟是杀机。

敌人如此大动干戈，着实出乎卿尘的意料，耳边骤然响起呼啸声："小心！"随着凌的低喝她突然被大力拉过，护在他身下。

随着利响而来的是敌人发出的十数支火箭，天女散花般落在院中屋上，干燥的竹枝见火即燃，院前院后瞬间冒起大片火光。

那方高崖距此尚有一段距离，凌护着卿尘避往屋后，四周隐隐传来马蹄声，来者甚众，此时若被困在院中无疑死路一条，但若出去便是正中对方下怀。

敌我力量悬殊不能硬碰，他低声问卿尘道："这里可有其他出路？"

卿尘极力在脑海中搜索，但是越急越乱，记忆纷纭随着火光模糊成一片。

凌倒不催她，低头汲起井水，撕下一块外袍浸湿，给她遮住口鼻，以免被漫天浓烟呛坏，同时问道："屋子是何人所建？"

卿尘道："我……我不知道。"

"屋后是山崖？"

"好像是。"

"有没有暗道机关之类的地方？"

"有。"她几乎是没有思考就脱口而出，像是一种本能。

"在哪儿？"凌追问。

"在哪儿？"她居然反问一句。

凌伸手扶住她的肩头，用一种安定沉着的声音对她说："别着急，慢慢想。"

卿尘心中一团乱麻，一时毫无头绪，周围火势渐猛，烟随风走越来越浓，噼里啪啦竹子爆裂的声音接踵而起，火舌汹涌，敌人的利箭亦不间断地射来。

凌挡下一支冷箭，将她拽到屋角暗影处。她看到灼热的火光映在他脸上恍然一闪，有什么东西也在脑海中倏然掠过。"药房！"她喊道，"药房有秘道。"

"通往何处？"

"不知道。"

凌闻言，冷冷抿成直线的嘴角居然向上一挑，仿佛在笑，卿尘正以为自己看花了眼，他将手中浸湿的长袍往她身上一披："走！"

竹屋早被冲天而起的火势染成了一片血红，所幸还未倒塌。两人冲进去后，只觉热浪灼人浓烟滚滚，不时有东西砸落下来，四处焰苗狂舞，星火乱蹿。

好在屋子不大，两步便冲入药房，卿尘此时思维清晰了些，指着已经被火舌舔舐过半的书柜道："那里！"

火旺烟浓，几乎什么也看不清，凌将她往后一拉，一道掌风劈下。

轰的一声，书柜摧枯拉朽一般随着飞溅而出的火焰倾颓一地，露出个一人大小的洞口。一阵冷风顿时从洞中涌出，推得熊熊火势迎面扑向两人。

凌护着卿尘往旁边躲开，顺势拉已半干不湿的外袍猛抽两下，火势应声向两边翻滚开来。"走！"他先将卿尘送入秘道，自己随后进入。

秘道还算宽阔，避开了灼人的热浪，里面湿闷的空气反而显得凉爽，徐徐微风不时从前方送至，看来离另外一端的出口并不太远。卿尘随凌的脚步摸索着一路向前，他的手始终牵扶着她，她觉得自己手心冰凉，而他掌心的暖意如旧，似乎无论多大的变故都不会影响他的情绪。

四周漆黑如幕，脚下高低不平，偶尔会踩到积水，可以推测这所谓"秘道"应该是天然形成而非人工开凿。约莫走了一盏茶的工夫，身后剧烈的火声越来越远直至消失，凌突然停下来道："前面便是出口，我先去看看。"

卿尘一步没跟上，他已拨开草木出了洞口，接着转身回来："他们很快会发现这里，先出去再想办法。"

出了洞口才发现，原来这里并未远离竹屋。这出口和竹屋的入口实际上是一个山道的两端，一端建了竹屋，一端被自然生长的树草掩住，便是他们现在所在。

往后看去只见一片火光，火势盛极后渐趋衰落，接着很快熄灭，像是被人为扑灭的样子。如此大火瞬息而灭，这些人纵火灭火迅捷有序，显然是受过训练的正规军队，并非山间盗贼。风中隐隐传来喝呼声、马蹄声，不过片刻，暗中本来四散山崖的点点火把迅速集合在一处，复又分开数支，一支追往上游，余下三支追向下游。那奔向下游的三支，一支快速向他们这边而来，另外两支又扇形散开慢速前进，进行密不透风的搜索。

喧嚣声由远而近，山影暗处，凌的目光冷如刀锋，淡淡扫过敌势。敌人发现竹屋之后，大概是认定他们人在此地，兵马皆尽集中在这边，对岸反而空无一人。他略微斟酌，低头对卿尘道："一会儿进到水里抓紧我。"

卿尘心知他要涉水渡河，点头答应。凌伸手揽住她，带她往深水中去，水的浮力缓缓地将他们托起，他的手臂有力地环在卿尘腰上，两人不至于被水流冲散。

这截河段水流颇深，不像竹屋前仅是溪流一般没过脚踝。敌人即便发现他们在对岸，也唯有弃马过来追，如此他们便可扳回几分劣势。夜色河水，恰到好处地掩藏了两人的行迹，片刻后听到马蹄声近岸，凌在卿尘耳边低声道："吸气，屏住呼吸。"

卿尘依言而行，忽觉被他大力带入水中，顺流潜了下去。

卿尘水性不好，两人身处水下，她起初尚能勉强忍耐，但很快便觉得胸口气闷，非常难受，不由得挣扎一下，几乎要昏过去。凌似乎感觉到她的不妥，身后追兵在岸，无法带她浮上去换气，手臂一紧，便俯身用嘴度了一口真气给她。

卿尘胸间顿时泛起一股暖流，带着莫名的温热冲撞心房，水流漂浮的感觉令人如坠云端。此时追兵的马蹄声沿岸继续向下游奔去，凌也及时带着她潜到对岸。两人蓦地自水中浮出，卿尘周身乏力，扶在凌的肩头大口喘息，心中几有再世为人的感觉。片刻后她缓过气来，抬眸看去，他亦恰好低头看来，那一双清冷的双眸出其不意印入心底，此身不再似梦，日月光阴因此一人，渐渐变得如此真实。

"四哥……"她不由轻轻唤了一声。

凌深深看她一眼，目中似有一丝波动，低声道："此处不宜久留，走吧。"

此时天边已隐约透出微弱的青光，若待天亮之后，他们要掩藏形迹便将越发不易。两人上岸歇息片刻，拣了偏僻的小路进入山中。一路上卿尘不断思索，那些断续的记忆逐渐拼凑起来，较之先前更加清晰。在她的指点下，两人进入一片桃林，沿溪而上，寻到一处尚算隐秘的山洞暂时容身。

清晨时分寒意最甚，山间冷风阵阵，吹得草木窸窣，重影晃动。卿尘摸索到洞中，记得这里应该存有火石之类的东西，真正的"凤卿尘"以前经常会来此处，而四周也有曾经打扫过的痕迹。这时她的感觉已不像前几日那般混乱，很快便能熟悉周围的环境，果然片刻后，便在石壁中找到了一个油布包，里面有火石刀具，还有些常用的药品。凌在她之前便已进入，四处察看过后确定没有危险，此时转身回来，见她因洞中寒气身子微微发抖，便脱下自己外袍递给她道："若是生火取暖怕会引来追兵，暂且忍耐一下。"

卿尘对他感激地一笑，低头时却感觉他衣服上沾有血迹，道："是不是伤口裂开了？我帮你看看。"

夜光下他脸色略有些苍白，并未出言反对。卿尘找出火石和伤药，跪在地上撕下衣襟，重新替他处理伤口。凌手中燃着一点微弱火光，朦胧的光线下两人呼吸相近，她几乎可以听到他的心跳，一声一声沉稳坚定。随着这轻微的声音，她原本些许慌乱的心也慢慢平静下来。这一刻安静的所在，生死相隔甚远，无论他和她是谁，前路凶险如何，此时可以相互依靠，那所有事情似乎也都没有什么大不了。

"你怎会知道有这么个地方？"突然间，他开口问了一句。

卿尘手底停了一下，没有抬头，低声道："这里……不远处，桃林之外是我师父的墓冢。"

他似乎低了下头，道："你师父？"

"嗯。"卿尘此时方才抬眸，无奈一笑，"但我不清楚他的来历，只知道称他师父。他……懂得很多东西，但好像从来不笑。"她侧首回忆了片刻，透过光影依稀的洞口向外看去，突然轻轻道，"我想他是个伤心人。"

凌在火光下凝视她瞬间，淡淡嗯了一声，便也没再多问，随手熄灭火种，四周一下子没入黑暗。卿尘收了药瓶准备起身，突然身子一晃，复又跌坐在地。凌察觉她的异样，伸手一扶，道："怎么了？"

卿尘向后靠在岩壁上，只觉心跳得异常厉害，呼吸窒闷，极是难受。她抬手按住胸口，想起这身体的主人曾经提到过"心疾"这回事，脑中倏然闪过一个念头，若是就这么发病死掉，或许再次醒来，一切都会恢复正常也说不定？

凌见她半天不说话，抬手抚上她额头，试了试并无异样，剑眉微锁。

卿尘在黑暗中睁开眼睛，隐约见到他的面容，不知为何，他看着她的目光令人感觉异样，而那双眼睛仿佛带着某种魔力，能够驱散很多纷杂的念头，安住漂游不定的灵魂。这时胸口窒闷略缓，她深深呼了口气，道："没事，可能刚才跑得太急，累了。"

凌点了点头，放开手，站起身来。他独自走向洞口，环目四周，似乎在思索什么，过了会儿，转身道："他们在对岸寻不到人，定会再往这边搜索，很快便会寻到此处。你待在这不要出去，我去引开追兵，再回来接你。"

卿尘忽听他要孤身涉险，想起方才敌人的阵势，心有余悸："不行，你怎么躲得过那么多追兵？"

凌走回洞中："两天时间已过，十一弟必然已到附近，我自有办法联络他。外面那些人的目标是我，你只要不出此处，便不会有危险。"

卿尘虽不知他的身份，但对方花这么多兵力和时间搜索他们兄弟二人，必是极其重要的事情，更何况十一是否能及时赶到也是未知，思及此处，更觉不妥，道："他们的目标是你，你就更不能出去。不如我去引开追兵，你便可以脱身去找十一。对方投鼠忌器，即便抓到我也不会怎样，即便有万一，我孤身一人无牵无挂，也不损失什么……"

凌闻言蹙眉，卿尘还想再说什么，却听他沉声喝道："胡说！"抬头见他的眼底一片凌厉深寒。

卿尘从来没见过他这种眼神，心神微震，后面的话就没再说出。

凌似乎发觉吓着她了，神色稍缓，恢复那种不着痕迹的漠然。他在她身边蹲下，直视她双眼，道："记住不要出去，我一定回来。"

卿尘凝视他的眼睛，不由得在他无声而笃定的目光中缓缓点头，他低头相望，片刻后嘴角轻轻上扬，向她露出相见后初次的微笑。

仿若深湖之上云吹雾散，白雪冰峰，清光水影，那笑容转瞬即逝。凌抬头起身，走出几步，突然停住，微微回头对她道："我叫夜天凌。"

"夜天凌。"卿尘愣愣看着他颀长的身形消失在葱郁草木之外，低声默念。

外面林密影深，黑蒙蒙一片，过些时候，隐约从遥远的地方传来人马嘶鸣，突然间喊杀声起，仿佛有激战交锋，又仿佛只是错觉而已。

卿尘手触冰凉的岩石，静静站在原地等待。身后是深黑的山洞，寂然无声，堪堪隐藏着慌乱和担忧。

远方的天际终于缓缓拉开淡青色的天幕，月落日出，天色渐渐放亮，开始有鸟儿婉转的清鸣传来，空气中弥漫开清晨的气息。

随着日光层层盛亮，卿尘心中却渐生担忧，仿佛一粒种子见了阳光再也抑不住生长的姿态，逐渐苏醒，蔓延成势。时间越久这种感觉越是折磨，她在洞口站了许久，终于不安地左右走了几步，怀中却突然有东西掉出来，低头一看，原来是临走前随手带着的医书。书页被水浸湿，上面一团一团模糊了的字迹。一屋子的医书已经付之一炬，现在这仅剩的几本怕也保不住。她懊悔地皱眉，急忙走出洞外找到块平坦的大石，把书晾在上面。幸而中间一本倒只是微湿，里面夹的几张字也幸免于难。

凝神将书铺开在那里，她几乎忘了夜天凌叮嘱过不要出来。

时间一点点流逝，似乎希望渐渐渺茫。

她将一张晾好的字收在怀中，站起来向山间眺望，突然耳边响起细微的风声，紧接着颈后一痛，最后看到的是一片湛蓝的天，阳光在翠绿的枝头跳动闪耀，仿佛十一英气的笑容掠过，而后整个人便失去了知觉。

第六章　风流零落从此始

山高水深，一艘客船自玉奴河破流而上，船头逆水，轻浪翻涌。

船身颇具规模，分作上下两层，甲板上微风带着水意潮湿，长波浩荡，是北方江河独有的气息。

船头船尾不显眼处，站着几个劲装大汉把守四周，戒备森严，但若不留神去看，却也只是再普通不过的客船。

卿尘醒来时眼前昏暗，神志模糊，呼吸像被扼在胸间不能顺畅，混沌不知身在何处。

她挣扎着摸到身后的墙壁，靠着坐起来，那墙壁时而微微轻晃，时而又恢复平稳，这是在船上的感觉。

　　舱中好像不止一人，似乎有断断续续低声的抽噎，黑暗中看不清楚。她仔细分辨，依稀看到身旁近处有个女子，正怀抱着另一个年纪比她稍小的女孩不停抹泪。

　　"你怎么了？"卿尘见她哭得伤心，开口问道，却被自己沙哑的声音吓了一跳。

　　那女子自抽泣中抬起头来，哭道："他们不知给我们吃了什么，丹琼快要死了……"

　　卿尘想站起来，却觉手足酸软浑身无力，她靠到那女子身边，伸手试了试那叫作丹琼的孩子的颈动脉，确定她还活着。又将手指搭上她的臂腕，须臾之后她皱眉对还在哭着的女子道："别哭，把手给我。"

　　那女子见她会诊脉，急急抓住她问道："丹琼怎么了？"

　　卿尘道："应该没什么事。"执她手腕细酌脉象，一息一迟几如浮絮，寸关尺三部脉皆无力，轻按几不可得，重按空虚。她心下震惊，照脉象看来，她们竟都是被下了迷药，再看四周，尚有不少妙龄女子，少数还没醒的躺在地上，醒来的大都坐在舱边低声哭泣。

　　"先放她躺在那里，一会儿就会醒过来。"卿尘对那个抱着丹琼的女子道，"你叫什么名字？"

　　那女孩子抬起泪眼看她："碧瑶，你……你呢？"

　　"我叫凤卿尘。"

　　卿尘撑着墙壁慢慢起身，去看那些还没醒来的女子，皆是相同的情况。再问了几人，从她们断续的哭诉中得知她们无一不是被用各种方法掳至此。

　　是被人劫持了吗？她靠在船舱一隅呼吸着潮湿阴闷的空气，微弱的光线从一个极小的勉强可以称作窗户的透气孔穿入，在眼前投下斑驳的光影，些许的浮尘飘在光中，若隐若现。

　　船舱并不十分宽敞，对面便是上了锁的舱门。她打量四周，举步往门前走去，因迷药的效力刚过，脚下略有些虚浮。

　　摸索着将门拽了拽，纹丝不动，于是她握拳捶上那厚重的木板："有人吗？开门！"

　　沉闷的捶门声突然响起在舱中，惊动一众啜泣的人。

　　碧瑶自昏暗的船舱中抬起头来，看见卿尘站在门口，隐在暗处的半幅白衣略显凌乱，却似一抹冷光中的雪，白得刺目。卿尘的眼睛明锐而清亮，似乎给人带来一丝信心，于是她也勉强站起来，撑着走到门前："我们怎么办？"

　　"试试喊人来。"卿尘道，又用力拍了拍门。

　　"别费力气了，喊人来又能怎样？"暗处忽然有个声音冷冷道。

　　她们借着微弱的光线循声打量过去，说话的人靠在船舱深处，面容隐在昏暗的角落看不清晰，只能看到她身子被绳索缚住。

　　卿尘摸索着走向那边，此时眼睛略微适应了光线，半明半暗间只见那人面容苍白，几乎不带血色，细眉薄唇，眸光冷淡，长发束绾在脑后，一身贴身黑衣透着冰冷的英气，仔细看去却也是个颇具姿色的女子。

那女子似乎要靠舱壁才能支撑身体，看上去有些虚弱，卿尘伸手去解她身上的绳子，但绳子用独特的手法打结，凭她现在的力气根本无法解开。

她抬头想寻找锋利的东西割断绳子，那女子看了她一会儿，忽然道："我袖中有刀。"

卿尘自她袖口处找到一把光刃潋滟的软刀。刀上绯色如一抹轻艳的桃花，细巧轻薄，是把杀人的好利器。她只微微一划，绳索便应手而断。"他们是什么人，为什么要绑着你？"

那女子仍旧不动："长门帮。"

"长门帮？"卿尘将绳索丢开，还刀给她。她却没有接，卿尘伸手扶她，却发现她根本不能动。

那女子面无表情地道："他们还点了我的穴道。"

卿尘手指搭上她的关脉，寸寸上移："天井、臑俞、曲泽、天泉、玉堂、中庭，这几处穴位皆气血阻滞不通。点了穴道还要绑着你，他们一定对你很是顾忌。"

那女子冷哼一声，卿尘伸手到怀中，发现之前收着的一包金针侥幸没有弄丢，想了想道："我可以试着用金针刺穴解开你的穴道，但是需要点时间。长门帮是干什么的，他们要将我们带到何处？"

"天都伊歌。"那女子道，"长门帮在江湖上专营卑鄙勾当，向来为人所不齿，这船上的女子十有八九都是被他们掳来，想要卖入歌舞坊的。"

卿尘分辨穴道，将金针刺入她手臂，闻言蹙眉抬头："歌舞坊？那我们得想办法离开才行。"

那女子漠然道："就凭你们，怎么逃得出去？这船上四处都有人把守。"

卿尘手下停了停："你有办法吗？"

那女子闭目道："没有，先恢复体力再说。"

卿尘思索了片刻，慢慢道："说得也是，即便要逃，也得等机会才行。"她不由想起夜天凌和十一，如此横生变故，就这么断绝了再相见的可能。所有的事情都在不及思索时相继发生，她蹙眉打量眼前的处境，昏暗的光线下觉得回去的路越来越远，而前途茫茫，思之堪忧。

如此过了半日时间，那女子在卿尘的帮助下先后解开被封的穴道，也不多说话，只盘膝坐在角落中闭目调息。卿尘向碧瑶她们问了几句话后，也没弄清再多的情况，抱膝靠在舱壁上出神。这时，门外忽然传来脚步声，几声响动后，低矮的舱门被人打开。

外面新鲜潮湿的空气涌入，伴着蓦然照入的刺目光线，叫人一时看不清眼前景象。卿尘抬手遮挡，眯了眼睛向前看去。只见舱门处出现数人，当先一名女子一身艳红色罗纱长裙，看去不似寻常中原服饰，生得长睫深目，腰细腿长，风情万种。她站在那处扫视了一下船舱，向后挥手道："给她们换洗衣服，打扮得好看些，再过两天便要到天都了。"

　　后面跟着有人拿了衣物清水进来，舱中女子颇为惊慌，先后躲向四周。那红衣女子移步上前，道："都消停点，别给我找麻烦，否则，滋味可不好受。"她一边说着，一边走到了角落那名女子面前，蹲下来笑道："怎样？冥魇，这几日够你消受了吧？得罪我胡三娘便是这般下场，此时你知道了？"

　　冥魇睁开眼睛道："胡三娘，你长门帮这次是铁了心要和我们较劲了？"她在门响之前就已靠回角落，并在卿尘的帮忙下将绳索重新缠好，胡三娘隔得虽近，却未发现异样。

　　"咱们本是井水不犯河水，是你处处坏我好事，偏要跟我作对。"胡三娘懒洋洋地道，"若不是碧血阁肖阁主留你这丫头还有些用处，我定让你尝尝更销魂的滋味。"

　　冥魇冷笑一声道："长门帮与碧血阁狼狈为奸，做尽伤天害理的勾当，当真是越发毫无顾忌了。"

　　胡三娘抬头娇笑："那你能拿我怎样？好好等你大哥来救你吧，到时候看他怎么落入我们的……"话音未落，冥魇眼中倏地闪过一丝寒意，空气中一声疾利的轻响，一刃绯光，突然沿着昏暗的光线向着胡三娘腰间射去。

　　胡三娘面色骤变，饶是她身手敏捷，纤腰一转向侧避开，冥魇手中的薄刀仍是贴着她右肩划过，唰地带起一溜鲜红的血花。

　　冥魇一招得手，翻身而起，薄刀快如轻闪，连绵不断地攻向对手。

　　胡三娘跟跄落地，怒叱一声，红衫影下一柄鸳鸯短刀飞出，斜架上迎面而来的利刃，反身一绞，同攻至身前的冥魇缠斗在刀光中。

　　周围女子吓得纷纷躲避，外面帮众忽闻变故，提了兵刃冲入舱中。便在此时，冥魇身影鬼魅般一闪，手中刀光倏忽变幻，便听叮的一声，胡三娘兵刃脱手，被她用刀指住要害。

　　"都退开！"冥魇微微喘息，反手将胡三娘带到身前，对帮众喝道，"放开她们，谁敢再动，我便要她性命！"

　　四周帮众闻声停手，放过乱成一团的女子们。卿尘拉了碧瑶她们趁机向后躲开，退出他们的包围。这时冥魇押着胡三娘缓缓向前走去，胡三娘一时大意，被她偷袭得手，银牙微咬，恨道："冥魇，你好手段！"但只一瞬，她便恢复如常模样，目光一转，娇声对帮众们吩咐，"你们都退开，让她走，我看她带着这群丫头，能走到哪里去。"

　　卿尘站在冥魇身侧，亦有些担忧地看了看周围，正担心冥魇穴道解开不久，恐怕内力不济，忽地眼角一动，瞥见胡三娘左手自衣袖中伸出，指尖捏了个小小的红色药丸，一缕淡烟悄然而上，向着冥魇漫去。

　　"小心！"卿尘直觉不妙，刚刚出声提醒，冥魇面色骤变，突然极其痛苦地捂住胸口。胡三娘倏地回身，一掌向她当胸击去。

　　冥魇身子飞退，砰地撞在舱壁之上，一口鲜血喷出，竟再也站不起来。胡三娘掠至她身前抬手一挥，五指锁住她脖颈，笑中透出杀气："臭丫头！跟我玩花样，你还太嫩了点，别以为我当真不会杀你。"

卿尘见冥魇唇角溢出乌黑的血丝，心知胡三娘是用了极其霸道的毒药，以内力逼毒伤敌，再过一刻冥魇便会命丧当场，上前一步叫道："慢着！你方才说过她还有用处，杀了她不好跟……跟碧血阁交代！"

胡三娘目光一转，向她看来。看清卿尘的模样，她眼中微微露出诧异之色，却一松手，放开了冥魇。

冥魇摔倒在地，卿尘扑过去扶住她，只觉她浑身冰冷一片，就这片刻，几乎便是生机全无。这时胡三娘却又将袖一拂，抬手钳住冥魇下巴，将一颗药丸丢入她嘴中。"就这么死太便宜你了，留着当诱饵，一网打尽才好。"

那药效极快，冥魇周身疼痛立止，却无力起身，狠狠盯着胡三娘道："你少打如意算盘，想算计我大哥，我不会让你得逞。"

胡三娘放声大笑，笑声未落，忽然手起刀落，旁边一个离她最近的女子惨呼一声，血溅当场。卿尘大吃一惊，冥魇猛地撑起身子，怒喝道，"胡三娘！"

"你再敢玩什么花样，有一次我便杀一个，有两次，我便杀两个，不乖乖听话，我杀光你们所有人。"胡三娘语声娇媚，却透着冷冷的杀机，眼波转处，扫过一众人等，最后落在卿尘身上，道："记住了吗？"

四周女子早已被吓得魂魄出窍，连哭声都全然止住。卿尘扶着冥魇，心头恨极胡三娘滥杀无辜，但却苦无良策，直视她半晌，说道："杀光我们所有人，你便做了一桩赔本生意，你既然抓了我们，自然是想有所获益，何苦跟银子过不去，我们也犯不着拿自己的性命开玩笑。就如你所言，我们不逃，也不惹事，但你要保证我们所有人，包括她的安全。"

胡三娘饶有兴趣地打量她："好个有趣的丫头，还会讨价还价，但你有什么资格？"

卿尘垂眸思索了刹那，方才她已看到船舱外面，一片戒备森严，知道毫无机会逃脱，心中千般念头闪过，抬头再道："留着我们都有用处，这对你是最好的选择，你又为何要拒绝？"

胡三娘一双美目上下端详，似是在琢磨什么，片刻后笑道："不错，有意思，想必这样的姑娘，肖阁主定然喜欢，暂且成全你就是。"她说话时总是在笑，却每一句都如淬了毒的刀，听得人心头生寒。

卿尘看着她不说话，胡三娘许是懒得再和她们纠缠，娇笑一声，挥了挥手，即刻进来两个大汉将死去的女子拖了出去。她扫了眼面色苍白的冥魇后，抬手轻掠发梢，道："记住了，逃一个，死两个，我可没闲心陪你们闹腾。"说罢扭身出门。

舱门哐当合上，碧瑶她们惊惧的哭声传来，卿尘脱力一般靠上船舱，耳边是冥魇吃力的呼吸声，眼前幽幽可见一摊液体的暗光，依稀还带着未尽的体温。

四周再次陷入了黑暗。

转眼又过两日，舱中的女子中间被带走几名，再也没有回来，除此之外，一切还算平静。

冥魇服了胡三娘的药浑身无力，半分内力也使不出来，恹恹地靠在舱中。手边无药可用，卿尘也拿她服下的毒药没有办法，一筹莫展地透过那个狭小的窗口向外看去。碧瑶搂着丹琼坐在她的身旁，丹琼年纪尚小，仰头问道："姐姐，这里为什么这么黑，我们什么时候能出去？"

碧瑶踌躇着不知如何回答。卿尘叹了口气，伸手对着窗口的光线比量了一下，只能看到巴掌大的一方天色，触不到也摸不着。她忍不住握起拳来，似乎想要聚集一点信心，抬手时宽大的衣袖散开，沿臂滑下，小窗口洒进的阳光在她手腕处一晃，照上她的碧玺串珠闪过七彩的光，一瞬耀目。

"这是什么？"耳边突然传来冥魇的声音。

卿尘回头道："什么？"

"你手上戴的是什么？"

"这个吗？是碧玺串珠。"卿尘收回手来答道。

"你从哪儿得来的？"冥魇撑起身来。

卿尘奇怪地道："我从小一直戴着。"

虽在黑暗中，卿尘还是看到她眼底闪过极深的诧异："怎么了？"

冥魇方要说话，忽然抬头看向舱门，秀眉隐约蹙起。这时舱门被人霍然推开，江风灌入，阳光下数人的影子幢幢而立，当中一人负手问道："在里面吗？"

"阁主要的人，我们当然好好照料，怎敢出什么差错？"胡三娘娇媚的声音跟着传来。

"带她过船来，寻个舒服地方问话。"那人转身而去。胡三娘命人入舱将冥魇带出，复又对着卿尘微一示意，伸手点了包括碧瑶在内的几个女子，道："连这几个也一起，送到天舞醉坊的画舫上去。"

第七章　漠北西风瀚海沙

漠北荒山。

绵延数里的军营里点点闪着些篝火，不时有将士匆忙出入帅帐。远离帅帐的火堆旁席地坐着些士兵，刀剑碰击声中，火上烤着的刚猎来的野味眼见已冒了油。

"见鬼！这仗打的，绕了几日到处都是飞沙荒漠！"一个军士猛敲火炭，禁不住骂道，"看得人眼都花了！"

另一人立刻接上："谁说不是，什么平虏中郎将，那迟戍竟连人都不见了踪影！"

"叛军脱逃，若让老子遇上，非一刀宰了他不可！"

"哪里还用得着你动手？五殿下那边先饶不了他！延误大军的罪名，谁担待得起？"

"杀头也便宜了他！"

你一言我一语，士兵们一边骂嚷着，一边议论："咱们这边倒好说，凌王的玄甲军在前面可成了孤军，若不撤军，弄不好一个也回不来。"

"撤军？按说此时早该遇着突厥人了，说不定早在什么地方干上了！"

话说至此，营火一暗，不知是谁叹了声："唉……常胜不败，这次悬喽！"

"这迟戍还是凌王帐下大将，谁知竟干出投敌的事。"

"呸！你看他那文文弱弱的样子像哪门子将军？"

"放屁！"暗处突然有人喝骂一声，粗大的嗓门喝道，"谁说迟戍投敌了！"

众士兵纷纷扭头，一人叫道："迟戍趁黑逃了，丁关你不知道吗？若不是投了敌，又是什么？"

那丁关往营火前一靠，道："哼，你们知道什么？老子和迟戍一同跟着凌王打过仗，那家伙文绉绉的叫人看着不爽，但这漠北可是没人比他更熟。圣武十九年大破东突厥，说起来还有他三分功劳，凌王派他来带路，他敢背叛凌王，我就不信！"

在这儿的大多是年轻士兵，丁关此话一出，许多人便问道："丁老哥参加过十九年那场大战，跟的是凌王的大军？"

丁关将嘴中骨头往地上一啐："当然，老子那年随凌王一直打进可达纳城，生生灭了东突厥的王庭！"

士兵中立刻有人道："丁老哥何不给咱们说说当时的情形？让兄弟们也长长见识。"

那丁关闻言，隔着荒漠遥望出去，似乎看到了多年前攻城略地的一夜，那日光被火映得明亮："圣武十九年的那场仗，嘿！那是咱从军来打得最痛快的一仗！咱们兄弟跟着凌王趁夜奔袭三千里，万余人自支连山神不知鬼不觉抄断东突厥大军，直逼可达纳城，城里号称十二万守军愣是没防住。那始罗可汗弃城北逃，凌王亲领玄甲军将他截个正着。老子没见着他献剑投降的场面，着实可惜……"

"老哥不是跟随凌王吗？怎就没见着？"有人插口问道。

丁关抬手将衣服一扎，自脖颈至胸前露出道长长的刀疤，火光之下狰狞万分："那仗打得惨烈，一万五千人回来八千，老子这条命也差点儿搭在了那里！"

年轻的士兵中不少人抽了口冷气，这样的伤竟活下来了。身旁一人问道："听说玄甲军神出鬼没，当真那么神？"

"玄甲军？"丁关眼睛一眯看向跳动的营火，"说不得。"

"说不得？"

"此话怎讲？"

"那不是人做的。"丁关脸上被火光映得时明时暗，想了会儿摇头道，"能跟着凌王的兵，五天五夜，没有一人下过马，到了可达纳城照旧生龙活虎，回来的八千人，他们占了近七千，身上那杀气，鬼神见了都得避三分。啧啧，你看着是上万人，一声军令下来，那就是一个人，不好说，说不明白。"

"玄甲军再厉害，此次也成了孤军啊！"有人忍不住道。

一阵风将营火鼓得通明，丁关将那烤好的兔子挑起来，闹哄哄分了一圈，仍旧粗着嗓门道："这又不是第一次，圣武二十二年斩杀西突厥左贤王那一战，凌王率玄甲军越离侯山，过瀚海，孤军深入敌腹两千余里，杀敌五万而归，漠南一带不就是那时打下的！"

二十二年的那次战役，倒有不少人也亲身经历过，顿时你一言我一语地议论起来。正闹嚷着，营前忽见快马疾驰，一名玄甲骑兵飞身下马，直奔帅帐。

帅帐内仍是灯火未熄，诸将皆在帐中。天朝领军的五皇子夜天汐面上虽看不出十分焦虑，但手指频频敲击长案的声音却让这帐中始终带着点儿不安。

大军初入漠北，熟知道路的平房中郎将迟成突然不见了踪影。漠北动辄荒漠成片，飞沙连天，地形极其复杂，非熟知之人难寻去路，如今十八万人行军数日，却迟迟不能按原定计划与四皇子夜天凌所率中军会合，人人心中都十分担忧。

"启禀殿下，"忽有将士入帐来报，"有中军的消息了！"

"什么？"夜天汐猛地抬头，"说！"

"玄甲军日前与西突厥谷兰王在胥延山交战，谷兰王兵败退出代郡一带，损伤万余人！"

夜天汐自案前站起："我军如何？"

"伤亡不详，我们遇上前锋探报，只知四殿下与十一殿下已率军前来会合。"

后日初晓，朝阳刚在荒漠天际映出霞光，玄甲军已达营前。

怒马如龙驰入营中，天光泛金，似在玄衣玄袍上镶出浮动的光芒，耀目之处带着金戈铁马的寒气。夜天凌翻身下马，大步走向帅帐，身后数人相随。

夜天汐已同诸将迎出，夜天凌对他微一颔首，步入帅帐，战袍一扬坐入主位，目光冷清扫过帐中。

自夜天汐之下，诸将皆垂首避过，似是不敢与之对视，一同抚剑行礼："见过殿下！"

帐中一阵沉冷，十一在夜天凌身旁微挑了挑眉，方听夜天凌淡淡开口："五弟，本路大军延迟数日未到，究竟是何缘故？"

因他是主帅，夜天汐退在一旁，与十一并列而立，答道："大军迷失方向，滞留此处，是我领军不慎。"

夜天凌往他那处看了一眼："迷路？"眸色一沉，声音转冷，"迟戍何在？"

"平虏中郎将迟戍投敌，已失踪多日。"夜天汐道。

夜天凌闻言诧异，十一更是一惊："迟戍投敌，这怎么可能？"迟戍自圣武十四年起便跟随凌王南征北战，因对漠北地形了如指掌屡建功绩，乃是极得凌王信任的一员大将，随军十余年的人，岂会有投敌之举？

夜天凌目光和十一微微一触，眼中惊讶尚未成形，便被深墨般的眸色吞噬，沉声道："五弟此话有何根据？"

夜天汐冷哼道："三日前大军安营北地，第二日拔营行军迟戍不见了踪影，后经人奏禀我方知道，他竟早有效力西突厥射护可汗之意，此去其心可昭。听说这迟戍原本便是塞外人氏，不知四哥是否知情？"

夜天凌面无波澜，问道："是何人奏禀迟戍有不轨之心？"

一名军将上前一步："末将邱平义，行军以来一直和迟戍共处一帐，迟戍曾经游说末将与之一同叛投西突厥！"

夜天凌淡淡扫了他一眼："迟戍曾同你提起叛投西突厥之事？"

"是！"

"何时？"

"初入漠北之时，已有多日。"

"你早便知道他要投敌？"

"不错！"

"你确定他投敌无误？"

"末将确定！"

"绝无异议？"

"……绝无异议！"

夜天凌唇角现出一丝淡冷的锋芒："你知情不报，令迟戍顺利离开营中，而致大军困于此处延误战机，如此该当何罪！"

邱平义猛地一怔，抬起头来看向几位皇子。

夜天汐神色阴沉，十一面带懒散谑笑，夜天凌面无情绪，然眼中冷锋如刃，洞人肺腑。他浑身一震，急忙垂首。

"五弟，此事依军法当如何处置？"

夜天汐看向俯首在地的邱平义，沉声道："叛国者诛九族，隐瞒、藏匿、知而不报者，当以同罪论处，但可依情不涉亲族。"他说得极慢，一字一句无比清楚。

"邱平义，你可听明白了？"夜天凌缓缓道。

邱平义扶在佩剑上的手青筋凸起，面上有一瞬间的犹豫，但片刻后，他俯身拜下："末将明白，还请殿下宽赦末将亲族，末将……不胜感激！"话落之时猛然拔剑，横往颈中一抹，帐中血溅三尺。

众将不料有此一变，皆是震惊，十一已迈出一步欲要阻拦，但仍是迟了。

夜天凌目视邱平义伏尸眼前，眼底深处一瞬的惊涛骇浪，到了边缘也只见无底幽黑，只是眉心不留痕迹地一紧，漠然道："众将听令，回营整顿各部，即刻快袭乌浒河！"

众将领命而去，立即有人进帐收拾了邱平义的尸体。

夜天汐看着地上血迹长叹一声："幸好是四哥领兵在前，不但全军无恙，反而大败谷兰王，这几日接应不上，真是让我捏了把汗。接下来这仗，不知四哥有何打算？"

"谷兰王败走叶撒城，意在等待休斜王支援，我们务必要在乌浒河歼灭休斜王援军。"夜天凌道，"此战要胜在一个'快'字。"

夜天汐点头道："如今大军会合一处，逐个击破，他们绝不是对手。"

夜天凌道："不错，劳烦五弟亲自督军，尽快发兵。"

"四哥放心！"

目送夜天汐出帐，夜天凌忽然面色略变，抬手抚上左胸。十一急忙上前，问道："四哥！你的伤还未痊愈，要不要宣军医看看？"

夜天凌微微闭目，强忍下喉间一股异样的腥甜，道："不必，此事无须声张，军中既然有人与西突厥通风报信，将我们一举一动摸得如此清楚，此后任何事都得多加小心。"他眼中泛起深深冷意，岂止是清楚，对方连他同十一乔装离开大军的事竟都知晓，可见手段非常。

十一道："但这人绝不可能是迟戍。"

夜天凌略事调息，胸间频频袭来的剧痛逐渐缓和。少顷，他冷眼看向地上未尽的血迹，邱平义自刎谢罪，便将迟戍钉死在了叛军的罪上，令所有人不得不信他所言。

十一在旁沉思一会儿，突然道："四哥，你不觉得，那日追击我们的似乎并非西突厥的军队。"

"是东突厥始罗的部将。"夜天凌站起来，这始罗可汗入天都朝见天帝，以示不与西突厥联手，看来还是不耐寂寞，要蹚这趟浑水，"走吧。传令下去，迟戍活要见人死要见尸。"他冷冷吩咐，同十一步出帐外。

第八章　前尘今生几度情

天都伊歌雄踞大江上游，屏倚岐山，东逾麓江，南系易水。其城依山而建，城池宏伟，岐山首高二十余丈，尾七十丈，天子帝宫以此为基，周回四十八里，遥遥高于伊歌城，巨制恢宏，雄浑壮丽。

伊歌城顺势而下，街道平直呈纵横经纬状，将整个城池分为九九八十一坊。

上九坊地势略低于帝宫，圈列其外，坊间府邸星罗棋布，高檐飞柱，华美风流。麓江、易水在远郊宝麓山脉交汇而成的楚堰江横穿天都街坊，入此一分为二，其中一支转入帝宫，名为上九河，金水玉带，两侧以盘螭雕栏护卫，专供皇族出入之用。

此时一艘描金画彩的丹凤飞云舟自帝宫驶出，前后各有八艘略小的虎贲舟随护，以明紫广帆开道顺水，徐徐转入楚堰江水路，向西而行。

云舟上层宽阔的通廊中，一名女子拨开飘垂的幕纱缓步而出。她走得极慢，步履轻缓，长长的青莲裙裾拖曳身后，凸显了曼妙的身姿，乌发流泻肩头，以素青色丝带束成坠云髻，带身纤袅，随着她的步履轻拂飘逸。

临江迎风，她似踏着波光走到雕栏之侧，扶着舷窗向外看去，淡纱掠过她面庞，恍似惊鸿一瞥，而她看着帘幕之外水天茫茫，眸中一片空澈。

"莲妃姐姐，站了这么久，在看什么？"舫中传来一个温柔的声音，苏淑妃手扶着侍女转出锦帘。

莲妃回头，淡淡道："没什么。"声音清漠，如她的眉眼。

苏淑妃遣退侍女，步来近前。芙蓉绢裳，烟笼轻柔，眉清如柳，温婉似水，一行一动里的柔软，款款叫人如沐春晖。她已不年轻，但岁月仿佛不曾在她身上留下痕迹，她有着与莲妃不同的美。

"许久不曾出宫，这坊间热闹比起深宫景致倒别有一番风味。"她微笑着道，似是对莲妃的淡漠习以为常。

甲板处脚步声响，大步走上个眉目飞扬的年轻男子，到了雕栏之前，手中折扇拂开纱幔，笑着上前对苏淑妃和莲妃行礼："儿臣命人备了新鲜瓜果，母妃和莲妃娘娘可要些什么？儿臣叫他们送上来。"

苏淑妃目露柔和，笑道："漓儿，你总是这么风风火火的，什么时候能像你四哥，沉稳着点儿。"

莲妃对十二皇子夜天漓的见礼只轻轻颔首，见提到自己儿子，如若未闻，依旧静靠在帘前。

夜天漓笑道："母妃放我像四哥一样领兵出征，我便是不沉稳也得沉稳了。"

提到漠北的战事，苏淑妃微微蹙眉，十一皇子夜天澈带军出征，如今前方竟许久不见消息，令她这做母亲的心里日夜担忧。

她往身畔看去，此次出征仍旧是凌王挂帅，莲妃这做母亲的却是漠然相待，便如那个战功赫赫却冷面待人的王爷并非她亲生，甚至根本与她毫无关系，陌路一般。

母亲的淡，儿子的冷，如一道相连的鸿沟，隔阂之处却又如此相像。

今日在莲池宫，天帝降旨要莲妃与她同去度佛寺祈福，莲妃便静静看着天帝，以一种疏离的姿态俯身应命，领旨登舟，却哪有半丝是为了儿子？但这也不是一日了，凌王自出生便在太后宫中抚养，母子间生疏得很。苏淑妃轻轻叹了口气，对夜天漓道："你待有了你四哥的本事再说。"

"母妃便只准十一哥随四哥历练，把我留在身边。"夜天漓嬉笑，"可是舍不得我？"正说笑着，突然船身猛地摇晃，几人毫无防备，都踉跄一步，身后侍女急忙上前来扶。

莲妃脸上不见波澜，淡淡拂开侍女的手。

夜天漓抬手搀住苏淑妃："母妃小心！"随即剑眉一拧，转身喝问，"怎么回事？"

几人放眼看去，竟是有艘画舫破水而来，正撞上他们乘坐的丹凤飞云舟，虽未损及船身，但也阻了船驾前行。

下层已有侍卫的呵斥声响起，夜天漓道："让母妃受惊了，儿臣去看看。"转身冷哼一声，大步走下去。

卿尘她们被从大船带上画舫时，早有长门帮一众属下在此。船舱中，众人簇拥着一名鼠目鹰鼻、身量高大的中年人坐在桌前，旁边却是个身着金绣挑花飞纱绡裙，身量窈窕的貌美女子。那女子见她们登船，起身来迎，眼光在卿尘等人之间一扫，娇声笑道："不错，真真不错，不愧是三娘的眼光。"

胡三娘将冥魇往前一推，道："真正不错的是这个，阁主这次要怎么奖赏三娘？"

那中年人迈步上前，绕着冥魇缓步端详，点头道："没想到冥衣楼的护剑使竟然落到你手中，这次我倒要看看冥玄老儿如何是好。"

卿尘站在离冥魇不远的地方，听到"冥衣楼"三个字一瞬惊诧，转头向她那边看去。

冥魇仍是一脸冷若冰霜的模样，斜睨了对方一眼道："肖自初，你别痴心妄想了，冥衣楼宁舍我冥魇一人，也不会跟你这种人做任何交易。"

肖自初手臂一晃，抬手钳住她下巴，目中透出邪异的光芒："你越嘴硬，本阁主便越是喜欢。冥衣楼跟我碧血阁作对不是一日了，若不让你们多吃点苦头，怎能泄我心头之恨！"

"阁主。"胡三娘近前柔声道，"冥衣楼在天都的势力不容小觑，还是先将她带走，召集十二血煞再做打算。此地不宜久留，这几个女孩是我特地从漠北带回来的，阁主看看是否满意？"

肖自初冷哼一声，拂手松开冥魇："漠北之事你办得很好，最后虽然棋差一着，未能置对方于死地，但那位已经非常满意。"

胡三娘娇笑道："都是托阁主的洪福，咱们办事才顺风顺水，日后三娘还有更多地方要替阁主效力呢。"肖自初面露笑意，伸手摸了胡三娘一把，跟着转头向着卿尘等人看去。

冥魇虽然气力未复，却将身子一侧，挡在卿尘面前："肖自初，你要是敢动她分毫，冥衣楼必不会放过你！"

卿尘一怔，不解她为何如此维护自己，悄声道："冥魇……"肖自初却是放声大笑，"好大的口气！我倒要看看你们七宫护剑使究竟有什么能耐！"

他狂妄的笑声震得人耳膜生疼，冥魇一把将卿尘推后几步，手中薄刃徐徐展露，面对步步上前的肖自初，竟似存了以死相搏的决心。卿尘惊讶之余，只怕她面对强敌必然吃亏，却在此时，忽闻江上传来一阵若有若无的乐声。那声音轻远隐约，听不出是什么乐器，隔着浩荡的江面时断时续，似乎几不可闻，但却偏偏如此清晰地传来此地。随着这突如其来的乐声，画舫四周忽有人朗声笑道："肖自初，我七宫护剑使说过的话，从来不做儿戏，你若不信，不妨一试！"

肖自初与胡三娘霍然色变，冥魇却喜形于色。随那话声落后，这原本泊在近岸的画舫不知为何突然转舵，如同离弦之箭一般，向着江心疾冲而去。长门帮帮众齐声呵斥，数人转身扑向船尾。那船尾的艄公哈哈大笑，将头上斗笠一掀，露出张瘦长脸来，手中长竿如蛇出洞，两名帮众未及近身，身前溅血，摔下船去。

"好胆！"肖自初怒喝一声，五指箕张，凌空向着那人扑下。眼见劲气压顶，那人大笑道："肖阁主！今日时机不巧，少陪了！"说着足尖一点拔地而起，一个转身没入江中。肖自初一招扑空，落上船舷，怒不可遏。这时船身失控，速度却只增不减，笔直向着对面一艘丹凤飞云舟冲去。

江风助势，两船蓦然相撞，画舫被庞大的云舟带得向侧横转，险些翻覆江中。肖自初一眼扫去，看清那飞云舟上的旗帜，面色再变，叫一声："不好，快撤！"说着抛下帮众，抽身疾退。

胡三娘亦是面露惊色，狠狠一顿足，闪身抓向冥魇。冥魇拼尽内力接她一招，口角溢血退向船舷。船身剧烈摇晃，卿尘等人站立不稳，皆被撞向对面舱壁，舱内几案移位，金樽玉盏纷纷跌落，一片狼藉。

冥魇一把没能抓住卿尘，胡三娘攻势又至。此时船旁剑光忽现，一个黑衣人凌空掠至，手中长剑寒芒疾射，一剑破风，逼得胡三娘狼狈闪避。那黑衣人落到冥魇身边，一把扣住她手腕："走！"

舱外传来呼喝声，船身微沉，已有侍卫落在船头。

冥魇来不及说话，回头看了卿尘一眼，反身同那人奔向后舱，双双跃入水中，消失了踪影。胡三娘等人见势不妙，亦是抽身而退，不远处泊着的大船迅速起锚，趁乱离开此地。

卿尘同碧瑶她们扶持着站稳，惊魂未定，船上长门帮来不及逃脱的帮众被侍卫拿下，押在一旁。

船舱处珠帘大开，夜天漓步入船舱，怒目扫过乱成一团的局面："发生何事？"

那先前在肖自初身边服侍的女子急忙俯跪在他身旁，媚声道："奴家见过十二殿下。"

夜天漓抬眼看去："嗯？这不是天舞醉坊的武婷婷吗？你好大的胆子，竟敢在此胡闹！"他往卿尘等人打量过去。卿尘心中微微一动，眼前这男子眉眼英气与一人很有几分神似，乍然望去，让人有种熟悉的感觉。

武婷婷心里忐忑不已，这位十二王爷因是当今圣上膝下最小的皇子，备受恩宠，性情骄纵不羁，平日天都中人人都要避让三分，今日竟偏冲撞了他。她勉强露出个还算动人的笑容，道："奴家……奴家带姑娘们……游河……谁知惊扰了殿下……"

话未说完，夜天漓冷眉喝道："大胆！武婷婷你当本王是什么人，容你欺瞒！岂有你们这样游河的？"

"十二弟这是和谁动气呢？"舱外突然传来一人的声音。

如珠玉轻击，那声音润朗，船舱中的混乱纷杂似乎随着这一句话风息云退，当真化作了游河赏景的雅致风流。

夜天漓一愣："七哥？"来人却是夜天漓的皇兄，七皇子夜天湛。

垂帘微掀，一人缓步而入，众人入眼便见一袭雨过天青色长衫，织锦的料子舒雅，蓝似静川明波，着在他身上随着那闲闲步履，仿佛看清风过碧水，朗月上东山。

他手执一支白玉笛，含笑的眸子扫过众人，卿尘抬眼看去，浑身一震，呆立当场。在众人纷纷俯身行礼的声音当中，她怔视着身前翩然微笑的人，蓦然扭头，心间波涛狂涌。

"我正乘船回府，远远便见淑妃娘娘的座舟停在江中。"夜天湛扫视满船狼藉，问道，"怎么，出了何事？"

夜天漓道："这恰是京畿司的职辖，正好有劳七哥，冲撞母妃座舟，得给我个交代。"

夜天湛笑道："什么人竟敢招惹你这个霸王？"俊目身前一带，看往伏了一地的人。

武娉婷迎上他的目光行了个礼，匆匆展开笑意娇声道："回湛王殿下……"一旁夜天漓毫不客气地打断她："若还是游河，你便不必说了！"

武娉婷见两位皇子插手，情知今天这事难以善终，饶是她见过不少世面，不由得也慌乱起来，一时竟不知如何说辞。

夜天湛对卿尘等几个女子微一示意："要她们说。"

一众女子连日被困，复又受此惊吓，无不六神无主，只知低头啜泣。碧瑶挨着卿尘跪在近旁，听到问话欲言又止，心下终觉胆怯，不由求助似的看向卿尘。

卿尘眼底淡影微微一动，少顷沉默，终于抬起头来，两泓深湖般的眸光漠然望向夜天湛。这眉眼、这神情、这身形，如月如玉的俊朗，风流倜傥的潇洒，分明便是李唐。

莫名的喜悦过后，恨恼伤痛如影随形，原来说不伤心都是自欺欺人。涩楚滋味凝成冷利的薄冰直冲心间，堵得胸口刺痛难耐，她意兴阑珊地将眼眸重新垂下，望着地板上碎盏流水一片狼藉，淡淡道："这些人用卑鄙手段……"

话未说完，身边忽听有人惊呼，不及抬头，她便被人猛然揽向一旁。

眼前白影骤闪，当的一声金玉交击的声响后，有样东西坠落舱板之上，白影回转，落入夜天湛手中。

呵斥混乱再次充斥舱中，一支白玉笛静陈在夜天湛指间，光泽柔和，仿佛刚才的利芒只是一时的幻觉。

夜天湛手扶卿尘，唇角仍带着闲逸浅笑："姑娘小心。"

卿尘向后一步退离他的手臂。落在地上的是柄刀，长门帮中有人趁侍卫不觉之时忽然发难，许是借机一搏，想要挟持她逃走，又或者怕她供出肖自初等人的事情，做了杀人灭口的打算。

她望向被夜天湛逼退一旁，正押在侍卫刀下挣扎的人，眼中泛起不屑的鄙夷，冷冷如一道浮光："你们掳了这么多人来，杀我一个容易，却杀得光所有人吗？七尺男儿敢作敢当，事到临头怕些什么？"

夜天湛眸心一动，再次含笑将她打量，问道："究竟发生何事？"

卿尘道："这些人绑架了许多女子，从漠北一直乘船来到这里，要卖到什么天舞醉坊。她们都是清白人家的女子，被强掳离家，父母亲人难免伤心牵挂，一路上也吃尽了苦头，请……请殿下为她们做主。"

眼前温朗的俊眸中掠过极微淡的精光，似是冷月照水一晃，然而夜天湛不动声色，盯住卿尘看了半天，却问道："她们？那你呢？"

卿尘细眉一挑，不想他如此细心，竟然注意到她话中细微的措辞。她低头避开夜天湛的目光，抑下心间烦躁，道："我无牵无挂孑然一身，去到哪里都是一样。"

"你要我救你们？"

"是。"

夜天湛眼中闪过兴味："既然到哪儿都是一样，又为何求救？"

卿尘眉心一紧："我一样，她们不一样。"

说完后半晌不见回答，刚要抬头，又听那漫不经心的声音缓缓道："我又为何要救她们？"

卿尘眼波微动，深静里堪堪隐去了丝怒意，凤目一抬，直视他道："天子脚下，皇城之中，有人目无王法，为非作歹，国家法纪何在？天家颜面何存？殿下贵为皇子，上承天恩，下拥黎民，莫非竟要袖手旁观？"

夜天湛仍是那样不温不火："管自然是要管，只不过既在天都地界，这该是京畿司的职责，要经实查审问方可定案，诸位姑娘少不得羁押入狱过堂听审，看几位娇弱模样，难道受得了那牢狱之苦？而掌管京畿司的五皇兄受命带兵在外，一时怕不得归，我不过暂代其职，这案子也不好办。"

卿尘听他口气中并非没有松动余地："殿下要怎样才肯救人？"

夜天湛微笑，眼中隐含兴味："那便看人，值不值得救。"

卿尘沉默片刻，道："既然如此，殿下不妨说出条件，值不值得，自见分晓。"

夜天湛眉峰略挑，似是在考虑她的提议。武娉婷见是话缝，连忙插口道："你这丫头好大的胆子，竟敢和七殿下谈起条件来！哼，说什么值不值得，你有本事赢了七殿下手中玉笛，便算你值得！"

此言一出，众人不禁都向卿尘看去。伊歌城中人尽皆知，七皇子夜天湛一支玉笛名动京华无人能及，倘若与他斗曲，无异于自断出路。夜天漓心直口快，当即便道："笑话！谁人能和七哥……"忽然间眼前蓝衫一闪，后半句却被夜天湛挥手拦住。

卿尘目光落在夜天湛手中玉笛之上，稍加思量，抬头道："好，不知殿下可愿与我赌一局？殿下若赢了，一切听凭处治；我若赢了，便请殿下搭救她们。"

夜天湛饶有兴趣地听着她的提议："怎么赌，你说来听听？"

卿尘道："我们便依她的说法，这船上现成有琴，我献丑弹奏一曲，若殿下能以笛声相和则算赢，不能则输。"

夜天湛静静看了卿尘一会儿，点头道："好，你去试琴吧。"

两个侍卫帮忙将摔落的琴摆好，卿尘在长案前席地而坐，重新调音试弦，稍后眉目略抬。夜天湛扬起嘴角微微抬手，示意她可以开始。

卿尘调弦之时便已暗中思索，若论琴技，她虽然通晓但还称不上顶尖，倘若与精通音律的高手斗技，恐怕最终难占上风。但是有些她所熟悉的曲子，对于夜天湛来说却必然意外，若要赢他，就只能靠一个"奇"字。思量间静静侧首，她将指尖轻轻滑过细弦，举手如兰，抚上古琴一端。

江风拂帘，一室静谧，她不再理会众人，平静无波的目光落在前方空处，徐徐抬起的右手顺着此时心境，突然弹拨琴弦。

铮然一声，清脆中略带了些暗哑，在座每人心头都似被什么东西倏地划过，不由心神微颤。

一声方落，弦弦声紧，质朴的古琴在纤细的手指之下，竟骤然生出金戈铁马的气势。

纵然身处江中画舫，人人眼前却隐见行营千里，兵马嘶鸣的战场，大战在即，风云暗动，一颗心仿佛被这肃杀的音色缓缓提高，一弦一丝，吊到不能承受的极致。

正在暗处心惊，忽听急弦突起，仿若银瓶乍破，珠玉迸落，千军万马横扫大漠，风沙狂涌天地失色。

琴音摇曳之中，杀伐驰骋，惊心动魄；细弦波荡之时，剑气四溢，骇人听闻。

一缕缕清丝冰弦之上似生万千气势，转而女子玉指翩翩，忽又弦轻音低，稍现即逝的幽咽纠缠其中，跌宕荡漾。

夜天湛玉笛在手，却始终没有举到唇边，只是静坐听曲，仿佛早已随着这七弦琴音到了浩瀚沙场，看风云激荡，兵锋压城。

待到萧索的低音转回，琴音顺势高起，大开大合，大有直拔云霄之势，不由得叫满舱人闻声色变。

卿尘星眸低垂，琴音越拔越高，指下陡然用力，却听砰的一声闷响，古琴再承受不住这激荡曲意，猛地长弦崩断，曲消音散。

白玉般的手指被断弦裂出一道伤口，鲜血瞬间涌出，滴在琴上，仿若溅开朵朵红梅。

她却无动于衷，只是凝眸看那张琴，认真的神情使人觉得她所有感情都倾注其中，专注得叫人不安。

半晌，一双金边皂靴停在了琴前。她沿着那抹青蓝的长衫向上看去，对上的是夜天湛清泉般的双眼。

他伸手递过一方丝帕，见她不接，握起她的手，替她裹上伤口，动作轻柔，同时吩咐道："来人，寻个去处安顿这几位姑娘先住下，好生看待。将剩下众人押入京畿司大牢，持我令牌封禁天舞醉坊，若有人敢反抗，一并拿下。"

武娉婷大惊失色，不想一向以温煦著称的湛王行事如此毫不留情，顿时跪下求道："殿下，且看在……看在郭大人分上……"

夜天湛淡淡一瞥:"本王自不会忘了郭其,让他等着大理寺问罪吧。"

说罢对身后哭求再不理会,只看住卿尘仰头时略带疑问的双眸。

那清澈的眸中幽深的一抹颜色震撼着他,心中似是空缺了一方,说不出的滋味悄悄蔓延。

许久,他微笑着摇了摇头,低声道:"我输了,即便能和上这曲子也和不上你曲中心境。"

一个温婉纤弱的女子,究竟是什么事情,竟使这一首琴曲之中饱含了如此的辽远激昂,肃杀哀烈,更有那分挥之不去的凄凉,深深几许。

卿尘凝视他俊雅面容,唇角缓缓向上挑起,露出苦涩的微笑,她轻轻起身:"多谢……"话未说完,突然一阵心悸,眼前一片天旋地转,人便落向琴前。

心力耗尽,如那断弦崩裂,居然再也坚持不住。

夜天湛眼疾手快,及时将她扶住。看了看她的情形,眉头微皱,一把将她轻盈的身子打横抱起,迈向舱外。

卿尘一阵眩晕过后,勉力睁开眼睛,看到俯身注视自己的夜天湛,那温柔神情脉脉无语,和李唐如此相像,恍惚中时光回转,相拥低语,轻柔沉醉。

她动了动手想去触摸那依稀熟悉的眼睛,却又疲惫地放弃,心力交瘁的感觉缓缓将人淹没。

第九章　笛音深处水云天

紫绡烟罗帐,羊脂白玉枕,卿尘自榻上撑坐起来,却觉周身乏力,仍旧有些昏昏沉沉。

帐间悬着一双镂空雕银熏香球,幽幽传来安神的淡香,无怪睡了这么久,她勉强扶着床榻下地,四下打量。

屋中并无繁复装饰,却处处别致。长案上放着花梨笔架,几方雪色笺纸,琉璃阔口的平盏盛以清水,其上浮着一叶碗莲,素叶白瓣,干净里透着些许贵气,衬得一室清雅。明窗暖光,洒上玉竹方席,让她想起将她安置此处的那个人,夏日炙热的气息中心底却莫名生出黯然,她环视四周,目光落在墙上一幅画卷之上。

画中绘的是月夜清湖，满室明亮之中看去，微风缓缓入室，这画似乎轻轻带出一脉月华银光，清凉舒雅。着眼处轻碧一色，用了写意之笔淡墨勾形，挥洒描润，携月影风光于随性之间，落于夜色深处，明暗铺陈，幽远淡去。微风翻影，波光朦胧，中锋走笔飘逸，收锋落笔处却以几点工笔细绘，夭夭碧枝，皎皎风荷，轻粉淡白，珠圆玉润，娉婷摇曳于月夜碧波，纤毫毕现，玲珑生姿。

远看清辉飘洒，近处风情万种，人于画前，如在画中，仿佛当真置身月色荷间，赏风邀月，无比雅致。

她在画前立了半晌，心中微赞，却见卷轴尽处题着几句诗，似乎记的正是画中景致：烟色浮微月，月移引清风。风动送荷碧，碧水凝翠烟。

这诗首尾相接，以奇巧为游戏，但不仄不韵，也不甚上口，她念了一遍便蹙眉，但突然眼中一掠而过诧异神色。

诗下附着题语：辛酉年仲夏夜奉旨录大哥、五弟、九弟、十一弟联诗雅作于凝翠亭，以记七弟妙笔丹青。

落款处书有一字——凌。

她抬手抚摸最后那字，笔锋峻拔，傲骨沉稳，于这幽美的月湖之间略显锋锐，似乎是冷硬了些，便如画卷舒展之时，平江静流忽起一峰，江流在此戛然而断，激起浪涛拍岸，然山映水，水带山，却不能言说地别成一番风骨。

这字，这落款，触手处几乎可以清晰感觉到落笔的锐力，如带刀削，令她不知不觉想起一人，她怔怔站在画前，犹疑地揣摩着，没有听见有人进了室中。

"凤姑娘醒了？"一个柔雅好听的声音突然传入耳中，她一惊回头。

说话的是个高挑纤袅的女子，婀娜移步来到身边，含笑看她，一旁随行的侍女道："这是我们府中靳王妃。"

卿尘敛衽以礼："卿尘……见过王妃。"

靳妃转头对侍女道："你先去吧，请医侍立刻过来，就说凤姑娘醒了。"

卿尘道："不敢劳烦王妃，我自己略知医理，一点小事并无大碍。"

靳妃有些惊讶，道："不想你非但弹得一手好琴，还通晓医术，当真是兰心蕙质，叫人见了便欢喜。不过还是看看放心，殿下将你交给我照顾，可不能马虎。"

卿尘见她如此，也不好执意推辞，便道："琴曲医术都是一知半解，让王妃见笑了。"

靳妃微微笑道："你在楚堰江上一首琴曲让咱们殿下甘拜下风，如今伊歌城中都传为奇谈了。他的玉笛还从未在别人面前落过第二，能得他称赞的，又岂会是一知半解？"

卿尘想起昏睡前一幕幕情景，仿佛又跌入了一场莫名其妙的闹剧中，回身处剧情角色走马灯似的转，叫人应接不暇。

那刻手触琴弦的感觉，似是要将这多日来压抑的伤痛苦闷尽数付之一曲，扬破云霄，利弦划开手指飞血溅出时，心里竟无比的畅快。她轻轻一握手，指尖一丝伤口扯出些隐约的疼痛。

卿尘暗自叹息，往那画中看去："画境意境，琴心人心。我那时急于求胜，琴音起落外露，失于尖锐悲愤，只怕殿下其实是不屑一和。"

靳妃道："我虽没听着曲子，但他既评了'剑胆琴心'四个字，想必是不俗。"她见卿尘正看着那画，便又道，"这是殿下亲笔所画，画的是这府中闲玉湖的荷花，你若觉得闷可以去那里走走，这几日荷花正吐苞，眼看着就快开了呢。"

卿尘回头道："画和诗似乎并非出自一人手笔。"

靳妃望着那诗笑道："说起这诗，倒还是件乐事。这是那年入夏，府中荷花开得极好，殿下请了皇上和诸位王爷来闲玉湖赏花，大家高兴多饮了几杯，殿下借酒作了此画。太子殿下他们那时在旁看着，随口便联了几句，却不知怎么就让皇上听见了，立刻命人'把这几句歪诗题了画上挂起来，让他们几个酒醒了自己看看'。在场就只凌王一个没醉的，便提了笔录在画上。过几日他们再来府里，一见这诗，十一王爷当时便将茶笑喷了，直问他们那晚多少佳句，怎么单录了这首七歪八扭的？凌王瞅着他，给了两个字，'奉旨'。最后他们说什么也不准将画再挂在前厅，殿下又爱这画，无奈只好挪到此处。这说起来，都是好几年前的事了，闲玉湖的荷花年年开得好，倒也少再那么热闹过。"

卿尘将诗再念，莞尔一笑，道："原来这是凌王的字，我还以为这个'凌'字是题诗人的名字呢。"

靳妃道："你有所不知，当今夜氏皇族，凌王排行第四，行'天'字辈，单名一个'凌'字。"

卿尘眼中波光一扬，"夜天凌"三个字险些脱口而出，只觉心跳陡快，不由抬手抚上胸口。

靳妃见状问道："可是还觉得不舒服？快让人看看。"

此时恰好翡儿也请了医侍过来，上前对靳妃行了礼，便请卿尘坐了诊脉。卿尘此时已觉恢复了许多，那医侍替她细细把脉，取来纸笔开下药方。翡儿复又端来一盏汤药，却是之前便已熬制好的。靳妃看卿尘喝了药，复又接了药方看过，柔声吩咐道："翡儿，你遣人跟去配药，别马虎了。"

"是。"翡儿答应着带了医侍出去，方走几步，外面传来问安的声音，似是有人低声问了句什么，便听那医侍回道："那位姑娘心脉血弱，亏损不足，近日怕是受了些颠簸劳累，更兼心气郁结，所以才昏睡了这么久。不过她现下已然醒了，之后按臣的方子服药调理，过几日便无大碍了。"

一个温玉般的声音道："知道了，你将药仔细配好，明日再来。"

随着说话脚步愈近，靳妃起身迎了过去："殿下回来了。"

庭风温暖，带过廊前几朵花叶，夜天湛越帘而入，唇边一抹淡淡微笑，偶觉风雅令人心旷神怡。许是阳光太耀眼，刺得卿尘微微侧首，恰好避开他看来的目光。

"可好些了？"夜天湛温和的声音叫人心中一滞，卿尘退了一步，低头施礼，"多谢殿下搭救之恩。"

夜天湛道："举手之劳，何必言谢？何况'天子脚下，皇城之中，有人目无王法，为非作歹'，我这'上承天恩，下拥黎民'的皇子，怎也不能袖手旁观吧。"他语中略带笑谑，却并不叫人觉得局促，适然如话闲常。

卿尘不想他竟将自己在船上的话原本说来，只好道："此事于殿下是举手之劳，于我们这些女子却是大恩，该谢还是要谢。"她抬头，却发现靳妃不知何时已带着侍女离开，屋中只剩了他们两人。

夜天湛道："这案子我既管了，长门帮和天舞醉坊的人就一个也走不了，如今已大多羁押在狱，过几日等你精神好些，便带你去指认一下，问一问案情，届时也好为证。"

卿尘道："我已经没事了，若要指认他们定案，现在就去吧。"

夜天湛道："你身子刚刚好些，也不急在这一时。"

卿尘低头，微微抿唇，心中惦记这案子，亦担心碧瑶她们的处境，但一时也找不到太好的借口坚持。不料却听身边一声轻笑，夜天湛站起身来："也罢，且先带你去看看天都景致，走吧。"

卿尘诧异抬头，他转身对她一笑，拂帘而出。

王府侍卫得了吩咐，早已备好马匹，骏马矫健，金辔玉鞍，显然都是精挑细选过的良驹。夜天湛行至门前，忽又停步，回头看了看卿尘，传来侍卫道："今日风大，便备车吧。"

卿尘亦停下脚步，却道："没事，我可以骑马。"

夜天湛扭头微微一笑，道："也罢，天都中纵马赏景最是惬意，既如此，便让他们换匹小巧些的马来。"

他谈笑之间总是体贴细心，无论对任何人都是这般优雅从容。卿尘上前抚摸马身，想起少年时候父亲总是喜欢带自己去马场骑马，从小把自己像个男孩子一样教养，令她性格中多了几分果决独立。可惜母亲去世得早，自从几年前父亲再婚，同后母移居国外之后，她便真正离开了孩子的角色，很少能有机会陪父亲喝茶、钓鱼，骑马散心了。

不知道父亲现在可好，是否正在替她担心，此时此日，此身无亲无靠，以后也不会随处都有人特意为你换马备车，照顾周到，唯有适应现实，才能保护自己。卿尘轻轻抬眸，道："不必了。"言罢伸手握住缰绳，踩上脚蹬，手扶马鞍微微用力，翻身上马。

这骏马虽然高大，但因训练良好，并无任何不妥。卿尘翻上马背后坐稳，心中暗暗松了口气。夜天湛一直在旁看着，这时才接过侍卫递来的缰绳，拂衣上马："走吧。"

卿尘轻带缰绳，夜天湛似乎为了迁就她，只是驭马缓行，因是便装出门，除了几名贴身侍卫之外，亦未带太多随从。出了湛王府，卿尘渐渐适应了马匹，便觉轻松了许多，不由在马背上环目打量伊歌城。但见宽近百步的街道两边尽是店铺商坊，行人往来商贾如云，店家叫卖迎客，熙熙攘攘中时见胡商胡女，服饰别致多姿，更在这繁华中增添了几分热闹。

沿途路过几间华丽的楼坊，卿尘看到其中一家高挂着"天舞醉坊"的招牌，垂帘旖旎，雕栏画栋，尚能见倚红偎翠、香车宝马的风流影子。但门前两道醒目的白色封条却将朱门封禁，门口亦有数名玄衣带甲的侍卫把守。

夜天湛顺着她的目光看去，笑道："封了天舞醉坊还不到两天，不想连右相卫宗平都欲过问，这底下牵扯起来倒有不少官司。"

卿尘想起船上诸事，无论如何对于夜天湛的援手终是存了感激，道："这件事是不是给你惹了不少麻烦？"

夜天湛漫不经心地一笑："麻烦不能说没有，但也未必尽然，凡事皆有利弊。再者，这等事既然让我遇上，便没有不管的道理。"

正说话间，突然城门处一阵喧嚣。守门将士以长戈挡开行人，强行让出道路，便见几匹骏马疾驰而来，带起一片烟尘飞扬。

马上几个年轻人策马扬鞭，锦衣玉袍，光鲜神气，所到之处惊得众人匆忙趋避，他们却丝毫不曾减速，瞬间呼啸而过。

卿尘不料他们这样冲过去，来不及纵马避开，身下马匹陡然受惊，长嘶一声便要立起。幸而夜天湛眼疾手快，一把替她带住马缰，那马打了几声响鼻，四蹄躁动，好一会儿才安静下来。

卿尘蹙眉向前看去，那些人已奔出数步，其中一人猛提马缰回身立住："七哥！"却是十二皇子夜天漓。

他这一停下，其他众人亦勒马兜转回来，见了夜天湛都纷纷下马："见过七殿下！"

夜天湛抬眼扫视，原来尽是些士族子弟，平日都嚣张惯了，难怪这么不知收敛。他眉梢不易察觉地一紧，却淡笑着说了句："免了。"又对夜天漓道，"又干什么去了？入了城还横冲直撞，也不怕惊着行人？"

夜天漓正打量卿尘，认出她后笑道："原来是你，抱歉，方才一时跑得快了，惊吓了你的马。"再对夜天湛道，"刚从昆仑苑回来，大伙儿今天猎了只豹子，兴致正高，难免忘了这些。"他马上拴着不少猎物，看来的确所获颇丰。

夜天湛道："整日快马疾驰，被淑妃娘娘知道少不了又是一顿责备。"

夜天漓近前笑说："母妃身居宫中，又怎会知道这些？拜托七哥可别给我说漏了嘴。对了，你们去哪儿？"

"京畿司。"夜天湛知他性情便是如此，无奈摇了摇头。

夜天漓对身后诸人挥手道："你们先走，到裳乐坊备上酒菜，我随后便来！"众人答应着去了。

夜天漓扭头道："七哥，长门帮那些乱贼都归案了吗？听说卫宗平要保郭其？"

"说不上是保，"夜天湛一带马缰，三人缓缓并骑前行，"他不过想将案子压下罢了。"他抬眼望向打马远去的一众士族子弟，方才见卫家大公子卫骞也在其中，心想老子正为案子头疼，这位大少爷惹了是非倒还如此张扬，仗着位列三公的父亲和贵为太子妃的姐姐横行天都，卫家上下也是出了名的霸道。

"卫家难道真搅在这事里？"夜天漓道，"他们没想到七哥当日便奏知父皇彻查了吧？哼！郭其难道还想给天舞醉坊撑腰？"

夜天湛笑道："你一回宫便告了天舞醉坊冲撞娘娘座舟的御状，想不彻查也难。再加上贩卖民女逼良为娼，郭其哪里撑得住局面，能不把卫家往外搬吗？如今卫相该是看准了我们正同西突厥交战，父皇此时不愿因这些影响朝局，想将这事往后拖，大事化小，小事化无。"

卿尘一直在旁边默默听着，至此忍不住看了夜天湛一眼，入眼的侧颜俊朗如玉，蓦然同心底最深处的模样重合，揪得人心头狠狠一痛。她出神地看着那熟悉的眉眼神情，那马背上的挺拔身姿，竟没听清他们又说了什么，更没看到夜天湛有意无意往她这儿一瞥，随即唇角逸出一缕春风般的微笑。

隔着京畿司大牢粗壮的栅栏，卿尘再次见到了胡三娘。

和其他人不同，她被单独关在了一间牢房，恹恹地靠在墙壁之侧，神情有些萎靡，饶是这样狼狈的情况下，浑身仍带着柔若无骨的媚意，妖冶撩人。

卿尘在外驻足，胡三娘听到脚步声抬起头来，看到她时眼中毫不掩饰地闪过恨意："不想这次栽在你这丫头手中。你究竟是什么人，竟能调兵围剿我们，下手如此狠辣，难道要将长门帮赶尽杀绝？"

卿尘尚不清楚京畿司到底是什么衙门，听到"调兵围剿"四个字，不由扭头向夜天湛看去，入眼却只见他温雅微笑，一派云淡风轻。

她对长门帮和碧血阁印象十分恶劣，也不理睬胡三娘的质问，只淡淡对夜天湛道："那些帮众我多数没见过，不敢随便指认，但这个人肯定是案子的主谋之一。还有一个碧血阁，长门帮似乎是听命于他们的。"

夜天湛扫了一眼胡三娘，点头道："好。"说着一抬手，几名锦衣侍卫立刻开打牢门，将胡三娘带往他处。

胡三娘在侍卫的押解下狠狠盯着卿尘："你记得，今天这笔账早晚会有人找你算！"

卿尘本已转身离开，听到此话停步回头，想起那些被关在船舱遭受折磨，甚至连性命都丢掉的无辜女子，更恨胡三娘现在仍旧如此嚣张："长门帮自作自受，本来与我无关，你们今日的下场也并非拜我所赐，但是若有一日我有能力，必然不会放过长门帮和碧血阁，你不妨也记清楚。"说罢转身便走，在对方充满敌意的目光中和夜天湛出了牢房。

夜天湛和她并肩而行，自始至终未曾多言，这时随口道："看这女子形貌打扮不像中原人，倒似是胡女。"

卿尘摇头道："我不知道她的底细，只知道她在长门帮中地位特殊，他们在漠北也好像拥有不小的势力。"

夜天湛道："自东突厥归降，这些年越来越多漠北和西域的胡人来中原经商，如今在天都已不稀奇。不过这些外族人习俗各异，很多不通天朝律法，时常招惹是非，这胡三娘不过只是其中之一。这问题若不解决，日后难免会成麻烦。"

卿尘在路上便见到许多异族人，对天朝的繁荣颇为惊叹，心有所感："说起来往来通商也是互利互惠，各国皆来贸易，说明天朝盛世吸引他们，越多的人来，越多的货物交往，便会越加造就天朝的兴盛。暂时的混乱总会慢慢趋于融合，归根到底还是好的。固国本，通四境，则长盛而不衰，其实商旅贸易远比战争更容易控制一个国家。"

夜天湛停下脚步向她看来："这倒是少见的说法。"

卿尘笑道："我随口说说，你别见怪，人多杂乱也确实难免。"

夜天湛点头道："此事当设法引导疏通，使得各族和睦共处，往后朝廷也该留心。"

这时夜天漓自别处牢房走了回来，一边笑一边道："天舞醉坊的姑娘竟也被羁押了，里面一群莺莺燕燕哭哭啼啼，大牢里可少见这样的风景。七哥，我说一句情，不相干的人便莫为难她们了。"

夜天湛失笑道："十二王爷是天都出了名的护花使者，你既开口，这个面子我如何不给？放心，她们说起来也就是受了连累，里面并没有几个真正与案子相关的，很快便会放回去。"

"七哥怜香惜玉。"夜天漓笑说，"这案子打算怎么办？"

夜天湛道："京畿司毕竟是五皇兄职辖，我不过因他带兵暂代其职，这样的案子，还是应等他回来最后定夺，除非，父皇另有旨意。"

卿尘闻言轻轻蹙眉，夜天湛看了看她，却道："你放心，我经了手的事，便有始有终。何况这是输给你的，必定给你一个交代。"

卿尘目光在他眸心停留了片刻，垂眸道："我还是那句话，多谢。"

面前明亮而柔和的眼神依然会灼得心底烧痛，她恨自己没出息，可以从容凝视任何一个人的眼睛，唯独除却这一模一样的温柔。他的眼睛会让她想起醉梦之后落空的痛楚，那样深切的痛楚，会在心底不知不觉蔓生出荆棘刺丛，逐渐将人带入窒息的深渊。

想忘而不能忘时，才知道漠然底下埋藏的记忆原来早已深入骨血，每一次触动都是撕心裂肺……

第十章　接天莲叶无穷碧

漠北的天空空旷而荒凉，夜幕降临时云淡星稀，遥远的青黑底子上掺杂着深浅的灰色，长风过境带起沙尘，一卷打在营帐之上，呼啦作响。

日前一场追击战，天朝大军在乌浒河旁歼灭西突厥休斜王部队近两万人，生擒休斜王及其部将、官员三十八名，降敌四千七百人，今夜军营中气氛极为高涨，各处都燃起火堆，饮酒吃肉，将士们欢笑痛饮，以庆祝这大快人心的胜仗。

白日战场上不知何时便会降临的死亡，在入夜之后化作每一处营地盛大明亮的篝火。有人唱，有人笑，有人喊，有人哭，浴血杀伐归来的将士们，借着庆祝的一刻尽情发泄。这个时候，中军也从来不会下令约束，稍事休整后，大军即将全力追击仓皇退往燕然山的西突厥谷兰王，届时依旧是以命搏命的血战。

中军一座较大的营帐离热闹的篝火并不十分远，但所有哭笑到了此处似都化作无声，明晃晃的光亮下有种格格不入的孤寂，仿佛只有天上几点稀疏的星子落在其间，异常安静。

其后几座营帐虽也有火光人声，但相较四周便收敛很多，整齐地安扎在主帐之后，不时有巡逻士兵出入经过，松弛的气氛中不动声色地保持着警戒。

夜天凌独自在主帐之中，一灯明照，投在他眼前的漠北地图之上，亦映得脸颜轮廓深邃，如若刀削。

"殿下！"凌王府侍卫统领卫长征入内求见，风尘仆仆，似是刚从什么地方赶回来。

夜天凌自地图上抬起头来："如何？"

卫长征递上一包东西，道："属下几乎带人寻遍了整个屏叠山，只找到这些东西散落各处，遇到几户山间人家亦打听过，都说以前认识那位姑娘，但已经很久不见了。"

夜天凌伸手将他呈上的东西一翻，正是那日看过的几本医书，眉间轻微印上一抹蹙痕："你自神机营抽调人手继续寻找，南沿玉奴河往横岭，北上东突厥，无论生死她绝不会无缘无故失了踪影。"

"是！"卫长征领命退出。

夜天凌转身继续看向地图，继而抬头思量，眸中深黑纯粹如同夜色，将一片光影静然覆灭。许久后目光落在那些医书上，他抬手将书取来，上面依稀残留着竹屋中灯色清浅，伊人以手支颐静阅书卷的痕迹。若不是行动间牵扯伤处，疼痛仍旧极为真实，几乎让人以为那是前尘入梦，转眼一晃踪影散尽。

书册因浸了水，多处已模糊不清。他翻动几页，拂衣坐于案前，静看一会儿，提笔补写了几处，如此慢慢看下去。

帐幕忽被掀开，十一大步走进来，身上带着炭火和烤肉炙热的气息，立刻将帐中的清寂同外面的热闹混杂起来："四哥！你不去外面看看？唐初那小子和我比箭，快连军甲都输上了！"

夜天凌略略一笑："他哪一次比箭赢过你？竟还不长记性。"

十一在案前坐下："刚才见长征回来了，有消息吗？"

夜天凌摇头："只找到几本书。"

十一明朗的脸上带出忧虑："这么多天了，只怕是凶多吉少，不想终究连累了她。"

夜天凌目光往前方落去，过了一会儿，方道："一天找不到便找下去，是凶是吉必要见着人才能说。"

伊歌城的夜晚不同于漠北，风暖人静，花草葱茏处幽香旖旎，不时飘闪着飞虫的微光，盈盈一晃穿过夜色，轻巧地落去远处，再一闪，却又点点来了近前。

月影悄上东山，如一双清寂的眼眸，在渐深的夜色下洒照着安静淡然的银光。

卿尘立在窗前仰首以望，室中尚留着些汤药的味道，靳妃刚来看她服了医侍开出的药，又遣人送来了补血益气的膳汤。这些日子她待卿尘如同姐妹，事无巨细皆是亲自过问，替她设想周到，如此相处，日渐熟悉，卿尘也从她口中慢慢了解了不少事情。

天朝自皇族之下，另有凤、苏、靳、卫、殷等门阀士族，地位显赫，分掌朝政，再加上历来与皇族联姻，开国至今已成蔚然气候，形成盘根错节的门阀势力。

靳妃名慧，出身士族之一的靳家，虽只是夜天湛的侧妃，但夜天湛多年来未立正妃，是以王府上下都对她以"王妃"相称，内外诸事也皆由她掌管。

靳慧性情柔和，温婉贤淑，同夜天湛之风华温雅相得益彰，便如紫藤绰约依于兰芝玉树，树朗花清赏心悦目，使得整个湛王府中总透着种舒缓的闲适，含笑偃偶的风流浸透着一草一木，如同春日不败，雍容并雅致。

卿尘自那日从京畿司回来便再没见到过夜天湛，她并不知道，天舞醉坊的案子一出，便在天都掀起轩然大波，甚至连朝局也因此起了颇大的震动。

天舞醉坊在伊歌城经营多年，原是最具盛名的歌舞坊，其后牵连着的门阀卫家权势极盛，族主卫宗平在朝为相多年，其女卫如贵为太子妃，身份地位非比寻常，而今次天舞醉坊交结长门帮正与其长子卫骞有着莫大关联。

湛王之母乃是门阀殷家之长女，贵为皇妃，深受天帝宠爱。卫、殷两家明争暗斗素来不合，京畿卫封禁天舞醉坊后，大肆搜捕长门帮帮众，一时间沸扬天都，最终惊动了天帝。事关朝中大臣与江湖帮派结党为祸，天帝对外戚势力早有顾忌，听闻此事更添恼火，却因国有战事在外，暂且按压不发。

数日之后漠北传来捷报，西突厥休斜王遭擒，谷兰王接连大败退出燕然山以北，射护可汗遣使者求和，请求息战。

至此天朝大军全胜，再无顾虑，天帝即刻下旨革去郭其吏部侍郎之职，将天舞醉坊一案移交刑部及大理寺联办，并命湛王主理会审。如今三省、六部、九司各级戒严查办，声势惊人。

卿尘是这案子中关键的证人，是以一直被安置在湛王府，对于夜天湛，她始终存有莫名的心结，今日借机便对靳慧提出告辞。

靳慧闻言却也不提天舞醉坊的案子，只微笑问了一句："你去哪里呢？"

去哪里呢？卿尘默然自问，一时竟无话作答。

却是靳慧笑道："难得你我这么投缘，你既然孤身一人并无去处，便在这里住着又何妨？不管有什么事，至少得将身子先调理好了再说，以后告辞的话，可莫要再提了。"

卿尘对着当空明月苦笑，叹了口气，转身沿着长廊漫无目地地缓步前行。走不多远，渐闻清香扑面，回廊一转，眼前豁然开朗，一望无际的湖水展现在眼前。垂柳依岸，碧叶连天，湖中荷花伴着细柳长堤遥遥没于渐浓的夜色中，远远看去，月光如轻纱般朦胧飘拂，仿若一片清静迷人的幽梦。

水中九曲回廊精巧曲折，与湖心凝翠亭蜿蜒相连，廊前每隔几步便悬着盏青纱明灯，灯色融融映入清水暗波，幽幽然温柔盈岸。

卿尘独自往湖中走去。四面静谧无声，夏日微风醺然，穿枝过叶迎面抚来，碧色荷姿，或有含苞待放，或有迎风展颜，凌波依水，绰约娉婷。

她在枝叶的清香中沿着凝翠亭的台阶迈下几步，坐在临水之处望着月影发呆，伸出手去，月影在指尖盈盈一晃，伴着涟漪碎成银光片片，幽然荡向湖心。

水光摇动，心绪亦仿佛随着暗波起伏，空落落无处着力。唯有在失去之后，才知道原来一个"家"字对人如此重要。没有家，人便如漂泊的浮萍，无着无落，无依无靠，何去何从，又该如何面对？

忽然之间，宁静的夜里响起悠悠笛声。

卿尘诧异抬头，看到不远处与凝翠亭相连的白石拱桥上，潇洒立着一人。

白衣、长桥、玉笛，眼前是十里碧荷，天上是月华如练，他眼中清波荡漾，湛湛温柔似水。

清亮的笛音自他唇间飘然婉转，时而悠扬低诉，时而清高闲逸，时而跳脱欢悦，时而柔情无限。水月清光似是交织而成柔软的丝网，流泻在这闲玉湖上，星星点点银辉如玉，花间荷叶也似镶上了一层淡淡珠光。

卿尘似被蛊惑，默默站起在湖心，一动不动凝望着桥上的身影。

天边满月之下，波光粼粼处投落她一身黯然神伤的清寂，她仿佛痴立在梦中，看着前尘的影子、今生的自己。

一时间四处安寂，只有夜天湛幽美的笛音起起落落，随风飘荡，那笛音一丝一转缠进心底，绕出隔了爱恨的情丝万缕。卿尘无声地描摹着他的眼睛、他的微笑、他的温柔，多年以前他是谁？多年以后他又是谁？脸上浅浅清愁，心间利刃交织，和着泪水徐徐滑落。

谁说情深不悔，谁说生死相依，谁说此生与共，谁说海枯石烂？

原来姹紫嫣红开遍，似这般都付与断壁颓垣。

若说有缘，为何他要负心欺她？若说无缘，为何在此，还要遇到他？

笛声余音袅袅，悠然沉寂，夜天湛目光笼住她清幽的眸子，隔着夜色深深凝注。

相对而立，咫尺凝眸，远近纱灯温柔照出一对风华绝代的剪影。

夜天湛含笑缓步穿过回廊，走至她身前，月影清亮斜洒两人之间，朦胧处他俯身低头，轻轻抬手抚上她的脸颊，手中温暖拭去了冰凉的泪痕。

"你可知道，你比这月色还要美？"

牵手处，细语时，多少记忆如同巨石迎面撞来，卿尘猛地后退扶住栏杆，眼底惊起碎裂的伤痛。夜天湛微微愣愕之时，她反身冲出凝翠亭，一刻也不愿再留。

第十一章　山有木兮木有枝

"人生运命各不同，但求屹立天地……"

一折墨痕断在半路，有些拖泥带水的凝滞，卿尘颓然停笔，将笺纸缓缓握起，揉作一团。

　　案前已经丢了几张写废的纸团，仍是静不下心来，她握着笔紧紧将眉头一皱，这一日不是茫然失神，便是心浮气躁，每每闭目，心间便会响起阵阵飘荡的笛声，如真似幻，如影随形。

　　她有些恼恨地将笔丢下，站起来走到廊前却突然停住，转身回到案前，盯着笔墨看了一会儿，毫无仪态地掠开襦裙偏坐席上，伸手用力磨墨。

　　一方金星月砚被磨得哧哧作响，墨痕一道深似一道，圈圈溢满了一盏，她的动作却越来越慢，逐渐地平缓下来。

　　刚垂手舒了口气，外面传来靳慧的声音："卿尘，在吗？"

　　卿尘忙将裙裾一拂换了端正的跪坐姿势，靳慧已步了进来。

　　靳慧今天穿了件云英浅紫叠襟轻罗衣，下配长襦留仙裙，斜斜以玉簪绾了云鬟偏垂，窈窕大方。看到案上的笔墨，她笑道："每天都见你练字，字是越来越好了。"

　　卿尘道："是写得不好才要练，左右也无事可做。"

　　靳慧道："看来是个闲不得的人，前几天你问我有什么事可帮忙，如今还真有件事要你帮我。"

　　"是什么事？"卿尘问道。

　　"你跟我来。"靳慧说着挽了她的手往闲玉湖那边去。

　　跨过白玉拱桥，沿湖转出柳荫深处，临岸依波是一方水榭，平檐素金并不十分华丽，但台阁相连半凌碧水，放眼空阔，迎面湖中的荷花不似夜晚看时那般连绵不绝，一枝一叶都娉婷，点缀着夏日万里长空。

　　踏入水榭，檀香木宽廊垂着青色纱幕，微风一起，浅淡的花纹游走在荷香之间，携着湖水的清爽扑面而来。靳慧拂开纱幕边走边道："这是烟波送爽斋，里面有很多外面不易见到的藏书，交给别人我不放心，你若愿意，我就把这儿拜托给你。"

　　"是王府的书房吗？"卿尘欣喜地道，"里面的书我可以看？"

　　"自然可以。"靳慧带她走过台榭，步履轻柔，"既交给你打理还有什么不可以？只是千万别弄乱了丢了，这些繁杂的事情不知你愿不愿做？"

　　"怎会不愿，"卿尘道，"既有事做，又有书看，我真的要多谢王妃。"

　　靳慧扭头看她："怎么听着还这么生疏？我比你虚长几岁，你不介意便叫我一声'姐姐'，这才不见外。"

　　卿尘静默片刻，清淡一笑："姐姐说得是。"

　　"这就对了。"靳慧笑道，"你不妨先在这儿四处看看，若有不懂的晚点我再跟你细说。"

靳慧走后，卿尘步子轻巧地往水榭深处走去，长长的裙袂飘拂身后如云，同碧纱轻幕一并缥缈于清风淡香，方才恹恹的心情也散了大半。

过了临风回廊，水榭的主体其实建在岸上，先前几进都放着各色书籍，其收藏之丰富，单是浏览书目便要许久。待步入里面，才是真正的书房。

书房里的书少些，但显然常有人翻动，她抽了几本看，见是《国策》《从鉴》《治语》《六韬》《武经》等不甚易懂的书，当中宽案之上，犀纹墨、湘妃笔、薛涛笺整齐摆放，处处洒扫得一尘不染，案头散放着几册《遗史书话》，旁边则是些叠摞的本章。

案后挡着黛色洒金屏风，其旁月白色素面冰瓷盏中养了紫蕊水芝，白石绿叶，玉瓣轻盈，悄然绽放着高洁与隽雅。室中摆设处处随意却又透着清贵，卿尘目光落在一件色泽剔透的黄玉雕玩上，她隐约猜到这不是普通人的书房，湛王府中恐怕只有一个人会在如此清静的地方，看这样的书。

刚刚提起的兴致顿时落了几分，她站在案前随手拿了样东西翻了翻，一见之下却是夜天湛陈奏天舞醉坊一案的本章，犹豫了片刻，终究禁不住想知道案情，便浏览下去。

草草看了一遍，内容一时还不得甚解，只觉得本章上的字润朗倜傥，风骨清和，落笔走势间近乎完美的搭配，字字珠玑，通篇如玉带织锦，几乎叫人只顾赏字却忘了里面写的是什么。最后几笔朱墨，批着"慎重，严办"四个字，卿尘合上本章默默细想，再回头看了一遍，方知原来这样简单的案子，说小，可以只办一个天舞醉坊；说大，可以上至三公，牵连内外。

从这奏本上看，此案引出朝中大臣借势枉法、营私牟利等诸般情况，矛头所指，令歌舞坊这类行业中的官商勾结，遭了措手不及的打击。除了听说过的吏部侍郎郭其外，尚有一连串牵涉其中的重臣，卿尘甚至有些怀疑这是否是夜天湛的奏本，其语言之犀利不留情面和他平素的温和相差甚远，叫人不太相信出自他的手笔。

不过数百字文章，却得用七心八窍仔细推敲。卿尘将奏本放回原处，方察觉待了这么久，天色已近黄昏。室内的光线渐渐暗了下来，她起身将两盏琉璃银灯点燃，稍稍整理了一下书案，走出了烟波送爽斋。一面走一面想，如今既已答应下来，也不好再说不愿，白天夜天湛似乎并不常在府中，若稍加留意错开时间应该不会遇上，这里藏书甚多，说不定便有与九转玲珑阵相关的记载，对她很有吸引力，她不想错过。

刚走入长堤柳荫，冷不防有个黑衣人闪至身旁，将她一把带入树影深处。卿尘脱口惊呼之时，那人手指在唇间一按，将面纱取下。

"冥魇？"卿尘十分惊奇，"怎么是你？"

冥魇依旧是那副冷淡模样："找了几日才知道你被单独囚禁在湛王府，跟我走吧。"

"去哪里？"

"你想待在这儿？"冥魇说着将面纱重新戴上，回头问道。

卿尘摇了摇头，看着冥魇露于面纱外漠然的眉眼："虽然不想，但我也不能糊里糊涂就跟你走。"

冥魇闻言微微蹙眉："我大哥要见你。"

"你大哥是谁，为什么要见我？"卿尘记得当时在船上肖自初曾经提起过冥衣楼，也想跟冥魇问个究竟。冥魇却只简单说道："见了后自然会知道。"

卿尘无奈地道："即便我跟你出府，也该和湛王或是王妃说一声，不能不辞而别。"

冥魇道声"不必了"，说着伸手将她挽住，袖中一道黑索射上高墙，足尖轻点，身子便借力掠起飘往墙外。

"哎，等等……"卿尘话音未落，两人尚在半空，忽见一点白光惊如闪电，直袭冥魇背心。

轻啸声中，来势凌厉，冥魇心中微惊，袖刀绯色一闪挥手击出，和来人凌空交手，身子却不缓，反而借势一升。

那白光毫无停滞，穿过薄刀微微一晃，化作千重万影，迎面逼来，刹那间便封死了冥魇所有出路。

冥魇半空无处借力，身形急退，飘落地上。

暮色柳下，夜天湛一身明净的水色长衫，气定神闲握着玉笛，唇角略含笑意："姑娘好身手，只是出入王府是否也该和主人打个招呼，更何况还要带走我府中之人。"

冥魇目光在他身上一转，也不说话，冷哼一声，手中薄刀已再次袭向夜天湛，趁机反身带着卿尘掠起。

夜天湛眼中笑意一盛，映着精光微现，手中玉笛斜点，破入薄刀攻势。一道寒光如影穿飞，叮当不绝的金玉相交声中，卿尘只觉得身子一轻，已被他抢手揽过，眼前红光飞起，冥魇一柄薄刀脱手而出，玉笛攻势不减，挟着清锐的光影直点她的咽喉！

卿尘脱口叫道："住手！"

玉笛闻声收势，潇洒自如，方才的凌厉瞬间消于无形，夜天湛低头看向她，眉梢微扬。

"她是我的朋友，没有恶意的。"卿尘急忙道。

"若是朋友，以后可以走大门进来，本王必以礼相迎。"夜天湛微微笑道。

卿尘道："抱歉，她……想必是误以为我被囚禁在王府，所以才偷偷进来。"

夜天湛目光落在她眼中，神色淡雅："哦？那方才倒是我鲁莽了。"他俯身将那柄被激飞的刀捡起，看向冥魇，"艳若桃色，光似流水，想必姑娘人也和这刀一样美。"说罢将刀托在掌心，递还过去。

冥魇眼中闪过戒备，冷然看着他。

夜天湛含笑而立，似乎方才根本没有同人交过手，刀光剑影都在他翩翩如玉的笑中化作无形，这一方天地只余柳轻风暖，新月微明。

卿尘问道："可以让她走吗？"

夜天湛微微低头："你同她一起走？"

卿尘眼眸微垂，冥魔今日闯入湛王府，可以是寻一个朋友，也可以是私闯、图谋不轨，甚至行刺。若夜天湛执意追究，他能使长门帮在伊歌再难立足，想必冥魔也会很麻烦。她抬头迎上夜天湛询问的目光，微微一笑："天色已晚，出府多有不便，若有事不如改日再说吧。"说话间她接过夜天湛手中的薄刀交给冥魔，对她轻轻摇头。

夜天湛眼中拂过俊朗的明亮，扭头问道："那这位姑娘意下如何？"

冥魔略一沉默，对卿尘道："我会再找你。"说罢看了夜天湛一眼，身形掠起，便消失在红墙碧瓦之外。

夜天湛摇头失笑："这倒真是比走正门方便许多。"

暮霭沉沉远带长堤，堤上一行烟柳，月色悄然挂起枝头，如一幕安静的画影。黄昏暖暮中卿尘看不清夜天湛的神情，只感觉他身上有着淡淡湖水的清爽，松散而舒缓。

"去过那儿了？"夜天湛将此事丢下，举步往烟波送爽斋走去，含笑问卿尘。

卿尘却站着没动："我不打扰你了。"

夜天湛停住脚步，回头笑道："为何躲着我，我会吃人吗？"

卿尘一愣，随口道："应该不会。"

夜天湛忍俊不禁，只笑着看她。这话让卿尘自己也觉得有些好笑，她挑了挑眉梢，不由得亦扬起唇角。

两人间的气氛轻松下来，夜天湛眉眼覆了暮色，有着温柔的清朗："带你去看看烟波送爽斋入夜的景致，不同于白日，和在凝翠亭也十分不一样。"

沿着柳堤，走到湖上时清风拂面而来，卿尘扭头问道："这是你的书房？"

夜天湛点头道："你若是平日练字看书都可以来这儿，下人们未经吩咐不会来打扰，既清静又方便。若想看医书也有不少，你自己找找看。"

卿尘道："此间藏书包罗万象，难道你都一一看过了？"

夜天湛负手身后，闲闲道："多数看过，但天都藏书当属东宫太子府中为最，太子殿下文华高绝爱书如命，我这里的书尚不及其万一。"

卿尘突然一抿嘴，他问道："笑什么？"

卿尘道："我想起你那幅画中题的诗。"

夜天湛望向湖中轻轻一笑，笑中有些不明的清淡，却又似乎带着点儿怀念的意味："我一幅最为得意的好画，他们也真舍得糟蹋。"

烟波送爽斋中因夜天湛回来多了几个侍从，其中一个上前道："殿下，前面已备好晚膳了。"

"挪到这边。"夜天湛吩咐道,"看看我既不吃人,平日都吃什么。"他扭头一句笑语,便将卿尘借口离开的话挡了回去。

碧纱影里临水布案而坐,侍从很快上了几样精致的菜肴,而后皆退了下去。

卿尘坐在夜天湛对面,安静地看着他,他的一举一动,他的言行笑语。席间有酒,她突然有痛饮一醉的冲动。

酒有莲枝清香,她浅浅地啜了小口,再进半杯,随着仰头的幅度一倾入喉,酒不烈,却勾得人神志飘忽,舒舒服服地暖着。

夜天湛起初陪她饮了两杯,忽而察觉她喝得很快,夹了菜布在她面前:"慢些喝。"

卿尘抬眸看了看他,酒上双颊绯色新,那眼底淡淡的清波带来,竟叫他微有失神。

她没有理他,径自将酒灌了下去,连日来束手束脚彷徨的感觉随着酒的诱惑直直逼上心头,倘再不能发泄出来,她就要在这样的压抑中窒息过去。若举杯能消愁,她情愿把盏长醉,或者醒来便发现不过是黄粱一梦,是谁和自己开了个天大的玩笑。

再添酒,半杯入腹,半杯却洒了湖中,卿尘咬着唇微微眯眼,将手一松,白玉杯扑地落入水中,幽幽沉了下去。她靠在栏前低眸看着闲玉湖一波一波地荡漾,月色很淡,落上她侧脸一片朦胧,却笼不住如玉的一抹流光。

"卿尘,"夜天湛看了她半晌,问道,"你到底能不能喝酒?"

卿尘扶着木栏站起来,清风牵着广袖飘逸,月光渺渺地浮动在她的笑中,她不答话,只看着他一字一句问道:"你是谁?"

她的神色有些迷离,翦水双瞳却深得清澈,似乎执意要将他看穿。

"告诉我,你是谁?"她再问。

夜天湛放下银箸,微笑着将她扶住,回答道:"夜天湛。"

"夜天湛。"卿尘重复了一遍,"你是夜天湛。"她突然抬头粲然一笑,月光、湖波、晚灯都在那眸底的澄澈中陷了进去,化作深浅光泽,透过清亮的雾气缓缓升起。

夜天湛拦住她执壶的手,柔声道:"酒已经没了,不喝了,好吗?"

"嗯。"卿尘乖巧地将酒交给他,"我想听你的笛声。"

"好。"夜天湛答应她,卿尘以手撑额坐在案前,安静地等着。

夜天湛轻抚玉笛,榭下水波静静拍着栏杆,他望着卿尘好一会儿,对她暖暖一笑。

修长的手指起起落落,笛声便轻缓地响起,音色并不清越,低吟徘徊,只在两人之间,只有他们听得到。曲调清和古雅,声声叹咏,仿佛自远古红尘中生出了繁华万千的明亮,落在心间最柔软的地方,照亮了阑珊的一方。

卿尘唇角始终带着笑,笑容干净而明澈,碧纱的飞影在眼前变得朦胧,宁静地化作另一方天地。什么都没有,只有柔和的笛声缱绻飘荡,脉脉地陪伴着她。

她看向夜天湛的眸中有着醉色的浮光,话语也飘忽,慵然伏于案上低声问:"你是不是，命运给我的补偿？"不期望任何回答，她沉沉闭上了眼睛。

夜天湛将玉笛放在一旁，俯身轻轻将卿尘抱起，她只星眸半睁迷蒙地看了他一眼，复又合上，安静地靠在他臂弯中。

他笑着摇头，今日这酒并不烈，却不想她如此不胜酒力。

将她送回住处，他站在榻前看了她一会儿。印象中她的脸色常常有些苍白，但此时淡淡的几许红晕仿佛一抹妖娆桃色，落了妩媚于冰肌玉骨，格外地动人。笼烟般的眉清秀，顾盼生姿的明眸被羽睫浅影遮挡，使她的容颜柔和而宁静，那微抿的樱唇线条淡薄隐约，夜色下如同藏了一个秘密，而唇角如玉的浅笑不经意诱惑，叫人一点点沉沦。

他含笑看着醉卧玉枕的女子，突然微微俯身，兰芷般的清气带着温暖的酒香，几乎便叫人恍惚坠落，但他在咫尺间停住，只是伸手拢了拢她的发丝，无声轻叹。

他直起身来，唇角弯起一个舒缓的弧度，用目光描摹着她媚色中的清隽，心情突然变得畅快。这个女子，从见她的第一眼便奇特地被她吸引，他不想逢场作戏唐突佳人。

他转身缓步走到案前，略一思索，潇洒执笔落墨：

悠悠比目，缠绵相顾。婉翼清兮，倩若春簇。
有凤求凰，上下其音。濯我羽兮，得栖良木。
悠悠比目，缠绵相顾。思君子兮，难调机杼。
有花并蒂，枝结连理。适我愿兮，岁岁亲睦。

悠悠比目，缠绵相顾。情脉脉兮，说于朝暮。
有琴邀瑟，充耳秀盈。贻我心兮，得携鸳鸯。
悠悠比目，缠绵相顾。颠倒思兮，难得倾诉。
兰桂齐芳，龟龄鹤寿。抒我意兮，长伴君处。

这首古曲《比目》，希望她醒来看到，能有一笑。

第十二章　莫道天命知几许

天高气爽，几缕淡云飘在天际丝丝牵扯，随意地涂抹着轻灵的风色。碧空如洗，阳光毫无顾忌地铺展开来，耀得天如美玉云似水。

湛王府园囿里一地的青石散水，浓郁的花阴下四处透着清凉的影子，紫藤花飘，清香馥郁。

卿尘抱着几本书往烟波送爽斋走去，神情略有些无奈的意味。昨晚又翻了一夜的书，这些天烟波送爽斋中奇门异类的笔记几乎都被她查了个遍，却始终没有见到那所谓的巫族禁术。天舞醉坊的案子迟迟未结，她暂时还不能离开湛王府，冥魔自那日之后也再没有出现过。她闷闷地迈着步子，想起那山间竹屋、桃林深溪，下意识地把弄手腕上的碧玺，低头叹气。

两个平日跟随夜天湛的侍从正在烟波送爽斋前低声说话，看到卿尘过来都是面上一喜，其中一个远远便迎上前叫道："凤姑娘！"

"秦越，是殿下回来了吗？"卿尘随口问道。

"殿下和殷相爷刚从朝上回府。"秦越近前作了个揖，低声笑道，"姑娘来得正好，殿下在里面大发雷霆，我们没人敢进去奉茶，拜托姑娘。"

以夜天湛温文尔雅的性子，竟也有大发雷霆的时候，卿尘一时好奇，在水榭廊前站住，奇怪地问道："出了什么事？"

"我们也不清楚，只是远远听着殿下在骂殷相，"秦越苦着脸道，"这时候进去没准就落个不是。"

卿尘不由失笑："敢情是找我给你们做挡箭牌？"

"姑娘就当可怜我们，殿下总不会对您发脾气。"秦越又作了个揖，自另外一人手中接过茶盘，低头恳求。

卿尘眉梢淡淡一掠，还是自他手里接过茶，又回身问道："还有谁在里面？"

秦越道："只有相爷和殷家大少爷。"

卿尘点了点头，端着茶走往书房，走到门口便隐约听见夜天湛的声音："舅舅，殷家的生意已经遍布天都，哪一处不足不够，偏要去蹚歌舞坊这潭浑水？"温朗中不疾不徐，他的语气听起来和往常没什么不同，只是稍加留意，却能察觉凭空多了几分疏冷。

"殿下说得是，但事已至此，还是要想个两全其美的法子才好，何况事到如今，牵扯进来的也不止殷家一个，皇上的意思恐怕有变，我们也得多方衡量。"一个略老些的声音道。

卿尘加重脚步，轻咳了一声，伸手打起垂帘，屋中靠窗坐着个四五十岁的中年人，正是夜天湛的嫡亲舅舅，尚书令殷监正，其旁一个年轻人则是殷家大公子殷明瑭。

夜天湛坐在案前，面色淡淡倒不像发怒的样子，只是眉宇间丝毫不见往日的温和，那神情令屋中显得有些静穆。见卿尘进来，他眼中的淡漠似是微缓，卿尘对他笑了笑，将茶轻放在三人面前。

夜天湛继续对殷监正道："往后我会斟酌行事，舅舅先回吧，该放的早放，莫再拖泥带水。"

殷监正和儿子对视一眼，都知他正在气头上，此时什么话也不宜再说，便起身告辞出去。

卿尘见客人这便走了，心中暗觉这茶十分多余，回头定要找秦越算账。

夜天湛目送两人离开，缓缓叹了口气，伸手拿了方凉巾拭手。他闭目沉思，不知想到了什么，手里凉巾有意无意地握下，便有水从指缝流出来，滴到一旁的奏章上。

"哎！"卿尘轻声提醒，伸手将奏章抽出，夜天湛蓦地睁开眼睛，见她拎了本湿了一角的奏章正无奈地站着。

卿尘将奏章上的水迹拭去，放回他面前，他看了一眼道："丢了吧。"

卿尘抬眸相询，他眼角轻轻往上一掠，淡淡道："得重新拟了。"

卿尘也没说什么，转身取了火折子过来就着个铜盆将奏章一燃，丢进去看着烧了。

几点飞灰跳起，夜天湛凝视那火光片刻，拿起茶盏微微啜了口，再抬头时先前些许情绪已然消泯无踪，含笑开口："这几日常和十二弟一起出去？"

"嗯。"卿尘点头道，"我想熟悉一下伊歌城，十二殿下便带我看了些地方，城中好玩的去处他似乎都知道，还带我去了几次昆仑苑，教了我好多骑马的技巧。"

夜天湛道："哈，十二弟是有名的会寻乐子。"

卿尘接道："如假包换的花花公子潇洒王爷，倒不似你每天都忙得不可开交。"

夜天湛笑了笑道："过几日便清闲了，届时我亲自带你好好在天都玩一下，有些去处十二弟也未必知道。"

"那自然好。"卿尘笑说。

"殿下，"这时，秦越在外面低声禀道，"莫先生来了，见不见？"

"莫先生？"夜天湛一怔问道，"哪个莫先生？"

"以前钦天监的莫先生。"

"哦？"夜天湛自案前站起，"莫不平莫先生？"

"正是。"

夜天湛道："还不快请！"说罢竟亲自迎了出去。

卿尘有些惊讶，夜天湛能在烟波送爽斋见的客人必是极为重要的人或者私密之交，但似这般亲自相迎的却也不多。她随后走出，将茶盘交给旁边侍从，道："你有客人，我先回去了。"

夜天湛却道："一起见见无妨，莫先生早年是我和几位皇兄的老师，曾任钦天监正卿，精通星相命理之术，素来被称为我朝星相第一人。先前听说他辞官后云游四海去了，多少年难得一见，我看你这几日总翻看些奇门五行的书，应当有兴趣和他谈谈。"

卿尘眼底微微一亮，说话间秦越已引着一位老者远远过来。夜天湛快步迎上前去，笑道："十余年不见，莫先生何时回的天都？"

莫不平亦拱手笑道："老夫昨日方到，今日路过王府，一时兴起便想进来叨扰殿下一杯清茶，还望殿下莫要见怪。"

"莫先生客气了，先生能来，我可是求之不得。"夜天湛一边说，一边命秦越前去备茶。莫不平眸光微抬，不经意间在卿尘脸上略微停留，眼底隐约掠过探寻，夜天湛转身介绍道："这位是凤卿尘凤姑娘。"

卿尘抬眼打量，只见这莫不平一身布衣长衫，身形瘦顽，除了颔下一缕五柳胡须看去颇有几分仙风道骨外，相貌平平毫无过人之处，但她清晰地感觉到他看向自己的眼睛深湛莫名，意味平平的目光在人身前一落，便似是知晓了些什么，让人有些说不出来的异样。她隐下心中惊异，含笑对莫不平施礼道："卿尘见过莫先生。"

莫不平微微点头还了一礼，伸手捋着五柳须。

几人进了烟波送爽斋，夜天湛却不在书房停留。水榭往后还有几进亭台，一路曲折蜿蜒，境地极是幽深，待过了几转走到尽头，便是一间茶室。

茶室依着一侧山岩，幕纱重重微风徐至，半边窗下洒着点点枝叶斑驳的光影，清凉而幽静。门前秦越早已候在那里，另有两个青衣小童，见了几人躬身打起垂帘。室内一张古木方几，一脉清泉不知来自何处，随着相连的竹节引至近旁，注入一个小小的白石浅潭。水随竹节时而轻轻一落，水入石中其声琤琤，如微风轻点瑶琴，衬得满室清静。

廊前银炭烹水，其声微沸。夜天湛遣退侍从，竟然亲手取茶布盏。一缕缕水汽微微萦绕，卿尘接过他手中的茶具道："你陪莫先生说话，让我来吧。"

夜天湛虽将冰瓷小罐递到她手中，却道："烹茶可是门学问。"

卿尘望向他眼中那一抹清湛，淡淡笑道："品茶也是学问。"举手开罐，但觉幽香扑鼻，这茶未品已知不凡。夜天湛从旁相看，指点道："茶名'幽意'，乃是出自南疆云顶雾峰，千载古树。等闲茶叶都是明前采摘、当年新制方为最佳，但这一款茶，新制时固然鲜爽，但是年岁越久，越是别具滋味。说起来，这茶还是上次莫先生离京时候存的呢。"

莫不平捋须而笑，卿尘轻嗅茶香，点了点头，垂眸静待水开。片刻后，炉上水沸如同蟹眼，她便取过银铫沐盏淋杯，依次放置一旁，转身纳茶。

茶叶在雪纸上倾开，深敛的色泽衬着她修长莹白的手指微动，窸窸窣窣，赏心悦目。茶形如索，色深近墨，闻之幽香沉敛。待茶入壶，卿尘抬手执起一旁小火炉上烧着的银铫，缘壶注水。

细柔的水流徐徐流注，热力直透壶底，茶香散开，顿时溢满了净室。

卿尘静静看着清水逸至壶口，茶中色泽渐开，层层珠玑磊落，明净生辉。水气沿着茶壶渺渺缭绕，卿尘不慌不忙漱杯醒茶。夜天湛见她手法娴熟，优雅从容，不由微微点头。片刻之后，低斟洒茶，卿尘执盏微笑奉茶："请殿下和莫先生指正。"

观盏中茶色橙黄明亮，其上轻云淡生，华彩焕然。闻其香气飘溢馥郁，轻啜一口，韵味十足，流连齿颊，便似花开古涧，流水淙淙，却更有药息陈香，层层分明。夜天湛不禁赞道："好茶，早不知你这么好的茶艺。"

卿尘道："是府中的茶好，尤其还是水好。烹茶本就讲究三分茶品七分水，这水清澈甘冽，滋味甜醇，无论怎么冲泡都不会错的。"

夜天湛道："烹茶之水，山水为上，江河次之，井水为下，这道'半日泉'的泉水，入茶的滋味算是上品。今天莫先生来，十有八九还是念着我的茶吧？"

莫不平回味无穷地品完杯中之茶，任卿尘又将冲好的第二汤斟入，笑道："十年才得一次，殿下莫非还心疼老夫讨这一杯茶？"

夜天湛温雅一笑，做了个请的手势。

莫不平闭目细品半日，对卿尘道："凤姑娘这置茶的心境一番从容气象，淡然自若，着实难得。老夫品茶无数，此茶入喉甘冽清雅，却有丝缕岩韵于幽微处隐现，聚而不散，好啊！"

卿尘道："我于茶道得之皮毛而已，还请莫先生不吝赐教。"

莫不平捋着胡须道："为茶之道便如抚琴弈子，其中只在一个意境，得其技易，知其道难。凤姑娘以心入茶，神骨浑然天成，老夫岂敢言教？"

这一盏茶，带得人心境空幽，深得真味。夜天湛漫不经心地看了卿尘一眼，忽觉她身上似有无数的谜团。言行举止，她不像他见惯的普通女子，她的过去隐约难见，眼前更是扑朔迷离，就如同烟波轻雾下的闲玉湖，深静幽远，神秘莫测，总叫人忍不住想去探究。

卿尘笑了笑，放下茶盏道："方才听说莫先生相术天下第一，殿下可是试过？"

夜天湛微笑，看向莫不平："几年之前莫先生便说天机不可泄露，如今可还是这句话？"

莫不平看着夜天湛神采如玉的面容，旋即笑着低头品茶。

夜天湛身为皇子，已然尊贵非常，现在既问天命，这一问一答，不经意间已非普通的问答。

莫不平啜完一盏茶，见夜天湛依然不着痕迹地看着自己，知道他是不打算再听搪塞之词，悠悠道："殿下尊贵不止于此。"

此中深意不言而喻，夜天湛不露心绪，面带淡笑，对莫不平举杯道："先生请。"

莫不平拈须点头，饮了一口茶，却若有所思地看向卿尘。

卿尘此时正将沸水再次注入壶中，冲泡第三道茶，心想以夜天湛如今的声望地位，只要不是行差踏错，自会步步晋封爵位，莫不平这句"尊贵不止于此"，明摆着便是语焉不详。同样的话，不同的人，不同的心思，便有不同的答案，这模棱两可的说法任他如何解释都不会出错，当真是深得江湖真味。

莫不平自是不知卿尘这一番念头，只是深深打量她。他于相术之上确实颇具心得，但眼前这女子看去浑身澄透言笑清澈，却偏偏是他生平首次参不透的一个，他既不能知其过去，亦不能知其未来。如此异数叫人惊奇，他终于忍不住开口问道："凤姑娘，不知老夫可否请问一下生辰八字？"

他突然这么说，夜天湛倒是上了心。朝野皆知莫不平一双火眼金睛，推知天命向来不问生辰，更从不主动开口相询，为何今日竟然例外？

卿尘这边却一愣，生辰八字？若论生辰八字，甲乙丙丁子丑寅卯的，她哪里一时间便说得出来？

她低头掩下乍现即逝的异样，不疾不徐将茶一一斟入两人盏中，先道："茶名幽意，重重滋味不可尽知，这茶的确名副其实，无怪莫先生十余年未在天都，一回京就来七殿下这里。"有了这几句话的时间缓冲，她心中打定主意，托了茶盏对莫不平淡定一笑，"莫先生，生死祸福皆是天命，既由天定，我等凡人何苦自扰？"

一个不软不硬的钉子，叫莫不平好生愣愕，他这一生阅人无数，还从不见有人不想知晓自己命数的。眼见卿尘一脸清淡恬静，他却忍不住又问一句："凤姑娘难道不想知道？"

卿尘唇角淡笑，望去的一泓秋水幽然不见深浅："知即是不知，不知即是知。"

莫不平碰了第二个软钉子，眸色中略过丝丝光泽，更加深了几分。

纱幕轻飞习习送爽，穿过茶香满室，卿尘轻啜了一小口茶。

此时夜天湛突然问道："那先生看卿尘的面相，可有所得？"

谁知莫不平却半日不语，待卿尘几乎将杯中茶饮尽实在沉不住气再抬头时，方听他慢慢道："老夫不知。"

"此话怎讲？"

莫不平一双锐利的老眼再次审视卿尘，卿尘压住情绪平静地和他对视。最后莫不平摇了摇头坦然道："老夫就是看不出凤姑娘的命数，所以才相询生辰。"

此言一出，夜天湛十分惊诧，卿尘见面前两人不约而同地看向自己，只好继续不动声色浅浅笑道："不知道以后会发生什么，活着才有趣；若是什么都知道了，反倒没了这乐趣。偏偏我是个生怕活着没乐趣的人，如此甚好。不如以茶代酒，再陪莫先生饮一杯吧。"举杯饮茶，云袖静垂，避过了夜天湛研判十足的目光。

一个时辰之后，卿尘看着夜天湛送莫不平走出水榭，自己快步进了书房翻找天干地支时辰图，手指沿着书页一溜滑下，将自己的生日对照出来牢记在心，免得再被问个哑口无言。

一边翻看，她一边皱着眉心叹了口气，知晓未来的机会错过了，方才旁敲侧击问了莫不平几句关于巫族和九转玲珑阵的事情，同样一无所获。至于冥衣楼，因为牵扯着天舞醉坊的案子，朝廷江湖毕竟不同，为防牵扯到冥魔，也不敢随便开口相问。外面夏日炎炎，她心中却凉凉泛着一缕失望，来易来，奈何去却难去，怎能不叫人心生烦闷？

夜天湛送客回来似是心里想着什么事，站在窗前远远望着闲玉湖中接天碧荷，突然问她："你看这湖中的荷花今年开得如何？"

"极美。"卿尘道，复又加了句，"但我没见过往年是什么样子。"

"起初种得并不多，慢慢竟也占了半湖颜色，似乎年年花开年年多些。"夜天湛微微一笑，扬声叫道，"秦越！"

秦越立刻应声而至："殿下有何吩咐？"

"将凝翠亭四面整理清爽，下月初九我要在闲玉湖宴客。"夜天湛未曾回头，仍旧看着湖波清远，淡声道。

"下月初九？"秦越抬头道，"那日不是殿下的寿辰吗？"

夜天湛点头："对，记着备下几位王爷都喜欢的桃夭美酒。"

听是要宴请各位王爷，秦越不敢马虎，立刻答应着去办。

卿尘笑道："原来初九是你生日，你有没有想要的礼物？"

这倒把夜天湛问得一愣，回身打量她半晌，今天还确实有一样想要的，低头道："我要什么，你便送？"

卿尘爽快地道："只要我能做到，便一定遂你心愿。"

"好。"夜天湛步到桌边，"我要的东西，你现在就能给。"

卿尘想了想，猜不出他是想要什么，于是道："那你说来听听。"

只见夜天湛抽出一张薛涛笺，挑支狼毫笔轻轻在砚中润了墨，递到她面前："你的生辰八字。"

"嗯？"卿尘不想他要的寿礼竟是这个，当真出乎意料："想知道告诉你便是，何必借寿礼这么大的由头？"

夜天湛摇头："方才莫先生一再相问你都不说，我怕你现在也不肯。"

想起方才的事，卿尘嘴角牵了牵，庆幸在他进来之前已翻过书，不至于再被问个措手不及，便接过他递来的笔道："这又不是什么不可说的秘密，只是不想告诉他罢了。"

夜天湛静立案前，待她写好后拿起笺纸来看，少顷墨干，将那张纸收好："我记得了。"

卿尘道："这真是你要的寿礼？"

夜天湛含笑点了点头："没错。"

如此简单，卿尘恍惚了一下，面前的夜天湛似乎又一次和李唐重叠在一起。

同样的面孔底下，虽是不同的人，但一样的体贴宠溺，一样的柔情似水，一样的从不让对方为难，一样的风度翩翩关照有加，总叫人沉迷其中，流连忘返。

想忘掉，这段时间一直在为此努力，却每每在看到夜天湛时都功亏一篑，爱了恨了，为何深深浅浅，连自己都不知究竟用情几分？

或许，即便她现在坚决不愿承认，曾经交出的那颗心原来真诚得近乎脆弱。那一刻心间的裂痕，执着地凝固在远远未知的地方，直到很久以后才传来碎片坠落的声音，掷上冰冷的地面，清晰而决绝。

她眉心轻锁，正在上扬的嘴角收敛了笑意，眸底掠过黯然，却又随即浮起一抹倔强。没想到无意转过目光，却发现夜天湛正似笑非笑端详着她脸上精彩的表情，看来已经看了好久。

她像是偷糖被逮到了一般怔然无语，却见夜天湛今天眉宇间始终隐着的阴霾终于散开，他扬唇轻轻地对她笑起来，俊美的眼中掠过风华无限，那温柔瞬间包裹了全身。她愣愣站在他身前，竟就这样沉浸在了里面，不想不愿不能自拔。

第十三章　浅碧轻红复卿卿

夏日天光渐渐隐没在一片微暗的云边，夜幕降临，雕窗之下垂帘半卷，透过碧纱送进丝丝凉风。卿尘收起案上纸笔，扭头望向窗外。

隔着月色，闲玉湖上的灯火似是飘浮在极远的地方。湛王府今日热闹非常，因是湛王寿辰，往来宾客皆是皇族宗亲，府中上下忙得足不点地。卿尘一早便给夜天湛贺过寿，待到黄昏，湖中宴席准备停当，上下传话吩咐，恭候诸王驾临。卿尘本非府中之人，亦不熟悉那些烦琐的规矩，此时乐得清闲，独自回房翻书练字，不知不觉夜色渐深。

庭前风动花香，正是醉人时分。桂子香气时浓时淡，盈风缭绕，满树枝叶亭亭如盖，一片繁华轻影。卿尘爱这婆娑花树，不由起身步出门外。夜空新月一痕，无垠清远，四周静谧如梦，仿佛能听到朵朵桂花在夜色深处悄然绽放，风过树梢，流连忘返。

不知为何，每次她仰望夜空，便觉这苍穹深处有着另外一个世界，原本那里才真正属于她。然而一日日过去，有些时候，恍惚中又会觉得眼前一切那样自然熟悉，每一人每一物，熟悉到心生欢喜。

这种矛盾的心情时常出现，奇异莫名，就连自己都无法解释。她一时想得出神，独自站在树下发愣，突然间，感到什么东西自脸侧一晃而过。她吃了一惊，未回头便听到阵爽朗的笑声，只见夜天漓懒洋洋地以手撑树，随手将一剪花枝丢了过来，笑问："想什么呢？神游太虚，再看便飞上月亮成仙了。"

经过这些日子，卿尘已经和他颇为熟悉，知他生性跳脱，最是不拘小节，也不刻意拘礼，道："你不在凝翠亭待着，怎么跑来这里了？"

夜天漓挑挑眉，一副玩世不恭的模样："凝翠亭那儿有什么意思？父皇今天兴致好，同太子殿下一起来了王府，人人都在御前立规矩，闷得要命。我跟七哥说了过来找你，明天我去昆仑苑，你要不要一起？"

卿尘点头道："好啊，跟你去看看那匹受伤的白马，上次见它伤已经好很多了。"

夜天漓道："还惦记着它。早跟你说过，云骑是西突厥进贡来的宝马，性子可烈着呢。"

卿尘执了花枝与他前行，道："我不觉得，是你们总想着要驯服它才觉得它不好相处。上次它被驯马师拿绊马索伤了，我给它敷药它也不曾反抗，后来几次还肯从我手里吃东西呢。"

夜天漓道："哼，你不说这事我倒忘了，那些奴才驯服不了云骑，竟敢用绊马索伤它，再让我撞见，当场便扒了他们的皮！"

卿尘睨他一眼："天都第一霸王爷。"

夜天漓扬眉笑道："爷就这脾气！走，陪我去寻七哥的好酒。湛王府最好的酒是府中自酿的菡萏酒，每年盛夏花开才有，可不比天都桃夭差。"

提起那菡萏酒卿尘立刻觉得脸上发烧，连连摇头道："我不会喝酒，你又不是不知道。"

夜天漓也不管，拽了她便走："又不要你陪我喝，要你陪我去偷酒！"

卿尘听他说得有趣，笑着揶揄道："堂堂天朝王爷，什么好酒没有你喝的，偏要摸黑去当偷酒贼？"

"书非借不能读，酒非偷不能喝。偷来的酒格外香，不信一会儿你试试看。"夜天漓笑得贼兮兮的，哪儿有半分王爷的样子。他对湛王府熟门熟路，放轻步子七弯八拐净挑安静的地方走，竟一路都没遇上人。

花影重重，两人转到花墙拐角处，突然听到对面过来脚步声。声音既乱且急，来得极快，夜天漓闻声伸手要拽卿尘躲开，那边却匆忙转出几个人，当前一人走得甚急，冷不防便撞在卿尘身上。

卿尘没想到有人如此冒失，往后踉跄几步险些跌倒，幸而夜天漓在旁及时一扶，还没看清来人，对方已怒喝道："混账！瞎了眼了？"

卿尘听着这无礼的言语没出声，只是凤目微挑，淡淡打量来人。那人一时没看见夜天漓站在灯影里，只当卿尘是湛王府中的侍女，见她既不行礼也不说话，心中火起，抬手便向她脸上扇去。

"三皇兄！"旁边两人不约而同喝止，夜天漓一步挡在了卿尘身前，另外却是夜天湛将那人拦下。原来那和卿尘撞了个满怀的，正是同当今太子一母同胞，如今被封为济王的三皇子夜天济。

夜天湛陪在济王身边，神色温润如常，细看去却似乎略微带些焦急，扭头问卿尘："没事吧？"

卿尘听他叫三皇兄，方知来人是谁，今天这日子不好扫兴，于是轻轻摇头，对着济王无声一福，算作赔礼。

济王心下疑惑，惩戒个侍女，不想两个弟弟竟都拦他。再打量卿尘，见她神情淡淡，夜色下看不甚清晰，白衣素裙，容颜依稀平常，但眉眼中却自有一种不屈于人的高洁气度。他方要开口相询，前方闹哄哄的一群人奔过来，当先有人抱着个昏迷不醒的孩子，几个女官跟在后面，急得六神无主。这孩子正是济王膝下独子元廷，方才偷溜出宴席自己去玩，不知怎么竟晕倒了，济王他们正是听闻此事，才从前面匆忙赶来。

济王见儿子这般模样，也顾不得其他，急对身边人喝道："御医呢，怎么还没到？"

夜天湛劝道："皇兄少安毋躁，已去传御医了。"

夜天漓见元廷呼吸急促，身子不断抽搐，看情形竟不是很好，轻声对卿尘道："这是三皇兄府中的小世子，皇兄方才定是心里着急，你也别放在心上。"

卿尘对他笑了笑表示没事，抬眼打量元廷，略觉吃惊："咦？"

"怎么了？"夜天漓问道。

"好像是剧毒引起的窒息。"卿尘见御医迟迟未至，忍不住轻轻一拉夜天湛，"让我看看。"

夜天湛想起卿尘通晓医术，侧身将她让到近前。卿尘就着灯火查看元廷的情况，片刻后眉心微紧，转头对夜天湛道："小世子怕是碰到了毒虫，得赶紧设法去了毒性，不然很是危险。"旁边女官忙帮忙解开元廷的衣衫仔细检查，果然在小臂上发现了又红又肿的伤口，周遭皮肤隐隐有细小的水泡，看去甚是骇人。

夜天湛在旁看着，不由面色微变，低声吩咐侍从："再派人去催御医，快！"

卿尘随手解下发带，自怀中取了银针出来，一边命女官抱着元廷平躺，一边迅速用发带在他胳膊上方缠绕绑扎，取针在手。

"你干什么！"济王见状一把拦住，怒道，"你好大的胆子，竟敢随意对世子动针。"

卿尘眉心一蹙，也不反驳，只抬眼看向夜天湛。夜天湛看她一眼，对济王道："御医怕是没那么快赶来，元廷性命要紧，皇兄不妨信她，我府上的人，出什么事有我担待。"

济王虽将信将疑，但听他劝说徐徐放手，看着卿尘道："若有什么差池，仔细你的性命。"

卿尘也不答话，只对夜天湛道："麻烦王爷叫人立刻准备清水，还有蜂蜜、艾绒、雄黄、麝香、青黛。"

不待夜天湛吩咐，旁边侍从已小跑着去办。卿尘以银针刺穴，数针下去，元廷呼吸暂缓，身子亦不再痉挛抽搐。王府侍女们捧着东西匆匆而至，卿尘令女官喂元廷喝下蜜水，复以艾绒温针拔毒，待水泡略消，便调了雄黄、麝香等药物敷治。一番救治，元廷面色回缓，已不似先前那般骇人。

这时宫中御医匆忙赶到，卿尘交代了几句，便让到一旁。女官们簇拥着将元廷移到就近的屋室，御医诊后擦了把汗，对济王禀道："万幸万幸，小世子手臂是被毒虫咬伤的，幸好施救得及时，否则世子年幼体弱，再晚一点可就危险了。"

卿尘见元廷已无大碍，又有御医在旁，便悄悄起身离开。夜天漓抬眼看见要喊她，却见夜天湛已转身跟去，便笑了笑作罢。

夜风送来湖水潮湿的味道，将慌乱的气氛冲淡了几分。卿尘听到脚步声回头，见夜天湛含笑看着自己，目光在夜色下温润而柔和，亦对他微微一笑。

夜天湛行至近前，道："今天真要多谢你，元廷若在我府上出了什么意外，我还真不好和三皇兄交代。"

卿尘道："那解毒的法子是我在烟波送爽斋翻医书时看到的，若一定要谢，该谢你自己收藏了那么多好书才对。"

夜天湛道："宝剑赠烈士，美玉赠佳人。那些医书我并不常看，闲置着也是可惜，不如送你如何？也算是物尽其用。"

卿尘笑道："今天做寿的人倒送我一份大礼，哪有这个道理？"

夜天湛挑唇一笑，看去十分愉悦，方要说什么，却见秦越小跑着过来，俯身道："殿下，前面传话，皇上听闻了小世子的事，要见凤姑娘。"

月上中宵，湖风盈面。

侍从在前提了一行琉璃灯沿闲玉湖的回廊蜿蜒而行。明亮迤逦的灯火下，卿尘白衣胜雪随风流泻，衬着夜天湛水色蓝衫翩若惊鸿，远远看去，一双人儿好似自碧叶荷色间凌波而来，玉容俊颜，清逸风流，叫人几疑入了画境。

济王他们已先一步过来，正和天帝回话。凝翠亭里明灯点缀，依主次布着案席，玉盏金杯琥珀光，华贵中处处清雅。夜天湛目蕴笑意，亲自引卿尘步入其中，近前禀道："父皇，这便是凤姑娘。"

听他此言，卿尘便知这位一身云青龙纹长衫的老人便是当今天帝，还不及看清身边其他人，只觉有一道深锐的目光直投眼底。

这一瞬间，居然有心头凛然的感觉，卿尘眉梢轻轻一跳，敛衣施礼，一个威严沉稳的声音在耳边响起："免了。方才听人回禀，是你医好了朕的皇孙？"

卿尘谢恩起身，答道："回陛下，是。"

她趁隙往前一看，天帝身边坐着东宫太子夜天灏，云色长衫紫绶缓带，俊面白皙如美玉，浑身一脉书卷之气温文儒雅。他极安静地坐着，却自有这夜色也难以掩盖的高贵气质。若说天帝是让人不敢忤逆的峻严威仪，而他便是让人无法亵渎的高洁出尘。

"嗯，不错，"天帝点头道，"朕听说你是天舞醉坊一案的人证？"

卿尘垂眸道："是。"

面前一阵安静，卿尘感觉到天帝正在看着自己，片刻之后，那个威沉的声音复又响起："朕今日看了大理寺的奏疏，天舞醉坊的案子已该结了，结案之前，朕想亲耳听听你这个当事者怎么说。"

几乎刹那之间，数道目光不约而同落在了卿尘身上。卿尘亦在此时方知，天帝传召自己，并不只是因为济王世子那么简单，看来天舞醉坊之案确实牵涉甚广，竟令天帝亲自过问。沉默的瞬间，她脑中闪过日前殷监正与夜天湛的对话，却不敢多做迟疑，徐声道："若非陛下圣明，卿尘如今已不知流落何处，身遭何难，私心里说，恨不得将所有涉案之人严惩，杀头问斩都不为过。但惩恶扬善、施政安民当不动根本，所以，雷霆雨露皆是君恩。"

这一席话音方落，天帝眉梢微微一动，再道："哦？朕倒想听听，何为根本？"

卿尘低头道："国之本为民，朝之本为官。"

天帝接着道："于此案情何解？"

卿尘道："损国本则官腐，损朝本则民刁。诸方平衡，谓之胜局。"

"好一个诸方平衡，抬起头来让朕看看。"天帝的语气微微一扬，却丝毫听不出喜怒。卿尘闻言抬头，眸光静静便对上天帝的眼睛。

极深沉的一双眼睛，似乎可以包容所有情绪，喜怒哀乐到了这里一晃即无，滴水不漏，而后产生一种居高临下的肃穆与威严。她有些好奇地看着天帝，淡然自若的神情下没有回避或是惧怕，同样的平静无波。

如此对视说起来已是冒犯天颜，天帝似是故意不发一言，卿尘亦不曾垂下目光。夜天湛眉梢极轻地一紧，方要说话，太子已在旁道："父皇，你看这位凤姑娘可有些像一个人？"

夜天湛闻言即刻笑说："殿下也看出来了，若说乍见是觉得有点儿像，但再看又有些不同。"

如此一说，在座诸人都上了心。卿尘疑惑地掠了夜天湛一眼，却听天帝笑道："可是说鸾飞？"

"正是。"太子道，"刚刚远远看去，我还以为是鸾飞来了。"

卿尘还没弄清这话中之意，却又听夜天漓跟上一句："其实若说像，我倒觉得更像九嫂些。"

突然被人这样评论比较，卿尘心下疑惑，不由微微蹙了眉，此时，却忽听一个低抑的声音缓缓道："是像纤舞。"她心头无端一紧，仿佛被一只无形的手狠狠地抓了一下。这声音中不知为何带着那样沉郁的痛楚，依稀有什么哀伤无法化解，纠结缠绕，叫人不由得便替他伤心断肠。

说话的是九皇子夜天溟，夜天漓收起了跳脱的笑意，略有抱歉地道："九哥，我并非有心……"

夜天溟脸上浮起丝苦笑，摇头道："我知道。"说罢眼光淡淡落在卿尘身上，"倒不是眉眼像，只是这形貌之间一举一动一颦一笑，不知哪里竟有些神似。太子殿下方才以为是鸾飞来了，我倒误以为纤舞又活了过来。哈，鸾飞和纤舞她们姐妹本就是一个模子刻出来的。"

卿尘后背一阵发凉，原来是拿她比作了已经去世的人，难怪夜天湛他们之前都不曾提起。听言语中，似乎这九皇子和王妃之间感情颇深，只不知是怎样的红颜薄命，落得这里一人伤心。

她微微转身望过去，目光所至，心中不由得一赞，夜家几个男子个个生得英俊，但要说美，却真要以这九皇子为最。

浮光溢彩的琉璃灯火中，他的肤色似乎过于苍白，微挑的眉下一双细长的眼睛，虽寂然看着一方，却似敛入浮沉万千的光影，散布出极尽妖娆的蛊惑，配上挺直的鼻梁红润的薄唇，搭配得几近完美。一个男儿生得如此容貌，怕是连女子亦要自愧不如。他手握冰玉酒盏，在卿尘看来的时候亦将她细细打量，目光沿她的眉眼渐渐移下，突然浑身一震，竟自席间猛地站起来失声叫道："纤舞！"

所有人都愕愕，卿尘沿着他的视线低头。她今天穿的对襟流云裳是天朝女子寻常的装扮，外衣绢纱淡漠薄如清雾笼泻，里面衬着白丝抹胸，一袭飘洒长裙，因在盛夏，非但广袖宽松，亦露出脖颈玉色肌肤，而夜天溟正失神地看着她衣衫掩映下锁骨处一记凤蝶文身，手上青筋凸起，微微颤抖，几乎要将酒杯捏碎。

卿尘下意识抬手，夜天湛温言道："九弟。"语中带着疑惑和一丝几难察觉的不豫。

夜天溟似被蓦然惊醒，手上一松，颓然转身对天帝道："儿臣……儿臣失礼了，还请父皇恕罪。"

天帝对儿子无法掩饰的伤心既不出言宽慰，然也并未苛责，只是挥了挥手命夜天溟坐下。

夜天溟细美的眼眸自卿尘脸上拂过，坐下后将手中的酒一饮而尽："凤家女儿锁骨处都有一记凤蝶文身，是自小便请丹青名家朱羡情用漠云山的瑶砂文上去的，形态栩栩如生，再加上漠云瑶砂浓艳饱满历久不衰的色泽，堪为人间一绝。"他说话时神情有些恍惚，几分酒意几分迷离，仿佛已经跌入一个遥远的回忆之中，目光有些阴暗地再看向卿尘，"不知凤姑娘身上为何也会有一样的印记，是否和凤家有些渊源？"

位列士族之首的凤家百年门庭鼎盛，宗族子弟遍布内外，盛极之时，一族在朝为官者多达两百余人，几乎把持着天朝所有中枢政要。已故孝贞皇后的兄长凤衍官拜两朝宰相，权倾朝野，是与卫家、殷家鼎足抗衡的一大门阀势力。

太子方才提起的凤家小女儿凤鸾飞受封"修仪"一职，多年来跟随天帝，深得信任。修仪女官虽不握实权，但时刻伴驾临朝听政、批阅奏章、起草诏书、传达口谕，身处政务中枢，地位尊贵，对士族女子来说是一种极高的荣誉。

凤家长女凤纤舞数年前嫁与九皇子夜天溟，两人情深意浓恩爱非常，本是这天都之中一段风流佳话，只可惜凤纤舞身子病弱，年前一病不起，药石无效，终究香消玉殒。夜天溟自王妃去世后伤心欲狂，卧病年余方见起色，却自此性情大变。

卿尘对凤家亦有耳闻，迎着夜天溟幽暗的目光摇了摇头，表示和这门阀世族并无关系。夜天溟自嘲般笑道："即便是有，又如何？"说罢又饮尽了一杯酒。

太子和夜天溟同出一母，母后早亡，太子对这个胞弟格外爱护，见他时隔日久仍旧如此消沉，不免心下担忧，便道："或者只是巧合，九弟不必放在心上。父皇，咱们不妨去湖上走走，也清清酒意，七弟这闲玉湖风雅秀丽，今年荷花似比往年开得更好了。"

天帝点头起身，对于天舞醉坊，再未多问一词："湛儿带路，去看看你这府里又添了什么好景致。"

前面内侍立刻掌灯，卿尘暗中舒了口气，既没人让她跟着便趁机退下。众位皇子都随驾陪着往闲玉湖上走去，夜天漓经过她身边略一停步，低声道："明天去昆仑苑骑马。"对她露个飞扬的笑，举步伴着天帝去了。

第十四章　驰骋不让须眉意

　　昆仑苑位于宝麓山与伊歌城交临之处，自来是供天家及士族子弟游幸狩猎的场所。其苑地跨天都、连直、蓝安、合谷、怀滦五境，纵四百里有余，其中灞、沣、祀、易、镐、郎六水出入交汇，聚山湖美景如画，八大殿、十七宫、二十四观、三十九苑星罗棋布，气势壮丽，巧夺天工。

　　天朝穆帝迷恋仙道之术，在位时因宝麓山风水绝佳，曾动用十万民夫移山叠土连昆仑苑而造宣圣宫，历时十三年方成。

　　宣圣宫构造精巧，美奂绝伦，其前天阙高二十余丈，上有九凤展翅迎风而立，铺玉为阶通往神明台。神明台拔地而起，铸有一尊高举玉盘承云接露的仙人，神姿缥缈，出伊歌城百里仍遥遥可见。宫中多处造设复道飞阁，相连琼台瑶池，恍如九霄仙境。当今天帝虽对炼丹求仙之事不感兴趣，但却喜爱此处风景，登基后便将这里定为皇族祭天及举行重大典礼的场所，逐步扩建行宫，每年必有一段时间在此居住。

　　南苑围场深入山脉圈养百兽，形成可容千骑万乘的猎苑。卿尘同夜天漓纵马入内，眼前豁然开朗。天气一改往日闷热，不时飘着若有若无的蒙蒙细雨，丝丝缕缕涂抹着大地。丛林山野起伏铺展，似乎和远天接为一线，广阔连绵。

　　卿尘将马鞭在近旁一抖，收回手中。刚刚一路上她都十分气闷，夜天漓座下"追宵"宝马异常神骏，同她数次比试总占上风。她见夜天漓笑得得意扬扬，不甘心地道："若不是马好，哪容你这么嚣张！"

　　"哈哈，早说了，别忘了你的马术可是我教的，难不成还想赢过我？"夜天漓抬手指了指方圆数百里的马场道，"这昆仑苑中骏马无数，你且尽管去选，换了马咱们再比。"

　　卿尘撇嘴道："我青出于蓝而胜于蓝才能显出你这师父的厉害，你不会是怕我赢你，还暗中留了一手吧？"

　　夜天漓哈哈大笑，道："你先叫声师父，我再多教你点驯马的法子如何？"

　　"哼！"卿尘没好气地白他一眼，"你等着，待我去寻云骋，不信你不输！"

　　夜天漓笑道："好说！来来来，本王带你去寻，只要它肯跟你，我就当场认输！"

　　两人话音未落，便见不远处猎猎驰来马群，当先一匹骏马色如霜纨长鬃扬风，似明月昼日雪影流光，自广阔的原野迎面飞奔而来。待到近前，那马似是奔驰得尽兴，冠领诸骑，缓步停下，奕奕双眼桀骜不驯，傲气十足地往这边看来。

　　卿尘眼眸一亮："云骋！"

　　"呵，正说它呢！"夜天漓扭头笑说，卿尘已翻身下马向云骋走去。

云骒见到有人过来，不屑一顾地迈着长长的步子转身，嘶鸣声中众马分群，各自散开。卿尘知道马儿若不肯亲近你，追也没用，站下叫道："云骒……"

云骒侧过头来，停了一停，大概是认出了卿尘的样子，记得她曾经照料过自己，轻轻打了个响鼻。

卿尘试着伸出手，云骒似乎并不排斥，慢慢靠近她身边，试探着嗅了嗅她的掌心，仿佛能感觉到她的友好，纯粹而漂亮的眼睛中流露出亲近的意味。卿尘连忙取出一粒松子糖，云骒显然很是喜欢，耳朵微微竖起，开始在她手心慢慢舔食，不时地抬蹄轻嘶，一副惬意模样。卿尘便借机抚摸它的脖子，柔声道："云骒真乖，你的伤都好了吗？我上次来马场没见到你，你跑到哪里去了？"

她腕上的碧玺灵石散发着幽柔的微芒，云骒的眼睛映着微光，就像能听懂她的话一般，居然任她牵住缰绳，温顺低头，撒娇一样蹭了蹭她手掌。卿尘笑道："你不喜欢那些驯马师对吗？我就知道，他们总想强迫你，换作是我，也不会喜欢他们。"

她一边说着，一边又拿出松子糖给云骒吃。夜天漓见她一本正经和马说话，不由失笑，难得今天心情好，便丢开缰绳让追宵自去吃草，自己去近旁的树下休息。谁知不过回神的工夫，突然听得云骒一声长嘶，卿尘竟然翻身上马，一人一骑如银光闪电般向前奔出。

"卿尘！"夜天漓吃惊大喝，他深知云骒戾烈非常，这几年已不知有多少驯马师死伤在它蹄下，惊出浑身冷汗，呼哨一声召唤追宵，迅速上马追去。

云骒这时早已冲出数丈，追宵虽然神骏，放蹄疾驰，但云骒如御风腾云遥遥领先，始终与他拉开一段距离。

这时旁边随行的侍卫亦从四面追截过来，一时人声马嘶，吓得场中飞鸟小兽纷纷逃窜，方圆内马群皆尽惊驰。

卿尘大着胆子上马，起初亦被云骒的速度吓了一跳。但云骒奔跑虽快，却并不发性乱跳，只要略通骑术保持平衡，在马背上反而异常平稳。她发现云骒并不抗拒自己，又惊又喜，索性大胆将缰绳一抖，不但不加约束，反而纵容云骒尽情奔驰。

云骒时而放蹄长奔，时而左右疾冲，跑得尽兴时四蹄凌空，便如腾云驾雾一般。卿尘先前经夜天漓指点，此时马术已大有长进，俯身马上始终任它放纵，只是偶尔试着轻带缰绳。云骒果然是难得一见的宝马，非但神骏而且通晓人性，对卿尘的指挥十分顺从。如此人马相互适应，跑出数十里开外，云骒似是十分欢喜，在卿尘的约束下抬蹄轻嘶，速度稍缓。追宵纵蹄如飞瞬间赶至近前，夜天漓对卿尘喝道："稳住身子！"他靠近云骒探手扣向马缰，谁知云骒本来急速向前，此时却猛地停在当地，将追来的人马尽数闪到了几步开外，一个神龙摆尾般的大转身，扭头向后射出。

夜天漓兜马回身，手腕一抖，甩出套马索圈向云骒。

云骒灵巧地偏身斜冲出去，套马索竟蓦然落空。侍卫们先后出手尽皆无用，反而被耍得团团转。

跟着卿尘和云骅转了几个圈，夜天漓突然隐约觉得不对，留心一看，卿尘眼中波光盈盈满是恶作剧的神情，脸上尽是没心没肺的坏笑，哪里有半分害怕的影子？再看她身形稳当灵活纵马和侍卫周旋，他将马缰一带停住，心里又笑又气。

卿尘瞥见夜天漓的神情，知道被他看穿了，勒马回身，对他笑说："敢不敢再比比看？这次绝不输给你。"她满心欢喜地抚摸云骅，云骅如她一般扭头给了夜天漓一个挑衅的眼神，竟是和她同声出气。

夜天漓惊讶万分，却更哭笑不得："你想吓死我不成？你若有个好歹，我怎么跟七哥交代！"

卿尘抿嘴一笑，夜天漓狠狠瞪她，又被她用无辜至极的眼神看回，再看云骅那漂亮的眼中居然亦带着狡猾笑意，当真有气又不知如何发泄。

云骅与卿尘如此投缘，不但之前待她亲热，让她敷药疗伤，现在竟肯任她驯骑，毫不反抗。夜天漓惊魂方定，心下诧异万分，忍不住上前打量，啧啧称奇。"不想你跟这马儿倒有缘分，还真肯听你的话了。"

"怎么，怕输给我们吗？敢不敢再比一场？"卿尘笑看着他，突然出其不意扬鞭往追宵身上抽去。追宵一惊之下扬蹄怒嘶，顿时向前冲去。

"开始！"卿尘娇笑声落，云骅如离弦之箭，飘射而出，竟瞬间便冲过追宵，领先而去。

"竟敢使诈！"夜天漓剑眉一扬，当即纵马紧追不舍。少年英姿，怒马如龙，两人于围场中尽兴奔跑，畅快淋漓。云骅确是百年难见的良驹，追宵纵是马中极品，却依旧频频落在它后面，终于让卿尘扳回败局。

正奔驰在兴头上，迎面远远过来一群人，竟是夜天湛带了两队御林侍卫。夜天漓一见之下便道："不好，是七哥，若让他知道你驯骑云骅，少不了要训斥。"

前方马背之上，紧身窄袖武士服将夜天湛俊朗身姿衬得卓然不凡，白袍洒脱，飞马疾驰，片刻便到他们身前。卿尘和夜天漓一同下马，云骅毕竟非同寻常，她这时才觉得双腿又酸又累，晃了晃竟险些没站住。

夜天湛神情微变，翻身落至她身旁，抬手将她扶住，问道："这怎么回事儿？"

云骅自己施施然步去一旁，卿尘抚胸不语，感觉这一番折腾身体颇有些吃不消，片刻后喘息稍定，才低声嘟哝了一句："骨头要散了。"

夜天漓道："谁让你去招惹云骅，人没摔着便是命大。"

卿尘抬眼，神采飞扬地道："云骅肯听我的话，不好吗？"

夜天湛扫了他俩一眼，卿尘被他看得立刻不敢再说。夜天漓忙笑问："七哥不是奉旨陪始罗可汗吗？怎么竟来了御苑？"

夜天湛道："不来还不知道你们俩这么大胆，云骅上个月刚摔死了一个驯马师你也知道，竟敢让她去骑！"

夜天漓指着卿尘："我怎么管得了她？刚才是我差点儿被她折腾得没命才对。"

卿尘悄悄瞅着夜天漓的苦脸，忍俊不禁，随即抬手打了个响指，云骑高傲地轻嘶一声才过来这边。卿尘伸手摸它鬃毛，又掏出一块松子糖，云骑毫不客气地舔去含在嘴里，顺便还用鼻子蹭了蹭她的脸，卿尘"哎呀"笑出声来，伸手将它微乱的鬃毛理顺，十分开心。

夜天湛看着云骑对卿尘亲热的样子诧异万分，转向夜天漓目露询问。

卿尘道："云骑很听话，不会伤害我的，反正也没出什么事，你就别生气了。"

夜天湛俊眉微蹙，道："父皇和始罗可汗来了马场，正找云骑。"

夜天漓向那边一望，隐约能见御林军张起的黄色大旗，知道是天帝亲临了，冷哼一声道："始罗可汗一来便找云骑，可是又想看我天朝的笑话？"

却说突厥一族盘踞漠北，数十年前因王位之争分裂为东西两部，一者建都可达纳，一者在古列河立国，虽然内战连连，却也自来便同中原干戈不断，时战时和。

圣武十九年东突厥频频兵扰边境，烧杀抢掠。天帝震怒之下发兵二十万北上，一路深入漠北腹地，直破可达纳城。东突厥不敌而降，始罗可汗亲入天都朝贡，同时带来了风驰、云骑两匹宝马，美其名曰是贡品。但大漠烈马难驯，等闲人碰都碰不得，若是天朝上下无人驯服得了风驰、云骑，即便是战场获胜，也难免有失颜面。

但始罗可汗未想到的是，往年两军征战，他们几乎每仗都败在天帝四皇子夜天凌手下，此次带来风驰、云骑，夜天凌眼见烈马摔伤了数人，便向天帝请命。虽然始罗可汗恨不得夜天凌摔死在马下，却眼睁睁地看着两匹马中性子最烈的风驰几个回合之后乖乖向他俯首称臣。

神情冷漠，天神般驾驭风驰的凌王像是一道寒冰孤峰，在以万余人孤军深入攻破可达纳城后，再次使东突厥自中原大地铩羽而归。那双清冷深寂的眸子，那种淡漠不屑的目光，便如同一柄锋利的长剑，深深插在突厥人眼底心头。屡败屡战，屡战屡败，突厥军将现在是见玄甲军旗丧胆，闻凌王之名色变，视为鬼神一般，遇之绕道。

但眼下凌王不在天都，风驰也随他在前方战场，始罗可汗虽是为显示自己不与西突厥合作特来朝见，言行举止却总带着些居心叵测的意味。

卿尘自他两人说话中大概听出端倪，扭头对夜天湛笑道："这些日子承蒙你照顾，既然云骑认我，今日便帮你去杀杀那始罗可汗的威风如何？"

夜天湛面上风云清浅，眼中却淡淡一沉："你这是报答我吗？"

卿尘粲然一笑："不是，是我看你板着脸时十分不好看！"说罢翻身上马，"走了！"

夜天湛微微一愣，夜天漓靠到卿尘身旁低声道："咳，这听起来像……美人博七哥一笑。"

卿尘横眉瞪去，几乎就想扬鞭给他那没正经的笑脸一下，他已大笑着催马避开。

卿尘眼角余光滑过，见夜天湛在一旁闲闲策马，唇角笑意十足。两人目光一触，他眼中的柔和如同无边的碧草细雨将人瞬间包围，湖波微澜轻柔地覆上岸边，润入心底就这么暖暖散开。她慌忙垂下眼眸，催云骢快跑几步，却无意中自己也舒畅地笑了起来。

前方黄旗迎风，仪仗威肃，两排御林军甲胄林立，御驾已在近前。天帝和一个目深鼻高的突厥人各骑一匹骏马，九皇子夜天溟亦陪侍在侧，其旁尚有一个身着火红骑装的异族女子，乃是始罗可汗的掌上明珠琥玥公主。

天帝见到云骢对卿尘顺从亲密，深眸之中掠过惊奇，却不发一问，只扭头同始罗可汗闲话："朕也好久没来御苑了，你看云骢比在突厥如何？"

始罗可汗笑道："神采飞扬似是更胜从前，中原水土神奇，当真叫人羡慕。"一口汉话竟字正腔圆，说得极好。

那琥玥公主美目艳艳，骄傲火辣，带着几分中原女子少有的爽快率真，上下打量卿尘，扬声问道："你骑的是云骢？"

卿尘淡笑道："是云骢没错。"

琥玥公主在突厥吃过云骢的亏，俏眉高扬，马鞭一指："我不信你能驾驭云骢，你可敢同我比试骑术？"

事关国体，卿尘不欲自作主张，转身看向天帝，等候示下。

始罗可汗对天帝道："陛下，不妨要年轻人自己玩乐去，我们在一旁看着也热闹。"

天朝女子每逢春秋节日或是诸国朝贡，骑马、击鞠、射猎等等皆是寻常游戏。天帝不便驳始罗可汗面子，但却不知卿尘骑术如何，一时沉吟不语。

卿尘见状笑道："陛下，卿尘的骑术在我天朝女子当中只是普通，不敢与公主相争，但可汗远来是客，既然有此兴致，总不好让客人失望。我去陪公主试试马，请陛下与可汗移驾旁观，便当我们少年人游戏就是了。"

这话说得甚是得体，天帝点头而笑："说得也是，这倒是朕老了，忘记少年人最爱玩这些。"

夜天漓方才见过云骢的厉害，又是唯恐天下不乱的性子，跟着道："父皇，咱们即便赢了，也是可汗进献的好马。卿尘的骑术是我教的，父皇放心便是。"

那琥玥公主闻言杏眸一挑，道："你莫要夸口，有本事我们比一比！"

夜天漓哈哈一笑，道："好男不与女斗，公主且先赢了我的徒儿再说！"

琥玥公主狠狠瞪了他一眼，对卿尘道："好！我在前面等你。"说罢纵马而去。卿尘对天帝和始罗可汗施了一礼，召唤云骢随后去了。

夜天湛眉梢轻蹙，侧身对天帝道："父皇，赛马毕竟危险，莫要伤了公主，不如儿臣陪她们一起，也好有个照应。"

天帝准道："去吧。"

夜天湛等人打马到了近前，正听琥玥公主对卿尘道："单单比快有什么意思，你们天朝大军不是战无不胜吗？你可敢和我比一比过枪阵？"

卿尘抚着云骈抿了抿嘴，点头道："公主定夺便好！"

夜天湛立刻掠了她一眼，这过枪阵的马术比试乃是军中常用的法子，赛场上除了以长枪横设障碍外，还会在上下四周搭设剑阵，骑者纵马穿梭其中，以快速通过和不受损伤为胜。

夜天湛俊眉微蹙，转身对侍卫们道："寻前方平坦的地方设二十杆长枪，全部去掉枪头，不必搭设剑阵，将四下里的鸟兽都驱开，莫要惊了公主的马。"

卿尘听他如此吩咐，颇带感激地朝他笑笑，纵马往前行去，忽然遇上夜天溟在旁别样的眼神，心里不意突地一跳，竟觉说不出的怪异。

琥玥公主闻言目露不满，方要发作，身旁黑影一闪，夜天漓凑上前来道："依我天朝的规矩，枪阵剑阵得一关关地过，公主先赢了我徒儿第一场，后面我亲自上场跟你比剑阵，怎样？"

琥玥公主哼了一声转过头去："你且等着！"然后扬鞭催马，绝尘而去。

侍卫们按照吩咐架好长枪，双方定了比赛规则：两人以箭筒中金箭的多少为准，碰掉一根长枪入箭一支，骑手落马算作两支，以快速击鼓一百声计时，最后谁的箭筒中箭少便是赢家。

天帝和始罗可汗移驾一旁观战，顺便做了裁判。

琥玥公主和卿尘并骑在前，云骈像是感觉到赛场的气氛，抬蹄轻嘶，似乎极其兴奋。待到鼓声一响，两人两马同时飙射而出。

天上早就收了雨意，一道阳光破云而出，草场上雷鼓声声旌旗高扬，一众侍卫齐声喝彩为她们助威。

卿尘原本还担心自己骑术不及琥玥公主，胜算不高，谁知云骈瞬间便冲到了琥玥公主前面，根本不需主人费心驾驭，御风踏云，仿如电光轻闪腾空过境，稳稳落地，直奔第二枪而去，看得众人齐声叫好。

卿尘暗里一声夸赞，顿时信心倍增。琥玥公主亦不落后，俯身催马，紧追而至，两匹马几乎同时连过两枪，红衣雪影各擅胜场。

云骈迅如闪电快如疾风，放开速度，始终快对手一头。待到了第七杆长枪前，琥玥公主欲要赶超卿尘，娇叱一声挥鞭催马，座下快马放开四蹄冲向长枪，却不料速度未及，正巧前蹄踏中枪身。

长枪当中折断，半截枪杆陡然飞向马首。马儿惊声嘶鸣，立时向斜冲去。琥玥公主被受惊的马匹猛地一甩，惊叫一声，顿失平衡。这边云骈为避阻挡，突然加速跃起，四蹄腾空而出，卿尘毕竟新换马匹，还不十分适应，一惊之下身子便向外甩去，眼见便要落马，手中缰绳急收。

云骁腾云驾雾一般落向前方，稳稳冲出几步。琥玥公主那边一道墨影飞驰，有人纵马俯身将她拦腰救起。卿尘身边也有人马一闪而至，却是两人的手同时扶来。

卿尘扭头，见是夜天湛和夜天溟并骑而至，下意识勒了缰绳轻轻往后退开。身边两人无声无痕地对视了一眼，一人细长的眸中亮光闪逝，如细刀般刺得人心头惊颤；一人眼底风云轻淡，冷月照水的清光一晃而过。

卿尘连忙笑说一句："多谢两位殿下。"夜天湛也不答话，常带微笑的唇角温温冷冷地抿着，神色淡淡看得人心中暗自发毛，待打量她安然无恙，淡声道："去看看公主吧。"

夜天溟睐眼盯着卿尘，眼中明光衬着他绝美的脸庞有种几近妖异的魅惑。卿尘心头微微一凛，不禁回马避让，跟上去看琥玥公主。

琥玥公主坐在追宵背上，俏脸飞红，银牙暗咬。夜天漓倒悠然自得一脸漫不经心的笑容，低头挑眉看了看美人赌气的模样，纵身下马，抬手扶她。琥玥公主美目一瞪，但还是把手交给了他跳下马来，回到始罗可汗身边。

夜天漓随后笑道："两人不分先后，今日便算扯个平手。眼下时候不早了，日后有机会，我带公主去看舞马表演，那才有趣。"

琥玥公主险些落马，输赢实已分晓，天帝却笑而不提。琥玥公主看了卿尘一眼，闷声不语。始罗可汗心疼爱女，但夜天漓一席话给足了突厥颜面，倒也不好再说什么，赔笑带过。

这时却见远远一匹快马驰来，到了近前，马上之人飞身下来，将一封六百里加急快报递到一个御前侍卫手中，那侍卫快步上前恭呈给天帝。

天帝伸手接过，见是前方军情报，交给夜天湛："看看说什么。"

夜天湛拆除信上火漆，看了一遍，回道："父皇，西突厥答应退兵、称臣、朝贡的条件，四皇兄大军休整后启程归京，不日即到天都。"

云破天开，阳光渐渐驱散整日的雨意，洒照在草色离离的原野之上。万千金光穿透层云，以震慑人心的光明勾勒出一片辉煌天际。天帝目光自始罗可汗处掠过，投向遥远的原野尽头，满意笑道："很好，这次朕要亲自在神武门犒赏三军。"

始罗可汗同西突厥射护可汗为争夺漠北王庭结下无数怨仇，此时无论是否诚心归降天朝，也都愿意看着西突厥兵败，笑道："恭喜陛下大军得胜回朝。"

夜天湛借机对天帝道："父皇，想必可汗和公主也累了，不如回宫歇息一下，澄明殿里还设了宴。"

天帝点头道："起驾澄明殿吧。"临去往卿尘处看了一眼，卿尘静静垂眸送驾。

第十五章　蝶衣翩跹流光色

在御苑待到日落西山，云骢似乎能感觉到卿尘要独自离开，始终亦步亦趋地跟在她身旁，夕阳将它欺霜赛雪的长鬃染上一片柔顺的光泽，人马皆是依依不舍。

卿尘每走几步，都忍不住要回头抚摸云骢。夜天漓无奈，靠在追宵身上等着她们道别，却见两名内侍骑马从澄明殿那边过来，到了近前，下马面南而立，对卿尘道："凤姑娘、殿下，圣上口谕，良驹遇主乃是奇缘，今日姑娘在突厥人面前替咱们天朝争了颜面，便将这宝马云骢赏赐给姑娘了。"

卿尘闻言大喜，急忙领旨谢恩，待传旨的内侍一走，回身搂着云骢喜笑颜开。云骢竟似解人意，扬蹄轻嘶，绕着卿尘跑了两圈，看去亦是欢畅。夜天漓见她们一人一马投缘，摇头笑道："这下总能回城了吧，再走晚了被父皇传去澄明殿侍宴可要麻烦了。"

卿尘答应一声，翻身上马。两人自北门出了御苑往天都方向而去，不多会儿身后马蹄声响，赶上来一群人，走到他们面前纷纷勒马，有个文静的声音叫道："是十二弟吗？"

夜天漓回身看去，即刻笑道："原来是皇嫂，你们也从御苑回来？"

太子妃在黄骢马上对他微笑点头，仕女裙静垂身侧典雅大方，气质柔美，看上去同太子倒是极相称的一对。她身边一个眉眼俏丽的少女，紫衣骑装鹿皮长靴，背挂飞燕银弓，看着夜天漓脆声笑道："十二殿下，许久不见了！今天猎了什么好东西？"

夜天漓道："今日没狩猎，只兜了几圈马，怎么刚刚在围场里没见着你们？"

那少女咯咯一笑，悄声道："我和太子妃老远看到御驾就偷偷躲了。"

太子妃皱眉道："你见了御驾就往东苑跑，现在还敢在殿下面前说嘴。"

那少女显然和夜天漓他们都很熟，也没什么顾忌，道："十二殿下又不是没在皇上眼皮底下偷溜过。"边笑着往卿尘这边看来，见到云骢时"咦"了一声挑起杏目。

夜天漓笑说："那你可错过了一场热闹，东突厥的琥玥公主今天和卿尘比试骑术吃了大亏，父皇将云骢赏了卿尘。"说着对卿尘道，"这位是太子妃，这是七皇兄的表妹，殷家大小姐采倩，你没见过她吗？"

卿尘一一施礼，太子妃颔首微笑，殷采倩惊奇地将卿尘和云骢上下打量，突然道："哎呀！你就是湛哥哥府里藏的那个美人儿？"大伙儿都愣住，她笑着说，"靳嫂嫂说得果然没错，前几天我还特地去湛王府想要看看，结果你出去了没遇上。大哥说湛哥哥最近脾气大，让我少去添乱，我正着急见不着呢。"

卿尘见她活泼可人，不禁莞尔："我也听七殿下提起过你，特意不如赶巧，今天就在这儿遇到了。"说话间一起前行，远远已见着天都城门，殷采倩道："好久没去湛王府了，走，咱们叨扰靳嫂嫂去！"

太子妃柔声道："你们去吧，出来这么久太子殿下还不知道，我得先回东宫了。"

夜天漓侧身对卿尘道："万一皇兄今晚自宣圣宫回来，定还要说云骈的事，我可不陪你去挨训斥。"说着扬声道，"我约了人，也先走一步！"

卿尘没好气地看他幸灾乐祸地打马离开，殷采情撇嘴笑道："太子妃一日不见太子殿下便牵肠挂肚，十二殿下从来没有闲着的时候，咱们不管他们！"

两人并马前行，一路说说笑笑，到了湛王府，卿尘随掌管马匹的内侍去安置云骈，殷采情则将马鞭往侍从手中一丢，一路向着里面喊去："靳嫂嫂！"

靳慧带着两名侍女含笑出来："就知道是你，从来都是大呼小叫地进门，一点规矩都没有，府里有客人呢。"

殷采情吐了吐舌头往里面看去，靳慧身后步出个光彩明丽的佳人，一身轻红银丝斜襟罗衣，外罩玉色云痕纱，如云飞仙髻插了玲珑步摇，细长月眉下，她眼中潋滟的波光随着娇俏步履焕然生姿，似乎藏着几多繁复的神采，似颦似笑，似清似媚，柔软里亦有着夺目的光。

她笑着对殷采情问了声好，谁知殷采情却将眉眼一凉，原本俏生生的笑意瞬间没了踪影，不冷不热地道："原来是凤修仪在这儿，那我还是先回去了。"

靳慧见她无礼，略带薄责地看了她一眼，轻轻摇头。

凤鸾飞却并不在意，对殷采情笑道："看这打扮是刚从御苑回来，一见我便走，不是还为上次春猎时那只獐子怄气吧？"

殷采情纤眉一挑："谁为那点儿事跟你怄气？獐子又没说是我的，你光明正大猎了去算你身手好，不过有些人你最好离远些！"

凤鸾飞依旧笑容明媚，靳慧却微微加重了语气："采情！"

殷采情冷哼一声："我走了！"卿尘正迎面过来，见她一脸晦气模样，还不及喊她，她便快步往府外去了。

靳慧无奈蹙眉，凤鸾飞却似乎并未将此事放在心上，凝眸看向卿尘。卿尘来到近前亦静静将目光在她身上一落。靳慧无暇去顾殷采情的小姐脾气，扭头柔声笑说："卿尘，正等着你回来，这位是御前修仪凤鸾飞。"

卿尘恍然，无怪看着她有些似曾相识的感觉，原来她和"凤卿尘"眉眼间确实带着几分相似。靳慧道："你们进里面聊，我还有几件事要交代下人去办，一会儿再过来。"

卿尘将凤鸾飞请去自己房中，凤鸾飞见到墙上那幅画卷，再细看室中摆设，隐约觉得卿尘在湛王府中身份有些特殊，转身笑道："凤姑娘，我是借着皇上休息的空档出来的，不能久待，恕我直言，你身上是不是绘有一记凤蝶文身？"

卿尘今日为了骑马方便穿的是叠襟窄袖骑装，领口遮挡着颈下肌肤，是以不见文身。听凤鸾飞如此相问，她略一迟疑，点头道："是有。"

凤鸾飞见她如此说，在榻前跪坐，伸手将自己的衣襟解开，往下轻轻一扯露至锁骨处，顿见灿灿银蝶翩跹肤上，娇媚动人。

一见之下，卿尘不禁愣神，那蝶翼流连间轻灿的银光似乎在她心底轻轻牵扯，有种奇妙的感觉悄然升起，那样缓慢清晰，像是自己身体的一部分。琐碎的片段不断涌出，若有若无地穿插于心间，在她想抓住时一晃而过，又似乎没了踪影。这样的感觉先前也曾有过，她不明所以，一时间看着鸾飞没有说话。

凤鸾飞道："听说那日九殿下见了你身上的凤蝶文身险些将你当作纤舞姐姐，不知那只凤蝶是否和我身上的相同？"

卿尘沉默了片刻，伸手将衣服缓缓褪下，一片玉白肌肤呈现在凤鸾飞面前。小巧轻柔的锁骨微微凸起，其上绘着同样的银蝶，轻须薄翼，蝶姿招展，仿佛飘然于雪色花间，极其动人。

凤鸾飞靠近细看着那银蝶，目中掠过惊喜之色。她不能置信地抓住卿尘手臂，颤声道："是一样的文身，你竟然真的是姐姐，是凤家的女儿！你可知道我们找了你多少年！"

卿尘对这突然而来的显赫家族却似不感兴趣，微笑道："我想可能只是巧合，凤蝶文身并不难绘制。"

凤鸾飞道："不会这么巧，这样的凤蝶是仿制不出的，漠云山的瑶砂和朱羡情的笔法，天下不可能再有第二家。还有这蝶须，看去似是银色比别处深沉，但其实用的是暗金点缀，深入肌肤，这文身是凤家女子独有的印记，绝不可能出现在不相干的人身上。"

卿尘低头垂眸，不细看连她自己都没注意到这点。她伸手抚在领口上，慢慢将衣襟轻拢，似乎在借着这动作理清思绪，不知为何，她对"凤卿尘"的身世全无印象，所有的记忆都只从那山间竹屋开始，而在此之前，几乎一片空白。过了一会儿，她摇头道："如果说是凤氏门阀的女儿，便更不会是我，我从来没见过父母亲人。"

凤鸾飞眼中闪过轻微的诧异，对她的推辞似有些不解，道："姐姐幼时便被恶人掳走，父亲寻了这么多年都杳无音信，还以为早已不在世间，你不记得以前的事也不奇怪。"

卿尘眉目淡然："我确实什么事情都没有印象，所以，不太好轻下论断。"

凤鸾飞沉默片刻，似乎在斟酌她话中之意，这分明有着几分拒绝的意味，她又如何会听不出？

卿尘安静地看着凤鸾飞，修眉凤眸，琼鼻樱唇，她微微扭头，旁边一面铜镜映出自己的影子，恍惚间如出一辙，心里便渐渐有些疑惑。

凤鸾飞亦看着那铜镜，许久之后，方轻声道："很像，不是吗？"

卿尘无法否认眼前的事实，心不在焉地"嗯"了一声。

凤鸾飞道："还有纤舞，我们姐妹生得十分相像。小时候我总喜欢跟着纤舞，连衣服都要和她穿一模一样的，大家常常都分辨不出我们谁是谁，我还学她跳舞，她舞跳得很好，叫人看着就着迷。"她停了下来，神情怅然，美目轻轚时似是含着一种复杂的黯淡和伤感，仿佛在回忆什么，"可是纤舞已经不在了，那年在晏与台上，她为九殿下跳了一支《踏歌》，一曲未完，突然就倒了下来，再也没有醒。她在最美的时候离开了我们，我们谁也忘不了她。"

卿尘想起夜天溟提到纤舞时的模样，叹道："原来如此。 天妒红颜，在最美的时候结束，只留下动人的记忆，其实也未尝不好。"

凤鸾飞软声道："但母亲自纤舞故去后便病倒在床，她也惦念了另一个女儿一辈子，伤心了十几年。如今她旧疾缠身，已然时日无多，不管是真是假，你可否见她一面，令她宽心？"

卿尘心中一软，便想起自己少年时候便已失去了母亲，母女天人永隔的滋味，最是清楚不过。此时此刻，面对一个牵挂女儿一生的母亲，如何忍心视而不见？思量片刻，她终于点头道："好，其他事情暂且不论，我随你去见夫人也无妨。"

凤鸾飞一直留心她的神情，见她终于答应，粲然一笑拉住她的手："今天晚了，明天一早我便派人来接你。"

第十六章　名门钟鼎玉马堂

清早阳光极好，带着初秋的凉意温暖干爽，毫无遮拦地铺泻下来，落到依旧青翠的枝叶间便洒落一地。

卿尘早早骑着云骋在王府射场中遛马，心情如这秋阳金光般舒畅，不禁张开双臂对着蓝天欢呼了一声。云骋感染到她的兴奋，也跟着扬蹄嘶鸣，轻快奔跑，神气非凡。

一人一马在场中兜了几圈，卿尘笑意盎然地带马转身，却突然发现夜天湛独自站在一旁，微笑看着这边。

蓝衫似水，玉冠如月，秋阳微耀模糊了俊面轮廓，只见一抹比风儿更洒脱比云儿更清闲的笑意挂在他眼底眉梢，仿佛眼前湛蓝无际的天空，一时间叫人失神。

他昨日在宣圣宫陪同始罗可汗并未回府，此时出现在射场显然是早起赶回来的，卿尘下马问道："始罗可汗走了吗？你怎么回来了？"

　　夜天湛并未答她，目光往云骋处一落："你真是常常都给我些惊奇，仅我所知这云骋便曾伤了八个驯马师，其中有三个重伤不治。昨日若有个闪失怎么办？"

　　卿尘想起昨晚夜天漓临走时说的话，悄悄自睫毛下瞥了他一眼，终究是要教训了。

　　夜天湛见她不出声，一双俊眸微眯着看定了她："怎么？"

　　她笑了笑："后来才想到是挺危险的。"

　　夜天湛不想她痛痛快快认错，倒有些无话可说了。谁知她接着又说了一句："不过很刺激。"

　　他顿时有些哭笑不得："回头我饶不了十二弟！"

　　卿尘一愣，忙道："不怪他，是云骋亲近我，我自己偷着骑的。你饶了他，我任你责罚，怎么都行。"

　　夜天湛眼底微敛了笑意："当真？"

　　卿尘挑挑修眉："说到做到。"

　　夜天湛嘴角扬起个轻笑的弧度，声音悠悠拖长："那好……罚抄十遍《女诫》！"

　　"啊？"卿尘大惊，苦着脸道，"太过分了啊！换别的可好？我宁肯抄一百遍《国语》！"

　　夜天湛看着她的模样蓦地笑出声来："还真打算抄？不过《国语》比《女诫》长了不止一倍，你可要想清楚。"

　　卿尘才知道被要了，狠狠瞥了一眼过去，刚才夸下了大话一时又不能反驳，只能站在那里赌气瞪着他。

　　倒很少见夜天湛这样大笑，平日里他虽常带笑容，但那温润中总有些疏离。此时的他意气风发，淡金色阳光落在身上英气逼人，看上去分外潇洒。她不免有些感慨，老天将风流富贵才貌贤德全都给了这一人，少年得志，不知这世上还会有什么是他不称心的？

　　夜天湛笑够了，见卿尘正扬唇看着自己，眼中目光一柔："相府的人在外面候着了，我和靳慧陪你一同去。"

　　卿尘微怔："不用这么麻烦吧？"

　　夜天湛却已举步向外："走吧。"

　　简单二字，他温润的语气中却是不容推拒的决定。卿尘微微抿唇，只得随他而去。

　　相府马车宽敞华丽，软屏夹幔紫罗烟褥，幔中淡淡熏着樱草的清香，有种安神的贵气。

　　窗外车水马龙，人烟阜盛，所经上九坊一路植有古树，将近百步的大道分作三条。当中平坦宽阔乃是御道，专供天子出行之用，金秋阳光中显得高高在上，遥遥延伸，直至消失在目不可及的城门之外。

到了凤相府前，门中侍从远远见着湛王，慌忙飞奔入府通报。夜天湛笑着回身亲自扶靳慧下车，接着自然而然握了卿尘的手带她下来。

凤衍同凤鸾飞自内迎出，皆未想到湛王和靳妃居然双双陪同，眼见这一幕，亦明白湛王身旁的女子非比常人，心中便已拿定了三分主意。

卿尘抬眸看向这权倾朝野的凤相，只觉其人气度深沉言笑慎稳，看似平缓的目中暗带精光，心志深藏，不愧是历经两朝位列公卿之首的权臣。那迎面一瞬的对视，卿尘自知由上而下尽收凤相眼底，陡然有种互探根底的感觉。她静静凝眸过去，平湖秋月悠然不波，谁也未占上风。

相府朱门深苑，庭院雍容，前庭广阔可容车马，卿尘随着夜天湛步入其中，向前看去，突然停住脚步，说了声"这里不是有个鱼池吗？"话说出来，她自己先吃了一惊，仿佛那刻思维游离了一下，摆脱了心神的控制。

身边众人齐齐看她，鸾飞望了望空阔的中庭道："这里从我记事起便是四面植树，中庭留空，从没有过鱼池。"

"哦。"卿尘心不在焉地应了声，却听凤衍问道："你可记得是什么样的鱼池？"

卿尘侧头笑道："不知为何，我突然觉得这里该有个鱼池。非常大，而且一边白色一边黑色，中间像是太极图一样隔了开来，太奇怪了，哪里会有这样的鱼池？"

凤衍眼角轻轻一动，道："其中白色里面养了黑鱼，黑色里面养了白鱼，本就是一幅太极阴阳八卦图。有这太极鱼池之时鸾飞也还在襁褓之中，府中也只有一些老人知道。"阳光下他眸光微微眯起，看不清是什么神色，"你可还记得别的事情？"

卿尘茫然摇头。鸾飞道："父亲，姐姐被恶人掳走时年纪尚幼，恐怕记不得多少事情，但她身上的凤蝶文身和女儿的一模一样，这点是绝不会错的。"

凤衍点了点头，反身对夜天湛抱拳笑道："真要多谢殿下当日搭救了卿尘，才有今天老臣一家团聚，老臣感激不尽。"这言下之意已是将卿尘当作了丢失的女儿，卿尘下意识地蹙眉望向夜天湛。

夜天湛对她微微一笑，道："凤相言重，不如先带卿尘见见夫人再说。"说话间往靳慧那边一瞥，靳慧挽了卿尘的手道："我陪你一同去。"

卿尘不好拒绝，便同靳慧一起随凤衍入了内室。屋中隐隐约约尽是药香，入眼一副富贵牡丹掐金屏风，其后碧纱垂幔中躺着一个沉睡的妇人，似乎曾经保养得很好，但显然久受病痛之苦，面上已经失了神采。

鸾飞请了兄长在外陪夜天湛说话，自己随后而来。卿尘行至榻前细看凤夫人的脸色，出于医者的本能伸手搭试她的脉搏，心中一凛，回头问道："这是……心疾？"

凤衍沉声道："宫中御医也是这么说，自来已有多年，只是这些日子越发不好。你

098

姐姐纤舞亦患的同样病症，更是早早便不治了。"

卿尘下意识抬手抚上自己胸口。靳慧见她神色微变，想起什么事来："卿尘，这岂非和你一样？"

凤衍和鸾飞愕然相视，卿尘轻轻点头，对鸾飞道："可否让我试试你的脉？"

鸾飞迟疑地在榻旁坐下，将手交给她。她细细地诊了一会儿，道："现在看来是无恙，虽说夫人的病症并不一定会牵涉所有子女，但你自己也要小心。至于夫人的身子……心气郁结已久，沉疴固滞，大概只能保数年无恙。"

鸾飞反手握住她惊问："数年？御医说能熬过今冬便不错了。母亲这几天时好时坏，我们都……"说着略有些哽咽。

卿尘低头想了想："若能用药剂配以金针调理，我倒有些把握，但一定要好生调养，不能受半点儿刺激，惊忧怒痛都需谨慎避免，即便是大喜大笑也不宜。"

凤衍一直在旁细细端详她，此时问道："不想你竟通晓医术，这些年你都在何处，与何人在一起？"

卿尘抬头，清水般的眸子在他注视之下微微一漾，似有些许縠纹轻轻泛过那一湾明净的色泽："之前发生过一次意外，很多事情我都不记得了，一直以来，我都是一个人。"

凤衍蹙眉再问："那你是否还记得是什么人将你掳走？"

卿尘摇头道："我不知道。"

"哎呀！"鸾飞握着卿尘的手，不由娇嗔道，"父亲！姐姐才刚刚回家，你便急着问这么多，以后有机会慢慢再说不迟嘛。"

凤衍呵呵一笑："为父关心卿尘，也是太过心急了。"复又叹道，"唉！你母亲这一生便是为儿女伤神，之前伤心纤舞一病不起，现在若是得你们兄妹承欢膝下，说不定会有些起色。"

卿尘闻言回头看了看床上气息微弱的病人，面对鸾飞殷切的目光，一时也不忍出言否认，垂眸一笑，不说好也不说不好，只细细嘱咐了鸾飞一些事宜。脸上淡淡的神情落在凤衍眼中岂会看不出她心下踌躇，出门时便落后一步和她并肩而行。待鸾飞与靳慧走得远些，凤衍似是漫不经心闲话道："为父自知这十几年亏欠你不少，如今难得湛王殿下有心，你认祖归宗后为父自会替你安排这一桩好姻缘，届时便是双喜临门。"

卿尘不料他有这番话，愣了片刻，才醒悟到他在说什么，待要抬头作答时，已然到了外室。夜天湛正与凤家大公子凤京书说话，含笑的眼神明若朗月，轻轻带往她身上，眸中眼底浸透了温柔神色，毫不避讳地看着她。

此情此景，不好多说什么，卿尘静静低下了头。凤衍见此情形只当女儿家羞怯，深深一笑，意味深长。

第十七章　紫藤花轻是谁家

　　清烛爆开了灯花，轻轻噼啪一声。

　　卿尘抱膝坐在榻上，怔怔地望着不远处的铜镜。每当看到这样的面容，依然心中恍惚，不知是不是真正的自己，还是大梦未醒。

　　雪肤花貌映了烛火，笼上淡淡的嫣红。她安静地想着还有什么地方可去，还有什么路可走，并不是每一个明天都可以轻易决定，但凡事却必然要有选择。

　　每当见到夜天湛时常常以为，命运给了她那般残酷的事实，或许又在另一处还给她近乎完美的补偿。爱与恨的缝隙之间，他的一颗心如同万里晴空般坦荡荡地呈现在面前，温润柔和却又丝毫不加遮掩。原本看在眼里，总是欺骗自己说无动于衷，但今日凤衍一句话，便像是掀开了帷幕将所有东西推到台前，他的眼神、话语、笑容，无可回避地从压抑最深的地方涌起，瞬间和记忆中的美好重叠在一起，分不开，理不清。

　　这样完美的机缘，她知道只要伸出手，他会毫不犹豫地握紧她，他一直在等着她。

　　在麻木了很久很久以后的记忆中回头，曾有疼痛像潮水一般赶上，几乎使人溺毙。她想知道自己有没有勇气再一次伸手去触摸美好，同样的美好，背后的痛苦和丑陋又是否相同？

　　想要回到自己的地方，又到底是不是一个正确的决定呢？

　　没有人知道。

　　想得累了，靠在枕榻间慢慢地睡去，似乎感觉夜天湛站在自己的面前，那样云淡风轻的微笑，温柔如水，湛蓝无垠。

　　醒来时锦衾的温暖让人身心松散，卿尘起身将花窗推开一道细缝，带着雨意的微风悄悄流进。

　　外面零星飘着飞雨，颇有些秋凉的意味，心中像是无端多了些什么，淡淡的，又沉沉的。

　　花廊那处，靳慧带着翡儿正向这边走来。卿尘看着这个秀美女子隐约的身影，似乎想见夜天湛潇洒的风姿，比翼双飞举案齐眉，她才是应该陪在他身边的女人吧。

　　突然间感慨涌上心头，一个人的心，要承受别人的分享，一个人的爱，要分成几份来周旋，换作自己，绝对不会接受。抛开所有过往不论，她岂会去分享其他女子的幸福？而且这个人一直如姐妹般待她。想到这里，心中陡然轻松了许多，自嘲似的笑笑，枉自辗转反侧，其实只是参不透，看不破。

　　在木兰色仕女罗裳的衬托下，靳慧举手投足有着高贵的温婉，见了卿尘温柔笑说："卿尘，快过来，有件喜事跟你说。"

卿尘微微怔神，问道："什么喜事？"

靳慧从翡儿手中接过一个凤纹玉盒，吩咐她："你先下去吧。"

卿尘取盏斟水，添了闲时晒制的桂子茶。水汽一起，桂子幽香氤氲满室，便犹如靳慧柔和娴雅的微笑。

靳慧将盒子搁到她面前："打开看看。"

卿尘接过来道："是什么好东西？"随手打开玉盒，只见一袭雪白素锦上衬着串澄澈如水的蓝色晶石，微光映处晶莹剔透，美得像是月色下一汪幽静的湖泊。

海蓝宝！如此清透无瑕的海蓝宝，是水晶中的极品。这正是卿尘想要寻找的东西，集齐了晶石串珠或许便有机会发动九转玲珑阵，那她说不定就可以回到原来。

卿尘抬头望向靳慧，靳慧柔美的眼中淡淡的，一瞬间带过恍若错觉的轻暗。卿尘心中电念百转，轻轻将玉盒合上："好漂亮的串珠。"

靳慧抬手抚上玉盒，将它打开，晶蓝色的宝石在她白玉般的指尖流动着清淡光泽，柔和而通透。她缓缓道："这串冰蓝晶是殷氏家族的珍宝，贵妃娘娘嘱咐殿下，说是传给湛王妃。"话说到此，抬眼看定了卿尘。

卿尘和她四目相对，而后一笑："那怎么之前都没有看姐姐戴过？"

靳慧松手，盒盖轻轻滑落，重新合了起来。她用那样极淡的语气道："我只是殿下的侧妃。"

卿尘有些意外，以前从没有人和她提起过，她一直以为靳慧是夜天湛的正妻，不解道："可现在你是他唯一的妻子，正妃、侧妃又有什么区别？"

靳慧细致的眼光掠过卿尘眉目，深深地叹了口气，复又一笑："卿尘，殿下的心思，其实你我心里都清楚。湛王府中正妃空置已久，这么多年始终没有哪个女子能入他眼中，但今日却是他要我来问你，可愿入这家门？"

单刀直入，没有了遮掩。卿尘虽隐约预料到可能会有这样一天出现，但乍听到此话还是无比尴尬。她一时沉默不言，纤细的手指轻轻敲动在桌案上，发出细微的声音，一声声撞进靳慧心里。

时间太长，靳慧等得忐忑，忍不住又道："卿尘？"

恰好卿尘此时也抬头道："姐姐。"

短短相视一刻，靳慧便移开了目光，只道："你说。"

卿尘目中有着因某种决断而显现的清利，低声道："要我说，他于此事上实是万般不该。"

靳慧愣愕万分，不由抬头："你……"

卿尘摇手阻止她，眸色澄明如水，淡淡看着身前："我并非指责他的不是，从来没有人像他待我这样好，我心里清楚，也一直很感谢他，但是此事却不能混为一谈。何况，他不管对我，还是对别人，两人之间一旦认定了对方，便该情深意专，我若有情便只能容下一人，他若有心也只能有我一个，三房六院妻妾成群，即便天下人尽如此，我也不愿。"见靳慧望来的眼中满是惊讶，她淡淡一笑，再道，"再者，他要你来问此事，又于心何忍？你是他的妻子，他本该一心一意对你，现下却要你来问别人愿不愿嫁给他，他难道不顾你的心？天底下哪个女人愿将丈夫拱手让与他人分享，自己还要从中穿针引线？姐姐你贤淑大度宽容忍让，我却无法接受。"

靳慧闻言，眼中微微一酸，叹道："我只是靳家庶出的女儿，能嫁得他做侧室已然足矣，难道还能求他只有我一个？今天便不是你，明天也自会有别人，湛王府中正妃，总还是要有的。"

卿尘道："若如此说，我更加是个来历不明的女子，自己都不知道自己是谁，又怎能做什么王妃！"

靳慧道："你若认了凤相为父，封为湛王妃则是门当户对。殿下为此没少费心思，我从未见他对一个女子这般上心。那日也是因他亲自问了凤家曾走失过女儿的事，凤相知道后即刻让鸾飞上门拜访，如今看来十有八九不会错，你还担心什么？"

"是吗？"卿尘凤目微挑，"那若我并非凤家的女儿，是不是即便跟了他，也只是他妻妾中的一个，永远要仰视他，永远也不能和他并肩而立？"

"并肩而立……"靳慧几乎被这样的想法震惊，即便是士族女子地位尊贵，多有特权，却毕竟也不能完全同男子相提并论，谁又曾有过这种想法？

卿尘并不奢望她能理解，只道："话虽鲁莽，但却句句是肺腑之言，我的心意，姐姐当明白了。"

靳慧道："卿尘，你真心待我，我也与你说我的真心话。确如你所言，没有哪个女人不想独占自己的丈夫，但皇族之中，自天帝之下哪个又不是有妻有妾？这是我们女人的命。迟早有一天，湛王府会娶进一位正妃。你在这里时日虽短，但从进府的第一天，他便对你百依百顺，你我姐妹更是投缘。说句私心话，我其实也是为自己想，所以宁愿进府的那个人是你，而不是别的女人。你和他也是情投意合，如何竟不愿答应这门亲事？"

卿尘犹豫了一下，道："我对他……"话到嘴边只觉得无从说起，"他和我的一个……朋友长得很像，我常常会把他当作是他，这种感觉很奇怪，虽然有时和他比较谈得来，但不是那样的，我对他，仅仅是……亲切。"乱七八糟说完了这些，她愣愣地盯着窗外飘零的细雨，心中就像是初见夜天湛时的那种感觉，酸甜苦辣喜怒哀愁一应俱全，刹那间全部涌上心头。

靳慧似乎意识到了什么，凝视她半晌，突然叹了口气："这串珠暂且留在你这里，你再好好想想。此事并非勉强得来，我也不能多说什么，只是真心盼你能成全他一番情意。"说罢，静静起身，"我先回去了。"

卿尘站起来，迟疑道："靳姐姐，对不起。"

靳慧道："这句话你得自己去对他说。"

卿尘摇头："不是，我是对你说，我……"

"卿尘。"靳慧低声道，"你不必对我抱歉，只要他高兴，我愿意为他做任何事，我希望你能答应他，他是真心待你，我也一样。"

卿尘送走靳慧，对着荧光幽微的冰蓝晶默默出神。指尖滑动在冰水般的圆环中，一圈又是一圈，犹如层层心事，无穷无尽。

爱到不能爱，聚到终须散。这一条路，是走到尽头了吧。

她纤细的手指轻轻握紧，终于拿起冰蓝晶放回到玉盒之中，步向烟波送爽斋。

夜天湛并不在府中，她将那玉盒放在了书案上，又回房将之前从这里借走的诸多书籍一一取来，整齐地放回原位。惊觉这短短时间，她竟然在他这里看了这么多书，有些还没有看完，便站在那里再翻了几页。偶尔还看到夜天湛在眉边页脚的小注，想起当时和他在闲玉湖前笑谈这书中种种，脸上淡淡浮起轻柔的微笑。

所有的东西归于原位，就像从来都没有动过。她又转回房中将住了多日的房间仔细收拾整齐，这里没有任何一样东西是属于她的，除了穿在身上的衣服和一支从竹屋带来的玉簪外，别无他物。

而实际上，这些又何尝是她的？她拥有的只是一抹奇异的灵魂，在这里没有人会理解的灵魂。

这使她想起那一日在水边醒来时的感觉，孑然一身的迷茫。而今似乎也是一样，孤独地存在于不属于自己的地方，偌大的空间不知何去何从。她勉强扬唇笑了笑，事到如今，还有什么是不能面对的，当整个世界在自己眼前翻天覆地的那一瞬间，心里的承受能力早已经化为无穷大了。

窗外的雨淅淅沥沥一直不停，是个告别的好日子。

第十八章　繁华过后成一梦

案上静静地放着四只碧色翠玉杯，是那日夜天湛来找她品茶带过来，便一直放在这儿。

杯子十分精巧，用了四块水头清透的翡翠巧琢花色，玲珑精致赏心悦目，是夜天湛颇为心爱之物。

卿尘怕有损伤，不敢乱放，便将它们细细清洗了一番，装好后打算去寻人来收走。

一日的秋雨使得天色暗沉许多，风吹云动灰蒙蒙涂满天穹。偶尔有几片尚见青翠的叶子禁不住风吹雨打，落到撑起的紫竹油伞上，遮住了工匠笔下精美的兰芷，只见雨意潇潇。

她低了头缓步穿过本是花木扶疏的长廊，见那蔷薇花飘零一地，往日芬芳依稀，已不见了馥郁色彩，沿着这九曲回廊蜿蜒过去，星星点点残留着最后的美丽。

她在回廊处立了片刻，抬头去看细细飘来的雨丝，心中忽然被什么牵扯了一下。

不远处的回廊尽头，有人负手身后，站在通往凝翠亭的那座白玉雕琢的莲花拱桥之上，和她一样静静地望向漫天细雨。那一如既往的湛蓝青衫，像是破云而出的一抹晴朗，却不知为何在这秋雨中带了些许难以掩饰的忧郁。卿尘驻足犹豫，夜天湛却在她望过去的那一瞬间转身过来，看向了她。

不远亦不近的距离，两人谁也没有动，隔着闲玉湖寂静相望。一时间四周仿佛只能听见细微雨声，在整个天地间铺展开一道若有若无的幕帘。

莫名地就有种酸楚蓦然而来，卿尘手中握着的纸伞轻轻一晃，一剪落花悄然滑下，轻轻跌入雨中。

第一次见到李唐，就是在这样的雨天，他低头帮自己捡起笔记那一瞬间的微笑，留在心中很久很久。她很想现在就找到李唐问他，那时候他曾有过的微笑，究竟是为了什么，就在那一个凝固的刹那，是不是仅仅是因为遇到了她而微笑，抑或是，其他。

夜天湛在拱桥之上凝视卿尘自淡烟微雨中缓缓而来，紫竹伞下水墨素颜仿若浅浅辰光，雨落星烁，飞花轻灿。

依稀仿佛，在遥远的不真切处曾经有这样一个女子向自己走来，那样确切却又如此的虚缈。是什么时候，这个人就在自己心头眼底，不能不想，不能不看？

是她在楚堰江上低眉抚琴，弦惊四座时？

是她在自己怀中疲惫柔弱，楚楚不禁时？

是她在黄昏月下悄然伫立，对月遥思时？

是她在闲玉湖中黯然落泪，对酒浇愁时？

抑或是见她在白马之上笑意飘扬，英姿飒爽，看她在书房灯下的美目流转，玲珑浅笑的一刻？

世上百媚千红弱水三千，独有这一人像是注定了如此，注定要让你无可奈何。

待到卿尘自伞下抬起头，夜天湛唇角露出了微笑，一如千百次的天高云淡，万里无垠。

他没有遮伞，发间衣衫已落了不少雨，身上却没有丝毫狼狈，风姿超拔泰然自若，仿佛是一块被雨水冲洗的美玉，越发清透得叫人惊叹，叫人挑不出丝毫瑕疵。

雨比方才落得急了些，卿尘将手中的伞抬了抬，想替他挡一下雨，却又觉得这样的动作过于暧昧，一柄紫竹伞不高不低地停在两人之间，光洁的伞柄几乎能映出两人的影子，进退不得。

夜天湛看着她一笑，开口道："陪我走走，凝翠亭中赏雨，也是别有景致。"说罢转身举步，卿尘静静和他并肩而行。

"这几日事情太多，不日四皇兄大军便将归朝，礼部就要着手筹划犒军，诸般细节繁杂得很。"像往常一样，夜天湛看似随意地和她闲聊朝事，像是理清自己思路，也时常听她的意见。

这么久了并未觉得不妥，现在卿尘反而察觉有些异样。这些话，本是丈夫在外忙碌一天，回家在温暖的房中松散下来时只有对妻子才会说的。大事小事有的没的难的易的喜的烦的，有一个人倾听着，回以一个淡淡的关怀的笑容，一句体贴轻柔的话语，便足以令疲惫尽去，成为相对一刻的安然。

而他将这样的话对她说，他的妻他的妾都不会听到他这样的话，只能远远看着他潇洒自如政绩斐然，依于他挺立的身姿。

夜天湛见她盯着自己出神，低声道："卿尘？"

"啊？"卿尘回过神来，对他抱歉地一笑，"礼部在你职中，那不是更忙了？"

夜天湛若有所思地看她："等五皇兄随军回来，我交了京畿司的差事便可松散几日。"

卿尘点头道："你难得空闲，到时候该好好轻松一下。"

夜天湛道："往下深秋时分就到了纵马巡猎的好时候，我们不妨去昆仑苑待上几天，听十二弟说你的骑术又有长进，届时可别让他失望。"

卿尘微微垂眸："这一次，可能真的要让他失望了。"

夜天湛笑道："你的云骢不是早赢过他的追宵吗？"

卿尘摇头："不，我是怕没机会和他比试骑术了。"

夜天湛眸中笑意微微一敛，看定了她。

卿尘避开了他的眼光，去看那越来越急的雨幕。闲玉湖上隐约已见初秋的凋零，曾经饱满的花朵卸了红妆，急雨打在残存的荷叶之上，激起一层淡碧色的烟雨。

"我是来向你告辞的。"许久的沉默，卿尘终于开口，"我想我应该走了。"

话音落后，两人又陷入了无声的安静之中。

卿尘轻轻扭头看夜天湛，却猝不及防遭遇了他的眸光。那眼底仿佛被青衫映透，清蓝一片，这满天满地的雨都似落入了他的眼中，带着某些叫人无法琢磨的神情，叫人无法对视的温润和那一点儿深藏的无奈，或者说，忧伤。

而这一切只在瞬间，就在她以为他不会再说话的时候，他淡雅的声音在耳边响起："是我鲁莽了。"

卿尘摇头道："抱歉，我并非有心让你失望。"

夜天湛面上早已恢复了之前的俊朗平静："她没有说清楚原因，所以我想来找你，可走到这儿，又觉得不知要问什么。"

卿尘手指轻轻抚上手中紫竹伞柄细致的花纹，暗暗叹了口气："你我不是属于一个世界的人，你要的我给不了，我要的你也给不了，便不如不要破坏原本的美好。"

夜天湛手微微一抬，又放了下来："卿尘，你到底是谁？"

听到这话，卿尘突然淡淡笑起来，似无声无形嘲弄什么，她答道："我也不知道。"

夜天湛终于皱了眉头："你也不知道？我看不透你，连莫先生都看不透你，而你说不知道。"

卿尘伸出手让雨滴劈劈啪啪在手掌敲落："是的，我不知道。"

"那你要的是什么？"夜天湛神色平静，却显然不打算给她空隙逃避，再问。

"我要的？"卿尘面无表情地盯着空旷处，"可不可以还是回答不知道？"

"不。"

"或者你该告诉我想知道什么？"

"所有的。"

"我只是要我想过的日子……"卿尘顿了顿，很认真地说，"和专一的……感情。"

夜天湛的眼底微微一波："因为这个？"

"就算是吧。"卿尘扭头问，"你给得了吗？"反客为主，她觉得自己很残忍，向一个人要他没有并且也不可能有的东西。

夜天湛的手握上了凝翠亭凉意十足的栏杆，卿尘清晰地看到他皮肤下微微突起的血管和手骨，泄露了他些许的情绪。她很少看到夜天湛皱眉，但是现在分明看到他蹙紧了眉头，大概从来没有女子对他要求过这样的东西，或是用这样的口气说话，这是个很好的借口和方式。

"我先回去了。"见他不回答，她放弃了询问。

"卿尘。"夜天湛在她转身时低声叫了她的名字。

紫竹伞撑开一半，几点雨斜斜地落上伞面。

暮霭沉沉，卿尘回眸望他，见他目光远远投向迷蒙的天际："你可知道，我的王妃，本该是靳慧的姐姐？"

卿尘不知他为何突然说起此事，不解地摇头。

夜天湛从天际收回目光："当朝靳家正室所出之女，士族之中有名的才女，靳慧的姐姐靳菲。我曾经很欣赏这个女子，才华似锦，品貌端庄，当时父皇将她指做我的王妃，我们也算情投意合，天都之中传成一段姻缘佳话。可是她在大婚两天前进宫，回府后饮鸩自尽，当夜靳府便传出女儿暴病而亡的消息。后来我的妻子便换作了靳慧，因是庶出封了侧妃。"

卿尘心里一沉，从未听说过他和靳慧还有这样一段故事，不由问道："为什么？"

夜天湛嘴角轻轻牵动，似笑非笑："我一年后方才知道缘由，只因她身患不孕之症，当时父皇赐婚的圣旨已然颁下，母妃知道后召她进宫不知说了什么，她便饮鸩自绝了。"

卿尘一时没有反应过来，夜天湛突然转身直视她："若换作是你，会不会如此行事？"

她几乎被这句话问住，随即毫不犹豫地一摇头："我？怎么可能？"

夜天湛一笑："所以我要的你能给我。我身边的所有女子，她们身上有着共同的一种难以明说的东西让我厌倦，似乎总是隔着很远的距离，远得人根本就不想走近，而你没有。这些时日相处，我总感觉你就在身边，仿佛我们相识多年，早已相互了解。但偏偏实际上，你总是一步步躲着我，甚至离我越来越远。"

卿尘选择了沉默。

夜天湛看了她一会儿，突然伸手轻触她的脸庞，用那温润如玉的声音低低地问："若我愿尽我所能给你你想要的，卿尘，你可愿答应？"

他手心的一点雨水在卿尘脸上留下了细微的凉意，那一瞬间她仿佛只能听到整个世界雨丝落下的声音，淡淡的、静静的，如同他语气中可以包容一切的温柔。她被他说出的话震惊了，那短短几个字后面意味着什么她一时间无法估计，在大脑几乎变得空白时她轻轻向后退了一步，一阵细雨打来，让她恢复了清醒。

她抬眸，在雨中露出一个冷静到可谓无情的微笑："我不会，你也不会。我不会去伤害别人，你也做不到。"

夜天湛收回手："你怎知我做不到？"

卿尘淡淡道："因为你不仅仅是夜天湛，还是天朝皇子，更是多少人眼中的湛王殿下。"

夜天湛愣了片刻，突然叹了口气，而后扬起嘴角："你的确和她们每一个都不同。"

卿尘亦保持着微笑："或许我可以看作这是你的夸奖。"

"你可以不走。"风神如玉，温文尔雅，些许的情绪波动之后，他又变成了朝堂上众人前的湛王。

卿尘摇头："我有自己要做的事情。"

"很重要？"

"或许吧。"卿尘想了想答道。

"可要我帮忙？"

卿尘再摇头。

"你曾说自己无处可去，此时又要去哪儿？"

"我也说过天下之大，不是吗？"卿尘暗拧眉心，每当夜天湛温雅背后的锐利出现，总需要她尽全力去招架，即便这锐利很久也难得一见，她相信任何人也不愿应付眼前这样的他。

夜天湛失笑："看来我这里是不能待了。"

他自怀中取出那个装着冰蓝晶的玉盒，递给她道："送给你的东西，岂有收回之理？"

卿尘看着他轻轻将玉盒托于掌心，她虽然很想要那串晶石，但记起靳慧的话还是摇头道："这是给……"

"这并非给什么王妃所备，"夜天湛打断她的话，"不过是送你而已。"

卿尘皱眉，抬眸看夜天湛的神色。以这些日子对他的了解，每当他眼梢微微上挑之时，便是有什么事情下定决心不打算再更改，而这正是他脸上现在的表情。

她摊开手掌任他将玉盒放入手中，微凉的玉石握上去还带着他掌心的温度。

"无论何时，你可凭这冰蓝晶在任何一家殷氏钱庄提取足够的银钱，便当我送给你的礼物。"夜天湛道。他的母亲殷贵妃来自富甲一方的殷氏门阀，天朝银钱流动十中有五与殷家有关，伊歌城几乎所有的钱庄亦都在殷家名下。

卿尘待要说不需要，却又想反正自己不去取用就是，何必当面拒绝他的一番好意，便道："多谢你。"

夜天湛深深地看了她一会儿，而后向亭外雨中走去。待到她身边，脚步一缓，低声叹道："卿尘，我不管你是谁，这世上只有一个你，但愿有朝一日，这冰蓝晶真的能成为湛王妃专有的饰物。"他语气中带了无尽感慨，举步没入雨中。

卿尘失神地望着白玉桥上夜天湛越走越远，雨意下渐渐模糊了的身影像是他的眼睛，淡淡的，无端的忧郁。

有时候拒绝一个人的爱，几乎比爱一个人还要难。

情不重不生娑婆。红尘之中偏偏有几多执迷不悟，人人超脱不得一个"情"字，生生世世千百年轮回的纠缠，终究苦苦难解。

第十九章　熙熙攘攘天涯行

雨洗清秋，天高气爽，秋日的天蓝得有些不真实，看上去似乎总带着深透的忧郁。

白衣白马，长街闲闲而行。卿尘置身伊歌城坊肆林立人来人往之间，却对四周的热闹视而不见，只是漫无目的地穿梭在人群之中。

熙熙攘攘云浮烟过，明明身在其中，却仿佛看戏，荒诞无比。

心情低落到极点，面对夜天湛时无比的冷静，聆听、微笑、回答和拒绝，将他置于身外，划清界限。依稀觉得那一刻大概产生了刹那快感，似乎竟是在报复李唐，那张一模一样的面孔。

她弄不清是不是真有这种想法，时而会把夜天湛当作李唐来看待，也当作了李唐来爱和恨。

那种利刃划心的滋味，她为之痛过却又残忍地把这样的痛加之于他。他在说那句话时望来的眼神，眸底是怎样的深情。

"若我愿尽我所能给你你想要的，卿尘，你可愿答应？"

他并不是可以轻易如此承诺的人，这句话中带了多少放弃多少退让，却被她生生剥离，丢弃一旁。

在被拒绝的刹那他用天生属于皇族的高贵掩饰了什么，风平浪静地在她面前转身，身后雨落满湖。

姻缘凌乱，究竟是他欠了她，还是她欠了他？

是来世的他辜负了她才得今日无情，还是此生的她伤害了他才有来世的背叛？

这一切都在他转身的刹那碎落成可笑的尘埃，那时她清楚地知道，他是夜天湛，这一生，她亏欠了他。

突然云骓往身边蹭了蹭，提醒她给一辆马车让开道路。

卿尘从思绪中回过神来，想起当她问是不是可以带走云骓时，夜天湛不无感慨地道："看来这府中，反而是云骓和你最有缘。"

如霜似雪的叹喟一丝丝渗进心间裂开的一处，她几乎是匆匆逃避，怕自己一回头便要在他的凝视中推翻一切决定。

云骓纯净的眼睛映出自己的影子，卿尘抚摸它长长的鬃毛，暂时抛开心事着眼打量四周，停留在一家殷氏钱庄前思索片刻，扭头走入对街一家当铺中。

安静的一间向阳街铺，阳光射到门厅的一半便驻足不前，显得屋中有些古旧的凉意。

她带着几分好奇环视其中，前方柜台上的老先生抬起头来道："这位姑娘可是有东西要当？"

卿尘见问，笑着取出那支玉簪递到柜台上："请先生看看，这个值多少银两？"巧笑倩兮，美目盼兮，老先生从未见过当东西当得这么笑语嫣然的，不由得仔细打量眼前的人和东西。

卿尘伸手在柜台上半天，老先生看着她的手一直不语，许久方从她手掌处抬起头来，目光在她脸上再打了个转，接过玉簪道："姑娘想当多少？"

她垂眸一想："先生能给多少？"

老先生顿了顿，道："请姑娘稍候，待我问过掌柜方好说价钱。"

卿尘微觉奇怪，听说但凡当铺柜上的老先生都是一双火眼金睛，怎么一件小小玉器还去询问掌柜？却不多会儿，老先生自后堂回来，手中捧了一个小包递给她道："我们掌柜给姑娘的价钱。"不知为何，话语中略带了几分恭敬。

卿尘随手一翻，见到几张银票，挑了挑眉梢，这老先生似乎是看定了她不会再讨价还价，直接便取了银票包好，她也确实对价格满意，将银票丢到怀中，起身道声谢走出门外。云骋见她出来，轻嘶一声凑上前。

卿尘在上九坊寻了间衣坊进去，再出来已是纶巾束发窄袖长衫。其人清隽文秀，云骋神矫如龙，翩翩如玉少年公子，引得路人频频侧目。

似是正遇上什么祭祀的日子，不少年轻女子聚在天都神庙前两株亭亭如盖的大树下笑闹纷纷，将求的签语扔往枝上，碧叶彩签，裙袂飞扬，十分赏心悦目。

卿尘勒马略走慢了些，几个女子偷眼看来，其中大胆的抬手将什么东西丢上马来。卿尘冷不防接在手里，却是个绣制精美的签囊，她故意扬眉翩翩一笑，侧身点头施礼道："多谢小姐厚爱！"

那女子竟也嫣然而笑，大方一福道："神佛灵验，愿公子前程似锦！"

对面一片娇语清脆，女子们召唤着结伴往神庙里去了。伊歌城风流兴盛民风开放，卿尘一时觉得十分有趣，一时却也有些遗憾自己为何生是女儿身。此方世界入可登堂拜相，出可经营四海，男子有诸多可为之事，然女子却终究还是有些不同。

她不欲在上九坊久待，催马往中城走去。沿路经过天舞醉坊，再前行便是中二十四坊，楚堰江已近眼前。

不远处，江上船只往来热闹喧哗，商旅忙碌，人迹繁华，四处一片生机勃勃。江畔勒马，似乎面对了一个全新的天地，放眼望去天高地广，只觉心胸畅远神气陡清。

往前行人渐密，卿尘并无明确的目的，信马由缰，沿江而行，走不多远，忽然听到哗的一声，眼角感觉银光闪过，一盆冷水自楼上花窗兜头泼来。她急忙带马闪避，纵然如此，仍是慢了一步，顿时湿透半边衣衫，周围亦有人一并遭殃，指着楼上叫嚷起来。

卿尘暗叫倒霉，云骈也被淋了一身水，不满地抬蹄长嘶。卿尘怕它惊着路人，急忙提缰避到一旁，一边安抚云骈，一边下马拍衣。这时那楼里早有人出来，对众人团团作揖，连说道歉，看样子像是楼里管事。另有一个文士模样的中年男子快步上前，到了卿尘身边，赔着笑脸抱拳施礼："楼中下人一时疏忽，弄湿了公子衣服，还望公子勿怪，抱歉抱歉！"

伸手不打笑脸人，卿尘见他不断赔罪，倒也不好说什么，只能笑了笑道："不碍事，不过以后你们还是小心些，这窗下就是大街，人来人往，怎好直接泼水下来。"

那男子道："公子说得是，在下定当好好管教他们。不知公子府上远近，衣衫湿成这样十分不便，若不嫌弃便请进来稍做歇息，喝杯茶水换洗一下，顺便让下人收拾一下马匹。"

卿尘自己倒还好说，只是有些心疼云骈，想了想道："如此……倒要麻烦兄台了。"

那男子笑道："在下姓谢名经，是这歌坊的主人，公子里面请！"

"在下宁文清。"卿尘依礼报上姓名，却是化了本名。她举步抬头看去，见那高楼之上金匾行书"四面楼"，其楼不若天都其他建筑，却成矩形而起，南面临江，北接商铺，前连上九坊，后向中二十四坊，倒真是个四面来客的好地方，占尽地利之便。但走到门前看到一张白榜，却是主人出售歌坊的告示。她在门前微微驻足，不由奇怪道："谢兄这四面楼开门便迎八方客，无论做什么生意都是得天独厚，如何竟舍得卖？"

谢经摇头道："公子有所不知，近日天都歌舞坊的生意一落千丈，多少地方都已经撑不下去，纷纷关门售地了。"

"哦？"卿尘眉梢淡掠，"可是因天舞醉坊的缘故，受了牵连？"

谢经颇觉意外，问道："看来公子倒知道些，天舞醉坊一案，京畿司直接会同刑部、大理寺连续查禁歌舞坊，牵扯甚广，弄得人人自危，门庭冷落。而且就连吏部侍郎郭其都被革职流放，现在歌舞坊既无人敢开门经营，也无人敢上门花销，这行生意恐怕是不能再做。"

卿尘随口道："谢兄此言差矣，此时正是应该买进而非卖出，歌舞坊的生意坏不了。"

"公子何出此言？"谢经探寻地看向她，问道。

卿尘心中忽然一动，笑问："谢兄可有意与我做笔生意？"

谢经倒不急着问是何事，只道："难得你我一见如故，不如里面详谈。"

入了四面楼，谢经遣人带卿尘换了干净衣衫后，请至楼上奉茶，方道："公子方才所说，在下愿闻其详。"

卿尘淡淡啜了口茶。天舞醉坊一案没有人比她更清楚，夜天湛虽然有些事情不便对她直说，但她也看得明白。此次案子说是奉旨严办，乌云密布之下处处雷霆霹雳，但到了雨落之时，却只是星星点点无声无息。或是因为着实不能想到，从门阀殷家开始，歌舞坊背后内臣、外戚、士族、门阀等各方势力早已盘根错节根深蒂固。湛王贤德之名冠盖京华，多年来俨然是这些朱门显贵唯其马首是瞻的人物。如此庞大的阵营，其树泱泱枝繁叶茂，去些侧枝无妨，但若大肆砍伐动到根本，一举一动如剔骨肉，如何不逼得他弃刀收剑？

自那日在烟波送爽斋之后，卿尘便极少再听到夜天湛提起相关之事，反而有时看他进保奏的本章，朝中大概已落了一波急浪，在他翻转的手腕下慢慢恢复如常。

她微微笑了笑，抬头道："其实很简单，如今天朝外退突厥内安民政，海内升平四境来朝，大治之下，可谓世道盛兴，无论如何，这个大势不会变。所以歌舞坊这种生意，在天都绝不会销声匿迹，此时只是潮落低谷，待风声一过便会死灰复燃，甚至愈演愈烈，绝不会错。"

谢经道："公子怎敢言定歌舞坊会再行兴盛？"

卿尘凤目一扬，说了个字："赌。"

"赌？"谢经皱眉。

卿尘气定神闲地道："生意经营十有八九要敢赌，只要看准了行情，获利自然不是什么难事。"

谢经问道："那公子又凭什么下注呢？"

卿尘在湛王府中多日，每天看着案子进展，深知此中关键，亦没有人比她更了解夜天湛处理此事的真正方法，对自己的判断十分有把握，微笑道："凭我所知所想。谢兄若无意经营此事，不如你我寻个别的合作方式。我每月付纹银百两的租金，你将四面楼完全交与我打理，此后除租金之外，每月四面楼的盈利你从中抽取五成。换言之，谢兄依然是老板，在下不过是一个经营人。但一年后我若想买下四面楼，谢兄需按现下告示的价钱将此楼出让与我。"

谢经放下手中茶盏，望向她道："外面告示的价钱，公子可看清楚了？"

"纹银三万两。"卿尘说着，嘴角勾起浅笑。

"公子既然有意买下四面楼，为何此时又不买，要待一年之后？"谢经再问。

卿尘坦然道："谢兄是痛快人，问得直爽，在下也坦白相答。目前我手中只有百两银钱，需要先用四面楼一年，来赚买楼的钱。"

此言一出，谢经不由皱眉，半晌方道："你的意思是，一年内以四面楼赚取纹银三万两？"

卿尘摇头，更正道："不是三万，是五万，还要加上谢兄五成的利润。"

谢经满面疑惑审视于她，卿尘笑意清隽，凤目生辉，淡淡看进他眼底。

对视片刻，谢经轻轻掸了掸衣衫道："谢某经营半生，少见公子这样想法奇特之人。"

卿尘笑道："大千世界芸芸众生，各自不同方有人间百态，若都同出一辙，岂不无趣？"

谢经闻言亦笑道："单凭公子这份气度，在下便是佩服。只是可否听听公子究竟要如何经营？"

卿尘眸光微挑："谢兄若肯赌得大些，说不定连本带利，博个意料之外。"

"在下洗耳恭听。"谢经道。

卿尘缓叩茶盏，浅笑从容："若往简单说，伊歌城乃天都中心，城中多少高门显贵风流士族，整日歌舞游猎华赋清谈，不惜奢靡但求风雅，所以无论何事，只要符合那些高门贵族的口味，何愁生意难做？就说城中现在的歌舞坊，皆是奢华有余，却欠一个'雅'字。琴棋书画诗酒茶，坊间不是没有，但这个'雅'字必要投其所好，才能让人回味无穷，一掷千金，如此行事亦不会因过于张扬而遭官府顾忌。"

谢经微微点头，面露赞同之意："若往深处说呢？"

卿尘站起来，步到窗边远远看去，入目处练空如洗一望无垠，其下商客过往中有胡女身姿高挑，风情摇曳，十分引人注目。

她看了一会儿道："中原虽与漠北、西域诸国屡有战事，但各自百姓却随着商旅贸易逐渐交融，谢兄可有发现最近伊歌城中胡商胡女都十分多？"

谢经亦凭窗而望："确实如此。"

卿尘徐徐道："经营买卖，除了眼光长远，看定局势后也要有耐心等待。谢兄若是敢做，不妨暗中出资并购因受天舞醉坊牵连而倒闭的歌舞坊，趁此机会控制天都歌舞坊生意的命脉，与此同时，可以收容一批胡女点拨调教，静候时机。西域歌舞热情妖娆，漠北歌舞奔放明快，南番歌舞旖旎多姿，与中原风格大不相同。等到歌舞坊重新在天都兴盛，这些胡女不但能成为新鲜亮点，亦能为天都除去不少混乱的因素，促进胡汉交好，朝廷不但不会干涉，反而还会扶持，如此一举两得，一本万利。"

谢经暗中将她打量，沉思片刻，道："公子不但深知天都朝势，所见所闻也颇为广博，如此深藏不露，倒叫谢某十分好奇。"

卿尘修眉微挑，扭头笑道："谢兄又如何不叫在下好奇，这四面楼虽好，但纹银三万的价钱也着实高了些，谢兄怕并非真的想卖此楼吧？"

谢经一愣，随即呵呵笑道："与公子相交如饮甘饴，谢某对这赌局动了心，还望日后合作愉快！"

卿尘潇洒一笑，抱拳还礼。

第二十章　歌舞升平今宵曲

　　四面楼台榭错落，中有高阁，卿尘喜欢入夜时分坐在楼阁的屋顶上看伊歌城。夜幕下的城池灯火辉煌，比起白日的雄伟壮阔多出几分神秘的味道，隐在暗处的热闹格外诱人，时而也会有温暖的感觉。

　　隔着沉沉夜色，眼前情景多少会有些不真实，却也正因如此，方使人愿意沉迷一刻，想想看不见的灯影深处有着怎样的红尘人间。

　　自此处望去，眼前点点灯火中最亮处便是曾经一度死寂的天舞醉坊，如今歌舞灿烂，热烈喧哗，宝马香车，宾客盈门。除了开始一段时间打点布置外，生意步入正轨后卿尘并不经常过去，天舞醉坊名义上的主事是素娘。

　　素娘帮谢经在四面楼打理事务已有多年，心思细密，聪慧精明，天舞醉坊中清一色的胡女在她手中调教得十分妥当，令人放心。在歌舞坊最低迷的时候，卿尘与谢经五五分利，一者出资一者经营，或者低价并购，或者插手经营，蚕食垄断天都歌舞坊生意，待价而沽。果然不过半年，朝中雷霆散尽，伊歌城很快恢复了往日纸醉金迷的风流气象。天舞醉坊以及其他数家歌舞坊此时重整旗鼓，其独特的舞姿、新奇的曲目如同一股异域来风席卷天都，先前那场变故便在这繁华气象中悄无声息地淡化了下去。

　　卿尘将目光自远处收回，眼前的四面楼却安静，透过琉璃灯火只能依稀听见低声浅语，丝竹清幽，少有人能想到天舞醉坊和四面楼是同一人在经营。

　　四面楼里能歌善舞的女子并不是最出色的，这些时日卿尘自原来的女子中挑选聪慧者，不惜重金聘请师傅，对她们以仕女的标准讲解词赋，调教谈吐，指点琴棋书画、酒艺茶道，有些灵气的女子几经点拨立见不同。为了教，卿尘自己亦学，随时应付莺莺燕燕们公子长公子短的询问，自觉大有长进，获益匪浅。

　　如今的四面楼乐而有舞悦目，静而有茶盈香，有酒醉人而不颓败，有美相伴而不荒淫，堪称品格高雅，意趣清新。此处来人并不十分多，但不是一掷千金的高门贵族，便是盛名在外的墨客鸿儒，慢慢便在天都创出清名。

　　卿尘此时刚刚在楼中的小兰亭奏了一曲琴，白日里翩翩佳公子，晚上云裳迤逦，重纱后一手出神入化的琴技震惊四座，四面楼之所以声名鹊起与此不无关系。而谢经那里她只说是请了妹妹"文烟"过来相帮，谢经从未真正见过所谓"文烟"，却似并不相疑，甚至连问也不多问一句。

　　入秋之后夜风已渐寒，卿尘微微抬头，凝眸时点点清光落入眼中，轻闪着亘古不灭而逐渐遥远的记忆。她想起不久之前曾在一个孤单的夜晚，也是这样独自坐在星空之下，那时候她抬头看到了一双深邃的眼睛，广袤星空落入其中，带着清冷的安然。不知现在这双眼睛的主人是否平安，在这伊歌城中或许有一日还能相遇，倒也是叫人思之愉悦的事情。夜风拂面，卿尘正自顾自微笑，身边突然有人道："文清，你果然在这儿。"

她被吓了一跳，却不必回头便知道是谢经，这人走路似乎从来不带声音，她甚至怀疑他上这屋顶不是像自己一样从阁楼沿着梯子爬上来的，而是飞上来的，苦笑道："拜托谢兄以后出现的时候先有点儿声响，否则总有一天我会被吓死。"

谢经笑道："改日我上来前先在下面敲锣打鼓知会一声。"

卿尘明眸轻挑："那明日伊歌城便会传开，四面楼新增了耍猴的节目，谢老板亲演，三文钱一场，精彩得很。"

两人如今称兄道弟甚是熟络，言语调侃也是家常便饭。谢经一笑而过，在她身旁坐下："听说你又买了间歌坊，如今歌舞坊的价钱已不似之前，似乎不是时候吧？"

卿尘看着夜幕灯火一笑："我正要和你说，这笔生意可能是赔钱的买卖，所以我打算自己经营，免得连累你。"

"哦？你不是说过在商言利吗？能否告诉我是什么生意赔钱你也要做？"谢经问道。

卿尘道："那间歌坊我是想改做医馆，治病救人不是什么太赚钱的事，或者其下再开间善堂，如此还要赔钱。"

谢经奇怪道："怎么会突然想起开医馆？"

卿尘将手闲闲搭在膝上看了看，道："我既自幼学了一身医术，便不想浪费。何况银钱之物没有赚尽的时候，如今算算小有收获，不妨取之何处，用之何处。"

谢经道："你难道要从四面楼的生意中抽身？"

卿尘扭头笑道："这么赚钱的生意，我怎么舍得？"

谢经看向下面庭院，玩笑道："不是便好，不过如今这四面楼再这么赚下去，只怕过些时候我都不舍得出让给你了。"

卿尘道："不舍得便算了，我又不是非要买。"

她漫不经心的语气叫谢经有些愣愕："当初你我有契约在先，我说不卖难道你便算了？"

卿尘道："这四面楼和其他歌舞坊里里外外多是你和素娘在操心，谢兄所做早已超出那一纸契约。再者，经营有利，交友却有趣，我当谢兄是朋友，朋友不愿的事我绝不勉强。你若是不想出让四面楼，咱们那契约便就此作废。"

谢经眼中微微一震，四面楼目前日进斗金炙手可热，更牵扯着其他数家歌舞坊的进项，不知惹得多少人眼红，卿尘却说放手便放手，竟然如此轻松，如何不出人意料。他沉默了片刻道："商场江湖中经历这么多年，文清是我第一个佩服的人，得友如此可抵十座四面楼。你既有义，我自不会言而无信，这四面楼随时可以过到你的名下。"

卿尘不在乎地一笑："约定之期未到，我都不急，你急什么？"

说话间隐约听到一阵乐声，声音轻远缥缈黑夜中几不可闻，但却又似清晰如在耳边。卿尘凝神听了听，似乎不是四面楼的乐声，奇怪问道："你听到了吗，这是哪儿来的声音？"

谢经扭头笑了笑："不甚清楚，或许是哪家歌坊吧。对了，我突然想起有点儿事情要出去一下。"

卿尘便站起来道："你去吧，这边有我。"

一夜繁华尽，日升月落，翌日上午四面楼人少安静，卿尘自楼上下来，吩咐备马出门。

前庭低案旁，几个身着披帛仕女裙的女子正明明媚媚聚在一处，执笔铺墨，你一言我一语笑说着什么，倒叫这儿显得格外热闹。

卿尘看过去，正有个女子将玉纸镇往案上一放，站起来嗔道："哎呀！不玩了，不玩了，你们几个定是合伙儿算计我。"

众女子笑道："快看，兰玘输急了耍赖！"

大家抬头见着卿尘，纷纷边施礼边笑问："公子来了，兰玘你羞不羞！"

卿尘笑着问她们："在干什么，这么热闹？"

兰玘忙请她入座，回头便道："公子来得正好，看她们还得意！她们不知从哪儿弄了些对子好生难为人，我都输了几局了，公子快杀杀她们的威风。"

其他女子羞她："你拉公子来助阵，赢了算谁的？"

案前纸墨微香，轻粉香笺珠玑秀丽，正是她们书下的巧对。卿尘瞥了眼道："联对子定是兰珞赢得最多。"

兰玘道："可不是！每回都是她对得好，我们就不行，都赢了我两支翠笄去了！"

一旁黄衣羽衫的兰璎抬手拎着两粒紫玉晃动："我这儿还有一副玉珰呢！"

兰玘丢过罗帕笑啐她，卿尘笑道："下注的游戏你也不多想想？若去和兰珞比诗赋，和兰璐比巧算，和兰璎比琵琶，你不输光才怪。攻伐之道需以己之长克彼之短，你怎么不和她们下棋，看谁赢得了你？"

兰玘道："她们就是棋盘上输惨了才想这法子的！不行，公子一定要先帮我赢回这局。"说着将粉笺取到眼前，卿尘见笺上写道：虞美人穿红绣鞋，月下行来步步娇。

"这上联出得倒巧，意境也美。"她提笔轻轻过墨，见楼中另外几个女子正在庭前荷花池旁引箫练琴，抬手往那边一指，对兰玘道："下联不就在眼前？"

兰玘一时不得解，见卿尘落笔书道：水仙子持碧玉箫，风前吹出声声慢。立刻拍手问兰珞道："你有虞美人步步娇，公子便有水仙子声声慢，服不服？"

兰珞道："咱们几个加起来也不能和公子比，你赖皮！兰璎方才出了一对我还没想出来，公子帮了兰玘也得帮我。"

卿尘微笑道："不妨说来听听？"

"雨洒灰堆成麻子。"

卿尘抬头环目，略一思索，笑指那荷花池："你们倒左右不离咱们院子，这个下联仍在那处。"

兰玘问道："怎么还是那儿？"却是兰珞看过去低头一想，突然笑了起来。

卿尘问道："想到了？"

兰珞掩嘴低头道："想到一个，只不知和公子想的是不是一样？风吹荷叶像……像……"

卿尘替她道："风吹荷叶像乌龟！"

众女子顿时笑成一片，兰玘边笑边说："你们都输给公子了，快快把翠笄玉珰都还我！"

兰珞道："还也是给公子，你是别想了！"

兰玘道："公子又不是女儿家，要那些做什么？"

卿尘忍俊不禁，偷偷支案而笑，她可正打算去当铺赎自己那支玉簪。见她们闹得不可开交，于是道："不陪你们了，我还要出门去。给你们个上联，谁对得上，这翠笄玉珰就当公子我送她。"

"公子快说！"她们便催道。卿尘手中落墨生香，笔走龙蛇写了一联：日进月出云多少。

兰玘看着道："这上联似乎也不难啊。"

兰珞却思索摇头："字上看去是简单，但不好对呢，公子这上联中一说了日升月落有云其中的景色，又说了时光流转岁月变迁的过往，最难是其下还隐了一日一月收支算账的问算，可要好好想想才行。"

兰玘道："收支算账的事，兰璐算得快！"

卿尘笑着站起来："过会儿我回来若有了下联，本公子另有赏。"说罢刚回头，就听堂前有人道："今晚留着小兰亭，酒菜精致些，茶要你们的'青衣'和'丝竹'，最要紧是文烟姑娘的琴，都记下了？"

楼中管事陪着一人进来，恭声道："这就差人去办，请十二殿下放心。"

卿尘修眉惊挑，忙不迭地一撩衣襟转身坐下。兰玘她们见她神情奇怪，还未等问，夜天漓已看向了这边，突然微怔，接着叫道："你，给本王回过头来！"接着便大步走来。

大呼小叫的霸王，卿尘暗中叹气，知道躲不过他，只好起身回头对他道："见过十二殿下。"

夜天漓见她男装的模样愣了愣，又惊又奇："原来你竟在这儿，居然这么久也不……"

卿尘怕他接下去再道破自己女子身份，连连作揖："殿下，有话外面说！"

　　夜天漓疑惑地打量她身边美女如云，兰玘她们有认得他的急忙施礼问安，都悄悄看着，不知究竟是何事。卿尘轻咳一声道："看什么，十二殿下难道比公子我还好看？都回楼上去。"

　　众女子向来对她言听计从，闻言纷纷娇声道："谨遵公子吩咐！"优雅起身依礼告退。衣袂飘扬袅娜生姿，一片钗环叮咚散去后，夜天漓在旁早已笑得不行。

　　卿尘颇无奈地等他笑完，道："我正要出门，你若空闲不妨一同。"

　　两人举步出了四面楼，上了马夜天漓还满面带笑，道："你倒是会享受，这么多美人也不想着送我几个！"

　　卿尘扫他一眼："我四面楼的女子都是来去自愿，你什么时候听说过送人的道理？"

　　"这四面楼竟是你经营的？"夜天漓回头看了看，"那这里名满京都的文烟姑娘……"

　　"便是我。"卿尘干脆承认。

　　夜天漓气道："我来过这么多次你竟都瞒着！"

　　卿尘道："这不怪我，你自己看不出听不出又能怨谁？"

　　夜天漓"哼"的一声："你怎么突然离开了湛王府？我问了七哥几次，连他都不知你人去了何处。"

　　卿尘微微垂眸，问道："七殿下好吗？"

　　夜天漓道："看上去不错，但七哥面上总不过就是这样子，究竟好不好你得自己问他。"

　　卿尘也不语，到了那家当铺门前下了马，夜天漓奇怪问道："你来这儿干吗？"

　　卿尘道："前些日子当了件东西要赎回来。"

　　夜天漓抬头看了看，笑道："哈哈！你当东西居然当到殷家的铺子来了，那不如直接当给七哥算了。"

　　卿尘正举步入内，闻言身上一僵，回头问："你说什么？"

　　夜天漓随口答道："这铺子和对面钱庄都是殷家的产业，贵妃娘娘一族富甲天都，伊歌城中钱庄、当铺十有七八是他们家的。"

　　卿尘愣在当场，心中说不清缘由地来了一股无名火，难怪那么普通的簪子竟能当出纹银百两，原想不再受夜天湛恩惠，不欠他人情，谁知到头来还是靠了他才有今日。

　　夜天漓见她皱眉不走，问道："怎么了？"

　　卿尘气道："你身上可带了银票？"

　　夜天漓出门向来怀中多金，点头道："有。"

　　卿尘伸手："借我一千，回头还你！"

　　夜天漓见她脸色古怪似有怒气，随手自怀中抽出几张银票："什么事用这么多银子？"

　　卿尘又拿出自己带的一千两银票，愤愤想道：事已至此，加倍奉还给他！扭头便往堂前去，走到一半，突然心底一黯，脚步停下来，觉得此举太过无聊。有心无意，这事难道还能怪他怨他？自己这是想拿什么出气，还是惹是生非？

　　想到此处，一皱眉头，回头又将银票递还夜天漓："多谢你，还是不用了。"

　　夜天漓见她一瞬面色不善转而又恢复正常，走在身旁突然问道："你不会是为什么事在和七哥赌气吧？"

　　卿尘颓然摇头："没有，不过刚刚想岔了些事，现在没什么了。"

　　夜天漓笑道："真是女人，翻脸如翻书。"卿尘凤眸往这儿一扬，他接着道，"当我没说！"

　　卿尘没好气地瞅了瞅他，柜前那老先生不在，她便将当票递给里面的小伙计。小伙计看了眼当票，道："姑娘要赎东西吗？这可是死当。"

　　"死当？"卿尘愣住，拿回当票一看，白纸黑字果真写得清楚，当日拿了银票便走，竟根本没有注意。

　　她眉心轻锁，再往柜上问道："多少钱也不能赎？"

　　小伙计道："姑娘便当没了这东西，兴许现在都已经不在我们柜里了。"

　　卿尘道："麻烦去问问你们掌柜，看还在不在，能不能赎。"

　　小伙计道："没这个道理，去问掌柜我是找骂，姑娘还是别想了。"

　　夜天漓在旁忍不住将柜台一拍："让你问你就去问，怎么这么啰唆！"

　　那小伙计吓了一大跳，一时骇得话都说不出来。卿尘忙伸手拽着夜天漓一言不发扭头出门，他不满地道："叫掌柜的出来拿了东西，回头让七哥给这边一句话不就得了。"

　　卿尘道："去找他我宁肯不要了，又不是什么要紧的东西。"

　　夜天漓道："你躲着七哥干吗？"

　　"我哪儿有？"卿尘道。

　　夜天漓一脸疑惑地看着她，她翻身上马，心里越想越不是滋味。在拒绝了一个人后，却不断接受着他的保护，自以为不再依靠他的时候突然发现原来依然处于他的庇佑之下，这叫人有种挫败感，或者更确切地说还带着三分愧疚，仿佛在这里一天，便始终欠了他什么，永远也还不清。走了会儿她闷声问道："他应该不知道我在四面楼吧？"

　　夜天漓道："还说不是躲着他。我来过几次都没认出你来，他又不常来这些地方，八成是不知。"

　　卿尘道："来过几次，但都只待了一会儿。"

　　"那便不好说了。"

　　卿尘抿了抿唇，又问道："你今晚约小兰亭干吗？"

　　夜天漓方要回答，又顿了顿，然后道："宴客。"

　　"要紧的客人？"

　　"要紧。"

卿尘也不再问,有些神思不属地策马往白虎大街而去。夜天漓提缰上前道:"今日此路不通,四哥率玄甲、神御两路大军驻扎城外休整一日,稍后入城必经此处。父皇亲登神武门举行阅兵大典,御林军和京畿卫一早便封路戒严了。"

第二十一章　万马千军只等闲

卿尘扭头一勒马:"今日大军回朝?"

夜天漓道:"奇怪了,你数月前便打听大军回朝的事,怎么现在倒不知道?"

卿尘忙问道:"哪里能看到阅兵大典?"

夜天漓道:"这时候能看的地方怕都人满了,你若先前便说,还能趁早偷偷带你上呈云台,现在四处戒严,若在父皇眼皮底下放肆,那可是找骂。"

卿尘轻抖缰绳,云骋微嘶一声,掉头而行:"去明光阁!"

夜天漓纵马跟上:"想看大典怎么不早做打算?"

卿尘微微拧眉,近日张罗着将新购的歌坊改做医馆,忙得不可开交。如今她手中这家"牧原堂"以重金聘请了天都数位医术独到的大夫,楼上设药间病房,其下开了善堂,每日救死扶伤活人医病,有时候连药钱都一并搭上。她除了打理四面楼必要的事务外,几乎日日和几位大夫谈医论药,深觉医道精粹妙不可言,越发沉迷其中,医术也较之前大有长进,一时真没想到日子过得飞快,夜天凌所率大军竟已回师天都。

青山峻岭中转身离开的背影,便在秋阳下如此清晰地浮现在眼前:"记住不要出去,我一定回来。"当时他看着她的眼睛笃定而霸道的话语仿佛仍在耳畔,他一定会回来,现在,可是他回来了?

明光阁果然人满为患,实际上天都自外城雍门始过下三十九坊宣平门、中二十四坊丹凤门直至内城神武门附近都早已被围得水泄不通。

天都中出动了数千铁卫清出开阔大道,沿途旌旗林立,御林禁军自神武门高台而下,十步一卫,遍布内城,甲胄鲜明,剑戟耀目。

夜天漓今日出门没带侍卫,人山人海比肩接踵,他少不得在旁护着卿尘怕有闪失。

卿尘扭头笑说："有劳殿下了。"

夜天漓道："若你有个损伤，今晚小兰亭岂不是空了场？我多不划算。"

卿尘低声道："原来是有求于我。不管你什么客人，四面楼没人知道我身份，可别给我拆穿了。"

夜天漓笑道："好好，随你就是。"

这时外面围观的有人看到他们，高声问道："那边可是宁大夫？"卿尘循声望去，有几人早已挤开道路，"宁大夫要去明光阁？"她认出其中一人是前几日来过牧原堂的小六，笑道："正是，不想这么多人，你母亲可好些了？"

小六忙道："多亏了宁大夫妙手回春，我娘这几天都能下地了。"一边说着一边招呼道，"大伙儿让一让，牧原堂的宁大夫在这儿。"

楼下尽围着些普通百姓，倒有不少受过牧原堂的恩惠，闻言推推挤挤硬将他们送到了明光阁前。卿尘一路拱手称谢，夜天漓不禁奇怪，挨近前问道："你这些日子到底都干了什么，牧原堂也有你一份？"

卿尘笑道："没干什么，赚银子花着玩。"

明光阁中里外都坐满了人，夜天漓此时早已不耐烦，一把抓过掌柜的，还没等他说话，掌柜的已吓得直作揖："十二殿下您要看犒军怎么还来这儿？现在楼上楼下实在是无处可坐了，您让小的如何是好啊！"

夜天漓喝道："碍事的都给我轰出去，天都什么时候竟有这么多人！"

卿尘自身后拉他："没你这么霸道的，人家开门做生意，你偏来难为人。"

夜天漓道："这不是陪你来凑热闹，我变着法子躲出来不去神武门站着，难道跑这儿站上半天？那还不如神武门清静。"

正说着，店里伙计一溜烟自楼上小跑下来，在掌柜的耳边轻言几句。掌柜的如释重负，转身求道："殿下，楼上雅阁有人请，说是与殿下相熟，还请殿下凑合这一时，赏小的个方便。"

朱栏窗前，正有人俯身下来对这边抱拳招呼，卿尘和夜天漓都觉意外，原来竟是莫不平。

"莫先生？"夜天漓挑了挑眉，转头对掌柜的道，"去，一壶'青峰奇云'，再打点几样好菜送来楼上。"拉了卿尘举步上去。

一进门，莫不平目光先在卿尘脸上停了一停，方对夜天漓道："十二殿下别来无恙！"

夜天漓见了莫不平竟规规矩矩，言行不缺礼数，笑道："早几日听说先生回了伊歌便想去拜访，却都不知先生身在何处，今日倒巧。"

卿尘暗觉莫不平来头十分不一般，不但令夜天湛奉若上宾，连夜天漓这样骄横的人都对他恭敬有加，浅笑道："莫先生好！"

莫不平笑道："多日不见，方才险些没认出来，凤姑娘如此打扮倒比十二殿下都多几分潇洒。"

卿尘瞥了夜天漓一眼："我比他文雅倒是真的，方才若不是先生，这明光阁怕要遭殃。"

夜天漓也不介意，扬了扬眉拂襟落座，三人笑谈闲聊。

北征大军在外城驻扎，神御、神策两军二十余万战士整装待命，唯有一万玄甲军随凌王至神武门面圣。

卿尘细细品了口茶，转头望着窗口出神，想象一会儿大军入城不知是何等场面，期待中竟有些不明所以的紧张。明光阁中热闹嘈杂，不断传来"凌王""玄甲军""突厥"等字眼，似乎所有人都在议论此次北征大捷，处处洋溢着兴奋喜悦的情绪。

过不多时，远处忽闻一声金鼓擂动，肃然威仪，直击人心。

四周议论之声顿止，卿尘等人亦回头看去，但闻鼓声沉肃动如雷鸣，一声传来，徐缓发动，滚滚响彻四方。随着金鼓隆隆，低沉的号角声仿佛自天边响起，催动长空云动，西城雍门缓缓开启。

"我出我车，于彼牧兮。自天子所，谓我来矣。召彼仆夫，谓之载矣。王事多难，维其棘矣。"

高大的战车之上，手持金槌的赤衣女子击鼓而舞，歌《出车》之曲，先于凯旋之师徐徐而行。

鼓乐煌煌，四方应和之声沉雄厚重，显示出天军兵威，泱泱浩气。天都百姓早闻战事得胜的消息，复又见此壮丽场面，潮涌山呼，翘首以待，皆欲一睹横扫漠北的玄甲军之军容。

战车行至神武门而止，禁卫军列阵如龙，奉迎天子。天帝亲率三公九卿诸臣遥登城台，身着五色介胄的骠骑上将率金甲仪仗传圣旨，召见王师。

九门号角之声再次响彻天都，列阵雍门之外的玄甲军徐徐升起金色龙旗。

威沉如仪的铁蹄声，即便身处明光阁高楼之上，众人仍能感觉到大地隐隐震颤。放眼望去，城门处如若神迹般出现一片凛冽无际的玄色铁潮，随之而来的迫人气势使这深秋高远的天地突然变得肃杀，四合之下寒意遍布，威慑八方。

一时间满城的喧闹像是遥遥退去，整个天都自歌舞升平的鼓乐中蓦然安静，陷入一片肃穆之中。

卿尘不由得起身站到窗前，只见碧空晴冷，映衬金色战旗凛然耀目，其上九爪蟠龙神形威怒，昂首腾云，猎猎于长风之中，显示出独属皇族的威严。

三军之前，当先两将白马银盔，一万铁骑人人玄甲玄袍，兵戈锋锐，组成十列长阵顺序而行，随他二人缓缓入城。

军容肃整，军威凌云。

自高处望去，整条白虎长街像是被这玄潮徐徐吞没，所有人都能清晰地听到整齐划一的步伐落地，震动着雄伟的伊歌城。

卿尘极目眺望，想要看清领兵之人的模样，但因相隔较远，两人又甲胄在身，只能依稀看清眉眼轮廓。她握着窗棂的手微微一紧，左边那个银甲白缨身形挺拔的人分明便是十一，但他身旁之人却并非她记忆中的人。

她望着远处，怔立在窗前，蓦地被一声巨响惊醒，却是上万铁骑不见一丝错乱地同时立定，端的震慑人心。

蹄声入耳，夜天漓突然略含感慨地道："四皇兄练兵之精，治军之严，当真无人能出其右。"

卿尘凝视十一身边之人，一种落空的失望覆过心间，不禁转身问道："前面领军的便是凌王？"

夜天漓抬了抬下巴，一笑道："别急，你自己看。"

卿尘重新将目光投向神武门，但见万军寂静，肃然无声，只闻四周招展的战旗猎猎作响。围观百姓被这军威所震，一时皆尽肃穆。

玄甲铁骑已全部进入雍门，军前仪仗击响重鼓。

原本依次排列的十个长方形的军阵中，最后一阵的战士突然向两旁分开。一骑白色战马裂阵而出，马上之人带甲佩剑，飞骑前驰，白袍胜雪，披风高扬肆意风中，所到之处军阵一一中分，如同夺目寒光将玄甲铁骑一划为二。

其人在前，身后立刻有战士策马相随，填补分裂的空隙。整个军阵随之推进，缓缓风云涌动，移宫换位，变换成一个完整的九宫阵形。

阵前，两名领军大将双骑微分，那人勒马当中，抬手，身后玄甲铁骑迅速肃整军容。

随着那人右手轻挥，只见数列玄色齐齐变动，战甲声动，铿锵如一，所有战士几乎在同一瞬间翻身下马，行军礼，振声高呼："吾皇万岁，万万岁！"

这一声自一万铁血战士口中同时喝出，真正震天动地，九城失色。

这是逐战千里的沙场英雄，寒剑浴血的生死男儿。

唯有身经百战攻城夺命的铁血战士，方有如此慑人的杀气；唯有驰骋边疆纵马山河的常胜之师，方得如斯豪情威势。

不必夜天漓再说，卿尘已清楚明了，她静静看着神武门前那个遥远的身影。

凛冽孤高，傲然马上。这个人，以他传奇一般的精兵铁骑，南征北战，攻城略地，扫荡西域大漠四方强族；以他骇人听闻的辉煌战绩，称雄宇内，威震六合，征服中原疆野万里河山。

那晚的背影似乎和马上的身影合而为一，变成千军万马中那一点孤傲的白。卿尘眼中竟无由酸涩，于青峰奇云的雾气后生出一层异样的清亮。她怕被人看出端倪，若无其事地反身低头饮茶："久闻凌王大名，果然英雄非凡。"

莫不平拈须微笑，看着神武门前肃杀的军阵："好个凌王啊！"

夜天漓远眺神武门的目光里带着难得一见的肃穆，似是震动，又似是佩服，于满脸飞扬不羁中透出慑人的精光。他回身一笑，摇头把玩茶盏："四皇兄这支玄甲军攻无不克战无不胜，征战多年竟从未吃过败仗，真看得人心里痒痒。"

卿尘见他似是心驰神往，问道："你这么感兴趣，如何不去领兵出征，不也一样威风？"

夜天漓没滋味地一哂："除四皇兄外也就五皇兄还算是真正带兵，我便是去，也不过历练一下作罢，有什么意思？何况我一提此事母妃便着急，说什么也不肯。"

卿尘道："看来淑妃娘娘偏疼你，倒放心十一殿下。"

夜天漓挑眉道："十一哥自幼便跟四皇兄习武，自然不同些。他这次出征一直瞒着母妃临走才说，回来定挨数落，说不得还要我帮他去哄。"

莫不平笑道："突厥一族凶猛悍勇，淑妃娘娘也是担心两位殿下。再者便是寻常士族子弟，也没有必要远赴漠北去受征战之苦，何况是殿下。"

夜天漓道："说得也是，便如五皇兄，若非因着母亲的身份，又何必执着军功？"他见卿尘脸上满是探寻的疑问，一笑道，"五皇兄的母亲原是先皇后宫中一名侍女，机缘巧合受了父皇宠幸诞下皇子，如今也只是封了才人。虽说兄弟间没什么不同，但五皇兄心里是在意的，事事都比我们用心些。"

卿尘不由问道："那凌王呢？"

夜天漓道："四皇兄的母亲是莲妃娘娘。"

"莲妃娘娘怎样？"卿尘再问。

夜天漓轻描淡写说了句："莲妃娘娘是个冷人。"也只说这一句便没了下文。

卿尘听他语气似乎无意多说，也不便再问。夜天漓对莫不平道："莫先生多年前曾是几位皇兄的老师，四皇兄也一样得过先生指点，只可惜我当时年幼，未能与先生有师生之缘。"

莫不平品了口茶看着神武门，徐徐道："殿下言重了，若别人或者便有，但凌王殿下老夫却不敢说什么指点。记得当年临华殿中也曾给皇子们讲解兵书，凌王听完一讲便道：'兵者，出奇之道，诡变之事，当得其意而不用其法，知其谋而不师其巧，如此细究十分多余。'那时凌王十岁，凡书过目不阅二遍，如今用兵奇险诡绝，似是与兵书无关，老夫也不敢贪功。"

卿尘看着神武门前玄衣铁骑，夜天凌等三位皇子已登上高台接受御赐犒赏，之后便都是些繁文缛节，自有礼部官员引导执行。夜天漓看了一会儿便觉无趣，对卿尘使了个眼色，两人便向莫不平告辞出来。

云骁见了卿尘，蹭到身前，有些躁动不安地在她旁边打了个转。

卿尘伸手抚摸它，低笑道："风驰回来了，你着急了吗？"说罢拍了拍它以示安慰。云骁低声轻嘶，才任她翻身上马。

她勒马回头，人头攒动，已经看不到威肃的大军，唯有高台上飘飒的明黄旗帜，若隐若现。她面向高台，透过层层人群，依稀能感觉到身着战袍的夜天凌，记忆中他的样子仿佛越来越近，那双清冷的眸子异常清晰。

第二十二章　　素手兰心弦中意

秋夜风清，荧光浅淡。依稀能听到四面歌酒喧闹。远远江水的凉意拂来，已是夜深露重。

举目望去，楚堰江上画舫流连，灯火依稀，如同一条莹莹玉带穿过天都。一艘船舫悠悠靠向四面楼南面临水的栈头，船头立着一人，素色青衫，身长玉立，负手临江，夜风迎面吹得他衣衫飒飒，意态逍遥。

栈头引客的伙计一双眼睛久经客场，早看得船上之人来头非凡，船还未靠稳便迎了上去。

舱内爽朗的笑声传来，一个年轻男子一边掀帘而出，一边回头道："四面楼到了。"再问船头那人，"四哥，十一哥这次跟你从漠北回来，怎么反而疏懒了？"

那人淡淡瞥了舱内一眼："你被强灌下七瓶御酒试试看，父皇的酒给你们几个白白糟蹋了。"

那年轻男子正是夜天漓，此时笑道："四哥这次又大败突厥，我们才喝得到朔阳宫窖藏的好酒，父皇今晚兴致甚高，岂可扫兴！"

舱内一人笑骂道："灌我七瓶御酒还嫌我疏懒，你倒是发什么疯，偏要今晚来这四面楼？"

夜天漓笑道："这里好茶好琴，正是给十一哥你醒酒的。"

十一摇摇晃晃自舱中出来，扶住夜天漓的肩膀。两个人并肩站着，乍看去身形相仿，两双眼睛尤其神似。若非十一此时醉态醺然，倒像是一个模子刻出来的。

"不是四哥、七哥都说来，谁跟你来瞎闹？"十一说着，抬头眯眼打量四面楼，"咦？数月不见，变了这副模样？"

夜天凌回头看他兄弟俩，唇角逸出丝笑意，举步迈上楼前的木栈道，同时随口道："五弟、七弟他们慢了。"

十一笑道："早说船比马快，五哥偏要骑马。"

楼中管事早得了通报，亲自迎出来："见过几位殿下，小兰亭洒扫干净，略备酒水，文烟姑娘已等候多时，请移步楼上。"

几人随他转去楼上，欢声笑语渐渐淡去，楼高风轻，空气中越发有了几分清凉。

待到最里面一间，迎面一方素雅小匾，上面写着"小兰亭"几字，字迹清秀如空谷幽兰，飘逸如浮云出岫，中有三分疏朗之意，情高意远。

进到阁中，一方宽畅内堂，两面皆是雕花透光长窗，窗前点点放了几盆兰芷，阁中四处透着若有若无的兰香，叫人神清气爽。

几幅轻纱随风微微荡漾，将雅室一分为二。一面四处点了清透琉璃灯，光彩明亮，成对摆着八张样式朴拙的花梨木长案。每张案上都有几样精致小菜，陈列玉盏美酒，案前放了素白色绣兰花方垫，供客人起坐之用。

两边靠花窗的地方各有一副茶具，小炉烹水，微微轻响，秋日干燥清冷的空气便盈盈透出几分暖意。

轻纱的另一边，灯影沉沉，似乎只燃了盏青灯，依稀可见一名女子广袖静垂坐于席上，瑶琴在前，却又看不十分真切。

夜天凌等人方入阁中，便听轻纱之后叮咚几声弦音轻起，清泉流珠空山凤鸣，余音袅袅不绝如缕，似有迎客之意。

案旁静立的两个清秀女子，此时娉婷拜倒，柔声道："恭迎尊客驾临小兰亭。"

夜天漓面向轻纱扬扬眉，笑说："今夜叨扰文烟姑娘。"

卿尘坐在重纱之后，因光线明暗不同，外面看不到她，她却可以清晰地看到琉璃灯下人们的一举一动。

虽知夜天漓在此宴客，却没想到竟是他们兄弟几人，猝然相遇，若非隔着重重轻纱，此时玉容之上的震惊、喜悦、怔愕、欢欣定当将心中所有情绪泄露无余。她手下不由自主地微微一颤，原本平稳的音调无意滑高，直飘出去，急忙收敛心神顺势轮拂，指下带出流水般的清音，风回浅转，随着纱幕淡入了夜色。

卿尘轻压冰弦，静静地看着来人，眸光落在夜天凌和十一身上，不由得浮起笑意。夜天凌看起来略微消瘦了几分，颀长身形中淡淡透着清隽的气度，举手投足间沉冷如旧，难以捉摸的深邃双眸，薄而不动声色的唇，偶尔微微挑起，算是表达过笑意。

十一站在夜天凌身边，数月不见，他仍是那副潇洒自在的模样，三分酒意，更显不羁，这时似乎酒醒了几分，正打量着墙上挂的一幅卷轴："兰衣当风，金樽酒满，明月云时，碧山人来……这是何人所书？"

那卷轴乃是卿尘亲笔所录的清词。夜天凌也转身去看，静静看了半晌，只是剑眉微挑，说了两个字："不错。"回头望向轻纱背后。

卿尘虽知他看不到自己，却还是觉得那道清冷的目光穿透幕纱，将背后一切洞悉无余。心中无由生出奇异的感觉，仿佛在隔着重纱对视的一刻，早已蔓延缠绕的藤蔓于尘埃中悄然绽放出花朵，一瞬妖娆，静静明光如玉。

一旁侍宴的兰玌和兰珞煮水烹茶，一一为三人奉上碧盏。此时楼下又引了几人进来，却是随后而来的夜天湛、夜天汐两人。

夜天湛见他们几人已在阁中品茶，笑道："你们把五哥弄醉了丢给我，自己却在这儿享受。"

卿尘见到他顿时轻抽了口气。夜天漓笑着向幕帘内看来，眼神似是有意无意往夜天湛那边一带，十分笑意八分调侃，恨得卿尘牙痒痒，无怪他白天只说宴客，原来有心作弄她。

她抬眸瞪视过去，夜天漓当然看不见，转头上前去问道："五哥怎么才喝了几杯便成这样？"

夜天汐看去文质彬彬，比夜天凌的冷然多了几分亲和，比十一两兄弟的率性更见些许平稳，比起夜天湛的俊雅风流却有几分沉默无声，此时他也早带醉意，几乎比十一还不如，闻言无奈摇头："你们不敢去招惹四哥，便折腾我和十一弟。"

夜天湛一身青天长衫，发束银带，腰间一块瑞玉精雕环佩，越发衬得人俊雅温文，笑道："十一弟是自己抢着喝的，怨不得别人。"

十一以手撑头，随口道："你们耐不住早晚去招惹四哥，四哥身上伤刚见好……"

话刚出口，夜天凌淡淡道："十一弟，莫扫了大家兴致。"

十一顿时住口不说，几人却早已听到，夜天湛皱眉道："四哥受伤了？"

夜天漓接着问："何人所为？突厥军中竟有如此人物？"

夜天凌微一点头："一点小伤，早已无碍了。"

"四哥竟连我也瞒着，可是不该了。"夜天汐眼中闪过诧异，随后道，"哈！今晚他们灌酒，我和十一弟替四哥挡着。"

夜天凌唇角淡淡一挑，旋即不再言语，目光投向墙上那幅卷轴，修长的手指在花梨木案上微微轻叩。

十一知他心中有事，岔开话道："方回天都，便听说四面楼文烟姑娘琴艺天下无双，方才轻抚琴弦已叫人心思神往，冒昧请文烟姑娘抚琴一曲，不知可否？"瞥了一眼夜天凌，见他始终凝视那幅卷轴，无奈暗叹一声。

那晚他虽及时率兵赶回，接应夜天凌成功突围，但自此便失了卿尘的消息。回营之后他们数次派人寻找，小半年来却是芳踪全无生死不知。夜天凌虽然面上淡淡，运筹帷幄一如往常，但十一却知他始终惦记着此事。西突厥此次算是时乖运蹇，遇上夜天凌心绪不佳，玄甲铁骑长驱直入，杀得他们接连失掉燕然山北近千里土地，经此一战元气大伤，怕是短时间内无力再犯中原。然此时即便得胜回朝，夜天凌仍将自己一队心腹侍卫留在漠北，继续在附近打探卿尘下落。

夜天湛等人知道这四皇兄性情冷淡，若是他不愿说的事，便是多问无益，丢下前话举杯笑道："我们醉酒来此，已是唐突佳人，以茶代酒先罚一杯，但求一曲。"

卿尘对那晚山中遇袭究竟发生了什么事很是挂念，轻纱之后细看夜天凌的脸色，不甚清楚，但想来数月过去，伤势应该已无大碍。本来专注于他，突然听到众人将话题引到自己这边来，急忙收拾心神，右手轻挑琴弦，发出柔柔清韵，作为应答之音。

指下轻轻一挑，余音犹自袅袅，流水般的琴声已婉转而起。

曲调安详雅致，似幽兰静谧，姿态高洁。但闻室中乐音悠扬，周遭似有淡淡琴声相和，竟叫人分不出是否为七弦之上所奏，仿佛随着流连清风，四面八方都飘来琴声，悠悠扬扬无止无尽。

琴声之中如有暗香浮动，令人心旷神怡，悠然思远，仿佛身置空谷兰风之间，身心俱受洗涤，通体舒泰。卿尘双目微闭，指下弦音略高，点点兰芷在山间岩上摇曳生姿，无论秋风飒飒，冰霜层层，犹自气质高雅，风骨傲然。七弦琴音渐缓渐细，几不可闻，化作一丝幽咽，却暗自绵绵不绝。

低到不能再低，琴韵悄然而起，翩翩如舞，仿佛历经风霜，兰苞绽放，曲调极尽精妙，无言之处自生缕缕幽情，高洁清雅。

一曲终了，余韵绕梁，室内静静无声，众人似乎都沉浸在这琴韵中，回味无穷。

卿尘抬眼望去，却冷不防看到夜天凌望向这边，那泠泠目光穿过轻纱直至心底，让她心中无由一动。

纱影淡淡，使他棱角分明的轮廓柔和了许多，远远如坠梦中。蓦然回首，那人却在，灯火阑珊处。曾经在第一次取下他的面具时，她想起过这首词。她从来都不知看到一个人会有这样的感觉，似曾相识，恍若前生。

夜天凌的眼睛一直没有离开轻纱，此时十一轻敲花案，朗声道："玉人空山，步履寻幽。如月之曙，如兰之秋。好曲意！兰亭曲下蕙风来，为此当浮一大白！"说罢，拎起面前酒瓶，痛饮一口。

夜天凌这才从轻纱上收回目光，看了十一一眼。

夜天漓也斟酒一杯，吊儿郎当地笑道："好琴好酒难得今夜，文烟姑娘，我敬你。"一饮而尽。

卿尘在轻纱之后笑意盈盈看着他们兄弟俩，微动琴弦，以示答谢。转眸间看到夜天湛轻握杯盏，正神情温雅地看着这边，唇角带着她十分熟悉的微笑，眸光中竟是出人意料的欣赏与温柔。她心中一凛，只怕他听出端倪，短短抚了一段清音，以曲告辞，悄悄起身退了出去。

一路回房，卿尘大大松了口气，换上素白文士衫，长发束以玉带，顿时化作翩翩公子模样，抬头看看三楼小兰亭，窗口明亮的灯光，在心底里晕出淡淡欣喜。

四面楼今晚生意不错，她前后照应了一下，忽听堂前传来吵闹声，楼中管事快步找来，道："公子，请您前边去看看，卫家少爷怕是喝多了几杯，缠着兰璐不放。"

卿尘皱眉，卫骞是见过她的，不知会不会认出来。偏偏此时四处不见谢经的影子，她怕惊动了小兰亭中诸人，只好快步赶去前堂。到那儿一看，卫家大公子卫骞正醉态醺然地拖着兰璐往外去，兰璐不敢使劲抗争，只能软声哀求，一旁兰璎她们跟着劝拦，见到卿尘出来便像见了救星，急忙喊道："公子！"

卿尘上前一步，抬手在两人之间挡住，笑道："卫少拉着我们兰璐的衣裳不放，这是做什么？"

卫骞和她只当街见过一面，此时她又着了男装，横眼看来，蒙眬间也不辨眼前是谁："少爷今天要将兰璐带回去做二夫人，你说给她赎身多少银子？少爷我付双倍的！"

他看上去是喝了不少酒，脚下蹒跚不稳。卿尘顺势将兰璐拉开护在身后，扬唇笑道："卫少说笑了，咱们四面楼的女子没有卖身这一说，都是来去自由。兰璐承蒙卫少抬举，这事是好事，但也得两相情愿才美满，卫少说是不是？"

卫骞将手一摆，指着兰璐："少啰唆，过来！少爷看得上你是你命好！"

兰璐吓得直往卿尘身后躲去，卿尘仍笑道："人来人往都看着，有什么话外面说也不方便。兰璐，后面刚制的菊花蜜酿，快去看看好了没有，给卫少送去雅阁等着。"她抬手一让，"兰璎的琵琶曲卫少还没听全吧，不如里面再坐坐，何必急着就走？"她知道一时半会儿要将人打发走是不可能了，但求息事宁人，先离开这招眼的前堂，莫要惊动楼上诸人。

兰璐如获大赦，匆忙福了福便往后堂快步而去。卫骞怒道："你去哪儿！"

卿尘半请半拦道："卫少何必着急，里面请！"

卫骞甩手喝道："跟少爷我玩这花招，你小子活得不耐烦了，今天不把人给我带出来，我拆了你四面楼！"

卿尘修眉微挑，堪堪忍住心中火气，正恨卫骞惹是生非，忽听楼上一个声音传来："卫骞！你像什么样子，不嫌丢人吗？"

声音并不高，温润文雅，却无形中有种透骨的震慑，压得乱哄哄的场面一静。卫骞抬头看去，忽然清醒了几分："七殿下，十二殿下？"

紧接着夜天漓带着怒意的声音喝道："你好大的胆子！闹事也不挑个地方，有本事拆了四面楼给本王看看？"

人人都往楼上望去，卿尘侧身对着卫骞一动不动地站在那儿，看起来十分奇怪。她却顾不得其他，只是不敢回头，慢慢垂身往旁边蹭去，挨着堂前高柱在飞纱后一躲，对管事使了个眼色。管事有些莫名其妙，不过人也精灵，急忙往前笑道："当真该死，打扰了两位殿下雅兴，小的在这里赔罪。"

卫骞酒意已被吓醒了大半，卫家再怎么得势也不敢当面与皇族相抗，但因天舞醉坊的事怀恨在心，垂首处恨恨看了夜天湛一眼，悻悻道："没想到两位殿下在此，今晚和兵部几位大人多喝了几杯，还望殿下恕罪。"

夜天漓冷哼道："原来是新升入了兵部来庆祝，这才几个月，我看四皇兄不在天都，兵部是没遮拦了，你也不问问今天谁在，竟敢如此放肆！"

卫骞低垂的眼中交杂着得意又生暗恨，却终究不敢再生事。夜天湛脸上似乎仍挂着温温冷冷一丝笑，话语听去也是平淡："怪不得，是入了兵部自觉腰杆硬了，你且记得，四面楼不是你撒野的地方。"

夜天漓素来行事张扬倒罢，湛王亦对四面楼出言维护，莫说是卫骞，在场的都有些意外。卿尘见终究惊动了他们，有些懊恼，但心里毕竟松了口气，若非如此今晚还要折腾。隔着幕帘依稀见夜天湛站在楼栏前，蓝衣如水，俊面不波，徐徐对卫骞道："还不快走？今后莫让本王再在四面楼看到你。"

这话已说得十分不客气，卫骞心中压着的火气陡然上冲，猛将身子一直便欲发作，却不防正见夜天凌负手缓步自小兰亭出来："十二弟，什么事？"他峻冷身影出现在楼前，目光淡淡往这边扫来，卫骞心中似被惊电劈中，浑身凛然，尚有的三分酒意被彻底吓醒，衣襟一振，单膝一跪行了个军礼："四……四殿下。"

夜天凌眼中无情无绪，在他身前停了停。整个前堂忽然寂然无声，仿佛斑斓缤纷褪尽了颜色，一片清白，冰冷静陈。

"免了。"终于听他说了两个字，众人竟都有种如释重负的感觉。卫骞起身垂手而立，额前隐有微汗。便是伊歌城最张狂的士族子弟也知道，若敢在凌王眼底造次生事，那是自讨苦吃，尤其自身还在其职辖管束之中，心中不由上下忐忑。

夜天凌似对眼前究竟发生何事并无兴趣，只道了句："明日兵部里，莫让我见你一身酒气。"说罢对夜天湛他们道，"进去吧。"

夜天湛目光自楼下带过，唇角逸出如玉浅笑，先行转身入了小兰亭。

夜天凌随后举步，无意中略微回头。卿尘正挑起幕纱悄眼向上望去，他立时如有所觉，意外的对视中眸底蓦然震动。卿尘在那转瞬而逝的惊讶中对他眨了眨眼，笑着抽身而去，只留下紫绡长纱飘飘摇摇，灯盏明照。

第二十三章　一剑光寒十四州

　　微香飘动，兰珞步履轻轻，手捧汤盏呈至案上。夜天凌正饮了口茶，眼角余光看见一折信笺落在身边："殿下请！"兰玘轻声说了句，垂首退下。

　　他将笺纸取在手中，展开看去，上面写着行清隽的行书：秋宵风淡，月色清好，不知四哥和十一宴后是否有兴致跃马桥上一游？

　　他无声无息地抿了下嘴角。十一坐在近旁，此时扭头见他若有所思，低声问道："四哥？"

　　他反手掩下信笺，抬眸道："时辰不早了，明日还得早朝，我们也别耽搁太晚。"

　　那边夜天湛笑道："四哥说得是，你们刚回来一路辛苦，今晚当早些歇息才是。"

　　几人出了小兰亭，夜天凌看了十一一眼，十一和他素来默契，笑说："我和四哥骑马走，一路散散酒气。"

　　夜天漓道："那四哥陪十一哥，我送五哥他们乘船回府。"

　　待夜天漓他们上了船，十一问道："四哥，什么事？"夜天凌将那信笺交给他，他看了看道："这是……"

　　"刚才出去时，好像在四面楼见到了卿尘，不过只打了个照面她又穿着男装，也不十分确切。"夜天凌放眼往楚堰江上看去，夜已深沉，江中游船比时少了好多，点点灯火三三两两游弋远去。

　　"卿尘！"十一惊讶道，"我们在漠北四处找她，她怎会在天都？莫不是看错了吧。"

　　夜天凌似乎微微笑了笑，道："现在看这字迹，应该不会错，这个'有'字的写法是我教她的，还有小兰亭里那幅字有几处用笔也一样。"

　　十一熟悉夜天凌的字，此时仔细一看，笔上"有"字乃是反笔连书，除了夜天凌外少有人会如此走笔，他笑道："难道真是她？走，去看看！"

　　两人并骑往跃马桥而去，卫长征等几名候在楼外的侍卫纵马跟随其后。跃马桥位于上九坊中部，横跨楚堰江中乐定渠，以白石造砌，长逾十丈，宽可容六车并行，远远望去如白练卧江，气势平稳，静谧无声。

金钩细月，清亮一刃，遥遥衬得暗青色的天幕格外分明。江中水波若明若暗，隐隐起伏，几分光影随之一晃，远逝在暗夜深处。

青石路上只闻不疾不徐的马蹄声，秋风微凉时而拂面，丝缕寒意叫人分外清醒，似乎身体感官都在这静冷的黑暗里无限伸展，能够探触到四周极轻微的风月清光。

夜天凌在空阔的跃马桥上缓缓勒马，淡淡望向楚堰江水滔滔长流。何处玉楼箫曲，隔着江岸依稀传来，十一在旁轻叹道："良辰美景，佳人有约，但愿一会儿不叫人失望。"

一阵马蹄声入耳，夜天凌扭头往声音来处看去，长街深处有人策马前来，白衣轻影，飞马快驰。

那人到了近前将马一勒，在十数步外的桥头停下往这边看来。那双湖光幽深的眸子带过笑意，缓带轻衫的清秀模样和曾经青灯影下执笔询问的形容交叠如一。

清淡的光亮微微浮现在夜天凌的眸中，那一笑带来清静舒缓。便在他身心松弛的片刻，身后弦月之光似乎陡然长盛，杀机如冰刃遽起。他深眸中异芒一闪，风云惊变，剑已出鞘。

卿尘一路纵缰，马蹄轻快，远远看见跃马桥上人影，云骁似乎也能感觉到主人的欢喜，纵蹄如飞，将星光树影纷纷遗下，转瞬便至桥前。

卿尘微微收缰，在桥头回马一转，往前面看去。一人黑眸惊讶，一人青衫淡定，沉沉夜色中有道清锐的目光落在身前，于暗影中浮出鲜有一见的微笑。

她隔着江水细月扬眉，笑着将十一和夜天凌打量，轻叱一声打马上前。忽见玉白桥栏处寒光骤现，冰冷江水蓦然生波，冷月倒影化作一道锋刃，直袭夜天凌背后。

那一瞬间四周空白，卿尘猛带云骁飞纵而去，疾呼道："四哥！小心身后！"

猝变之中，原本淡寂的秋风随剑影铺卷而来，仿佛寒江怒浪化为暴雨遍洒长桥。

桥上落叶被剑气所激，凌乱飞舞，铺天盖地的寒芒中，一点有若实质的白光驰往夜天凌后心。

卿尘被激荡的剑气迫得目不能视，只觉寒意及身，左臂微微一痛，接着云骁缰绳被人大力前带。

身旁剑啸刺耳，呵斥声怒。

就在此时，无边夜色中突然亮起一道长电般的惊光，光芒凛冽，撕天裂地。

当！双剑交鸣，一人黑衣蒙面出现在被攻破的剑影中。

夜天凌手中剑华骤盛，势如白虹，夺目亮芒伴着清啸直追那人后退的身形，迫他回剑自守。

一剑光寒，天地失色。

散去了先前剑气的压力，卿尘睁开眼睛，只见刺客右肩血光迸现，踉跄后退。

十一足尖微点自马上跃起，佩剑出鞘，四名玄衣侍卫也已和刺客缠斗在一起。

一切只在瞬间，快得仿佛不真实。

卿尘扭头，夜天凌傲然马上，清冷目光凝注于她的脸庞，手中三尺青锋斜指，鲜血染了寒光，缓缓流动，滴滴没入尘土。

漫天黄叶此时方纷纷飘落，他浑身散发着令人望而却步的凛冽。夜色、秋寒，仿佛都沦为了那双深眸的陪衬，一切都在寂冷中低俯收敛。

"果真是你。"夜天凌手臂微微一动，长剑回鞘。

"是我。"

夜天凌对近旁剑光纵横视若无睹，淡声道："方才在四面楼抚琴的人是你。"不是问，而是陈述早已知道的事实。

卿尘愣了愣，笑道："文烟便是卿尘，卿尘便是文烟，竟然瞒不过你。"

夜天凌又道："小兰亭里那幅卷轴也是出自你笔下。"

卿尘微微汗颜："我已经尽力好好写了。"

夜天凌薄唇扬起个轻缓的弧度："不错。"继而目光一动，唇角瞬间恢复不着痕迹的坚冷，左手握着的缰绳一抖。云骋被他牵过几步，不满地低嘶出声，但却没有做出反抗的举动。

卿尘冷不防到了与他并列的位置，才发现云骋的缰绳不知何时已握在了他的手中。他座下的风驰微微嘶鸣，同云骋两首相依蹭了蹭，似是久别重逢，显得十分亲热。夜天凌伸手握住她的手臂，随着他的动作低头，卿尘这才发现自己衣袖上竟有鲜红的血迹，不由轻呼："啊！"

夜天凌眸底生寒，手下却微微一松，接着抬手哧地撕下她那截染血的衣袖。她本能地往后一缩，但被攥住动弹不得。底下白色丝衣并无多少血迹，她急忙道："应该是刺客的血。"

"嗯。"夜天凌松开手，回身叫道，"十一弟。"

十一兴致已过，懒得和刺客再纠缠，手底清光疾闪，一剑挑飞刺客蒙面的黑巾，半空旋身抄中，潇洒退回，落在两人身边。他漫不经心地用黑巾拭过剑身，抬手丢开，锵的一声长剑入鞘，扭头将卿尘上下打量："真的是你！你怎么这副打扮？"

卿尘道："这样方便啊，好久不见你们了！"

十一朗朗扬眉："我们还以为……哈！急坏我和四哥！"

卿尘微笑答道："我也是。"

三个人同时沉默了一下，十一和卿尘突然开怀大笑，就连夜天凌也目蕴笑意。

卿尘心情畅快，无意间扭头看去，那刺客的面容倏然在眼前闪过。她忽然浑身一震，脸上所有颜色仿佛都在刹那间落尽，失声叫道："谢大哥！"

那刺客本已被夜天凌剑气所伤，听到呼声手下微滞，与卫长征硬碰一招难以支撑，长剑脱手飞落，卫长征的剑已指在喉间。淡淡月光洒下，清楚照出他的形容，赫然正是谢经。

卿尘不能置信地望着对方，夜天凌看了她一眼："你认识他？"

卿尘迟疑许久，终于听到自己干涩的声音道："他是……四面楼的人。"

"四面楼的人？"夜天凌面无表情，声音中听不出喜怒。

卿尘脸上的震惊已然褪去，取而代之的是一种死寂的静默，她依旧目视着谢经，缓缓道："不错，他是我四面楼的人。"

四周气氛仿佛因这句话一室，围困谢经的玄衣侍卫警惕地看向这边，其中有两人身形一侧，剑气寒意悄无声息地蔓延开来。

夜天凌黑眸沉沉，落在谢经身上。

谢经松开肩头伤口，对他遥遥抱拳："江湖上能够一剑伤我的人不多，今夜得遇如此对手，在下败得心服口服。"

夜天凌道："阁下方才剑中若再果决些，我倒有兴趣同你多较量几招。"

谢经神情异样地轻笑一声，微微侧身道："抱歉。"似是对夜天凌，又似是对卿尘。

卿尘静静看了他一会儿，扭头望向夜天凌："似乎我每一次遇见你，总有人想要你的命。"

夜天凌淡淡道："似乎我身边很多人，都想要我的命。"

跃马桥上，月色清好，良辰美景，佳人有约，都在这刀光剑影的暗杀中化作了诡异而阴谋的味道。

如果说上次是巧遇，这次却是，相约。

卿尘修眉蹙拧，刚想说什么，忽然听到一声凌厉的刀啸，黑夜中绯光急闪，两柄薄刀凌空飞来，袭向卫长征制住谢经的长剑。有人闪现谢经身旁，娇声叱道："大哥！快走！"

卫长征怒声低叱，挺剑攻向来人。那薄刀在半空轻啸回闪，银光绯色交织如练，两人以快打快招招疾拼。余下三名玄衣侍卫无声无息步履一错，已封住四周出路。

卿尘见到那两柄薄刀，脸上闪过难以掩饰的诧异，随即又在疑惑中化作惊怒交替的神色，凤眸之中渐生寒意，轻微地，如弦月光刃一浮。

"放他们走。"夜天凌看了她一眼，忽然冷冷开口。卫长征几人闻言怔愕，但即刻罢手撤剑，抽身后退。那人与谢经身形同时一晃，水声哗然响起，转瞬便恢复之前的寂静。

卿尘慢慢回头，夜天凌眸心深冷无垠，仿佛一个无底的黑洞，纯粹的暗色可以吞噬所有，可使一切无所遁形。

她便那样安静地看着他的眼睛，在他的注视下，两厢无言的沉默久久隔于其中，无法逾越。

偏偏这时，云骋向前迈了一步，风驰似乎是回应它一样，亦缓步靠上前来。两人间的距离骤然缩短，夜天凌剑眉微挑，卿尘终将心中万般浪涛敛下："四哥，给我三天时间，三天后，此事我一定给你个交代。"

说罢缰绳在手上狠狠一缠，勒得云骋猛然惊嘶，扬蹄转身。低头时一刻的郁闷，在极深处点燃一簇幽冷的怒意，但在这时，她突然听到夜天凌沉稳的声音在身后响起："我相信你。"

短短数字，风息云退落入心间。

秋凉淡淡掠过衣衫，新月深明，静叶轻飞。她没有回身，望向前方寂寂的长街，低声道："多谢四哥。"说罢扬鞭抽马，绝尘而去。

第二十四章　　三秋楚堰江水长

夜声初静，歌舞阑珊。四面楼中半隐着琉璃灯光，幕纱在秋风中明暗飘扬，偶尔带出环佩叮咚轻响，似一段风流袅娜的余音。

卿尘在门前甩蹬下马，面上神色让上前伺候的伙计一愣。她不发一言掷下马缰，抬手掠过迎面拂来的绡纱，快步入内。

幕帘影里，兰玘等姑娘还在堂前，素娘不知为何自天舞醉坊回来这边，正轻声和她们说话。大家一见卿尘都起身过来，兰璐深深福下，对她道："今晚多谢公子！"

卿尘静了静，神情冷淡地看了素娘一眼，方伸手扶起兰璐，温言道："谢什么，我四面楼的人岂会容别人欺负？"

兰璐她们此时都察觉她脸色有些异样，眉宇间似隐着怒意，声音虽说温和，却不似往日清水冰丝般的柔润，叫人听起来不太敢回话。

卿尘平时与她们总是谈笑自如，从未有过这种态度，众人一时间都悄声不语。卿尘见状眉间微松，笑道："都怎么了，难不成是没见过喝醉的人吓着了？"

兰璐迟疑一下，怯怯问道："是不是今晚……给公子添麻烦了，那卫少爷不肯罢休吗？"

卿尘对她微微一笑，道："没事，以后他也不敢对你怎样，凡事有我在，不会让你们受委屈。"

素娘拍了拍兰璐的手道："有公子维护着，是你们好福气，公子定是累了，大家各自回房吧。"

卿尘凤眸轻挑，似是随意在素娘眼中落下，无声一带扫遍全身，竟看得她心中无由一颤。却见卿尘唇边仍挂着淡笑，道："不早了，都先去歇息吧，有事明天再说。"说罢拂袖转身，径自上楼去了。

素娘打发大家散去，看着楼上疑窦丛生，心中本就带着的几分不安逐渐扩大开来。

卿尘穿过飞阁沿长廊直至后楼，一把推开谢经房门。室内寂静无声，人没有回来，她转身在案前坐下，四周静冷的空气叫人渐渐平定，却仍有几分怒意在心间时隐时现。

惯用薄刀的冥魇、刺杀夜天凌的谢经、精明细心的素娘，她从走进四面楼的一刻起，便似是踏入了一个精巧而完美的布局。她坐在黑暗中细细回想，那日当街一盆水莫名其妙地泼来，分明是早有预谋，故意设计引她进四面楼。谢经、素娘他们统统都是知情人，不但清楚她的女儿身份，更加了解她的一举一动。这一切是否跟冥衣楼有关？他们究竟目的何在？如果说他们的目标一开始便是夜天凌，似乎又有些牵强。

正凝神思索，门外忽然一声响动，接着有人踉跄推门入内。她自案前站起，听到冥魇焦急的声音："素娘，快！大哥受了伤！"

室中忽然一亮，微明的火光下冥魇抬头，猛然见卿尘站在光影深处，凤目微凛，玉面生寒，正冷冷看着他们。

其后素娘正好赶来，灯光下见到谢经的样子低声惊呼。卿尘看过去也微微一愣，谢经几乎全靠冥魇的扶持才能支撑身子，人已陷入半昏迷状态，身旁一摊鲜血正在缓慢流淌扩大。借着月色可以看到，门外地上星星点点皆是血迹，想必是他一路留下的。

素娘急忙上前帮忙搀扶，见卿尘挡在榻前，叫道："公子！"

卿尘眸中浮光一亮："何必还要装下去，难道你还当我是宁文清？"

素娘与谢经日久相处，彼此情意深重，顾不得许多，急道："……凤姑娘，此事容我们慢慢解释，先救人要紧！"

卿尘脸色虽不变，眸中却略微缓和，眼见谢经确实伤重，侧身让开。

素娘和冥魇将谢经扶至榻上查看伤势。卿尘在旁冷眼看着，只见除了先前被夜天凌所伤的右肩，谢经身上深深浅浅竟有多处伤口，最严重的是腿上一剑，显然已伤及动脉。鲜红的血液不断自伤口喷涌而出，在黑衣上浸出浓重的暗色，很快便洇上被衾，而他面色惨白如纸，已是失血过多几近休克。

即便冥魇路上已动手封了他穴道，血似乎还是止不住。冥魇素来没表情的脸上此时已失去冷静，俯身替谢经压着伤口，不停地低声叫道："大哥，大哥！"素娘匆忙取来伤药，一敷上伤口，便被涌出的鲜血冲得四散流开，她正心急如焚，忽听到卿尘沉声道："让开！"

素娘知道卿尘医术高明，急忙退到一旁。卿尘衣襟一掠跪在榻前，抬手压住谢经股动脉，血流之势立刻放慢："撕些布条来。"

冥魇撕裂床上绸帛递过来。卿尘用熟练的手法将绸带在伤口靠心脏一端缠绕了两三周，打个半结，指着案上闲置的象牙骨扇道："把那个给我。"

素娘伸手取来，卿尘将骨扇放在半结上打了个全结，再轻轻扭转，谢经伤口血流顿缓，逐渐停止。她将伤药敷在此处，才开始着手处理其他伤口，和腿上的伤比起来，其余都还算轻伤，但肩上夜天凌那一剑也颇为严重。她迅速包扎处理，隐隐皱眉，不知谢经为何重伤至此，那下手之人分明是要置他于死地。

待伤口处理得差不多，她回头将药丢给冥魇，起身问道："暂时不要动他，没有生命危险。凌王既然说放你走，便不可能再行追杀，发生了什么事？"

冥魇道："我们遇上了碧血阁的人。"

素娘神色一变，卿尘亦是心间微凛："是肖自初动的手吗？"

冥魇道："是他门下十二血煞中的六人，他们因长门帮之事前来寻仇。哼！若不是大哥之前受了伤，十二血煞算得了什么！"

提到今晚之事，卿尘凤目微冷，回身道："你们究竟是什么人？若是冥衣楼的话，为何要刺杀凌王？"

冥魇和素娘对视一眼，似乎有些迟疑，却听到身后有人答道："事出有因，冥衣楼并无恶意。"

三人往榻上看去，只见谢经已然醒来。卿尘注视他片刻，淡淡道："谢兄，你瞒得我好苦。那日一见面便故意诓我进四面楼，设法让我留在此处，你明明清楚我的真实身份却故作不知，今晚又演了这么一出好戏，是不是该给我个解释？"

谢经在素娘的扶持下靠在榻前，对她道："文清……"

卿尘打断他道："既然心知肚明，何必再做掩饰？不管你为何与我结交，我凤卿尘曾经当你是朋友。"

谢经神情微微一动，道："好，卿尘，与你为友是我谢经生平一大幸事。我知道你现在心里定是生气，虽说一切都是奉命行事，但之前种种是我隐瞒在先，我先给你赔个不是。"说话间自榻上吃力地起身，便要对她赔礼。

卿尘上前止住他："你这是干什么？不要乱动。"她轻吐了口气，问道，"气归气，但这么久相交，我相信自己不会看错朋友，所以你必有理由。那么你们奉谁的命，行什么事，又为什么找上我？为什么针对凌王？"她目光自谢经那里掠到素娘和冥魇脸上，不知为何他们三人像是对她有些敬畏，竟都将眼睛避开。

过了会儿，还是谢经道："你所问的问题我不能做主回答，有些不能说，有些我也不十分清楚。"

卿尘眸光轻锐，依旧看着面前三人："那么找能做主的人来，今天我必定要个答案。"

谢经沉吟了一下，对素娘道："去请冥玄护剑使，同时传令下去，防范碧血阁。"

素娘看了看卿尘，快步出去。谢经和冥魇都沉默不语，屋中一时安静下来，气氛便显得略微尴尬。

卿尘立在榻前，突然皱眉对谢经道："冥玄护剑使是什么东西，能不能吃？"

她说完眼梢微挑，咄咄相视。谢经和冥魇同时一愣，谢经苦笑道："啖其肉，食其骨，不至于有这么大的怨气吧？"

却听卿尘又道："说实话，我的确很想待会儿把他炖了给谢兄补补身子。他派你刺杀凌王，难道不知这分明是去送死？"

气氛微微一松，谢经知道她言语中实际上是在维护自己，笑了笑道："我们兄妹自小在冥衣楼长大，此生此身都是冥衣楼之人，若有需要百死莫辞，这种任务不算什么。"

卿尘道："刺杀皇子，无论成功与否，将置四面楼于何地？你、冥魇、素娘，楼中的这些女子，甚至天舞醉坊，岂非统统都要陪葬？"

谢经略一思索，道："事情原委冥玄护剑使会向你解释清楚，不过说明白了我可能便喝不到补汤了。"

此时连冥魇都莞尔，卿尘更是忍不住抿嘴一笑。谢经看了看她，道："笑了便好，没想到你沉下脸来还真骇人。"

卿尘眉梢轻掠，道："你该知道今晚之事有多严重，不弄清原因，我可没有说笑的心情。"

谢经道："我只能告诉你，对于冥衣楼这样的组织，刺杀不过是受人委托，还能有什么原因？"

卿尘道："是何人如此针对凌王？"

谢经摇头道："委托人的身份绝不能透露，这是规矩。"

卿尘唇角微抿，方要再问，忽听身后有人道："此事凤姑娘不妨猜一猜，其实并不难。"

说话间，素娘和一位老者进来室中。那老者以黑巾遮面，看不到容颜，气度深藏如山渊空谷，平和冲淡，抬眼时目光如若实质般落到卿尘脸上，拱手道："冥衣楼天枢宫护剑使冥玄，见过凤姑娘。"

卿尘道："久仰。"心中只觉得这人眼神语气十分熟悉，但一时又摸不着头绪，便问道，"听方才的话，冥衣楼莫非并不打算替事主保密？"

冥玄摇头道："规矩不可破，但凤姑娘却与他人不同。更何况，若是姑娘自己猜到何人以黄金五万两的价钱要凌王性命，那也是没办法的事。"

黄金五万两，好大的价钱！卿尘暗自一凛，脱口道："是天朝皇族之人？"

冥玄笑道："中原皇族间虽有争斗，但尚未到这等地步，恐怕还没有人这么想要凌王的命。"

卿尘垂眸，一时静而不语，稍后说了简单的几个字："突厥王族。"

冥玄眼底掠过一丝赞许的笑意，卿尘心领神会。能出得起如此价钱的人，非富即贵，而对于突厥一族，莫说五万两，即便是十万两黄金能买凌王的命或许都肯。要知凌王自十五岁领兵以来，先后数次大败突厥东西两部，令其失却漠南漠北数千里疆土，葬送兵将无数，其中还包括东突厥始罗可汗的胞弟戈利王爷。突厥一族对其可谓畏似鬼魅，恨入骨髓，不会有人比他们更想看到凌王死。

思及此处，她不由轻声道："阴谋诡计，难成大器，难怪次次败给凌王。"

冥玄显然早知她与夜天凌颇有渊源，在旁负手含笑道："凤姑娘似乎和凌王十分相熟。"

卿尘道："他救过我，我也救过他，便凭这两点，此事我不能坐视不理。冥衣楼受了这委托，可否取消？"

"取消委托需遵从楼主的命令。"冥玄道。

"那不知是否能与尊主一谈？"卿尘道。

冥玄微微叹了口气："冥衣楼楼主十余年下落不明，据老夫观星推算，恐怕早已不在人世。"

卿尘眉心微微一收，"阁下这是在拿人寻开心吗？"

冥玄却是一笑，不急不忙地道："凤姑娘莫要误会，不知可有兴趣同到外面一观天象？"

这提议有些意外，卿尘盯了他一眼，略一思量，先行举步迈出房门。冥玄随后而来，同她缓步走到中庭飞阁之上立定，仰头道："凤姑娘对星相可有了解？"

卿尘抬眸静望，秋夜之下，细月如眉，其旁云淡星稀，并不像夏日那般绚丽璀璨，夜空看去清远通透，广而幽深："略知一二。"

冥玄道："那姑娘能否看到那颗星？"卿尘随着他所指望去，深远的夜色之下，有一颗天星遥挂云际，其光清冽，冷而深灿，在那弯细亮的新月之侧丝毫不见逊色，甚至透过丝缕浮风竟压过了月光云影，便似墨蓝天幕中一颗静冷夺目的光钻，令所有的星子都黯然失色。

"那是什么星？"卿尘不解地问道，记忆中无论以前还是现在，从未见过这样一颗星。

冥玄意味深长地道："此乃百年难见的异星之象，清光澄宇，紫微天合。而此颗天星现在正逐渐进入我冥衣楼主所对应的北斗天宫之位，乃是入主七星之势。"

"哦？"卿尘道，"那就是说，冥衣楼新主将立，方才我们所说之事，便可商讨？"

冥玄看向她道："不错，这上应天星之人目前便在伊歌城中。"

"是何人？"卿尘问道。

"远在天边，近在眼前。"冥玄微笑。

卿尘十分意外，微一怔愕，失笑道："阁下说笑了吧，难道你们便是因此一直盯着我不放？"

冥玄却正容道："老夫并非说笑，天星变动，下应其人，老夫寻找此人已经很久了。凤姑娘曾在漠北停留，仲夏之时来到伊歌城，正与星相相符。再者，姑娘可有一串碧玺灵石？"

卿尘略一沉吟，将衣袖轻抖，示与他看。冥玄看着她皓腕上幽然清亮的碧玺串珠，感慨道："此乃冥衣楼失踪了多年的楼主信物。实不相瞒，我曾查过凤姑娘的来历，但却一无所获，不知姑娘与先楼主可有关系？"

卿尘闻言惊讶万分，记起当初竹屋里那些医书上所提到的"先师"，那白衣淡然隐约的身影，而真正的"凤卿尘"也曾经提过"冥衣楼"，显然两者之间有着某些不为人知的联系。她垂眸细思，脑海中却再没有什么清晰的印象，不由暗暗蹙眉，若是能够记起一切，说不定她连那巫族禁术九转玲珑阵都能得知，哪里还要整日在此发愁？但在冥玄面前，这些自然不能表露。推测蛛丝马迹，"凤卿尘"与冥衣楼，冥衣楼与那传说中的巫族似乎息息相关，却不知他们和凤氏门阀之间又有怎样的瓜葛？九转灵石其中的两条都在天朝皇族手中，碧玺灵石乃是冥衣楼主的信物……这些想法似是黑夜中的点点星火，在她眸心深处微微闪过。

正思索间，她忽听冥玄道："凤姑娘若有所顾忌，老夫也不强求，天命难违，自有定数。先楼主的生死老夫心中早有推断，现在既然冥衣楼信物在姑娘手中，姑娘不妨考虑一下，倘若入主冥衣楼，不但凌王之事我们要悉听调遣，你尚可得知一些巫族的情况。这碧玺灵石自上古时便是巫族之宝，想必你对其来历会有些兴趣。"

卿尘眼梢一掠，眼前这个冥玄似乎对她颇有了解，句句切中人心，却不知他从何得知。她略略斟酌，道："如此诱人的条件，看来阁下早已深思熟虑，请恕我自有苦衷，有些事情无法说明。至于对冥衣楼，我也只能说若有需要，自当尽力，还望冥衣楼能审时度势，与人方便，但楼主一职我恐怕难当重任。"

冥玄摇头道："凤姑娘若不肯接任楼主，一切方便都是空谈。"

卿尘蹙眉道："阁下未免有些强人所难，再者冥衣楼偌大组织，难道就凭你我一席话，或是一件饰物，便能随随便便认个来历不明的主人？"

冥玄笑道："自然不是，凤姑娘接任楼主必须得到云生兽的认可，并在其后以楼主的身份做三件事，令七宫部属信服。"

卿尘方要说话，突然低头想了想，道："倘若那什么云生兽不认我，或我不能服众呢？"

冥玄道："事在人为，凤姑娘若没有做楼主的能耐和胆识，诸事免谈。不过姑娘若真想让冥衣楼放弃刺杀凌王，或是了解巫族的秘密，想必定会有法子做到这些。"

卿尘本打算权且应付他一番，待解决了这两件事便来个有负众望，辞职挂印，却谁知对方早已料到，一句话断了她的念想。夜天凌的安危和巫族的秘密，任何一事她都不可能置之不理。她从来不是优柔寡断的性子，略加衡量便也有了决定，眼前这潭水无论深浅，恐怕都要先蹚上一蹚了，目视冥玄，不由一笑："阁下步步设计，为此费尽心思，当真不怕错认其人吗？"

冥玄似乎笑了笑，淡淡道："冥衣楼并非第一日知道凤姑娘，在下自信天命无差。"

卿尘微微挑眸，事到如今，再多纠缠枝节于事无益，点头道："好，那我们便各取所需，你即刻收回刺杀凌王的命令，我接受你的提议。"

冥玄眼中现出笑意："若这是凤主的吩咐，属下即刻遵命。"

"我既答应，便不会食言，如何来认我这个楼主，你且安排便是。"卿尘从他身上收回目光，抬头遥望天际，心中浮现前所未有的感觉。

夜微明，天星亮。千年之间，谁将继续谁人的故事？此身一世，谁又将成为谁的牵绊？命运之路或许并非每个人都能掌握，但在每个人的心中却必有一些重要的东西，牵引着前行的脚步，更有甚者，改变既有的一切……

第二十五章　只道江湖是江湖

京郊宝麓山，山脉悠远，依江带水，自天都一直向西蜿蜒而去，青山翠林起伏连绵，至百里而不绝。

卿尘接受冥玄提议的第二日，便同谢经、素娘、冥魇一起，启程前往冥衣楼总坛。几人西出天都沿江入山，先经水路再换快马，两三个时辰之后便深入山岭。前路转折错综，不见村落屋舍，越是前行，越是山高林深，景色幽奇。复又行得数里，面前陡峻高山豁然开朗，出人意料地，竟有一个占地颇广的低谷。

谷内暖意洋洋丛林青幽，错落长瀑自迎面的高崖飞坠直下，至山脚汇聚翻涌，溅起一潭碧色深泉。自潭水起始，四面依山顺势建了楼阁街道，构思精妙，巧夺天工。卿尘举目遥望，只见山间七宫点缀而成高飞之势，便是冥衣楼天枢、天璇、天玑、天权、玉衡、开阳、摇光护剑七宫。七宫连珠，隐含星势，遥遥拱卫山前一座半月形建筑。抬头看那牌匾，上书"紫微垣"，星行紫微，上应帝宇之意，气度非凡。

进入紫微垣内，玄石为地，青石为壁，高堂深阔肃穆庄正。迎面早有三人等候在此，便是除了冥玄所主之天枢宫、谢经所主之天璇宫、素娘所主之玉衡宫、冥魇所主之摇光宫外，余下的三宫护剑使。

三人皆如冥玄般身着黑衣，腰束银带，单看神形气度便知皆是一流好手。当中一个面目古板之人率其他两人上前对卿尘道："天权宫冥则、天玑宫冥赦、开阳宫冥执，恭迎凤姑娘。"

七宫护剑，下衍二十八分座，暗合星宿，相生相制。谢经在冥衣楼中地位仅次于冥玄，二十八分座遍布各地，皆受他节制调遣。其余人中素娘掌内事，冥魇掌暗杀，冥则掌刑罚，冥赦掌财度，冥执掌训教，权责分明，彼此制衡，最终以天枢宫为首。几人之中，冥执年纪最轻，冥则眉目严厉，不苟言笑，冥赦身形微胖，相貌和气，看去倒最是平易近人。

卿尘留心一一记下，发现冥玄名义上和其他人并列七宫，实则相当于冥衣楼真正的执掌人。如果没有她这个"楼主"，整个冥衣楼其实都在他的掌控之中，不由得对他再多了几分思量，只觉此人老而成精，深藏不露，若非之前从冥衣楼和长门帮的恩怨能够判断他们并非邪门异教，还真要仔细掂量此番决定是否妥当。

将众人简单介绍后，冥玄对她一抬手，道："凤姑娘请入内堂！"

卿尘移步前行，随他们走进堂中，却见偌大的内堂几乎空无一物，唯有正中一扇青玉石门，上绘暗金纹饰，形制奇特，不似寻常。其前玄石地上绘有同样纹路，四周分布七个金丝蒲团，除此之外，便再无其他多余的摆设。

冥玄将卿尘引至近前，沉声道："此处乃是冥衣楼历代楼主居住、议事所在，内中亦存有近百年来楼中守护之物。此门唯有姑娘手中的碧玺灵石能够开启，就连七宫护剑使亦无权入内。云生兽身怀剧毒，姑娘还请多加小心。"

卿尘点了点头，近前抬手，依冥玄先前指点，将碧玺灵石置入石门之上的圆环。触手之处，青石透寒，一阵轻微的震动自掌心传来，随着灵石幽莹的光芒，石门中间竟整个向前推动，入口果然开启。移动的石门形如影壁，任何人身处其外都无法看到内中情形，卿尘取下灵石，回头看了冥玄等人一眼，举步向门内走去。

随着石门缓缓复原，呈现在她眼前的是一个宽阔的拱形空间。室中四壁皆以白石镶嵌，石中点点泛出晶光，令得整个空间无须火烛亦能清楚地看到一切。前方入目之处，是供奉在石台正中的一柄古剑，剑后墙壁之上成弧形悬挂着冥衣楼历代楼主的画像。

卿尘曾听冥玄说过这柄数百年前流传下来的古剑"浮翾"，由冥衣楼七宫护剑使守护，象征着楼主至高无上的权力。她举步上前，细细端详，只见浮翾剑锋锐修窄，长仅不足两尺，紫鞘吞口纹路飘飞，清娆剑气隐然其上，媚而不浮，清而不利，便如风中浮云一抹，月下一色花影。

当她抬手触摸剑身时，腕上的碧玺灵石幽光流动，映衬前方高悬的画像，仿佛有无声的画面迎面浮现。那一个个风神迥异的女子，或玄衣魅颜，或轻袍素容，或执花，或舞剑，更有甚者，竟着宫装艳艳，雍容夺目，神情气度皆非寻常。

卿尘一时看得出神，遥想数百年变迁，江湖多情，不知曾有怎样的故事于这世间轮转起落，前世今生这些超卓的人物，与他们相关的零星传说，隔了万千时光几多风云，仍旧令人心驰神往。冥冥之中，身处此间，心底莫名的感觉油然而生，她突然觉得这一世至此或许是一种幸运，能够触见这些传奇般的风流人事，若与他们同在，必然不枉此生。

卿尘缓步徐行，一一细看周围画卷，目光停留在最后一名玄衣女子的身上。那女子幽丽的眉目略带果决，神情飞扬格外引人注目。驻足画卷之前，她隐约听到阵阵水流之声，便知这偌大的石室必另有通道与外界相连，若无意外，应该毗邻群山之中的水瀑。

水瀑声响时隐时现，恍惚令人想起屏叠山落红成雨、桃林如染的景色。记忆中那些琴曲的悲伤，低吟浅诉，重重荡漾，似乎有一白衣身影逐渐变得清晰，落花深处孑然独立的寂寞。所有感觉一闪而逝，卿尘如临梦中蓦然惊醒，终于感觉到曾与"凤卿尘"相依相伴、悉心教导她的师父。那是如此孤独的一个人，他究竟与这女子有着怎样的牵绊？当年又究竟发生过怎样的变故，以致今日的机缘？

所有的一切都已随落花消逝，只余下灵石的微光，在她指尖幽幽闪烁。待到思绪稍平，忽闻身后传来轻微的响动，她转身回头，猛然见一双长蛇在石台上迅速游动。那蛇大约手腕粗细，周身漆黑闪亮，唯有两条红线自腮旁绵延而至身侧，双目冰冷，其色艳丽，显然乃是剧毒之物。

如此一双毒蛇游至，不多会儿又是一双。卿尘在此乍见毒蛇，不由大吃一惊，刚刚后退一步，肩头一声风响，一个白色的影子自高处跃下，落在石台之上，却是一只似猫似貂的小兽。

那小兽身形不大，尾巴如狐狸般修长松软，通体雪白，唯有额前带着一缕金色，双眼金芒闪动，熠熠摄人，高踞台上望向下方。不知为何，那些毒蛇游动至此，像是听从号令一般乖乖伏在地上，先后竟有十余条之多，看去甚是骇人。那小兽扫视群蛇，过不多会儿，突然闪电般扑下。当中一条大蛇被它咬住要害，蓦地翻滚几下，即刻毙命。那小兽吸食蛇血，其他毒蛇盘伏四周，居然一动不动，待它再选择了一条毒蛇为食后，低低呼啸了一声，群蛇方如蒙大赦般地散去，瞬间便没了踪影。

卿尘站在石壁之前惊讶地看着这一幕，便知这小兽即是冥玄口中所言寿可五百、生性通灵的云生兽。传说它乃是冥衣楼初代楼主以自身血气豢养，世代跟随楼主的灵兽，名唤雪战。雪战食过毒蛇，反身跃回石台，卿尘自台后转出，徐步走到它身前，打量这漂亮奇异的小兽。

雪战见得人来，侧目以视，一双金瞳映出她白衣浅影，潋滟流闪。卿尘并未从它的注视中感到敌意，反而像当初遇见云骈一般，心中升起亲切的喜爱。她站立石台之前，向雪战伸出手，在触到小兽的一刻，它额前的金芒倏然闪动，卿尘腕上的碧玺灵石亦蓦然大亮，整片清澈的流光充盈了整个空间。

青石门重新关闭之后，七宫护剑使依次坐于堂前蒲团之上，几人注视石门，一时肃静。少顷，冥则收回目光，蹙眉道："如此柔弱的一个女子，难道当真能胜任楼主之位？"除了谢经，包括冥魇和素娘在内的诸人都带着如此疑问看向冥玄。

冥玄眼中声色无波，一片深邃平静："她身上非但有楼主信物，更是应合天星，我们不妨看看云生兽的反应。"

冥赦看了看石门，道："有句冒昧之言，不如趁局势未定说在前面。冥衣楼多年失主，眼下亦是多事之秋，只怕其人应合一切，继任楼主之后却没有掌控局面的能力。"

冥执等人亦微微点头，虽未说话，却显然也有与冥赦同样的顾虑。

谢经因身上伤势未愈，半日来一直较为沉默，独自盘膝闭目养神，此时却睁开眼睛，低声道："诸位多虑了，她并非一般女子。"

"哦？愿闻其详。"冥赦道。

谢经思量片刻，却摇了摇头："一言难尽。"

"那你方才所说恐怕难以服众。"冥赦道。

谢经睨了他一眼，道"那不如便举一事，当初我奉命设计与她接近，共同经营四面楼，你可知自她接手以来，四面楼获利如何？"

冥赦别有他意地道："四面楼以及各处商脉的经营账目向来不由我天玑宫经手，此事又叫我如何回答？"

谢经清楚冥赦对自己在楼中的地位高于他、并通过手下商脉节制二十八分座一向多有不满，却只当不知，微微一笑道："都是自家兄弟，何需分得这么清楚？四面楼的账目从来都是按时上报总坛，现在每月获利比以前整整翻了数倍，诸位心中大概也有数。我只能说从经营手段到识人用人，她行事十分独特，不像个涉世未深的年轻姑娘，甚至心怀气度、眼光见地可说是少有的让我佩服之人。当初冥魇传回消息，说发现碧玺灵石，我们从湛王府一路追查到漠北，但一场大火将所有东西烧得干干净净，什么线索都没留下。如今细思，她的来历当真有些奇异。"

冥玄道："屏叠山中虽未找到什么实物，却有一座巫族传人的墓冢。巫族与冥衣楼原本关系密切，只可惜先楼主失踪之后，便也断了联系，此女的来历只怕与此有些渊源。"

冥执接口道："来历权且不说，日后一问便知，只是她能让谢兄都觉佩服，可见有些特别的地方。"

谢经道："不错，按理说单凭楼主信物，我们也该迎她入楼，云生兽认主与三件服众之事本是因楼主失踪，我们七宫为防止变动才立下的约定。至于她是否能够胜任，此后自见分晓，我们拭目以待便是。"

冥魇扫视众人一眼，道："你们当初让我将人带回，我曾表示过怀疑，现在也只有一句话，若她能够服众，我冥魇甘心奉其为主，如若不能，凭我们七宫护剑使，废掉楼主也是易如反掌。"

"开阳宫执俍请见本宫护剑使。"

冥赦似乎还要说话，突闻有人在外扬声求见。冥执眉梢一扬，道："我去看看。"不见他如何动作，人已自蒲团之上飘出堂外。

执俍身材魁梧，一脸精干模样，见了冥执低头禀道："属下在南山侧道发现摇光宫魇切的尸首，还请护剑使示下。"

冥执脸上微微一动，回头叫道："冥魇！"

话方出口，身边人影一闪，冥魇已到了近旁，眸中一丝戾气飘闪，冷冷问向执俍："何时之事？"

执俍恭敬答道："尸身刚刚发现，但已验明人是死于半个时辰之前。"

"去看看。"冥执同冥魇对视一眼，双双掠起赶往出事地点，瞬间消失在丛林深处。

总坛惊现敌踪，恰逢新楼主废立未明之际，冥玄眼中掠过凝重的气息，即刻命冥则、冥赦等人分头召集部属彻查四方。不料半盏茶的工夫，南面突然响起一道尖锐的破空声，竟是冥赦遇险求援！

天空中一道烟信入云，划出令人心悸的血红色。东西两面立刻有两道蓝光升起，天权、玉衡两宫已赶赴增援。

南面林中，冥赦扶着几乎已陷入昏迷的冥执踉跄奔回，冥则和素娘半途遇上，只见他小臂鲜血淋漓，冥魇却是不见踪影。

冥执脸上青黑灰暗，唇色苍白如死，牙关紧咬，显然在忍受着极大的痛苦。素娘抢上前扶住他惊问："什么毒，竟如此霸道！"

冥则伸手把了冥执脉搏，磐石般的脸上抽动了一下："从未见过。对方是什么人？冥魇何在？"

冥赦惨然道："冥魇被擒，我遭敌人伏击，只尽力抢了冥执出来。碧血阁十二血煞倾巢而来，已攻进总坛。"

冥则眼中精光一闪："先回紫微垣，再行决断！"

"冥衣楼果然会享受，如此山清水秀，不愧是用来送终的好地方。"不过须臾，紫微垣外传来嚣张挑衅。随着这声音，十二个身着红衣之人出现在堂前，其中有一人负手其前，徐步缓行，一副得意模样。同他们一起的几人身着异族长袍，长发结辫腰配弯刀，竟是来自漠北的突厥人。

冥玄不动声色地扫了来人一眼："碧血阁肖阁主大驾光临，冥衣楼不胜荣幸，只不知碧血阁何时成了突厥一族的走狗？"

肖自初脸色微变，阴森森地道："冥玄老儿，你休逞口舌之利。冥衣楼处处与我碧血阁作对，日前害得我折损长门帮这条臂膀，今日也该算一算总账了吧？"

冥玄缓缓道："冥衣楼看不顺眼的事，自然不会姑息，不过若说与人作对，恐怕还轮不到碧血阁。"

"死到临头还大言不惭！"肖自初眼中怒意骤闪，手指冥魇，"不如在下先拿这人的血来祭血煞，你以为如何？"

制住冥魇的红衣人抬手在冥魇背后便是一掌。冥魇浑身剧颤，一口鲜血喷满衣襟，人却清醒过来，嘴角余血缓缓流下，一双美目却冷冷看着那人，毫不屈服。

冥玄眼中一凛。素娘同冥魇素来交好，早已忍耐不住，方要纵身救人，忽觉丹田内剧痛难忍，如同钢刀乱搅，闷哼一声几乎站立不稳。

肖自初见状阴恻恻地笑道："冥执身上的毒滋味不错吧，冥则护剑使，你呢？"

冥则一言不发，暗自运功抵抗发作起来的毒性，然而握在剑柄微微颤动的手却泄露了他的处境。

敌人刚一照面，冥衣楼竟有四人受伤一人落入敌手，再加上谢经旧伤未愈，形势颇为不妙。此次碧血阁蓄谋周详出其不意，处处占了上风，但冥衣楼根基雄厚，七宫二十八座好手众多，早已团团围住紫微垣，眼见一场恶战在所难免。

肖自初身边那突厥人道："冥衣楼既杀不了夜天凌，便莫怪本王反悔，五万两黄金你不赚，自有人抢着要。不过本王接到密报，听说冥衣楼与中原皇族颇有些渊源，你们不如将实情上禀本王，说不定还能保得性命。"此人正是东突厥始罗可汗的独子统达。

冥玄冷笑一声："蛮夷之族，欲来中原撒野，白日做梦！"

肖自初对统达道："碧血阁先帮王爷结了这笔账，以示诚意如何？"

统达放声大笑，这时紫微垣中忽然传出一个清亮的声音："肖自初你前日乘人之危伤我冥衣楼护剑使，是不是应该先清算一下这笔账才是？"随着话音，卿尘怀抱雪战，缓步而出。

步若凌波，白衣飞扬，一双罩水双瞳潋潋泛着明净光彩，举手投足气度飘然。饶是肖自初生平阅美无数，也觉得眼前一亮，双眸微眯，突然认出卿尘，道："是你？"

统达更是目不转睛地看着卿尘，心想此处竟有如此美色，不枉来此一趟，故作文雅地作揖道："姑娘国色天香，貌美如花，本王十分欣赏。"

七宫护剑使见到卿尘怀抱雪战，便晓得云生兽已然认她为主，一同上前："属下参见凤主。"

卿尘抬手虚扶，腕上的碧玺灵石隐隐发出幽亮的光芒，较之先前更加晶莹剔透，映得白衣似水流转。雪战自她手中一跃而下，卿尘仔细察看冥执脸色，而后方瞥了统达一眼，丹唇含笑，眸心却冷冷一漩幽深："王爷过奖，只可惜王爷的手段却叫人难以欣赏。"

统达脸色一沉。肖自初却忍不住仰首长笑，声震屋宇："想不到冥衣楼竟认了个弱不禁风的女子为主，当真是气数已尽！"

卿尘淡笑浅浅，不疾不徐地对肖自初道："肖阁主，你在冥执身上下了四种毒，一是五步草，一是凤梃仙，一是蓝烟子，还有便是苏瑾黄。素娘沾了你的凤梃仙，丹田内劲气杂乱冲撞，难以控制；冥则中了苏瑾黄，若是一运功便会血脉逆流，剧痛无比。至于冥执，五步草你掺了蓝烟子，所以他才浑身冰寒，穴道犹如针扎般痛苦，不过蓝烟子没了五步草就不会发作得这么快。我说得对不对？"

肖自初目光一变，在她脸上一停，阴阴笑道："哦？原来竟是用毒的行家，不过只知毒性又有何用？一个时辰内不服解药，他们几个便性命不保。"

卿尘傲然道："我既说得出，便能解毒。不如我们试试看，你用四种毒，我只用一种，我若是解了你这毒，你便给我乖乖滚出冥衣楼去，你若是解了我的毒，我这楼主拱手让与阁下，如何？"

"很好！"肖自初毒蛇般的三角眼眯了眯，"王爷，这丫头你可感兴趣？"

统达目露淫色，道："若得此等美人，本王定当好好疼爱，不让她受半点委屈。"

肖自初道："王爷既然喜欢，那我便留她一人活口，以供王爷享用。"

统达奸笑道："如此甚好，可千万不要伤了本王的美人……"

不料话音未落，众人身后骤然响起凌厉的风声。统达只觉左耳一痛，当的一声，一支羽箭带着他象征王族身份的耳环钉在他面前一棵参天大树上。箭身几乎全数没入树干，只剩下尾羽在外，阳光照在耳环名贵的宝石上，闪过一道刺目的光泽。

只听一个冷淡的声音远远道："统达，闭上你的臭嘴。"

众人大吃一惊，统达惊魂未定，匆忙回头，瞬间脸色大变，惊道："夜……夜天凌！"

不远处山崖之上，夜天凌身着一袭墨色武士服，背插长剑手握劲弓，冷冷地望向这里。阳光闪耀，那一双清隽的眸子仿佛倒映着整个山林翠色，却又如同雪岭冰封，令这繁花碧叶皆在那冷冽深处寂灭无声。

统达被夜天凌看得脸色青白，寒意丛生。他曾数次在夜天凌手中死里逃生，畏之甚深，勉强挤出点笑容："凌王殿下……别来无恙。"

夜天凌淡淡道："你不老老实实待在漠北，竟敢偷入天都兴风作浪，始罗可汗管教的好儿子。"

统达仗着肖自初等人护持在旁，勉强壮胆道："殿下昔日所赠，本王记挂在心，不敢有片刻遗忘。"

夜天凌眼底掠过一丝冷笑："方才好像听你说想要我性命，不如现在来拿，还能省下那五万两黄金。"

肖自初上前一步："我碧血阁对这五万两黄金倒很感兴趣，凌王殿下，请。"

夜天凌神色冷冷，眼角都不曾瞥向肖自初。原本安静的山间突然出现了无数玄甲战士，居高临下包围山谷，重重劲弓铁弩瞄准谷中众人。

十一自一棵大树之巅落至夜天凌身旁，笑道："要和四哥动手你还不配，刀剑无眼，千万不要乱动。"

肖自初和统达同时色变，粗略估计，四周数千之众，劲弓环绕，任他们武功再高，也敌不过如此训练有素的兵马。

肖自初惊疑不定，先前留在谷外的部众此时毫无声息，看来已经被一举歼灭，夜天凌带来的部属之中，定然不乏好手。

卿尘趁此机会，忙设法替冥赦等人解毒疗伤。夜天凌冷冷注视统达："还不快滚！"

统达极不甘心地环视四周，意识到己方完全处于劣势，恨声道："殿下今日之赐统达铭记在心，后会有期。"

夜天凌眼中精芒掠过，突然身形一动，黑色披风随风荡起，人便自山崖斜掠而下。

统达只觉剑锋压顶寒气扑面，骇然之下弯刀挥出，和夜天凌长剑在头顶凭空交击，发出一声震人耳鼓的清鸣。

叮当数声清响，夜天凌已落到统达身后。统达被他激起狂性，挥刀向他后背砍下。

夜天凌身也不回，剑鞘自披风之下快如闪电反撞而出。统达痛呼一声，被击中腹部踉跄倒退，接着脸上剧痛，却是夜天凌剑锋微偏，以迅雷不及掩耳之速自他面颊狠狠抽过，虽不见伤口却痛彻骨髓，半边脸立刻红肿。

"这是警告你以后莫要在天朝放肆。"夜天凌长剑不知何时已然归鞘，"回去转告始罗可汗，他若是不会管教儿子，便多娶几个王妃，免得后继无人。滚！"

肖自初老谋深算，知道今日决计讨不了好。他倒也当机立断，见统达狼狈离去，假意笑道："碧血阁不敢与凌王殿下争锋，先行一步了。"说罢对属下一示意，"我们走！"

"留下冥魇！"卿尘上前一步道，"四哥，不能让他们带走冥魇。"话刚出口，突然想到冥衣楼与夜天凌目前敌友难分，他怎会援手去救冥魇？

夜天凌回头看了她一眼，对碧血阁众人道："凤姑娘说话你们可听到？"

挟持冥魇的红衣人将冥魇拽至身前："凌王殿下不妨放箭试试，看谁先死在前面！"

夜天凌刀削般无情的嘴角露出一丝讥诮笑意："我说最后一遍，放下人。"

那红衣人拖着冥魇慢慢后退。夜天凌目光清寒，负手身后，闲庭散步般一步步向他走去。

那人喝道："站住！再过来便杀了她！"

夜天凌目若青锋，看似沉寂却冷冽慑人："那么你们便一同陪葬。"

语意森然无情，那人不由心底生寒。就在他心神动荡的那一刹那，两人之间骤然爆起凌厉寒光，白练如雪，剑气催得阳光似乎霜冻，天地换颜。

一道夺目光华魅影般自夜天凌手中斩向那人咽喉，光芒之中，那人仓促后退，横剑身畔，骇然不敢上前。冥魇无力的身子已被夜天凌抬手接过，软软靠在他身上。

出剑，退敌，夺人，一切尽在弹指间。

碧血阁其他人被夜天凌的剑气激起杀性，目露凶光。几人足下方动，却见一排长箭劲风激荡迎面飙来，连珠九箭擦身而过齐齐钉在他们身前，虽不曾伤人，却逼得他们无法展开身形。

"抱歉，手痒了。谁再上前一步，便莫怪我不客气。"十一手持缠金长弓，满脸飒爽的笑容如那蓝天下的阳光一般，比起夜天凌的清冷无情，更叫人恨得牙根痒痒，无奈他身旁黑黝黝成排成列的弩箭杀气十足，无人敢妄动一分。

肖自初惊疑万分，盯着夜天凌手中之剑："归离剑！你自何处得来的？"

夜天凌看了眼半昏半醒的冥魇，将她打横抱起交到卿尘身边，丢下几个字："你不配问。"

冥魇恍惚中看到一双眼睛望向自己，眼底依稀冰封万里，却犹如深夜无垠，带着某种魔力般叫人感到安定。心中一松，她强撑着的心志终于溃散，昏昏然逐渐失去知觉。

肖自初强忍心中杀意，抱拳道："青山不改，绿水长流，他日定再向凌王殿下请教。"

夜天凌漠然不理，只低头看了看冥魇，发觉她内伤不轻，便将掌心贴在她后背缓缓以内力助她疗伤。卿尘将伤药送入冥魇口中，抬头看到夜天凌棱角分明的侧脸，轻声道："四哥，多谢你。"

夜天凌从上而下将她打量，目光停在她脸上："没事便好。"

十一收了弓箭，带着几名侍卫过来，正听到卿尘在问夜天凌："你们怎么会找到这里来？"他十分头疼地接口道："你也不算算日子，那晚跃马桥上说是三天，如今已是第五日。四哥留在漠北寻你的近卫还没赶回来，这里又险些将伊歌城翻了个底朝天。若不是今日追踪统达竟在此处遇到你，还不知找到什么时候。刚从战场上回来，你倒是让我清闲几日也好。"

卿尘神情微微一动，并没想到她离开四面楼数日不归，夜天凌竟会如此反应，心中感动又略有歉疚，面上却不和十一服软，悄悄对他做个鬼脸，眼见十一一脸无奈，扑哧一笑。雪战自脚下蹿来，待她招呼时嗖地跳入怀中，蹲在她胳膊间神色目视十一，一双异瞳金光隐隐，神气非凡。

　　十一手撑身旁大树，俯身和雪战对视片刻："这是……"一边说着，一边伸手去扯雪战的耳朵。

　　不料雪战金瞳一竖，猛地一声低啸，极为不满地盯着他，作势欲扑。十一吓了一跳："哈！一只小兽这么大脾气，你从哪里捡来的？"

　　"雪战！"卿尘拍拍雪战的脑门，抬眸道，"莫要惹它，它是冥衣楼的灵兽，只认楼主一人。"

　　十一道："啊？冥衣楼主的灵兽为何跟着你？"

　　卿尘笑了笑道："这个……好像是因为我手上的串珠，它把我当成主人了。"

　　十一和一直未曾作声的夜天凌交换了一下目光，复又打量雪战。此时冥执、冥则等毒性已去了八九分，一同上前对夜天凌道："冥衣楼承蒙两位殿下援手，不胜感激。"

　　夜天凌面无表情地将目光自卿尘身上移开，站起身来。卿尘心想不妙，看他神色冷峻，莫要再起冲突，谁知他只是扫了冥玄等人一眼，并未如何。

　　冥玄又道："恭喜凤主接任楼主，七宫护剑使定当全力辅佐，绝无懈怠。"

　　卿尘微笑道："有劳诸位。"见夜天凌眸中掠过疑问，她正容道，"四哥，那晚跃马桥之事我无力阻止，但现在可以冥衣楼主的身份保证，绝不会再有类似事情发生，还望四哥不计前嫌。"说罢携七宫护剑使一拜，以示赔罪。

　　夜天凌似是并未将此事放在心上，淡淡道："若此间事了，便该回去了。"

　　卿尘起身道："我还有些事情未了。"

　　夜天凌虽不清楚她和冥衣楼究竟发生了何事，但也看出两者关系已变得非同一般，当着冥玄等人不便多问，只简单道："还有何事？"

　　卿尘笑意一敛，对冥玄等道："冥衣楼总坛非常之地，竟被敌人轻易突袭，可想过是何原因？"

　　冥玄先行谢罪："属下失职，请凤主责罚。"

　　卿尘眸光清锐："我要的不是自责，而是原因。"说话时目光自七宫护剑使身上一一掠过，众人在她的注视中无不生出异样的感觉。夜天凌从旁冷眼相看，突然一抹薄锐的笑意自唇边掠起，满是有趣的神情。

　　冥玄在卿尘的目光中沉吟一下，终于自嘴中吐出两个字："内奸。"

第二十六章　云破日出青山远

卿尘眸底波光一动："你有何想法？"

"查。"冥玄就一个字。

"从何查起？"卿尘问。

"还请凤主示下。"冥玄答。

七宫护剑使无一例外地看向卿尘。卿尘道："我要先行验看魔切的尸身。"复又转身问道，"四哥，可愿一同？"

夜天凌点头，对十一道："十一弟，整肃三军，稍后返城。"

十一道："好，我在谷外等你们。"又对冥玄笑说，"外面碧血阁那些死人，我负责杀，你们自己埋，大家公平合作。"

冥玄拱手道："多谢殿下。"十一一耸肩，转身先行离开。

天瑶宫后堂，魔切的尸体静静躺在地上，盖了一层白布。

冥魇伤虽未愈却坚持一同前来，上前轻轻掀开盖着尸体的白布，原本没有感情的眼中涌出森寒的杀意。

一刀毙命，自脖颈处横切而过割断颈动脉，当时大量喷射的鲜血布满魔切周身。

夜天凌征战沙场，比这惨烈数倍的情形也是司空见惯，因此无动于衷。冥玄等人出身江湖，更不把生死当回事。却见卿尘亦不动声色地俯身下去，仔细察看魔切的伤口，夜天凌眼中多少有些诧异，却不知曾经学医出身的她面对尸体司空见惯，相比寻常女子自有不同。

"是刀伤。"冥魇低声道。

"嗯。"卿尘点头，伸手道，"你的刀借我一用。"

冥魇手腕轻轻一动，那柄细巧的薄刀落入掌中，刀身犹如蝉翼，微微泛着妖艳的血色，是一把杀人的利器。

卿尘放雪战下地，雪战对着尸体嗅了嗅，发出呜呜低吼。卿尘接过那刀，对身后众人道："你们在外面等我，不得吩咐勿要入内，冥则护剑使请留下。"

除了谢经和素娘，冥魇等都是神色一冷，却是冥玄道："遵凤主令。"带头退出天瑶宫，冥则板着张脸一丝不苟地立在原地。

夜天凌自然没有随他们离开，而是留在一旁饶有兴趣地看卿尘，只见她俯身蹲下察看一番，将手中薄刀小心地沿魔切颈中伤口插入，伤口和刀似乎吻合。她一边看伤口，一边对冥则道："我来查凶手，你在旁看着，到时候也好有个见证。"

冥则注视着她手中一举一动，点了下头。

卿尘将刀左右动了动，皱起眉头，又细细地研究了一下伤口情况，方收起刀来。她认真地在魇切周身寻找蛛丝马迹，突然发现魇切右手紧握。人虽已死去多时，但尸体还未完全僵硬，她迟疑片刻，终于抬手。

此时身旁一只手挡来，是夜天凌。她不解地收回手，却见夜天凌替她将魇切握起的手指慢慢掰开。

立刻，有样东西落入两人眼中，夜天凌拾起来托在掌心掂了掂，那东西随着他修长的手指微微晃动，沉沉的。冥则看到此物，本来死气沉沉的眼中瞳孔猛地一收，但也没有出声。

"金的？"卿尘问。

"嗯。"夜天凌淡淡道，随手撕了角衣襟将东西包起来，递给卿尘。

卿尘接过来后，夜天凌提起魇切右手。卿尘和冥则看到尸体扭曲的手指处有几点瘀青，该是死前重击了什么东西留下的。

冥则伸手将魇切睁大的眼睛轻轻合拢。夜天凌站起来，随手将白布蒙上："没什么了？"

"嗯。"卿尘若有所思，对他俩道，"再去发现尸体的地方看看。"

"好。"夜天凌没有反对。

卿尘出门前又示意雪战在魇切尸体上嗅了一圈，和夜天凌、冥则一起来到魇切被杀之处，山谷南边一处茂密的丛林中。

沿途看到冥衣楼部属在处理善后事宜，粗略估计一下，死伤不在少数，但三人都没有料到发现魇切尸体的地方也已经清理过，卿尘皱眉："只能大概看看是否还有意外收获了。"

三人在四周细细察看，雪战跟着他们在草木间嗅来嗅去。过了一会儿，卿尘和夜天凌对视一眼，彼此摇头一无所获。

此时却听到雪战发出低叫，冥则在旁回头看去，突然长叹一声。他目光落处，几片树叶的阴影下有样金色的东西，和方才在魇切手中发现的一模一样。

冥则上前捡起那东西："不想他真的做出此等事情。"语意中尽是惋惜。

卿尘接过那物，对冥则道："回去吧，一会儿还要有劳你。"

冥则低头道："凤主放心。"

卿尘道："若是你们不忍动手，不如看凌王殿下愿不愿帮忙到底？"

冥则看了夜天凌一眼："清除叛徒是天权宫分内职责，殿下今日已多有照拂，不敢再加劳动。"

卿尘点头道："如此便好。"

回到分堂，冥魇等早已等得焦躁，从卿尘神色中看不出什么端倪，更别说夜天凌和冥则脸上一成不变的模样。

谢经一见卿尘，便问道："可有何发现？"

卿尘扫视众人一周："大概已经知道了凶手，不过，我还想验证一下。"

她对七宫护剑使淡淡一笑，指着旁边一张桌子道："诸位可否将随身兵器放在这张桌子上？"

冥玄之下，众人脸上神色各异。兵器离身，对于江湖中刀头舔血之人来说，是为一大忌。几人和卿尘对视片刻，谢经率先将一柄长剑放在桌上，接着冥则亦将自己的宽刃剑放下。

余下几人，除了冥玄从不用兵器外，素娘的是一条细巧银鞭，冥赦的是一把金算盘，冥执的是一道索魂钩，冥魇的则是那对贴身薄刀，一把在她自己手中，一把还在卿尘处，卿尘自袖中取出来，也一同放于桌上。

卿尘看着各样兵器，道："抱歉，我将凶手锁定在几位护剑使中，只因能助碧血阁进入总坛而不为人察觉，并非轻而易举之事，只有七宫首脑人物才能做到。所以诸位，得罪了。"她停顿一下，见大家并无异议，继续道，"我方才检查魔切尸身，发现致命的是他颈中刀伤。这道伤口左浅右深，凶手若非惯用左手，那必定是自魔切身后下手，才会造成此种情形，而从伤口划痕的走势来看，可以确定此人应是从魔切身后袭击他的。方才路上你们说过，魔切在冥衣楼中算得上是好手，那么能悄无声息自身后置他于死地的，若非武功高出他数倍便是他非常熟悉之人。请问冥玄护剑使，诸位之中，谁最能令魔切毫无戒心？"

冥玄沉默了一下，没有立刻回答，但却看了冥魇一眼，冥魇脸色一变。

卿尘顺着冥玄的目光看向冥魇，接着道："而且自伤口的开裂程度可以判断，凶器是一把极其薄而锋利的短刀。"

话说到此，素娘忍不住轻呼了一声："冥魇，你……"

冥魇心中怒意陡生，脱口而出道："你什么意思？魔切是我部下，七人之中只有我用刀，难道你是说我杀了魔切？"

卿尘微微一笑："少安毋躁，凡事都要有证据，我话还没有说完。推算魔切遇害的时间，你和我、冥玄、谢经、素娘都在一起，并没有杀人的机会。"她抱着雪战走到桌前，道，"大家都知道雪战是难得的灵兽，我方才已让它在魔切身边闻了气味，不如我们看看它对谁的兵器有反应，如何？"雪战从卿尘手中跃至桌上，先在冥魇的双刀上嗅了一下，立刻发出叫声。卿尘道："这把刀我用来动过魔切的伤口。"

雪战继续将桌上兵器一一辨认，到了冥则的剑时，又抬头示意，卿尘道："冥则同我一起检验尸体，自然也留下了气味。"

谢经的剑、素娘的银鞭、冥执的索魂钩，雪战依次走过，最后在冥赦的金算盘处停下，再次发出了低吼。

卿尘走上前去，随手拨弄那金算盘："咦？这算盘似乎不太准，少了两粒珠子怎么算账呢？那两粒算珠哪里去了？"

冥赦唇上两撇小胡子动了一下，面不改色："前些日子不慎丢了。"

卿尘点头："原来如此。"回头对夜天凌笑道，"殿下贵为皇子，手头定然不缺金银，不如请殿下赏赐两粒算珠如何？"

夜天凌剑眉一动，伸出左手，现出两粒黄澄澄的算珠，淡淡道："冥衣楼财大气粗，一个死去的主事手中都握有此物，山野之中也可捡拾黄金，哪里用得着本王多事？"

众护剑使闻言色变，冥魇厉声喝道："冥赦！"

冥赦却不慌不忙，毕恭毕敬地对卿尘道："凤主，属下对冥衣楼忠心一片，与魇切情同兄弟，岂会做出这等事情？这两粒算珠丢失已久……"说罢话锋一转，"何况……有人既随凤主验尸，想必趁人不备丢两粒算珠在现场也不是什么难事吧？"话中之意竟直指冥则。

冥则脸色一黑，本就呆板的表情更为骇人，方要发作，卿尘对他一抬手："哦，原来情同兄弟。听起来你说得也不无道理，但我还有不明之处，尚要有劳。方才肖自初在冥执身上下了几种剧毒，素娘和冥则略一碰触皆难以幸免，你救护冥执一路回来，为何毫无中毒的迹象？是不是知道那凤梃仙和苏瑾黄滋味都不太好受呢？你臂上那道伤口浅了点儿倒没什么，却为何是由外向里一刀，难道是自己划伤的？我方才检查魇切伤口，又怎么觉得和你臂上的伤口像是同一利器所致？这些事情我百思不得其解，不知你能否指点一二？"

冥赦终于色变。卿尘不给他喘息的机会，眸光一沉，直视冥赦双眼："冥赦，你的刀放在哪里？靴底？腿侧？腰间？还是袖里？要藏一把贴身薄刀是不是有很多种方法不被人发现？"

谢经等人早已将自己兵器收回手中，封住紫微垣四方，冥玄沉声道："冥赦，枉我对你信任有加，你竟做出如此无义之事。"

冥赦眼神闪烁不定，脸上慢慢显出惧怕的神色，突然向着卿尘跪倒在地："凤主，属下知错，属下……"随着话音骤然发难，两柄淬着蓝光的袖刀出其不意，带着尖锐的啸声射向卿尘。

刀来得虽快，卿尘身边却有两点黄芒比刀还快，叮地撞飞偷袭的袖刀。夜天凌手中一直把玩的两粒金算珠击落袖刀余势未衰，破空袭向冥赦面门。

冥赦骇然惊退，人向门口掠去。素娘银鞭横空而至，封死他的出路；冥执、冥则钩剑双至，逼至他身前。谢经同冥魇没有上前夹击，分别守住门窗要位，冥玄却始终不动脚步，留在卿尘身边。

　　以一敌三，冥赦被几人逼得完全处于下风，冥玄感慨道："冥衣楼待他不薄，他却做出这等事情。"

　　卿尘看向冥玄："这可算第一件事？"

　　冥玄躬身："属下心服口服。"

　　卿尘淡淡一笑，不再理会室中争斗，转身道："我送凌王殿下出谷，剩下的就交给你们了。"

　　冥玄躬身答道："属下遵命。"

　　雪战见卿尘转身，立刻跟来跳上她的肩头。卿尘冷不防被它吓了一跳，抬手笑拍它脑袋，雪战在她肩头轻巧地转身，找了个最舒服的位置稳稳蹲下。

　　卿尘同夜天凌并骑而出，数千玄甲战士等候在谷外，肃静无声。夜天凌挥手，各领军整顿兵马，准备启程回城。

　　卿尘却带住缰绳："我暂时不能回伊歌，就送你们到这儿吧。"

　　夜天凌意外地回头："什么？"

　　十一过来和他们会合，闻言亦是一愣："你不和我们回去见父皇？"

　　卿尘对他笑笑："见皇上？那自然就更不想了。"

　　"为什么？"十一问道。

　　卿尘犹豫了一下，道："不光是皇上，凤相、湛王……都……最好是不见。"

　　夜天凌眉心微拧，目光落在卿尘握着缰绳的手上，她衣袖滑下一截，手腕处正是夜天湛送给她的那串冰蓝晶。

　　只一瞬，夜天凌移开目光看向冥衣楼总坛，淡淡道："那便不必勉强了，十一弟，我们走。"掉转马头，径自离去。

　　"哎！四哥！"十一没想到夜天凌费尽周折找到卿尘，现在却说走就走。卿尘见夜天凌转身而去，心底竟蓦地一沉，那种被抽去了原本坚固的支撑，突然落往深处的感觉，让她怔立当地，说不出话。

　　"卿尘！"十一的声音把她唤回来。她意外发现他脸上没有一贯懒散的微笑，却是正色道，"我不知道你同凤相或者七哥怎么回事儿，但四哥此次找你动用的虽是自己麾下的玄甲军，却也惊动了父皇。不想凤相在父皇面前给我们打了圆场，说刚刚回府的女儿被歹人掳走，恰好被四哥遇上，才出手帮忙。四哥回去是必定要给父皇一个交代的，否则……"十一没有说下去，但是两人却都心中雪亮，像夜天凌这样带兵的皇子，在天都调动兵马本就忌讳，一旦天帝心中起了其他猜疑，怕是会惹出无谓的麻烦。

卿尘皱眉："凤相？"

十一点头："凤相说那位二小姐闺名凤卿尘。你……究竟是……"

横生枝节，卿尘叹了口气，凤衍这是何意？惊动了天帝，无事也生出事来，事到如今她又如何置身其外？她扭头看夜天凌沿着狭长的山谷越走越远，黑色深衣掠过微风，渐渐淡去在深秋静暖的阳光下，不知为何竟叫人觉得如此孤寂。

她愣愣凝视着前方，突然眼中掠过一丝繁复的光泽，掉转马头往夜天凌的背影追去。

蹄声清扬，带着秋风快意阳光轻柔，驱退山间初起的凉意，踏碎天长日久的冰寒。夜天凌马速似乎略微一缓，那背影在卿尘眼中瞬间变得清晰，深黑色依稀染上了淡淡金边，逐渐融入秋阳余晖的温暖中。

"你们俩简直是我的克星，我跟你们回去！"卿尘对并骑而来的十一无奈道。

十一挑了挑眉毛，那气死人不偿命的笑容回到脸上："你是我们俩的克星才对吧，我自从见到你，就没睡过一夜好觉。"

卿尘没好气地白他一眼："相害相克水火不容势不两立不共戴天，这下你满意了吧？"

十一扬声大笑："你怎么不去和四哥说这话？"

卿尘毫不示弱，回道："有本事你去和他说，你敢吗？"

十一一摊手："兄长在上，我不敢。"

真够坦白，卿尘愤愤瞪他，在他眼前伸出手指："作为交换条件，我要去吃裳乐坊的蜜汁脆鸽，还有千月坊的御品菱叶酥，归鸿楼的一品鲜，还有……"

"强盗！"他们此时已赶上夜天凌，十一笑道，"四哥，你要破财了！"

夜天凌显然已经听到刚才他们说话，看卿尘鼓着嘴和十一一左一右来到自己身边，淡淡道："我自会和父皇说清，你可以不回去。"

卿尘无奈笑道："四哥不会舍不得几块点心吧，刚刚丢了我两颗金算珠，才换……"

夜天凌目光扫来，她急忙摇手："你别皱眉头，我坦白从宽。"于是将自己如何在山间被劫，如何到了天都，如何被夜天湛救进王府，如何见到天帝，如何被凤家认作丢失多年的女儿，如何经营四面楼，又如何同冥衣楼扯上关系，以及突厥人的阴谋诡计一一细说给他们，只是略过了夜天湛托靳慧所提之事。

夜天凌静静听完，突然问道："你为何要做这冥衣楼主？"

卿尘唇角微扬："因为这样就可以号令冥衣楼。"

夜天凌似乎一直凝视着她的眸心，道："你要号令冥衣楼做什么？"

卿尘在他的眸光中转出一抹清澈的笑容，她侧头看他，微微扬唇："不做什么。"

夜天凌眼底不着痕迹地逸出丝淡笑，未再言语，过一会儿方道："近日是皇祖母寿辰，父皇心情该当不错，不会怎样。"

卿尘点了点头，片刻后又问："那日在跃马桥上，四哥为何那么轻易便相信我？"

夜天凌道："当初在漠北，你全然不通水性，又为何那般信我，敢跟我泅水渡河，躲避追杀？"

卿尘微微一怔，夕阳下飞鸟归林，暮色余光落在心头有种暖暖的感觉。两人不由相视一笑，飒然一带马缰，风驰、云骋并骑而去，青山渐远，山回路转又一峰。

第二十七章　梅香雪影春离落

待到进了伊歌城，几条道路便分开来，南往四面楼，东往凌王府，西往凤府，他们在路旁勒马，十一问道："怎么走？"

夜天凌看向卿尘，卿尘沿着楚堰江望出去，似是在想什么，突然回头一笑："劳烦四哥送我去凤府吧。"

夜天凌片刻沉默过后，道："你不必顾及我调动玄甲军之事，我既如此做了，就必然有和父皇交代的说法。"

卿尘道："凤相已在天帝面前说下那样的话，我这个女儿他看来是认定了，躲不过，不如不躲，我也无处可躲。"她将马鞭轻抖，在手上缠了一圈，半真半假地叹道，"一入侯门深似海，不知我这到底是好运还是背运。两位殿下到时候别忘了送份大礼恭贺凤家二小姐认祖归宗，什么金盏银瓶玉如意之类，最好折现。"

看着夜天凌剑眉半蹙，十一俊面犯愁，卿尘一笑打马先行。十一赶上来打量她一番，问了句："你最近是不是经常和十二弟在一起？"

"是啊，我们几乎把伊歌城都玩遍了。"卿尘道，"怎么了？"

十一摇了摇头，道："怪不得这吊儿郎当的样子和他如出一辙，一个他再加上你，以后在天都的日子还怎么过！"

卿尘俏眉斜飞，黠笑道："别人好说，你就可能真的不好过！"话未落地，忽而扬鞭作势往他马后抽去，在他一惊之下，却又撤鞭落空，原来只是吓他。

十一俊眸一扬，道："好啊，竟敢诓我！"手中微抖，鞭如灵蛇缠来，立刻卷中卿尘的鞭梢，方要给她点儿小小惩戒，却听她突然喊道："来人啊！有人欺凌民女！"

声音虽不大，却引得旁边不少人奇怪地看过来。十一愣住，手底一松，竟被她反手将马鞭拽去，怒目瞪她："真是小人手段！"

卿尘策马躲往夜天凌身后，顺便丢来个得意的笑："难道你没听过，唯女子与小人难养也？"

夜天凌就在近旁，安静地注视着她和十一笑闹。卿尘在他马前擦身而过时突然发现，不知是否因为夕阳暖光格外轻柔，他素来冷冽的面容之上分明带着淡淡笑意，清朗而柔和。

她突然觉得，如果他的脸上常常出现这样的笑容，那么寒冬亦会化作春日。风轻暖，花微香，山高远，水东流，少年裘马多快意，不枉人生长风流。

当晚，凤府上下一片喜气洋洋。次日，卿尘收到了一份礼物。

凤府花园中，秦越手中捧着个檀木小盒，递到卿尘身前："七殿下听说凤姑娘回来了，让我送来这个。"

卿尘接过来一看，盒中竟是那套碧色翠玉四君子杯，她知道那是夜天湛极钟爱的东西，现下却整套送给了她。他的心意，还是这样轻轻淡淡却又明了万分。她将杯子把弄在手中，不由得有点儿犯难。

轻轻地抚摸了一下杯上的花纹，她将盒子盖好，复又交给秦越："你替我带回去转告七殿下，如此贵重的东西，我不能收。"

秦越为难道："姑娘还请留下，我若这么带回去，定会被殿下骂死。"

卿尘微笑道："不会，你们家殿下脾气好得很。"

秦越皱着眉头还要说话，忽见卿尘移开目光，身后有人淡淡笑道："看来人脾气太好有时也不是什么好事。"只见夜天湛缓步走来，对他一抬手，他忙将东西双手递上，先行退了下去。

卿尘没想到夜天湛亲自来了凤府，无奈笑说："平日温和的人若是发起脾气来，那才真的吓人。"

"我吓过你吗？"夜天湛笑问道。

"没有，"卿尘道，"那是因为我不招惹你。"

夜天湛俊目含笑，将那碧玉杯递到她眼前："收下吧，记得你说过，用这套杯子品茶，光看也是享受。"

卿尘道："若不收的话，是不是便能见着你生气是什么样子？"话虽这么说，毕竟还是伸手将盒子接了过来。

夜天湛温文笑道："我自然也有生气的时候，但不会对你。"

卿尘眼中的笑意微微顿了顿，随意问道："今日太后大寿，你怎么不在延熙宫？"

夜天湛道："本来是没时间过来的，不过知道你回了凤府，忍不住便想来看看。难得你在外面玩够了，肯回家来。"

听他语气像是宠溺一般带着融融笑意，卿尘心间略微有些异样的感觉，然而那个"家"字却突兀地显现出来，她抬眼向四周煊煌庭院看了看："突然有了这么个'家'，还真不适应，才一天便觉得有些无聊了。"

夜天湛俊朗一笑："比起外面轻歌曼舞的热闹，相府深苑倒确实有些单调。但也无妨，以后你想回四面楼，我抽时间陪你。"

卿尘随手折了一片叶子，拈在手里，站在那儿深深看着他，而后叹了口气："你一直知道我在四面楼，对吗？"

夜天湛低头微笑道："你的琴我虽然只听过一次，但不可能忘得了。"

卿尘想到这些日子以来，四面楼如此大张旗鼓也很少见人挑衅闹事，想必是他在背后多般维护，那日遇上卫骞醉酒，也是因他才得以化解。从相识的第一天，他总是于她需要之时伸出手，在她心头温暖覆盖。若时时在他身边，她不知道哪个女子能躲过这样的温柔体贴，不禁后退了一步，道："我早该猜到是如此，四面楼当真要多谢你。"

夜天湛道："其实我也没做什么，但歌舞坊间毕竟不同于他处，你在那儿总叫人有些不放心。"

"无论如何还是要谢的。"卿尘低声道。

许久不见夜天湛说话，她奇怪地抬头，却正见他脸上有种极轻的失落一闪而逝："这话听着十分见外。"他淡淡说了句。

卿尘垂下了眼眸，只是无言应对。如果说她是在拒绝他，那么每一次刻意的回避都在他清风朗月般的微笑中显得如此苍白，甚至让她怀疑一直以来都在沿着一个错误的决定，做着十分荒唐的事情。

她情愿夜天湛如李唐，假情假意，虚伪负心，或许那样她便能以一种决绝的姿态唾弃或者报复，倒会比现在快意轻松。

夜天湛有事在身，只站了一会儿便要赶回宫去。卿尘送他到相府门口，待他走后方要转身回府，听后面有人叫道："凤姑娘！"

她回头一看，见一个年轻男子正走过来，玄衣轻甲，似乎有些眼熟。正思索间，那男子手扶剑柄行了个礼，她猛然想起这是夜天凌的近卫统领卫长征，那晚在跃马桥上曾经见过。

卫长征上前将手中两包东西交给她，道："四殿下让我给姑娘送两样东西来。"卿尘掂量一下，觉得其中一包似是几本书，便抬手打开来看，"哎呀"一声，喜出望外。

里面居然是在屏叠山丢失的那些医书，有些纸张因沾了水，字迹变得模糊，被人用笔在一旁或多或少地补了起来，看那峻峭的笔锋很像是夜天凌的手迹。而另一包则是千月坊的点心，她见里面一半是她爱吃的菱叶酥，心情雀跃，笑着对卫长征道："有劳你了，回去转告四殿下，就说……就说他还欠我裳乐坊的蜜汁脆鸽！"

卫长征脸上似乎有难以掩饰的笑意："殿下还有句话，说裳乐坊的东西要现出炉的才好，听说最近新多了不少西域的小吃，改日再请凤姑娘一同去品尝。"

卿尘笑道："如此多谢了。"

太后八十大寿，因为是整寿，所以格外隆重些。天都九九八十一坊华彰溢彩贺仪隆重，天帝为母亲祈福纳寿，特地下旨大赦，四海一片升平，普天同庆。

当晚太后赐宴延熙宫，宫中燃起无数盏琉璃万寿灯，光华炫彩入云霄，碧檐金阑和太液池中的倒影相互辉映，恍如瑶池琼筵。

龙柱之旁每隔数步，便有内侍手捧云鹤宫灯，照得殿宇光如白昼。不时有宫娥鱼贯出入，托玉盘，执金杯，袅娜长裙飘洒而过，脚步轻盈，带着酒香芬芳清冽。

殿前歌女长袖善舞，婉转多姿，轻扇约飞花，曼声绕梁柱，一曲华美的歌舞唱毕，齐声恭贺太后福寿绵长，流云般退了下去。

夜天凌正同身旁太子说话，突然听到太后叫道："凌儿。"

"孙儿在。"夜天凌站起来应道，"皇祖母有何吩咐？"

太后道："你这一带兵出去便是大半年时间，漠北山高路远，原以为你难赶上今日的寿筵呢，谁知竟是回来了，皇祖母心里真是高兴。"

夜天凌从小便在延熙宫长大，同太后感情甚笃，道："皇祖母八十大寿，孙儿说什么也要回来的，只是平日不能在身边陪伴尽孝，还请皇祖母不要怪罪孙儿。"

太后笑道："这何罪之有？皇祖母问你，你小时候从延熙宫讨去的那紫竹箫还在吗？"

夜天凌答道："皇祖母所赐，孙儿自然好好收藏着。"

太后扭头对天帝道："凌儿箫吹得好，可是许久都没听着了。"

天帝也笑道："他经常带兵在外，朕也极少听到，今日不如借母后的光，让他为母后吹奏一曲贺寿如何？"

太后道："正是这个意思，凌儿，你赏不赏你父皇和皇祖母的脸？"

夜天凌向来不会拂逆太后："孙儿遵命。只是怕箫音太过清淡，热闹不足，扫了皇祖母的兴。"

太子在旁笑道："皇祖母，有箫无琴未免美中不足，不如请琴师来与四弟合奏，岂不是热闹许多？"

太后对太子道："这主意倒不错，但凌儿那性子心高气傲的，哪个琴师能入得了他的法眼？"

凤鸾飞侍立在天帝身边，突然看到凤衍对她递了个眼色，当即会意，俯身在天帝之旁耳语几句。天帝闻言对凤衍道："朕还真忘了，听说凤家的二女儿弹得一手好琴，连湛儿的玉笛都给比下去了。朕倒想听一下，不知母后意下如何？"

太后点头道："是不是鸾飞提起过的那个姐姐？哀家也早想见见，来人，快去传来。"

左右领旨，立刻安排内侍去凤府宣旨。

深秋晴朗的这个夜晚，卿尘第一次踏入凌驾于整个伊歌城上的天子帝宫——大正宫。

沿着次第辉煌的灯火，目所能及之处，满月光华与万盏宫灯错落相接，大殿高阁在光影的辉映中壮阔铺展，遥没在远处似无尽头的天边。

台阶甬道流光溢彩，回首看去，伊歌城内外尽览眼中。城池白日规整的布局在夜色灯火下化作万丈红尘，高高在上的大正宫便如天阙，执掌着人间生死悲欢。

卿尘从来不曾想到，命运巨大的齿轮从这一晚开始无可更改地沿着它既定的轨道缓缓契合，转入了另一方既定的宿命，改变了她，甚至是所有人的未来……

她在宫娥的引领下进到延熙宫正殿，一眼便看到夜天凌坐在太子身边。和这热闹的廷筵相比，他那身天青色的衣衫未免有些肃淡，宫中华丽的灯火倒映在他的眼中，慢慢沉淀，给那清隽的脸庞增添了一点儿暖意。

夜天凌目光淡淡扫过她的脸庞，自一旁宫娥手中铺了丝缎的托盘上拿起紫竹箫。

卿尘敛衽俯身，对天帝和太后叩拜行礼。

"好个俊俏的女孩。"太后满眼赞赏地对凤衍道，"凤相好福气，膝下儿女个个出落得非凡。"

凤衍笑答道："太后娘娘洪福齐天，臣等不过得了您的庇佑而已。"

太后微笑点头，问卿尘道："你可愿奏一首曲子，给哀家贺寿？"

卿尘路上已得知是为此事来的，只是没想到合奏的人会是夜天凌，盈盈拜倒："卿尘不胜荣幸。"

左右内侍已备上鸾纹卷云案，取来连珠琼瑶琴。大殿正中卿尘席地跪坐案前，微微侧首调试丝弦，金灯玉影下似一幕安静的画面。随着指下琳琅轻声数点，大殿中诸声皆静，缓缓地退入一方清净的天地。她转头对夜天凌道："殿下请。"夜天凌目光落到她眼底，她微微一笑，静候他引曲。

紫竹箫在夜天凌手中打了个转，轻抵唇边，一缕明彻空灵的箫音悠悠飘出。

众人只觉耳目一清，随着这箫音，巍巍金殿仿佛化作空灵天地，一片清洁纯白辽远无垠。琼瑶玉雪中，似乎有若有若无的清香浮动，伴着纷纷轻雪洒落人间。

出人意料地，卿尘闭上了眼睛侧耳倾听，手落琴弦却久久不动。

箫声渐行渐远即将消失，忽而她的手指随意自弦上拂过，玲珑清音起，乍然明亮，仿似在这洁白无瑕的世界中绽开晶莹的光泽，一片冰清玉洁。

夜天凌的箫音就在琴音飘出时回转扬起。卿尘手指轻动细挑琴弦，每一个音符都那样完美地追随着紫竹箫的清扬，冰天雪地中点点寒梅迎风绽放，一片醉人艳红欺霜压雪飘落于天地之间。

她嘴边露出一丝浅笑，睁开眼睛时正看到夜天凌深沉的眸子，那眼底是看不到边的广袤，无止无尽。有一点星光在那幽暗深处悄然绽放，她从那里看到了寒梅睥睨风霜的凌傲，万里冰封，千里雪飘，有谁知梅的风姿、梅的不屈、梅的孤高和寂寞。指下随他峻峭，琴声如玉，清澈的低韵在这孤寂幻影中迎风流转，翩跹起舞。

箫音不绝，如歌似泣，琴声乍舒，低吟浅唱，似箫而再非箫，若琴已不是琴。

金碧辉煌的延熙宫仿佛出现了一片宁静的世界，雪光莹莹，疏枝缀玉，微风带起纷纷然雪影梅香。一个是青衫磊落，一个是白衣翩然，令人惊叹，令人神往，令人心中尘虑尽去，只余这无限风姿久久萦绕心头。

清音尽收《梅花落》，箫声远，琴音淡，夜天凌与卿尘面向太后拜倒，同声道："恭贺太后福寿万年，慈恩绵长。"

"好，好！"太后满意地对卿尘道，"过来让哀家看看。"

卿尘轻轻敛襟起身，身后披帛委地铺展，步履从容迈上席边玉阶，再对太后一福。

太后慈祥地打量她，频频点头："嗯，才貌双全，知书达理。"复又对天帝笑道，"这样的好女孩再到哪里去找，皇上，咱们不如和凤家要来做媳妇如何？"

天帝对卿尘也颇为喜爱，道："母后所言极是，只是中意给您哪个孙儿？"

卿尘心间大惊，蓦地有数道目光齐刷刷地落在她的脸上。却听太后道："凌儿经常带兵在外，府中总没个人也不是办法……"

话未说完，夜天凌已跪下打断了太后的话："皇祖母！孙儿……"他没有说下去，而太后也突然停住了没有再继续。

夜天凌面无波澜，卿尘从他抬起的眸中看到了某些东西，那是令人不解的惊讶、决绝、漠然，还有隐藏至深的一抹矛盾与痛楚。所有的情绪都在他黑寂的眼底一掠而过，快得叫人怀疑是不是真正存在。

延熙宫中突然陷入了一种莫名的安静中，没有任何人说话。

短暂的沉默瞬时消失，太后满是担忧地看了夜天凌一眼，叹道："也罢，算了。"

似乎有数人同时松了口气，一旁，夜天湛随即对太后笑说："皇祖母，凤相才刚刚寻回女儿，您便给嫁了出去，这叫凤相和夫人如何舍得？"

本来凝滞的气氛随着他风趣温润的声音顿时一松，春风拂面，凤衍跟着笑道："太后娘娘疼她，这是小女的福分。"

鸾飞和父亲对视一眼，也忙笑着对太后道："娘娘若是真喜欢我姐姐，不如留她跟在您身边，我们姐妹也能常常得见，岂不两全其美？"

卿尘惊魂甫定，听了此话目光落往凤衍处，又默不作声地看了看鸾飞。

太后问卿尘："丫头，可愿意？"

卿尘只沉默了片刻，心中那番疑虑在微笑中未曾有丝毫表露，恭恭敬敬地对太后拜下："卿尘年轻不懂事，日后还请太后娘娘多加教诲。"

"如此甚好。"太后对夜天凌道，"凌儿，回去坐着去，罚你一杯酒。"

"是。"夜天凌淡淡答道，退回席上，将面前的酒一饮而尽，随即又自己斟满一杯，整整一个晚上，没有再向卿尘这里看一眼。

卿尘随在太后身边，偶尔转眸看到夜天凌瘦削的侧脸，想起很久以前听人说过，薄唇的男人，心中无情。夜天凌那冰冷锐利的唇角便像一道利刃，无声划过，清晰地将他和所有人分隔两面。

方才那一瞬间，凛然、忧惧、惊怕等等的一切，都不如看到他的反应时心里的酸涩。

拒绝了呢，卿尘对自己苦笑，那样清楚地告诉了所有人，他不愿意。

自己心中，为何竟如此难以平静？手指在广袖之下轻轻握紧，她不禁自嘲，女人，虚荣的化身，即便是被不想要的人拒绝，一样会心有不平。那么，换了他呢？

信目看过席下，除了埋头饮酒的夜天凌，太子、夜天湛、十一、夜天漓他们每一个人都有意无意地向自己看来。

或安抚，或微笑，或温暖，或还有一点儿叫人咬牙的戏谑。但是有一道目光带来的却是清晰的不安——夜天溟，他那叫人心悸的注视，自她本就不甚轻松的心头沉沉压过，仿佛刻意地留下了一道无法忽视的辙痕。

第二十八章　　扑朔迷离起萧墙

圣武二十四年秋，延熙宫懿旨，凤家次女凤卿尘封为清平郡主，以延熙宫御女职随侍太后。至此，凤家两个女儿分别身处大正宫中内廷要职，备受天帝及太后恩宠，即便是孝贞皇后病逝多年，凤氏一族依然在朝堂后宫根基稳立，无人能够动摇。

自那日以后，卿尘几乎没有和夜天凌说过太多话，虽然他每日必来延熙宫，但总也来去匆匆。两人都对发生过的事情绝口不提，有时候甚至令人怀疑是不是曾经有这么一件事情存在过。一个淡静通透，一个面冷心深，只是偶尔的念想、对视和平常言笑，一切都像那无波无澜的深秋湖水，澄明中带着无尽的幽深，叫人永远无法明了。

而这些日子，卿尘倒是见到了她一直以来有些好奇的人，夜天凌的母亲，莲妃。

天帝自孝贞皇后病故以来，多年未再立后，后宫之中以湛王之母殷贵妃居首。殷贵妃美丽华贵，像大多数士族女子一样，带着天生慑人的高傲，近乎完美的仪态和姿容有时让人生出敬而远之的想法。卿尘与她初次见面便犯了个疏忽，无意中将那串冰蓝晶戴在手上。殷贵妃一眼望去，立刻投来近乎严厉的目光，众人之前，那种居高临下的质疑只是瞬间，便又化作了雍容高贵，端庄大方。

与殷贵妃艳冠六宫不同，莲妃以一种安静的姿态存在于人们的视线中，这个身处普通封号之下，却美得几令日月无光、星辰失色的女人，在整个大正宫中似乎是个异样的禁忌，极少有人提起。

卿尘偶尔会在太液池旁看到莲妃。晚秋的太液池往往笼着迷离不散的水雾，空气中有浅霜般的凉意，眼前是望不透的高远苍穹，她便驻足在这样的深秋中寂静地凝望太液池。

仙姿临水，恍如天人，没有人愿意去惊动那一方天地，一切的声息对于她仿佛都是唐突和亵渎。她渺远的姿态如一痕冰月，冷冷于瑰丽多姿的宫苑，寂寥相对太液池旁琼瑶碧阁，玉影繁华。眼底无声无痕的忧伤，在淹没了身边所有的同时，却又漠然与一切无关，甚至包括她自己。

一个几乎可以让女人迷恋的女人，作为男人的天帝理应十分宠爱莲妃。然而事实却是，天帝从不传莲妃侍寝，从不曾额外恩赏，每月去莲妃宫中的次数也不会超过一次。不仅仅是天帝，就连亲生儿子夜天凌，也从小在延熙宫长大，很少去看望母亲。太后在见到莲妃时，总是会有一种比较特别的态度出现，至少，卿尘觉得和对其他妃嫔不同，但是她又不知哪里不同。

与这些相比，让卿尘额外惊喜的是，她居然在延熙宫中遇到了碧瑶、丹琼两姐妹。近一年未见，妹妹丹琼都长大许多，眉眼清秀，乖巧可人，姐姐碧瑶更是出落得亭亭玉立。

原来当初夜天湛将其他女子一起自长门帮手中救出，案情了结后，问清家世背景后，各自妥善安置。因碧瑶姐妹无家可归，又正遇上宫中添选宫娥，于是便将她们送入了宫中，说来已经有些日子了。

琼阁秋浓，转眼已带深寒。禁宫殿宇在肃穆的秋冬之际更显高峻，飞檐卷翘的琉璃瓦上覆着风过初霁的清冷，龙壁玉阶耀目生寒。

天地已是萧索万分，延熙宫中早早便添上了火盆。太后往年惯有腿疼的毛病，每年到了秋冬之时更因天寒加重，几乎难以行走。卿尘熟知病理，每日用金针刺穴之法慢慢调治，再加以药敷，不过半月时间，太后便觉得痛楚减轻，浑身亦轻松许多。

天帝得闻此事龙心大悦，卿尘趁机请求天帝准许她入御医院翻阅院内典籍，此事虽无先例，但也不算逾制，再加上太后从旁说项，天帝竟破例准了她。

这日午后，卿尘如往常一样到御医院翻书。御医院典藏云集、药草丰富不是民间能比，她如同进入了得天独厚的宝库，每天都要看上一两个时辰才回去，运气好碰到老御医令宋德方，便向他虚心请教。宋德方一来知她深受太后宠爱无法拒绝，二来常被她一些独到见识吸引，再加上她聪敏好学，痴迷医术，一老一少谈得无比投机，渐成忘年之交。

但今日宋德方却不在，卿尘自己拿了卷《古脉法抄本》正看得入神，突然听到身后有人低声叫道："凤主。"

以"凤主"相称必是冥衣楼之人，卿尘诧异回头，这一看，却意外道："莫先生？"

身后，曾经总领钦天监、被称作天朝星相第一人的莫不平，捋着颔下五柳胡须正笑眯眯地看着惊讶的她。

时值正午，整个御医院悄无声息，卿尘将书卷合上，看着莫不平，疑惑不语。

莫不平手底翻出一块紫玉牌："属下见过凤主。"

见了那天枢玉牌，卿尘方相信眼前的莫不平就是冥衣楼的冥玄，之前在心中呼之欲出的疑惑迎刃而解，低声道："居然是你，莫先生，你竟瞒了我这么久！"

莫不平含笑欠身："凤主之前也未曾相询。"

这话说得倒在理，卿尘挑眉问道："你怎么来了这里？"

莫不平答："属下曾任钦天监正卿祭司，得陛下特许可随意进出皇宫。再者和宋德方相交多年，来御医院也在情理之中。"

"你既是钦天监正卿，又如何会和冥衣楼扯上关系？"卿尘为避人耳目，起身同他往御医院深处而去。

莫不平道："冥衣楼虽出身江湖，但自始帝开国之后便归附了天朝，历来只听命于夜氏皇族。"

"哦？"这个卿尘倒是从未听说过，"那么说，冥衣楼现在的主子是陛下？"

莫不平神色中带了些许肃然："不，现在的冥衣楼依旧效忠于先帝。"

"穆帝？"卿尘不由得微微扬眸，"愿闻其详。"

莫不平知她对冥衣楼尚不了解，自解决了跃马桥之事后似乎更加没有兴趣，便解释道："凤主有所不知，实际上冥衣楼自天朝开国始，便一直是监督皇权的秘密组织，从来只效忠于帝后，一旦皇族之中出现异常，便是冥衣楼行使职责之时。"

卿尘不想冥衣楼竟是这样的背景，微微沉默后，干脆问道："简单些说吧，冥衣楼找上我，要干什么？"

"凤主真是痛快人。"莫不平对她的聪慧利落一直十分欣赏，道，"不是冥衣楼找上凤主，是凤主找上冥衣楼，或者属下相信，是先帝托付了凤主。"

卿尘对他的措辞感到奇怪，忍不住提醒他："先帝已经归天多年了。"

"二十四年。"莫不平答道，"当今陛下弟承兄业，登基整整二十四年。"

"然后呢？"卿尘问。

莫不平自怀中取出一个小包，打开来送到她面前。

卿尘一看，居然是一截人骨："这是……"话未说完，又"嗯"的一声，眼中露出凝重的神色，凑到那骨头前仔细看了看。和普通的人骨不同，这骨头依稀发出一种青灰色，她伸手自怀中取了一包银针，挑出一根微微用力插入那骨头中，再拔出来时，银针已成了淡淡的黑色。

"这是穆帝的遗骨。"莫不平沉声道。

好大的胆子！卿尘神情一敛，抬头道："你们偷入穆陵，把这个盗了出来？"

"虽是大不敬，却亦是不得已而为之。"莫不平眼中闪过一丝精光，"凤主对此有何看法？"

卿尘接过那遗骨，细细察看，沉吟稍会儿："如果我没猜错，这是一种慢性毒。你的意思是先帝……"

莫不平点头："不错，那么凤主可知是何人下的手？"

卿尘盯了莫不平半晌，叹气道："问我？要我猜，最大嫌疑唯有……"说罢抬头，看了看天帝理政起居的致远殿。

莫不平亦将目光投向致远殿："他若是正常登基，自会知道如何掌控冥衣楼，但这么多年过去，冥衣楼从未见过有人持皇族信物前来接掌，反而屡遭剿杀，以致先楼主下落不明。所以冥衣楼要做的，是辅佐正统皇族登基，而绝不是效忠眼下之主。"

卿尘略一思索，问道："难道先帝还有血脉在世？据我所知，先帝膝下子嗣单薄，虽余有两子，但已于圣武十年和十五年先后过世。若陛下是弑兄登基，那你所说的正统皇族又指何人？"

莫不平没有立刻回答她，反而道："凤主是否和凌王很是相熟？"

卿尘看了他一眼，不知他何出此问。夜天凌和十一对她来说，是来到这个陌生世界时最初的相识，亦曾共历生死，性命相交，这其中的感情无法言喻，更甚至有一点亲人般的依赖，这和任何人，都不一样。

"要说熟也未尝不可，他救过我，是以比起其他人特别一些。但真要说熟，倒不如说我和湛王熟些，我在湛王府中住过许久，这你知道。"

莫不平点头："那凤主看好凌王还是湛王？"如此敏感忌讳的话题，自他嘴中说出却自然而然，毫不为奇。

卿尘睫毛下的阴影微微一动，似是一抹笑痕轻掠："我记得你曾说过，湛王尊贵不止于此。"

莫不平微愣，不想她提起此事，被那清灵目光一扫，他忍不住低咳一声："凤主莫打趣属下了。"

"莫先生不是我朝相术第一人吗？难道看不出天命所在？"卿尘唇畔笑意淡淡，"不过你若想听我的意见，我看好太子殿下。"

莫不平停了脚步，她也站住："太子夜天灏，文才武功足以治国平天下。就地位、政绩、人缘、性情、实力和陛下的恩宠，现在还没有哪个皇子能够替代，所以，我看好太子。"

莫不平叹道："可惜龙子龙孙皆非凡种，诸位皇子却未必甘居其下。"

卿尘静垂的广袖随风一掠，淡然道："这与我何干？"

莫不平道："凤主是冥衣楼楼主。"

微风拂面，卿尘抬眸，眼底清澈仿佛一缕阳光映在了微缩的瞳孔中，瞬间被那幽静的黑色吸了进去，她笑道："那么你的意思是，让我带着冥衣楼出师勤王废了夺位的天帝和目前的太子，让你所说的正统皇族登基即位君临天下？"

大逆不道当诛九族的话，像吃饭喝水一样自她嘴中说出，就连莫不平也着实有些受不了她的坦白，干咳了一声："咳，凤主。"

"不是吗？"她凤目中淡淡闪过光华，"你知道，我不太喜欢拐弯抹角。"

莫不平和她在御药房前遥遥站住，承认道："这是冥衣楼的责任，凤主是整个冥衣楼认可的主人。"

卿尘安静地站着，云清风冷，举目天色无际。正午的阳光似乎太过耀目，将无数秘密接二连三透露出来，曝晒在冬日干冷的空气下，片片无声地陈列，覆盖着足以惊天动地的波潮。她并不想在这时做什么决定，于是话题一转，问道："冥赦的事处理得怎样了？"

莫不平道："属下这次进宫最重要的便是这件事。"

"说吧。"卿尘道。

莫不平道："天玑宫一向总掌冥衣楼财政，冥赦背叛总舵，暗地里将楼中财产挥霍大半，我们看到的账，多数是他伪造而成，真正所余不足两成。他是知道总有一天难逃败露，方才铤而走险。"

卿尘淡淡道："他恐怕还不甘心屈身于你和谢经之下吧。"

莫不平沉默片刻，长叹一声道："二十四年前天朝皇位更迭，先楼主察觉有异，一直暗中调查此事，不料冥衣楼忽遭不明势力剿杀，几经重创，十余年前先楼主亦突然失踪，楼中一片大乱。属下深受先帝与楼主重恩，费尽周折收拾乱局，四处查找楼主下落并调查先帝突然驾崩的原因，对楼内诸事多有疏忽，管束不严，使得冥赦趁机惹下大祸，实在无颜面对先帝与楼主。"

卿尘忽然间心思一动，似是有浮光掠影般的记忆自心海中一掠而过，仿佛轻羽点水，

转瞬消泯。那一刹那，她感觉依稀记起了一人盘膝而坐的画面，年幼的少女跪在床前，仰首微笑，画面里幽暗的灯火和那女孩纯净的目光如水展流，在记忆最深之处，激起一圈圈波动的涟漪。

她不由停下脚步，轻抚额头："先师……先师似乎提过……"

下意识喃喃低语，却让莫不平目光一震："凤主？"

卿尘微微抬眸，神情瞬间恢复了清醒。但她已断续记起了一些事情，那是曾属于真正"凤卿尘"的经历，在灵魂交替的时候以某种奇异的方式注入她的神思，若隐若现，看着现在的自己。

那神情忧郁的白衣人，女孩对他莫名的敬畏与依恋，那些淡淡话语，传授教导，她因先天不足而无法修习武功，但学到了最好的医术、神妙的星相，还有那些奇门兵法。那人虽性情冷淡，却曾是天纵奇才，傲视江湖。后来她叫他师父，他在临终前殷殷嘱托，却始终不曾说出她的身世……

再往前的记忆如同浮冰入水，越来越淡，渐渐不再清晰。除了一剪剪凌乱的光影，隐约能见雕梁画栋的府邸，庭院草木，其他便是一片空白。

无论是凤卿尘还是宁文清，都已不可能再记起多年之前天都中曾经发生的血雨腥风。那曾经不安的朝局，黄袍加身的新君，相府中缜密的谋局，夜探机密的黑衣女子，不该存在的冥衣楼楼主。辅国重臣的陷阱，出其不意的暗算，白衣男子的救护，浴血拼杀的突围，以及那在混乱之中，睡梦之下，被当作人质带走、改写了一生命运的幼小女孩。

当那飘逸的黑衣在血光之中凋零，满身鲜血的白衣人悲伤如狂的目光，倒映在夜雨深处女孩漆黑的眸中，如一片散落的曼陀罗花……

那前尘的一切都再与凤卿尘无关，幼时的记忆已然泯灭，即便沿着相同的轨迹前行，所有的故事都已截然不同。

卿尘面对着莫不平的惊诧，略微垂眸，最终，也只是淡淡一笑："没什么，我只是想起一些事情。在其位，谋其政，说起来我这个冥衣楼楼主应该还有两件事没有做，冥赦此事若不能解决，我亦没资格当这楼主了。"

莫不平看了她一眼，知道有些事情她不愿说，即便追问也没有用，微微皱眉道："冥赦此举几乎掏空了我们的财力，冥衣楼内忧外困，局面艰难，凤主于此时担当大任，无论如何，属下等必将誓死追随。"

卿尘抛开那些凌乱的记忆，往日一切已是过去，于事无补，她要面对的是并不乐观的现实，她在心中粗略盘算，像冥衣楼这样规模的组织，运转起来当需一笔很大的费用，徐徐向庭前踱步而去："你去跟谢经说，四面楼和其他歌舞坊我所有的获利以后一并归入冥衣楼总账，牧原堂的善堂也暂且停了。若我估计没错，至少能够维持三个月，这些时日我会设法周转。从今日起天玑宫的职责暂由天枢宫代管，让谢经和素娘从旁协助，莫要再出差错。"

她平缓的话语中自有股淡定气度，从容果断，仿佛眼前困境指点之间自将迎刃而解。莫不平恭声道："属下遵命。另外还有一事想同凤主商量。"

卿尘微挑眉梢："何事？"

莫不平道："不知凤主是否听说过皇族宝库的传闻？"

卿尘道："略有耳闻，一些老宫人经常闲聊此事，但似乎也都是传说而已，无人知道确切的情况。"

莫不平道："并非只是传说，皇族宝库确有其事。这个秘密一直由冥衣楼负责守护，历代相传，以备不时之需。"

卿尘心念一转，立刻道："如此说来，既有宝库在手，冥衣楼现在的困境岂非不成问题？"

莫不平道："话是如此，我也正是因眼前的困境才想到此事，但开启宝库需要一串紫晶石雕琢而成的串珠，这串珠却并不在冥衣楼手中。"

紫晶串珠？卿尘眼底轻轻掠过微光，追问道："那在何处？"

莫不平将声音略微低下："莲池宫，属下查了很久，先帝当年并没有将此物交给敬惠皇后，而是赐给了当时还是贵人的莲妃娘娘。"

卿尘修眉淡蹙，十分不解："怎么会是先帝赐给莲妃娘娘？"

莫不平道："莲妃娘娘曾是先帝的宠妃，当今天帝即位后，先帝所有妃子依律削发送至千悯寺礼佛，唯有她留在宫中，晋封为妃并于圣武元年诞下了皇子。"

卿尘沉默着跨过一道侧门，往前走了一会儿，忽然伸出只手在莫不平面前，用手指在掌心写了个"四"字，然后抬眸以问。

莫不平看着她，唇边皱起笑纹："凤主聪慧，但属下也只是猜测，尚未证实。"

卿尘缓步踩在青石砖上，看着红瓦宫墙上露出的蓝天，一串她想要的紫晶石，一个帝王的驾崩之谜，一脉皇族混乱的血统，从江湖到庙堂，这潭水竟越来越深了。

第二十九章　　玉洁冰清冽寒深

　　腊月微雪、百花尽偃的时节，延熙宫东苑却有几株一抱多粗的素心蜡梅开得甚好，玉质金衣、凌寒怒放，未进宫门便有梅香盈面，浮动于冬日静冷，沁人心脾。

　　今日朝中有事耽搁，夜天凌来延熙宫略晚了些，他却也并不急，只是缓步而行。

　　延熙宫的每一处都透着祥和与安宁，便是时至寒冬，万物萧索，宫中仍旧随处可见绿意。他依稀记得有些花木还是自己随太后亲手所植，其中便有不远处的一排忍冬藤，在天地清寂之时于朱墙苑影中攀挟着深碧的色泽，几分雪意反而成了陪衬，更显出这翠绿的醒目。

　　夜天凌脚下稍微停了停，一向冷淡的唇边略略浮出轻浅的弧度。微风偶过，薄雪细细地卷起一层风色，苑中蜡梅树微微一晃，数瓣清香落下，跟着飘来几点女子轻声的嬉笑。夜天凌转身往那边看去，只见有宫娥站在蜡梅树下，树上似是有人正在采摘梅花。

　　眼见玉色百褶长裙在枝头掠过，晃动梅香点点，碧瑶满是担心地仰头道："郡主，您还是下来，我去叫内侍们来折吧。"

　　细枝雪影间，卿尘一手提着个小小竹篮，一手扶着枝梅花，借着树下木梯，有些惊险地踩在平伸出来的花枝上，自旁看去，俏然立于一树玉色花影中，风过时衣袂飘摇。

　　随着修白的手指轻巧一动，便有几点蜡梅被她托在掌心，她不时低头和树下站着的碧瑶说话，见碧瑶提心吊胆，笑道："这么矮的树，你怕什么？自己采多有趣。"

　　碧瑶道："若给太后娘娘知道了，说不定便要挨数落。"

　　卿尘道："你不说，谁知道？若知道了，就是你说的！"

　　丹琼和卿尘一样也在树枝间，道："就是，姐姐不说，没人知道！"

　　碧瑶瞪她："就你话多！"

　　卿尘笑着又将几朵蜡梅收入篮中，抬头望去，这个方向恰巧正对着莲池宫。

　　她扶着花枝，透过斗角重檐遥想那座大正宫中唯一以后妃封号命名的宫殿，似看到莲妃绝色漠然的神情。这个幽美更胜清莲的女子，究竟在两代帝王数十年光阴中扮演了怎样的角色？自那日莫不平离开，她一连几天反复思量，还是难以决断究竟该怎么做。倘若一切皆为事实，这大正宫中的每一个人，岂非都将面临天翻地覆的命运？

　　正胡思乱想，突然听到下面碧瑶叫道："四殿下！"

　　她低头一看，夜天凌正负手站在树下，目光刚刚自莲池宫方向收回来，落至她的眼底，一抹异样的神色无声掠过。两人一上一下对视了片刻，卿尘被他看得有些心虚，面对那似能透穿心腑的目光，那些与他有关的秘密仿佛不知该藏往何处，怎么都逃不过他的眼睛，无所遁形。

　　夜天凌开口问道："在树上做什么？"

　　卿尘扶着树枝笑道："采蜡梅，你要不要？"说着俯身将手中一朵梅花托在掌心给他看。

　　夜天凌垂眸看去，那素黄的花瓣片片轻绽，其中细蕊分明，薄玉雕成般轻盈地衬着她柔软的手，带着蜡梅独有的醇厚香气。卿尘示意他抬手，手掌一倾，便将花朵放入他手中，他似是微微笑了笑，道："下来吧，上面危险。"

　　卿尘看看篮中："我才采了小半。"

　　夜天凌道："底下这么多，为何偏要采枝头的？"

　　卿尘笑着仰首："你看，那枝头的梅花和下面的不同，昨日雪前下了会儿冰雨，那几枝蜡梅是别样的呢。"

　　夜天凌随她手指的地方看去，原来高枝处有几枝梅花着了冰雨，天气忽冷便包裹上一层寒冰，此时自轻薄的阳光下看去，如同一件剔透的冰坠，高高挂于枝头。冰坠中偶尔闪过清透光泽，似给中心梅花镶上了晶莹的外衣，冰蕊含香，独具仙姿。

　　卿尘侧头微笑问他："好看吗？"

　　夜天凌目光自蜡梅的花间落在她清秀的脸上，停顿一下，方淡淡道："很美。"但却伸手示意，仍旧要她下来。

　　卿尘顺着梯子离开枝头，撑在他手上一跳落地，道："你今天来得不巧，太后午睡未醒，你若不急着走便等一等。"

　　夜天凌点头，伸手帮她压下花枝，卿尘自上面挑了几朵，道："换一枝，这样各去几朵，一树花还是疏密有致，便不会破坏原先的美。"

　　夜天凌道："怪不得你采得这么慢。"话虽这样说，他倒也不急，在旁随手攀着花枝，令卿尘去挑。

　　两人在几株树下走走停停，卿尘仰着头指点选取，夜天凌身形颀长，只一伸手便能触到她手不能及之处，不多时便又采了半篮，她笑道："你若早来，我倒不必麻烦了。"

　　夜天凌神情轻松，唇角隐约噙着丝淡淡的笑意："你要这么多蜡梅做什么？"

　　卿尘见花已足够，便同他一起往宫中走去："蜡梅清热解毒，顺气止咳，是很好的药材，还可以做成香料或用来浸水研墨。延熙宫中其实很多草木都很有用，你看那忍冬藤，它的花性寒、味甘，能治风除怅，消肿散热，取汁液敷面还可去皱驻颜。那两株白果树，其果实敛肺气、定喘咳，可以促进血液循环，减轻手脚冰冷麻木的症状，但不能多吃，因有微毒。还有些花木现在被冰雪掩了看不到，但都各有用处。"

　　夜天凌负手缓步，环视自幼便十分熟悉的宫苑，听她娓娓道来，竟如洞天别样，换成另一番风景。他今日似是格外空闲，待在延熙宫看卿尘摆弄采摘来的蜡梅，又一直陪太后用完晚膳。

膳后碧瑶她们呈上来几个岫玉小盏，卿尘道："这是用前日晒好的蜡梅浸水煮的茶。"

太后对夜天凌道："什么花草一经她的手就多出许多妙用来，如今我这里光花茶便有十几种。"

夜天凌道："早知如此，孙儿当初便该陪皇祖母再多种些草木。"

卿尘笑道："听说这延熙宫中竟有不少植物是殿下亲手种的呢。"侍女捧上清水净手，她一边说着，一边扭头向夜天凌望去，见他袖袍微微掠起，手腕上戴着一道黑色串珠，正是很久以前她曾见过的那串黑曜石。

那串珠颗颗透着深敛的光泽，沉稳而安静，卿尘看着他强而有力的手腕，一时间握着茶盏思绪万千。

关于九转玲珑阵，她曾详细问过莫不平。莫不平对巫族和九转灵石的来历倒十分清楚，只因冥衣楼本身便曾与巫族有着千丝万缕的联系。但自冥衣楼归附天朝后，巫族势力便慢慢抽身其外，如今近百年变迁，巫族一脉已然凋零，如今很难再见踪迹。对于她关心的移魂禁术莫不平也只是知有其事而不明具体，并指明所谓禁术必定是有违阴阳之理，逆天而行，其法门往往或残忍或诡异，是以才遭禁止，十有八九已然失传。

而九转玲珑阵更是从来没有人见过，那九转灵石于战乱之中多有流失，尚存于世间的则在始帝一统天下之后被收入宫中。对于这些说法，卿尘觉得事情似有那么一点儿进展，却叫人细思之下又心灰意冷，看来唯一能做的便是找到所有灵石串珠……她正看着夜天凌的手腕兀自出神，却冷不防听到夜天凌轻轻咳嗽了一声。

她惊醒抬头，太后正满含笑意地收回目光，而夜天凌眼中则带着几分探究与她对视。她心中有事，没精打采地抿了下嘴角，抱歉一笑，低头慢慢饮茶。夜天凌心下奇怪，待要问，碍在太后前不好开口，亦不知从何问起。

此后卿尘似乎情绪有些低落，并不像下午那样说说笑笑。夜天凌在旁看了看她，起身道："时间不早了，皇祖母早些歇息，孙儿明天再过来。"

太后点头道："卿尘，你去送送四殿下。"

卿尘一愣，夜天凌每日来去，从未要人送过，延熙宫如同他家，又不会迷路。但太后既吩咐了，她便依言陪夜天凌出去。一路未语，她神不守舍地低头走路直至宫门，见凌王府的侍卫已经候在那里，福了一福："殿下慢走。"

不料夜天凌却不动，她不解地抬头，见他正侧头看向自己，深深黑眸如若点漆，意味深长："什么时候多了这么多礼数出来？"他看似随口道。

卿尘将心中复杂的情绪暂时丢开，道："禁宫之中你总是凌王殿下，我若尊卑不分，只会给你我惹麻烦，四哥。"最后两字轻轻喊出，对他一笑，指着他手腕处，"对了，这个黑曜石最好戴在右手，方可驱邪避害，护佑平安。"

夜天凌抬了抬手："你方才是在看这个？"

卿尘点头："很罕见也……很配你。"

夜天凌剑眉微挑："这是父皇所赐，否则便送了你。"

卿尘知道天帝所赐之物不可随意赠人，便笑道："那我只有惦记着了。"

夜天凌神情带了几丝戏谑的意味："喜欢什么可以私下告诉我，以后别在人前愣神了。"

卿尘知道刚刚让太后看了个笑话，俏脸一红，嘟哝道："若是能控制得了，也就不叫愣神了。"

一丝笑意自眼底掠过，夜天凌站在阶前扭头看向灯火明暗的延熙宫，道："皇祖母最近精神不错，多年痼疾竟也减轻许多，说起来倒要多谢你。"

卿尘知他对太后极其孝顺，道："太后这么多皇孙，唯每日惦念你，也唯你每日都来延熙宫。"

"这儿清静。"夜天凌淡淡道，"我自幼随皇祖母长大，自然和别人不同。"

卿尘随口问道："为何不是跟莲妃娘娘呢？"

此言一出，顿时后悔，夜天凌原本清癯柔和的脸上骤然掠过一丝阴霾，眸底星子深寒，仿佛什么东西丝丝碎裂，不复再现。夜风带着初冬的寒意吹起衣袂，卿尘微微打了个寒战。整整半日里所有的轻松、闲暇忽而被风雪卷尽，一瞬间冬日又切实地占据了眼前。

夜天凌清冷的声音传入耳中："夜深天寒，回去吧。"言罢转身而去，寂寥的夜色下那天青长衫划出一道别样颜色，又转瞬和浓重的黑暗融为一体，消失在宫城深处。

卿尘怔怔地站在原地许久，一点点难过从心口生出，丝丝缕缕慢慢变成整片扩散开来。并非因他突然冷颜相向，而是看着他离去的背影和那一瞬间眸底的冰寒，她知道其实他只是用那无情去掩饰些什么，一些不能言表的疼痛无奈或是，孤独。

一时间卿尘有种冲动，想将心中所知的那些秘密统统告诉他，如果可以解开他心底的那个结，如果可以留住他眼中那抹清淡的柔和，她愿意去尝试。然而黑暗中已看不见他的身影，卿尘转回身去面对重重宫门，夜空如幕，钟鼓迟迟，偌大的禁宫深深几许，无声地靠近过来，逐渐笼罩了一切。

第三十章　　纵马击鞠奔月场

　　天朝幅员辽阔，疆土广大，自立国始边境虽常有兵戎之争，但亦与四域各国往来频繁，尤其与西北吐蕃最为密切。

　　圣武二十五年春，吐蕃赞普赤朗伦赞率王族子弟一行二百七十人东入天都。穆帝时下嫁吐蕃和亲的景盛公主离京二十六年后由儿子陪伴回朝，天帝降旨以长公主规格迎接，仪仗隆重浩大，乃是春暖花开之际天都一大盛事。

　　四月辛卯，天帝为景盛公主、吐蕃赞普设宴宣圣宫韶光殿。往年逢春秋两季，天都都有盛大的击鞠大赛，参赛者一般以军中将士为主，但自皇宗士族、文武百官而至后宫妃嫔亦皆可上场竞技，场面非常壮观，今年更是因吐蕃王族来朝格外热闹。

　　当日巳时，韶光殿击鞠场上早已立起两个金绘彩雕球门，其后以细鳞韧丝笼球，两旁各如雁翅般斜插一行明黄五龙旗。浅草绿茵的球场四周皆立金边绣旗，迎风招展，每隔十步有明甲禁军护立。主席之后设教坊乐队，四角高台皆陈红漆金铆大鼓，其中又各有八面双鸟长鼓排列场周四方。数名紫衣鼓手手执玉槌，单双滚击，大鼓之低沉与长鼓之高实，配合着教乐坊中舞娘腰间小鼓间插，击鞠场中气氛喧闹动地，十分热烈。

　　场中各队激烈竞逐，旁边数名禁中侍卫官身着红衣，手持偃月杆巡边拾球。天帝与太后、景盛公主于南面主台观战，东西两侧宴列三公九卿、妃嫔仕女及门阀宗族子弟，而吐蕃赞普赤朗伦赞却率了一支十人的击鞠队亲自下场，与各队较量。

　　击鞠之技原本便相传来自西地，吐蕃游牧民族，马匹骏壮，骑术精良，击鞠之技亦十分精湛。赤朗伦赞率众驰骋场上，东西突击，几场下来，天朝禁中御林军及神策营马球队竟先后输给吐蕃。

　　击鞠之戏，用兵之技，天朝自圣武朝以来兵事长盛，尤其与突厥常年交战，轻甲骑兵无往不利，军中向来以击鞠训练士兵骑术及马上砍杀技巧，三军将士多善此技，如此接连败北，莫说天帝，在场众人皆十分气闷。

　　场中欢呼再起，赤朗伦赞一球透门再胜神御营。卿尘随太后在天帝身旁，只见天帝眼中略有深沉，侧案处夜天漓已哐地将酒盏一顿，双拳紧握，几乎便要拍案而起。

　　此时她忽然见夜天凌略一仰头，将酒饮尽，随手置盏于案，扭头和夜天湛对视了一眼，双双起身至天帝面前，道："父皇，吐蕃球队技艺精湛，赞普远道而来不能尽兴未免遗憾，儿臣们想组支球队与之切磋一下，还请父皇恩准。"

　　太子在旁微微一笑，看似书卷气十足的俊面上掠过英朗："四弟与七弟所言甚是，儿臣亦有此意，请父皇恩准。"

天帝点头道："如此甚好，你们便随太子下场击鞠。"

太子妃却闻言轻呼道："殿下……"

太子轻轻皱眉，回头看了她一眼，天帝眼光扫去，以目相询。

却听夜天凌道："殿下前日射猎不慎伤了手臂，御医嘱咐应当静养，恐怕不宜做此剧烈运动。"

太子妃低声道："还望殿下保重。"

夜天湛笑道："父皇，此等小事自有臣等替父皇和殿下分忧，何须殿下亲自下场？"

天帝于是挥手令太子回座，问道："你们要如何组队？"

夜天凌邀了夜天汐、夜天溟同十一、十二两兄弟，道："儿臣只需兄弟六人。"众仕女宫娥见几位皇子亲自下场对战吐蕃，纷纷笑闹招呼，争相往前去看。卿尘与鸾飞一同坐在太后身边，见她亦面露惊喜，神采飞扬，目不转睛地看着球场。

过不多会儿，再闻金鼓雷击缓缓作响，夜天凌率诸皇子换了骑装，策马现身场中。但见夜天湛等五人皆着云白武士窄衣，银纹紧袖收腕，足蹬乌皮长靴，手持红漆偃月球杖，唯夜天凌引马当前，以金箍束腕，手中球杖亦为金漆。

广阔球场上，各有白驹黄骢、紫骝青骥、赤骅黑骊。卿尘凝眸遥遥看去，同是一色白衣，于他们兄弟身上却显出不同的风神。凌王之冷，汐王之稳，湛王之雅，溟王之魅，十一之俊，十二之狂，各具其色，与吐蕃粗犷之风迥然而异，无怪乎身后仕女们窃窃私语，嬉笑相争，大有眼花缭乱之势。

夜天凌虽率众上前，却并未立刻开赛，反对赤朗伦赞道："赞普与球队刚刚赛完一场，不妨休整片刻。"

赤朗伦赞笑说："多谢殿下美意，方才休息已然足够，可以开始了。"

"好。"夜天凌与他相对一笑，各尽其礼，淡淡道，"赞普请！"

双方策马入场，依礼仍由吐蕃开球。数十面金鼓隆隆击响，声势震天，场中诸人目光炯炯，座下骏马突突打着响鼻，已是兴奋难耐。

赤朗伦赞驭马当先，起手挥杆，明漆七宝球在空中遥遥化作一道弧线，直击对方门前。随着众马兴奋长嘶，鼓声大作，场中呐喊声、马蹄声混作一团，杂沓扬尘，拉开大战。

赤朗伦赞击球而出，即刻打马进击，数骑左右随上，正是吐蕃善用的快攻之术。

夜天凌手中金杖轻挥，兄弟六人快驰之时分别各据一方。赤朗伦赞定睛看去，却是一、二、二、一棱形阵势。此阵攻守皆宜，行动迅捷，乃是初时交锋最佳阵形，便知遇到了对手。

果然短兵相接，吐蕃立刻有数名队员被阵中四骑截下，而他身旁黄骢一闪，夜天汐策马紧逼，阻他攻势。

球落之处己方接应，正有三人打马攻球，却见一柄金杖横空而至，一晃穿入吐蕃队员杖下，倏忽如同修月金光，将球断下当场，再见数柄杖前划出一道利落金弧，彩球高飞直落中场。

夜天凌断球之后纵马飞驰，梭阵立刻变守为攻，化作锋矢阵形，射往吐蕃球门。

赤朗伦赞大喝一声："好！"与吐蕃队员反身追击。

马球落处似众矢之的，争逐时一匹黑马以迅雷不及掩耳之势断开两名吐蕃队员，正是夜天漓冲入对手阵中。

红杖轻划，夺球而下。那球在他杖头略停，晃过一人阻挡往前飞送。

十一恰在此时纵马门前，但见他英挺身姿于马上忽而侧俯，尚未待球落地，嗖地一杆漂亮长击，马球应声擦着对方守门官的衣角破门而入。

这一瞬间球过全场，连转三人一气呵成，快得几乎叫人不及反应，观战诸人似乎都愣了片刻，才猛然爆发出动天欢呼。

十一和夜天漓双杖相击，痛快一笑，他们甫入球场便以快攻破吐蕃球门，使得天朝众人士气大振，擂鼓声中摇旗呐喊，一时久久不息。

场中战事却不停顿，吐蕃败而不馁，合军反攻，天朝一击得手，迅速回防。

夜天凌驾驭风驰，快如闪电，金杖之下阵化偃月，吐蕃凌厉的攻势如遇铜墙铁壁，顿时一滞。

赤朗伦赞再次带球前攻，却被夜天汐如影随形俯身拦阻，他左右突击，忽而横杖一扫，球随杖出，传往己方队员马下。

却见马侧白影闪来，夜天凌不知何时忽至近前，再次断球。其后夜天湛同夜天溟即刻并骑随上，接球进攻。夜天凌白马迅疾，与夜天汐双杖交架，赤朗伦赞顿时被挡在阵后。

只见球场上吐蕃队员纷纷合围之中，明漆彩球贴地滚动，穿花乱眼，在夜天湛和夜天溟的球杖间往来交纵，配合得天衣无缝，瞬间跨越半场。

临至球门，他两人却忽然驰马逼开拦阻。夜天湛回身前球杖从容一钩，彩球应手前去，在他翩翩如玉的笑容中，其旁凌空一道黑影飞跃而来，半空里红光电闪，一杖划过，那球携着风驰电掣之声，以强劲之势吊角入门，正是夜天漓全力一击。

这球进得煞是漂亮，卿尘在观台上忍不住暗喝一声彩，身后宫娥更是齐声惊叫，击掌俏呼。

夜天漓高举球杖纵马奔驰，对她们这边遥遥致意，惹得众女子笑闹一片。他与十一兄弟两人本就较为相像，此时并骑场中快如风影，看上去更加不易分辨开来，只听众女子频频争论：

"十一殿下又进球了！"

"分明是十二殿下！"

"骑黑马的是十二殿下！"

"刚刚进球的是十二殿下！"

"骑黑马的是十二殿下！"

"刚刚进球的是十二殿下！"

说着说着便混乱不清，鸾飞忍不住回头笑道："刚刚进球的不就是骑黑马的十二殿下吗？都糊涂了？"

两个宫娥"哎呀"一声笑成一团，太后及天帝等亦难耐笑意。一时间观台之上笑语连连，春光溢彩。

卿尘突然玩闹心起，悄声对鸾飞低语几句，鸾飞抿嘴轻笑，回身招呼了几个宫娥过来吩咐了什么。场中人声马嘶争击如战，这边观台上忽有女子们齐声喊道："十一殿下，加油！十二殿下，加油！"娇声脆语，彩衣飘飞，闻之如珠玉齐鸣，观之如百花怒放。教乐坊不失时机地鼓乐大奏，顿时将击鞠场中热烈的气氛推上一个高潮。

卿尘笑倚在案上悠悠然看着十一和夜天漓一瞬愣愕，接着先后露出阳光般的笑容，双双挥杆回应。绿茵翠碧，春风明媚，美人如玉，儿郎英气，好一番相映生辉。

偶尔转眸间，她突然发现一众妃嫔中莲妃漠然地坐在落英点点的宴席前，神情冷淡地看着如火如荼的赛场。场中所有的华彩纷飞、绚丽激烈在她冰雪般的眼底都悄而无声化作了苍白。她便如同一抹幽凉，清冷落于天朝一壁繁华江山，三春暖阳亦无法融化她的神情，青天白日在其中支离破碎，落下微薄的声息。

卿尘在莲妃和夜天凌之间轻轻转过眸光，似觉得一缕薄冰化开暗凉，渐渐浸入心间，那一瞬间，似乎有心疼的感觉浮现，让她默默蹙起了眉心。

此时场中奔星追月，长楸走马，吐蕃亦在赤朗伦赞的带领下进了两球，一时两方平分秋色。击鞠以五球定胜负，余下一球至关重要，先得者胜，两队球员攻守中人人神色凝重，无一懈怠。

双方皆是乘骑精熟，驰骤如神。天朝这方一直凭夜天汐紧身相随固锁赤朗伦赞攻势，以十一和夜天漓为前锋驱驰快攻。吐蕃似乎已然察觉，亦派两人紧盯十一和夜天漓，彼此皆不相让，渐成胶着之势。

此时吐蕃队员将球传至赤朗伦赞杖下，他快速带球正欲抢攻，却被夜天汐当头拦截。便在他驱杖躲避之时，一支耀目的红杖忽而横入眼前，电光石火的一瞬，那球已被此杖带去。夜天溟细长的眼眸妖魅般闪过，青骥快马东西驱突，已如利剑般插向吐蕃球门。

夜天溟甫一夺球，观台之上的女子们立时为他欢呼助威，四面鼓声急响，似将天朝迅猛的进攻不断推进。

但见吐蕃球员左右夹攻而上，两支球杖交错而来，直击夜天溟杖前，竟欲以蛮力强行阻止。

夜天溟眼中异芒暴涨，手下红杖带球不缓，只听咔的一声摩擦闷响，在他球杖错绞之时，对方球员长杖竟脱手而飞，直往另一人头上飘射而去。

在场众人尽皆大惊，却有一柄金杖破空扫过，那球杖猛然受阻，在金杖之上疾绕一圈，下落时被夜天凌抬手抄中。

人人都松了一口气，夜天溟细眸长眯，阴鸷的目光扫向那吐蕃队员，两方皆有些恼火，台上的天帝脸色微微一沉。

夜天凌纵马上前，与夜天溟擦身而过时淡淡看了他一眼，上前将球杖还与那吐蕃队员。赤朗伦赞用藏语对那人呵斥一句，夜天凌转身时几乎与他同时道："抱歉。"

赤朗伦赞含笑一礼，夜天凌略微点头，小小变故就此揭过。比赛并未因此中断，夜天凌金杖当中号令，天朝队中迅速合拢成车悬阵势，攻守合一，滚滚推动，往吐蕃门前紧逼而去。

吐蕃队员全线回防，夜天溟带球送入夜天湛杖下，夜天湛于马上轻侧俯身，驰纵之间浅笑温文，手中球杖如附鬼神，那球便像黏在半月一端，贴着地面灵巧趋避长驱直入，一连越过数道障碍。

待到球门之前，赤朗伦赞摆脱拦截，驰马弯腰举杖来断。夜天湛忽而微微一笑，作势攻门，球杖划了个半弧在球前一落，竟出其不意向往后击去。

赤朗伦赞不由一愣，夜天湛这一球竟如长了眼睛般，精确地落入己方阵势中心。夜天凌猛带缰绳，风驰长嘶声中前蹄腾空，但见他立马挥杆，一道耀目金芒之下，那球如流星乍现，在长空下划出一个完美的弧线，高高越过数名队员头顶，飞往吐蕃球门。

夜天凌一击之后，手中金杖傲然举起，似已料定此球必胜。

风声穿过彩球镂空的花纹，带出入耳轻啸，吐蕃守门官飞身扑球。那球自他身边一闪而过，嗖地擦着金雕门柱破入门中，门后丝网被球上力道猛然撞出，悠长地回荡一下，彩球静静滚落草地之上。

五支红杖同时上举，搭上夜天凌高擎的金杖，四面观台轰然爆发出惊天动地的欢呼。

金钟长鸣以示胜负分出，天朝球队拔得头筹。

"哈哈！"赤朗伦赞打马近前，高声笑道，"殿下好身手！痛快痛快！"

夜天凌亦在马上抱拳道："赞普承让。"两人场上一番较量，语中竟都有些惺惺相惜之意。

赤朗伦赞带了吐蕃队员回席，夜天凌与五位皇子在天帝席前下马复旨，天帝龙颜大悦："凌儿今日做得很好，朕心甚慰，该当重赏！"

夜天凌面色平静，淡淡道："兄弟齐心，其利断金，这场球是必胜的，儿臣不敢居功。"

天帝笑道："说得好，朕有子如此，我天朝必将百世兴盛！"

第三十一章　花令缤纷各自春

赐酒之后，天帝令众皇子归席，与吐蕃赞普继续宴饮。教舞坊献上新演练的胡歌鼓舞，席上觥筹交错，斗酒愉乐。

过不多会儿，待歌舞结束，四周忽闻鼓声再起。众人皆停杯张望，只见场中几道红绸突然高高吊起一个铜镜大小的雕花金球，与此同时，场外一匹赤骦锦鬃马奔驰而来，马上有一骑装女子于疾驰之中弯弓搭箭，箭去如风，正中金球。

金球遇箭而裂，化作两串金花迎风飘落，那女子还弓身后，竟脱开缰绳俏生生立于马背之上，双手一伸，准确地抄中半空落下的花朵。

众人惊赞声中，只见她驰至主台之前马速渐缓，轻盈翻身，下马将一串金花托起，送至赤朗伦赞面前，娇声笑道："听说吐蕃有以哈达敬献贵客的风俗，我们天朝也用花环欢迎赞普东来中原！"

赤朗伦赞微笑受了她一礼，她转身再对景盛公主献上花环："欢迎公主回朝！"

殷贵妃随侍在天帝身边，此时笑道："原来是采倩这丫头，就她古灵精怪的花样多。"

天帝亦笑说："嗯，骑术箭术都很不错。"

殷采倩道："陛下，咱们天朝男子驰骋潇洒，女子也不输于人，采倩想借击鞠场地为陛下和赞普表演射花令，以助酒兴！"

这射花令是士族子弟闲暇时常玩的游戏，融合了箭术、骑术、击鞠和文字词令于其中，也是十分有趣。天帝道："光是游戏不行，朕命你们也比试一场，你觉得如何？"

殷采倩道："那便是双队抢令，采倩遵旨！"

天帝问道："你想邀谁和你抢令？"

殷采倩略一思索，扬眸道："登山要登高山，比赛要寻高手。"说着她上前几步在夜天凌身前一拜，"四殿下的箭术在军中是数一数二的，采倩斗胆，请四殿下赐教！"

夜天凌微微一怔，场中声息哗然，顿时议论纷纷，谁也未曾想殷采倩竟敢向凌王叫阵。

夜天凌坐于席间，在她说完之后略静了静未曾回答。殷采倩杏眸明亮，灼灼逼人地抬头看向他，光彩飞扬的深处略有一点儿羞喜。夜天凌深邃的眸子和她淡淡对视，其中只是无底似的幽黑。

太后见状问他道："凌儿，人家向你叫阵了，你还不快应下？"

夜天凌闻言，方站起来对太后轻轻躬身，淡声道："孙儿遵皇祖母命。"眼光一抬，却正落在卿尘身上。卿尘也恰往他处看来，与他目光相触的瞬间唇角似有些许笑意浅影，在阳光下清透浮过，转而消失在眉梢眼底。

　　鸾飞手指叩了叩身前长案，突然低声对卿尘道："姐姐，咱们下场杀杀她的威风去，不能让殷家太得意。"

　　卿尘听她如此说，微微挑一挑眉梢，问道："你想要和四殿下组一队？"

　　殷家与凤家相互试探较量，已非一日之事，凤鸾飞同殷采倩向来不和，自然不会让她在此独占风光，如今要借凌王的强势，压制她的彩头，点头道："没错，这正是好机会。"接着对太后轻声道，"太后娘娘，射花令没有好配合可不行，我和姐姐去帮四殿下可好？"

　　卿尘颇为无奈，却也暗思鸾飞聪明，借太后懿旨行事，谁也没有话说，况且队中有夜天凌这样的高手，几乎亦是稳赢的局面。果然太后听了便允了她们。夜天凌此时已上马入场，似并不在意与何人搭档，只对她们点点头，静候殷采倩那边邀人出赛。

　　观台之上，殷贵妃恰对夜天湛看过去，夜天湛微微一笑，长身而起："男少女多也没意思，不如我与四哥一起陪她们玩两局吧。"

　　他笑意润雅，话说得在情在理，但如此一来，众人多少都觉出了些别样的意味。此时天帝似是随意道："灏儿，你下场与湛儿他们一队，凌儿箭术厉害，别让他们受欺负。"

　　此言一出，殷贵妃脸色微变，凤衍亦是神情一动。太子有伤在身，天帝却依旧如此安排，生生压了湛王一头，其中深意耐人寻味。

　　太子道："儿臣遵旨。"便在太子妃满是担心的目光中起身入场。

　　殷贵妃面上神情转瞬即逝，即刻笑道："陛下，看着他们竟叫人想起年轻时候，那会儿咱们也常玩这射花令的游戏呢。"

　　天帝神情淡缓，道："朕记得当初你可是射令的高手。"

　　殷贵妃道："臣妾还不是常常输给陛下？"天帝笑而不语。

　　卿尘手抚云骋鬃毛，远看着形势微妙变化，好好一场游戏弄得如此复杂，既觉无趣又有些好笑。她含笑侧首，意外看到夜天凌唇角亦泛起一丝讥诮冷笑，在她目光落去时他突然转头，两人都在对方笑谑的神情下一愣，随即不约而同地微微扬眉。

　　鸾飞见对方定了人，便道："我猜他们一定是殷采倩射令，七殿下抢令，太子殿下接令，咱们这儿如何应对？"

　　射花令的游戏素来是每队三人，场中四周高吊多个击鞠用的镂空彩球，每个彩球下挂着一道金牌，牌上书有不同的花令。场外先由令官给出花令首句，射令之人便要据此射下对应的彩球，彩球落地，第二人随即跟上抢令。射失或射错的一方必须对出花令的下句才有资格去抢，抢令时用击鞠的长杖，要以最快的速度将球传给接令之人，如此击鞠的快和巧就十分关键。接令之人徒手接球，最重要的便是马背上的身手要好，但接令之后若连不上尾句，还是要将彩球拱手让人。如此环环相扣，每一环节都讲究配合默契，考较典故诗词，最后依据所获彩球数量，多者胜出。

　　卿尘曾在宫中玩过几次射花令，想了想道："四殿下是定了要射令的，我们两人需得扬长避短，马上俯身接物我并不是很擅长，不如由你来接令，我的马快，对七殿下击鞠的手法也比较熟悉，便来抢令好了。"

鸾飞悄声对她笑道："太子臂上有伤，姐姐是让着我呢。不过七殿下击鞠之技虽十分厉害，但对姐姐也定会让上三分，咱们赢面颇大。"

卿尘轻轻瞪了她一眼，忽然感到身旁一道深邃的目光落来，看去时，见夜天凌黑眸之中微亮的光瞬间扫过，听他淡淡道："待会儿跟紧我的马。"说罢率先策马入场。

对方的安排果然如鸾飞所料，夜天湛见对手是卿尘，似乎并不意外，依稀轻叹了口气，于阳光之下微笑俊雅，朗目如春。

吐蕃众人倒是从未见过射花令的游戏，人人拭目以待。只见早已备好的彩球经红绸拉动开始旋转，边鼓三通之后一声金钟玉鸣，随着令官高声吟道："誓挥铁骑破千城。"场中骏马轻驰，两道箭影同时激飞，彩球应声落下，偃月长杆前后竞逐。

但见碧草飞花，彩令缤纷，快马时羽箭电射，球飞处长杆奔月，中有轻衫如玉，频频妙语连珠，直看得人眼花缭乱，目不暇接。

殷采情敢向夜天凌挑战，箭术果然不凡，轻快精准，虽先被夜天凌压了一筹，却始终紧追不舍。卿尘驾驭云骢，紧紧随在夜天凌身旁，三箭之后，她便感觉到夜天凌每射一球必定分毫不差地落于她马前，力道控制之巧叫人惊叹称奇。

随着花令越转越快，场中众人马速渐急。每逢射令，风驰、云骢并驾齐驱，如风云电逝，流光轻闪，场外只能看到两道白影倏忽疾驰形影相随，踏风腾云，浑若一体，忍不住纷纷喝彩。

鸾飞在旁马快人俏，与太子左右周旋，紫衣黄衫各擅胜场，明媚高华交错风流。一旦卿尘得球，她即刻上前接应，驰马俯身，裙带飘摇，如同彩蝶穿花，香风飞掠，已将花令抄在手中。

如此对方连失两令，卿尘再接一令，忽而觉得手下吃紧，身边人影微闪，夜天湛倜傥微笑出现眼前，球杖已电闪般触往球身。

卿尘知道他带球的技术十分了得，球一旦到了他杖下便绝难夺回，长杖斜带抢至球旁。谁知双杖相交，夜天湛杖上便如生出黏力，卿尘把持不住，球杖几欲脱手。夜天湛却抬手一送，竟于错身瞬间将球杖重新递还与她。

卿尘愣愕，见夜天湛俊眸中似盛着愉悦春光，微笑示意她继续，她心中生出些异样感觉，亦对他报以浅笑，手下球杖却避开，这一令不再争击。

"万点春，一枝秀。"

双箭轻啸，几乎同时射中花令，彩球坠落，卿尘和夜天湛难辨胜负，同时吟出下句："千秋岁，燕双飞！"杖出双月，横空送球，鸾飞与太子跃马腾空，抢上近前，便是最后输赢。

不料高处双箭相交，殷采情不敌夜天凌箭上力道，原本应该落至场外的羽箭竟改变方向飞坠场中，坠落之时力道未衰，竟恰恰击在鸢飞马首。

那马受惊失蹄，电光石火之间，太子马速骤然加快，抬手已将鸢飞抄住，回臂一带，鸢飞借势松开缰绳，轻如飞燕般落在太子马前。她惊魂甫定低头一看，手中竟正握着那飞来的花令，忽而扑哧一笑，美目盈盈望向太子，将花令奉上："殿下赢了，鸢飞认输。"

太子接过花令，抬手时似有些吃力，微皱了皱眉，却于低头处含笑看了鸢飞一眼。

殷采倩与众人纵马上前，十分不悦地瞪视鸢飞，眼中颇含敌意。鸢飞却视而不见，只笑着对太子称谢。

如此一来，双方便以和局告终，赤朗伦赞虽是外族，但本身精通汉文，一向仰慕天朝文化，这场花令让他大开眼界，遂命侍从倒了数盏烈酒，亲自敬与六人。

赤朗伦赞先干为敬，太子与夜天凌等举酒还礼，三口饮尽。鸢飞和殷采倩多少也都有些酒量，亦先后将酒喝干。

卿尘自一次醉酒后知道自己不能饮酒，接过这大盏烈酒后十分踌躇，勉强喝了一口，酒液似刀，入喉劲呛，如烧如灼。先前半日奔马疾驰，她本便觉得有些心慌，烈酒便似添柴加薪，自腹间烧上来直逼胸口，不禁暗自皱眉。

但照吐蕃礼俗，拒绝第一盏酒极为失礼，她见赤朗伦赞正看着自己，当着两国文武大臣无论如何退却不得，心下一横，便准备将酒喝下。却不料身旁有人突然抬手，却是夜天凌挡了她的酒盏："赞普，清平郡主不善饮酒，依我天朝之礼，这盏酒可由他人代饮，不知赞普意下如何？"

赤朗伦赞亦看出卿尘勉强，笑道："入乡随俗，殿下请！"

卿尘对夜天凌感激地一笑，夜天凌接过她手中酒盏，仰头干尽。赤朗伦赞喝道："好酒量！"吐蕃人以酒交友，坦诚豪爽。方才击鞠之时他便十分欣赏夜天凌，转身复命倒酒，抬手道，"我再敬殿下一盏！"

夜天凌面不改色，亦不推辞，接过酒盏对赤朗伦赞微微致意，再饮而尽，照杯一亮，四周吐蕃勇士哄然叫好，无不佩服。

赤朗伦赞十分高兴，以手按胸对天帝道："陛下，酒烈情浓，吐蕃与天朝情同兄弟，愿结永世之好！"

天帝龙颜大悦，率群臣举盏，与吐蕃宾客共饮，以祝两国交好之盛事。

第三十二章　城深血泪故人心

趁着四周喧闹，卿尘悄悄起身离开了宴席，独自往韶光殿内苑深处走去。

今天内侍宫娥们多数都在前殿，后面人静声稀，唯有成片的樱花层层簇簇绽放，如云霞织锦，落英缤纷，于芳草鲜美的山石湖畔处处显出热闹的姿态。

她慢慢走至临湖的樱花树下，或许是方才活动得太剧烈，现在心头狂跳不止，几乎便要破腔而出。那口烈酒却滞在胸口，令人觉得气闷。樱花轻浅，纷飞飘摇落了满身。她扶着树干站了会儿，胸口的不适才略觉得好些，一时也不想回席，便沿着翩跹满园的樱花缓步往前走着。

"我说怎么不见你人影，原来自己到这儿来了。"刚走不远，突然有人在身后道。

卿尘回身，见十一正过来。他仍穿着刚才击鞠时的白色窄袖武士服，阳光下显得俊秀英挺，一边走，一边随手抄住了几片飘至身前的樱花，复又抬指一弹，飞花旋落，笑容里说不出的潇洒。他看了看卿尘神色，忽然皱眉问道："怎么脸色这么苍白？"

卿尘笑了笑道："没事，吐蕃的酒太烈，我有些受不了。"

"才喝了一口。"十一笑道，"没想到你这么没酒量。"

卿尘问道："你怎么不在席间待着，出来干吗？"

十一道："太子殿下右臂疼得厉害，我陪他一起去内殿歇息，顺便传御医来看看，现在太子妃和鸾飞在一旁伺候着，我便出来了。"

卿尘想起方才射花令时太子将鸾飞带至马上，想必是牵动了旧伤，微微笑道："看来英雄救美总是要付出点儿代价才行。"

谁知十一看她一眼，笑着往前殿抬了抬头："还有一个英雄救美的现在仍在席间，和吐蕃赞普又干了三盏烈酒，代价想必也很大。"

卿尘一愣："谁？"

十一道："刚刚谁替你挡的那盏酒，竟这么快便忘了？那些吐蕃人轮番敬酒，我是当真受不了了，所以寻了个借口溜出来，不过四哥可惨了，没人替也躲不了。"

卿尘不语，寻了身边一方坪石坐下，看着苑中湖泊点点，青草连绵。

十一凑上近前看了看她神色，问道："看你和四哥一直不冷不热的，不会这么久了还因上次延熙宫的事生他的气吧？"

卿尘摇头道："不是。"那次赐婚的尴尬，在她和夜天凌彼此刻意的回避下似已逐渐淡忘，只是自从上次提到莲妃后，每当她再试着和夜天凌谈起相同的话题，夜天凌总是变得异常冷淡，与莲妃亦始终近乎仇视，形如陌路。

卿尘也曾思量，如果眼前换成自己，对于一个从出生就不愿抱自己的母亲，一个毫不掩饰地厌恶着自己的母亲，她也无法做得更好。但从莫不平的话中推测，她相信莲妃心里或者存着不得已的苦衷，又或事情并不是大家看到的那样。她曾小心翼翼地尝试将夜天凌和莲妃拉近，却每次都以夜天凌那种彻骨的冰冷而告终，以至于那种冰冷有时候会蔓延到他们两人之间，就像十一所说，不冷不热，叫人看起来似是十分生疏。方才射花令时，除了入场前说了那一句话，他们两人未曾交谈只言片语，夜天凌会突然帮她挡那盏酒，着实也有些出乎意料。

她抬手压下一枝伸在眼前的樱花，一松手，满天满树的花瓣不禁此力，便层层散落了下来。日子渐渐进入春夏，群花争相开放，满苑缤纷，在温暖明媚的大正宫中，却总有某一个角落带着属于冬日的寒冷，不知要持续到何时，每每思及，都叫人心中有种莫名的伤感，说不出，也抹不去。

十一拂开石上的落花，坐在一旁，有点儿意味深长地道："有些事你别怪四哥，我一直没告诉你，那晚离开延熙宫他早早便独自回府，想必心里也不好受。从小在宫中长大，四哥其实是个戒心很重的人，轻易不会容别人近身，有时候我也是。"卿尘闻言扭头看了看他，他微笑道，"但我看得出来，四哥待你不同，像上次在跃马桥，你还记不记得他最后说过什么？"

卿尘低声道："我相信你。"

十一道："不错，当时那种情况下，他会说出这句话，叫人很是吃惊。而且接下来几天你没了踪影，他竟调动了玄甲近卫。你可知道，带兵这么多年，四哥纵然军权在握，却从来没有在天都动用过玄甲军。"

卿尘低头将指尖一片落花揉碎，道："我知道你和四哥都对我很好。"

十一认真地看着她："我是想说，不仅仅是一个好字，四哥他心里很在乎你。"

卿尘心头微微一动，好似被阳光轻灼了一下，莫名悸动，又觉突如其来的温暖。她轻轻叹了口气："我真的没有怪他，虽然当时觉得很没面子，但我知道他一定不是故意要我丢人。人和人之间有些东西是无法解释的，就像那日在跃马桥上，他曾信我，当初甫一相见，我亦信他，又岂会为此耿耿于怀。"

十一笑了一笑，思忖片刻，随口问道："你知道四王妃的事吗？"

卿尘意外道："四王妃？你是说，四哥的妻子吗？"

"嗯，算是吧。"十一道，"那日从延熙宫回来，四哥提起过她，当年，她是死在四哥的箭下。"

卿尘吃了一惊："什么？"寿宴上夜天凌眼中闪逝过的痛楚就这么浮现出来。

"延熙宫没人敢提这件事，不过事隔多年，也没什么好提的了。"十一看着樱花如雨片片落入湖中，回忆道，"说来都是圣武十九年的事了，四哥带兵远征漠北，随营副将是佑安侯唐老将军和他的长女唐忻。唐忻出身将门，从小随父在军中长大，骑马领兵堪与男儿相较，是当时我朝难得的一员女将。唐忻和四哥同在军中多年，对四哥早有心意，父皇也有意指婚他两人，只是四哥总是淡淡地不应，加上那些年军情多变，便一直拖着。那战东突厥领兵的是始罗可汗的亲弟弟戈利王爷，此人兵法战术都十分厉害。唐忻先锋军趁夜偷袭敌军粮草，中了戈利埋伏，被擒到敌营。隔日我军强攻阿克苏城，戈利抵挡不住，亲自将唐忻押上城头要挟四哥退兵，谁知竟被四哥一箭穿心，贯透两人，戈利固然一命呜呼，唐忻也香消玉殒。东突厥没了主帅，城破兵败，佑安侯也在此役中阵亡殉国。四哥破城后挥军北上，一直攻下东突厥都城可达纳，从此东突厥才归附了我朝。回天都后，四哥请旨追封唐忻为王妃，当时皇祖母曾经反对，但最终还是封了。这些年父皇和皇祖母多次想再给四哥册妃，却没有中意的，即便有，四哥也总是一口回绝。众人都道四哥面冷心热情深意重，说四王妃死亦无憾了。"

卿尘怔怔地听十一说，听到最后，叹道："确是死亦无憾，只是那一箭，怎么射得下去？"

十一摇头道："这个，可能只有四哥自己知道。不过唐忻在城头曾喊过一句话，'与其丧命敌手，不如死在殿下箭下。'那时戈利想要当众侮辱于她，她本便欲以一死以全名节，想来这般结果也是求仁得仁，她该是不怨四哥的。"

红颜早逝，竟是如此惨烈，卿尘不由对唐忻心生敬意，更有几分哀怜惋惜。想那时的情形，倘若真心爱着那女子，她不信夜天凌能射出那一箭，虽有王妃之名却终究得不到那颗心，对于一个女人，其实生与死又有多大区别？

却听十一又道："前些日子，其实我也问起过四哥赐婚的事，四哥只是说，何苦连累他，听得我糊涂。总之你也知他的性子，那晚确不是有意。"

"嗯。"卿尘微笑，"所以我没有生气，你也不必特地替他再解释了。"

十一哈哈一笑："如此便好，我得去看看太子殿下怎样了，你呢？"

卿尘道："席间太闷，我想在这儿透透气，你先去吧。"

十一起身道："别待太久，快些回去。"

待十一走了，卿尘独自坐了会儿，想着刚刚十一说的话，心头不知为何竟觉有些难过。她不知道夜天凌清冷的背后究竟担负着多少他人无法了解之事，但却能体会那种有什么压在心底、不能说也无法说出的感觉。就像她存在于眼前这一片世界中的心情，所有一切只能藏在自己心里，无法向任何人描述，那种孤独的感觉。

怎么会想起这些？不能想，至少现在不能想，否则会控制不住自己。她摇摇头，像要摆脱这种心情似的突然站起来，却骤觉一阵眩晕袭来，身子方微微踉跄，扶住樱花树之前便已跌入一个坚实的怀抱。

那眩晕的感觉转瞬而逝，她回头看去，夜天凌正一手扶着她，低头审视她的脸色。她在抬眸间撞上他的目光，不知为何，竟觉得此时他的眼睛异常黑亮，似乎满天满地的阳光都吸入了那深邃的眸心，反射出淡金色的光芒，叫人几乎不敢直视。而那亮光的深处，却是丝毫未曾掩饰的关切："怎么了，不舒服吗？"

卿尘扶了扶额头，笑道："不想这吐蕃的酒竟有这么足的后劲儿。"

夜天凌眉梢轻轻一挑："不能喝酒刚才还要逞强。一转眼便不见了你的踪影，不想你竟在这儿。"

卿尘有些诧异，只见他锋锐的唇角向上扬起，不似往常那般淡淡的无声无息，带着十分明显的笑。她方知道原来薄唇的人纵然无情，笑起来却也会如此动人心肠，便如冰封万里的雪域中忽然绽放出一点绿意，便如高绝孤独的险峰云破天开的阳光。暖风微微地穿过身前，几瓣柔软的樱花似乎故意翻跹旋转着落在了夜天凌的肩头，在他轮廓分明的脸庞和清拔的身形中融入了罕见的温和。卿尘一时觉得自己看花了眼，停了一会儿，方道："刚刚遇到十一，便在这儿聊了几句。"

"聊什么呢？"夜天凌随口问道。

"聊……"卿尘想了想，抬眸看向他。他见她停下不语，侧眸以问。卿尘凤眸中一丝清澈的光彩猝不及防划过他的眼底，随之流泻的笑意却淡隽，她慢慢道，"聊那天延熙宫的赐婚。"

夜天凌神情一滞，眉宇间立刻掠过丝异样。卿尘眸光悠长而毫不避让地看着他，这是第一次，他们中的一个人主动提起了延熙宫的赐婚这个话题。在此之前两人不谋而合地回避，简直就是配合得无比默契。

而也是破天荒的第一次，夜天凌先行避开了卿尘的注视，将目光投向了他处。

卿尘看到他唇角微微抿紧，这是再熟悉不过的他转向冷然前的先兆，心中突地一跳，一时间有些后悔说了那句话。然而只有须臾的时间，夜天凌重新看向她，看似平静的眼眸底处似乎有深浅的波纹涌动，竟浮动着水样的清光，叫人无端地迷惑。他一动不动地静静看了她一会儿，突然握住她的手："跟我走。"

"去哪儿？"卿尘问道。

夜天凌并未回答，带她出了韶光殿，道："在这儿等我一会儿。"

卿尘站在原地，不多会儿，听到轻快的马蹄声，白影一闪，风驰已经到了眼前，夜天凌伸手道："上马！"

卿尘被他带上马背，他沿着一道偏僻的侧门很快出了宣圣宫，一直往宝麓山中而去。

第三十三章　登山踏雾凌绝顶

两人共乘一骑，夜天凌从后面握着缰绳，卿尘低头看到他修长的手指，稳定而隐藏着莫名的力度，他的手臂和胸膛在自己身边形成一个环抱，安全、温暖，似乎很小很小的时候在父亲怀中有过这样的感觉，因为知道有保护所以可以全身放松地倚赖着，绝对不会被松开。

不知从什么时候起，已经很久没有这样的感觉了，久远得让人以为是记忆出了问题。

她带着这样的心情抬头，从这个角度看向夜天凌，却立刻触到了他的目光，那副清淡的面孔下，有种别样的愉悦的神态。

夜天凌见她看过来，低头微微一笑，道："带你去个地方。"

"什么地方？"卿尘道。

"去了便知道了。"他道。

风驰脚程极快，不多会儿便进了偏僻的山路，看方向似乎是宝麓山的支脉。两人一路而上，几乎到了这山峰的最高处，待到前面已没了出路，夜天凌方缓缓勒马。

卿尘坐在马上放眼一望，不禁惊叹一声。从他们所立之处看去，宝麓山连绵的山脉尽收眼底，天都伊歌远远坐落在前方，偌大的城池变得只手可握。楚堰江自城中穿插而过，同另一条江流合而为一化作奔腾宽阔的大河，滔滔滚滚奔向远方。人仿佛立于无边无际的天地之间，心胸开阔，无限伸展，直与这苍茫自然合为一体，亦被这壮丽江山震撼着心灵。

她无比惊喜地看着这山林江河，突然听到夜天凌在耳边问："怕吗？"

闻言低头，她才发现原来风驰停下的地方是一方悬崖的尽端，只要再前进一步，人便会坠入万丈深渊。

绝壁刀削，一落遍下，山谷间偶尔飘起缭绕的云雾，风过时急速地飞掠消失，露出深不见底的峡谷。卿尘兴奋地回头看夜天凌，凤眸之中是惊是喜是笑，明亮的光彩照人眼目，道："这是什么地方？"

夜天凌俯视她，嘴角亦荡起微笑，突然一提缰绳，风驰长嘶一声双蹄腾空直立而起，几乎要纵入悬崖之下，随着卿尘刺激的尖叫，转身稳稳落在后面几步处。两人同时放声大笑，皆觉得痛快无比。

夜天凌翻身下马，伸出手，卿尘扶着他的手跳下来，一起站上前面高起的岩石。夜天凌道："我常常一个人来这儿。"

卿尘在大石上随便坐下，无尽神往地看向远处："这么好的地方一人独享？"

夜天凌淡笑道："除了风驰，别的马哪能登上这峰顶？"

"云骋也能。"卿尘道。

夜天凌含笑点了点头，卿尘扭头看他一会儿，问道："你每次来这儿都这么开心吗？"

夜天凌笑容收了收，目光在她眼中一停，摇头："以前，都是心里有事才会来。"

"哦？"卿尘问道，"那么现在呢？"

"喜欢，想来。"夜天凌答道。负手前行两步，淡淡俯视巍巍群山，衣襟在山风中飘摇激荡。

卿尘静静地从侧面看着他，他深邃的目光中似透出一种桀骜不驯的意气，目之所及，似是这万里山河尽在指点，苍茫大地不过挥手沉浮，那神情中的傲然将一切都不放在眼里，天地亦如是。她不由得轻轻道："高高在上，请君看吧，朕之江山美好如画。登山踏雾，指天笑骂，舍我谁堪夸？"

夜天凌突然回头，看她。她笑道："有些大逆不道吧？不过是我很喜欢的词。"

夜天凌道："我从未听说过。"

卿尘道："这词来自我的家乡，写的是传说中一个丰功伟绩一统四海的帝王，如何叱咤风云，夺万世之潇洒。"

夜天凌却问道："你的家乡？"

卿尘遥望长河奔流天际茫茫，道："嗯，我的家乡，不属于这里的一个地方。"

夜天凌道："那是什么地方？"

卿尘回答："我也不知道，你说，这里又是什么地方呢？"

夜天凌道："这里便是这里。"

卿尘便道："那里也便是那里。"

两个人像参禅一样打了几句哑谜，突然同时一笑，夜天凌道："不管身在何处，只要自己心中清楚便罢。"

卿尘神情略略黯然："似我原非我，谁真正知道自己是谁，谁又能清醒不惑呢？"

夜天凌淡淡道："知道自己想要什么的人，自然不会有无谓的迷惑。"

卿尘起身同他并立，衣袂飘然，长发凌空："那么四哥，你想要什么？"

夜天凌扭头和她对视，卿尘看着他的眼睛道："可以不回答。"

夜天凌将目光投向眼前无边江山，稍后，伸出一只手，缓缓地在两人眼前无尽处画了一个半圈，手指的最终处，落在了天都中心若隐若现的大正宫上。

卿尘随着他的手看过去，扬唇而笑，她低头看了看他的佩剑，见他今天腰间只是一把普通的乌鞘长剑，略加思索，问道："四哥，归离剑在你手中？"

夜天凌微微沉默，却没有否认："是。"

卿尘道："若如此，以后还是不要轻易带出来。"

夜天凌眉梢一动："你知道归离剑？"

卿尘淡淡道："归离剑曾是百年前始帝登惊云山号令九域、一统天下时的佩剑，乃是皇族至宝，在成帝永治八年一次宫变中下落不明，世间曾有传说，得此剑者，得天下。"

夜天凌唇边逸出丝笑，道："不过传说而已。"

卿尘道："皇权天授，纵然只是传说，却会有无数人深信不疑，甚至膜拜拥戴。那柄剑绝不是天帝赐予你的，皇族之中除了你和十一，想必也还没有人知道归离剑重现踪迹。你那时去冥衣楼总坛，不该将它随身携带着。"

夜天凌并没有否认她的推测，道："你对归离剑的来龙去脉这样清楚，那可知其剑自鸣，示主以警？那天归离剑十分异常，频频警响，直到进入那山谷才安静下来。"

"原来如此。"卿尘面对着眼前高峰绝岭深深沉思，忽而微笑道，"四哥，浮翾剑在我这儿。"

夜天凌略有诧异："什么？"

卿尘道："与归离剑阴阳相辅，曾为始帝昭明皇后佩剑的浮翾剑，四哥应该也听说过吧。"

夜天凌须臾震惊之后静然不语，似是等待她继续说下去，她从容和他对视，随后一笑："如果四哥真的确定自己想要什么，我愿意陪四哥玩这场游戏。"

夜天凌道："原因呢？"

卿尘静静笑道："自古英雄多寂寞，登高者，孤绝，有人做伴或许会多些意趣。"

夜天凌神情一动，眸底不见声色，只淡淡问道："那你想要的又是什么？"

卿尘清澈的眼中掠过些许茫然："我想要的……我也不知道自己究竟想要什么，或许我所经历的一切事情都只是个过程，因为我看不到终点，所以只能将这个过程掌握在自己手里，如果有一天突然发现终点在眼前了，会觉得做了一场精彩的梦。再者，或许每个人的终点都是一样，所不同的便是怎样往这终点走去。有人蹉跎终身，有人潇洒风流，有人碌碌无为，有人叱咤天下，个中滋味，不尽相同。"

人生如梦，梦如人生，仿佛庄生晓梦，不知是入了蝴蝶之梦，还是自己梦到了蝴蝶。

此生便只是一出拉开了大红帷幕的台戏，又何必在意扮演了什么样的角色？只要流云水袖扬起，一板一眼唱得真切叫彩，便是梦也绚烂，何况这帷幕已然掀起，难道由得你唱还是不唱？

看戏的人何尝不在戏中，不如唱个满堂红罢了。

夜天凌道："你不知自己想要什么，又如何便能肯定，我们会选同样的路？"

卿尘笑了笑，道："直觉。这条路我似乎已经站在上面了，我对前程也有些好奇，所以想邀人一起走一程，不知四哥是否愿意？"

夜天凌道："走一程？走到何时，何处？"

卿尘道："我不知道，有些事情已是天定，便如我站在这条路上，开始也并非自己的选择，我只能选择以后该怎样去走。"

"天定？"夜天凌清淡的眼底忽而显出一丝孤傲光芒，转身看向她，"天定又如何？即便真有天意在前，我也不在乎逆天而行。"

卿尘不知他何以突然毫不掩饰身上霸道的气势，微笑道："四哥好魄力。"

夜天凌将她深深看在眼中，他仿佛做了什么决定，以那样的目光要将这个决定同样烙上她的心头，缓缓道："你可想过，这条路并不好走。"

卿尘道："所以才有趣，亦唯有如此险径才会达到常人所不能及之处。"

夜天凌问："你不怕？"

卿尘俯瞰眼前山河："四哥，这个问题你刚才问过了。"

夜天凌唇角上挑，过了会儿，说了一个字："好。"

下山时，一路风景奇秀，风驰走走停停，并不急着赶回。夜天凌似对宝麓山一脉极其熟悉，带着卿尘又看了几处景致。山间林木葱茏，绿草茵茵，有时偶尔一转，便有各色的野花丛丛簇簇撒了漫山遍野，卿尘不时喊着要他停马，俯身去采那些花儿，一会儿便捧了大把。

山花清秀质朴，散开来看似毫不起眼，凑在一起却似携了满山的春光，十分烂漫可人。卿尘笑意盈盈摆弄着花朵，手指挑来挑去，金丝般的阳光便随花枝灵巧地穿织于一处，一个花环慢慢成形。夜天凌带着风驰慢慢前行，自身后看着她，突然道："上次延熙宫的事，你别放在心上。"

卿尘闻言指间一顿，眉梢淡挑，她将一枝花草拈了拈，问道："这……算是道歉吗？"

没有听到回答，只见夜天凌手下缰绳轻抖，风驰的速度加快几分。卿尘暗中笑想，要让他开口道歉，可能比登天还难，故意道："如果是道歉那这次便算了，不过你不稀罕的话以后一定先和太后娘娘说明白，免得她老人家乱点鸳鸯谱，大庭广众之下我很丢人。"

夜天凌却依然不语。卿尘奇怪，回头看他，夜天凌正低头自身后俯视过来，幽深的瞳孔似是变幻着深浅，神情捉摸不定。

卿尘扭头低声嘟哝了一句："看起来不像是道歉，至少没诚意。"

环在她身旁的双臂却微微一紧，听到夜天凌在头顶淡淡道："谁说我不稀罕了？"

卿尘诧异地抬头，却见他早已将目光投向前方。突然有一种奇怪的感觉，似乎四周充斥了某种奇异的气氛，他的身上清冷的气息、温暖的呼吸、包容的体温、臂膀的力量在那一瞬间都变得清晰无比，她几乎可以感觉到他的心脏紧贴着自己微微跳动，血脉在缓缓地流动，逐渐涌往全身。她小心翼翼地体会这种感觉，虽然很想反驳一句"如果稀罕那就真是不可原谅"，却一句话也说不出来。

第三十四章　只怨生在帝王家

圣武二十五年的冬天，草木萧条，山石肃远，气候日益深寒，禁宫中越发令人觉得沉肃静穆。再有几日便是元旦，照宫中规矩，元旦、除夕都是天家家宴的日子，元旦虽不如除夕隆重盛大，但也自有一番热闹。大正宫中早早准备下去，各宫各殿都多了些欢乐祥和的气氛，忙碌一片。

然而恰是此时发生了一件大事，在这个本来安静平稳的冬天掀起了一股汹涌激荡的暗流。自此以后几多年岁，无数人事浮沉其间，尽始于此。

卿尘回想起来，那是一个安静的夜晚，事情发生得毫无预兆。而实际上，所有的事情都有着多多少少的先兆，只不过没有人注意，又或者注意到了也无法从中预料些什么罢了。

那晚睡得并不算早，卿尘和碧瑶丹琼两姐妹说了会儿话方回到住处，一个人躺在床上望着时明时暗的烛火发呆。

时间慢慢地在身边流逝，有时候想起之前的事情，恍如隔世。

抬手看那碧玺灵石，七彩光泽有着幽幽难禁的美丽，她突然生出个想法，若有朝一日真的能发动那个禁术从此处消失的话，是不是一样会流泪。

这个突如其来的想法很奇怪，好像现在的自己切实地变成了自己，而以前真正的那个，却像一场梦。她闭上眼睛，眼底仍存留着烛火点点的倒影，慢慢地又消失了去。

夜露中宵，更漏深深，本该随侍在致远殿的孙仕却在此时来了遥春阁。

宫灯明暗下，孙仕那张平时看起来庸碌低沉的脸上没有任何端倪，只是垂眸道："老奴奉圣上之命来请郡主。"

卿尘眉梢淡淡一拧，心中有些不祥的预感，问道："可知所为何事？"

孙仕道："是凤修仪出了事。"

卿尘甚是意外："鸾飞？她出什么事了？"鸾飞跟在天帝身边多年，素来精明细心进退有度，事事处理得八面玲珑。这样的人，岂会出什么事情？

孙仕声音仍旧压得低沉："请郡主添件衣服快随我去，晚了恐不好收拾。"

卿尘随手拿了件披风，便随孙仕出了延熙宫。孙仕看似四平八稳，脚下却丝毫不缓，一边急向成宣门而去，一边对卿尘低声道："凤修仪同太子殿下私下出宫，圣上闻讯震怒，着汐王殿下领京畿卫将两人追回，不料素日护卫太子殿下的御林军赶到，现下两方在外城僵持起来。"

卿尘心底一惊，私下出宫而去，这若说重了，便是私奔。她看向孙仕："他两人……"

孙仕微一点头："太子殿下还留书与圣上，请去太子位。"

依天朝规矩，位列修仪的士族女子在二十五岁前严禁婚嫁，二十五岁后由天帝指婚方可出阁。但为了避免使某个皇子权力过大，一般来说也只是配与门阀权贵，而极少嫁入皇族。鸾飞和太子之举，可谓冒天下之大不韪，弃祖制宗法于不顾。他两人乃是天帝至亲至信之人，不但私自出宫还惹起了京畿司同御林军的冲突，天帝现在岂止震怒而已。

夜深人静，马蹄敲击在上九坊青石路面的声音打破了静谧安详，格外令人心生不安。

前方火把林立，京畿卫和御林军对峙城中，双方人马竟有数千人之多。

夜天汐似乎正在和太子说些什么，想必是在劝说两人。太子和鸾飞并立在他对面，脸庞隐在火光暗处，看不清神色。

京畿卫同御林军素来不和，平日小打小闹是常有之事。此时各为其主，刀剑出鞘，看来一触即发。所谓保护太子或许也只是一个由头，这一场冲突压抑了许久，终于因此爆发，若处置不慎，必然引发更大的风波。

卿尘和孙仕纵马上前，京畿卫立刻让开一条通道让他俩行到前面。

明火之下，鸾飞卸去钗环素面朝天，简单绾了坠云髻，青布衣裙一副小家碧玉模样。太子亦穿了身普通布衫，白皙脸上静雅如玉，粗布衣袍掩饰不了他举手投足的高贵气质，却自有一种叫人不能冒犯的平静和远离尘世的洒脱。

卿尘翻身下马，眼看如此翩翩然一对佳偶璧人，依稀竟觉得事情十分蹊跷。这些日子冷眼旁观，鸾飞虽一直和太子有些亲密，但何时竟到了如此地步？以她的精明，怎会做出这般不明智的举动？太子弃储君之位和她逃离出宫，即便他们能离开伊歌，天下之大又何处容身？即便现下回头，禁宫幽暗，怕亦就此永无天日。

鸾飞见了卿尘和孙仕，一双明媚杏眼浮起了复杂神色："姐姐，妹妹不忠于君不孝于亲，怕是不能在父母膝下尽孝了，以后便有劳姐姐。"

卿尘蹙眉劝道："鸾飞，听姐姐的话，速与殿下一同回宫，我们向圣上求情，还不至于太迟。"

孙仕亦道："殿下，圣上痛怒难当，老奴斗胆，恳请殿下三思。"

太子微微一笑："你们不必再说，我既已走了这一步，便不打算再回皇宫。禁军侍卫，自此起我已不是天朝太子，你们速速回去，不要胡闹。"

卿尘看着甲胄鲜明护在太子身边的御林侍卫，心底掠起一阵无由的凉意。

夜天汐已经劝得口干舌燥："殿下，父皇已命四皇兄率玄甲军封了上九坊，内城九门戒严，即便我放你走也无济于事。事已至此，唯有跟我回去见父皇才好。"

听到凌王已奉命调军封锁出路，太子和鸾飞相视一眼，两人眼中尽是恻然。鸾飞惨笑道："不想我终究是害了殿下。"

太子却神色安然，甚至看向鸾飞的目光中更多了几分温柔："一切是我自愿，岂能说你害了我？"

鸾飞看了看围困森严的京畿卫，知道今日无论如何也逃不出天帝掌心，终于道："殿下，你随姐姐他们回去吧，只要向皇上认错，皇上会原谅你的。"

太子唇边露出一丝微笑，摇了摇头。他凝视鸾飞，柔声道："春有风花秋有月，岁岁长相伴。"

鸾飞微微一震，喃喃道："上穷碧落下黄泉，处处与君同。"她闭目抬头，脸上浅笑动人，突然道："殿下保重，鸾飞不能再连累你，先走一步了！"说罢长袖一遮，便将什么东西扬手服下。

"鸾飞！"

太子色变，匆忙伸手去夺，却眼睁睁地看着鸾飞在众人的惊呼声中倒下，他只来得及将鸾飞接在怀中，顿时悲绝欲狂，哑声喊道："鸾飞！鸾飞！"

卿尘不想鸾飞竟会服毒自尽，上前几步："让我看看！"

太子却猛地将她一挡："都别过来！"御林侍卫得太子令，护卫上前，一牵百动，京畿卫顿时做出反应，四周突然间暗流汹涌，骚动起来。

卿尘急道："殿下，让我看看鸾飞，或许还有救。"

太子惨然抬头，握着从鸾飞手中抢下的瓷瓶："这是鸩毒，不会有救了。"

卿尘定睛看去，那青玉瓷瓶果然是来自宫中、专门用来赐死后宫妃嫔用的鸩毒，一颗心骤然沉到谷底。

"上穷碧落下黄泉，处处与君同。"太子凝望鸾飞恍然如生的玉容，突然间仰天大笑，"上穷碧落下黄泉，处处与君同！"笑声未绝，仰头便将鸾飞余下的剧毒倒往嘴中。

夜天汐等面色大变，飞身去救却已来不及。

千钧一发之际，黑夜中精光凌厉，一支狼牙墨羽箭破空而来，赶在所有人之前准确无误地击中太子手中的瓷瓶，当地一声爆响，瓶中药汁溅满太子半身，人却毫发无伤。

长箭擦着太子的面颊飞过，插入不远处的石缝之中，京畿卫与御林军被这一箭震住，安静了片刻。夜天汐和孙仕立时围上前去，半扶半按稳住太子。

卿尘亦伸手接过鸾飞的身子，抬头看去，风驰已到了眼前，夜天凌一身墨色武士服，手执缠金长弓，飞身下马，几步来到太子身前。

太子无恙，夜天凌沉声道："皇兄何苦糊涂？"众人心中此时才涌起后怕，这一箭若是稍偏一点儿，太子便已丧命箭下，那这弑杀太子的罪名，他如何向天帝交代？此举着实比太子要服毒身亡还来得凶险。

太子木然被团团围住，却不闻周遭人事，只是静静地看着鸢飞。卿尘看了鸢飞情况，纤眉一皱，默然不语。

却不想短暂的停顿后，突然一阵喝骂，京畿卫和御林军竟有人动起手来，刀枪拳脚，眼见愈演愈烈，局面更添混乱。

夜天凌回头看去，眼底骤生寒意，身形微动，人已穿入两阵之间。叮当一道清光闪过，几名动上手的人踉跄着退了开去，空出大片空地。

"造反吗？"夜天凌冷喝道，手底长剑映着月光，如同修罗魅影般森然。

两边人马同时一静。夜天凌领兵多年，在军中威信极高，少有人敢在他面前放肆。何况"造反"两字，谁人担当得起？他冷冷地看了看仍旧跃跃欲试的御林军，"张束，管好你手下侍卫，再有人妄动，莫怪本王无情。"收剑回鞘，又道，"五弟。"京畿卫一向由夜天汐统领约束，他不欲越权，只是一抬手，回身去看太子和鸢飞。

随着夜天凌的手势，京畿卫和御林军突然发现外围阵列多了数倍于双方的玄衣铁卫，同神武门犄军的威势震天相比，这些战士出现得悄无声息，隐藏在夜色的黑暗中，叫人心底陡生恐惧。可以想象如果两边再这样闹下去，以夜天凌的手段，恐怕谁都讨不了好去。

夜天汐方从太子这里脱身出来，对京畿卫喝道："统统归队，反了你们！"

御林军统领张束慑于夜天凌的威严，亦约束禁军莫要再起事端。

夜天凌面色淡淡，对太子道："请皇兄回宫，父皇深夜难安，你我为人臣子于心何忍？"

太子无动于衷，只是看着鸢飞。

夜天凌俯身下去，问卿尘："怎样？"

卿尘皱眉，似乎遇到了很难理解的事情，道："不好说，或许还有救。"

太子闻言眼底猛地掠过一道光泽："你说什么？"

卿尘抬头道："如果来得及，或许还能救回鸢飞性命，殿下，就算为了鸢飞，先回宫再做计较吧。"

太子脸上露出一丝讥讽的笑意："你无非想诓我回宫罢了，鸢飞饮下鸩毒，还有谁人能救她？"

卿尘静静道："鸢飞体内生机未绝，胸口尚有余温，殿下回不回宫我都要救她。殿下若还想待在此处，那我要带鸢飞回去了。"此话说得软硬兼施，不容置疑。夜天凌亦深知此时只有鸢飞能打动太子，俯身帮卿尘抱起鸢飞："我送你们回宫。"

太子急道："当真能救鸢飞？"

卿尘正色道："殿下尚且关心鸢飞，我是她的姐姐，又岂会拿她的性命玩笑？"

太子眉心皱起，闭目长叹一声，心灰意冷地道："罢了，我跟你们回去。"

第三十五章　无情不似多情苦

烛火明灭，长灯暗影。

本应宁寂的大殿层层透出光亮，宫帷无风静垂，却遮不住深寒。

天帝手压龙案上早已凉透的茶盏，面色阴沉地看着跪了一地的几个人。

当先一人，布衣素衫，正是今晚私自携美出宫，险些惹起京畿卫和御林军纷争的太子。夜天凌同夜天汐陪跪在一旁，身后是御林军统领张束，屋中静可闻针，风雨将至的平静沉沉压得人心悸。

"朕生的好儿子。"天帝声音痛怒难分，终于一字一顿地道。

太子缓缓叩了个头，伏地不语。

天帝猛地抄起手中瓷盏，劈头便向太子身上砸去，伸手指着他怒道："你……你给朕说！你到底想干什么？"

太子跪在原地不躲不闪，一盏茶泼面而来，洒遍全身，冰纹玉瓷盏铮然进裂一地，在这死寂的大殿中显得格外刺耳，连身边两人亦被溅了一身。

天帝见太子闭口不答，一腔怒气转至张束处，叱道："张束你好大的胆子，御林军要造反吗？朕将禁宫安全交与你，岂非命悬他人之手！"

这几句话说得极重，张束顿时惊出一身冷汗，捣蒜般磕了几个头，颤声道："臣知罪，臣未能约束部属，罪责难逃。御林军素来受太子殿下统调，请陛下看在他们忠心护主的分上……"

话未落地，夜天凌皱了皱眉头，果然天帝喝道："混账！谁是你们的主子！"

张束一呆，然错口已出，深悔愚蠢，张口结舌哆嗦道："陛下……恕罪……"

天帝冷哼一声，转向太子："朕苦心栽培你二十余年，竟换来你一句'愚顽驽钝，不足以克承大统'！江山社稷祖宗基业，在你心中尚不及一个女人！鸾飞呢，鸾飞哪里去了？"

太子闭目，深深掩抑痛楚，一时竟连话也不能回。夜天凌看了他一眼道："回父皇，凤鸾飞饮鸩自绝，清平郡主正在施救。"

"给朕救过来！"天帝气得来回踱步，"有胆自绝就有胆来见朕，朕倒要问问她用了什么手段迷惑太子，做出此等事情！"

太子闻言在地上连磕两个头："一切都是儿臣的错，请父皇饶恕鸾飞……"

此言无异火上浇油，话未说完，只听天帝砰地以手击案："你眼中哪里还有朕这个父皇！事到如今仍不悔改，朕，留你何用！"心中怒极，竟反手抽出殿前金龙宝剑，挥手往太子身上劈去。

众人大惊，夜天凌同夜天汐双双抢上前去，夜天汐抱住天帝："父皇息怒，保重龙体！"太子神情恻然，一言不发，任由夜天凌将他挡在身后。

夜天凌沉声道："大哥，莫再惹恼父皇。"压低声音迅速在他耳边道，"反害了鸾飞。"

太子眼底一震，抬头见天帝气得面色铁青，给夜天汐在前拦着，身子微微颤抖。想起二十余年父恩深重，深悔自责，重重叩首痛声道："儿臣该死，请父皇保重……"

天帝恨铁不成钢，用手中宝剑指着他道："你……你是想气死朕才罢休！"

众人皆不敢妄言，只能从旁相劝，这时，殿外突然传来内侍惶惑的声音："参见太后！"

话音未落，太后已在卿尘的搀扶下踏入殿中："皇上，莫要伤了太子！"

卿尘抬眼往殿前看去，只见青石深冷，太子、夜天凌、夜天汐都一身狼狈跪在天帝面前。天帝手中三尺剑锋明晃晃指着太子，素来威严的面孔此时满是怒容，却看起来竟突然苍老了许多。

四周碎瓷遍地，乱作一片。内侍们匍匐四周，人人噤若寒蝉。

天帝见惊动了太后，更是恼意丛生："母后，夜深天寒，您何苦过来？"

太后看了看太子，道："哀家若是不来，皇上岂不要了太子的性命？"

天帝怒道："孽障东西，母后莫要袒护他。"

太后松开卿尘的手，握住天帝，慢慢道："太子乃一国之本，不护他护谁？我有话要和皇上说。卿尘，同凌儿一起将太子送到延熙宫，好生照看。其他人都回去，管好自己部属，莫让皇上再操心。"

几人虽得了太后吩咐，但天帝盛怒之下，谁也不敢动。

太后神情肃穆，深深看着天帝，那眼神仿佛波澜落尽后的瀚海深沉，极平静，却强有力地穿透人心，连天帝也被震慑住。

天帝无法违拗母亲，对跪了一地的人道："都给朕出去！今晚之事谁敢传出去半分，朕定不轻饶！"

卿尘和夜天凌扶了太子退出致远殿。太子身上布衣长衫被冷风吹得飘摇，见他两人都蹙眉不语，淡然一笑，反而先开口问道："鸾飞怎样了？"

卿尘面带忧色，沉吟道："我只能保住她性命，但人却昏睡着。"

太子痛声道："何时能醒来？"

卿尘沉默一下："不知道能不能醒过来。"

"什么？"太子声音骤紧，但随即黯然道，"如此也好。"

月上中天，在重重宫殿间投下一片幽深，映上太子的脸上有种不真实的苍白，而他立在风中的身影仿佛原本便是一抹月华，并不应属于这噬人的深宫，此时看来杳然而轻暗。

鸾飞即便醒来，也难逃天帝严惩，卿尘默默想着，问太子："殿下怎知鸾飞服下的是鸩毒？"

太子道："我和她出了宫便知早晚有此一日，这鸩毒备了两瓶，各存其一，只是没料到竟这么快就用上了。"

"那殿下这儿也有一瓶？"卿尘立刻问道。

太子轻轻笑了笑，点头，笑意索然。

卿尘道："能不能给我看看？若知药性，或许对鸾飞有帮助。"

太子默立片刻，自怀中取出一个同样的青玉瓷瓶。卿尘接过来拔开瓶塞仔细分辨，这瓶中所盛的确是鸩毒。她不敢交还太子，随手一翻，尽数倒在了宫苑花草之中："剧毒不祥，殿下莫要留在身上了。"

太子倒也未去阻止她，似是万念俱灰，无论何事都已无关紧要。

夜天凌皱眉道："大哥与鸾飞何以如此行事？此次父皇是动了真怒。"

太子不语，卿尘却低声道："鸾飞已有了近两个月的身孕。"

太子凛然看向卿尘。卿尘摇头："放心，我没有告诉任何人。"

太子深深地叹了口气，叹息声飘了开去，远远散落月色中，目光穿过琉璃金瓦高墙重重："鸾飞喜欢清静简单的日子，采菊东篱，放舟五湖，不想孩子再生在这红墙禁宫帝王家。"

卿尘反问道："鸾飞？殿下当真是为了鸾飞？"

太子笑了笑："或许也为了我自己。我自幼随在父皇身边，习圣贤礼仪之道，学经纬治国之方，迄今已有二十余年。众人看我风光无限艳羡不已，我却早已厌倦了宫中权谋疆土杀戮，即便不是鸾飞要走，这太子我也早不想再做了。"

身旁两人不想他竟说出这样一席话，半晌，夜天凌缓缓道："有得必有失，这个道理想必大哥明白。我们生在皇族之中，既然享有常人不可企及的尊荣，便必定会有常人无法想象的付出，与其怨怼挣扎，不如顺其出路奋而直上，或许峰回路转反能登临绝顶。"

太子看着同样幽暗的月光，却在夜天凌侧脸上雕琢出冷峻和坚毅。眼前这个四弟，自幼便有开疆拓土的凌云壮志，十五岁起征战四合，领军不过十载，天朝疆域扩展十之有三。天朝军中兵员臃赘，人浮于事，唯他敢大胆裁汰，提拔寒门猛将，整治到兵强马壮；中枢历来腐败亏空，也唯他浊中独清，上书天帝请求彻查。或者只有这样的人才适合千古帝业，而不是自己。

他迎着月下清辉深深一笑，对夜天凌道："四弟，你的心，在安邦定国平天下；我的心，却只在那文史书稿中。你或可以不世伟业垂千古，我却只愿文华传百世。所以这帝王之家，你能进退自如，我却是苦苦挣扎，这是个人的命。"

夜天凌面如深湖，叫人看不出他那平静的眼底究竟是什么神色，只听他淡淡道："命虽天定，却亦由人，只看你和老天谁强些。"声音虽淡，却掷地铮然，似是带着不容抗拒的力量。

太子道："如今是天是命都无所谓了，我只想见见鸾飞。"

卿尘看向夜天凌，夜天凌若无其事地道："我去皇祖母寝宫看看。"转身离去，留下两人在原地。

卿尘望着他的背影微微一笑，面冷心热的人，太后寝宫有什么好看？她将太子带到鸾飞所在的至春阁："殿下请莫久待，我一会儿会回来。"

太子默立在鸾飞身边，苍白的手指抚过鸾飞如画细眉，眼底无限温柔，卿尘暗叹一声，掩门出去。

夜天凌负手站在太后寝宫殿前，望着窗外如水的月色，皎洁银光映在他脸上，格外的清冷。

卿尘静静地走至他身边，也未出声，两个人并立在这深旷大殿之中，各自寂静。

过了会儿，夜天凌问道："在想什么？"

"想那瓶药。"卿尘答道，"确实是鸩毒。"

"嗯。"夜天凌随口应道。

"太子手中的是鸩毒没错，但是鸾飞喝下的，却不是。"卿尘继续道。

夜天凌扭头看过来："不是鸩毒，那是什么？"

卿尘摇头："我还不能确定，但是如果猜对了的话，或许是江湖上一种被称作'离心奈何草'的药草熬成的汁液。"

"离心奈何草？"夜天凌重复了一遍。

"嗯，"卿尘道，"我曾看到医书上记载这种药，严格来说，这应该不算是毒药，人服下之后不会气绝，只会出现和死亡相同的症状，呼吸、心跳、脉搏、血压、体温甚至各器官的新陈代谢都达到一个极限低度，不仔细分辨是会被误认为死亡。嗯……这可能是一种深度麻醉剂也说不定。"卿尘说着看了夜天凌一眼，见他因这些奇怪用词皱起眉头，忙道，"简单说，就是一种使人假死的药。"

夜天凌微微点头，卿尘继续道："鸾飞和太子手中其实是不同的药，若是确如太子所言，他两人早有一同赴死的准备，那么当两瓶药喝下去，你说会是什么情形？"

夜天凌黑瞳微微一收，精光轻闪。

卿尘又道："我虽对鸾飞这个妹妹了解不深，但有两点我可以肯定，其一，以她的性情，说她有翻覆朝政的心思我信，说她向往采菊东篱泛舟五湖……"她轻笑了一下，"此言差矣！其二……凤氏满门深以家族为荣，族中利益高于一切，鸾飞会做出这种可能使凤家获罪之事，我不解。"

夜天凌看着她清秀的玉容，淡淡问道："还有呢？"

卿尘对他一笑："你不觉得御林军十分古怪吗？"

夜天凌冷哼一声："忠心护主，言过其实，不知是护主还是火上浇油。"

"说得是。"卿尘笑，眼中掠过一抹月光清澈，"太子私自出宫，禁军侍卫不加阻拦反而借护主之由和京畿司冲突，将事情闹大，无异于火上浇油。再者，太子出宫必定极其隐秘，为何无论是陛下还是御林军，消息都这么灵通？"

夜天凌道："父皇知道太子出宫，是鸾飞的贴身侍女锦书深夜到致远殿告密，才泄露出去的。"

"锦书？"卿尘意外地道，"呵，事情似乎变得有趣了。"

夜天凌侧头不语，盯住她扬眉浅笑的模样。卿尘见他半天没有动静，眼波一抬："怎么了？"

月色穿过雕花木窗静洒一地，明明暗暗，落影点点，整个寝宫寂静无比。夜天凌收回目光重新投向窗外："为何告诉我这些？"

卿尘道："需要原因吗？"

夜天凌声音清冷："你方才所说的任意一样，都足以让凤家遭获诛族之罪，别说鸾飞，你自己性命都可能不保，此事你不说出来谁人又会知道？为何要告诉我这些？"

月光在卿尘脸上投下一层若有若无的轻纱，潜静而柔美。她长长睫毛投下的阴影微微一动，丹唇轻启："不为什么，只因你是夜天凌，而我，是我。"

夜天凌道："你不怕我如实禀告父皇，自己一并获罪？"

卿尘笑："你会吗？"

夜天凌嘴角微挑："或许会。"

卿尘点头，笑靥依旧："那我已经说了，话也收不回来，如今便只能听凭凌王殿下处置了。"

夜天凌终于一笑出声，虽然听起来还是那样冷冷淡淡，但却如同风过流水破开长河寒冻，叫人格外记忆深刻，但也只是一瞬间，笑意逝去，他低头嘱咐道："不要再对任何人提此事，宫廷之中不比外面。"

卿尘点头：“放心，我知道分寸。”

夜天凌道：“去请太子殿下回来吧，久恐惊动他人，要父皇知道了平添麻烦。”

“好。”卿尘向门口走了几步，突然回身站住，“四哥，我能信任你吗？”

夜天凌剑眉轻挑：“这个问题似乎应该你自己去回答。”

站在高大的台阶边缘，夜风吹动卿尘衣袍上镶边的雪白貂毛，簇拥着她清秀的脸庞，她笑了笑又问：“那么，你是不是能像当初在跃马桥一样相信我？”

夜天凌顿了一顿，只回答了一个字：“能。”

听他一字落地，卿尘凤目之中浮起一点清丽的光彩：“那么游戏真正开始了，也是时候带你去见一个人了。”说完她微笑着转身向偏殿走去，长发随风轻轻散开，映在夜天凌眼中，似是张开了一张柔柔的丝网，转眼与那黑瞳融为一体沉没在幽深的眼底，无声无息。

第三十六章　风云凌肆银枪冷

雪轻，深寒，整个宫中清静得叫人不安。内侍宫娥低头垂目匆匆来去，似乎生怕惹祸上身一般，人人谨言慎行。

太子和鸾飞之事不胫而走，一夜之间竟传遍天都，官民朝野无人不知。天帝对此大为震怒，翌日禁中降旨，将太子囚禁松雨台闭门思过，凤鸾飞革修仪职，出族籍，因着太后发话，所以并未送进大牢，暂押延熙宫。

凤衍出使在外，大公子凤京书代父请罪，天帝免了凤衍太子太保衔，罚俸一年。原禁军统领张束官贬沧州，凌王暂领禁军，着吏部速拟修仪及禁军统领人选报呈圣阁。

卿尘坐在遥春阁的玉阶上，十一来寻她，一身朝服尚未脱，却是早朝此时方散。

“凤家虽出了事，你也别着急，父皇该不会过于迁怒。”十一见她独自发呆，在她身边坐下，安慰道。

卿尘淡淡一笑：“凤家在朝中根基深厚，不是少了一个鸾飞便能动摇的。”

十一见她脸上毫无忧色，奇怪道：“是亲不是亲，总也有三分亲，何况怎么看你也有八分是凤相的女儿，却如何一点儿也不操心父兄姐妹，难道真的是弄错了？”

卿尘自不会告诉他自己这个"女儿"是鬼使神差，只道："亲不亲也未必全由血缘而定，何况我本便是这般无情，他人生死荣辱与我何干？"

十一摇头轻笑，道："你不去求皇祖母，鸾飞能这么好命留在延熙宫？怕是此时早在大牢里了。"

卿尘被说中，抿嘴瞥了他一眼："谁说是我求太后了？"

十一道："不是你还会是谁？"他随手捞起一块碎石掂了掂丢开老远，"可惜了太子殿下和鸾飞，若能忍这一时，何至如此？"

卿尘看着殿宇重重的禁宫，情之迷人惑人，躲不得，挣不开，一旦陷入其中，水可为火，火可成冰，人人难过一个情关。

想起太子平日温和大度，不禁深深惋惜。为何这样的人遇到的不是别人，偏是鸾飞。她将脸贴在膝上，扭头对十一道："忍一时得一世天下，却不见得人人能忍。也只有忍的时候失去了些什么，老天才让你得到另一些罢了。"

十一打量她道："怎么突然多愁善感起来？"

卿尘笑了笑，方要说什么，见十一的侍卫远远地寻了过来，便道："找你了，怕是有事。"

十一看那侍卫跑得甚急，问道："什么事慌慌张张？"

那侍卫俯身施礼："殿下，凌王殿下动手整治禁军，内廷校场那边现在热闹得很，殿下不去看看？"

十一知他们这些宫外侍卫素来看不惯御林军趾高气扬的模样，私下里不知闹过多少官司，不由笑骂道："幸灾乐祸！"

那侍卫笑道："殿下平常不是也说他们不务正业吗？这下凌王殿下去了内廷校场，他们有得受了。方才听说他们想给凌王殿下来个下马威，校场集合，十成只到了不足三成，都窝在营中自顾自午休，却被玄甲侍卫冷水泼了御林军营，全轰了出来。眼下凌王殿下正在校场和方卓比箭呢。"

御林军平日除了巡防禁宫护卫皇家亲贵以外，并无其他职责。但因是御林亲卫，不但俸禄丰厚，地位官职也高于其他将士，是以士族名门多将子侄充塞进御林军中。如此长久下来，御林军中多是门阀贵子，常常混迹天都斗鸡走狗，打架斗殴惹是生非，天帝虽数次整饬却收效甚微。此次天帝将御林军交到夜天凌手中，也是知他治军严厉冷面无私，欲要借机修整这些纨绔子弟，果真一上来便让御林军吃了个大亏。

十一起身笑道："走，看看去。"又问卿尘，"去不去？"

卿尘左右无事，便道："那便去看看好了。"

内廷校场在禁宫外城，穿过奉天门便是。十一和卿尘到那儿时，除了正在当值的以外，数千御林军已然集齐，几乎将整个校场围得水泄不通。四周远远近近尚有许多仕女宫人驻足，聚在一起观看。

卿尘和十一一看那场内，偌大的校场尽头远远立了十个红靶，离红靶近两百步的空地上，两人双骑，手挽劲弓，箭影激射，正一番龙争虎斗。

卿尘见了风驰，便知身着玄色衮龙朝服的那个是夜天凌。而另一个虎背熊腰的，问过十一方知道，乃是定国老将军膝下长孙方卓，现领御林军副统领之职。此人虽出身权贵，平日目中无人骄横气盛，但将门虎子，一身武艺却是真材实料，是御林军中数一数二的好手。

夜天凌和方卓纵马交错奔驰场中，满天飞尘随风激荡。方卓向远处红靶心频频出箭，夜天凌总有一箭凌厉射至，目标却是方卓的箭。两人每对一箭，四周急怒惊叹，闹哄哄一片喧哗，尘土飞扬中地上已落了数十支长箭。

十一对身旁侍卫问道："这是怎么个说法？"

侍卫躬身道："凌王殿下让方卓在校场之内任射靶心，一百箭内只要有一箭射中，他即刻请皇上收回代管御林军之命。"

卿尘凝神看向校场，见夜天凌为挫方卓锐气，非但让他挨不到靶心，更是每箭一出必将方卓长箭一折两段，无论方卓如何闪避，总是能后发先至绝无落空。

只这一会儿两人又有十数支箭出手，方卓杀得性起，全然不顾面前是何人，猛喝一声，竟双箭离弦，照夜天凌当面射去。

卿尘心中一紧，围观仕女们已是娇呼迭起，莺声燕语更添混乱。

却见夜天凌马速不减反增，不躲不闪抬手箭出快如闪电，交睫瞬间，半空中四箭利芒交击，迸出数道白光。

两人同时回手摸箭，却都掏了个空，原来已是最后两箭。

方卓虎目棱威，策马反身，弯腰而下将落在地上的两支羽箭一把抄起，却忽然听得周围哗然一片。

抬头一看，夜天凌手中竟已有一双长箭搭于弓上，对准他身前要害。

他动作虽快，夜天凌却比他更快，何况座下赤鬃马也不及风驰，自然落了下风，遂愤愤道："殿下无非仗着马快。"

夜天凌冷冷一笑："你若驾驭得了风驰，本王拱手让你无妨。"

风驰之烈天下皆知，方卓再怎样也不会自寻无趣。他其实早已人疲马倦，却仍旧倔强地和夜天凌对峙。

夜天凌面无表情，问道："服是不服？"

方卓拒不作声，满脸硬气。

夜天凌黑瞳微微收缩，缓缓撤臂拉弓，随着长弓受力发出的摩擦声，原本激动的场中一点一点安静下来，取而代之的是一种叫人窒息的杀气。

十一剑眉深蹙："方卓虽以下犯上，杀了怕也麻烦。"

周围陷入死一般的寂静，似乎连风声也被冻结在半空，就在众人被这浓重的杀气折磨得几乎难以承受时，卿尘看到夜天凌刀削般的嘴角微微一挑，一双羽箭应手而出，两道灼目的寒光自方卓脸旁呼啸而过，风驰电掣般奔向红靶，在众人的一片惊呼声中，同时命中百步之外的靶心。

远处仕女宫娥顿时纷纷喝彩，一片崇拜仰慕。再看场中，方卓虽毫发无伤却已愣在当场，夜天凌迎风立马，长弓一丢反手将马后银枪握在手中，斜指御林军："哪个不服便放马过来，身在军中就拿出男儿大丈夫的模样，你们平日滋事哄闹的本事呢？"

男人和男人交往，军人和军人说话，往往拳头是最直接有效的途径。

御林军中有人喊道："殿下千金之躯，若有个闪失，谁敢担当？"

夜天凌傲然道："秦展，你伤得了本王再说大话。"说话的正是另一个副统领，工部侍郎秦敬天之子秦展。

御林军士早被激得血性汹涌。秦展和方卓对视一眼，不知是谁先动手，十数名御林军士擎枪提剑冲出，霎时间便在场中结成一片刀影剑网，迎面向着夜天凌罩来。

夜天凌不待他们近前，策马前冲，反手一枪便将追来的方卓劈退数步，手中银枪如怒龙回身横空出世，当前遭遇的两名御林军已被震飞出去，点点枪花到处必有人狼狈退下。

一众御林军中，白马矫腾枪影横空，银光飙射挡者披靡，所到之处尽是人仰马翻，混战一片。

卿尘目不转睛地随着千百人中那个挺拔坚毅的身影，只觉霸气凛然，满场弥漫的无情杀气，几乎将呼吸也慑住。

不过一盏茶工夫，夜天凌长枪所至，御林军扑倒摔跌，滚翻一地，就似夜天凌以银枪画了一个完美的圆，在他掌控的范围内，没有人能再站着说话。

呻吟痛呼声中，后面的御林军看着这骇人场面，竟无人再敢上前。

好在夜天凌不欲伤人，下手极有分寸，多数只是以力打力重击对手，或者断其兵刃，即便见血也不算严重。扑倒在地的御林军东倒西歪勉强爬起来，人人心中震慑，先前不可一世的骄狂早被凌迟粉碎。

只有亲身领教方知何为千军万马如入无人之境，凌王之所以战无不胜，绝非凭空吹嘘。花拳绣腿的御林军和沙场百战而回的铁血峥嵘相比，顿时成了绣花枕头，不堪一击。

所有人都远远看着校场中心，还是那冷然神色，还是那卓然英姿。如此激烈的厮杀中，凌王一身玄色衮龙朝服肃然静垂，竟连半分血色也未沾染，星眸睥睨，傲视马下，风华狂肆。周身方圆之地，仿佛化出一片修罗战场，魑魅魍魉在他清冷的俯视下号哭挣扎，却不能使他有丝毫动容。

方卓、秦展弃剑跪倒："末将服了，愿从凌王殿下调遣！"

他们一跪，御林军无人再支撑得住，数千人俯身行军礼，齐道："愿从凌王殿下调遣！"

夜天凌冷冷看着跪了一片的御林军，回枪马上："方卓、秦展整顿军容，还能站着的都到校场台前集合。"说罢，缰绳一抖，风驰掉转马步先往高台去了。

下面御林军动作倒还迅速，除了少数带了伤的军士被送去医治外，大都集合到齐。

夜天凌扫视了一下这令人皱眉的军容，肃声道："御林军跟本王一日，就少在外面给本王丢脸。即日起，凡当值擅离职守、集训缺席迟到或不得军令随意行动、闲暇时在京中闹事游手好闲的，无论是谁，皆以去军籍论处。若有人想以身试法，不妨就试试看。"

他这番话远远传去，就连站在最后的军士也听得清清楚楚，御林军中这些陋习已久，不禁人人大叹倒霉。夜天凌仿佛充耳不闻，继续道："今日尔等无视军纪以下犯上，方卓、秦展，带全体御林军即刻绕校场快跑五十圈。"

众军士顿时哗然，叫苦连天，夜天凌眼中一冷："一百圈。"众人大惊而呼。

"一百五十。"语气决然，掷地有声，毫无转圜余地。

场内安静了大半，但毕竟还有人埋怨出声，方卓、秦展两人也算机灵，不待夜天凌"二百"两字出口，急忙俯身领命："末将遵命，甘愿受罚。"

夜天凌看了看他们："一百五十圈，跑不下来便自己脱了军服回家，本王军中不要废物。卫长征！"

卫长征立刻上前一步："末将在！"

夜天凌道："带人看着，若有一人少跑一圈，全体再加五十。"

卫长征道："遵令！"

卿尘不由得微微扬唇，突然却看到校场对面有个熟悉的身影随着另一人离开，竟是内侍省监孙仕。那他身前之人，自然便是天帝，不知为何只远远地看，却不过来，夜天凌这一番狠手整治御林军，不知天帝又会是什么想法。

第三十七章　宫闱娇枝不堪俏

宫中近日因太子之事沉闷无比，地处楚堰江畔的裳乐坊却依旧是丝竹声声，轻歌曼舞，觥筹交错，宾客如鲫。

临窗一带隔着镶金屏风，是极好的位置。四周银炭添香，暖意融融地散发着木芙蓉的香气。司酒的少年不过十二三岁，口齿伶俐："蜜汁脆鸽、翡翠金丝、白玉双黄、龙井虾仁，再加一道合时令的汤，郡主今天不尝尝我们的红柳羊肉和馕包肉？滋味很是不错。"

卿尘问道："这是什么新菜？"

眉清目秀的少年笑答道："这红柳羊肉是新近自胡地传过来的菜，单是味道独特不说，而且无论怎么烹制都是皮肉相连，绝不分离，因此得了个别名叫'红柳鸳鸯'。馕包肉外焦里嫩，入口酥脆，细品滑软，也是叫人回味无穷。"

卿尘道："还有这种说法？听起来倒不错，便都要吧。"说话间门口已有乐女娇柔的声音传来："十一殿下、十二殿下！"

十一和夜天漓一同进来，卿尘下意识往他们身后看去，十一对她挑挑眉梢："四哥有事耽搁了，一会儿自己过来。"

卿尘对他那调侃的语气似笑非笑的神情早已刀枪不入，立刻收敛目光，给他来个见怪不怪，其怪自败。十一见她故意不在乎的模样，忍不住心中偷笑。

夜天漓大大咧咧于案前落座，吩咐道："上次的酒不错，今天还是那个。"说罢扭头往窗外看了看，"呵，天舞醉坊又这么热闹。"

裳乐坊对面便是天舞醉坊，现在门前高台之上正集了坊间所有胡女在练舞，一小段《破阵乐》演练完毕，众胡女腰肢妖娆裙袂摇曳，纷纷入了坊内，尚不忘对周围众多观者抛去媚眼。司酒在旁道："天舞醉坊如今每天都在门前演练歌舞，时间倒不长，就那么一会儿，便把客人们引得纷纷而至，白日还好，到了晚上慕名而去的岂止千百。"

夜天漓道："如今伊歌城里怕没有哪家歌坊能有如此盛况，先前因故被查封，还道它就此一蹶不振了，谁想这里竟是块宝地，又一番风生水起。"

十一笑道："这经营的人精明，哪里都是宝地。天舞醉坊光是敢用胡女胡歌就已经够惹眼，又像这般不断弄些新鲜玩意儿出来，如此花样百出吸引众人，不红火也难。"

卿尘抿嘴笑了笑，十一他们虽都知道她和四面楼有瓜葛，于天舞醉坊却一无所知。自从入宫之后，她已很少过问歌舞坊的经营，全权交由谢经打理，所以也不多提。

"七殿下！"身边司酒忽然麻利地行了个礼，几人扭头一看，白袍如月，玉树临风，夜天湛正闻声微笑着往这边看来，他身边没带随从，倒是和殷采倩一起，笑道："今天倒巧了，你们也在这儿。"

夜天漓招呼道："七哥，这边坐！"

夜天湛在案前落座，看了看面前已经端上来的菜，问道："怎么好像差一道蜜汁脆鸽？"

卿尘轻咳一声："不会是所有人都知道我爱吃这个了吧？"

十一笑道："都知你嘴馋。"

殷采倩虽坐在卿尘身边，却显然不甚喜欢这样的安排。自从知道卿尘是凤家的人之后，她以前对卿尘的亲热便越来越淡，发生了太子之事后便简直是敌视了，此时看起来十分不悦，只在旁闷闷地听着几人说笑。

司酒捧上酒盏后，便退了下去，夜天湛见卿尘倒了酒在盏中，抬手挡了挡，道："你不能喝酒，还是算了。"

卿尘道："只是应个景，你们喝你们的，别管我。"

夜天湛笑着收回手，突然听到殷采倩不冷不热说了句："凤家现在说不定便喜事临门，是应该喝两杯庆祝一下。"

这话显然是冲着卿尘说的，卿尘微怔："此话怎讲？"

殷采倩道："凤鸾飞一旦成了太子妃，凤家百尺竿头更进一步，不是喜事吗？"

这话一出口，夜天湛沉声喝道："采倩！"

殷采倩哼了一声："我说得不对吗？太子妃这几天形容憔悴，哭得泪人一样，还不都是因为凤鸾飞勾引太子殿下！"

卿尘纤眉微挑，殷采倩和太子妃一向交好，如今是将对鸾飞的气撒到了她这儿了，淡淡道："这种事情向来是两相情愿才行，若有一人无心，便也到不了这个地步。"

殷采倩杏目生寒："那也是凤鸾飞先不检点，上次射花令的时候，凭她的骑术，难道还躲不开那支箭？她明明是故意落马，招惹太子殿下救她。后来又前后陪太子殿下宣御医看伤，嘘寒问暖，太子殿下自有太子妃照顾，她献什么殷勤？"

那日的事其实是有些蹊跷，卿尘微微蹙眉。夜天湛看向殷采倩，语气不悦："胡说些什么？还不道歉！"殷采倩见他神情中隐含警告，慑于他目光的压力，一时没再开口，但道歉亦是绝不可能，只满是敌意地看着卿尘。

"采倩。"夜天湛淡淡提醒她。

殷采倩恼道："湛哥哥你为何护着她！凤家向来靠的便是这些手段，你难道不比我更清楚？我又没有说错！"

夜天湛俊雅的眸子不易察觉地微微一挑，卿尘见状心中一惊，忙对他摆手，笑道："好了好了，我们不说别人的事，各自能管好自己便行了。"

谁知殷采倩咄咄逼人地道："哦？那不知你自己看中的又是哪根高枝？可莫要像上次在延熙宫一样选错了人！"

她此言显然指的是上次太后寿筵，凌王当众拒婚之事。话一出口，夜天湛看着她的眼神遽然严厉，十一和夜天漓尽皆色变，恼她出言不逊。

卿尘不愿当众生事，抬眼看了看她，强压下心中不悦，轻描淡写地道："我对所谓高枝不感兴趣，也不想被庇护于他人荫下。当初延熙宫中是太后娘娘的懿旨，你的意思是太后娘娘不对吗？"这番话不软不硬不卑不亢，殷采倩被堵得愣愣，想张口反驳，抬头间脸上表情忽然一僵，话到了嘴边竟生生收回。

几人顺着她目光看去，只见夜天凌不知何时已经到了，青衫寒峭，正冷冷站在身后看着他们，显然已听到了方才的对话。

十一等忙起身招呼，想要缓解尴尬的局面。夜天凌在案前坐下，目光在殷采倩面上一停。殷采倩心中微凛，轻声叫道："四殿下。"却见他已看向卿尘，原本沉冷的黑眸几不可察地泛出一丝异样，便如同海底微澜，一波之后便在浩瀚深处无影无踪地隐去，没有留下半分痕迹。然而她凭着女子的敏感切实地感到了这一点，心底更加不快。

夜天漓此时笑道："好了，四哥来了，让他们上红柳羊肉，看看到底是不是说的那样。"

十一亦亲手斟酒："那道蜜汁脆鸽怎么还不来？有人怕是等急了吧。"

卿尘看着夜天凌的脸色，暗思糟糕，殷采倩若再当着他的面言语无状，便真不好收拾了，忙道："不急，先尝尝这个馕包肉，据说味道也很不错。"

殷采倩玉齿细牙紧咬着嘴唇，极力抑着脾气。夜天湛眼底已恢复平静，微笑着敬了盏酒，翩翩风仪依旧无懈可击，然后起身道："四哥，我府中还有事，先走一步。采倩，跟我回府。"

他温文的语气中带着不可抗拒的命令，殷采倩一时冲动后其实已有些后悔，但要道歉面子上却过不去，左右不是，猛地站起来，甩手先出了裳乐坊。夜天湛未加理睬，回头对卿尘道："抱歉。"

卿尘淡淡笑道："到此为止。"话如此说，便是让夜天湛回府亦不要责怪殷采倩了。殷采倩虽说冲动了点儿，但其实的确没有说错，事实上鸾飞不仅仅是勾引太子，更是蓄谋陷害，被人责备两句也是自作自受。她无论如何在人眼中都是凤家的人，宫里宫外此时冷眼看着的不知还有多少呢。

夜天湛深深看了她一瞬，微微点头，先行离开。

如此一来大为扫兴，案前红柳羊肉虽烤得浓香四溢，卿尘亦面上毫不在意先前之事，气氛却始终有点儿沉闷，就连夜天漓也只是略说笑了几句便似没了兴致。夜天凌向来少言寡语，卿尘说了句话，十一和夜天漓也答得漫不经心，她抬眸看看他们，心思轻转，突然将筷子一丢："不吃了！"说罢便要站起来走人。

十一急忙将她拦住："怎么，还真恼了？"

卿尘紧着眉头道："真没意思，我不恼你们还非得把人逼恼才作罢，都闷着不说话，各自回去算了！宫里规矩再多，也好过在这儿看你们脸色。"

十一笑道："这是什么话，谁给你脸色看了？我是突然想起母妃交代了件事还没去办，这事不能耽搁，十二弟，和我一起去，咱们快去快回。"说罢竟不由分说将夜天漓拉了便走。

夜天漓随他到了门口停下来回头看，笑道："十一哥，卿尘和四哥……"

十一道："如你所见。"

夜天漓颇带兴味地说："再加上七哥那边，这官司有得打了。"

十一笑了笑："卿尘是个明白人，乱不了。"

夜天漓没大没小攀了他的肩头，指着对面："走走走，我请你到对面消遣去。呵，这丫头还会发脾气，真想回去看看四哥怎么办呢。"

第三十八章　　路漫漫其修远兮

卿尘没料到人一下子都走光，有些哭笑不得地站在原地，回头去看夜天凌，夜天凌见她站着不动，抬头道："坐。"

没人了，或笑或气，忽然懒得再遮掩下去，卿尘换了副极真实的表情，没有表情。她靠在案前用筷子去夹眼前的红柳羊肉，鲜肥的羊肉串在纤细的红柳钎子上尚有余温，果然牵牵连连，肉皮不分离，每一块都是。她有一下没一下地轻轻扯着，想从钎子上将羊肉褪下，眼前突然伸来双象牙筷子，帮她一压，她沿着那月白的筷身上修长的手指往上看去，便对上了夜天凌清冷的眼眸。

其实并没心思吃东西，卿尘收回手，夜天凌道："我没想到这么久了还会有人拿那件事说话。"

卿尘倒满不在乎地笑了笑，想当初宫里议论得还少吗？再加上如今鸾飞的事，看凤家不顺眼的说几句话是客气："他们要说便说，听多了也就习惯了。明枪易躲暗箭难防，当面说出来的反比那些暗地里落井下石的要好。"

夜天凌淡淡道："流言蜚语最是伤人，更甚刀剑，有时候即便听多了也习惯不了。"

卿尘心中微微一动，因着莲妃的原因，夜天凌同其他皇子颇有些不同，想必自幼一些别有用心的言辞没有少听。她扬了扬眉，不以为然地道："区区几句话算什么？又不是他们说说便会怎样，若在乎了，反而称了他们的意。"

夜天凌唇角忽然轻轻一弯，卿尘觉得他神情转变的刹那似是告诉她听懂了她的话，明白她指的是什么并且报以微笑。那种被了解，亦发现看透你的人打开了一扇门并不对你掩饰心绪的感觉如此奇妙，似乎在两两相望的凝视中一切距离都已消失，却有炙热的感觉在其中悄悄燃烧起来，点点夺目如星辰，照亮了心底每一个角落。

她便笑道："反正该发生的事情已经发生了，之前的谁也改变不了，悠悠众口，权当消遣。"

"之前的事情虽然已不能改变，但却也可以在以后的事情上让那些人闭嘴。"夜天凌道。

"怎么说？"卿尘问。

夜天凌眸中不经意的柔和落于她脸上，想了想，道："变得和这红柳羊肉一样。"

卿尘却没有想过话中的意思："红柳羊肉？吃起来有木枝的清香，无论怎样做都相连一处，永不……"她一下子停住，十分惊异地看夜天凌，夜天凌道："永不什么？"

卿尘脸上忽地烧起一层红云，再无法面对着他的注视，那黑亮的眼睛将人彻彻底底看在其中，即便避开，仍能感觉到他目光的温度，灼人心扉。她垂下眼帘，默然吃惊，永不分离？话到了嘴边，却无论如何也说不出。

便在此时，夜天凌轻声道："永不分离。"

卿尘大窘，一下子站起来："该，该回宫了。"说罢匆匆便走。夜天凌眉宇间尽是笑意，亦不多言，陪她往外走去。

路上卿尘偶尔悄眼看去，见夜天凌在旁意态闲适，缓缓策马而行，在她看来时漫不经心地扭头，深眸之中带着询问的淡笑。

卿尘急忙收回目光，正有些神思不属，无意瞥到有个身着胡服的女子匆匆进了一家歌舞坊。她觉得眼熟，只往那个方向看去，却听到夜天凌问："牧原堂的善堂为何突然关了？"

卿尘沿着他的目光转头，牧原堂前围着不少求医之人，临近的善堂大门紧锁，屋檐下瑟缩着几个衣衫褴褛的乞丐，其中一个不过七八岁的孩子正眼巴巴地看向这边，那清亮的眼睛看得人心头滋味难言。

这一年时间，她命谢经、素娘等悉心经营四面楼与天舞醉坊，同时孤注一掷，调用了冥衣楼所有剩余资金，迅速吞并伊歌城中其他歌舞坊。或联合，或买断，逐步将伊歌城大部分歌舞坊生意笼络下来，形成了一股强大的垄断势力。起初也做得十分艰难，后来步步为营，精打细算，终于替冥衣楼重新建立起稳固的财源基础。只是经过此次事件，冥衣楼元气大伤，还不能承担善堂这样的消耗。

卿尘叹了口气，道："冥衣楼因冥赦的事出了些状况，再过段时间，我一定会有法子重开善堂。"

夜天凌勒住马缰，抬头打量牌匾上所书"济世救人"四个大字，道："你让谢经来我府上，需要多少银子给我个数。"

卿尘有些讶异："你这是……"

夜天凌道："一个善堂不过是举手之劳。"

卿尘笑说："做王爷果然有钱，但一时善事易做，一世善事难为。"

夜天凌却淡淡道："空施救济，这种善事便是做一世也做不完，不如令这天下用得着善堂的人越来越少才好。"

卿尘品味他话中含义，不由笑了："四哥把这游戏的好处留给了别人，又可想过，可能自己会失去什么？又可有面对路途险恶的准备？"

夜天凌唇角孤峭地挑了挑，很简单地说了一个字："有。"

卿尘点头，沉思一会儿，道："之前我说过要带你见一个人，四哥可愿陪我去一趟四面楼？"

夜天凌并不急着问是什么人，点头道："好。"

第三十九章　吾将上下而求索

卿尘请夜天凌从四面楼正门而入，先到小兰亭稍候，她则回以前的房间换了男装，叫来谢经吩咐一句，让他去请莫不平。

谢经应命去了，卿尘独自站在房中，案后屏风前放着那把古剑"浮翲"。这把剑现在本应是她随身之物，但出入宫中多有不便，便一直放在四面楼。她抬手握住剑身，轻轻抽剑出鞘，剑如秋水，其锋清利，然而却丝毫没有寒意和血腥，淡淡地，一泓浮光呈现于眼前。

卿尘指尖缓缓划过剑身，触手处如拂清流，同归离剑之刚烈自有不同。得归离者，得天下，然而天下的另一半秘密却系于这浮翲剑，她抚剑沉吟，若有所思。

"属下见过凤主。"莫不平的声音在身后响起，卿尘回头道："莫先生，我在想一柄剑无论怎样神奇，也需要有个好主人才行，有时候，剑是因其主人而锋利。"

莫不平道："凤主所言甚是，便如这浮翲剑空置数十年，如今在凤主手中，方有出鞘之日。"

卿尘笑了笑："归离剑同样如此。"听到归离剑的字样，莫不平老眼一抬。

卿尘轻振剑身，一抹寒光乍现，她扬眸笑道："我已为冥衣楼做了两件事，按道理，还有第三件没做。"

莫不平道："请凤主示下。"

卿尘归剑入鞘道："你可知太子出事了？"

莫不平道："太子一事如今在天都已是谣言纷纭，想不听说也难。"

卿尘冷笑道："真是好手段呢！那边陛下严禁泄露，这边却早已人尽皆知。这或许就是你说的天意吧，凌王现在小兰亭，你不妨去见一见。"

"哦？"莫不平道，"凤主的意思是……"

卿尘道："太子之位已不是有没有人保、保不保得住的问题，而是他自己已没了这份心。"

莫不平很快领会到卿尘话中之意，眼中精光一闪："凤主！"

卿尘神色清明："倘若不是凌王，先帝便早已断了血脉，除非冥衣楼就此罢手退出江湖，否则便只能择良木而栖，辅佐明主。"

莫不平道："凤主是为冥衣楼这把剑选了主子。"

卿尘道："莫先生以为如何？"

莫不平手捻五柳须眯起眼睛："凤主好眼力，天朝这半壁江山本就是凌王打下的。"

卿尘眼中光彩淡淡："他是先帝的血脉。"

莫不平亦道："自然，也不可能再有第二人。"

卿尘一笑，和莫不平说话还真是省心，一点就透，与其说是她选择了凌王，何不说是莫不平，甚至冥衣楼也选择了凌王？

事实亦的确如此，冥衣楼所寻找的那缕血脉，凌王是唯一一个存在可能性的人，是与不是，他是唯一的也是最好的选择。方才几句话，不过是卿尘和莫不平达成了绝对默契的共识。

莫不平有些感慨地道："天星变幻，朝局更迭，冥冥宿命，已然天定。"

卿尘问道："莫先生可有想过自己的天命？"

莫不平笑道："既然是定数，思之无用。"

卿尘神情清远，道："凌王有句话说得好，即便真有天命，只要是他想做，也必逆天而行。"

莫不平若有所思地看了她一眼，转而望着窗外楚堰江，悠然道："真假天命，说不得还要看凤主。"

"哦？"卿尘颇有些意外。

莫不平道："帝星已动，一切尽在人事。"

卿尘手按窗沿，看远远的天色阴沉了下来，风中隐约带了雨意，便道："那先生就莫让凌王久等了。"

推门进去，兰香淡淡，夜天凌正站在屋中看卿尘以前写的那幅字，闻声扭头，见卿尘又是一身男装打扮，再一见莫不平，显然非常意外："莫先生？"

莫不平微笑道："见过殿下。"

兰玑、兰珞在旁见到卿尘，当真喜出望外，抢上前来："公子，你可回来了！"

卿尘对她两人展颜一笑，风流倜傥当真像个翩翩公子哥，对莫不平和夜天凌道："你们慢谈，我还有事找谢经。"说罢左拥右抱，将兰玑和兰珞带了出去。

带着兰玑和兰珞楼上楼下看了看，姑娘们听说公子回来，莺莺燕燕都聚到了堂前，又是说又是笑，立刻将卿尘团团围住。

兰玑道："公子一出门就是好久，可算盼回来了！"

卿尘笑嘻嘻问道："想我了？"

兰玑脸一红，小声道："想有什么用？"

卿尘心中闪过个怪异的念头，想起自己现在着了男装，便不再逗她们，喝了口兰璐奉上来的茶，突然问道："上次给你们出的对子，这么久了还没想出来？"

兰珞道："想出几个下联，可公子总是忙，来去匆匆的都没有机会说，我们还道公子早忘了呢。"

卿尘抚了抚额头，道："我记着呢，说说看，对了什么下联？"

兰珞道："别的都不好，只一个还勉强，公子的上联是，日出月进云多少，我们对了一个，山上水下雾几何。"

卿尘闭目琢磨一会儿，道："不甚工整。"

兰玑跺脚道："这已经是最好的一联，我们实在不成了，公子快告诉我们下联吧。"

卿尘抬眸看她们都满是好奇，扬唇一笑，慢悠悠道："其实……出对子的时候，这个下联我自己也没想出来。"

"哎呀！"兰玑、兰珞她们都不依了，"公子故意戏弄我们！不行！"

卿尘笑着摇头，目光落向小兰亭，唇边的笑淡淡一缓，道："不过巧得很，方才在外面却突然想到了一个下联，还算马马虎虎。"

兰玑催道："公子快说。"

卿尘轻舒了口气："天南地北道东西。"

姑娘们听了各自思想，兰珞道："嗯，这比我们那个好多了，以天南地北大路通天的景对日出月进云影浮沉，以天高地阔的遥远对日月交替的变迁，最后下面隐的意思，公子是说那些流言蜚语吧？"

"还是兰珞聪明。"卿尘道，见谢经不知何时已来到前庭，正笑着看她们说话，"都先各自回房去吧，我和谢兄有话说。"

大家虽依依不舍，但都乖巧地告退散去，谢经笑道："你一回来四面楼便格外热闹。"

卿尘叹了口气："当初在这儿那段日子最是自在，又不无聊，又没心事。"

谢经道："那会儿张罗四面楼和天舞醉坊，也没少操心吧。"

"那不一样，"卿尘道，"小巫见大巫。"

她见谢经将近来的账目递上前，摇头道："我不看，你清楚便行了。"

谢经道："冥赦前车之鉴不远，你竟这么放心？"

卿尘微笑道："用人不疑，疑人不用，我自信还有这个看人的眼力，再说，若连你都不可信，冥衣楼中我还信谁？"

谢经呵呵一笑道："话听起来像是有些道理，你这么一说，我怎么好意思让你失望。"

卿尘道："凡事稳扎稳打，并不着急，不过当前有两件事要即刻办。"

谢经道："你说。"

卿尘道："有种叫'离心奈何草'的药，只有汝阳宫家有种植，要冥执亲自去一趟汝阳，我想知道近段时间什么人从宫家得到了这种药。还有，这些人中有没有人和凤鸾飞接触过。"

"凤鸾飞？"谢经奇怪地道，"凤家三小姐？"

"不错。"卿尘确定道，"第二件事，挑选一批人，务必忠诚伶俐，我会慢慢安排他们进宫进府，以后或许会需要。"

谢经看了看楼上，问道："凌王殿下来了？"

"嗯。"卿尘道，"往后便不那么轻松了。"

"知道了。"谢经道，"我会尽力，事情这便去办。"

"有劳谢兄！"卿尘对他一笑，谢经先行离开。

楼上夜天凌和莫不平已经谈了许久，卿尘没有上去打扰，步出四面楼站在江边看着滔滔流水，风驰和云骋见她出来，踱步上前靠在身旁。

江面阴云欲坠，衣衫挡不住寒风，面前丝丝飘起冷雨。卿尘出神地想着事情，并没有察觉雨意，突然间风驰轻嘶一声，转身跑开。

卿尘回头看去，夜天凌站在身后不远处，目不转睛地注视她，清隽的面色虽然淡然无波，但那眼中抑郁低沉，隐隐暗云涌动，比这天色更多几分阴霾。

他手在身侧紧紧握着，显然在极力压抑着某种异样的情绪，卿尘方要说话，他忽然伸手抓过风驰缰绳，纵身上马，径自往东快驰而去。

卿尘忙同云骋一起追去："四哥！"

云骋放蹄疾奔，渐渐追上风驰，夜天凌神情阴沉，嘴角冷冷抿成一条直线，也不言语，只是一个劲儿沿楚堰江打马狂奔。卿尘默默跟在他身旁，纵马相随。

冬雨迎面扑在脸上，刀锋一般冰冷，却使人异常清醒。天晚雨寒，路上行人稀少，不知过了多久，夜天凌终于在江边停住。卿尘亦缓缓策马立在他身后，两人一前一后，看着江水浩浩汤汤，浪涛东去。

雨骤风急，激得江面不复往日平静。过了许久，夜天凌方开口道："我一出生，母妃便不愿要我，将我送至皇祖母处不闻不问。这二十几年，她即便在延熙宫见到我，也都是冷冷淡淡，话都不肯多说一句。她对父皇也是一样，尽管父皇什么都依她，甚至为她单独修建了莲池宫，她却从来没在人前笑过。我只当她不愿顺从父皇，亦厌弃我，更怪她当初为何不反抗到底，要侍奉两朝天子，还要生下我来。我亦冷淡她，疏远她，从来不肯踏进莲池宫，连她病了也不去看……"说到这里，他闭目仰面让雨水倾淋脸上，长叹一声。

卿尘道："她是一个母亲，母亲哪有不爱自己孩子的。她越是疏远你，就越不会有人怀疑其他，皇上也会因此格外疼爱你器重你。她心里，其实未必比你好受。女人有时候很傻，为了自己想保护的人，即便舍弃一生的笑容，也是心甘情愿的。"

夜天凌深深吸了口气："何苦！她可知我宁愿年年带兵在外，也不愿在宫中看别人承欢膝下，我样样都要比别人强就是为了让她看一眼，笑一笑，她为何不把一切坦然相告，难道我连自己的母亲都保护不了，连弒父之仇都束手无策！"

卿尘道："或许，她就是不想让你了解真相，不想让你知道仇恨，只愿你在皇上面前做个好儿子、好王爷，平安一生。我虽没做过母亲，但可以想象到母亲对孩子最大的护佑是什么，她只要你平安罢了。"

夜天凌决然道："我宁肯面对的是千疮百孔满目疮痍，甚至卑鄙龌龊肮脏不堪，也只愿听真相。"

卿尘道："但事实往往极为残酷，人却难得糊涂。"

夜天凌道："活了二十多年，竟不知父亲是谁，岂不可笑？"

卿尘道："人只要清楚自己是谁就行了。"这正是夜天凌对她说过的话。

夜天凌回身，见她浑身湿透地跟在自己身边，雨水缕缕沿着略微苍白的脸庞流淌，却将她的双眸洗得清亮。他心底隐约一紧，皱眉道："回宫吧。"

卿尘见他已然收拾心绪，恢复了往日的平静，望着他道："四哥，我……真的做对了吗？"

夜天凌亦望着她的眼睛，淡淡道："多谢你。"

卿尘对他微笑，宁愿清醒着痛苦的人，永远不能忍受糊涂的美好，注定要比别人承受更多的东西。这或许是他们自己选择的生存方式，必要为此跋山涉水、披荆斩棘，终其一生都不会，也无法放弃。唯一幸运的是，这条路上有人同行，那么所有的一切都不那么艰难，也不会感觉孤单。

远远的大正宫在冬日阴雨中笼上了沉重的面纱，风雨飘摇中见证了多少古往今来，多少更迭变迁，如今等在眼前的，又将是怎样一番风云跌宕？

不管是对是错，这一步已然迈出，她相信，一定是对的，她知道夜天凌也相信。

第四十章　一朝选在君王侧

一连几天，夜天凌都没来延熙宫，太后有些奇怪，卿尘更是颇为担心，这日寻空隙见着十一，忍不住问道："四哥这几天怎样？"

十一被问得奇怪，道："什么怎样？好好上朝，下朝便不见人影了，没怎样。"

卿尘嗯了一声，十一端详她脸色："出什么事了，那天在裳乐坊不会又和四哥闹别扭了吧？"

卿尘微微抬眸，如果夜天凌是穆帝的儿子，如果天帝弑兄夺位，那么以后，夜天凌将如何同十一相处，他会如何对待十一？想至此处，她下意识地避开，只一笑答道："没事……我和四哥有什么好别扭的。"

十一深深看了她一眼："神神秘秘吞吞吐吐，你奇怪。"

卿尘故意轻松笑道："我本就如此，难道你第一天认识我？"

十一边走边道："我第一天认识你就被整治得够呛，又是烧火又是捉鱼，当时就有种不好的预感。"

卿尘见他说得一本正经满脸感慨的样子，突然伸出三根手指晃到他眼前："你还欠我三个要求，别忘了！"

十一摇头："交友不慎。你大小姐开口，何必要求，我能做的自然便做了。"

卿尘看着他英气爽朗的神情，不由得对未来产生了一丝惧怕。这一刻，她竟有些后悔让夜天凌见了莫不平，若他对旧事一无所知，兄弟父子间至少没有仇恨。

静默了一会儿，她问十一："真的我说什么，你都会答应？"

十一笑道："你说。"

卿尘摇头："不是现在，我是说以后。"

十一见她问得认真，也收起了嬉戏神态，道："我既答应了你，便是答应了，不反悔。"

卿尘道："无论何事？"

十一道："无论何事。"

卿尘又道："你不怕我无理取闹？"

十一反问了一声："你会吗？"

卿尘看他坦然地望过来，低眸一笑，摇了摇头。

十一道："虽不知你心中担忧何事，但车到山前必有路，既然是以后的事，何必为明日事愁。你怎也如此前顾后怕起来？"

卿尘微微一哂，明日愁来明日愁，十一倒比她通透了："卿尘受教。"

十一方要调侃她两句，话未出口，突然停住了脚步。

前方不远处夜天凌独自站在那里，静静地看着已近在咫尺的莲池宫。

禁宫原本宽阔的青石甬道，因两面高起的红墙而显得狭窄了许多，抬头能见一道青色的天空，干净透明，却十分遥远。

夜天凌似乎已在这里站了许久，静立中一身孤独，天高地阔，世间之大，却四处清冷，唯他一人。

卿尘正想出声打破这寂寥，十一已大步上前，一声"四哥！"兴冲冲地喊去，英气勃勃的笑容顿时让四周空气都暖起来。

夜天凌回头见是他，应了一声，道："还没出宫？"

十一道："没呢，遇上卿尘，四下走走。"

夜天凌目光在卿尘这里停了一刻，仍旧对十一道："若闲着便琢磨一下北疆的事宜，父皇看了提议分设都护府的条陈，说不定这几天会问话，心里要有个底。"

十一应道："此事还要和四哥再行商讨，北疆那边有谁比四哥更清楚。"

夜天凌微微点头，突然又道："你不是整日说聚元坊的弓好吗？前些时候我让长征去订了套长短弓，昨日送了来，你闲时拿去试试合不合手，我看倒未必及得上你原来那副。"

十一笑道："我不过是随口说说，四哥倒记得了。"

卿尘见夜天凌神色如旧，冷静清淡，连她这知晓内情的人也看不出什么来，不禁佩服他隐忍的功夫。听他对十一一如既往多有照拂，方才心里一点儿不安慢慢地淡了下去。这时夜天凌转头问她："皇祖母这几天可好？"

卿尘道："心里惦记着，便去看看，又用不了多久。"

虽是说要夜天凌去看太后，夜天凌却知她指的是莲池宫，眼底轻轻一动，淡淡应道："嗯。"

卿尘知他一时难解多年的心结，也不再说什么。突然见甬道那端碧瑶快步走来，远远便对卿尘道："郡主，皇上圣旨到了延熙宫，快回去接旨吧！"一面说着一面给夜天凌他们问了安。

"圣旨？"卿尘错愕，"说什么？"

十一道："你糊涂了，圣旨未宣，她怎会知道？"

夜天凌道："谁来宣的旨？"

碧瑶答道："回殿下，是内侍监孙总管，已在延熙宫等了些时候了。"

夜天凌对卿尘道："先去接旨吧，有什么事及时知会一声。"

卿尘答应道："能有什么，想必也就是鸾飞的事，最多将我这个姐姐也训斥一番罢了。"

夜天凌和十一对视一眼，都有些担心。卿尘笑了笑，先告退离开。

待步入延熙宫，不想夜天湛竟然在这儿，正含笑同孙仕说话。夜天湛因那日殷采情出言不逊，今日得空便来延熙宫看卿尘，遇上前来宣圣旨的孙仕，问了几句，孙仕只毕恭毕敬地答话，终究探不出天帝下了什么旨意。正在此时卿尘回来，孙仕道："圣上有旨意，请郡主接旨吧。"

卿尘看了看夜天湛，见他微微摇头，知他也不明就里，敛衣跪下。

孙仕面南站了，展开黄龙锦帛，高声念道："今有凤氏之女卿尘，受封清平郡主，天资聪敏，通慧灵淑，举止温婉，行事有度，德才兼备，深得朕心……"随着这一连串的褒赏之言，卿尘心底越来越不安，终于被接下来的话震惊，"着其暂代修仪一职，随侍致远殿……"

后面的话卿尘几乎什么也没听到，挺直脊背跪在那里，双手在青石地上慢慢握紧，强抑心中波澜。直到孙仕一声"钦此！"她才缓缓道："凤卿尘领旨谢恩。"叩首接过圣旨。

孙仕收起了宣旨时的严肃，笑道："恭喜郡主。"

卿尘淡淡道谢，却一直低垂着双眸，生怕泄露了心底波涛汹涌的情绪。任她如何天资聪敏、通慧灵淑，也没猜到天帝下的竟是这样一道圣旨。鸾飞刚刚获罪被囚，尚在昏迷之中，太子禁闭松雨台未有处置，凤家几天前方被废了一个修仪，满朝皆猜测凤家是否就此失了帝心，此时天帝竟又立了凤家另一个女儿跟随左右，怕是所有人都没有料到。

孙仕那安稳的声音继续道："圣上的意思是，郡主今日就请到致远殿去，明日便随驾上朝，房间用度已差人去办了。"

卿尘沉默了一下："我知道了。"

孙仕带了同来宣旨的两名内侍离开，延熙宫偌大的正殿只剩了卿尘和夜天湛两人。卿尘掌心的冷汗已将那沉重的圣旨浸透，她甚至可以感觉锦帛上浓墨丝丝化开，在丝绸的纹路里错综生根。

缓缓靠在高耸的楹柱上，她啼笑皆非，翻手为云，覆手是雨，这便是九五之尊。去职罚俸作为惩戒，接着恩典加身以示隆宠依旧，信任有加，为君之道在天帝手中随心自如，任谁能翻出这个掌心？

自从踏入了大正宫，卿尘此时才彻头彻尾地明白，她和凤家，怕是永远也分不开了。

夜天湛在听到圣旨的那一瞬间，温润的眼中先后掠过千百种情绪，他看出卿尘神色不对，柔声道："卿尘，父皇如此恩典，你这是怎么了？"

恩典……卿尘抬眸望向夜天湛，他复杂的目光在她的注视中一晃而过，只余下淡淡的微笑。卿尘亦悄无声息地蹙了蹙眉心，鸾飞出事之后，修仪一职炙手可热，殷家和卫家都志在必得。原以为凤家把持内外终于栽了个大跟头，殊不知圣心不移，反有日盛之势。虽不见凤衍如何行事，卿尘对其手段已深有体会。昨日他甫一回京，今日天帝便下了这样的旨意，这身处中枢的元老重臣，于君心是得了三昧真谛，无声息处高明到了极致。只不知当初刻意安排自己成为延熙宫女官时，他是否早已料到今日的局面。

卿尘勉强笑了笑："确实是给凤家的恩典，只是入了致远殿便不像在延熙宫这么自在了，对我来说似乎算不上十分的恩典。"

夜天湛云淡风轻的眸子倒映着卿尘那丝笑容，道："不想笑的时候，可以不笑。"

卿尘笑容微敛，却依旧维持着丹唇柔美的弧度："我不喜欢哭丧着脸。"

夜天湛在殿中缓缓踱了几步："这道旨意，你不愿？"

卿尘往至春阁那边看了眼，半是认真半是玩笑地道："身为修仪岂止是不自在，便连终身大事也只能由皇上做主。鸾飞还躺在那里昏迷不醒，前车之鉴，后事之师，这个修仪岂是好当的？"

夜天湛停在她身前，想了想道："这旨意中尚有可以斟酌之处。"

卿尘问道："怎么说？"

夜天湛对她淡淡笑道："旨意上面说的是暂代修仪，既是暂代，一切规矩皆可量情而定，这时若有变动，比如说赐婚，都未必要循例去办。"

"赐婚？"卿尘心中微怔，夜天湛轻轻看着她，"不错，我方才想过了，或许也唯有请旨赐婚方可还你自由。"

卿尘微微一惊，急忙道："此时请这种旨意，岂不是自找麻烦？"

夜天湛道："我又没说即刻便办，你怕什么？"一双俊眸如水，悠然看着卿尘微笑。

卿尘道："我不是怕，我……"

"不怕便好。"夜天湛截住了她后面的话，"既然今日便要去致远殿，想必还有不少事情得安排交代，你快去吧，别耽搁了。"他往外走去，又站住回身道，"采倩自小便被舅父宠得无法无天，我也纵容她惯了，所以有时脾气刁蛮了些，你多多包涵。还有……这旨意一下，卫家那里恐怕也不会有多少好脸色，若躲不开，便忍着些。"

"能躲自然便躲了。"卿尘心不在焉地答了句。眼看着夜天湛出了延熙宫，她一人站在殿前，寒风吹得衣袍翻飞，方才心里巨浪般的情绪却渐渐平静下来。她低头将那黄帛圣旨展开，一字一句再研读了一遍，唇边眼底勾出自嘲的笑。镇定的功夫还是不够啊，先前尚问夜天凌可有想过会失去什么，现在恐怕也要问问自己了。游戏越大，筹码便越大，既然选择了入局，便早知会有这么一天。有得必有失，得失之间，知道是一回事儿，待到真正发生，种种无法言说的感觉里却依然会有挣扎抗拒。

这便是人心的矛盾。

手中的旨意，应该说为那条路打开了一道入口，既然已经踏上此路，便再也没有瞻前顾后的理由了。夜天湛刚才的话语在心中化成极深的叹息和担忧，卿尘慢慢将手中圣旨收好，再抬头时，太极殿巍峨处落日的余晖，缓缓映入了她淡定的微笑之中。

冬日天短，暮阳早早地沉入西山，金碧辉煌的宫殿在夜色下收敛了白日的恢宏气派，沉沉暗暗殿影起伏。

九瓣镏金莲花烛台上燃了数支明亮的烛火，卿尘坐在铜镜前任侍女将自己的长发高高绾起，镜中映出清素面容，光华淡淡。

身后两名侍女小心地帮她将锦带系好，其中一人笑道："郡主穿了这身衣服，美得叫人移不开眼睛。"

流云洒金蝉翼披帛，长襟广袖的明紫宫装，剪裁得体收腰曳地，暗银花纹盘旋其上，流畅缥缈，将镜中冰肌玉颜映得高华明艳，与平日在延熙宫的娴雅迥然不同。卿尘不太习惯地动了动，发髻沉沉向后坠去，迫得人随时都要仰起脖颈，仪态端庄。

卿尘轻轻叹了口气，整了整衣领挺起身子："走吧。"转身随早已候在外面的内侍往天帝看折子的宣室而去。

致远殿因是天帝日常起居之处，内侍宫娥都比他处更多规矩，人人谨慎有度，偌大的宫殿显得安静沉肃。

宣室中燃着温暖的火盆，内侍引卿尘入内，孙仕见了她，恭声对天帝禀道："陛下，清平郡主来了。"

卿尘屈膝行礼："陛下。"

天帝倚靠长榻，正以朱笔写了句什么，闻言只抬了下头，随手一点："那边的折子，先替朕看看。"

卿尘看着一旁金丝楠木长案上放着小山似的奏章，微微有些错愕，领了旨走到长几旁坐下，随手翻看，心下喟叹。这已是三省筛选后拣重要的上呈御览，便有如此之多，怪不得天帝今天便要她过致远殿来，奏章累积，光是翻看也需时甚久，何况还要一一处理得当。想必鸾飞随在天帝身边这么多年，也不是白受荣宠的。

她收敛心神，专注于这些林林总总的条陈之上，所幸这诸般政务倒也并不陌生，昔日在湛王府曾不止一次看过这些，亦曾和夜天湛闲谈讨论，因此早有眉目。她一边挑拣紧要的奏报，一边抽纸润笔列了纲要附上，将其中几份先放在了天帝手旁。

天帝没有言语，卿尘便继续陪在一旁，将整理好的奏章依次取来。不知过了多久，孙仕轻声道："陛下，快二更了，该歇息了。"

天帝"唔"了一声，自案前站起来，走到一旁张挂于墙上的皇舆江山图前，突然问："南靖侯问安的手本，为何同北疆善后的军情放在一起？"

卿尘知道是在问她，低头答道："北疆边境自来隶属北晏侯管辖，诸侯事务息息相关，牵一发而动全身，细枝末节皆可影响大局，是以将涉及诸侯国的奏折无论何种总归一类，以便陛下查阅。"

天帝又道："将奏报平隶大疫的条陈额外挑出，却又是何意？"

卿尘回道："赈济司禀报平隶大疫的条陈上详述了目前采用的赈济方法，有些措施怕是有害无益，需再斟酌。"

"哦？"天帝回身过来，"那你倒是说说，平隶地区瘟疫蔓延，数月不消，该如何是好？"

卿尘想了想道："刚刚看赈济司的奏本上说，此次瘟疫染者'头疼身乏，憎寒壮热，咽喉肿痛，高热昏愦，不知人事，十死八九'，而最可怕的是其扩散迅速，一旦沾染，绝无幸免。疫情既已发生，赈济司只治不防，是以始终控制不下，应该先将疫区封锁，身在疫区的百姓亦要严令禁止群聚，以免疫情继续蔓延。奏本中'瘟神作怪，阴阳失序'之言，实属无稽，百姓多因求拜巫医胡乱诊治，才会延误病情，若不及时遣派医者分发药物，怕是越发耽搁。还有，已死的病人要妥善处置，最好是火化，以断瘟疫蔓延之源。"

话说至此，天帝眉头猛地一皱，卿尘停了下来。天帝看了看她："说下去。"

卿尘继续道："疫情起因各异，不知底细不敢轻言药方，但有几味药或者可以预防一二。朝廷能否出资购药，在百姓之间分发，着未感染病症之人以水煎煮饮用，防患于未然。平隶地处京郊，距天都不足百里，天都内外八十一坊都该小心防范为是。"

天帝听她说完，默想了一会儿道："本朝至庆十年，景州曾有过一次大疫，前后瘗者近二十万人，枕藉于路。疫后惹起大乱，数年方平。不想此次平隶竟又出了疫事，朕甚是忧心。"

卿尘回想了一下，道："御医院的典籍有至庆十年瘟疫记载，那次应该是鼠疫，和此次并不相同。疫情蔓延必然影响百姓生计，疫后大乱是因之前未加防范，若在救治疫情的同时施赈济、减赋税、开义仓、设粥厂，便可缓解疫区困苦，安定人心，恢复生产，乱自然不起。"

天帝思量半晌，点头道："就照这个意思，替朕拟旨给赈济司，并着户部划拨三十万两太仓银，开局散药，广施救治。情况如何，每日报朕知道。"

卿尘遵命拟旨，写到一半，突然抬头道："陛下，凤家愿捐银千两赈灾，虽只是杯水车薪，但也能替国库略微分忧。"此话虽未同凤衍商量，但这深得圣心之事，凤衍该是心里点灯笼透亮的。凤家不缺这点儿银子，但这钱亦不能多捐，只能点到为止。

孙仕立刻跟上道："老奴也愿将本月俸禄捐出，替陛下分忧。"

天帝满意地道："难得你们有心。孙仕，传旨意下去，朕本月的用度直接拨去赈济司，后宫除了太后处，各宫用度减半，以赈灾民。"

孙仕忙道："岂能委屈了陛下和各宫娘娘？"

天帝道："百姓忧困，朕寝食难安，你去办吧。"

孙仕也不能再劝。卿尘拟好旨，对天帝道："陛下身先表率，王公臣子必能领会陛下苦心，同心协力何愁疫情不解？夜深了，陛下还请歇息吧，五更便要早朝呢。"

天帝看了看她："嗯，不错，你明日随朕早朝，下去歇着吧。"

第四十一章　金銮高处不胜寒

翌日早朝，虽然天帝亲定修仪人选，早在昨日延熙宫宣旨后便以敕命的方式通告中枢，多数朝臣已经知晓，但当卿尘身着修仪例制的月白锦貂宫装，头戴象征着兰台女吏最高级别的紫玉錾金冠，手持象牙白笏随天帝踏入太极殿时，朝中仍是掀起一股轻微的骚动。

天帝对众臣私下的表情视而不见，卿尘亦淡然站在天帝身后，一脸从容自如。

一切都在眨眼间恢复如常，就像小小的石子投入深水，很快又平静如初。

凤衍和卫宗平两人脸色一笑一阴，殷监正眼中的怨怼之情闪现，三位宰辅相臣之下，百官各具神情。卿尘在扫视之间尽收眼底，纤毫毕现，她知道天帝比她看得清楚百倍。

文臣武将，各部依班奏事，卿尘立在龙壁玉阶之旁，目光投向殿外遥遥可见的一片晴冷天空，神思飞扬。

紫绶玉冠，绯服蟒袍，尽皆匍匐在下，金銮殿上，俯瞰众生，高绝而孤独。

人生在世，却又有几人不是孤独的？孤独的每一个人，在天高地广之下找寻生存的意义，寻觅着知己、伴侣或者是对手，若能拥有其中任何一个，都是一种幸运。

这大正宫中至高无上的权力，诱惑着人们前赴后继，不惜代价，但对她来说，只不过是发现了志同道合的人，将这新的人生与他做了一场豪赌。

她脸上露出淡淡的微笑，却听到众事议毕，天帝宣夜天凌和十一随驾致远殿，额外询问增设都护府之事。

天朝异姓诸侯自开国分封以来便镇守边疆，已是延续百年。四境之内，北方幽蓟十六州尽数掌控在北晏侯手中，南部沿海一线由南靖侯统管，西蜀粮仓之地隶属西岷侯，东方山海关隘则有东越侯。四侯国虽受皇族管制，但世袭罔替，已在其辖地盘根错节，势力深植，尤其北晏侯凭借天险，北接大漠各族，处于极其重要的军事地位，早是天帝一桩心事。

天帝垂询北疆诸事，夜天凌在皇舆江山图前从容作答，话虽精简，却将诸侯国的形势尽数收于其中，别有见地，心思透彻。

卿尘在旁暗自打量，自身侧看去，只觉夜天凌和天帝极为相似。她曾听太后闲聊时说，夜天凌和天帝年轻时生得一模一样，就连行事的性子也像，天帝向来对他极为倚重，而他也从未让天帝失望过。若这一幅父慈子孝图改天换日，会是什么样的情形？

正想着，冷不防夜天凌看过来一眼，极短的瞬间，他看似平静的眼神划过心扉，清光黑亮，竟令人如此猝不及防。卿尘心里像被细薄的冰刃带过，竟莫名地泛出丝疼痛。夜天凌依旧在回答天帝的问话，手却在身侧缓握成拳。

事情眉目渐清，天帝伸手揉了揉额角，孙仕趋前奉上参茶。天帝接过饮了一口，道："朕老了，最近总觉精力不济，以后这些事，你们兄弟要多商议着办。"

十一笑道："父皇正当盛年，如何言老？"

夜天凌亦淡淡道："儿臣们还有许多事情需听父皇教诲。"

天帝摆摆手："老了就是老了，何须回避。你们去吧，卿尘，去看看卫宗平在不在，叫他来随朕用膳。"

卿尘欣然应命，方迈出致远殿，便感到一道极其强烈的目光落在身上，抬头处与夜天凌四目相对，他似是有很多话想说，却只是沉默地看着她，倒是十一立刻问道："这便是父皇昨日的旨意？"

卿尘点了点头道："旨意里说是暂代修仪。"

十一道："说是暂代，除非德行差池，否则便是铁板钉钉的事。"

"你可愿意？"夜天凌突然问了简短的四个字。

卿尘抬眸一笑："愿意。"

"七年？"夜天凌道。

面对夜天凌紧接着的问话，卿尘轻轻吐了口气："愿意。"

到制定的二十五岁，这七年时间身处修仪之职，除非和鸾飞一样铤而走险，卿尘的一切都握入了天帝手中，同诸皇子间也必得划清界限。

这正是她心中极力回避去想的，也是夜天凌早朝上深掩在清冷面色下的烧灼。昨夜他在凌王府的书房接连走笔写下了十数个"志在必得"，这个决心在今天太极殿中见到卿尘的时候更加的坚定，眼前两声毫不犹豫的"愿意"似乎令心底深处翻涌的情绪平静了几分，他听到卿尘轻声道："四哥的意思我知道，但开弓没有回头箭。"

十一叹气道："也没有别的法子了，七年虽是长了点儿，但也只能慢慢来。"

卿尘笑谑道："我豆蔻年华大好青春，你在旁说得倒轻巧。"

十一敛声笑道："快十八的人，离豆蔻已经远着了，再过七年，正好由不得你挑挑拣拣……"

话未说完，卿尘暗地里瞪他，因是在致远殿不敢放肆，十一也忍着笑没再多和她斗嘴。

夜天凌负手前行，沿着白玉龙阶远远地望出去，许久道："在父皇面前需谨言慎行，未有十分把握勿要随性建议，一旦提议，心中当理据充足，亦不要轻易反口。遇迁调录用之事要格外小心，父皇对此甚为忌讳。最近无非几件大事，诸侯、瘟疫、修编历法，还有便是冬祀，多听、多看、少言。"

卿尘默默听着他话中嘱咐，点头记下。

十一亦道："无论何事，切勿轻率，跟在父皇身边不是轻松差事，自己要当心身子。"

卿尘想到每日早起晚睡，苦笑道："昨晚被叫到致远殿，看了一夜的奏章，方才在早朝上差点儿睡着，现在只一个字，困。"

十一笑道："这还嫌困？辰时随驾听政已经够舒服了。我们当年在临华殿读书，每日寅时便要起来，直到酉时才完成功课，那才叫困。"

卿尘闻言咋舌，一扭头，见远远有两个宫娥往这边来了："我先走了，吩咐人寻了卫相好交差。"

夜天凌扭头深深看了她一眼："戒急用忍。"

卿尘知他苦心，粲然一笑，沿另一旁去了。

天帝召大臣随膳并不是常有的事，今天这午膳却召卫宗平整整随侍了一个时辰有余，卿尘和孙仕皆未准在旁，无从知晓两人谈了些什么。

膳后天帝着卫宗平随驾去了松雨台，无论父子君臣，天帝即便极为恼怒，心中还是不愿因此废掉太子。从松雨台回来，却叫人揣摩不出喜怒，依旧没有下旨着太子迁回东宫，只如往常一般屏退左右，小憩片刻。

然而，致远殿午后的安宁很快被赈济司带来的消息打破：天都外九城发现同平隶症状相同的瘟疫，染者数十人，已有七人不治而亡。

对于这样的情况，天帝固然忧心忡忡，卿尘却更多感到一种令人恐惧的征兆。

史上每次大规模的疫病，无一不是死者数以万计，甚至可以灭绝一方生灵。瘟疫，令人思之色变、毛骨悚然，若不能及时控制，后果当真不堪设想。

致远殿中女官自修仪以下，另有修言、修容、修华三品。卿尘奉天帝命带了几个女官巡戒后宫，传令内侍宫娥一律不得随意出宫，并自御药房领取药物分发下去，告知各种预防办法。皇宫内城一律戒严，进出都做了严格的限制。

后宫中殿宇无数，哪处也不好应付，直忙到晚膳过后，卿尘方去致远殿复命，侍奉天帝又到子时，才回自己住处去。

月上中天，茜纱宫灯逶迤，明暗点缀深宫。

卿尘拉紧身上银裘抵挡冬夜清寒，作为一个医者，她其实很想亲自去平隶疫区巡查，看能不能找出救治的方法，只是方才和天帝提了一下，天帝却未置可否。

她眉心微拧，遥望夜空如墨，将瘟疫的症状情形翻来覆去掂量心中，不免越走越慢，忽然听到身旁有个熟悉的声音叫道："郡主。"

一个身穿御林军服饰的人躬身行礼，卿尘正疑惑，那人对她抬头一笑，眉目清朗，竟是冥执。卿尘诧异，低声道："你怎么这副打扮？"

冥执道："四殿下安排我和几个兄弟进了御林军。"

动作这么快，卿尘不由心想，轻而易举地便将人安排进了御林军，夜天凌不知用了什么手段。而人亦是冥衣楼的人，看来他已经做了些决断，她对冥执道："你进来太危险了，天都认得你的人不少。"

冥执道："凤主放心，天都中富家子弟捐个闲职也是常事，不会惹人怀疑。"说着从怀中掏出一小包东西，"这是属下从汝阳取回来的。"

卿尘接过一看，两瓶药，一张名单。她借着灯光将名单扫视两遍，全是陌生的名字，于是将药收到怀中，名单又交还冥执，"带给四殿下看看。"

冥执接过来道："凤主若没别的事，我得快回去了，四殿下六亲不认，当值擅离职守要丢差事的，昨日刚刚办了两个侍卫，我可不触这个霉头。"

卿尘笑道："革了你的职回去最好，省得我里外不放心。"

谁知冥执正色道："殿下吩咐了，安排人入宫不为别的，是为随时保护凤主周全，若换别人来，我们也不放心。"

卿尘沉吟了一下，道："对了，还有一事你设法去办，现下天都及平隶瘟疫蔓延，你们以'牧原堂'的名义辟几间药坊出来，分发药剂救治病患，一律义诊义卖。记着这药坊不是冥衣楼的，不是牧原堂的，也不是我的，而是四殿下的，不过眼下先别声张。"

冥执道："凤主要替四殿下在民间造势？"

卿尘道："水能载舟，亦能覆舟，这是千古不易的理。而且眼下平隶百姓甚苦，我们手中有一分力便尽一分也好。"

冥执应道："此事好办，我明天便命人安排。"

卿尘点头，冥执微微躬身告退。

卿尘回到住处，却睡不着，反复把弄那两个小瓷瓶。冥执除了带回解药，亦多带了一瓶离心奈何草的汁液。此药若十日不解，鸾飞还是难逃一死，从人体机能的角度来说，也没有人能再撑下去。现下解药是有了，解了毒又会是何种情形呢？鸾飞所有的举动都叫人疑窦丛生，凤家又究竟想做些什么？

她习惯性地自枕下取出了夜天湛送给她的那串冰蓝晶，把玩深思。黑暗中依稀看到一点点清蓝的光泽，透过那个完满的圆，似乎可以望向属于她的世界，但前路茫茫，无从寻觅。她将冰蓝晶合在掌心，默默闭目，不再去想过去和将来，她所拥有的唯有现在。

第四十二章　太液莲池未央柳

晓寒深处，三两点晨光初绽，落在微枯的枝叶上清亮一片，在禁宫冬日的肃穆中增添了缕缕轻柔。

借去延熙宫的机会离开致远殿，卿尘扭头看着白露霜落，迎着天光向九霄高处伸手，深深地呼吸着这清冷的空气。

却一转身，蓦然落入一双深邃的眸中。数步之外，夜天凌不知什么时候站在她身后，正目不转睛地看着她，锋锐唇角似是噙着一分清冽的笑意。

卿尘一怔之下，垂眸避开了他那亮灼的目光："四哥。"

夜天凌淡淡一笑："去延熙宫吗？"

"嗯。"卿尘同他缓步而行，夜天凌不说话，她也安静了一会儿，方才问道，"冥执可将东西带给你了？"

夜天凌点头道："我看了。其他倒罢，唯有一个叫魏平的，前些年在九弟府里似曾见过，是九弟乳母的儿子，但已好久没了踪影。"

"溟王？"这个结果倒是出乎卿尘意外，问道，"你可确定？"

夜天凌道："应该不会错，我已着人再查。"

卿尘低头思量了一会儿："既拿到了解药，或者可以设法从鸾飞那里问出实情。"

夜天凌嘴角微微一挑，眸色深远："这宫里有心的人岂止一二，究竟是谁也没什么太紧要，我心里大概有数。"

卿尘点了点头，这些事夜天凌自然比她要清楚些，她突然想起一事："四哥，冥执说你昨日拨给牧原堂五万两银子？"

夜天凌道："嗯，你不是要他施药治病吗？"

卿尘沉静的眼眸向上轻挑，侧头问道："这么大的数目，你不心疼？"

夜天凌想起近几日频频传来的灾情，微微蹙眉，道："你有这个心，难道我就没有？若区区银子便能买京隶平安，多少都好说。"

卿尘对他笑道："那我先替两地百姓谢四哥了。"

夜天凌只淡然一笑，两人沉默着走了会儿，听他那一贯清冷的声音又在耳边响起："这几日没睡好？"

"嗯？"卿尘别过头去，见夜天凌目光落在她脸上，眼底一点不易察觉的柔软闪了一下，等着她说话。她笑了笑，"怎么，我的样子很难看吗？是有些折腾，不过还撑得住。可是这冬天还真冷，我最不喜欢冷天，怎么都不舒服。"

夜天凌道："这才刚刚入冬，待到三九才是滴水成冰。"

卿尘想到深冬严寒，无比不情愿，一时兴起，道："如果只有春天没有冬天该多好呢。"

夜天凌见她一脸单纯向往的模样，心中有种说不清的情绪微微一动，轻笑道："有冬日彻骨之寒，方知春之温暖。"

卿尘每次看到他笑，心里都格外的轻柔，就像是冬去春来的畅然，叫人那样留恋和欢悦。刚想说什么，突然见夜天凌唇边那缕笑意一僵，消失得无影无踪。沿着他的目光看去，太液池旁，莲妃静静地站在白玉栏杆处，一身白裘曳地，长发细软飘逸，在冬日里显得格外单薄。

卿尘看看夜天凌，见他举步不前，不过前方咫尺的距离，母子两人却如隔天涯，忍不住轻声催他："四哥……"谁知竟惊动了莲妃，莲妃自太液池旁回身过来，见是夜天凌，纤弱的身子明显一震，身后侍女急忙俯身道："见过殿下、郡主。"

夜天凌淡淡应了声："免了。"亦微微躬身，"母妃。"声音里是说不出的疏远隔阂，却又压抑着一丝复杂的情绪，听得人心底一滞。

那曾经如火枫树已然凋零，残叶翻飞。莲妃血色淡薄的唇轻轻颤抖了一下，似乎想说什么，但终究什么也没说，只抬了抬手，默默带着侍女从夜天凌身边擦肩而过。

卿尘待要留她，又无法开口，眼见莲妃身影消失在前方。

回身看夜天凌，见他站在原地，出神地望向太液池，剑眉轻蹙。卿尘叫道："四哥！"夜天凌蓦地回神，看向她。

卿尘"哎呀"一声，一把拖着他的手，拉他转身："都被你急死了，快走快走！"

夜天凌被她拽得回身走了几步，反手将她拉住，沉声道："别闹。"

饶是卿尘自认不急不躁的性子也真耗不过他了，拉他不动，跺脚道："去莲池宫就那么难吗？你真是熬得住，你没见她看你的眼神，多苦多难！"

夜天凌眼底倏然波动，握住卿尘的手一紧，卿尘被他握疼皱了眉头。夜天凌手底松了松，却没有放开她。

卿尘任他修长的手指握住，掌心传来干燥而温暖的气息，突然觉得这嶙峋冬日也柔软了许多，竟悄悄绽放出暖意来。抬眼见那眸中渐渐浮起的清冷，已将先前的沉闷吹散了几分。她的影子倒映在那泓深冽的泉水中央，随着幽深的漩涡心底一点异样的情愫轻轻一动，叫她一时无言，只能愣愣地对着他。

夜天凌握着她的手紧了紧，慢慢放开。卿尘绕到身后推他："去啊，难道比攻城略地还难？平日见你雷厉风行的，怎么竟拖拉起来？快走，不去莲池宫就不准你去延熙宫看太后！"

夜天凌素来果断，人人在他身前只有噤声从命的份，何时被人这样逼着去做什么事，忍不住皱眉回头。

卿尘对他一笑："皱眉头的应该是我才对吧，真是急惊风遇上慢郎中，我一向自觉沉得住气，如今才是甘拜下风。"见夜天凌自己往前走去，收回手，"就是嘛，怕什么呢？"

夜天凌道："不是怕，只是不知说些什么好。"

卿尘奇怪道："这还要想？就算什么都不说，只陪她坐坐也行。"

夜天凌沉默，卿尘又道："怨也怨了二十几年，还不够吗？难道这时候你都不能原谅她？"

夜天凌寂然叹气："非是怨她，而是继续疏远下去，怕是也好。"

卿尘一愣，随即领会到他的心思，母子两人竟选择了同样的方法，想要保护对方莫要卷入到总有一天会到来的争斗之中。她道："她是你的母亲，若有万一是脱不了干系的。换言之，你是愿她为了护你而疏远，还是愿她像个常人样对你？便也该知她宁愿你如何待她了。"

这答案夜天凌不想也知道，如此却更体会了莲妃的苦心。眼前已到莲池宫，卿尘道："我不陪你进去了。"目送夜天凌终于迈进了莲池宫的大门，才放心地离开。

夜天凌立在庭中望着这清冷素净的莲池宫，园中本来种植了一池繁盛的莲花，现在早已枝残叶败，只留下枯萎的枝干远远地伸向烟蓝色的天空。

四周安静凄凉，仿佛一点儿生机都没有。

多年来从未踏入过莲池宫，然而这里的一切却都异常熟悉，总在不经意间会留心别人对莲池宫的评说，这二十余年下来，心中早已沉淀了这座宫殿的模样。

他缓缓举步向里面走去，莲妃不喜人多，这里也实在过于清静，过了一会儿方遇上了一个伺候莲妃的宫女，那宫女见到夜天凌吃了一惊，连礼都忘了行："四……四殿下……"

没有人想到他会来这里，就连夜天凌自己都没想到，他看着那宫女沉默片刻，淡淡问："娘娘呢？"

那宫女方回过神来，被夜天凌看得心慌意乱，急忙俯身下去道："娘娘在寝宫，奴婢这就去通报。"

"不必。"夜天凌阻止了她，"你下去吧。"

"是……"那宫女小心翼翼地退了下去，夜天凌又在原地站了一会儿，终于向莲妃寝宫走去。和方才那名宫女一样，方才随莲妃在太液池旁的贴身侍女迎儿见到夜天凌，惊讶之情溢于言表。不过她反应快得多，立刻屈身一福，道："见过四殿下……"

夜天凌轻轻抬手打断了她，看着寝宫内人影依稀，隐隐传出琴声。和卿尘的清越飘逸的琴声不同，这弦音轻柔低泣，幽咽难言，抚琴之人似乎有着无穷的哀愁，都在这七弦琴上淡淡倾诉。

"……母妃……可在里面？"他凝神听了一阵，问道。

迎儿忙答："娘娘正在抚琴，殿下请。"她跟随莲妃多年，深知莲妃心事，急忙打起静垂的珠帘让夜天凌进去，自己则识体地留步。

寝宫深处，金兽八角暖炉并没能驱散冬日的深寒，更无法掩饰纠结弦中的寂寞。

莲妃因听到身后的脚步声，指下轻轻缓了下，淡声道："迎儿，我不是说莫来扰我，让我静一会儿吗？"

身后无人回话，一片安寂中，莲妃忽然听到一个清冷的声音慢慢地道："儿臣，给母妃请安。"

弦音骤乱，高起一个极不和谐的音符，莲妃惊愕回头，见夜天凌立在身后不远处，触手可及。

缠绵的沉香气息飘飘零零若断若续，袅袅萦绕在母子之间，仿佛隔了一层雾气迷蒙不清。

莲妃颤抖着伸了伸手，胸中一阵气血翻涌，突然用丝绢掩唇呛咳起来。

夜天凌眉头一皱，见莲妃咳得辛苦，想上前扶却又似被什么羁绊着伸不出手，只道："冬日天寒，母妃可是咳喘之症又犯了？"莲妃身子柔弱，每到秋冬常有病痛，夜天凌是早知道的。

莲妃略略平息了些，扭转身子看向窗外："你不好好用心朝事，来我这里做什么？"

夜天凌淡淡道："朝事对儿臣来说，并不繁杂。"

莲妃道："你刚回天都，又接了北疆的差事，有多少事务等着去办，哪里能不繁杂？"

夜天凌唇角突然轻轻扬起，脸上的沉冷消融了几分："母妃足不出后宫，倒知道儿臣要应付这些。"

莲妃微微一滞，她又岂会不知？儿子的一举一动做母亲的何时不挂在心里，有时候只是迎儿从别的宫女那里听来一星半点儿说给她听，也足以安慰许久。他终于像她希望的那样，平平安安地长大，优秀、出众，那么还奢望什么？她硬起心肠道："我乏了，你回去吧。"

夜天凌神色一敛，迈步到莲妃面前，抑声道："母妃，你还要瞒我多久？"

莲妃惊道："你……你说什么，你知道了什么？"

夜天凌缓缓道："儿臣已经不是当年懵懂幼儿，母妃何必还辛苦瞒着？该知道的，都已经知道，父皇、天帝，儿臣都明白了。"

莲妃看着夜天凌冷澈的眼神，那里面不容置疑的笃定、沉敛和隐藏至深的狂肆就像是沉静了数千年的湖水骤然迸裂，淹没一切，她一把抓住夜天凌："不准你胡说！"

夜天凌反手将她握住："我没有胡说！"母子两人这么多年来第一次直面对视，莲妃的手在夜天凌手中难以抑制地微微颤抖。

夜天凌看着莲妃终日笼罩在忧郁中的面容，多年来纵千般怨、恨、痛、伤，终抵不过血浓于水，在母亲面前郑重跪倒："儿臣不孝，让母妃受苦了。"

一行清泪夺眶而出，莲妃颤声道："我……我的孩子……"

夜天凌扶着莲妃："从今日起，儿臣不会再惹母妃伤心。"

莲妃目光幽幽，越过夜天凌的肩头看向深深几许的莲池宫，像是对夜天凌又像是自言自语道："多少年了，当初先帝攻伐我柔然族，柔然抵挡不住，大败于日郭城，投降后父汗将我献给了天朝。柔然亡了，我在先帝身边一待便是七年，族人都说先帝是因知道了我的容貌，所以才起兵灭亡柔然，骂我是红颜祸水不祥之人。直到先帝故去，我原想在千悯寺吃斋念佛了却残生，谁知天帝即位第一天便将我召入宫中侍寝，那时我发觉腹中有了你。天帝建了莲池宫，封我为妃，而我却遭尽众人唾弃，亡族、失节，就连自己的儿子都不能好好抚育，若不是放心不下你，我早已不留恋这人世了。"她那遥远如在天际的声音淡淡传来，仿佛风一吹便散了，飘落四处，依稀还能听到碎散的声音。

穆帝在位时，曾有一次大规模讨伐北部柔然族的战役。当年柔然族战败，于日郭城投降，自此后便一蹶不振，终被突厥灭族，不复存在。

莲妃原是柔然族颉及可汗的女儿，自幼便以美貌著称，甚至中原也流传着她绝世风姿的种种说法。那次战役后莲妃被带回天都，穆帝对其极尽宠爱，民间传说纷纭，多言穆帝攻打柔然便是为了莲妃。

千军一动为红颜，背负灭族的骂名，亦因侍奉两帝而被朝臣后宫所不齿，纵使倾国倾城又如何？

夜天凌眸中掠过森寒利芒，冷冷道："母妃宽心，他们既要胡说，我便将这天下拿来送给母妃，什么灭族失节，我要他们没人再敢说母妃一句不是。"

莲妃惊悸，匆忙摇头："什么都不要说，什么都不要做，凌儿，你不知道……"

夜天凌断然道："母妃，我心意已决。"莲妃看着夜天凌挺拔的身形，她要抬头才能望着他，他眼中的凌厉，让她突然一句话也说不出来。

眼前已经不是当日襁褓中待哺的幼儿，而是驰骋万里横扫边疆的将军，左右朝局平靖宇内的王爷，争锋天下舍我其谁，任何人也阻止不了他的脚步。

莲妃静静地看了夜天凌一会儿，嘴角突然露出一丝浅笑，目光慢慢地再次游离起来，像是离开了这个世界，却又带着无声的嘲弄。夜天凌轩眉微蹙，看着莲妃的样子心底隐约浮起一丝担忧，道："我未必能时常来看母妃，不过会让卿尘有时间来陪您说说话的，母妃这宫里也太清冷了些。"

"卿尘？"莲妃轻轻道，"是凤家那个女孩儿？"

夜天凌点头。莲妃道："你怎会和她如此亲近？"

夜天凌淡淡道："有缘。"

莲妃又轻轻笑了笑："倒是个玲珑女子，可惜了是凤家的人。"

夜天凌亦微微一笑："她只是卿尘罢了。"

第四十三章　奈何此事误苍生

卿尘此时在延熙宫的至春阁，身旁放着一碗清淡的碧玉糯米羹。鸾飞安静地躺在榻上，宫锦之下眉目如画，肤色玉白，静静地沉睡着。

卿尘疑惑地看着那张和自己有几分相像的容颜，终于自怀中拿出离心奈何草的解药，扶起鸾飞，将药汁慢慢喂到她嘴中。

见死不救，她是不会的。

过不多会儿，鸾飞长长的睫毛轻轻动了一下，卿尘低声唤道："鸾飞。"

鸾飞胸口微微起伏，呻吟一声，徐徐睁开眼睛。似乎适应了一下眼前刺目的光线，她目光逐渐凝聚到卿尘脸上："姐姐……"

卿尘微微一笑："醒了？"

鸾飞看着卿尘不说话，斜飞入鬓的柳叶细眉轻蹙着。卿尘先取来一点儿温水："喝点儿水，然后把粥吃了，也好恢复一下体力。"

鸾飞就着她手中的茶盏喝了几口水，突然道：“延熙宫？”

　　卿尘道：“嗯，是延熙宫。”

　　鸾飞看向她：“我怎么会在这里？姐姐怎么在这里？”

　　卿尘淡淡笑道：“我若不在这里，你还能醒过来吗？”

　　鸾飞低头，眼中现出一丝儿警惕的神色。卿尘纤眉微挑，坐到身旁将粥递过来，似是随意道：“九殿下给的解药果然有效。”

　　“九殿下？”鸾飞一怔，神色复杂地看着卿尘，就在卿尘几乎以为自己押错了筹码的时候，她突然幽幽说了句，“不是诈称自尽身亡，将我带出宫吗？太子呢，他怎样了？”

　　原来如此，出宫以后再服解药，或者便在溟王府中隐姓埋名以待日后。卿尘道：“太子殿下为救你，和你一起被京畿司带回宫来，现在被幽禁在松雨台思过，究竟怎样，我也不知道。我只知若是现在不服解药，你便真的是自尽身亡，任谁也救不了。”

　　鸾飞目视着前方道：“这药性可维持一个月使人不死，既出不了宫，他为何要你现在将我救醒？”

　　卿尘凤目中闪过微微光彩：“一个月？不吃不喝一个月，光饿也把人饿死了，离心奈何草只能保人十日平安。”

　　“什么？”鸾飞身子一震，“你胡说！”

　　卿尘也不和她争辩：“你若心中笃定，便当我胡说也无妨。”

　　鸾飞静默了会儿，道：“即便如此，他还是要你来救我了。”

　　卿尘低声道：“你们到底想干什么？”

　　鸾飞抬眸，那抹警惕再次出现：“他既给了你解药，难道什么也没告诉你？”

　　卿尘点头道：“对，他什么也没说，只因这解药根本不是他给的。”

　　鸾飞猛地抬头，卿尘静静看向她，姐妹两人一坐一站，默然相对。鸾飞眼中尽是繁复神色，卿尘面色清冷，眸中幽深：“枉太子殿下为你不惜和皇上冲突，致远殿中险些被皇上盛怒之下以剑刺死，你是否自始至终都一心要置他于死地？”

　　鸾飞眼中微微一动，但冷冷道：“你诬我。”

　　卿尘淡淡道：“兵不厌诈，你既能诬别人，便该想到总有一日别人也会诬你。”

　　鸾飞沉声道：“你想干什么？”

　　卿尘反问道：“父亲是否知道此事，凤家参与了吗？”

　　鸾飞道：“参与了又如何，不参与又如何，难道你还想毁了凤家？”

　　卿尘道：“毁了凤家对我有什么好处？一荣俱荣，一损俱损，我难道还和凤家脱得了干系？”

　　鸾飞胸口缓缓起伏，显然心思澎湃，犹疑不决，突然慢慢说了句：“姐姐是在替湛王谋划吧？”

卿尘不想她问出这样一句话来，眉间眼底清流若水，掠过她咄咄的目光，摇头道："我谁都不为，只为我自己。"

"只为自己？"鸾飞冷冷笑道，"说得好，我也不过为自己罢了，不过当然也为凤氏一族。"

卿尘目光多了一分怜悯："九殿下布了一盘棋，棋走到今天，你已经是他的一颗弃子，若我没有拿到解药，你想想会怎样吧。就算出了皇宫，你也是见不得光的人，难道，你还想与他平起平坐？"

鸾飞自少迷恋夜天溟，是多年隐在心底的情愫。无奈夜天溟娶了她的姐姐纤舞，浓情蜜意、伉俪情深，她也只能远远看着，自思心事。

然而好景不长，纤舞病故，于她却成了天赐良机，夜天溟伤痛欲绝时，她殷殷劝慰诸般体贴，时常借机陪在身边。她们姐妹本就极其相似，时间一久，夜天溟也慢慢待她不同。鸾飞曾不止一次想象自己能和心上人执手并肩，但也知道自己身为修仪，绝不可能被赐婚皇子，是以积极助夜天溟谋划，以期有朝一日能助他登位，册立自己为后，成就凤愿。

然而卿尘方才一席话，就像一把毫不留情的利刃，将这一厢情愿寸寸剖开。至尊皇权面前，父子兄弟尚可刀戈相向，何况其他。登上帝位的夜天溟，怎会允许后宫中出现这样一位曾经同前太子私奔、诈死，来历不明的皇后？鸾飞玉指紧紧收起，握住身上被角，贝齿暗咬，却依旧并未死心，道："他答应过我，共富贵，同天下，他不会负我的。"

世间男女，往来纠缠一个"情"字，熏染神骨，误尽苍生，任谁也参不透，说不得。

鸾飞和夜天溟何其相似，不但深藏野心亦工于谋略，只是鸾飞是女人，而夜天溟是男人。女人之于男人，在这一个"狠"字上，永远是差之毫厘，失之千里。

卿尘不能久待，话说至此，也差不多了，起身道："信与不信，我言尽于此，或者哪天让他亲口说给你听吧。现在暂时不会有人知道你已经醒来，自己千万小心。"说罢出了至春阁，将殿门轻掩，吩咐外面侍卫严守，任何人不得入内。

沿着宽阔平坦的青石大路，卿尘快步往中书省值房走去。连接后宫前殿的广场之上，偌大的禁宫显得极其空旷，似乎唯有她一个人穿行在这里，永远也走不到头。

参知官见卿尘忽然来中书省，多少有些意外，卿尘道："礼部筹备冬祭事宜的本章递上来了吗？皇上等着要。"

参知官答道："巳时刚送了来，还没来得及上呈圣阅。"

卿尘道："拿来给我，然后请一下凤相。"

参知官答应着去了，一会儿捧出奏章交给卿尘，接着退了下去。

凤衍随后出来，卿尘欠身一福，叫道："父亲。"

长风暗冷，吹得凤衍身上明紫色金纹蟒袍微微一动，他颔首笑道："不想是你。"往日丞相的气度是早就养成的，此时看来，非但不带权臣的骄横，却似有几分亲和。

卿尘道："父亲请移步说话。"自卿尘认祖归宗至今，因父女两人分别执掌宫府政要，为避嫌疑，极少私下见面，而卿尘也总刻意避开凤衍，此时主动前来，凤衍倒真有几分意外。

凤衍随她离开中书省庭院，问道："可是圣上有什么旨意？"

"没有。"卿尘道，"母亲最近身子可好？"

凤衍点头："服着你给她配的药，一直不错。"

卿尘道："鸾飞的事，父亲和哥哥们瞒着她吧？"

凤衍叹气道："若她知道怕是会受不了，只是也瞒不了多久。"

"嗯。"卿尘点头，"鸾飞醒了。"

凤衍脚步一顿，面上却还平静，低声问道："当真？"

卿尘看了他一眼："我没有奏禀皇上，父亲要不要和九殿下商量一下，眼前要如何处置？"

凤衍一双久经人事的眼睛抬了抬，缓缓道："你都知道了？"

卿尘不露声色地道："鸾飞告诉我了。"得了凤衍这句话，看来凤家表面上四面圆滑，实际上和夜天溟才是最亲密的联盟，暗中经营不知已谋划了多少事情，此时陷害太子，不过是一个开始罢了。

天空缓缓地积起了乌云，越发厚重低沉，凝滞在禁宫上方久久不散，看样子很快便会有一场大雪降临。

凤衍皱眉道："鸾飞怎会此时醒来，难道是九殿下给的药有误？"

卿尘反问道："那该当何时，一个月？"

凤衍面色沉沉，道："能拖一个月，为父自会设法将她送出宫外，此时却是不宜妄动。"

若不是被识破了离心奈何草，他们这计划也算周详，鸾飞会被带出禁宫，从此变成另一个人。人算不如天算，卿尘丹唇轻扬，整个人带着一抹沉静潜定的意味："父亲那时候怕是只能运一具尸体出去。"

"此话怎讲？"凤衍扭头看她。

卿尘笑了笑："离心奈何草十日不解便是无解，鸾飞若今日不醒，便再也醒不过来了，九殿下难道没有告诉父亲？"

凤衍眼底猛地闪过一道精光，恰被卿尘看在眼中。稍后，凤衍竟沉声道："如此鸾飞醒来又有何用？"

卿尘凤目轻轻眯了一下，听这言外之意，鸾飞已经真的是一颗弃子了，醒来反而可能牵连凤家。凤衍倒真是干脆，所想所问竟是这样一句话。

"鸾飞是凤家的人。"卿尘淡淡道,"岂能任人如此欺瞒利用?九殿下这是欺我凤家无人吗?"

凤衍道:"九殿下同凤家渊源已久。"

卿尘道:"那父亲想必了解此人,狡兔死,走狗烹,飞鸟尽,良弓藏。"

不知是谁的脚下踩到一截枯枝,咔嚓一声,寂静的寒冷中格外刺耳。凤衍突然笑道:"看来你是给湛王做说客来了。"

在他人眼中,她同夜天湛的关系自是非比寻常,卿尘也不分辩,脸上不变的淡笑款款:"父亲此言差矣,依女儿看,倒还是不偏不帮来得好些。现在鹿死谁手言之尚早,天下毕竟还在陛下手中,几位殿下谁也占不了先。若是真为凤家着想,不如表里一致,八方和气,以静制动才是上上策。"

凤衍意味深长地看着卿尘,鸾飞是他押在夜天溟身上的棋,而卿尘便是他琢磨夜天湛的另一颗棋。

卿尘扬眉,从容静慧,弈者棋者,谁知谁是谁?

数日之前,卿尘在天帝面前以凤家的名义带头捐银救灾,深受天帝赞赏,亦使得凤衍对这个"女儿"刮目相看。眼下一席话,更加令他分外上心,对卿尘的意见也颇感兴趣:"为父倒想听听,你觉得凤家至此如何是好?"

卿尘敛眉淡淡:"萌芽初生,锋芒方露,此时押定一人的话,一旦错算,则覆巢之下焉有完卵?不如静待脱颖而出的黑马,再设法驾驭之,岂不多些胜算?比起此时便亲身迈入局中,或者要好得多。"

凤衍满意地捋须笑道:"不愧是凤家的血脉,老夫没有认错女儿。"话中已有些许动心,毕竟太子之事天帝的态度暧昧不定,而鸾飞这里又横生变数,轻举妄动自非上策。

卿尘眸中光华璀璨,看的却是远远天际。凤家若能中立于各势力之间,至少断去溟王一条臂膀,一切依然保持着微妙的平衡。棋局变幻,善恶人心自在其中,此时此刻,谁也无法断定,谁又敢孤注一掷?

纷纷扬扬的雪花终于悄然洒落,点点飞舞,笼罩了澄明黄瓦朱红高墙。卿尘抬手轻拂雪花雪,对凤衍道:"一切还要父亲自行决断才是,我要回致远殿了,皇上还等着。"

凤衍点头道:"如今你在皇上身边,也方便许多,凡事多留心。"

卿尘一笑:"这不正是父亲想要的吗?"说罢微微施礼优雅转身,月白裘袍在雪中划了道轻灵的半弧,如兰芷般轻逸,又如桃木雍容稳秀,看得凤衍也一惑,转眼间眼前人儿已经消失在雪中。

第四十四章　情字心底苦自知

微雪迎风飘洒，碎银烂玉般落个满天满地，很快层层枝叶银装素裹，明瓦飞檐此时看去格外清冷，素寒一片。

天帝这个时候必是有一会儿小憩，卿尘倒也不急着回致远殿，在这轻雪飞舞中缓缓独行，回头看去，身后留下一行浅浅足印。

她站在雪中遥望来时的足迹，一时思绪纷杳，片刻后，忽觉有些不自在，一抬头，只见不远处石山顶上凉亭里，一抹人影着了赤红披风，雪中静静望着这边。

那看过来的细挑长眸带着魅惑轻笑，薄唇斜抿噙了丝缕邪意，雪影里妖魅般的赤色如此刺目，卿尘想要回避，然而却已不及，那人沿着石山上的小路举步而下，直向她这边走来。

卿尘怀中抱着的奏章紧了一紧，淡淡施礼："见过九殿下。"

夜天溟立在雪中，看着白裘素服里裹着的盈盈身姿，一时间恍然以为纤舞重新站在自己面前，然而抬头处那张清水般的矜秀面容，慧眸流盼，分明却是另外一人。

卿尘同夜天溟如此孤身相对还是第一次，心里隐隐不安，见他不言不语，忍不住诧异抬头，却见迎面一双沉郁的眸中尽是伤痛，正目不转睛地盯着自己。

他既来了眼前却不出声，卿尘亦不知说什么好，只得静静站着。夜天溟注视眼前人，长眸渐渐眯起，雪光明暗间，便似有无数媚光齐齐射来，带着一片令人迷醉的蛊惑。若是此前，卿尘见他如此阴郁的神情，总会替他和纤舞感到惋惜，但现在却只觉暗暗心惊。

血色披风随风微微招展，阴暗的天色下映着白雪，越发诡异。夜天溟粼粼眼波中依稀有光影变幻着深浅，逐渐现出卿尘印象至深的，那种纠缠弥漫的阴鸷，浓得甚至生出几分煞气。她忍不住向后退了一步，道："殿下没什么事的话，我先告退了。"

夜天溟眼底一瞬恍惚，随即跟上她："去哪儿？"

卿尘道："致远殿。"

夜天溟见她刻意与自己拉开距离，道："何必躲着我？"

卿尘谨慎答道："殿下又不是洪水猛兽，我何用躲着？"

夜天溟举步沿雪地前行，侧头看了她一眼："如此便陪我走走。"

卿尘只觉那目光说不出的叫人心悸，不躲才是假的，借口道："我还要回致远殿复命，殿下若是没带跟着的人，我差人去通传一声。"

夜天溟却道："你是纤舞的妹妹，算起来我也是你姐夫，鸾飞见了我都以'姐夫'相称，你却为何一口一个'殿下'？"

卿尘眉色轻柔,垂眸不软不硬地说了句:"那姐夫为何不代姐姐去看看鸾飞?迟些恐再难见了。""姐夫"两字特意一顿,格外加重音调,叫人听去有异却又说不出哪里不对。

夜天溟那狭长的眼睛一动,映着血红披风极尽妖媚,不知是因这冰天雪地还是其他,卿尘只觉四周格外森冷,静得几乎连自己的心跳也听得见,落雪厚厚地覆上,亦不能掩盖得住。

夜天溟嘴角轻轻一挑:"我正要去看鸾飞,不想在此遇到了你。"说罢一放手,身上披风迎风散开,"不妨随我一起去。"说罢踏雪往延熙宫而去。

卿尘见他说去便去,倒是意外,虽然不愿和他有什么瓜葛,但想了想终究放心不下,还是随后跟上。

鸾飞元气未复,自卿尘走后独自躺在床上,浑浑噩噩中诸般事情在心头浮沉不休,却不像平时那样智谋丛生,能解得眼前这个将死之局。突然听到门外轻响,是有人又进了至春阁,她随即闭目屏息,便如同之前昏迷一样,丝毫看不出痕迹。

卿尘同夜天溟进了房中,见鸾飞好好地睡在那里,牡丹色的宫缎浓浅回转,映在夜天溟那妖异的眼中,却浓浓覆上了一层叫人窒息的晦涩,卿尘听到夜天溟低声说了句:"纤舞。"

极低的一声呼唤,似乎来自遥远的深夜,带着无尽黯然划过这清冷的冬日。卿尘微微一怔,此时夜天溟心下清朗了些,哑声对卿尘道:"你可知今天是你姐姐的祭日?"

卿尘心头被他沉痛的语气带得一阵滞闷,天帝对莲妃、太子对鸾飞,夜家男子当真个个痴情。但夜天溟对纤舞情深,于鸾飞却难免薄幸,卿尘心思轻转,道:"既然如此,殿下何不帮忙找找离心奈何草的解药,以告慰姐姐在天之灵。"

夜天溟心底一凛,身上透出一丝危险的气息,但很快便掩饰过去,说了句:"我如何会有那种东西?"

如何会有那种东西,便是知道这东西了,卿尘感慨道:"看来明年今日便是我凤家姐妹两人的祭日了,不知纤舞泉下有知,又会做何感想。"

夜天溟狭长的眼中隐有怒意闪过:"你说什么?"

卿尘在他怒视中不经意地一笑,眉眼间尽是纤舞的影子,虽少了那份纤弱无助多了丝清灵,却叫人心底浩然翻腾,再挪不开眼睛。

话在将明未明间,卿尘看了看静卧的鸾飞,不知她现在是醒着还是睡着,淡淡道:"殿下是明白人,我也不绕圈子了,打一开始,殿下就没想要给鸾飞解药吧?"

夜天溟扫了鸾飞一眼,又将阴柔的目光转回卿尘处:"鸾飞说过可以为我做任何事情,生死无惧,还要解药做什么?"

卿尘瞥见鸾飞的睫毛微微颤动,慢慢踱步往旁边走去。夜天溟既要看着她,便回身背对了鸾飞。

"有的虽亡难舍，有的却弃之如履，"她不无讽刺地道，"虽是姐妹，看来却命不相同。可怜鸾飞白白为你了。殿下对着她，心中难道就没有一丝怜惜之情？"

夜天溟眯了眯眼睛，薄唇抿成冰冷的直线："谁人能替代得了纤舞？"他一步步往卿尘身边走来，"不过你倒是比鸾飞更像纤舞，所有像纤舞的女人，我都不会放过。"

随着两人逐步靠近，危险的感觉越来越重，自夜天溟那双妖冶的眸中，卿尘看到自己的身影渐渐清晰，而此时鸾飞的手，紧紧地，仿佛正用尽全身力量抓着锦衾，本已瘦削的指节苍白突兀，几乎将要断折，似已到了忍耐的极限。卿尘惊觉若是让夜天溟知道鸾飞并无性命之忧，只怕会再施毒手。心中电念闪过，她往后退了一步，伸手将门推开："既如此，殿下也不必在此久待了，咱们移步说话吧。"

偏殿中少有人走动，长廊一片安静，只有窸窸窣窣的雪声入耳。夜天溟阴冷一笑，将身上披风随手抖开，丢落在鸾飞身上："纤舞最喜欢红色，今日便当我以此送鸾飞了。"说罢头也不回地举步迈出房门，卿尘悄然看了看鸾飞，随后掩门而出。

走出至春阁，卿尘正要抽身离开，不料夜天溟回头一步拦在了她身前。她急忙往后退去，却发现身后是高大的楹柱，已然无处可退。夜天溟却没有因此停下来，直把她逼至楹柱前，抬手一撑，将两人圈在一个狭小的空间内，盯着她道："不必想法子躲我，你总有一天会是我的。"

卿尘凤目沉冷，熠熠和他对视，声音中丝毫不带感情："凤家不过三个女儿，九殿下害死纤舞，利用鸾飞，如今又想娶我入府，是打算扳倒湛王，还是对太子赶尽杀绝？真不知殿下究竟是有情还是无情！"

夜天溟身子向前一压："本王是有情还是无情，你不妨亲自试过以后再说。"

卿尘将手中的奏章向前一挡："殿下小心皇上的折子，若是弄坏了，你我谁担待得起？"

夜天溟往下瞥了眼挡在两人之间的奏章，空闲的右手缓缓将它压下："我担不起，你也一样担不起。"

卿尘眉梢轻轻一挑："那太子之事，不知殿下自问在皇上那里担得起几分？"

夜天溟慢慢直起了身子："我担几分，凤家也就有几分，郡主不会想去自曝家丑吧？"

卿尘冷冷地将手挪开："凤家这点家丑和皇家的比起来，不过寥寥罢了。"

夜天溟眼底竟又生出几分柔情，衬着那张绝美的脸格外炫目："要说我无情，凤相也差不到哪儿去。回去转告凤相，就说我不会亏待凤家，丧女之痛，自有相当的获益，绝不叫他亏本。不过也告诉他，他现下这个女儿，我一样也要定了。"

卿尘缓缓道："殿下莫要忘了，这世上不是你想要什么，便都能得到。"

夜天溟那妖魅的眸光微微一跳，泛起一丝蛊惑人心的温柔，仿佛血色，渐渐浓郁："那你就太不了解男人了，男人若真想要一个女人，就没有人挡得住！"

卿尘冷颜道："太自信了未必是好事，有鸢飞和太子的前车之鉴，殿下还是三思而行的好。"

夜天溟微怒，出其不意地伸手捏住卿尘的下颌，声音阴沉："你不信我有这个胆量？那不妨现在试试看！"说罢他手下用力一抬，俯身便向她唇上压下。

卿尘挣扎怒道："放手！"

"放手！"与此同时，一声夹杂怒意的呵斥响起，卿尘趁夜天溟一怔时摆脱他的挟制，猛地推开他。长廊上夜天湛俊眸微挑，脸上早已不见平日的温雅，如笼严霜。

夜天溟惊愕过后恢复常态，竟笑着问了声安："七哥！"

"你干什么？"夜天湛冷声问道。

夜天溟道："没干什么，不过和卿尘闲聊几句罢了。"

卿尘恼他竟敢在延熙宫如此放肆，道："我没兴趣和殿下闲聊，殿下还请自重！"

夜天湛强压下心中怒意："皇子与修仪间是什么规矩，九弟想必都明白，不必我再提醒。"

夜天溟向前迈了两步，走到夜天湛身边，低声笑道："七哥何必如此恼怒，难道是因为我做了你想做又不敢做的事？"

夜天湛闻言冷冷看着他："你说什么？"气氛顿时剑拔弩张，飞雪卷来，冷风如刀，穿透锦衣裘袍令人遍体生寒。

夜天溟停下脚步："人人都知道卿尘是从七哥府中出来的，七哥待她十分上心。"

夜天湛眸底微冷，道："你既然知道，便最好收敛些。"

夜天溟却道："可惜有些东西我是志在必得，今天先和七哥打个招呼了。"

夜天湛冷哼一声，他毕竟涵养极佳，亦不欲在延熙宫生事，即便恼怒也只淡淡道："如此我奉陪到底。"

只言片语，如冰似雪，与夜天溟狂妄的挑衅针锋相对，擦肩而过的对视几乎迸出灼人的火花，夜天溟若无其事地道："看到七哥动怒当真不容易，没想到竟是为了一个女人！"

夜天湛目视他离开，那一瞬间，眼底温润春水翻作三九寒冬，寒意陡似剑光，那锐利的冷芒看得卿尘心中震慑，然而他回身却对她缓缓一笑："你没事吧？"

卿尘摇头道："没事，我得赶快回致远殿了。"

"卿尘……"夜天湛微微蹙眉，叮咛道，"眼下多事之秋，凡事千万小心。"

卿尘静然垂眸，太子之事虽未见处置，但所有的格局已然开始变动，身处机要中枢，她凭着一种直觉便能感到，方才夜天湛和夜天溟简单几句话，又岂是只为眼前这点儿小事？片刻沉默，她对夜天湛道："什么都不要做，尤其是为我。"话也只能说到这里，她不再多做停留。

夜天湛看着卿尘转身迈入雪中，似是想喊她，但又没有出声。纷纷扬扬的飞雪很快在两人之间垂下无边无际的幕帘，卿尘的身影消失于茫茫雪幕中时，夜天湛极轻地叹了口气，抬手处，一片薄雪落入他的掌心，转而化作了晶莹的水滴。

第四十五章　瀚海阑干百丈冰

初冬的第一场雪停停下下，竟持续了几日，静谧的寒夜里纷纷扬扬覆了一地，衬得月色更多几分清寒。大正宫中层层起伏的琉璃金顶上厚厚着了一层雪，仿佛整个化作素白的世界。白雪掩盖了一切，一切又在雪中悄然地滋生，没有人察觉，也无从察觉。

夜已深沉，卿尘却还未睡，一手握卷靠在床头细细研读，身上搭着一件狐裘，狐皮色泽柔顺堪与户外白雪争光，映得她雪肤如玉淡淡莹莹。

夜天凌前日差人送了这件狐裘过来，卿尘看了会儿书，下意识地伸手抚摸，便想起夜天凌坚实的怀抱，一样带着暖意的呵护，层层包裹在身边，叫人从心底生出踏实。如今每日站在太极殿中，众人间看到他挺拔沉定的身影，便感觉一切事情都不难，时时刻刻都有着希望，她可以等可以忍，不知不觉里，他的影子已经那样深刻地镌刻在心底，随着光阴愈染愈浓。

桌上放着几册医书。数日之内，伊歌城中患病人数再增，这场突如其来的疫情，像是洪水猛兽毫不留情地吞噬着人们的生命，愈演愈烈。苦于条件有限，卿尘知道的许多法子都派不上用场，只好在医书之中详尽钻研，以期能有新的发现。

转眼已至三更，她才熄灯睡下，迷迷糊糊间，忽听窗外有人轻声叫道："郡主，郡主……"声音轻急，依稀像是碧瑶。

她披衣下床，开了门，见碧瑶只穿了件单袍，在雪地里瑟瑟发抖，一见她出来，扑前拜倒："郡主，你救救我们姐妹，求你……求你……"

卿尘急忙拉她起来，低声道："你这是干什么，竟敢深夜私来致远殿？"

碧瑶跪在雪里只是磕头："我们没有办法，只能来求郡主了。"

卿尘见她如此，知道定是出了事，一边扶她一边沉声道："莫惊动了他人，先进屋来。"

碧瑶方随她起来，卿尘看她冷得瑟缩，找件衣服给她披上："出什么事了？"

碧瑶眼中血丝密布，神情惶急："太后……太后娘娘今晚突然头疼发热，现下已经人事不知了。"

卿尘心底一惊："糊涂！你不快宣御医，怎么反来我这里？"

碧瑶哽咽道："我不敢……丹琼她……她也高烧不退……"

卿尘目光猛地一抬，顾不得追究其他："什么！"她一把抓住碧瑶，"还有什么人？"

碧瑶吓得只会摇头，卿尘冷声道："是什么症状？"

碧瑶哭道："头疼……浑身发热……咳嗽……都昏昏沉沉的……"

卿尘听着她的话，心下寒意渐生，这和伊歌城中瘟疫的症状一模一样，立即抓了披风道："走，去看看。"

到了延熙宫，今夜同碧瑶一起当值的紫瑷早急得像热锅上的蚂蚁般，直在寝宫前殿打转。一见碧瑶带了卿尘来，像见了救星，顿时哭道："郡主救我们。"

卿尘见紫瑷竟大胆同碧瑶一起瞒着，心中奇怪，但来不及深究，对她们道："在门口守着。"

她独自进了太后寝宫，碧瑶和紫瑷无法可施，只握了手垂泪。不多会儿卿尘出来，面色隐在昏暗的檐下看不清晰，碧瑶急问道："郡主……"

卿尘对她摆摆手："带我去看丹琼。紫瑷守在这里，任何人，包括你自己都不准进寝宫。"

丹琼和碧瑶共住一室，一床锦被盖在身上，人已昏睡不醒，脸上因高烧泛着不正常的潮红。卿尘进屋前便以丝帕掩了口鼻，此时搭她脉搏，神情越发凝重。很快出了屋子，她一言不发直往太后寝宫快步而去。碧瑶跟在身后一路小跑，又不敢叫她。卿尘低头思索，出了抄手复廊方抬眼问道："这是什么时候的事？"

碧瑶回道："就是今天。"

卿尘冷不防停住，直视她："丹琼是不是出过宫？"

碧瑶屈膝跪倒在地，磕头哭道："不敢瞒郡主，紫瑷挂心家中只有母亲一人，晌午偷偷出去送了些药。丹琼年少贪玩，趁我不知道缠着她跟了去，谁知回来就这样了。"一边抽泣一边只是磕头。

卿尘抑声道："你们真是不要命了！我前几日都白白嘱咐了吗？出宫带了瘟疫进来，即便能瞒过所有人，丹琼也未必能活得了。何况这是多大的事，谁能瞒得住！"

碧瑶闻言脸色惨白，已是骇得只知哭泣："求郡主救命……"

卿尘皱眉道："你起来，哭有何用？你和紫瑷竟未染上已是命大。她两人出宫，还有谁知道？"

碧瑶摇头："没人知道，简宁宫后有一道上了锁的宫门无人看守，年久日长门锁已坏，她们想私下出宫都是从那里悄悄去的。"

卿尘知道这瘟疫来得凶猛，心中焦虑万分，强自镇定道："你现在马上去御医院，报说太后不舒服，宣御医过来。御医看过后若查问起来，绝不能承认有人出过宫，就说丹琼一直跟在太后身边伺候，紫瑗和你在一起。只要真没人看见，谁也查不出来，最多治个照护不周的罪，比你们犯下的可轻多了。"

碧瑶吓得不轻，道："这……这若查出来，可是欺君的大罪。"

卿尘眸中一沉："欺君之罪，无人知道便是没有。切记和紫瑗两人所说不能有二，生死便在这上面。"夜色中延熙宫明暗不定的光映过来，雪地里投下一片寂暗的影子，灯火沉沉，若隐若现。

碧瑶听着她冷静的语气，心神清明了许多，叩首道："郡主为了我们竟冒这样的险，我们来世衔环结草做牛做马也不能报。"

卿尘叹道："能不能逃过这一劫尚未可知，说这样的话还早。这病我现在是不能治，也还没有方子医得好，究竟怎样要看造化。"碧瑶知道事情严重，磕了个头，匆匆去了。

卿尘悄悄回到致远殿，不多会儿御医院便有人来报天帝，说太后病重。

不待天明深夜惊扰，那必是极不好了，天帝闻讯即刻起驾延熙宫，谁知到了延熙宫却被御医院的人拦在寝宫外面。孙仕上前喝道："大胆！竟敢阻拦圣驾，还不快让开！"

太后的病状，诊脉的当值御医何儒义早就怀疑到了疫症上面，虽是禀了上去，但说什么也不敢让天帝以身涉险，跪着道："陛下龙体为重，恕臣斗胆，不敢请陛下进寝宫。"

倒是天帝还沉得住气，肃声道："何儒义，你倒是给朕说说为何不能进去！"

何儒义道："太后脉象虚浮，高热不醒……事关重大，臣不敢妄言，但请陛下先顾及龙体。"

卿尘见天帝渐有怒色，这何儒义是宋德方的高徒，医术虽不错，却是御医院中出了名的迂腐不通人事，得了个"何榆木"的外号。卿尘怕他一言不慎触怒天帝，便上前道："陛下，何儒义阻拦圣驾也是职责所在，不若先让我进去看看，再请陛下定夺。"

孙仕此时也听出事情不简单，不敢令天帝涉险，在旁跟着劝："陛下息怒，不妨让凤修仪先去看看也好。"

天帝对卿尘的医术倒有几分信任，思索一下，终于准奏。卿尘随何儒义进了寝宫，她对太后的症状早就一清二楚，再次诊看后便问何儒义道："怕真是那病，你看该如何？"

何儒义摇头道："郡主既也认定是那疫症，怕是没错了。这病症甚是厉害，我等无论如何要劝着皇上莫要近前，若是在宫中散开，后果不堪设想。"

卿尘道："如今第一怕是要先封锁病源才好，否则想要不传播也难。"

何儒义道："事不宜迟，我这就去禀奏陛下，请陛下定夺。"

卿尘心想如此便只有封了延熙宫，隔离宫中之人，但这又岂是易事？待要劝何儒义委婉些对天帝说，何儒义早已步入瑞春阁面圣。卿尘随他而入，将太后病症细细禀呈天帝听，天帝亦略知医理，愈听面色愈是沉重，问道："你们御医院怎么说？"

何儒义躬身回道："太后此症与京隶两地疫症相符，臣斗胆请陛下暂封延熙宫。"

话音甫落，天帝果然不悦道："大胆！延熙宫乃是太后寝宫，岂容你说封便封？"

何儒义立时跪下叩头道："臣据实而言，还请陛下斟酌，延熙宫不封，宫中人人性命堪危。"

天帝喝道："一派胡言！宫中一直谨慎防范，怎会有疫病传入？"

何儒义再磕个头道："臣不清楚疫病如何入宫，但太后娘娘病症厉害，万万不能马虎。"

天帝怒道："何儒义，你医不好太后的病，竟胡乱往疫症上推，朕必要亲自去看看！若有差池，你有几个脑袋？"说罢便要往太后寝殿去，孙仕等人忙劝，但天帝至尊之躯，却也没人敢硬拦，反而卿尘一步赶上，跪在雪地中道："请陛下留步！"孙仕等随后跪下一片。

天帝被她拦下，道："卿尘你也大胆了，敢挡朕的驾！朕的母亲卧病不起，朕却不得探视，天下岂有此理！"

卿尘微微叩首道："卿尘宁肯忤逆陛下，也绝不能让陛下进寝殿。陛下不仅仅是太后娘娘的儿子，亦是万民的天子，岂能因一己之私而弃天下于不顾！"

天帝不料卿尘如此直言不讳，但她话中有理，一时也难驳斥回去，在雪地里来回踱了两步，心绪烦乱："好，你们一个个知医懂药，倒是给朕说说要怎样才好！"

卿尘道："请陛下即刻下旨封宫，使疫症不能四散。卿尘愿自请留在延熙宫，一来服侍太后，二来寻方求药，以期能解此瘟疫。"

天帝虽为太后的情况焦虑万分，却并不糊涂，御医院和卿尘结论一致，疫情入宫是何等凶险，岂容大意？冷静下来后问道："你可有把握？"

卿尘垂眸道："只求尽力而为。"她自帮碧瑶她们隐瞒的那一刻便早已决心如此了。太后是夜天凌在这宫中最亲的人，她心底又何尝不怪紫瑗、丹琼鲁莽闯祸？但是即便说出来，除了多赔上几条人命，又有何用？

此时本在太后身边伺候的紫瑗匆匆过来，跪下回道："陛下，下午一直伺候太后的宫女丹琼突然晕倒，似乎……似乎也发起了高热。"

所有人同时一惊，唯有卿尘依然淡淡地看着面前一方白雪。这正是她方才借机吩咐紫瑗来报的，如此或可让天帝下定决心封锁延熙宫，而一旦查起来也好说丹琼是伺候太后染上了疫症，不至于牵扯出事情缘由和紫瑗、碧瑶两人。

何儒义忙问紫瑗："可是刚刚一直跟在太后身边的那个宫女？是不是和太后一样症状？"

紫瑗点头："是，丹琼和我一直伺候在太后身边。症状……症状奴婢不敢妄断。"

延熙宫中宫女众多，何儒义也不能一一认识记得，丹琼与碧瑶姐妹二人容貌又极其相似，所以何儒义只当方才是丹琼伺候在侧。

借此机会，卿尘再次深深向天帝叩首："请陛下降旨封宫！"

何儒义也跪倒雪中俯首道："请陛下降旨封宫。"

身旁跪了一地人，天帝面向延熙宫方向伫立半晌，终于缓缓道："传朕口谕，封禁延熙宫。"卿尘那一瞬间在天帝的脸上看到了极沉痛的神色，她俯在雪中，浑身冰凉，冰雪随着身体的温度缓缓地化作雪水，浸湿了衣袍，砭透肌肤。

第四十六章　正在有情无思间

延熙宫的封禁对外只以太后患病需要休养为由，禁止出入探视，各宫上下却已在不寻常的空气中察觉到了紧张。

殷贵妃在此时显出了她不同于众人之处，恩威并施协助天帝震慑着后宫，手腕独到处处得当，使这三宫六院看起来还是一片平和。无怪天帝即便有如花娇宠三千佳丽，也动摇不了殷贵妃实际上六宫之首的地位，只因为她是天帝需要的女人，她用自己门阀贵族特有的骄傲和端庄，美丽和手段，牢牢俘获着天帝的心。

朝堂政事如往常一般有条不紊地进行着，唯有几个深得天帝信任的重臣和几位皇子知道实情。天帝因京隶两地疫情，一天之内连颁五道圣旨，亲自督促防疫。御医院、赈济司连遭贬斥，却依然没有有效的方法防治疫情，当真人人坐立不安，提心吊胆。

御医令宋德方、御医何儒义奉旨随清平郡主当晚便入了延熙宫。随着宫门缓缓合拢，延熙宫和外面全然隔离，身在其中，没有人知道是不是还能活着离开。

恐慌、不安悄无声息地充斥了每一个角落，那种毫不知情的恐惧，如影随形的危险感，在所有人心中一点一点滋生、蔓延，就像完全陷入一片黑暗之中，明知某处有着致命的危险，却半点光亮都寻不到摸不着，只能提心吊胆，等待着随时可能降临的死亡。

等待死亡，岂不是最可怕的事情？

卿尘入宫第二日正午时分，即令留在延熙宫的所有人集中于前殿广场中央，将延熙宫目前的状况详细地、毫无隐瞒地公布于众，与其任人枉生猜测，不如坦言相告。当时便有胆小的宫女吓得瘫软，互相抱在一起哭出声来。

卿尘暗自叹息，或许每个人都会以为自己不怕死，但当死亡的阴影笼罩过来的时候，又有几人能面不改色、镇定如初？

她站在白玉长阶的最高处，用缓慢而清晰的声音道："我知道你们怕，但是现在，没有人出得了延熙宫，包括我。任谁私自迈出宫门一步，便是杖毙的下场，死得更加难堪。如今咱们只有同进共退、齐心协力，才有可能逃过此劫。我也怕死，但我凤卿尘绝不会弃大家于不顾，人定胜天，老天即便要亡我们，我们不妨也跟它争一争！"

话说至此，本来慌乱的众人似乎安定了些，延熙宫上下皆知清平郡主精于医术，此时的她，就像众人一根救命稻草。所有人眼巴巴地看着听着，却有个小内侍蓦然惊呼："瘟疫！瘟疫！我不想死！我不想死！"竟大喊着往宫门处拔腿狂奔而去，剩下的宫娥内侍顿时一阵骚乱。

卿尘一惊，喝道："王兆！"

延熙宫内侍监司王兆立刻下令："快！抓回来！"几个执行内侍早已动手，那小内侍没奔上几步便被擒回，在执行内侍的钳制中苦苦挣扎："我不想死！不要！不要！"满面的涕泪，早已几近狂乱。

卿尘看着周围骚乱更甚，不少人似是都有了逃走的心思，微一咬牙，冷冷道："杖毙！"

那声音不高却犀利，铮然掷进了骚动中心，像是带过一道无情的锋刃。随着执行内侍将杖刑的长凳咣地置于场前，四周猛然安静。

执行内侍捏开小内侍的嘴，塞进一条木棒，牵着两端的绳子手脚利落地往后一紧，缚上双手，杖起杖落，发出敲击在人身上的闷哑声响。眼前血珠飞起，一道道浓重的暗红溅入厚厚白雪之中，留下触目惊心的痕迹。

那小内侍起初还嘶声挣扎，渐渐便没了动静。卿尘立在那里，静静望着，一杖杖似是重重击在心底，她却硬挺着丝毫不为所动。

众人吓得噤若寒蝉，没有人注意到，延熙宫原本紧闭的大门突然打开，有两个人迈步进来，那朱漆金门又在他们身后缓缓关闭。

场中死寂，无人再敢妄动，突然有个清冷的声音遥遥传来："好！拖下去埋了，再有犯者，当同此例！"卿尘凝眸一看，这一惊非同小可，竟是夜天凌一身云青长衫，身披白裘，踏着逐渐消融的冰雪往这边而来。身后跟着随从晏奚，两手小心翼翼地提着一样东西，上面严严实实蒙着黑布。

众人惊醒，黑压压俯身一片。夜天凌摆摆手："都起来吧。"举步上了殿前高阶。

卿尘早迎了过来："四……殿下，延熙宫已然封禁，任何人不得出入，还请快快回去！"又对晏奚怨道，"你这是怎么回事儿？竟容殿下入此险地！"

晏奚道："郡主，殿下早朝之后去向皇上请命侍奉太后，坐镇延熙宫，在致远殿求了两个多时辰皇上竟准了，我们谁能拦得住啊？"

卿尘自昨晚入宫，此时心里才真正知道什么叫作着急，低声对夜天凌道："你这是干什么！"所谓平心静气，原来只因事情没有触到心中软处罢了。

夜天凌登上最后一层台阶，脚步微停，在卿尘无比焦虑的眼神中淡淡说了句："既知是险境，我岂容你一人面对。"这话说得极轻，只容她一人听见，说罢他转身和她并肩而立，望着延熙宫众人，"皇上虽封了延熙宫，但十分惦记忧心。圣驾不能亲自前来，本王子代父身，尽孝心，除疫情。清平郡主方才所言都听清楚了，各尽职守，谨慎行事，莫要让本王知道有人趁乱生事，否则，方才便是先例。"

不知是因之前的极刑震慑，还是因凌王的到来，偌大的场中无人敢再出声，终于安静下来。卿尘却被夜天凌方才一句话搅乱了心神，当着这么多人也不好争执要他回去，纤眉轻蹙，吩咐众人："该做什么想必你们已经清楚，都散了去做事吧，有事到遥春阁来回。"众人惊魂甫定依命散去，各司其职，倒也有条不紊。

卿尘和夜天凌往遥春阁去，晏奚知趣，不再跟着。

遥春阁离当日鸾飞所居的至春阁甚近，封宫之前，卿尘借了这个时机，给鸾飞再喝了离心奈何草，御医院几位御医亲自看验，皆道数日过去，人已无救。天帝此时诸事忧烦，无心计较鸾飞之事，只命将尸身发还凤家安葬。卿尘命人暗中带了消息给凤衍，诈称鸾飞乃是在延熙宫沾染瘟疫不治而亡，要凤家速速安葬，莫要拖延声张。鸾飞之事本就是凤家大忌，瘟疫一说更加令人心惊。凤衍接了卿尘密函，当日便将鸾飞下葬，而卿尘则早命冥衣楼安排妥当，持解药去救，此时当已将人安全带出。从此以后，世上便再无凤鸾飞此人。

但是此时卿尘却已无暇思量鸾飞的生死，进了遥春阁见四周无人，转身便对夜天凌急道："你这么进来，还出得去吗？要坐镇延熙宫自有他人，你这是抢什么风头？何况延熙宫哪里就非要人坐镇了？多进来一个人就多一个人危险，我不是禀报皇上谁也别来，谁也别插手吗？"

夜天凌从来没见过卿尘这般焦急的模样，静静看着她。卿尘见他不说话，又道："延熙宫现在不知道什么时候就又出了病症，这病现在谁也治不了，你在这里若是不小心有个沾染怎么办……"

她还要说，突然被夜天凌一把揽进怀里，她本能地挣扎了一下，却没有挣脱他的手臂。

他身上特有的男儿的气息立刻包裹了她的周身，冬日正午的阳光洒下，冰雪中反射出细微的耀目的光泽，亮晶晶，闪熠熠，点点生辉。一时间四周安静得几乎能听到阳光流动的声音，偶尔有檐上冰雪消融，滴答一声落下，反更衬得遥春阁空寂安静。

夜天凌将卿尘圈在怀中，下巴轻轻靠在她头顶，那熟悉到不能再熟悉的声音带了些令人不解的复杂的意味，慢慢道："你也知道着急，将心比心，难道我不急？"

卿尘呼吸凝滞，脑中瞬间一片空白，她怎也没想到他会说出这样一句话。微侧的头贴近在他胸膛，正能听见他心脏一下一下有力地跳动着，感觉他紧紧地抱着自己，突然就明白了他的心意。

但将君心换我心。是什么时候，深沉无波的心境也为之牵肠挂肚，冷冷淡淡的模样也为之频频动容？是那萍水相逢的邂逅，是那恍如几世的相识，还是那相对忘言的凝视？

只缘身在此山中，云深不知处。却谁道，已是眉上心头，无计相回避。

她轻轻地动了动，将脸埋在夜天凌身前，突然间泪水不受控制地流落。或许这一天一夜里担惊受怕，其实每时每刻都想着能见到他，哪怕只是看着那双永远平静清明的眸子，便会得到心中希求的安定。

夜天凌远远望着天空雪晴一片，抬手抚摸她流泻香肩的一头秀发，柔声道："不怕，我来了。"

卿尘闭了眼睛，有些赌气地道："你干吗要来？"却是明知故问。

夜天凌答："不干吗。"却是避而不言。

卿尘闻声不语，只是紧紧抓了他衣襟一下。夜天凌低头淡淡道："十一弟说得真没错，每次都不叫人省心。"

卿尘眼泪还没擦干，先不服地反驳一句："那是他，不是我。"

夜天凌薄薄的嘴角勾起一抹微笑，将卿尘俏脸抬起，手指在她面颊轻轻滑过，拭去了那未干的一点泪水。两人的影子在彼此眼底淡淡相映，一个是七窍玲珑，一个是淡冷清峻，只将这缱绻柔情细密镂刻，潺潺流连。

夜天凌低声道："即便是你又如何，我也认了。"话中带着三分柔和三分淡笑，还有三分霸道，牢牢将人裹住，他眼底的幽深似化作了波光粼粼，深深浅浅带着醉人的魔力，如同一道低沉的咒语，蛊惑人心。卿尘俏靥微红，急忙侧开头去。

夜天凌却只轻轻一笑，心神微正，低声问道："延熙宫中怎样了？"提起这事，两人却都敛了笑容。卿尘沉默一会儿，道："四哥，你既来了，也走不了了。若你走，这里我不可能再镇得住。但有一点，你不能进太后寝宫，一步也不能。"

夜天凌不置可否，沉声问道："你实话告诉我，皇祖母她究竟情形如何？"

卿尘在他面前怎么也说不出欺瞒的话，他的眼中此时什么也没有，只是黑得慑人，让她深深地陷进去，不敢，也不愿去欺瞒。宁肯面对的是千疮百孔满目疮痍，甚至卑鄙龌龊肮脏不堪，也只愿听真相，他要的只不过是真相。

她咬了咬唇，轻轻道："给我点时间，或许太后娘娘福大命大，能度过此劫。"

夜天凌缓缓闭了下眼睛，卿尘见他唇角冷冷抿着，知道他只有在痛极而又不愿发作的时候才会有这样的表情，忙道："一定会没事的，四哥，我会想办法。"

夜天凌定了定心，道："你要那些白鼠干什么？我给你带来了。"

卿尘道："我要用来做实验，找出能治疫病的药方。"

第四十七章　竹箫寂寥沧海笑

遥春阁东室隔离了所有人等，连夜天凌也不例外。

整间屋子一边摆满了大大小小的笼子，一边陈列着草药、书籍和各种备用的器皿。卿尘埋首医药之中，直到夜深寒重站起来揉了揉脖颈。她推门而立，仰望天上如丝如缕轻云飘过淡月，屋外扑面而来的冷意驱走了深夜的困倦。

她遥望无垠的夜空，脑中却还是各种各样的草药方子，似乎生了根似的穿插不休。

突然耳边隐约传来一阵箫声，侧首细听，这曲子竟是她很久以前弹过的那首琴曲，夜天凌那时还曾说过，若以箫相和应当不错。她伫立片刻，举步循着箫声一路寻去，畅春殿的台阶上夜天凌遥遥独坐，夜色中一袭白裘显得如此清冷，几乎连这将融未融的冬雪也比了下去，手中握着一支紫竹箫，悠悠箫音正来自他处。

卿尘拾级而上，箫声悠然而止，紫竹箫在指间转落掌心，夜天凌望着她单薄清秀的身影没有说话。

她来他身边坐下："怎么一个人在这儿，夜深了也不歇息？"

夜天凌侧了侧头："你呢？"

卿尘笑了笑："我反正也睡不着，听着有人吹箫，便出来看看。"说话间夜天凌身上的白裘落到了肩头，她随步出来只着了件寻常冬衣，将带着他体温的白裘紧了紧，暖暖地窝在里面。

夜天凌修长的手指在紫竹箫上轻轻滑动，清隽的目光望着面前层层而下的高阶，问道："是你让晏奚和王兆寿他们跪在寝宫门口拦我的？"

"嗯？"卿尘愣了愣，她是嘱咐过晏奚千万不能让夜天凌进太后寝宫，不想他们竟用了这法子，道，"法子倒不是我教的，不过是我吩咐他们拦着的。"

夜天凌道："你当他们拦得住？"

卿尘看了看他："拦得住，你不是糊涂人，也不会做无用之事。御医会随时呈禀太后病情，你堂堂王爷之尊，哪里又会照顾病人？想进寝宫不过是自己心里忧急罢了，非常之时，晏奚他们是好意。"

夜天凌沉默了会儿，淡淡道："我知道。"

卿尘微微一笑："四哥，你还记得刚才那首曲子？"

夜天凌点了点头："那日你在屏叠山的竹屋曾经奏过此曲。"

卿尘在膝头静静地趴了会儿，将歌词轻声唱道："沧海笑，滔滔两岸潮，浮沉随浪记今朝；苍天笑，纷纷世上潮，谁负谁胜出天知晓；江山笑，烟雨遥，涛浪淘尽红尘俗世知多少；清风笑，竟惹寂寥，豪情还剩，一襟晚照……"

夜天凌安静地听着，卿尘清美的声音在阶前雪影中寥寥荡荡，几分柔润，几分飘逸，几分洒脱，几分空寂，仿佛此处已随着她的歌声化作烟雨飘摇，寂寥人世。

一缕明澈的箫音悠然而起，潇洒峻旷，伴着歌声曲意，低诉苍茫江湖。一叶扁舟，海潮澎湃，千载英雄，几度夕阳。

卿尘轻靠在夜天凌身畔，道："可惜没有琴，你那日说过，此曲可以箫琴相和。"

夜天凌伸手将她揽过："这又不难。"

卿尘轻声道："放舟五湖，青山远，不惹凡尘。四哥，你喜欢那样的日子吗？"

夜天凌低头问道："你喜欢？"

卿尘没有说什么，将头埋在他的膝间。

夜天凌见她不说话，也静声不语，四周寂然无人，只有依稀的月色穿过薄云映在雪光深处。

眼前的景象让他觉得如此熟悉，似乎曾经就是这样和她一直坐着，已经千年万年，很久都没有变过。一会儿，他淡淡道："你若喜欢，日后我带你去。"

卿尘轻轻"嗯"了一声，伏在他温暖的怀中神志有些迷糊，折腾了这么久没有休息，此时是有些撑不住了。

夜天凌俯身看了看她，她迷迷糊糊道："四哥，原来你也会着急。"毫无意识地呢喃。

夜天凌一愣，随即眉间掠过柔软，轻轻起身将她抱起。

卿尘只在半梦半醒间觉得身子一轻，随即安安稳稳地睡了过去。

夜天凌将她送回遥春阁，看她在睡梦中依然蹙着眉头，但人毕竟是在面前了，转眼可见，触手可及。想起今早听到延熙宫消息时，心里那种猛地被利刃穿透的感觉，几乎立时便洇出血来。今日他若是不来这延熙宫，便真的要被那焦虑不安逼得发疯。

是什么时候，眼前人成了心中盈盈淡淡挥之不去的牵挂？总是在不经意间想起，却凝神静气也忘不掉。

窗外有一点月光透进来，在卿尘脸上映出轻浅的影子。

众里寻他千百度，蓦然回首，那人却在，灯火阑珊处。

夜天凌静立着凝视她半晌，方转身出去，轻轻将门掩上，刚走没几步，突然低喝一声："出来！"

暗中有个身影转出来："殿下！"竟是冥魇，一身绯色的宫装，更衬出面上冷艳。

夜天凌扭头问道："谁准你私自进延熙宫了？"

冥魇垂首道："大家得知凤主和殿下都进了延熙宫，怕有不测。"

夜天凌道："有事我会找你们，延熙宫现在是非常之地，你们不得擅自涉足，你也尽量不要离开莲池宫。"

"是，我定会保护好莲妃娘娘。"冥魇答道，"雪战这几天十分不安稳，我擅自做主将它带了来，请凤主看看。"她怀中有什么东西窝在那儿，一松手，雪战便自衣衫掩盖的地方跳出，嗖地就不见了踪影。冥魇一惊，夜天凌道："无妨，它去找主人了。"

冥魇往卿尘的房间看了下，取出一封信交给夜天凌，道："我们已将鸾飞姑娘接出来了，她将事情真相写了一封信给太子，请殿下过目。"

夜天凌将信看过，稍后道："送去松雨台给太子过目。"

冥魇不解道："将计就计，若太子被废，岂不是我们的大好机会，殿下何必如此呢？"

夜天凌负手身后，看着一轮轻月缓缓地隐入云中："我自有分寸，你将信送去便可。"

冥魇便不再多言，垂眸道："属下知道了，此地凶险，请殿下和凤主多加小心。"

"去吧。"夜天凌挥挥手，冥魇借着月色悄悄看了他一眼，身形轻闪消失在树影深处。

夜天凌独自立在夜色下，抬头往松雨台方向看去，眸底瞬间带过复杂的光泽，似喜似悲，慢慢地沉淀到那幽黑至深之处，了无痕迹。

第四十八章　九峰晴色散溪流

一连数日，卿尘待在遥春阁东室，几乎足不出户不眠不休。用来实验的小白鼠不断死掉，为怕传染扩散，只能用火化来处理，今日已经正好是第十只了。她只觉疲惫、失望、愁苦一股脑地涌了上来，心口就像压着块大石头一样难受，气闷地以手撑头看着那些医书草药。如果有实验器械和必要的药物，这疫症或许并不是无解的东西。而现在她就像在一片沙漠中站了三天三夜，明知道身边就有水却怎么也拿不到，简直快要发疯。

所有人都被隔离在外，只有雪战没人拦得住，赶出去再跑回来，一直赖在卿尘身边，卿尘伸手按着它的脑袋，一筹莫展。

雪战安静地趴在那儿任她按着，突然金瞳一瞪，嗖地蹿了出去，吓了她一跳。她抬头看去，发现它正叼住只小白鼠，原来是方才喂药后有笼门没关紧，跑了一只出来。她忙喝道："雪战！"

雪战极通人性，听得主人命令便将小白鼠放下。小白鼠因挣扎得厉害，脖颈上被咬出伤来，殷殷流出鲜血，雪战舔舔舌头，瞬间将嘴边一点血痕清得干干净净。

卿尘一时没来得及阻止，心中担忧。雪战乃是神异灵兽，身含剧毒，这只小白鼠怕是活不成了，但小白鼠都是特意喂服了病人痰液用来试药的，万一雪战也被染上，便十分麻烦。卿尘为防意外，特地设法将雪战也隔离开来。谁知到了第二日，非但雪战无事，那只被它咬过的小白鼠竟也活蹦乱跳，一点儿病态都没有。

卿尘甚是惊奇，脑中灵光一现，引逗雪战再咬了一只小白鼠，可这次小白鼠浑身抽颤，没撑上半个时辰便死了。她却并未灰心，凝神思索，翻书配药，又抓来一只已然发病的小白鼠，如法炮制先喂了大黄等药物，再放去令雪战咬伤。隔日再看，发现和第一次一样，这小白鼠虽腿上受伤，一瘸一拐，但精神已经不似前日那般委顿不堪。

卿尘大喜，想到了以毒攻毒的方子，抱起雪战一边哄慰，一边小心翼翼自它前爪放了些血出来。雪战对她甚是顺从，虽然呜呜不满，但却没有太过挣扎。

卿尘给它包扎好伤口，将血和药物调和熬制，再在小白鼠身上试药。一夜趴在桌上迷糊，几次醒来去看那些小白鼠。待天亮时，之前奄奄一息的几只小白鼠，有两只已然死了，两只并无明显好转，却还有三只竟恢复了精神。她又小心喂了些调好的药物，再过了两个多时辰，剩下的两只小白鼠竟也开始在笼子里找东西吃。卿尘心中一阵狂喜，只觉得突然云破天开，多日疲累再也不顾，举步便往外跑去，一边喊："四哥！"

夜天凌这几日除了巡查各处，起居理事都在西室，就近陪着卿尘，卿尘身边的医书倒被他翻阅了不少，此时听到她突然大喊，丢下书起身来看。

卿尘沿着复道长廊小跑了几步，猛然间心口一痛，像是被只无形的手狠狠捏住一般，身子一个趔趄便往前栽去。夜天凌身形极快，闪到面前一把将她抱住："卿尘！"

卿尘靠在夜天凌怀中，只觉得心间一阵阵钝痛，扩散出去连呼吸都滞住，难受地握住胸口，断断续续道："扶……扶我……躺……下……"

夜天凌一边慢慢托着卿尘就地躺平，一边急喊："宣御医！快！"

随后跟来的晏奚没等他说完，答应着转身向外奔去。卿尘缓了缓，对夜天凌道："药……太后……"

夜天凌见她脸色苍白如纸，冷汗涔涔，原本波澜不惊的声音也带了几分焦急："先别说话，御医马上就来。"

卿尘摇了摇头，心里清楚这是心疾的症状，却不想此时毫无预兆地发作了起来，只能勉强调整着呼吸，以期缓解痛苦。

不过片刻，晏奚同宋德方快步冲了进来，一边跑着一边催促："宋御医，您快点儿。"

寒冬之日宋德方却出了一头的热汗，见状一惊，急忙跪在地上把了脉，对夜天凌道："殿下，这是心疾，莫要移动郡主，平躺为宜，老臣这就拟方子。"

赶来伺候的侍女拿着宋德方的方子去熬药。卿尘神志还算清醒，此时疼痛倒稍缓了些，她虚弱道："我找到……了……方子……白瓷盅里……有药……"

宋德方猛地抬头和夜天凌对视一眼："郡主找到了医治疫症的方子？"

卿尘点了下头："还不……确定……要小心服用……"

夜天凌道："你先歇着，什么都别想，自有他们处理。"

卿尘心中阵阵闷痛，只觉得夜天凌关切的声音越来越远，无边的疲惫逐渐淹没了意志，天地似乎在眼前化作一片空白，一个沉沉的浪头扑来，周围便陷入了黑暗之中。

迷糊中似乎有苦涩的东西流入唇间，卿尘醒醒睡睡不知多久，再次醒来依稀已是清晨时分。

卿尘一时间不知身在何处，只觉得浑身软软的提不起力来，目光落在窗前，看到一个颀长的身影一动不动地站在那里，如水般的晨光自窗外静静洒进，在他襟边勾勒出清淡的影子，越发衬得那身形峻拔。

古木窗棂，丹云纱帐，一切开始变得熟悉起来，尤其是夜天凌的身影。她刚试着撑了撑身子，夜天凌便转过头来，眼中骤然掠过惊喜，即刻吩咐外面伺候着的侍女："宣宋德方。"

他快步上前，将卿尘扶在怀中低声道："别急着起来。"

卿尘淡淡笑了笑："没事。"

夜天凌一瞬不瞬地看着她，仿佛从未见过她一样，许久方叹了口气："可觉得好些了？"

卿尘点头："好多了，只是有些乏，我是不是睡了很久？"

夜天凌审视她苍白的脸色，眉间微蹙："整整一天一夜，宋德方说你这是心疾，这几日累着了才发作的，你这当大夫的只顾治病救人，却连自己都照看不好。"

卿尘将头靠在他胸膛，嘴角噙着丝笑意："宋德方没有交代，这时不能惹我激动吗？你还教训我。"

夜天凌一愣，似是拿她无奈，便道："皇祖母昨夜用了药，今早便退了热，情形好多了。"

卿尘一喜："真的？"撑着身子便要起来，道，"我去看看。"

夜天凌抬手将她压下："你躺着，我刚刚去看过，御医在旁守着，有事会随时来报。"

卿尘道："你还是进了寝宫。"

夜天凌道："已有药了，你怕什么？"

卿尘静静地靠回他怀里，此时才仿佛真正松缓下来，心落到了实处，竟有种再世为人的感觉，她侧了侧头："我怕……那种束手无策、心急如焚的感觉……"

夜天凌静了会儿，低声道："我这一天一夜便是这样过来的，你可知道？"

他沉缓的声音中夹杂着无尽的忧虑，卿尘听了心中微微一酸，便轻轻握了他的手。

侍女荷风的声音自外传来："殿下，宋御医来了。"

夜天凌站起来道："让他进来。"

卿尘同宋德方一向相熟，也不放珠帘回避。宋德方细细诊脉，再看神色，过会儿道："现下是无碍了，只是郡主这病症大意不得，务必好生调养才是。"

卿尘笑道："我知道，这几日太后那边要有劳你了。"

宋德方道："这是分内职责，待郡主好些，还要和郡主商讨如何用药。"

卿尘细细问了问太后情形，知道丹琼先试了药，问道："丹琼现在怎样？"

宋德方道："昨夜便醒过来了，虽是虚弱了些，但性命已保住了。"

卿尘点点头："太后年迈，和丹琼不同，还是要小心。"说话间看到夜天凌露出若有所思的神情，心里微微有些不安。夜天凌此来延熙宫，除了亲自坐镇，控制事态，也必会调查疫病如何传入宫中，这几日碍着太后的病没有严加追查，现下怕是马上就要有雷霆手段了，这些又怎瞒得过他？何况，她并不愿欺瞒他。

夜天凌对宋德方道："你先下去吧，如何调养拟个方子出来。"

宋德方退出去后，卿尘见夜天凌眼中隐隐尽是血丝，知道他夜里没休息好："四哥，你也去歇会儿吧。"

夜天凌在她身边坐下："无妨，陪你坐一会儿。"

荷风端了几样点心小菜过来，金丝如意卷、云锦小天酥、玉露团子、紫龙糕，再加一碗熬得香软的药膳粥，卿尘便靠在榻上慢慢地吃着。

夜天凌在旁看着她，屋中暖炉驱散了寒气，融融如春。这样安静的一刻，让人觉得若此生便就这样过去，未尝不是心满意足。

卿尘抬眸笑道："四哥，看什么呢？"

夜天凌道："看你吃得香。"

"我饿了。"卿尘道，"你要不要尝尝？今天尚膳司的手艺好像大有长进。"

夜天凌摇了摇头："尚膳司的手艺一向不错，以前有个老厨子，做得一手好菜，记得有道燕尾桃花虾，还有凤穿金衣、九品鲜笋、生丝江瑶都做得极好。"

卿尘问道："我怎么没见过？"

夜天凌道："宫里的老人，早没了，后来虽有这菜也再不是那个滋味。"

卿尘便央他说些儿时旧事来听，不想夜天凌如此沉稳的人，幼时竟调皮至极，这延熙宫整日被他折腾得天翻地覆。

　　但这所谓放肆的童年却极为短暂，夜天凌九岁始便随军历练，那时带他的正是穆帝长子，德王夜衍昭。

　　便是圣武十年那次讨伐南番战后，年方二十岁的德王同当今天帝在对部将的封赏中有了分歧，为天帝当众怒斥，说了些重话，回府后竟一时想不开，自刎而亡。

　　五年后，穆帝次子夜衍暄病亡，从此穆帝便断了子嗣。次年元月，天帝封长子夜天灏为太子，告祭太庙，大赦天下。

　　同年九月，十五岁的夜天凌首次领兵出战突厥，一战扬威。自此十数年，天朝出了一个贤德宽仁的太子，一个凌厉肃冷的王爷，而穆帝的两个皇子渐渐再也无人记得。

　　说话间夜天凌面如平湖，仿佛在说着别人的事情一般。以他如今的身份再回想前事，自是另一番心境。早早冷眼看遍父母兄弟几番恩怨，或许就是自那时起，心中便有一处开始变得坚硬，再容不得有人靠近。

　　卿尘知他心思，暗中叹了口气，此时晏奚进来禀报说："殿下，延熙宫所有宫人都在畅春殿候着了。"

　　夜天凌点点头："知道了。"站起来对卿尘道，"我去看看。"

　　卿尘点头，目送夜天凌出去，却蹙起了淡淡纤眉。

第四十九章　争似是非弹指间

　　雪战不知从哪里钻了出来，偎到卿尘身边，找了个舒服的位置趴下。卿尘伸手抚弄它，心里又想起那能治疫症的药。单凭雪战这小小身躯，又救得了多少人？这疫症终究说不上是解了，依旧困扰着她。

　　不多会儿，一个小侍女自畅春殿过来，在外对荷风道："姐姐去畅春殿吧，四殿下挨个传着问话呢，我来替姐姐。"

　　荷风见卿尘闭目歇着，出来悄声嘱咐道："一会儿郡主若醒了，小心伺候着，桌上药还没喝，怕凉了……"却忽然听到卿尘在里面叫道："荷风，你进来。"

荷风忙道："奴婢吵醒郡主了。"

卿尘淡淡一笑："我没有睡，你去畅春殿见四殿下，请他回遥春阁来，就说我有急事找他。"

荷风答应着去了，卿尘起身坐到镜前，低头梳理着静垂腰畔的长发，从来没有想过自己会留这样长的头发，以前那么多年，都是一头利落的及肩短发。"宁文清"三个字，似乎已经一点点消失变成前尘一梦，在记忆中越来越遥远，偶尔记起反觉得陌生万分。

"发什么呆？"突然耳边响起夜天凌的声音。

卿尘吃了一惊，抬头见镜中映出他的影子，青衫磊落，虽一副闲逸模样，眼中却透着未退的锐利，回头笑道："悄无声息的，吓人一跳。"

夜天凌看了看桌上搁着的药，皱眉道："药都凉透了，怎么还不喝？"

卿尘微笑道："一时忘了。"

夜天凌伸手将洒在她肩头的秀发理了一下，发丝自指间滑过，温凉柔顺："找我有事？"

卿尘低头想了片刻，道："四哥，你可是要严查延熙宫疫病之事了？"

夜天凌道："此事来得蹊跷，岂能不查？"

卿尘叹了口气道："你叫他们散了吧，我将事情原委说与你便是。"

夜天凌眼中微光一闪，正对上卿尘清隽的目光沉沉静静望过来，掩映在潜淡风华中，叫人心里一时看不透："你是说，你知道这瘟疫是如何入宫的？"

卿尘点头，夜天凌拂襟在一旁坐下："你说。"

卿尘便自那夜碧瑶求救说起，将当日情形一一说给他听，一字不瞒。夜天凌半晌未言，面色静冷，眸底沉沉深不可测，不怒而威，越听越是峻严，待卿尘说完，冷冷道："这是诛九族的死罪。"

卿尘道："紫瑗父亲早亡，一个兄长死在战场，还有个幼弟年前违背母意，自行投了辽州军中，家中唯有一个哭得双目失明的老母，靠邻居照拂度日。丹琼父母双亡，除了姐姐碧瑶外举目无亲，要诛也无非就是这些老少病弱，倒是凤家怕是要受我连累了。"

夜天凌眉峰蹙拢："你这是替她们求情，还是拿自己和凤家挡我？"

卿尘淡淡一笑："不是求情，错了便是错了，你若是要罚也是应该的。"

夜天凌起身在窗前站了会儿，问道："你既然早就知道，为何此时才说？"

卿尘坦然道："若是侥幸不查，或来查的是他人，我便设法替她们瞒下。但如今查的人是你，我何必要你劳师动众费时费力，结果还是一样瞒不住，不如告以实情，凭你决断。"

夜天凌回头看她："你既不想求情，那是要和她们一起领罪了？"

卿尘摇头："我不想领罪，这个罪不好领。欺君之罪……"她笑了笑，"我领不起。"

"领不起？"夜天凌声音里有丝怒意，"这么大胆的事都做下了，此时再说领不起？"

卿尘松手，一缕丝缎般的发丝落至脸旁，衬得脸色有些透明的白，如同眼底清水无痕。她扶着几案站起来，拢了拢披在身上的长衣："四哥，你先别气，这事是我做得大胆了。但事已至此，即便是杀剐了紫瑷她们也是这样。紫瑷伺候太后多年从未出过差错，没有功劳也有苦劳，以前太后常说她心善诚孝，方才对她喜爱有加，她此次私下出宫，无非便是因着一片孝心。碧瑶、丹琼姐妹同我有患难之情，何况丹琼不过是个十三岁的孩子，无心之过，险些连自己性命也搭上。那时我帮她们几人瞒下，其实心里想着事已至此，能少伤一条人命，便是替太后积一份福德，希望老天护佑，能渡此难关。现在想来，也是欠了思量，有些鲁莽。"

夜天凌见她脸上血色未复，裹在一袭白衣中的身子弱不禁风，心中反再增了几分隐怒，但却不忍对她发作，只沉声道："还说不是求情？"

卿尘微微笑道："那便算是求情吧，请四哥放她们一条生路。太后自来心地仁慈，定不会过于怪罪。"

夜天凌虽然性子清冷，但也不是无情之人，纵恼紫瑷她们无知惹祸，但真说以诛族赐死论罪，便是卿尘放得开，太后那里也难免伤心一番，心中早便有了计较。只是见卿尘做事实在大胆，在这宫中如此行错一步，便是百死的罪，要唬她收敛些："求我有何用？这等事情，谁瞒得住？"

卿尘却早看出他不会痛下狠手去惩处几人，话虽说得严厉，但紫瑷她们命该是保住了，便自怀里取出样东西："我刚刚倒想到件事，四哥不妨听听。"打开来一张名单，是鸾飞临出宫前给她的，"你看过这名单，内廷司总管周历是湨王的人，宫里宫外定是传了不少消息，若能让湨王失了这条臂膀，倒是塞翁失马焉知非福。"

夜天凌轩眉微扬："还跟我讨价还价起来，求情也不白求？"

卿尘唇角带着丝若有若无的笑，将名单重新折起，递给夜天凌："顺水推舟，何乐而不为？延熙宫的事，或许是有人传了什么东西进宫，沾染了疫症也说不定，内廷司这疏漏可捅得不小，怕是要劳烦四哥好好查查了。"

夜天凌似是没将那名单看在眼里，却只凝视着卿尘，眼中有道亮光微微一掠："我现在越发盼着皇祖母快些好起来了。"

"嗯？"卿尘不知他为何突然这样说，微觉奇怪。

夜天凌深深注视她，认真道："卿尘，我要求皇祖母再指一次婚。"

卿尘闻言愣住，却淡淡一笑，避开他眸光逼人的注视："这种事情，错过了一次，岂会还有第二次？"

夜天凌道："正因错了一次，才不能再错第二次。"

卿尘摇头道："我现在在皇上身边，此事哪里那么容易？"

夜天凌闻言道："且先别管这个，此话便是你已答应我了。"

卿尘纤眉淡挑："我何时说过？"

夜天凌眸底光影一沉，忽而沉默，像是有丝微叹自唇畔逸出，稍后，他才缓缓道："卿尘，之前是我想岔了些事，我心里想的、要的、做的，甚至我这个人，处处皆是危险。我一直在等一个心甘情愿随我，也配得上'凌王妃'这三个字的女人。知我意者如你，牵我心者如你，我等了这么久终于等到了，只是不知，你可愿意？"他向卿尘伸出手，等着她。

修长的手指白皙而稳定，似是拨开了千万年的云雾，将此生托在了她面前，邀她携手共度。

他不只是要和她走一段路，他要和她走这一生。

卿尘几乎可以听到自己的心跳声，这一步迈出去，就真的再也不能回头了。

她在他清朗的眸中微笑浅淡，低低往前走了一步，毫不犹豫地抬手轻轻放在他手中："四哥，我的心意，难道你还不知道？"

夜天凌几乎立刻便握住了她的手，面上竟是不能自抑的狂喜。他深吸一口气，手一紧便将卿尘揽在了怀中："你现在是暂代修仪，并非实职，我想过了，此时求皇祖母把你要回身边也不是难事，而后再讨指婚的旨意。"

卿尘心中却不能避免地想到些事情，若有一日，一切能够恢复正常的时候，她还会留在这里吗？这个她毕竟不是她。想到此处，轻声问道："四哥，若是有一日我走了呢？"

夜天凌一愣，道："去哪里？"

卿尘摇了摇头："我也不知道，只是或许会有一天，生老病死，聚散离别，你不怕吗？"

夜天凌淡淡道："想那些，不如有一天便真心过一天。"

卿尘抬眸一笑，将自己埋在他身上干燥而清爽的气息中："那有一天，我就陪在你身边一天，好吗？"

夜天凌伸手自她的眉眼间滑过："你可知道，说了这句话，你便是我的女人，也是凌王府将来的王妃了？"

卿尘笑道："听说凌王府规矩森严，上下都没个笑脸，这王妃岂不是闷死人？"

夜天凌亦笑道："这些日子笑得还不够多？凌王府是什么样子，待有了女主人，要看她自己的本事。"

卿尘抿嘴不语，只看着夜天凌越来越多的笑容，透心的一种甜美，融融的、暖暖的，缠缠绵绵心旌动摇，叫人透不过气来。夜天凌见她以手按着心口，笑意敛起："可是还觉得心口疼？"

卿尘摇头："好多了，只是胸中有些闷。"

夜天凌扶她坐下道："你好好休息，此事我只有一句话，那两个侍女死罪可免，却绝不容再在延熙宫待着。"

　　卿尘道："这我也知道，你把她们交给我吧。"

　　夜天凌皱眉道："说了不再劳神……"

　　卿尘求道："只这一次。"夜天凌想了想，终究答应了。

　　待隔了一日，天色晚了，卿尘屏退了身边诸人，将紫瑗和碧瑶叫到遥春阁。两人一进门，双双跪倒在地，便磕头下去。

　　卿尘伸手将她们扶起，叹道："这些都免了吧，之后行事心里多有分寸才好，这事莫要再提。"

　　紫瑗仍是满面忧色，道："四殿下这几日盘问宫中各人，虽还未问到我们，但依四殿下的手段，岂能瞒得过，早晚会追查下来。"

　　卿尘道："四殿下那里，你们待左右无人时带丹琼去请个罪，他心里早就明白，昨日没治你们的罪，以后也不会追究了。"

　　紫瑗和碧瑶对望一眼，露出不能置信的神色："郡主，这……这可是真的？四殿下竟饶了我们？"

　　卿尘笑了笑："他也不是铁石心肠，只是有一样，延熙宫你们是不能待了。"

　　如此说来碧瑶倒还罢了，紫瑗却是在太后身边服侍了多年，心底一酸。但戴罪之身，此时太后平安无恙，自己也能保住性命已是万幸，还有什么可说的？却听卿尘道："我给你们几个去处，你们看看自己可愿意。"

　　碧瑶道："自相识以来，郡主几次救我姐妹，我姐妹的性命早就是郡主的了，但凡郡主吩咐，碧瑶莫敢不从。"

　　卿尘道："那你可愿跟在我身边？"

　　碧瑶喜出望外："能伺候郡主是我的福气，岂会不愿！"

　　卿尘点了点头："好。至于丹琼……"她看着碧瑶有些紧张的脸，微微一笑，"松雨台那里先前便要个外面伺候的侍女，我送她去那儿，如何？"

　　碧瑶愣了愣，原想丹琼即便不出宫也会被送去做低下杂役，谁想竟是如此出路。松雨台虽然僻静，但毕竟是在太子身边，怎么也委屈不着，忙道："我替她多谢郡主。"

　　卿尘道："既如此，那便这样了，你先下去好生照看丹琼。"

　　碧瑶答应着去了。卿尘静默了半晌，凝神望着紫瑗，红烛盈盈照得紫瑗一脸暖色，亦平添了几分娇美之情，细看下也是个端秀的美人坯子。紫瑗见卿尘望着自己不说话，以为她为难，也不敢多言，只低眉顺目站在那里。

　　碧瑶这些日子和紫瑗患难与共，毕竟亲近许多，等了良久不见她回来，已到屋外看了几次。直过了快一个时辰方见紫瑷低头慢慢沿着回廊走来，急忙上前拉住问："郡主怎么说？"

紫瑷脸上忧喜难辨，看起来倒是平静，轻声道："待太后娘娘大好了，郡主会启禀她老人家，指我去九殿下身边做他的侍妾。"

碧瑶蓦地一愣："九殿下？"

紫瑷神色中似是有了一丝坚毅，让她整个人看起来带着些温柔的笃定，点头道："我此次犯的错，百死莫赎，郡主大恩无以为报，便是粉身碎骨也情愿。"

第五十章　　拨云开雾见月明

几日大雪过后，冬日又恢复了往常的干冷，阵阵北风寒意十足，掀得致远殿宣室外的风帘不时轻晃。凤衍同卫宗平两人看着天帝负手沉思，谁也不敢先开口。近日朝中诸事不顺，各处官员都没少挨训斥，还是谨慎些好。

天帝看了眼案前的一道条陈，心内说不出什么滋味，松雨台处频频来报，太子近来不知为何性情大变，情绪时好时坏，日日纵酒言语无状。昨天方传口谕斥责了他几句，他今日便上了个手本，其中多有涉及当年先皇子嗣亡故之事，无端惹人恼火。

想到这个长子自幼经自己苦心栽培，在诸兄弟中也是拔尖的，本寄望江山社稷与他，处处为他铺石开路，他也不负厚望事事行得漂亮，其他皇子兄友弟恭，也都对这个兄长颇为敬服，如此何愁天下不稳？谁料竟出了如此悖逆之事，教训安抚全不见效，非但不见悔改，反而变本加厉地胡闹，如何叫人不着恼？每每念起亡故的结发妻子孝贞皇后，更是深叹不已，心里不免还存了几分愧疚。

奉茶的侍女将御案上的茶换了又换，端下去的还是满满一杯凉茶。孙仕快步自屋外进来，躬身将两道手本递上："皇上，延熙宫送来凌王和清平郡主的手本。"

"哦？"天帝立刻接过来翻看，竟是太后无恙，请旨取消延熙宫封禁的手本，后面还附了御医院两本条陈，龙颜大悦："此才是叫朕欣慰，快！传朕旨意，延熙宫即刻开禁。"

孙仕忙答应着去了，天帝对仍候在一旁的凤衍和卫宗平道："你们随朕一起去看看。"

御驾到了延熙宫，朱漆金门已豁然大开，夜天凌率众人门口接驾。

天帝已知是卿尘找出了方子，回头对凤衍道："凤家生的好女儿，将来嫁到谁家便是谁家的福分。"

凤衍恭谨俯身，心里不免对天帝话中之话掂量猜测，揣摩圣意。卫宗平在旁却听得不是滋味，只因自己女儿是太子妃，近日太子无端反常，也没少跟着遭训斥。他同凤衍在朝中龙争虎斗，此次太子之事正是凤家小女儿鸾飞招惹的祸端，越发恨起心头。只是为相多年早已历练得喜怒无形，反而顺着天帝一番称赞。

卿尘听在耳中没来由地有几分警醒，见凤衍眯眼看了卫宗平一眼，突然觉得很是有趣。径自抬头欣赏这层层雕梁画栋，四方屋檐钩心斗角，自上而下无不是这番光景。

夜天凌却也扭头看了一眼卿尘，见她站在那里，便在近前却又离众人远远的，不由想起那日她问："若是有一日我走了呢？"心头浮起直觉的不安，盘旋不去，相识以来的种种疑问随之而来。他眉头一皱，感到身旁有人亦向这边看来，旋即恢复了冷然无波的模样，却叫凤衍和卫宗平心底同时翻腾了几下。

倒是天帝无暇理会众人心思，大步进了寝宫。此时其他皇子得了信也前后进宫请安，十一他们见卿尘站在天帝身边，几日不见人竟消瘦了不少，神情中都带了关切。夜天湛向卿尘投去探询的一眼，卿尘对他微微一笑，却不知这一望一笑又落在了凤衍眼中。

太后经这几日调养，精神已好了许多。天帝亲奉汤药给母亲服下，太后叹道："这些日子难为凌儿和卿尘，不是他们，我便见不着皇上了。"

夜天凌淡淡道："只要皇祖母平安，什么也值得。"

天帝道："凌儿和卿尘此次当真是为朕分忧解难，朕刚刚也还说凤家生的好女儿，嫁到谁家是谁家有福。"

太后笑道："皇上算糊涂账了，福气哪有往外送的？"

天帝一愣，哈哈笑道："母后说得是。"

太后在儿孙中看了一圈，见连最小的瑞阳公主都由奶妈抱着来了，却唯独不见太子，问儿子道："皇上，怎么不见灏儿？"

天帝皱了皱眉头："母后身子刚好，且莫为他去操心。"

太后叹了口气："皇上可还是把他禁在松雨台？我不知还能看着他们几天，灏儿虽有错，也已罚过了，便算了吧。"

天帝叹道："母后……"

夜天凌借机跪倒替太子求情："请父皇饶恕皇兄。"他一跪，身边诸兄弟亦纷纷跪了下来："求父皇开恩，赦皇兄回宫。"既称"皇兄"不称"太子殿下"，自是弟弟为哥哥求情，将君臣搁在了一边。天帝看着脚下儿子们跪倒一片，心里百味杂陈，斟酌片刻："都起来吧。"对亦俯身在一旁的卫宗平道，"传朕口谕，遵太后懿旨，着太子即日迁回东宫。"

卫宗平忙叩头道："臣领旨。"弯腰退了去办。

卿尘冷眼看向夜天溟，见他嘴角却带着一抹妖冶的笑，细长如水的眸中神色阴柔，只轻轻动了动，似乎并不将此事放在心上。

因怕扰了太后休息，天帝坐了会儿便出来了。诸皇子也随着天帝告退。卿尘送驾到寝宫门口，天帝站定回头问她："你此次医好了太后的病，朕方才一直在想赏你点儿什么才好，不如你自己说说。"

卿尘垂眸道："卿尘不敢请赏，这治病的方子只是侥幸得之，不能彻底解决疫病。京隶两地还有无数百姓深受其苦，请陛下准卿尘到平隶实地察看，找出根源祛除病因。"

提到京隶两地疫情，天帝神情严肃起来："不想你竟有此心。"

夜天凌亦道："这几日在皇祖母身边，儿臣也对这疫病留心甚久，请父皇准儿臣同去疫区。"

天帝点了点头，似是遇到了难以决断之事，皱眉不语。

济王在旁劝道："四弟，你有所不知，如今平隶那边官府都封不住地界，天天报上来的死者不断，这疫区不比宫中，父皇岂能容你去涉险？"

天帝看向夜天凌，夜天凌淡淡道："多谢皇兄提点，但若如此便更要去了，平隶官府封不住，便当调军封禁。儿臣近日和郡主研讨这疫病情势，觉得若预防不当，即便有药也难奏效。望父皇准儿臣奏。"

十一道："父皇，四哥这几日侍奉皇祖母已是辛劳，不如让儿臣去好些。"

夜天漓接着道："父皇，还是儿臣……"却被十一暗中瞪了一眼，愣了愣，便没再说。

夜天湛在旁方要说话，天帝一摆手止住了他："朕知道你们想说什么，宋德方，你御医院可有什么法子？"

宋德方躬身道："此事需得据疫区实情才好处置，老臣也请旨去平隶看个究竟。"

天帝扭头对卿尘道："都和你一个说辞啊！"

卿尘笑笑道："不入虎穴焉得虎子。"

"好个不入虎穴焉得虎子！"天帝负手走了几步，"都散了吧，容朕再想想，凌儿你随朕来。"

几人恭送天帝去了，卿尘暂时还留在延熙宫侍奉太后，不必回致远殿当差。

十一兄弟两人落在众人后面，并肩而行。夜天漓道："哥，你方才干吗拦着我？"

十一道："平隶是什么地方？每日上百人死过去，你请这样的旨意岂不叫母妃担心？"

夜天漓剑眉一扬，不以为然地道："既知危险，你又自己请旨，难道母妃就不担心？"

十一笑道："你倒会替我挡差事了。"

夜天漓道："自小你便事事护在我前面，难道还不容我挡一次？"

却听身后有人俏声笑道："兄弟俩说什么呢？"

回头见卿尘正走过来，十一打量她道："前几日听说你病了，我们也不能来看你，现在可好些了？"

卿尘只道："没什么，不过有些累，歇了两日便好了。"延熙宫封禁乍解，整个宫中像是焕然一新，惶恐、惊怕等等一切叫人坐立不安的情绪都从这厚重的宫门一泄而出，消失得无影无踪。卿尘深深吸了口气，似乎深冬凋零的树木都带了些勃勃的生机，此时方觉重见天日。

夜天漓摇摇头，笑谑道："你却不知有人急得要命。"

卿尘知他意有所指，也只能报以一笑："多谢惦念。你们在说疫区的事？"

"嗯。"夜天漓应道，"十一哥拦着我不让去。"

"拦得好。"卿尘道。

十一笑说："你看，我就说不成吧。"

卿尘接着道："你也不能去。"

十一皱眉："此话怎讲？"

卿尘道："还要我说吗？那儿可不比战场，明刀明枪的，疫病防不胜防，一不留神便不好了。"

夜天漓笑道："都说险，都要去，这算怎么回事儿？"

三人同时笑了笑，十一对卿尘道："你拦得住我们，可四哥那儿呢？"

卿尘无奈："他心里定了的事，若谁能拦下便好了。所以我说，你们谁也别想去。"

如此他两人倒没了话说，却远远地见孙仕带着两个内侍往延熙宫这边来，说话间便到了近前，见十一他们还在，俯身见礼道："见过两位殿下。"

夜天漓问道："拿的什么东西？"

孙仕道："皇上给郡主的赏赐，命老奴送过来。"说罢将一道覆着丝锦的金盘呈上。

卿尘叩谢皇恩，伸手接过金盘，将丝锦掀开一看，里面放了个精巧圆盒，打开盒子，内中一串白色晶石，朦朦胧胧发出柔和的光泽，月华般晶莹，流水般清澈。

卿尘心中一喜，竟是一串九转灵石。夜天漓看了道："父皇竟将这个赏给了你，这传说是九转灵石中的月华石，同历代皇后佩戴的金凤石一样，都是难得的宝物。"

"金凤石？"卿尘追问，"可是那种透明晶石里面带了道道金丝的宝石？"

夜天漓点头道："正是，你怎么知道？"

原来是钛晶，卿尘笑笑："我听说过。"将盒盖慢慢合上，这已是她所知的第六串灵石了。

第五十一章　怜取苍生千载泪

圣武二十六年春节将至，礼部官员早已拟了礼仪典章上奏天听。往年春节大正宫内外必有一番热闹，今年天帝却将礼部洋洋洒洒的奏章留中，颁下了一道谕旨：赈济司长吏赈灾不力，特革职查办。着清平郡主暂领赈济司，御医令宋德方、御医何儒义、黄文尚辅之，赴平隶灾区，赈灾济民。

紧接着一道旨意：四皇子夜天凌加京隶观察使衔，着统调兵马，巡查、封禁京隶两地，会同赈济司全权处理灾疫事宜，平隶地方官员一律从其调遣。

两日后黄昏时分，便又有了第三道旨意：着七皇子夜天湛加侍御史衔，领礼部筹划新年典礼诸事宜。

此时卿尘和夜天凌已赴平隶，一出京，玄甲军便驻扎城门，自京郊始设卡封关，在疫区之外拉开了一道严密的防线。

玄甲军治军之严名副其实，军中将士无一像之前的赈济司，不是惧怕瘟疫先开了小差便是收受贿赂私自放行，人人恪守严令，如铜墙铁壁般迅速布防各处。

冥衣楼早依卿尘之令将牧原堂扩出几家分堂，施医布药赈济灾民，着实救助了不少百姓，很快成了京隶一带有名的善堂。卿尘为方便起见，出行便换了男装，京郊百姓也有曾去牧原堂看病的，认出她来，奔走相告，相传来了牧原堂妙手回春的大夫，疫病便有救了。

卿尘他们且停且走，一路下来，直到平隶，见城中几乎户户悬挂白幡，家家有丧，有的甚至阖家不治，倒死路边者更不计其数。四周郡县亦多有波及，人人自危。

时近新春，平隶却一片悲风怨气，惨绝人寰。死的死，逃的逃，剩下的人心惶惶，不可终日。卿尘说不出什么滋味，只觉得心里震动非常，恨不得立刻能将这瘟疫驱散干净，还百姓以平安，还天地以宁和。

深冬清晨，街上几乎空无一人，冷冷清清静如鬼城。长风吹起漫天冥纸飘飞，隐隐还夹杂着断续的哭声，更添几分凄惶。平隶郡府后堂，宋德方只睡了几个时辰便早早起了，几夜辛劳，一把老骨头几乎要吃不消。到了前堂，却见卫长征候在那儿，招呼道："卫统领起得早啊。"

卫长征笑道："宋御医早，我们是随四殿下这些年征战惯了，您倒该多歇会儿才是。"

宋德方道："人老觉便少了，殿下起了？"

卫长征道："殿下和郡主已出府去了，郡主要我将这几个方子交给您试试。"

宋德方接过他递来的方子，凝神看了看。几日下来，清平郡主拟定了严密的防护措施逐步推行，这疫病似乎已见遏制的势头，想必凌王和郡主又是亲自出去巡访。只愁那神兽之血毕竟有限，每日救不成几人。他也不敢耽搁，立时便往药房去试药。

此时夜天凌和卿尘方出了一户人家，身后几队侍卫全副武装，抬着数副白布盖着的担架。这家竟是无一幸免，老少五口尽皆亡于瘟疫，连收尸送葬的人都无处去寻。

夜天凌见卿尘看着前方出神，担心她大病初愈身子吃不消，低声问道："可是累了？"

卿尘一笑："还好，这是最后几家了吧。"

夜天凌点点头："城里已走遍了，城郊那边想必也差不多了。"这几日他们两人亲自巡访全城，卿尘逐户收诊病患，安抚百姓，推行防范之法，亦劝说幸存之人将亡故的亲友火化，断绝病源。纵有不愿的，体谅他们丧亲之痛，谆谆抚慰劝导，多数人还是遵从了命令。东郊一片荒地设了火场，每日火化死者无数，如此已烧了五日。

卿尘抬头看向夜天凌，他这几日既要调兵布防，又要操心疫情，眉头从未舒展过。两人一心扑在这疫病之上，连独处的机会都少有。但只在抬眸转身间能看到彼此，自然安心，一步一动承辅并济，配合得天衣无缝，行事便也事半功倍。两人只觉此生从未如此舒畅，愁云惨雾的疫区竟也无由多了几分叫人回味之处。

夜天凌见她看过来，清隽的眼底微微一波。晏奚在旁问道："殿下，今日可还去东郊火场？"

"去。"夜天凌淡声道，连烧了五日，但愿今日是最后一次。

城中到东郊路上，沿途祭拜者哭声震天。

登上高台，前方熊熊火起，吞噬了无数消亡的灵魂。晏奚已看了几日，仍不敢面对这番惨状，忍不住扭开头躲避。所有人都垂首闭目，不忍相看，但却掩不住耳边的凄惨号哭。

高台顶处，夜天凌面无表情负手而立，冷冷望着前方一片狰狞烈焰，冲天热浪仍化不了眼底冰寒，看起来好像对这地狱火场无动于衷。卿尘静静站在他身边，热气将掩面的白纱逼得不住晃动，只一双清丽的眸子露在外面，翦翦秋水映着妖冶浓烈的火焰，天地万物在烈焰上空扭曲升腾，直冲云霄。她不躲不闪地直视着眼前的死亡与挣扎，像是要将此情景印刻在心底，永远记住。

这一刻，似乎剥离了"宁文清"这颗心，亦忘记了"凤卿尘"此人，有种难以言述的心情渐渐滋生。几日的烈火仿佛令她脱胎换骨，那些往日看不到的世界在面前缓缓地铺展开来，仿若涅槃重生。

城中幸存的僧人自行聚集，为死者念诵着《往生咒》，庄严梵音带来些许平定。卿尘侧头听了会儿，低声道："四哥，我们该早来的。"

夜天凌薄唇微抿，低声道："尽力而为，现在也不迟。"

许是苍天有好生之德，不过十日后，天帝接到奏报，清平郡主自剧毒番木鳖中炼取药液，配以大黄、防风、青黛、桔梗及少量的太白乌头等草药，合制而成一味"苦若丸"，对京隶两地瘟疫极其有效，已然活人无数。天帝当即再拨了二十万两赈灾款，自各地调集药材赶制此药，一时间药行之内闻风涨价。

牧原堂早在卿尘的授意下囤积了大量药材粮食，朝廷的银子一到，便转手买进卖出，当即便多了二十余万两的进项。一边彻底解了冥衣楼燃眉之急，一边再购药过来，按方子配制了"苦若丸"广为发放。月余之后，收留在牧原堂的病人日渐减少，伊歌城外城已开禁通行，平隶也慢慢恢复安定，只是民生经济元气大伤，不是一时便能恢复。

疫后赈灾，天帝免平隶地区两年赋税，开仓放粮。

在平隶又待了近一个月，眼见四方安定下来，一行人便定了腊月二十二回京述职交差，只因再几日便是新年了。

车驾离开平隶县衙时，平隶百姓空城而出，跪地相送者比肩接踵，更有人随在车后步行十余里方归。卿尘透过车窗布帘，望着追随在后依依不舍的百姓，感慨万分，突然觉得自己已是真正活在了这里，这种感觉从来没有如此强烈。

平隶东郊隆起一座"万人冢"，冢前丈余高的白石碑上，撰文以记圣武二十五年大疫。同年，城中百姓集资修"凭春祠"，祠内供奉白衣踏莲的女子神像，世代为医者尊。

第五十二章　　我笑他人看不穿

瑞雪兆丰年，今年的雪似乎比往年的多些，往往清晨一睁开眼睛，便是"忽如一夜春风来，千树万树梨花开"的景象，银装素裹中夹杂着洋洋喜气，叫人从心底里舒坦。

因入年关，各州各府的奏报都挑好的说，倒真是四海升平的气象。成片的恭贺之词看得卿尘目不暇接，只觉得泛滥成灾，反而天帝倒是心情甚好，或者人上了年纪，便当真喜欢听些喜庆的话。

新春庆典之后，是天帝在位期间第二次册后大典。

贵妃殷氏系出名门，才德兼备，数年来佐理后宫，足孚众望，天帝降旨册立为后，母仪天下。旨意是卿尘拟的，礼部、皇宗司接了旨后，即刻着手准备皇后金册宝玺，夜氏皇族象征着皇后身份的金凤石也依祖制赐给了新后。卿尘奉命前去宣旨，百般无奈地看着那金凤石送到了殷贵妃宫中，近在眼前，却远在天边。

天帝看了礼部呈上的册后大典折子，对卿尘道："传朕旨意，就照礼部拟的办，此次大典便由太子主持。"又顿了顿，"孙仕，去东宫看看太子身子可大好了，今年天坛冬祭要他代朕祭祀。"太子迁回东宫后便一直称病，已有数日未朝，天帝虽知这病也未必便是真病，但却一概不究，只每日遣御医前去请脉。

卿尘低头飞文走墨，隐隐从天帝话里听出些意思。近日来封赏册后，天帝对湛王母子可谓圣恩眷隆，太子之事如今尚未有个明确处置，难免便有人猜测此或是湛王将入主东宫的先兆。然国之大事在祀与戎，四季祭祀历来都是由天子亲行，天帝命太子代皇帝祭天，无疑是昭告天下，储位牢不可动。

二月初一的册后大典上，紫袍玉带的夜天灏比先前多了几分清瘦，眉眼间却仍是风姿高洁，气度华然，一日下来遵礼守制，近乎完美地执掌着大典进程。天帝瞩目于他，唇间始终挂着满意的微笑，只因这个长子看起来终于恢复了正常，几乎便忽略了身边刚刚册立的殷皇后。

卿尘站在天帝身边，总觉得夜天灏表面的平静下隐藏着某些叫人不安的东西。整个人站在众星捧月的群臣中间，他却似乎脱离了这雕龙绘凤的太和殿，随时都会飘然而去。这种感觉是如此清晰，清晰得几乎伸手便能触摸到他深深掩藏的哀伤，然而眼前却只能见到他白皙俊面上高贵的微笑，叫人一时困惑无比。

深夜的东宫正殿，夜天灏唇角含着一丝笑意，目送与他一母同胞的三弟和九弟消失在宫门外。白雪覆盖的长长甬道上，留下了深深浅浅清晰可辨的脚印，一直蜿蜒到了黑暗深处。

片刻之后，他一仰头，将一杯琼浆倒入嘴中，继而放声大笑，似乎发现了世上最有趣的事情，笑得眼泪都要流出来，一个踉跄险些跌倒，吓得身边内侍急忙上前扶住："殿下……"

"滚！"夜天灏突然怒道，"统统出去！"原本儒雅温文的脸上因酒意显出几分粗暴，一只嵌珠金杯咣当摔在地上，伴随着数只白瓷玉碟碎落，刺耳的声音在大殿里空荡荡地回响。

"如今父皇封了殷皇后，怕是早将母后忘了……"

"殷皇后和七哥如今深受荣宠，殿下难道就不担心……"

"我们三人一母所生，自会全力扶助殿下……"

"殿下莫要犹豫，若看得他们坐大，便无法收拾了……"

"殿下，迟恐生变……"

"殿下……"

"殿下……"

"殿下……"

"给我住口！"夜天灏狂喝一声，不可笑吗？这就是自己的亲生兄弟，刚刚害了鸾飞，一步步谋夺储君之位的兄弟。都疯了，从数年前看着父皇的所作所为，到今日兄弟明枪暗箭，身边所有的人，都疯了……

不知何处而来的冷风穿入高堂大殿，撩起宫帷长幔，整个天地仿佛在眼前被人扭曲，大正宫中高高在上金碧辉煌的那张龙椅，驱使着所有人为之疯魔。

夜天灏大笑不止，忍不住呛咳，却被人颤抖着扑上来抱住："殿下……殿下你醒醒！"这娇声泪雨，他分辨着看去，却是自己的结发妻子，太子妃卫如。

太子妃已被太子吓得手足无措，只是唤道："殿下这是怎么了？来人哪！快宣御医！"

夜天灏一把将她拽到眼前，一边笑一边道："回去告诉卫相，他找错人了，我不稀罕！叫他速速将女儿另嫁别人吧！"还有每日伺候在身边的女人，哪一个不是争夺那龙椅的筹码？亦步亦趋地环绕在自己身边，就连鸾飞也是一样。

太子妃被他伸手推开跌倒一旁，哭道："殿下，你……你在说什么？"

夜天灏眼底映着殿中明晃晃的烛火，如同山泉冷冽："从今日起再没有东宫太子，也没有太子妃。"他在四周寻找片刻，抓起幕帷后长案上的纸笔，龙飞凤舞写下一纸休书丢到太子妃面前："你自由了，快走，快走！"说罢长笑着往大殿深处而去。

太子妃妆容凌乱地坐在那里，怔怔看着夜天灏的身影消失在黑暗中。白纸黑字的休书缓缓地落在眼前，被寒风吹得反复几下，又远远飘走了。不知坐了多久，泪痕已干，她终于扶着身边长案站起来，将发际钗环理好，挺直了脊背，一步一步走向大门。

宫门洞开，惨白雪地阴森一片，一阵刺骨的长风呼啸而入，吹得金帷乱舞。重重烛火禁不起寒风，纷纷熄灭，华丽的东宫完全陷入了黑色的深渊。

半个时辰后，伺候太子妃的小侍女端着参汤送到寝宫，只见梁上白绫长挂，太子妃一身素白宫装悬在半空，早已香消玉殒。

小侍女吓得惊恐大叫，参汤摔落满地，转身往外跑去："救命！太子……太子妃……"却骇然发现，寝宫深处点点燃起妖烈的火焰，整个东宫浓烟滚滚而上，火借风势，沿琼楼玉宇迅速攀升，吞噬着人间富丽堂皇的美梦。

寝宫正中，太子白衣玉冠，手持一盏燃烧的长烛，笑着站在明烟烈火间，清澈眸中染满了冲天长焰，那里是属于死亡的平静和满足。

刑部尚书吴起钧自致远殿退出来，天光未明，入眼尚是一片冷冽的黛青色。深冬彻骨严寒，然而他却汗透衣衫，站在阶前稳了稳心神，这才慢慢往宫外走去。

东宫前夜走水，大火险些烧至大正宫，幸亏扑救及时，未曾酿成大祸，只是好端端的东宫却已化作一片焦墟。侍卫们拼死救了太子出来，然太子妃却惨死火场。提案司奉旨一路查下，竟有宫人说太子妃死于自尽，而这大火亦是太子亲手纵的。

事情非同小可，谁也不敢怠慢，紧接着便报奏了天帝，如今这宫里哪还有半点儿新春册后的大喜光景，人人噤若寒蝉，生怕一句话说错，惹祸上身。

吴起钧尚未出致远殿，便见几个内廷侍卫同太子往这边来，避到一旁："臣吴起钧见过殿下。"

夜天灏神色淡远，朦胧的晨幕下看不甚清晰，只觉得他似乎微微笑了笑："吴大人，什么殿下，如今我只是你刑部的戴罪之人罢了。"

吴起钧额头渗出汗来，忙道："殿下言重，臣岂敢。"

夜天灏哈哈一笑，径直往宣室里去了。

卿尘和孙仕默不作声地站在天帝身侧，一天一夜未睡，却谁也不觉困意。

自吴起钧出去后，天帝面色阴郁，一言不发地看着那奏报东宫失火的条陈。太子对亲手纵火供认不讳，将太子妃的死也尽数揽到自己头上。不是第一日侍奉天帝，两人都知道，天帝此时是怒极了，心里想必也伤透了，反倒静了下来。

金猊火炉中炭火虽烧得红旺，西宣室却弥漫着叫人窒息的冰冷和死寂，直到太子进来跪在地上，天帝都没有抬头。也不知过了多久，他将手中的条陈合起，点头道："好，好，好。"连说了三个"好"字，"竟连杀人放火也学会了，朕的好儿子。"

夜天灏深深叩首，将象征着储君身份的白玉冠取下，放在面前青石地上，叩首道："请父皇成全儿臣。"

天帝冷冷地看着那顶白玉冠："成全你什么？做下这样的事，拖出午门去斩了吗？！"

夜天灏淡淡一笑："多谢父皇。"

"你！"天帝猛地站起来，手指太子，身子气得哆嗦，头上袭来眩晕，竟一晃险些摔倒。

卿尘和孙仕大吃一惊，连忙上前搀扶："陛下！"

两人扶着天帝坐下，卿尘知道这是急怒攻心，劝道："陛下请息怒，保重龙体。"

夜天灏跪在那里，双手紧握成拳，眼里瞬间掠过无法掩饰的关切，却很快又恢复了那漠然的态度。

天帝扶额坐在龙榻上，语气中尽是失望："朕这么多年，在你身上花了多少心血，竟换来你今天这样！"

夜天灏神情哀切："是儿臣的罪，若不是因为儿臣这个储君，衍昭和衍暄两位皇兄或许便不会死，这储君之位，本就应该是他们的。"

当年穆帝病故，其长子衍昭年方十岁，次子衍暄尚在襁褓之中。太后因幼主当国，恐生政乱，同凤衍、卫宗平等辅政大臣力保当今天帝即位登基，封穆帝长子夜衍昭为储君。但没过几年，夜衍昭自尽，夜衍暄病故，储君之位才落在了夜天灏身上。

天帝缓缓地站起来："你说什么！？"

夜天灏再叩了个头："圣武十年，衍昭皇兄平定西番羌族叛乱回京，属下诸将却连遭贬斥，自己也去了上将军衔，空有一个储君的名位。衍昭皇兄一向心高气傲，哪受得了如此折辱？衍暗皇兄和儿臣年龄相当，一向身体康健，圣武十五年澄明殿秋宴，好端端的，回去便暴病身亡。还有三皇叔……"

"够了！"他还要说，天帝挥手狠狠给了他一记耳光，用力之大连自己都跟跄了一下。

夜天灏嘴角立刻溢出一缕殷红的鲜血，天帝看着跪在身前的儿子："你当真，枉费朕一番苦心。"

鲜红的血迹沿夜天灏白玉般的肌肤流下，滴滴溅至青石地上。他神色轻蔑凄苦，笑容刺目惊心："儿臣，谢父皇一片苦心。"

天帝已气得面色青白，被孙仕搀着，不断摇头，怒喝道："出去，你给朕出去！"

卿尘和孙仕对视一眼，忙上前扶起夜天灏："殿下先回去吧。"

夜天灏凝视日渐苍老的父皇，深深拜了三拜，默默起身毫不留恋地转身离开。

卿尘随着送到外面，低声道："殿下同皇上毕竟是父子，何苦如此相逼？"

夜天灏扭头看了看她，嘲弄般一笑："我的父皇、我的爱人、我的兄弟，哪个不是一片苦心？不妨成全了他们，皆大欢喜。"说罢高吟道，"他人笑我太疯癫，我笑他人看不穿……"披发仰首大笑而去。

卿尘注视他远去的背影，廊前长风吹来，卷起残雪纷飞，想他方才竟是故意惹怒天帝句句求死，微微蹙眉，转身对几个内廷侍卫吩咐道："跟去照看好太子殿下，记住，若有半分差池，唯你们是问。"

那侍卫中领班的正是冥执，微一点头，带人紧随着夜天灏去了。

卿尘回去宣室，见天帝脸色已好了些，上前轻声道："陛下，太子殿下只是一时糊涂，陛下莫要着急，待他想明白了便好了。"

天帝声音疲惫而痛楚，合目摇头，沉声道："你替朕拟旨……"停了许久，终于继续道，"太子自入主东宫以来，不法祖德，不遵朕训，淫乱肆恶，难出诸口，自即日起废为庶人，贬放涿州……"一字一句，痛心疾首，说到最后，竟是老泪纵横。

卿尘心中一凛，涿州，天寒地劣，山高路远，这一去怕是便不能回了："陛下三思……"孙仕已跪在地上："陛下，涿州苦寒之地……"

天帝骤然打断他们："朕意已决，你等无须多言。卿尘拟旨！"

卿尘徐徐走到案旁，手中之笔似有千斤之重，黄绫刺目，朱墨似血。写完了呈到天帝面前，天帝挥手不看："去宣旨。"

父子情，君臣义，都在这一道旨意中化为乌有，灰飞烟灭。

第五十三章　碧血青天赤子心

晴朗了半日的天，过了正午便隐隐堆起重云，北风骤紧，卷着阶前残叶扫荡而过，窗格一动便灌了进来，立时叫人打了个哆嗦。

卿尘偷眼往外看了看，一杆紫玉狼毫笔握在手中，却不知该写些什么。眼见天帝正聚精会神地看着奏章，一动不动，丝毫不曾在意屋外，不由得更添几分忧急。

致远殿前滴水檐下，静静跪着个人，白袍肃冷，脊背挺直，神情清淡，嘴角浅浅抿成一条直线，透着几分漠然的笃定。卿尘看在眼中，心中如同烧滚了油锅再添柴薪，焦急万分。

已是大半日了，自从早朝颁下废黜太子贬往涿州的旨意，夜天凌便跪在了那儿。涿州此处没有人比他更清楚，穷山恶水临近北疆，不但苦寒，更是突厥进犯中原首当其冲之地，夜天灏若当真前去，此行必是有去无回。

灰暗的天空终于飘起了鹅毛般的大雪，纷纷扬扬铺天盖地，只一会儿便积满了庭树枯枝。琉璃金瓦宝盖顶，都在银装素裹之下收敛了雍容霸气，天地间显得格外宁静。大雪纷飞，一时竟不见停意，夜天凌眉头一皱，这雪若是再如前几日那般没个停时，百姓怕又有压塌屋室、冻倒路边之事，倒不是瑞兆反成了天灾。

突然一阵脚步声自身后传来，雪地里发出细微声响。有人踏雪而来，在他身旁站定，长袍一掠，竟也跪在了厚厚积雪中。夜天凌微觉诧异，扭头正看到夜天湛那双温润的眼睛："四哥。"

"你干什么？"

夜天湛一笑："他也是我的大哥。"

夜天凌眼底微微一动，映着冰莹雪光清冽无比，不再言语。两人身前很快落了一层白雪，天寒地冻的却只把孙仕等人急出一身汗来。

卿尘将今日奏章理好，左手边厚厚一摞竟都是弹劾废太子的，就连当日天舞醉坊的案子竟也能被人翻出来，拐弯抹角编排到一起。

如今因太子妃的惨死，朝中原本以卫宗平为首的太子一派纷纷倒戈，更不论其他早有图谋之人。倒是凤衍作壁上观按兵不动，不曾落井下石。然夜天灏对这一切不听不看不问不言，接旨后即刻启程前往涿州，此时只怕早出了伊歌城。

销金火盆之上，热浪逼得屋中九龙华帐如隔水雾，盈盈晃晃。夜天灏出京前，卿尘设法要冥执带去了一纸书信，不知那"红颜未去，娇儿将至，心若有情，当图此生"几个字能否打消他求死之心，若他对鸾飞尚存情意，或者还好；若恩断义绝，那便是不去涿州也无用了。

卿尘起身将折子放至案前，又瞥了一眼屋外："陛下……"

"嗯？"天帝抬头。

"下雪了。"卿尘轻声道。

"哦。"天帝随手拿起一道奏章，看了两眼，丢至一旁，人靠往软垫之上疲惫地闭了眼睛，"说说，怎么看？"竟只问朝事，对外面天气骤变视而不见。

卿尘见天帝指着这些弹劾废太子的奏章，斜飞入鬓的纤眉之下，隽丽清眸隐藏着担忧，略一思索，说了四个字："言过其实。"

天帝眉头一动："继续说。"

卿尘将一道折子取出："别的卿尘不敢妄言，但去年天舞醉坊一案却是亲身经历过的。郭其目无王法，抢掠贩卖民女，实属私为，这与大皇子何干？不凭别的，单是依大皇子的心性脾气，他岂屑与此等人同流合污？如今不过是墙倒众人推罢了。"

天帝皱了眉："人心会变，如今的他，连朕也不认识了。"

卿尘道："大皇子其实一直未变，人之真心真性永远不会变。只是有的时候未必人人看得到。"

天帝抬头，苍老却严峻的目光直透卿尘眸底。卿尘眼波不兴，静如深湖，淡淡如旧。

天帝看了她一会儿道："朕倒想听听，你心里又是怎么想的。那日你从平隶回来，是立了大功啊，最后却跟朕讨了个不封修仪，可随时出宫的恩典。这更有甚者，朕给他天下都不要，说说，都怎么想的？"

卿尘低头勾起唇角："卿尘身世特别，虽说生在士族，却来自江湖，得蒙圣恩随侍在旁，不敢多求，大皇子或者不同。"

"怎么不同？"天帝道。

卿尘心中有了主意，回身将一摞东西搬来："卿尘日前奉命整理近年来的文档存卷，看到许多大皇子所作的文章、奏折和处理的政务。"

天帝看着那高高堆积的卷册，昔日与长子秉烛夜谈、父慈子孝的情形蓦然再现，心里一阵难受："拿走，朕不想看。"

"是。"卿尘答应，但却继续道，"陛下，放眼朝野，几人能有大皇子的文笔才思，诗情博学，陛下不也曾以此为荣吗？只是治国平天下，却不是这才华的好去处。"

天帝一愣，露出若有所思的神情，随即不悦地道："难道你是说朕将这社稷天下交与他，反而错了？"

外面雪落声簌簌作响，沉沉压在卿尘心头，她摇头道："不，陛下把最珍贵的、最好的都给了儿子，是大皇子志不在此。"

"说。"天帝声音冷冷。

卿尘不急不缓据实道："大皇子那日离开致远殿时曾说过一句话，他的心在青史书稿中，他所求的，是文华传百世。"

天帝伸手压按额头："文华传百世，天下也不放在眼里……好啊……好啊……"

孙仕此时进来，身上落了不少冷雪："陛下，外面下了大雪。"

天帝看了会儿窗外茫茫白雪，却还是只道："知道了。"

孙仕犹豫一下，又道："湛王……已同凌王一起跪了半日了。"

"哦？"天帝站起来。卿尘眉梢一动，兄弟几个这点儿倒像，倔强脾气一旦上来，凡事誓不罢休。

天帝手指在龙案敲了几下："愿意跪便让他们跪着！"

卿尘为天帝奉上一盏热茶："陛下，眼见着雪越发大了，外面冷得厉害，两位王爷若真冻出个病痛，到底心疼的不还是陛下吗？"

天帝为太子一事正在气头上，只道："他们这是什么意思？朕的旨意岂是说收回便收回！"

卿尘轻声劝道："两位王爷也是因骨肉亲情，不忍眼见大皇子离京远去，陛下看在他们这一片真心的分上，便请开恩吧。四殿下多次领兵北疆，深知涿州乃是凶险之地，若真如他所言，这一去岂不是生离死别？光这一路风餐露宿，如今又是大雪，便是常人也难经受得住啊！"

天帝冷声道："朕便是要好好管教这个儿子！"

卿尘又道："但那涿州乃是北晏侯封地，大皇子储位已废，此去便是虎落平阳。他心性高洁，岂受得了那些藩王的折辱？何况北疆若有个动荡，他在那里也不是妥善之计。"她情知北疆未靖，北晏侯一直蠢蠢欲动甚为天帝所忧，因此徐徐进言，借此规劝。

果然天帝神情一动，孙仕忙接上道："陛下，两位王爷都快成雪人了，即便铁打的身子也经不起这样啊。"

卿尘柔声再道："大皇子即便再有不是，也请陛下多念着孝贞皇后的情分。"

提起孝贞皇后，天帝不由叹了口气，终于往殿外走去。卿尘和孙仕连忙跟上。

大雪丝毫没有停的意思，迎面扑了一身，殿前内侍忙撑了伞过来。天帝见两个儿子跪在雪里，一个傲然自若，一个温文从容，亦想起长子，如何不心疼？

远远雪地里过来几个人，却正是侍女们簇拥着殷皇后前来。殷皇后得了宫人报信匆匆而至，远远便见儿子跪在雪里，当真心都揪了起来，也顾不上雪深风紧，几步上前："陛下，这是……"

天帝深深皱眉，冷声道："你们还真就不起了？"

夜天凌依然是神情淡淡，却坚定地道："儿臣求父皇宽赦大皇兄。"

夜天湛亦跟着道："求父皇开恩。"

殷皇后看了一眼儿子，随即上前，软声对天帝道："陛下，儿子们都是念着兄弟的情分，也是一片孝心，您就体恤他们这份苦心吧。这么大的雪，天寒地冻的，闹出病来可怎么办？"

天帝深深看向眼前两个儿子，在廊前来回踱了几步，似是略有迟疑。

殷皇后见状，亲手接过孙仕递来的披风替天帝披上，挽了他手臂道："儿子们友爱诚孝，陛下应当高兴才是。灏儿之事，也是我这个做母后的平日里疏忽，没有管束好他，才让他惹下如此大祸。陛下若真要降罪，不如连妾身一并责罚。"

说着她敛衣后退，便要跪地请罪。身边宫人们跟着纷纷俯身跪下，卿尘和孙仕对视一眼，亦上前跪在了雪中："望陛下开恩，宽赦大皇子！"

"朕什么时候说过怪你，你又何苦如此？"天帝伸手扶住殷皇后，看着她长长一声叹息，最后终于道，"难得你们有心，朕心里又岂是不念父子之情？"眼前皑皑白雪洁净铺展，叫人心里也不由宁静下来，天帝目光遥遥透过琼楼玉宇，仿佛看到了很远的地方，"孙仕，去吧，传朕口谕，就说皇后求情，命大皇子回京。"

"是。"孙仕忙答应着去办。

夜天凌和夜天湛齐声道："儿臣代大皇兄谢父皇隆恩。"

殷皇后忙吩咐内侍："这下好了，快扶起来。"

夜天湛起身抖落衣衫上的雪迹，复对殷皇后行礼道："儿臣叫母后担忧了。"

殷皇后执了他的手轻轻拍了拍，目光无意中自天帝面前轻轻掠过，似是闪过无痕的笑意。

夜天凌亦扶着内侍的手站起来，身子微微一晃。

卿尘近旁看着，疼在心里，却又不能上前。两人目光交错于一瞬，便一瞬，已将千言万语熨烫在心底，融融地，化了漫天冰雪。

第五十四章　　笑里江山风满楼

二更刚过，白日喧闹的伊歌城繁华褪尽，一片安宁寂静。上九坊凌王府前两盏通明的灯笼照着门口的石狮子，映得路边积雪红彤彤一片。长街尽头，夜空显出难得的清朗，数点星光映着漫天雪影，平添几分清冷的意味。

一辆马车悄悄停在了凌王府后门，车帘微动，有人躬身下车，一袭黛青色斗篷随着脚步悄然垂落，光影暗处看不清容颜。晏奚早已等候多时，一路将来人带到夜天凌的书房，毕恭毕敬地打起锦帘。那人低头进了室内，将斗篷上的风帽拨下，露出张清淡素容，正是卿尘。

书房中迎面立着几个朴拙的古木书格，上面堆满了书册文卷，一个戴书生头巾的年轻人正在执卷翻看，旁边夜天凌和几人坐着说话。

卿尘看了一眼，除了莫不平，还认得其中一人是如今台院侍御史褚元敬，年纪轻轻放了两年外官，便调回天都擢入御史台，是朝上新秀中的佼佼者，亦是上将军冯巳的乘龙快婿。此时莫不平同褚元敬亦看见了她，双双起身道："见过郡主。"

书格旁那年轻书生闻言将书册一丢，回头乍见雪衣白衫一张水墨素颜，一双明锐潜定的眼睛清清淡淡，却带着叫人不敢逼视的光泽，如同微光下晶莹的黑宝石，一瞬惑人。他不由呆了呆方上前见礼："这位便是清平郡主？"

卿尘一笑，轻敛衣襟与他们还礼："莫先生和褚大人是见过的，敢问这两位……"

夜天凌清隽的双眸在卿尘脸上微微一转，神情愉悦："一早说过要给你介绍。"一指那年轻书生，"江南陆迁。"

卿尘略觉惊讶："可是五岁便以诗作誉满江东、人称'天下第一才子'的陆迁？"

陆迁长揖笑道："郡主说笑，都是少时玩闹，有褚兄杜兄在座，区区岂敢妄称才子？"

卿尘俏眸一亮，看向褚元敬身旁之人："如此说来，这位难道是'疯状元'杜君述？"

杜君述哈哈一笑，意态不羁，当真有几分癫狂之态："杜君述如今只是殿下府中一个小小幕僚，哪里还来的什么状元？"

这杜君述乃是圣武十八年天帝御笔钦点的状元，其人文才高绝，名动天下，却是不拘小节，性情狂放。当年金榜题名后曾当朝与谏议大夫辩议，驳斥古制礼法，为此遭天帝降旨训斥，命他闭门思过。谁知他打马回府竟然挂印而去，誓说不见旧法革新，此生永不入朝为官。

卿尘笑着看了看夜天凌，不知他如何能将这般狂放人物都收入麾下。此二人于江南天都，乃是当今天下文士之首，如同褚元敬一般，都是立志革新的俊杰人物，正合夜天凌所需，将来势必有一番作为。

卿尘道："久闻二位大名，今日终于有幸一见。"

谁知杜君述站起来，对卿尘兜头一揖到地："杜某虽未曾有缘早与郡主结识，却听殿下常常提起，对郡主钦佩非常，请受杜某一拜。"

卿尘吃了一惊，忙侧身道："受之有愧。"然听闻夜天凌既然常常同杜君述提起自己，便知此人是他的心腹谋士，不由得对杜君述多了几分打量。但见他虽行为无状，布衣长衫看似潦倒，却难掩胸中丘壑，同莫不平的深稳老到相比，更多了几分倜傥狂气。而那江南陆迁，腹有诗书气自华，年纪虽轻，一双眼睛却透着慑人明光，看去亦是足智多谋之人。她扭头对夜天凌微微一笑，颇是感慨他识人的手段。

夜天凌和她目光相触，挑了挑眉梢："这疯状元不是徒具虚名，久了你就知道了，不必理他。"

杜君述这边却执意拜道："年前大疫，郡主搭救京隶数万百姓，牧原堂多行善事，杜某这一拜是替百姓谢郡主。"

卿尘笑道："你若要谢，谢殿下才是正途，这牧原堂的钱都是他出的，人亦多是经他举荐，便像老神医张定水，我哪里请得动？"

杜君述道："杜某对殿下早已是死心塌地的佩服，现下亦有莫先生同郡主辅佐，何愁天下不定！"

莫不平捋着五柳须道："朝堂中尚有险路啊！郡主，现下皇上废了太子，可有其他打算？"

灯火映着玉颜静如止水，卿尘淡淡道："皇上虽废了太子，但心中仍是只有一个太子。人老了，身在其位难免警醒，侍之以诚孝，友爱兄弟，方为其道。"

陆迁道："如此便是以静制动的理了。今日殿下为废太子求情，倒是一步好棋。"

卿尘看了夜天凌一眼，那峻峭面容逆了烛光，淡淡投下倨傲的影子，唇角刀锋般的锐利，清晰可见。

现下夜天凌身世唯有她和莫不平知晓，诚孝父皇，友爱兄弟，短短数字他人或是举手可为，于他却是隔着一道鸿沟深渊，那其中数十年骨血仇恨，又岂能轻易带过？这些日子朝堂宫中，他将自己掩藏得那样深，一言一行若无其事，这一个"忍"字之下，究竟有多少悲恨抑在他心底，跪在致远殿外大雪之中，他又在想些什么？

灯影里夜天凌微微一动，幽邃眸底似将这深夜入尽，无边无垠，冷然道："我不过做了该做的事。眼下四侯国坐大，北疆迟早生乱，我岂能容大皇兄远赴涿州，看那北晏侯脸色，荒废一身文华！"

褚元敬皱眉道："殿下是当真担心废太子的安危，不过湛王今日行事却有些出人意料。"

杜君述道："也不意外，湛王在门阀士子间早便有礼贤下士的盛名，如今中宫又立了殷皇后，尚且联姻靳家，其势不可小觑。"

陆迁却突然笑道："倒是走得太高了，行事越明，走得越高，越招惹是非。"卿尘闻言轻轻瞥了他一眼，一语中的，倒真是个通透的人。

莫不平点头道："湛王在明，尚不足为惧，反是溟王那处隐藏得极深，此次太子之事数度暗中发难，恐怕之后也有一番计较。还有济王，他与溟王都是孝贞皇后所出，按长幼论，尚在诸王之首。"

褚元敬道："济王有勇无谋，性情急躁，皇上曾说他难成帅才，既有如此论断，岂能将社稷交与他手？"

杜君述接着道："溟王多方经营，但手中最大的筹码还是凤家。"说罢，看向卿尘。

卿尘原本只听他们议论，见杜君述看来，微微一笑："是明是暗，不过是一层之隔，他既要在暗，不妨将他往高处推，自然便明了。"

"愿闻其详。"杜君述道。

卿尘凤目清凛，掠过淡淡光华："太子已废，储君之位岂会长久空置？过些时日，皇上必然召集众臣重新择储，届时不妨一起推举溟王，不怕人多。溟王那边也不会放过这等良机，至此不明也明了。"

"如此一来，若当真立了他呢？"陆迁问道。

玉容沉敛，卿尘樱唇浅挑，光影下掠起个好看的弧度："湛王又岂是易与的？溟王这边加上一笔，则不偏不倚两相抗衡。何况，立不立，立何人，终究只是在皇上心中，他们众望所归，皇上又会如何去想？"

几人静默，灯火下夜天凌一直沉默不语，似乎若有所思。偶然抬眼，却正遇上卿尘也向他看来，眼底细细密密带了秋水似的明净，叫他心底轻轻一动，竟有种柔软入骨的错觉。

杜君述同陆迁对视一眼，道："好个鹬蚌相争，渔翁得利，然行事的关键还是在凤家。凤家开国以来世代与皇族联姻，士族中以之为首，当年皇上即位，便是凤家力保，若凤相偏向任意一边，怕是皇上也难抑其势。凤相一言一动关乎重大，孝贞皇后同凤相乃是嫡亲兄妹，溟王是孝贞皇后亲子，亦是凤相的女婿。郡主可能给我们一句话？"

卿尘抬眸，眼中灯影一晃，无论怎么说，她也还是凤家的人。

然而凤家，像一潭无底的深水，她同凤衍这"父女"，相互试探掂量，却谁也摸不透谁。这句话，叫她如何去给？

卿尘无奈挑眉："凤家数代以来靠的都是联姻，纤舞已亡，鸾飞亦去，若我所料不错，凤家该是会暂且观望。毕竟在凤衍看来，此事上他手里只有一颗棋子了。"

杜君述和陆迁对卿尘直呼凤相之名甚为意外，然而卿尘语中之意却已是清楚明了。

卿尘此话叫夜天凌心里微微一动，开口道："士族门阀虽权倾一时，但也有盛极必衰的时候，如今储君之事不足言道，反而对诸侯国必得有所警戒。中枢一动，诸侯必趁机生乱，却也正是撤藩的好机会。削了侯国势力，则中原一统无忧，方能放手整治外敌，彻底绝除连年兵患。"

他一席话，竟是将眼光放到长久，百世基业勾画在了面前，对此时人人聚焦的储位不屑一顾，眉宇间那一抹深隽的自信，仿佛进退尽在指掌之间。

莫不平点头道："殿下说得是，诸侯门阀分庭抗礼，外患不绝，莫说储君，便是皇上也如坐针毡。"

褚元敬暗自思量，这一番话也是明了士族必衰之路。本朝文臣多出自门阀士族之家，世袭罔替，然武将却多是浴血征战出来，身属寒门。自凌王执掌兵部，一概只论军功，不论家世，提拔了大批寒门将士，军中带兵的大将已逐渐形成寒门一派，隐隐与士族门阀相抗。士族佐政已久，以凌王之刚冷专断，岂容他们继续坐大？这也使得他同一些新进文臣情愿追随其后，便因眼前这个主子同其他皇子都不同，睥睨间早有一番挥刃百岳的泱泱气度，励精图治的高远抱负，这一切都使他甘心臣服。

更漏声声，夜色越发深沉，夜天凌看了看黑寂的窗外，道："那事便如郡主说的安排吧。"

几人会意，莫不平道："殿下，已是三更，我等也该回去了。"对陆迁三人递个眼神，便一同告辞出来。

杜君述临走前深深看了卿尘一眼，想起数年前酒后狂放同凌王品评天下女子，竟无一人能入其眼。当日可曾想到，世上有这样一个女子，叫人心折倾慕？凌王如今看来是情已深种，缘分之微妙，妙不可言。他想到此处，心情舒畅，搭了陆迁的肩头道："陆老弟，人生痛快，今夜不醉不归！"

陆迁对他这随性早就习惯，呵呵一笑："小弟奉陪。"随他并肩去了。

第五十五章　　相共凭栏看月升

卿尘看着杜君述等人出了门，未及转身，便被一双坚强的手臂圈在怀中。

夜天凌身上干净温暖的气息瞬间包裹了全身，她只觉心一跳接着一跳，激激滟滟地泛起涟漪，连呼吸都不由屏住，只温顺地靠在他臂弯，动也不能动。

屋中没有一丝声响，烛光也似醉人一般，柔柔注视着这一对璧人。夜天凌静静环着卿尘，一缕如兰清香自身畔幽幽绽放，叫人心神俱醉。他轻轻将手覆在她手上，十指相扣，握紧了彼此。

"喜欢这儿吗？"夜天凌低声在她耳边问道。

卿尘抬眼打量这间书房，清简利落没有一件多余的摆设，手边眼前多是书卷，整齐地摆放着，却让人看着舒服，唇角展开一韵浅笑："若是有张琴便更好了。"

夜天凌带着她转身面向窗前："放在这儿可好？"

卿尘笑着，柔柔应道："好。"

夜天凌想了想道："'春雷'或是'一池波'，喜欢哪张？"

卿尘随意答道："一池波，听说清韵质朴，想来当是甚好。"

"好。"夜天凌淡淡道，"这窗外种了一片湘妃竹，雨后最是清爽。院里是兰花，原本只有大雪素、小雪素两品，后来每年添种，又多了文心、交鹤、桃姬、银边大贡、瑞玉水晶好些名种，今年还植了一株珍品梅瓣寒兰，一株落叶三星蝶，却不知你会不会照看？"

似已见兰庭芬芳，葳蕤生姿，卿尘忍不住往窗前走了几步："届时春来，你便看着就是。"

夜天凌眸底含笑："不日皇祖母便从宣圣宫回来了，你说，四月可好？"

卿尘愣了愣，却突然明白他话中之意，四月，那不就是再下月了？蛾首微侧，玉光明暗，盈转几分娇羞："这么快？"

"快吗？"夜天凌冷锐的嘴角挑起笑意，"本是想下月，只是天刚回暖，怕你冷着。但如若再往后延，保不准便错过这府中花期了。"

卿尘轻轻一笑，抬眸娇嗔地觑他，心底却是柔情万分。夜天凌伸手挽了她纤腰道："跟我来。"

两人出了书房，夜天凌牵着卿尘随步王府。虽是夜里，卿尘却因是第一次来此，心中满是好奇，借着月光细细打量。

整个王府地势高起，重院深藏，格局层进，一时哪里看得过来。夜天凌带她徐徐漫步，一直走到开阔的前庭，几株老梅道劲清疏，落了点点寒香，雪也压不住。水磨青石平地之上，嵌着一道碧玉镶金中轴线，映着雪光深入府中。

"我们刚刚是在四学阁，府里的书籍画卷都收在那处。这边连着我平日里练剑的地方，往后是落远轩同漱玉院。里进院落多了，我也并不常去，只这两处，一处高畅一处清静，倒是不错。还有，"夜天凌抬手沿着中轴线指去，眼中敛了沉远锋锐，尽头一幢建筑立在重阁正中，"那是天机府。"

"那便是天机府？"卿尘道。

"不错。"夜天凌道。

卿尘看着那似乎并不起眼的楼阁，谁人想到在那里，聚集着统领风骚的良才贤士，蕴藏着天朝盛世的中兴，驭人谋心，他是得其术而用之以道啊。她微微一笑："尽在其中了。"

夜天凌眸中似有精光闪过，摄人心魂，黑夜中那道金底碧玉中轴线寒光隐隐，直伸向目所难及之处："如今莫先生能来，更是如虎添翼。我天机府中文有文才，武有武将，便如杜君述之狂妄，陆迁之清傲，底下都是一腔丹心热血。有朝一日，这些人都将为天下之栋梁，天机府亦必如太庙高堂，备受后世之景仰。"

卿尘道："听你这样说，真叫人有些等不及想看他们各展才华的那一日呢！"

夜天凌负手身后，傲然一笑："不远了，不出十年，必叫天朝内政清明，四陲安靖，如此方才快意。"

卿尘秀眸清远，盈盈如深湖激滟，顺着他的目光看去，便是深夜也难掩的锋芒。抬首见他意气飞扬的眉目，一颗心便被这沉敛的霸气深深圈住，隔了万世千年柔柔牵扯，多少轮回寻觅，多少姻缘注定，从此再也挣脱不得。

却不知为何，心底深处那份羁绊微微一顿，叫她心神微乱，纠缠难言。或许终是错了，一切当真是梦，因在梦中，方得如此幸运，近乎完美？

夜天凌见她出神，问道："在看什么？"

卿尘冷冷如山泉的眼波似笼了月色，樱唇轻启："看你。"

虽只两字轻语，却低低萦绕耳根，化作深浓盟誓，夜天凌低声道："看得这么出神？"

卿尘微一侧头，语气中不觉带了几分幽柔："看得清楚，以后便记得清楚。"

夜天凌低笑一声："以后有的是时间看。"

卿尘眸光一黯，心里竟生出些许惧怕："若没有呢？"

夜天凌不语，却看定了她，深邃瞳仁尽是研判。

"你不知，我是谁。"卿尘有些茫然地道。

夜天凌抬手滑过她入鬓细眉，迷蒙凤眸，又沿着挺秀鼻梁按上柔唇，修长的手指轻轻一勾，托起她小巧的下颌。淡淡夜色中深寂的眼波一如瀚海，星光璀璨般闪了几下："你谁都不是，你只是我的女人。"

那么柔软的声息里，话语却异常笃定，每一个字都带着夺人心魂的力道。卿尘心底微微一烫，这眼神、这话语、这怀抱，总是在忐忑迷茫的时候，让那一抹四顾彷徨的灵魂安定地落入温暖。纷扰红尘来去，天地长河无尽，与他携手，便可笑对此生，艰难险阻亦无惧。

清光流转，柔柔一缕微笑印上唇边。寒梅幽香浮泛，悄悄在月中绽放开来，盈了满庭清芳。

因不能久待，只一会儿卿尘便该回宫了。夜天凌亲自送她出府，车轮方动，突然青布垂帘被纤玉般的手指挑起，卿尘轻轻叫了声："四哥。"似乎有什么话要说，但最终还是只淡笑了下，"早点歇息。"

夜天凌立在门前，含笑点一点头："好。"

帘落，掩住了那清澈容颜，马蹄声轻，消失在夜色深处。

冬夜里寒冷的气息叫人格外清醒，夜天凌独自在门口站了会儿，方才转身入府。回了书房将几件政务一理，想起方才卿尘暖暖的嘱咐，嘴角不由一挑，抬手轻拂，熄灭常常彻夜长明的灯烛，便往落远轩去了。迎面见晏奚抱着个金铜暖炉过来，剑眉微蹙："这么晚了干吗？"

晏奚笑着将暖炉递来："郡主来时叮嘱说，殿下今天在雪地里跪了大半日，怕伤了膝盖，晚上要暖着点儿，别落下病根。还有，这是郡主给的药，说是化瘀祛寒，殿下今晚得用上才好，要不改日郡主问起来，我们怎么回话？"

夜天凌眉梢一动，静静看了看那铜炉，身边寒夜也似融融，只觉一道暖意落入心间。见晏奚满眼似笑非笑的喜劲儿，沉声道："话这么多。"负手前面走了。晏奚连忙跟上，却见他冷惯了的唇畔漾出笑意，凌王府中有些什么变了。

第五十六章　天生我材必有用

轻寒料峭，暖绿春红还覆在将融未融的雪下，迎面风吹已不再那般刺骨逼人了。数株苍松都是合抱粗细，雪色消融，依旧是苍翠欲滴，亭亭如盖掩着松雨台。偶尔有飞鸟扑下，窸窣几点残雪，却衬得四周格外清寂。

阳光却是难得的好，碧瑶捧着几本书册随卿尘往这边来，远远便见丹琼在廊前晾晒些画卷。绿松影里春衫薄，好一副静谧如画的光景。

丹琼自延熙宫之事后，死里逃生，性子沉静了许多，不再似先前那般孩子气，像是一下子长大许多，叫人很是放心。如今太子虽被废了储君之位，自涿州回来便幽居松雨台，说是失了势，但清平郡主隔几日便往松雨台来，众人见风使舵，揣测圣意，也没人敢给这边脸色看。

拾阶上了前庭，卿尘回头对碧瑶道："去寻丹琼说话吧，我自己进去便好。"

碧瑶答应着去了。卿尘入了内进，夜天灏俯首案前正援笔疾书，见人进来，抬头看去，却也不说什么，再写了几句，方将笔放下，一笑道："如今你倒成了松雨台的常客了。"

卿尘上前翻看他刚刚完成的一沓书稿，笑道："我是冲着这个来的。"近日她常来松雨台，越发同夜天灏熟稔了起来，每每听他闲聊史话，一坐便是半日，两人颇为投机。

夜天灏抬手研墨，斜飞的剑眉之下，丹凤清眸微微上挑，带着几分难得一见的笑意，如同星光般闪了闪："不妨评说对错。"

卿尘抬眼看那一抹笑容，往日常见的那个温文尔雅却又总叫人觉得疏离的太子殿下如今举手投足都多了几分放浪，谈笑风生毫不羁绊，纸下千言品评古今政史，妙笔生辉，脱胎换骨般叫人觉得新奇。想他当真是对废立之事淡到了极致，九重深宫，帝王家中，竟生了如此人物，也不知是福是祸。她将文稿暂且一放，微微笑道："不过今日倒不光为此，有旨意。"

端砚上那只白皙的手忽然顿住，墨影里晃过优雅的倒影，长袖一掠，夜天灏抬头。卿尘道："是口谕。"

夜天灏面上若有若无地挂了丝笑，起身拂襟而跪。卿尘面南背北立定，敛容宣旨道："封皇长子灏为祺王，钦此。"

面前修长的身子明显一僵，眉峰紧锁，看过来。卿尘笑盈盈道："旨意仅这一句。"

夜天灏回神，忽而展颜而笑："儿臣谢父皇恩典。"叩首下去。

"好了。"卿尘宣了旨，神情轻松地坐回案前，"现在可以看书稿了。"

夜天灏不语，轻拍衣襟，坐到案前继续研墨，微微墨香荡漾了几圈，却凝在那里，人怔怔望着前方。

"这一稿便完结了吧？"卿尘翻着书稿随口问，却不见回答，抬头见夜天灏沉思的模样，知道他心里必不能全放下，轻咳了一声。

夜天灏往她看来："嗯？"

卿尘将手中书稿整理了一下："若这一稿完结了，殿下不妨亲自拿去给皇上看看，也省得我背下来有个疏漏。"

"什么？"夜天灏一愣。

卿尘嫣然笑说："皇上如今对这部《列国奇志》已上了心，时常问起。"她隔几日便来松雨台，回去后一旦得闲，便趁机将记在心中的书稿一一说给天帝听，如此月余过去，见天帝竟为这书稿所吸引，恨铁不成钢的怒气渐渐也消了，终于有了今日的旨意。然而却也只有这么一句口谕，封王的宝册、金印、仪仗、府邸却都不见吩咐，也未曾说让人离开松雨台。

夜天灏不想她竟如此有心，叹道："难为你了。"

卿尘道："父子哪有隔夜仇，皇上做父亲的已然退步，殿下便莫要僵着了。"

夜天灏面上虽无异样，心中实对那日酒后意气纵火烧了东宫一直耿耿于怀，道："是我愧对圣恩。"

卿尘突然想到什么，将放在案头的书册推了推："险些忘了，看看这个。"

夜天澜打开书卷外裹着的青布，一见之下，眉峰轻挑："《撷芳集》？"他翻看道："这是柳传成的孤本，极难得的。"语中尽是惊喜。

卿尘道："确实是难得，有人费了不少心力为你寻来。"

夜天澜原本欣悦的神情微微一僵，知道他喜欢这套书的，怕只有一人。

卿尘接着淡淡说了句："前些时候动了胎气，静养了好些时日。"

夜天澜终忍不住投去探询一瞥："怎么？"

卿尘见他终于还是着急，道："已不碍事了，现如今看起来人倒丰腴不少。"

夜天澜心中出乎意料地一松，记起那日冒雪出京，眼中现出痛楚却矛盾的神色。长风肆虐，大雪凛冽，远去涿州的路上，有个身影执着相随，从伊歌城往北若远若近地跟在后面，深雪之中踉跄前行，长长的黑色斗篷掩住了身形，遮挡着面容，他却一眼便知是谁。

心里最温柔的地方似被什么东西紧紧压住，几乎透不过气来，迫得人要发狂。虽狠心看也不看她，却是因早就镌刻得深了，一动便痛彻骨髓。

那日鸾飞听闻天帝旨意，情愿自己随夜天澜远赴涿州，也是因此不慎动了胎气。卿尘想了想，终也没再细告诉夜天澜。他对鸾飞依旧挂心，如此便好。

夜天澜沉默了一会儿，道："多谢你。"

卿尘笑道："我也是受人所托，何况，鸾飞毕竟是我妹妹。"

夜天澜将心中情绪敛下，也笑道："你同四弟万事小心，只别走我和鸾飞的老路便好。"

卿尘一愣，宫中人人都以为她是湛王的人，不想夜天澜竟看得明白，抑或他这样的人，就是看得太明白了，反而难得糊涂。

夜天澜见她吃惊，却笑道："四弟自小与我亲近，不免比他人多几分了解，这宫中人人污浊，唯他有一份真心待我。只是他性子冷淡，心里有事也是不愿说的，若哪日有了冲撞，你多担待着些。"

卿尘凤眸微抬，那淡淡波光之中透着柔和的深情，"我认定了他，便就是他了。"

夜天澜眼中那一抹爽朗再现："四弟比我有福气。"

卿尘道："祸福都是缘，你也莫错过了。"

夜天澜语中深深带了感慨："各人各命，造化弄人。"

卿尘道："命虽天定，却亦由人，只看你和老天谁强些。"正是夜天凌曾说过的话。

夜天澜笑叹："也就是你这样的性子，方降得住他啊！"

卿尘笑而不语，眼底无限温柔，深深如许。柔情底处，印着抹清冷的坚定，她不知道路有多远多久多难，但她知道，自己同他，已没有人能再放手。

《天朝禁中起居注·卷五十七·第十三章》：

……祺王入见，呈《列国奇志》稿，帝悦，彻夜与之论。圣武二十六年春，擢祺王进英华殿太常司，主修历朝通史。

第五十七章　只舟行见水穷处

《天朝禁中起居注·卷五十七·第十三章》：

帝微恙，召九卿议储，众推湛王。太学院三千学士联名上书，具湛王贤。帝愈，不复议。

翠瓦金檐，早春的晴朗在重阁飞宇上染了琉璃色彩，阳光下渐渐透出些清晰。远望梨花正盛，冽风中几树繁花落蕊芬芳，雪压春庭，衬着朱红宫墙莹莹铺了开来，暗香浮动。

卿尘一身月白贡绢轻衫，独自静立在树下。几缕春风轻摇，花雨纷飞，她伸手接住了一瓣，修长指间落着一抹莹白，细微的蕊丝轻轻颤了颤，不胜娇柔，恍惚间只以为轻雪未融，寒色仍在。

她抬头轻舒了口气，握紧了手指，细眉微锁，似是遇上了什么难解之事。

春来乍暖，仍是凉意十足，天帝前些日子偶染风寒，朝中立时便将立储之事提了出来。

或是迫于形势，天帝召众臣公卿推议储君。今日朝上，除几位首辅相臣外，三省六部九司竟有半数以上推举了湛王。更有甚者，三千太学士联名保荐，上《贤王书》请立湛王为储君，一时间内外同声，势不可遏。

太后自宣圣宫休养慈驾方回，卿尘奉旨前去陪伴，近几日并未在致远殿，但也知早朝上夜天凌一手提拔起来的官员们都不约而同上了请立湛王的折子。就连褚元敬都不知为何，推举溟王的折子早便拟好了，却被夜天凌昨日深夜一道急令改了内容，这里面透着的奇怪，无由地叫人不安。

夜天凌落的是一着绝棋。若如前议，令湛王同溟王成掎角之势鼎立，隔岸观火，网宽线长，兵行稳妥。如今他忽然反手，一力将湛王推上巅峰，峰凌绝顶光芒万丈，云端之下却是万丈深渊。

欲抑先扬、欲擒故纵，这法子是她出的，却怎也没想到竟用到了湛王身上，心里若说没有歉疚，不过自欺欺人罢了。

剑走偏锋，一招既出断绝湛王前路，却令溟王安然隐在暗处伺机而动，卿尘第一次觉得猜不透夜天凌究竟在想什么。奇险快狠，深稳诡绝，便如传说中他行军布阵，他人无论身在局中还是置身局外，都是莫测其意。

宫中不期而遇，她默默陪夜天湛走了半日，几度隐忍心中挣扎，话到嘴边生生咽住。若设法点醒他的险境，便是将夜天凌置于危处。面上看起来雍容祥和的大正宫，暗波之中动辄生死，刀尖剑锋上，她既选了他，便死也要护着他跟着他帮着他，绝不能有半分犹疑动摇。

揉碎一抹清香，指尖抵在掌心隐隐生痛，春日晴空恍如夜天湛风神俊朗的笑，映在眼中，印入心底，此时想来竟是深刻如斯。

救命之恩、收留之情、扶助之意，他时时都在身边，而自己终究放开了手。

又或者，从未将手伸出。

她缓缓转过身，落蕊掠过肩头，任其飘零，无心去看。

卿尘方要举步，但见华伞逶迤彩裳云动，迎面正遇上殷皇后凤驾。她往旁轻轻一避，叠起些许心事，敛襟施礼下去："见过皇后娘娘。"

殷皇后优雅站定，春光下五凤朝阳宫装华美夺目："免了吧。"卿尘谨慎抬头，却意外见那精致妆容漾出亲和的笑意，不免微觉奇怪。

殷皇后凝眸细细打量卿尘，梨花树下柔雪浅舞，她便轻盈立着，款款淡淡，明明艳艳，翩然流曳的轻罗宫装温婉娇柔，眉目出尘却暗敛冰雪之姿，一笼清光傲洁，一抹秋水入神，让人挪不开眼，也难怪夜天湛钟情于她，点头道："越发出挑得清丽了，别说皇上舍不得，本宫看着也喜欢。"

卿尘听她这话，心中突地一跳，但如今已养成了习惯，面如止水，静静回道："皇上同娘娘厚爱，卿尘惶恐。"殷皇后面前，她是无论如何也不敢露半分心性，亦是十二万分的警醒，绝不肯再有一丝疏漏。

殷皇后看了看她空着的一截皓腕处，竟笑道："湛儿既把那串冰蓝晶给了你，你便戴上无妨，空置着也辜负了那宝物。"

听她话中有意，卿尘暗锁轻眉，低声道："卿尘不敢。"

殷皇后微笑抬了抬手："本宫只有这么一个儿子，断不会为难你们，如今你只要好生侍奉皇上便是。"

卿尘被这话惊住，直到殷皇后一行远去，仍旧怔在当场，几乎忘了自己原是要去看莲妃的，过了许久，才慢慢往莲池宫走去。

飘逸宫装如同蒙蒙烟水，自白玉桥上一掠而过，淡波一现，清远脱俗。御林侍卫见了卿尘，纷纷恭敬行礼。如今的御林军，怕已无人再敢轻看，枪明剑冷，甲胄森严，总觉比之前多了些叫人说不出的肃穆来。

卿尘没有像往常一样微微笑应，只点了点头。行走间一瞥，不去细看，很难发现御林军中已替换了不少新面孔，而这离夜天凌那一道严令才不过数月而已。

举步踏入莲池宫，早春来到，这里却依然未脱寒冬的清寂，亭阁幽深，静得能听到自己的脚步声。卿尘低头前行，忽然脚步一顿，折入园中小径。莲池宫正殿，天帝正缓步沿阶而下，身后跟着孙仕。

卿尘避了开去，不欲让天帝看到自己来此处，却听天帝站在庭中半晌，突然道："朕记得这处原是种了一片满庭芳，如今怎么不见了？"

孙仕道："陛下，莲妃娘娘不喜满庭芳纷闹，当年便清去了。"

"哦。"天帝想了想，"还是你记得清楚，朕都忘了。"

孙仕道："陛下日理万机，操心的是社稷天下，这些事就让老奴替陛下记着也一样。"

天帝点头："莲池宫建了快三十年，看起来和当初也没什么不同，连里面的人也是一样，终究不待见朕，连儿子也不上心。"

孙仕却不敢贸然回答，只揣摩着道："莲妃娘娘便是这个性子，终有一日会知道陛下的苦心。"

天帝一笑："朕哪里再有个三十年啊。"语中尽是感慨，听起来竟有些萧索意味。

孙仕忙道："陛下福寿康健，老奴还要再伺候陛下几个三十年呢。"

"听听，你都也跟了朕大半辈子了。"天帝道，"不必忌讳言老，朕这几日常觉得力不从心，是老了啊。"

孙仕道："近日政务繁多，陛下何不命清平郡主回来，也好分忧。"

天帝声音肃沉，冷冷透着股静穆："朕身边的人，他们哪个不打上了主意，卿尘这个修仪是早晚要去的。朕倒要看看，除了老七，还有哪个也有这心思。"

孙仕道："老奴在旁看着，清平郡主倒是忠心为君，政务上也丝毫不差。"

天帝道："若单说政务，她比鸾飞处理得通透清楚，胆识见地也有过之而无不及，是块可雕琢的料。但在朕身旁，要看她知不知道分寸，迟些再说吧，看着她便能知道他们几个。"

卿尘心中一凛，既在天帝身侧又是凤家之女，她这个修仪的确是内廷中枢关键的一环，天帝将皇子们一一看在眼里，同时也将她看在眼里。

此人彼人，是弈者又是棋子，进退攻守，分也分不清。

孙仕随着天帝渐渐远去了，声音再也听不清楚，卿尘心中却明镜一般，寒风淡淡，方觉自己出了一身冷汗，只一步啊，一步之差便不是这个局了。

风冷料峭，竟仍是透骨的冰寒，卿尘静静回身离开了莲池宫，一路低头，思量着天帝同孙仕的对话。

延熙宫中常年萦绕着若有若无的沉香气，叫人心神安宁，饶是重重心事也淡下几分。太后正同碧瑶说话，见了卿尘回来，问道："你这丫头哪里疯去了，半天都不见人影？"

卿尘微笑着道："太后娘娘找我吗？"

碧瑶道："郡主也真是，偏偏这时候不在，四殿下来了半日，前脚刚走。"

卿尘一笑："既有四殿下陪您说话，正好我就得空偷闲嘛。"

太后招手令卿尘来身边，挽起手细细看她，慈目中透着欣慰："你可知凌儿今天为何而来？"

卿尘原本便纷杂的心情缓缓沉下去，低声道："还请娘娘示下。"

"害羞呢？"太后见她低垂着眸子，笑说，"凌儿这冷脾气，如今可算是转弯了，终于有个人能降住他，方才竟是来求我指婚的。卿尘，我问你，你可愿意？"

细微的一点喜悦，自卿尘心底冲出尘埃噗地绽放开来，然而瞬间落入了无尽深渊，犹如黑夜一抹烟花，短暂而灿烂。

这一日，曾看着他清隽的双眸想象过，曾在他温暖的怀中憧憬过，曾在夜深人静时心间泛起幽柔的涟漪，曾在晨光潋滟中望见彼此温柔的等待，就在眼前了，就在指尖了，就在唇边了。

卿尘慢慢站起来，微垂的羽睫遮住了眸光，她离开锦榻，跪在了太后面前，一字一句地回道："太后娘娘，卿尘……不愿。"

屋中一滞，太后同碧瑶都面色诧异地看着神情冷淡的她。碧瑶同她情意深厚，多少也知她心事，急道："郡主，你这是……"

卿尘叩了个头，道："卿尘仗着太后娘娘疼爱，斗胆请娘娘收回成命……"话未说完，心中已酸楚难耐，晶莹剔透的泪水串串点点，早抑不住滚落满襟，竟再也说不下去。

太后看着卿尘眉宇间的忧伤，放下手中的茶盏，挥手遣退碧瑶："你先起来。"

卿尘轻轻叩了个头，默然起身。太后道："凌儿从小在延熙宫长大，他那个脾气我知道，整日里待人冷冷淡淡，心性又傲，不是个好相处的人，这么多年也没人让他看得上眼，但今天他来求我指婚，我却看得出他是真心真意的。卿尘，你跟了我这些时日，女儿家的心事我多少也看得明白，你倒是说说，这是怎么回事儿，你为何却不愿意？"

卿尘脸上泪痕未干，神情却不再有异样，低头淡淡道："卿尘和四殿下，无缘。"

太后道："为何这么说？"

卿尘道："娘娘刚才也说了，四殿下的性子并不好相处，多少时候他都冷脸对人，叫人难以亲近。何况，鸾飞刚刚出事不久，卿尘只想一心一意侍奉皇上，没有，也不敢有别的心思。"

太后半合着眼思量良久，再睁开眼睛，其中多了几分了然的惋惜，轻叹道："这生在天家，想要得个知心人难如登天。原以为你二人会是一场好烟缘，可你既然不愿，不管是为什么，我也不能强求。这件事再不提了，只有我知道便罢。"

泪已积满了心底，然也冷到了平静，卿尘眼底覆着一抹不易察觉的坚毅，低声道："谢娘娘恩典。"

太后摇头："这真的是缘分不到啊！"

第五十八章　　如寄空翠渺烟霏

顺水行舟，桨橹轻摇，水波破开涟漪，一晕荡开一晕，楚堰江到了静处，两岸映着一片湖光山色，似是满城风雨喧闹隔在了春色迷蒙外，只剩下烟波浩渺，欲近似远，将盛世天都遥遥抛却。

便有弱柳扶风，悄吐了嫩芽，一枝梨花清新淡雅，自岸上伸绽开来，临水斜照，落下碎芳点点，浸在风里，淡淡地顺了江水归去。老渔翁粗糙的手有力地握着桨，只一荡，船便徐徐地行着。看看始终静立船头的女子，一袭纤秀背影裹在流澹回转的烟岚轻绢中，似乎融入了这浓稠淡渺的山光水色，一时竟觉得小舟已随她凝伫，反是这山这水，悠悠地退了开去。

自上了船，也不说去哪儿，就这么随波逐流。一程一道地过了，眼见这天色渐沉，家里老婆子必已升了炊烟，等着开饭，小孙儿也不知是不是哭闹起来。老渔翁摇摇头又荡了一橹，眯眼看去，远远江上来了艘小船，听着水声，不多会儿便到了近前。

船虽不大，却透着气派，持桨的人倨傲中带着礼数，抱拳道："老人家，我家公子想过船去，还请这边靠上一靠。"

老渔翁磕磕烟嘴，笑道："小船被这位姑娘包下了，得问问客家才行。"

说话间那船一晃，舱中走出个蓝衫公子，俊眉星目，温文如玉，唇边一抹儒雅笑意，压得这泠泠春寒也是一暖，对刚转过身来的女子道："卿尘。"

卿尘见是夜天湛，先是一愣："是你？"

两船轻靠，这边小舟微微一沉，夜天湛已落步身前："隔了船说话不方便，不如到这边船上。"

卿尘沉吟一下，点了点头。秦越早一旁付了船钱，老渔翁掂着手中沉沉的银子，也不知是遇上了哪家公侯小姐，眼见一对神仙般的人物随船去了，心底啧啧称奇。

船行缓缓，远日西斜，在江面上细细粼粼地覆了一层波光，渐渐敛入了烟青色天水深处。卿尘同夜天湛并肩立于船头，淡光洒金落了满身，衣袂纷飞飘举，宛若出水洛神，迎风脱俗。

卿尘心下郁结，不想说话，只是静静看着远处。夜天湛陪她站了一会儿，道："说是你不舒服，回相府住几日，怎么了？"

卿尘想起自己出宫的借口，笑了笑："没什么，只是跟了皇上这么多日子，颇有些心力不支的感觉，想歇歇。你怎么会寻到这里？"

夜天湛深深看了她一眼，虽不多说，眸底却是细密的关心，道："秦越说在楚堰江见你上船，我便沿江过来，不想竟真遇上了。"

卿尘将飞拂脸侧的秀发掠回耳后："江上爽阔，与宫中相比自是另一番风景。"

夜天湛举目远望，暮色四合，山水影影绰绰隐入天际，梨花烟雨笼入一川轻暮，渐渐模糊一片。他转过头，柔声问她："想出宫吗？"

卿尘抬眸，不知何时，江中圈圈点点起了涟漪，氤氲湿润，雨意盈面。

暮雨清新不期而至，细细密密随风扑来。夜天湛侧身，自然而然将她挡在雨后，衣襟立时着上了几点浓重的颜色："早春天凉，莫要着了寒气，先入舱里去吧。"

卿尘伸出手掌，接住几点雨丝，凉凉地印在掌心中，微笑道："我没有那么娇弱，只有出宫才得这样清静，是的，我从来没有这样想出宫过。"

夜天湛注视烟雨茫茫的江面，微微一笑："再过几日便好，昨日我已求了母后，向父皇请旨赐婚了。"

卿尘猛地转头过来，夜天湛目不转睛地看着她，眼中落满了清亮雨丝。卿尘抑声问了句："为什么？"先前若隐若现的猜测终于明了，一切都有了解释。殷皇后改变态度，突然亲近，夜天凌中途转意，要将他置入不归之路，都为他这一步，或者就连天帝，也不能再任他继续荣耀下去，更不可能让他成为天朝的储君。

夜天湛目视卿尘，眸中笑意带着几分隐现的涩楚："我知道你或许不愿，但我还是做了。卿尘，我早便不该让你离开我那里，这一次我不会再错过这个机会。"

"即便赔上你现在所有的一切也愿意？"卿尘一瞬不瞬地直视着他。

夜天湛眼中掠过一道精光，声音却依然温润如玉："我不会赔上，否则即便能留你在身边，也无法护你周全。"

雨丝扑面袭来，卿尘深深吸了口气，用一种近乎无情的方式道："我即便成了你的王妃又如何？我待你之心，连靳姐姐一分也及不上，你要我做什么？你对我越好，便是对自己越残忍。"

夜天湛眸中的柔软凝滞了一下，声音有些低哑，道："相处日久，难道你就没有一丝感觉？"

"有，不但有而且很强烈，从第一眼开始直到现在。"卿尘微一闭目，狠心道，"但你对我来说是另一个人，一个我爱过，现在却恨着的人。我想忘却忘不掉，每当看到你就如同他在眼前，因为你和他生得一模一样。如果我说爱你，那么我其实是没有忘记对他的爱，我会选择任何人，但没有办法选择你，我不知道该怎样面对面前的你，你明白吗？"

强烈而直白，那一刻她是宁文清而不是凤卿尘，破釜沉舟般的话语自口中毫不犹豫地说出，带着压抑了许久的情绪。断了他的心意，是给他一条生路，也同样放了自己重生。李唐也好，他也好，她统统不要，统统忘掉。

或者是因雨意，夜天湛脸色微微有些苍白，卿尘看不清面前这双清湛的眼中现在是什么神情，只能感觉他猛然转身离开。然而就在这时，夜天湛却又停下了脚步，回身过来，良久看她。

卿尘静静回视他，眸中深不见底。直到他终于长叹一声，徐徐说道："就算如此，我也认了。"

一字一句，决然不改，楚堰江上，风雨之中，夜天湛眼梢微微上挑，神色平静如初。

卿尘只觉得四周窒闷的雷声令人心头发慌，身子不由得晃了晃，扶住船舷："我这一生或许注定是要欠你的。"

夜天湛似乎笑了笑："欠着好，总有还的时日。"

卿尘轻锁眉心，避开他的目光，"四面楼到了，我在这里下船，天色已晚，你早些回府去吧。"

夜天湛道："你不回相府？"

卿尘其实本未打算回相府去住，只道："我晚些时候自会回去。"

夜天湛点点头："我送你上去。"他看来已然恢复了常态，温柔依旧，船缓缓靠上栈头。

卿尘拦住他："不必，雨下得大了。"秦越见雨越落越急，递上了伞。天边隐隐雷声传来，由远至近闷响滚滚，天地昏暗，想必立刻便是一场倾盆大雨。

卿尘接过竹伞，往岸上迈去，谁知船身摇动，脚下不稳，冷不防身子一晃。不及心惊，有人在旁伸手一扶，夜天湛已将她稳稳护在怀中。

卿尘稳住身子，急忙向后退开，低声道："多谢殿下。"

夜天湛却反手将她握住，雨中俊眸流光清朗："卿尘，无论如何，我认定了你就绝不后悔，总有一日，你会把我当我。"

卿尘轻轻地将手收回，避开他的目光："殿下请回吧。"

夜天湛眼中似是含了千言万语，但终究还是一笑，回身上船离去。

卿尘怔怔看着被急雨笼罩的江堤，直到那船只渐渐没入江雨深处，方才转身，忽见四面楼前，一个熟悉的人影立在那里。

不知何时而来，夜天凌暗沉的眼中冰冷一片，注视着伞下的她，注视着这风雨中长浪拍岸的楚堰江。

栈道两头，一段若远若近的距离，两人静静立在那里，谁都没有说话。

风雨早就不见春日的柔软，掀得卿尘手中竹伞不断晃动。伴着震耳闷雷，一道惊电裂开乌云，在暗空中划出灼目的长光。

电闪之下，卿尘清楚地看到夜天凌眼底风云狂涌，终于明白为什么战场上杀人如麻的将军也不敢如此与他对视，眼前肆虐的闪电都似退却，那摄人的目光如同一把利剑直逼心头，让人只觉阵阵闷痛。

卿尘稳了稳心神，举步向前走去，头顶翻滚的雷声听在耳里并不真切，一切都失去了色彩，只能见到他的眼睛，天地间仿若只剩下那双眼睛，看着自己，清晰如许。

急雨斜斜打了满身，罗绢沾了雨水紧贴肌肤，透心的冷。他来了，她有多少话想同他说，现在，他来了。

夜天凌一动不动地看着她，沉冷的目光夹杂着深切的痛楚。卿尘叫道："四哥。"

"难怪，"夜天凌熟悉的声音却无一丝感情，"我在这儿等你半天了。"

卿尘低声问道："你见过太后了吗？"

夜天凌眼里怒意闪过，一把将她的脸抬起，低头俯视，声音暗哑："难怪你追问褚元敬为什么我要那么做，难怪你不愿皇祖母赐婚，难怪四处找不到你，原来是他。"

油纸伞跌落身畔翻滚着吹入了雨中，卿尘感到他的手狠狠捏着自己，因用力过度而隐隐颤抖，挣扎道："不是……"

"那是什么？"夜天凌抑声道，"你亲口拒婚，我亦亲眼看见。"

他眼里的伤怒连同这语气，尖刀一样刺入卿尘心头，一刀接着一刀，痛得她几欲窒息，只能勉强扬头道："是……是……你放手！"

夜天凌猛地松手，卿尘跟跄着扶住一旁栏杆，心里那痛丝毫未缓，越发翻涌起来，千言万语堵在胸口却一个字也说不出，只靠在那儿喘息。

夜天凌见她惨白着脸不答，一阵怒意连着莫名的心痛涌上，薄唇紧抿，极力压抑着自己翻腾的情绪，忽而仰头闭目，雨水激了一身一脸，转身拂袖而去。

"四哥……"卿尘想叫他，眼前却忽然一黑，心口抽起一道剧痛，一步便迈不出去。冥魔随夜天凌自宫中回来，早和谢经在楼中看着两人情形不对，却谁也不敢上前，此时见夜天凌突然离开，雨中卿尘摇摇欲坠，双双抢出来扶住："凤主！"

卿尘恍惚见了他们两个，艰难地道："跟去……看看……莫要出……出事……"

谢经对冥魔抬头示意，冥魔展开身形，沿江岸追去。

谢经扶着卿尘，只见她浑身湿透，苍白的脸上不知是泪水还是雨水，早已流尽了痛楚，淹没一切。

神御军营前，门旁两株老树干枝道劲，桃红错落，虽没有依水堤旁"一色锦屏三十里"的繁丽，却也热热闹闹绽了满树。雨打春庭花零落，轻红粉白碎锦似的铺了一地，如今风一吹，柔柔洒洒飘扬起来，倒给这兵戈肃杀的军营添了几分旖旎光景。

营中出入的武官兵将本就是些豪放不羁的人，少有闲情驻足赏春，反而比平时更多了匆忙，兵马长靴不免践踏落红，一晃，便碾入了尘中。

自凌王提了增设北疆都护府的条陈后，天帝尚未有所决断，南靖侯府六百里急报传来，年前南靖侯重病，四月乙丑薨于镇州。

诸侯封地本是世袭罔替的制度，理应由南靖侯长子继承爵位掌管南疆，但老侯爷长子失德无能，其他五个儿子多有不服，竟乱起灵前，一发不可收拾，直闹到天都来请决断。

这正是撤藩的一个由头，天帝召众臣共议。凌王虽力主撤销诸侯封地，却反对急功近利，认为尚非最佳时机，遂向天帝进言分地而封，将南疆封地化为六郡分封给南靖侯六个儿子，如此相互牵制，诸侯国的势力亦被无形中削弱。若此时直接下诏撤销封侯，诸侯历来互通声气，牵一发而动全身，一旦有心作乱，朝廷尚未准备充足，海防、边陲、关陇都将陷入危局，唯稳扎稳打，才是上策。天帝纳了凌王之议，但为防有变，军中仍是厉兵秣马，以备战事，自然一刻不得停歇。

连着忙了几日，夜天凌同十一出了军营。一阵暖风轻盈，落花飘洒夹着微香拂面而来，丝丝点点沾上素净黑衣，他侧头避了避，眉峰紧锁，深海般的眼底一片暗沉，连这明媚春光都冷了去。近日这副神情叫整个军中人人小心翼翼，谁也不敢有半点儿疏漏，生怕一不留神触了霉头。

十一忧心忡忡地看着夜天凌，落后一步，对卫长征低声道："这到底怎么回事儿？"

卫长征轻声道："我也不知道，昨日问过晏奚，他只说大雨那夜殿下从外面回来，自己在倾盆大雨中整整淋了一宿，殿下不开口，谁也不敢问是怎么了。"

十一皱眉，深知夜天凌这般模样，定然不是小事，思量着上前道："四哥，父皇前些日子赐下来的新王府修整得差不多了，武英园连着畅音园，离你府邸只一条街，我和十二弟想将院墙打通，两府相连，往来也方便。"

夜天凌停了一下："倒是不错，什么时候搬过去？"

"下个月吧。"十一道，"几日不得闲，好容易没事了，不如陪我去看看？"

夜天凌虽心里抑郁，却也不愿扫他兴，便点头道："也好。"

武英园同畅音园对称而建，里面景致就如翻转了一般互为映衬，却又各具特色，是伊歌城中极难得的府院。天帝日前赐给了苏淑妃所生的两个儿子，降旨扩建为新王府，可谓圣恩眷隆。

嫩柳吐翠，春池冰融，园中曲径通幽，错错落落，四下芳菲怡人。粼粼泖泖的一道清泉自地下引至石上，融融流了一池碧水，分花拂柳曲曲折折往畅音园去了。

夜天凌负手入了园子深处，却对这满眼春色视而不见，眉心始终紧着。

只这一点空隙，没有军务没有政事，那种感觉便如影随形地涌了上来。无比清晰一幕一幕，桃红、轻柳、醉香、流泉，都如她，笑盈盈清泖泖地在自己面前，一泓秋水似的明净，一弯新月般的轻柔，从没有此刻这样清晰。

那一道利痛，自心口丝丝浸入骨髓，只要脑中有一瞬空闲，便是她，无声无息满了心怀。

冷面下隐着能融了冰川的火，灼得五脏欲焚。他闭了闭目，唇角凌厉地抿作一刃，耳边却突然传来说话声："沿这边过去便是十一哥的武英园，咱们看看去。"正是夜天漓的声音。

似是有人应了一声，夜天漓又道："春雨才过几日，竟连桃花都开了。卿尘，去年冬天咱们还说下了雪饮酒赏梅，谁知被平隶疫情搅了，如今换作桃林饮酒，不也是美事一件？"

卿尘似是笑了笑，道："若有'桃夭'美酒来，才配这景致。"

夜天漓道："这有什么难，倒是你没精打采的，怎么好好的说病就病了呢？好些了便该出来走走，总闷在屋里也不行。"

卿尘淡声道："大惊小怪，我不过懒得动，皇上都放我歇着了，你还特地拉我来这儿。"

这熟悉的声音叫夜天凌猛一晃神，十一笑道："不想正遇上他们……"回头却一愣，只见夜天凌面色冷冽，眼中隐隐掠过丝缕的寒光。

夜天凌沉声道："十一弟，我府中还有事，先走一步。"说罢竟转身便出园而去。

第五十九章　抽刀断水水更流

"四哥！"十一叫了声，突然顿住，心中恍然。身后夜天漓已喊道："今日真巧了，十一哥也在园中。"

十一回头道："刚从兵部出来，就顺便过来看看。"却见卿尘目视蜿蜒消失在山石后的人影，眼底光阴深浅，若明若暗，衬着月白衣衫脸色淡淡，颇有些黯然的意味。

夜天漓仍是那副散漫模样，一袭窄袖长衫下举手投足都是不羁，笑道："听说兵部最近忙得人仰马翻，几天都见不到你，母妃今早还说呢。"

十一道："也就这一阵，再忙也不及四哥，都几日没正经合眼了。"却见卿尘细眉微微一蹙，转而又恢复了平淡模样。

"四哥是能者多劳。"夜天漓笑道，"我们才说饮酒赏花，正要差人去找你们，也不知四哥、七哥他们是不是空闲。"

卿尘眸光微滞，拦住他道："他们都忙着，人多了反而吵闹，就我们三个人好了。"

"也好。"夜天漓打量她一眼，抬头和十一交换个眼神，转身吩咐人去备酒。

三人往桃林而去，远远便见云蒸霞蔚，绚烂无边，当真是芳菲四月，人间美景。

十一趁空将卿尘扯到一边，低声问道："你和四哥怎么了？"

卿尘凤眸低垂，淡淡道："没事。"

十一一皱眉："还说没事？一个玩命似的难为自己，一个大病一场现在还惨白着脸，好端端的会这样？"

卿尘抬头，对他一笑，认真地道："真的没事，只是一点误会，过些时日自然便好。"

十一道："既知是误会，怎不解释清楚？"

一抹桃色自卿尘眼中掠过，她远远看着那花林，沉默片刻方道："不解释自有不解释的好处，再说，也不必解释。"想了想又道，"往后你们不要常来找我，但凡行事，谨慎收敛。"

十一自她话中感觉到几分不寻常，道："四哥这几天心情可坏到家了。"

风过芳菲起，翩跹发间，卿尘只应了一声"嗯"，便转身先行。

林下轻红铺了一地，夜天漓已伸手将一小坛"桃夭"拍开，花香添了酒香，清清冽冽溢了开来，未饮人已醉。

三人寻了一方平石，随意而坐。卿尘将那衔珠杯执起，白玉中一抹嫣然轻红，妖娆万分。抿一小口，既不烈，亦不呛，只是一点飘忽莹彻的酒意，满是桃花缤纷的风流，偏生又化入喉舌一般，柔柔萦绕缠绵。

仰头入喉，那一股暖流自腹中直冲上来，不觉双颊已微热，方才那丝缕清气，忽然便漫开了醉人的醇浓，浸透四肢百骸、心魂神窍。

这酒，浅酌豪饮都是荡气回肠。

十一早将杯中酒一饮而尽："好酒，桃夭引鹤，醉中风流。"

卿尘抬手斟酒，举杯道："借这灼灼桃花烈烈美酒，贺你二人即将新迁府第之喜。"

兄弟两人笑着受了，一杯饮尽，卿尘再替他们满杯："这一杯，为我们有缘一场相识，缘深缘浅都在酒中，今日不醉不归。"

桃花影里落英缤纷，几巡过后，十一忽觉卿尘今日已饮了数杯，不由道："这酒后劲烈，你又没酒量，别多喝了。"

卿尘笑道："许你醉中风流，不容我酒里乾坤？"依旧把盏在手，斜靠着一株桃树徐徐啜饮，腮侧淡飞轻霞，星眸微醺，眼底却澄澈一片，朦胧笑意似幻似真，映在那琼浆玉液中。

不管人在何处，前世今生，她看得清楚，扬眉一笑。

再斟满，同夜天漓饮一杯，将那白玉杯丢下，半醉中偏偏心底明晃晃地清醒，酒入愁肠，只觉胸口热辣辣的，那酒意不知怎么便化出了泪，点染落红纷纷。

夜天漓正觉痛快，突然见卿尘落下泪来，不禁诧异："这是怎么了？"

卿尘却笑道："来，再喝！"

十一已将她杯子拿开："卿尘！"

卿尘见他阻拦，也不去找杯子，挥手道："好吧，已经醉了，我不喝了。"靠在树下，仰起头，妖艳桃红在她水蒙蒙的眸底映得分明，但脑中千头万绪，也不知在想什么，只是这酒像掀开了五脏六腑，将沉淀至深的东西一并翻腾上来，再也抑不住。

恍惚间似是回到了属于自己的地方，也曾同那些朋友买酒言欢，高谈阔论，笑灯红酒绿，将年华纵歌。那是什么时候的事？她嘲弄地看了看衣间桃花，糊涂了，忘了现在她是谁呢，果然酒是会醉人的。

但是醉又如何？

有些事一样不能做，有些话一样不能说，有些人一样不能见。

醉得清醒，亦不允许自己糊涂，莫不是人生最痛苦的事情？

白石广场平坦庄严，宽二十丈有余，遥接致远殿前殿。一旁大道两侧植着各色树木，虽都是参天直立，却因广场空阔并不显得十分高大，数日春风过，雨水又足，如今枝头已绽出巴掌大的小叶，阳光下轻荫点点，十分惬意地招展着。

夜天凌踏上殿前的玉阶，当职的内侍上前道："四殿下，陛下今日在武台殿，请您和十一殿下来了便即刻过去。"

夜天凌点点头，也没说话，负手而行，若有所思。"四哥！"十一在身旁道，"你就这样去见父皇？"

"怎么？"夜天凌停下脚步。

十一道："眼下大好春光，你一脸严霜看着倒像三九寒冬，父皇能不问吗？"

夜天凌眉心微皱，高处望去，大正宫北侧岐山一脉峰峦起伏，如今尽带春意，深浅翠绿层层叠叠，叫人眼前一清。他站在殿前静了静心，转身道："走吧。"

十一暗中摇头，说是误会，却也不知要僵到什么时候。进了武台殿，没想到卿尘竟在，接连几天早朝没见到她，两人都以为她尚未回宫。夜天凌身形微微一顿，卿尘正在和天帝说话，此时闻声回头，本来便没多少血色的脸上似乎更添了苍白，却衬得一双眼睛越发幽深。

"儿臣见过父皇。"

"四殿下，十一殿下。"

淡到极致的声音，听在耳中却如千斤。夜天凌面无表情地看向他处，卿尘亦静静转身，重新面对天帝身前的皇舆江山图。

"卿尘，给他们看看。"天帝抬手命夜天凌和十一起身，仍旧注视着地图在想事情。

卿尘自龙案上取过一道本章，犹豫了一下，上前递到十一手中。十一背着天帝，目光中带着担忧地在卿尘和夜天凌之间看过。卿尘缓声道："这是东越侯上的本章，请求增加海防军费，扩招水军。原因是自去年始东海一线常常遭到倭寇袭击，今年以来已有二百八十多艘商船及渔船遭劫。其中最严重的一次是本月壬午，倭寇竟攻到琅州府重兵布防的近海，虽被击退，但双方都损失较大，只能说是惨胜。"

夜天凌接过十一递来的本章，习惯性地并没有立刻翻看，而是听卿尘略说重点，听到这里问道："四个月来二百八十多艘船只遭劫，岂非每天都能遇上倭寇？"

卿尘道："照这个数字推算，是每天至少有两艘船只遇事，听起来非常频繁。"

"未免太过频繁。"夜天凌道。

"倭寇攻到近海，是上岸交战了还是海战？这不是小事，究竟是个什么状况？"十一也思量着道。

"本章中一笔带过，语焉不详，显然重点不在此。"卿尘道。夜天凌这时才浏览了一下本章："重点在军费。"

天帝此时转身问道："凌儿怎么看？"

夜天凌斟酌了一下，道："儿臣认为，这道本章应该驳回。"

"说说看。"天帝道。

夜天凌道："东越侯此时上这种本章，显然是因南疆分封六郡之事投石问路来的，既然定了要撤藩，便没有必要再往里面填银子。何况，去年年底琅州水军军费刚增了四十万，现在竟再要六十万，也没有这个道理。"

"那倭寇呢？"天帝再问。

夜天凌略一沉思，道："禁海。"

天帝蹙眉思量："禁海？"

"陛下，"卿尘淡声道，"四殿下的说法有欠考虑，禁海一事不可轻易为之。"

天帝道："怎么说？"

卿尘禀道："东南沿海一线的商船贸易是当地税收之重，亦是百姓生存之道，一旦禁海，两面都将失去依恃，非但不能解决问题，反会因噎废食。对倭寇越是忌讳退避，他们便越张狂，以攻为守才是根本。"

十一十分诧异地看向卿尘，夜天凌眼底一动，天帝点头道："卿尘说的也不是没有道理。"

夜天凌声音中不带丝毫感情，道："儿臣所说的禁海，只是权宜之计。只因现在我们没有精力同时应对北疆和东海两面夹击，只能先以一方为重。所以这六十万军费的本章，还是应该驳回。"

天帝看了眼卿尘。卿尘淡眉轻掠，道："我倒觉得，这本章可以准。"夜天凌和十一不约而同地蹙眉，今天似乎夜天凌所提的每一条意见，卿尘一定有相反的看法。

卿尘在他们各自不同的眼光中缓缓道："朝廷要撤销侯国封地，对诸侯来说绝对不是个好消息，他们也不可能束手待毙，一个不慎遭其反噬，后果不堪设想。既然知道东越侯这道本章有目的，便应该顺水推舟，大大方方地准了他，表面上不露丝毫异样，消除他们的戒心，才是稳妥之计。"

夜天凌冷声道："东越侯若是真因撤藩而有异动，这六十万的军费岂非正中他下怀？"

卿尘立刻道："并不是说准了本章便要给钱，六十万两也不是小数目，哪里是说拿便拿的。难道没有法子可以拖？去年的四十万军费还有二十万没兑现呢，慢慢耗着，耗到无疾而终。"

夜天凌道："如此一来，出击倭寇还是一句空话。"

十一暗中以眼神示意卿尘，卿尘却视而不见，道："但禁海事关重大，也不能解决根本。"

夜天凌道："禁海是缓兵之计，目前而言就事论事，难道有更好的法子？"

天帝忽然一抬手，沉声道："争什么呢！"争执不休的两人蓦然收声。天帝目光威严地一扫，道，"朕问你们，撤侯国、退倭寇、军费、禁海，你们说的这些都是为了什么？"

"肃边境，固国本。"几乎是异口同声，夜天凌和卿尘一并答道。

天帝哼了一声："都还没糊涂。"

十一及时赶在他们两人之前笑道："说了这半天，原来是殊途同归。父皇，其实四哥和卿尘说的各有道理，军费一事，卿尘这法子不错，咱们不妨和东越侯扯皮，军费的奏本就准了他，但兵部、门下都可以上本章封驳质疑，让他们列预算，再议再审，这都容易。"

天帝指了指卿尘："也就是女人才想得出这等法子。"

卿尘轻声道："兵法有云，明修栈道，暗度陈仓，和这是一样的。"

十一道："若说兵法，四哥那便是擒贼擒王。诸侯之中最棘手的是北晏侯，所以撤藩当以北疆为重，若是拿下了北疆，其他三处都不足为虑。所以说一段时间的禁海也不是不可以考虑，先以治标之法暂缓，待腾出手来再治根本。若两边同时下手，顾此失彼反而得不偿失。"

夜天凌道："父皇，儿臣虽职责不在户部，却也大概知道，现下国库并不宽裕，也容不得我们处处兼顾。"

天帝点了点头，却问道："朕看你今天怎么不比往常冷静？"

夜天凌深深吸了口气："儿臣知错。"

十一急忙道："父皇，这几日京郊各州郡驻营换防，四哥连着几晚都在兵部衙门没回府，想是有些累了。"

天帝道："朕也知道，兵部的担子着实不轻，你们兄弟两个也不容易，今天没别的事，都回府吧。卿尘也去吧，这几天不必时时过来，待身子好了再说。"

"谢陛下体恤！"

卿尘谢了恩，与他二人一同跪安退出武台殿，走到殿前便道："我还有别的事，不送两位殿下了。"说罢屈膝一福，就要往复廊那边去。

"卿尘！"十一叫住她，"你这是干什么，回宫来也不见说一声，刚才为何处处要和四哥过不去？"

卿尘停下来，平静地看了夜天凌一眼，道："方才只是就事论事，请殿下不要介意。"

夜天凌注视着卿尘淡墨样几无血色的容颜，似乎不过几日，从神情到语气都生分得异样，不由得便有一丝滞闷掺着疼惜，如粗粝的砂子般纷纷堵在心间。片刻之后，他低声开口道："很久没去裳乐坊了。"

谁知卿尘头也不抬，垂眸说道："殿下见谅，今天靳姐姐约了我去湛王府，裳乐坊怕是不能去了。"

夜天凌脸色猛地一沉，再不多言，径直拂袖而去，但走出几步，又忽然侧身回头。卿尘亦正在长长的殿廊处驻足回眸，遥遥一望自他身前直透入了心内，如同浮春下一道干净却犀利的阳光。

卿尘停了片刻，加快脚步拐入了边廊，冷不防被人拽着入了一道侧门，才发现原来十一一直跟在身后。

十一盯着她，有些不悦："你分明存心招惹四哥！"

卿尘凤眸一抬："我说了只是就事论事。"

"我不是说在武台殿，是你刚才那句话，你明知道定会惹怒四哥，偏偏还要那样说。听说这些日子七哥和九哥都常去凤府，你到底怎么回事儿？"十一沉声问道。

卿尘轻攒细眉，徐徐道："皇上手中压着两道请旨赐婚的手本，一道是九殿下的，一道是七殿下的，皇上在等着看，还有没有人上第三道手本。你说我该如何？在皇上面前支持四哥的所有政见，还是和你们一起毫无顾忌地去裳乐坊？"

十一听到夜天溟也请旨赐婚，先是有些吃惊，继而道："这些话你能和我说，难道不能和四哥说？两人之间偶尔误会不要紧，但若拖得太久，再要弥补便难了。"

　　卿尘淡淡垂眸："他需要听我的解释吗？"

　　十一十分无奈地道："七哥刚请旨赐婚，你便拒绝了皇祖母的指婚，刚才还说出那样的话，四哥这算是好的，但凡男人都忍不了。你也看见了，这几天他忙得不可开交，你真忍心？"

　　卿尘眼前闪过夜天凌清癯的面容，轻声叹道："十一，你替我带句话给他吧。蒲苇韧如丝，磐石无转移。"

　　十一看她半晌，稍后点头道："一定带到。"

第六十章　醉笑陪君三千场

　　练功房里一片剑声清啸，隔着门都能感到那种逼人凌厉，晏奚小心翼翼地推开门，唤了声："殿下。"

　　"出去！"夜天凌冷冷的声音传来，骇得人一个哆嗦。晏奚忙道："十一殿下来了。"

　　十一对晏奚挥挥手，叫他暂且退下。青石地上丢着件外衣，夜天凌只着了墨色劲装，手持长剑，见他进来，道："来得正好。"将剑斜横，正是"归离十八式"的起手式。

　　十一眉梢一挑，招未动，那剑上已满是杀气，可不好对付，道："四哥指教！"反手将一杆银枪挑起，足下不丁不八，整个人顿时肃然，挺劲如松，抵着那逼人剑气。

　　夜天凌眼中精光微闪，手间骤然爆起一团耀目的寒光，就在此时十一银枪出手。

　　剑如白虹，枪似银龙，铮然清鸣伴着叮当数声，两道人影似是隐入了剑雨枪影之中，尽是以快打快的招数。

　　剑风凌厉，砭人肌肤，似将这浓浓春日逼得无处遁形，几乎换作了肃杀寒冬，十一一杆银枪使得出神入化也颇感吃不消。两人平日常在一起练武，熟知对手，见招拆招直战了四百余回合，但听一声刺耳的交撞声，十一手中银枪竟被脱手震飞。他哈哈一声长笑，人站也站不稳地仰面躺倒，酣畅淋漓地道："四哥，痛快！"

　　夜天凌身子晃了晃，以剑挂地，单膝跪倒，虎口处鲜血长流："枪法有长进。"说罢终于一松手，像他一样躺在了青石地上。

一时间屋中只有两人的喘息声，汗水贴着凉地慢慢浸下来，歇了半晌，十一道："四哥，卿尘有话让我带给你。"

夜天凌黑瞳微微一缩，便听十一道："蒲苇韧如丝，磐石无转移。"他嘴角隐隐浮起一丝苦笑。

十一见他不语，扭头道，"四哥，我们误会卿尘了。"

"我知道。"夜天凌淡淡道。

"你知道？"十一诧异，忍不住撑起身子问，"你知道是误会？"

夜天凌静静仰面看着高高在上的栋梁，目中幽深："那天在四面楼看到她和七弟在一起，我是气糊涂了。其实自她回凤府的第二日，那里便有父皇的人在，如果我没有猜错，她这个修仪现在一举一动都在父皇眼里，若在此事上有什么差池，父皇必定不会轻饶她。而且父皇是要借她来看我们，她在武台殿说的做的都是故意的。"

十一松了口气道："你什么时候知道的？我还以为你刚才气她说那样的话呢。"

"那一刻确实有些气，"夜天凌落在身侧的手掌紧握成拳，"但却更恨自己护不了她周全，反要她为我受委屈。"

"她有那一句话，你该知道她的心。"十一道。

夜天凌闭上了眼睛，想起卿尘的话："蒲苇韧如丝，磐石无转移。"低声默念，心底渐渐一片安然。

绝谷峭壁，悬崖上一丛雪色山花似是撷取了山川灵气，临渊怒放，招展多姿。

卿尘随地坐在崖边，注视着那高山峻谷，衣袂迎风，前方依稀传来激流的水声。雨水裂开冬日干枯的峡谷奔腾而过，穿越万山丛林，翠绿迤逦覆着苍山。夜天凌曾经带她来过这个山谷，她记得此处一草一木，如今却年年春相似，空余人独立。

莫道不销魂，相思深处已成痴。四野空寂，如同此时一颗心，怅怅然，空落落。

只有在这儿，她才能肆无忌惮地想他。曾提缰立马开怀畅笑，曾衣袂临渊傲视天地，曾指点江山意气飞扬，如此清晰，清晰得触手可及，如同一湾清冽深潭，一纹一波漓漓荡漾，不休亦不止。

阳光如缕，七彩碧玺玲珑剔透，映着她清丽的眸子。曾经纠缠心间的一缕执念，此时只余了渺远的印记。参不透红尘，望不穿恩怨情仇，众生苦，苦为情生。她自知是认定了，没有征兆亦无丝毫犹豫，是他，为他，只有他，他也一样不会离开，她知道。

唇角掠过一丝浅淡的微笑，她站起来对着山谷大喊："四哥！"面上湿湿的，风吹来有些凉意，浸着肌肤，同那笑化在了云间。

风驰蹄声轻快，蓦然停驻，夜天凌意外地看着山花前飘逸的白色身影，临空摇曳，几欲乘风归去。

那一声呼喊，自四面八方回荡过来，一瞬涨满了心口，苦涩酸甜，恍惚间竟叫人有种不顾一切的激狂。他飞身下马，落在卿尘身后，张口欲喊，一眼见那下临绝壁的山石摇摇欲坠，怕惊吓了她，只轻声叫道："卿尘！"

卿尘浑身一颤，不能置信地回身过来，怔怔看着夜天凌站在面前，早蓄满了眼的泪水悄然而下，一言不发。

夜天凌往前迈了一步，卿尘突然摇头："别过来，你别过来。"抬手将泪水抹掉，躲开了他的注视。

夜天凌眼底猛地波动，她转身之下便是深渊，他沉声道："卿尘，那里危险。"

卿尘有些怔忡，静静看着他。夜天凌伸手道："你先过来。"

卿尘闻言向前走了一步，还没站稳，人已被他一把拥入怀中，紧紧抱住，臂上力道透着一种深入骨髓的力量，叫人一动也不敢动，一动也动不了。

她伏在夜天凌胸前安静了一会儿，突然气恼地挥手捶他，又被他环着挣扎不得，连日来心中的委屈无处发泄，竟扭头往他肩头狠狠咬下。

夜天凌闷哼一声，只是搂住她。那痛真真切切，却一瞬模糊了，散在心底若有若无的，牵起层层怜惜温柔。过些时候，他才低声问道："气消了？"

卿尘将头抵在他肩头，泪流满面，闷声不语。

夜天凌手指沿着她温凉的秀发滑下，感觉到她的泪水缓缓渗入衣襟，却又不知该怎样安慰，隔了片刻，终于说了几个字："卿尘……对不起。"

山林四寂，眼前远空万里，浅翠轻碧云笼烟峰，迷离了双眸。

冷傲如他，自负如他，竟说了这样的话出来。卿尘怔怔听着，普通莫过这寥寥几字，却像一张细细密密的网，让人失了思绪，一步迈入了他设下的领域，想着想着，一股欣慰甜蜜自心底升起，垂眸笑了起来。

夜天凌扶着她双肩轻轻一退，微皱了眉头："又哭又笑，这是怎么了？"

卿尘不语，望着他，却见夜天凌也只是这般垂眸凝视，向来无情无绪的眸心明暗涌动，阳光下如一片深沉的海，生出万般波澜的色泽，渐渐将人卷入其中。她一动也不能动，痴立在他身前，突然听他一声低叹，一个闪神柔唇已被他俯身吻住，他唇间切实的热度带着霸气与温柔深深攻陷了心底最柔软的一处，浓浓烈烈，千回百转，霸道地让她无处可逃，却又轻柔地让她沉醉下去。一切喧嚣皆退却，天地一片空白，只余他唇吻温热和陌生而熟悉的气息。

不知过了多久，卿尘颤抖着睁开眼睛，长长睫毛微微一动，羞怯低下。夜天凌唇角勾起一丝微笑，转瞬即逝，轻轻抬起她的头，修长手指将她脸上隐约残留的泪痕抹去。一刹那，卿尘意外地在他眼中看到一种深痛不安的神色，仿佛他竟在惧怕什么，有什么东西隐在他心底不愿想起偏又挥之不去。

"四哥。"她轻声叫道，"你在想什么？"

夜天凌沉默了一下，目光投向了远山叠嶂，简单道："想你。"

卿尘微微一愣："我不是在这里吗？"

"嗯。"夜天凌应道，回神凝视眼前人，眼底已恢复了那清淡深锐。两人携手在一处岩石上坐下，卿尘侧头看了看夜天凌："你有心事。"

山间明净的阳光透过薄雾，映着夜天凌棱角分明的侧脸，举目处险峰深谷，他的目光便凌驾于那云峰之上，遥遥地看了出去。

卿尘微一晃神，只觉此时的他浑身透着一股孤寂，她微微皱了皱眉头，却听到夜天凌声音别于往日的淡漠："真的愿意跟着我吗？"说话的时候他依然看着远方，像是在自言自语。

卿尘没说什么，只轻轻将手覆在他的手上。夜天凌反手将她握住："莫先生有没有和你说过什么？"

卿尘问道："说什么？"

夜天凌眸底静寂，但在看向卿尘时却有一抹苦涩流过："莫先生是我朝奇门相术的第一人，多年之前还在钦天监时，曾为我占过一卦。"

卿尘道："是什么卦？"

夜天凌淡淡道："孤星蔽日。"

"天乾六十四卦中，孤星蔽日？"

"是。"夜天凌答道。

"莫先生怎解？"

夜天凌眼睛微眯，极冷一笑："其芒盛，天合无双，亲者去，近者离，虽日月而蔽之，孤绝独以终。"

卿尘眼中一动，眉目淡远："我不信卦。"

夜天凌唇角微抿，带着抹孤傲："我亦不信。但是那日皇祖母在延熙宫中指婚的时候，这忘了许久的卦语却在那一瞬掠入我脑中，还有唐忻，她是死在我的箭下。戎马半生，我冒过不少险，但却偏偏不敢冒这个险，拿你赌这一卦。所以那时我几乎什么都没想，便回绝了皇祖母。第二次求皇祖母赐婚前，我特地去找过莫先生，莫先生却道天数无常，要我顺心而为。我思量了许久，斟酌了许久，却是放不下，所以终还是去求了皇祖母，谁知这竟险些害了你。你拒婚，出宫，去见七弟，我几乎便要控制不住自己，心底深处偏又有一丝难言的滋味，觉得或者这才是对的。待明白了你那么做的原因，我却更不知道该怎么对你。卿尘，你究竟从何而来？为什么会出现在我身边？"

夜天凌静静地说着，卿尘从来没有听他说过这么多话，第一次，他那样坦白地将自己展现在她面前，清澈得如同一道山流，却又偏偏带着丝深忍的惆怅，叫人痛至心口。

"莫先生奇术独步天下，却看不透我的命。四哥，我在这里，或者是因我不在其中。"卿尘在微笑中轻叹，"这或许就是我的命数，我孑然一身，我只有你，我也不想管其他，你若认定了我，便是孤星该散了。"

生生世世，轮回皆缘法。既来了，便是该来了。

夜天凌听着她的话，转头凝视她许久，她眉目间镌刻着坚定与勇气，令他心中微微震撼，他突然扬眉长笑一声："这惧怕的滋味，我竟也会惑在其中。卿尘，世上有你，得之我幸。"

卿尘淡定道："与君同在，此生无悔。"

夜天凌眼中有一抹极灿亮的光彩，将她拢住，两人轻轻握了双手，一笑中，心相印。

第六十一章　　释得缘故春风生

暖风醺醉，蜂蝶流舞，御花园中染了春意，百花热热闹闹地争相绽放，浓郁花香铺叠明艳，一丛丛一簇簇，绚丽地张扬了满园。

翠柳细叶初展，静静地在玉瑶池的水面上照出一弯纤细的倒影，随风微微一晃，荡起几丝涟漪，划开一晕平静，远远地淡去了。

金丝楠木案上，长长铺着一道奏折，奏折上是一笔柔和优雅的行书，风骨清丽，舒放有致，隽秀中锋芒略隐，转折处飘逸从容。

沿着这明黄折子纸一路行云流水般地书下，卿尘手中的紫玉笔杆轻轻晃动，最后微微一勾，棱角锋锐，带出了一丝琥珀松墨的清香。

她直了直身子，轻轻将笔放于一旁溢着墨香的蕉叶纹素池端砚之上，随目浏览过去，日日练习，如今这字早已得心应手，和他的像，却又不尽然。她笑了笑，待墨干后便将折子收起，如今天帝身旁这道长案几乎成了她的专用。这一"病"，又拖了半月有余，当她再次每日随着天帝早朝的时候，天帝便将更多的政务交与了她，甚至有些本章也只是看看说说，一并由她代批。这在历朝也是少有的事，众臣言论非议，天帝一概留中不发，人人都看得明白，凤家的恩宠权势是达到了鼎盛。

卿尘心底澄明，对这日盛的隆宠不骄不躁，只在政务上用心，常是深更已过人还在灯下。逐日以来，天朝历来的人政越发烂熟于胸，她行事也如鱼得水般通透。然她只少言慎行，除了拟旨批奏这样的代笔之事外，朝事上谨言慎行，尤其是遇上各皇子经手的政务，更是不着痕迹地避开。

卿尘将复好的奏章理了理，正准备向天帝请示，忽见天帝猛地将手中折子拍在龙案上，大怒道："真是岂有此理！"

整个殿中蓦然一静，伺候在旁的侍女们被吓得面色发白。卿尘悄眼看去，似乎是刚呈上来的密折，不知出了什么事惹得天帝大发雷霆，却听天帝难抑恼怒地对孙仕道："去把湛王叫来！"

卿尘心中一凛，孙仕不敢怠慢，急忙领旨去办，未出殿门，天帝又喝道："回来！"

孙仕和卿尘都知道天帝为朝事发怒的时候万万不能劝，一同屏息站着，果然片刻之后，天帝似是怒气稍息，问卿尘道："上次在天都清查歌舞坊，湛王是怎么复的旨？"

怎么竟是为这事？卿尘轻轻蹙眉，清查歌舞坊的时候她虽还未曾进宫，但前面的朝政都曾一一了解过，这件事又是她留心的，于是小心答道："那次天都中共有四十六家歌舞坊被查禁，都是和朝中大臣有关的，另有十三家因为涉嫌勾结江湖帮派贩卖人口，亦被彻底清查。"

天帝伸手指着那道密折："四十六家里面偏偏就没有殷家的，不但没有殷家的，还有多少家都是分毫未损！更可气的是，朕要他清查歌舞坊，他竟然在什么四面楼为了一个歌女当众同人争执！阳奉阴违，说的和做的完全是两回事，这就是他办的差事！"

卿尘心底一惊，随即知道朝中有人要与夜天湛争势了。密折上所说之事夸大其词甚至无中生有，从头到尾她再清楚不过，她现在可以替夜天湛辩解，但要冒着让天帝认为她袒护夜天湛的风险。她也可以什么都不说，但夜天湛却会因此陷入不利，只刹那迟疑，她上前一步跪在御案前："陛下，这说法与实情颇有出入！"

天帝回身看着她，"有什么出入？"

卿尘斟酌，先舍难取易，道："湛王那时在四面楼并不是为歌女和别人争执，而是因为有人借酒闹事，仗势欺人，恰好被他遇上了，才呵斥了几句。"

"你是如何知道的？"天帝话语阴沉。

卿尘静静抬眸："那日事情的前后经过我恰好都曾亲眼所见，当时若湛王不出面阻止，那个歌女必定遭人凌辱，但湛王根本就不认识她，只是不能眼看着有人在天都如此胡闹而已。"

"什么人借酒闹事，非要他去管？"天帝冷声问道。

卿尘迟疑了片刻，不想落井下石，回道："那人也是朝中官员，别人都压制不住。"

天帝沉着脸道："即便此事如你所言，那些未曾彻底清查的歌舞坊又怎么解释？"

卿尘从容道："陛下明察，湛王的做法其实只是掌握了一个分寸。这被清查的四十六家歌舞坊，都是欺行霸市仗势为恶的害群之马，所以一律封禁并未手软。除此之外，还有一些只是略有出格之举，便限时勒令整改，允许继续经营。更有许多正当经营的，便不在查禁和整改之列。歌舞坊一行本就鱼龙混杂，不同的情况区别以待之，也是有效的做法，而实际上现在天都中歌舞坊的情况，也已经完全达到了陛下当初的要求。"

"照你这么说，他做得对，这些歌舞坊都该留着了？"

卿尘微微点头："歌舞坊从某种意义上说，是天都兴盛繁华的一种体现，不论是何人经营，只要善加利用，便可起到一些意想不到的作用。就如这案子当中曾被查封却又重新开张的天舞醉坊，他们专门收留西域漠北而来的胡女，使得原先流浪无家的胡人慢慢在天都安定下来，大大减少了此前胡人动辄械斗生事的情况，胡汉之间的关系也日趋缓和，这显然不是坏事，何乐而不为呢？"

天帝听完了未曾表态，过会儿道："你对湛王倒十分了解。"

这一问早在卿尘意料之中，她和夜天湛多有交往是众所周知的事，天帝更是一清二楚，此时回避反是下策，索性磊落言明，于是道："卿尘以前流落江湖，曾蒙湛王搭救，也在湛王府中住过许久。"

天帝点点头："你今天敢替湛王说话，难道不怕朕迁怒于你？"

卿尘一身轻薄的罗衫底下其实已尽是冷汗，她轻轻直起腰身，抬头道："于公于私于情于理，这些都是应该说的，卿尘只是将自己知道的实情说出来，以便陛下决断。"

天帝坐在龙案之后，俯视着她。卿尘从容不迫地面对眼前犀利的目光，在这一刻，她将自己眼底、脸上、心中的所有情绪坦荡地置于天帝的审视下，她知道这是赢取天帝信任的唯一方法。

清明如水的容颜，透彻淡定的眸光，没有丝毫的瑟缩或退避。

天帝方才的怒意早已不见，脸上喜怒难辨，他将手边的密折翻了翻："起来说话。"

卿尘略微松了口气，谢恩起身，心中揣摩这密折究竟来自何处。致远殿中所有的奏章她都可以查阅，唯独密折只有天帝一个人能看。这道密折最大的可能是夜天溟上的，但他又怎会对那日四面楼的情况都如此清楚？今日之事虽大事化小小事化无，但无论对于她还是夜天湛，都只是两害相较取其轻而已。她正静静站在一旁寻思，天帝闲话般问道："朕倒不记得，你今年多大了？"

"回陛下，再过几个月便十八了。"卿尘答道。

"十八了？"天帝道，"嗯……寻常女子早已出阁，为人妻母了。"

卿尘心头猛地一跳，不敢接话，却又不得不说话，眉目低敛，仍笼在那股平静中，道："卿尘愿在陛下身边多历练几年。"

天帝一笑，目中的严厉缓了下来："朕登基以来用了三个随侍的女吏，你是朕最欣赏的一个。但女子早晚要嫁人，几年青春转瞬就没了。"

卿尘道："按制卿尘是要跟陛下到二十五的。"

天帝道："祖制上说的是修仪，朕答应了你不封修仪。"

卿尘怔住，竟颇有种作茧自缚的感觉，一抹深暗，暗到了心里，只低声道："陛下……"

天帝看着大殿外面那方明媚的春光，缓缓道："朕必不会委屈你，便给你指一门婚事如何？"

卿尘僵立在大殿之中，在天帝肃沉的目光下，几乎可以听见自己的心跳，一拍又一拍，极沉，极静，似乎已用了全部的力气在跳动。

第六十二章　　明眸慧心窥先机

天子问话，不能不答，不能不说，就在这一刹那的安寂再也不能维持时，孙仕站在殿门侧突然禀道："陛下，钦天监正卿祭司乌从昭有急事求见。"

天帝一抬头，暂且放过了卿尘："宣！"

钦天监因掌管监天事务，在朝中颇有些超然的意味。乌从昭未着朝服，一身长衫显得极潇洒，仙风道骨，声音稳而清平："臣参见陛下。"

天帝抬抬手："卿有何急事见朕？"

乌从昭道："回禀陛下，今日钦天监的'八方地象仪'忽有异动，臣亦卜得'大壮'之卦，青龙临坤宫，内乾金临月建旺地，而动克震木，震木受克而动，动而必震。"

卿尘闻言一惊，钦天监的八方地象仪是为测地动而制，一旦出现异常，便说明发生天灾，更何况乌从昭的卦象鲜有失算，若当真如此，便是朝中一件大事，立刻对天帝道："陛下，请允许卿尘至祁天台一看。"

天帝脸色微沉，自古历朝都将地动等灾祸视为天象示警，乃是政有弊端，民生之哀所致，起身道："朕亲自去看。"

孙仕忙安排摆驾，卿尘随驾祁天台，见八方地象仪一方水纹不住波动，她推断方位问乌从昭道："看这样子可是天都西北一带？"

乌从昭道："不错，当是怀滦、永安等地，离天都不过百里，地象仪既然示警，说明可能已有地方发生异常，只是金珠未落，想来尚不严重。"

天帝仔细看了看那八方地象仪，问道："这便是那能测知地动的仪器？有几分把握？"

"回陛下，便是此物。"乌从昭据实道，"钦天监据古时典籍记载新近制成，尚未试过。"

卿尘举目天际，只见晴朗无垠的空中遥遥出现一带黑蛇般的乌云横亘不散，其色深浓如墨，与澄澈的天空分明相衬，令人感觉到一丝异常的气息。她想起以前曾听过地震云的说法，秀眉紧锁，在旁沉思一会儿，对天帝道："陛下，天象生异，很可能大灾将至，卿尘想去怀滦城看看，如当真有异，也好使百姓迁避，免受灾祸。"

天帝神情不豫，平隶大疫方安，再有地动是极不祥的征兆，沉声道："妄言天灾，可是大罪。"

卿尘眉目微凌，俯身道："卿尘不敢妄言，是以要去怀滦才知真伪。"

天帝负手在祁天台来回走了几步，终于道："朕准你去，但若是危言耸听，必不轻饶。"

"是。"卿尘淡淡应下。

纵马急驰，官道上扬起飞尘满天，一行人赶到怀滦已是黄昏。路经荣江，遥看江水无风自起汹涌奔腾，漩涡深绕，江潮击在堤岸上，溅起波浪高涌，声势惊人。

怀滦城中倒没什么异常，夕阳近晚，阡陌交错，商者息市，农者归田，一片安居乐业悠然自得的融融景象。怀滦地近楸江、荣江交界之处，湖湾颇多，隔段便出现大小不等的水塘，甫进此地界，卿尘便觉颇为闷热，似是大雨将至般的情形。

无论地动之说是真是假，今日借机出了天都，算是暂时避过天帝那呼之欲出的旨意，但却不知能避到何时。云骋不安地嘶鸣一声，卿尘收住心神勒缰下马，快步走到近处的一湾池塘边，俯身看去。只见水面荇叶交萦，泡沫无端腾吐，仿若沸水煎茶，塘中不时有鱼跳跃，显得极为躁动不安。连看几塘皆有此兆，湿泥之中尚见大量蚯蚓钻出，虫蚁等物更是随处可见。

寻来几名百姓相问，知此地几日前连下倾盆大雨，接着便越来越热，往年此时还带着春寒，如今只一件单衣便过了。

谢经同外三名侍卫跟在卿尘身后，颇有些摸不着头脑，只见卿尘走了几处，直奔怀滦城府，求见郡使岳青云。

这岳青云本是一员武将，也曾带兵出征戍守边疆，却因得罪了权贵被无端寻了个差错，贬至怀滦城做了七品郡使，但为人刚正，政清令明，倒也为怀滦做了不少利民之事。

闻禀来者是清平郡主，岳青云亲自迎了出来。卿尘开门见山免了虚礼："岳郡使，我奉圣命来此察看，怀滦不日将有地动，望岳郡使速速调遣安排，使百姓预防避难，以备不测。"

岳青云显然愣了一下，一时间似乎没弄清楚卿尘话中之意，问道："是圣上的旨意？"

卿尘摇头："皇上对此还将信将疑，是以没有旨意。"

岳青云也是久经官场，其中利害自然清楚，迁动一城数千居民本就不是易事，又是无旨行事，弄不好杀头的罪都有。他将手一摆："郡主请里面说话，此事容再商讨。"

卿尘俏眉微锁，就她所知的征兆，再加乌从昭的预测，这场地震已有七成可能，八方地象仪显示异常，想必怀滦附近已有轻微震动，只是未曾发生大灾，亦未传到城中。举步落座，府中小厮上了茶，岳青云道："郡主远途而来，请先歇息片刻。"

卿尘略一思索，道："今天恐怕要请岳大人冒一次险了，此事非同小可，事关怀滦数千百姓性命，还请大人速速定夺。"

岳青云端起茶盏："郡请。敢问怀滦将有地动，有何为据？"

卿尘一路辛劳，先饮了口茶，尚未答话，突然皱起了眉头，细看茶水。岳青云见她神情有异，一品盏中茶水，入口又苦又涩味道怪异，怒道："这是谁泡的茶？"

那上茶的小厮不知出了何事，吓得脸色都变了，扑通跪下道："是……是小的泡的。"

"这是什么茶？"岳青云喝问。

那小厮哆嗦道："是老爷平素待客……待客用的首山……毛峰。"

首山毛峰那是好茶，卿尘心中灵光一动，见岳青云不悦，拦住道："大人且莫怪他，可是水不对？"

那小厮回道："府里用水一向是取的井水，老爷明察！"说罢不住叩头。

卿尘问道："你取水时井水可是浑浊不堪，其中多有泥渣？"

那小厮道："是……是，城中几口井今日都这样，小的冲茶前滤了许久才用的。"

"大人。"卿尘对岳青云道，"井水翻扬污浊，这便是地动的一个前兆。钦天监卦象示警，如今荥江浪潮无风汹涌，怀滦气候异常，城中湖塘涌动不安，虫蚁出土纷乱，虽不敢说十成把握，却有个七八成。我要立刻回天都复命，但天灾无常，不知何时便会发动，怕等不及请旨，怀滦数千人的性命如今便握在大人手中。"

岳青云将信将疑，这几日的天气的确沉闷得异常，坊间亦听几个老人言"淫雨后天大热，宜防地震"，那时只当是乡野闲话，并未放在心上，此时听卿尘说得认真，不由得琢磨起来。

卿尘见他沉吟不语，知他顾虑，激将道："大人可是怕朝廷事后怪罪？若有偏误，我愿一力承担，绝不连累大人半分。"

岳青云抬头，见卿尘眸底神光锋锐，坦坦荡荡的飒然正气竟叫人一时不敢逼视。那坚定清明的目光让人心中微动，铁血方刚一股男儿豪气凛然而生，他同卿尘对视片刻，忽而浓眉一扬："好！我岳青云便陪郡主赌这一局。"

卿尘眉目一敛，唇角勾起浅笑，深深拜下："我替怀滦百姓谢大人大恩。"

岳青云恍然出神，全折服在她那份从容的傲岸中，怎样的深邃，怎样的淡定亦压不住的清越傲岸。早听闻清平郡主是女中英杰，今日一见，为其风华所深惑，暗叹名不虚传。

简单商议了预防之事，并告知岳青云留心地声等征兆，卿尘出了怀滦府衙。人刚上马，见早已暗沉的北方天边一片奇云当空，姹紫嫣红诡异万分，少顷天边一片明亮，蓝白色的冷光照得地面发白，连人的发须都清晰可见。她心中一沉，诸象大异，怀滦怕是难逃这场灾难了。

第六十三章　地动山摇天珠落

太极殿中，钦天监正卿祭司乌从昭出班奏表，言昨夜天象五星错行，卦有震木，必地动，以怀滦为最。

天灾异动非比寻常，众臣哗然议论起来。夜天凌见卿尘未随天帝早朝，心中微觉诧异，正思量时，殿前中常侍入内禀道，清平郡主归京复旨，殿外求见。

"哦？"天帝忙道，"宣！"

淡淡晨光中卿尘举步踏入太极殿，白衣翩飞在身后撒开飘逸弧影，浑身上下带着股风尘仆仆的飒爽之气，清利肃然。

绕路一并察看了楸江后，卿尘连夜自怀滦赶回天都，进殿面圣，一路忧虑尽数掩在微微清凛的凤目之中，从容叩首禀道："启奏陛下，卿尘奉旨去怀滦察看，楸、荥两江无端起浪，怀滦地界气候异常，湖井之水翻涌沸腾，虫蚁蛇鼠躁动不安，天际出现明显的震光，此都是地动之兆。望陛下速速颁旨，着怀滦及其邻县百姓避灾。"

卿尘话音甫落，立刻便有大臣出班驳道："启奏陛下，天灾异祸乃是政有所失，天象示警之兆，如今四海沐天圣泽，升平安乐，岂会有此警戒之灾？清平郡主所言，臣不能苟同。"此言一出，多数大臣赞同，自古皆言地动乃是"龙王发怒，鳌龟翻身"，预兆之言纯属空穴来风，唯有乌从昭附清平郡主之议。

夜天凌皱了皱眉，沐天圣泽，升平安乐，如今朝臣们就只会说此等祥瑞之言。

卿尘静听大臣辩驳声落，继续奏道："地动之灾乃是自然常理，与德政民生无关。物理有常有变，率皆有法，非但不足畏忌，亦可预测防范。若忌讳不言，知而不救，实非百姓之福。"

天帝垂目沉吟，不少顽固老臣坚持己见。卿尘不欲同他们纠缠，没有圣旨，即便怀滦能在岳青云的努力下勉强趋避，事后究查起来亦会牵连岳青云，更何况楸、荥两江一线岂止一个怀滦城，若确是大震，后果堪忧，只决然道："凤卿尘愿以身家性命立生死状，求旨避灾！"

此言一出，满朝哗然。夜天凌眉目不动，眼神却往褚元敬等人那处一扫，褚元敬立刻会意，出列奏道："启奏陛下，臣以为清平郡主所言甚是，天地行有其法，郡主曾助平隶百姓逃得瘟疫之难，已说明天灾可避，人力亦可胜天。地动之灾破坏极强，宁可信其有，不可信其无。"

褚元敬奏毕，兵部尚书何竟之、刑部尚书吴起钧、上将军冯巳及其他几名朝中颇有分量的大臣皆上前附议。夜天灏亦奏道："儿臣查看历朝史记，有关地灾皆在之前便有异兆出现，同清平郡主所言颇为吻合，灾前时机宝贵，请父皇速做决断。"

天帝目视卿尘，见她神情极为坚定，眼中那抹隐露的自信，叫人觉得不容置疑，对一直未发话的首辅大臣道："两位丞相可有奏议？"

卫宗平道："臣以为此事虚玄，尚待议。"

凤衍目中微光一闪，道："臣以为，信之无害，若真有地动，反避过一灾。"两人针锋相对，自来如此。

年前平隶瘟疫，卿尘见地独特力挽狂澜，天帝对她倒是颇为信任，思索片刻，沉声对殿前侍御官吩咐："就按清平郡主所奏，降旨避灾。"

卿尘甚喜，即刻叩首谢恩。天帝点了点头，又道："众卿随朕摆驾祁天台，若果真地动，朕必定论功而赏，若无……"瞥了卿尘一眼，起驾。

卿尘落后几步跟上，见夜天凌似是无心般投来一瞥深深注视，眼中星光微掠，极柔地拢进心底。知道他担心自己，和他对视了一瞬，微微笑得清明，擦肩而过，随驾祁天台去了。

正午已过，乌从昭看着八方地象仪对应西北方的水纹仍在不断颤抖，金铜盘上透过清水映出当空艳阳，晃着明灿灿七彩光芒。上方一条栩栩如生的金龙嘴中含着颗铜珠，纹丝不动，没有一点儿声息。

天珠落水，地动山摇，如今迁民避灾的圣旨应该早到了怀滦及其周郡，高阔的祁天台亦站满了文武百官，天帝坐在华幛宝盖之下，睐着眼看那八方地象仪，面色莫测。

气势极沉，先前尚有低声议论，如今静得有些逼人。天帝似乎是有意如此，天灾地动，从未在发生之前便这么大张旗鼓地呈上朝堂，钦天监为天家做卦象预言，绘星图测地理，但若说当朝请旨避灾，谁也不敢担这份危言耸听的风险。可是清平郡主，亲入怀滦现场查实，朝堂上敢立生死状，不同寻常女子啊！

想到此处，乌从昭忍不住看了卿尘一眼，却见她静立远望，一袭飘逸的白衫随风拂动，模样甚是清傲，然而偏偏浑身上下都透着一股淡定，似乎那潜静从容的气度已深到了骨子里，泰山崩于面前而不能动其分毫。那双深邃明澈的凤眸如今淡笼着一丝忧色，放眼长空，这顾虑牵的是目光另一头遥不可见的怀滦城，而后为己忧。乌从昭暗暗点头，八方地象仪中水光一闪，遮掩了眼底层层神情。

时间久了，众臣都有些不耐。夜天凌站在济王身边，黑色衮龙朝服落了一层耀目阳光，衬那身影清拔超卓，负手看着祁天台高处用于观星制历的九天乾坤仪，相比较济王的烦躁不耐，越发显得气定神闲。

天帝目光深沉一如瀚海，滴滴不露，微敛了犀利看着几个儿子。几年过去都能独当一面了，倒是个个不负所望颇有政绩，想都是孩子时那么一点儿，光阴催人老，他往后轻轻一靠，雕龙金椅硌得后背生疼，这个位子不好坐啊，真的是老了。

日头一丝一丝地偏斜，大地安然。台上安静之中慢慢又扬起些波澜，百官渐有不满的，不断出言议论。

乌从昭的嫡传首徒，钦天监少卿傅千菲看着卿尘，突然不冷不热地道："一日将尽，看来这地动一说纯属子虚乌有了。郡主不想想自己怎么交代？"声音虽小，但近旁几人也听得清楚。夜天凌嘴角一冷，眼底深处不易察觉地掠过丝森寒的锐光。

卿尘知道总不免有人落井下石，望着远处的目光并未因此而收回，淡淡道："若是子虚乌有倒叫人宽心，无非我凤卿尘一人受罚而已，怀滦地界便少了一场祸事，不知有多少人得以活命。"温婉的声音略带些肃沉，叫傅千菲心中一滞，竟有种无言以对的感觉。四周几员大臣听在耳中不免微微点头，若说这份气度，是学也学不来的。

傅千菲冷哼了一声，却就像是回应她这声令人不适的冷哼般，八方地象仪中一条金龙的含珠突然当地落进了下面的清水中，击得水花四溅。

与此同时，所有人都觉得脚下猛地一震，似乎整个祁天台都向侧移了几分，瞬间又恢复平静，叫人几乎以为这是错觉。

身旁侍卫慌忙护驾，天帝倒镇静，一抬手喝道："慌什么！"只看着那八方地象仪。

众臣目光尽聚于此，夜天凌反深深看着卿尘，心里蓦然松下，只无端泛起一丝疼惜。

卿尘幽澈的目光倒映在八方地象仪一波一波猛晃了几下的水纹中，面向天帝，静静俯身："怀滦地动，请陛下怜悯灾民，速施赈济。"

第六十四章　乾坤始知九霄清

《天朝史·怀滦·卷十二》

圣武二十六年春，怀滦地动。荥水高浪，见异光，闻有声如雷。山崩地裂，黑水翻涌，坏败城墙及楼橹民居，城乡房屋塔庙荡然一空。郡使岳青云迁出百姓，举城走避，是以未酿大祸，只伤男子妇女共九名。

连夜自怀滦送回的奏报，怀滦昨日地动，震塌历山一角，城中裂开一道丈余宽的长沟，荥江之水横灌其中，深可载船。在此之前，离怀滦不远的汝乡已然发生小规模地动，只因山村僻远，未及禀报。

怀滦城中，百姓房屋损毁甚重，几乎不见其城原貌，但因郡使岳青云在前一日便发动百姓预防迁避，只伤了九人。其临近须城、清池、莫州、衡城、原寄、红古等郡皆有震感，但相较而言只是轻微，唯清池郡城隍庙倒塌压毙两人，其他只见伤者。京郊亦有震感，并无人员损伤。

翌日早朝，天帝在太极殿中看了奏报，眉头紧皱，叹道："此终是朕的不是，政治未协，以致地动示警。"

此是君王自责之言，凤衍却笑奏道："圣心仁厚，聪以知远，明以察微，顺天之意，知民之急，及时降旨应灾，已使百姓避过大难，此实乃黎庶之福。"话如春风，说得合情得体，本是灾事，如今也算是幸事。

臣众不免跟上圣德隆泽、裕民为先、天人感应、地灾退怯之词。天帝挥手止了，命出内币三十万以赈济，免赋蠲租，一并封赏怀滦郡使岳青云。卿尘本想领了赈灾的差事前去怀滦，至少能待上三两个月，暂离天都这是非中心。天帝未准，却将此事派了湛王。

钦天监上下皆有赏赐，正卿乌从昭加殿前章机行走，官晋一级，赏金制元宝五十锭，锦帛一百匹。少卿关岳、傅千菲各赏纹银通宝三十锭，锦帛五十匹。

乌从昭乃是辰州彬县人氏，圣武七年任钦天监正卿祭司，二十几年里于朝堂间处得甚是疏离，当年主理这钦天监无非是因着亦师亦友的莫先生一力推荐，如今也有了辞官云游的心思。可惜自己身边两个徒儿一个天分不够，一个野心勃勃，都是难以调教，想来不堪大任，也是一桩憾事。

这日乌从昭正在九天乾坤仪前，少卿祭司关岳引了孙仕来见。乌从昭颇有些奇怪，上前寒暄："孙总管有日子没来钦天监，里面请坐。"

孙仕笑道："不能久坐了，此番是有事烦劳乌大人。"自袖中掏出个信封，"上面两人生辰八字，还请乌大人起卦推算。"

乌从昭接过，随口道："什么人还要孙总管亲自来一趟？"

孙仕向南拱手一笑，乌从昭抽出封中一张金底笺纸，已知是致远殿出来的，早已会意，只问道："所问何事？"

孙仕道："婚配，姻缘。"

"好。"乌从昭点头，"请稍候。"命关岳陪同孙仕，自己进了卦房。

笺纸上写了两个生辰八字：壬子年十一月壬午，寅时一刻；庚申年七月丁卯，未时三刻。笔力苍迈，看起来竟是天帝亲书，乌从昭只觉得这生辰八字颇为眼熟，未曾深思，静心起了一卦。

卦出，乌从昭凝神看去，却大吃一惊：乾知大始，坤作成物，卦中竟是潜龙出海，凤翔九天的兆，非但姻缘天合，更隐了君临天下之意。蹙眉一思，凝神想了片刻，起身取来钦天监中掌管的夜氏族谱，一番翻阅，拍案道："是了！"这壬子年十一月壬午寅时一刻，竟是凌王生辰！

凌王，乌从昭深吸了口气，印象中立刻掠出一双清冷深湛的眸子，二十几年冷眼旁看，这是个叫人看不透的主。这一卦若是上呈天听，必然后果叵测。

历年来凌王于战、于政、于民诸般行事历历在前，乌从昭静静坐在卦前，手指不停地敲着桌面。少顷，似是下定了决心，提笔润墨，在纸上写道："爻象中上，夫妇平和，相敬如宾，家安无妄。"最后一笔缓缓一顿，那墨微亮，映出道平澈的光泽，极清，极暗，一径入了心底。

"乾知大始，坤作成物吗？"淡灰的身影负手立在亭前，衬着四周春意浓转，这一方天地褪去了白日蜂蝶喧嚣，夜色中透着几分寂静。莫不平悠然看着前方，笑得有些意味深长。

"老师……"乌从昭抬手轻掸了掸飘上石桌的几丝落花，开口道。

"从昭。"

"哦，先生。"乌从昭无奈摇头，"从昭心中始终待先生如师。"

莫不平嘴角微微一勾，一道清晰可见的笑纹漾在脸上："急着找我，便为此卦？"

乌从昭站起来蹿到他身边："学生从未见过如此乾坤之卦，是以想请教先生。"

莫不平笑道："于卦象上，从昭你自比我精深呢。"

"学生不敢。"乌从昭道，"学生所知无非皮毛，还请先生不吝解惑。"

莫不平遥看星空："青出于蓝而胜于蓝，自古此理，你也不必过谦。近年来于星相上，可有所得？"

乌从昭仰观天象，夜空繁星如许，浩瀚无垠。广袤而璀璨的星海幽深不可测量，似乎包含了宇宙间无穷无尽的奥妙："天星预灾，前些时候学生倒验证了一回。"他道。

莫不平点了点头，目光锁定一颗遥远而明亮的天星："你可能查知帝星？"

乌从昭凝神远眺，那颗颗灵光四射的天星似乎化作了一片浩海，包容了世间万物，令人深深沉迷其中醉而忘返。忽而一道慑人的星光骤现，乌从昭浑身一震，自那种奇妙的窥探中惊醒过来："帝星明动，入紫微天宫！"

"还有呢？"莫不平看似随意而问。

"请先生赐教。"乌从昭躬身道，知尽于此，难再深预啊！

星空之下，莫不平看似昏暗的眼中掠过一丝不易察觉的精光，那一瞬间他整个人竟带了些凌人气度，四周幽深的花枝叶影也似微慑，悄然敛了声息："孤星主天下，覆紫微七斗，凡光避之锋芒，近宇澄清。然有异星盛芒相伴，纵横成双星镇宫之势，如今其势已成，无人能遏了！"

"双星镇宫？"千古相传的卦象令乌从昭颇为惊愕，"其后如何？"

莫不平语中透了丝感慨："双星镇宫，老夫一生浸淫星相之术，却也是只有听闻而从未见过此象。此之为天数之神奇，诱人深入。呵呵，从昭，你的卦数倒是越发精妙了。"

乌本昭似是沉浸在一恍的深思中，突然想起什么，道："对了，学生这一卦，是孙总管奉圣上旨意来卜的。"

"哦？"莫不平抬眼看他，"你将卦象解了？"

乌从昭顿了顿，道："学生……解了。但只书呈了夫妇平和、相敬如宾之语，并未言及其他。"

习风扑面微醺，馥郁的花香盈溢在这浓浓夜色中，静谧醉人。莫不平挑了挑微白的眉毛，突然畅笑起来："天意，天意！你怎敢做此欺君之言上呈天听？"

乌从昭皱眉道："此卦之生辰应自凌王，凌王纵为人冷肃，却谋事正，处政明，清而不见阴柔，傲而不为狭隘。学生素来敬重其人，不愿以一卦而误之。"

莫不平笑道："更何况尚有江南陆迁、疯状元杜君述、南蜀左原孙等人尽心辅佐，但凡有些刚硬严峻、不近人情之处，也差不多弥补了。"

乌本昭恍然明白了什么，先生出京十年有余，此时并非无故而回天都啊！他随即诚然而道："从昭愿追随先生。"

"老夫不过顺天应命尔。"莫不平淡淡道。

"学生知道。"乌本昭道。

莫不平看着深深夜色，目光中透着些辽远的神情，多处的隐忍如今收效一时，当今想必是出了以凌王抑湛王之势的布局。钦天监虽不涉朝政，关键时却有莫大的用处。心内长叹，穆帝知遇之恩铭记在心，二十余年不敢相忘，唯有一力辅佐其血脉登临大统，是以为报了！

两日后，大正宫中颁下恩旨：文渊殿首辅大学士、开府仪同三司、中书令凤衍之女、清平郡主凤卿尘，册凌王妃，敕封一品诰命夫人，择吉日五月壬申奉旨完婚。

第六十五章　十里红尘迎卿来

五月春暖红尘，凌王府的兰花早已娇姿多展，静静绽放春庭，冰肌玉骨，玲珑高洁，娴雅里透着几分清傲，却也悄然带上了盈盈喜气。

数日之前，伊歌城中几大花窖的兰花都供不应求，尤其是珍品瑞玉水晶、妙法莲华同蕊蝶凤羽，凌王府差人尽数订下，吉日一到，天尚蒙蒙亮便送入了府中。

王府上下华灯结彩，早便布置得雍容喜庆。内侍宫娥奔走忙碌，热闹非常。凌王府的主事白夫人，亦是自延熙宫始便照看凌王的乳母，这一早便梳洗整齐，着府中仆从仔细收拾了"亮轿"的百支红烛，将迎亲的旗锣伞扇一一察看。盼了这些年了终见到这一日，听说这将入门的王妃温婉通慧，人也是极美，白夫人不由得了声佛，眼角逸出一丝慈爱的微笑。

依皇家制，礼部据典备三书，行六礼，纳采、问名、纳吉之后，凌王府的大聘便在纳征吉日送入凤府：黄金五百，白银一万，内制宝钱十万，东海明珠十斛，金辔银鞍文马二十匹，九寸大璋一对，和田玉璧一对，翡翠如意一对，金银宝器各一具；白头雁一对，金丝鸳鸯一对，金尾红鲤鱼二十条，彩翼锦鸡二十只；陈年百果酒二十坛，百花贡酒二十坛，古法花雕二十坛，仙酪蜜封酒二十坛；另有玄纁洒金鸾鸟玉锦十丈，香色地红茱萸纹锦十丈，四色显纹散花贝锦十丈；闪色隐花水波纹孔雀云锦十丈，七彩仙草奇卉八角星锦十丈，夔龙游豹散点彩绒圈锦十丈。再者紫金盆一对、琉璃盏一双、俪皮两副，鸾凤结一双，并合欢、嘉禾、双石、朱苇、九子蒲、五色丝，金缕延寿带等吉祥物件，一一齐备。

宫里出来的赏赐更是丰厚，只延熙宫便赏了紫牙乌水晶串珠一副，錾金联珠纹臂钏一对，莲叶如意纹金镯一对，七宝众华璎珞一对，玉玲珑步摇一对，嵌珊瑚累丝花簪一对；俏色兽首玛瑙杯，金丝宝羽翠华扇，连年有余长命锁，玉锦软香龙涎带；并珍宝如意柜、福寿百子帐，九色云水地琉璃屏风……都由女官执送，络绎不绝地赐至凌王府。

吉日那天，伊歌城自中轴天街往外，玄武大街和朱雀大街两条迎亲必经之路皆有朱砂覆道，净水洒扫。星星点点朱红金粉映了晴空骄阳，不时有微光流闪，满眼鲜艳雍容之色。这却是天都及平隶、怀滦等地的百姓闻知清平郡主出阁，连日齐集商讨而为。

天街两边除了护卫的御林军、皇家仪仗外，挤满了各处而来的百姓，天都上下九九八十一坊商铺收业万人空巷，都只为看这相府嫁女、凌王纳妃的场面。

吉时一至，凤府朱门悬彩，金玉生辉，竟比凌王府铺张了数倍不止。单是陪嫁的妆奁，嵌金檀木大箱上系锦霞长帛，两人一抬，两抬一箱，随着皇家浩荡林立的华盖仪仗先王妃车驾而行，直过了半条玄武大街，众人方见到行至街口的鸾车。

七宝鸾车之侧飘垂绛色流苏凤纹帷幔，重瓣婆娑的瑞玉水晶、妙法莲华、蕊蝶凤羽几色妙兰奇花，尚带着颤颤晶露点缀其上，清艳明丽，灵动飘逸。掌仪女官手捧制书册宝，导从如仪。禁中内侍各持宝器仪仗，另有一十八对紫衣宫女，每人手中托了湘妃竹篮，盛满新鲜采摘的兰花迤逦随行。

轻风雅乐中花香明动，衣袂飘然，竟引得无数彩蝶翩翩而至，在长街之上形成一番叹为观止的神奇美景。

四周百姓淳朴，本就将救人活命的清平郡主敬为天人，见得此景，不由便有诚心高呼"恭贺王妃""王妃万福"者，进而连成一片，如雷般送着鸾车前行。

夜天凌策马在前，清冷如玉的神情纵在礼服的映耀下也只是淡淡的，然众人都看不透的眼底却真切地透着深深的欢悦与明亮。骅骝金鞍衬着傲岸身影，骄阳下逆着天光，风神凌俊，成了天都多少女子心中可望而不可即的念想。

即便亲身登上鸾车，卿尘心中却依旧有种不切实的感觉。这一天竟然就在眼前了，猝不及防地叫人几疑是梦，生怕一动便醒了。这一路行来，她猜中了天帝的心思，却没有猜中那棋路，天帝料尽了这棋局，却又偏偏，错漏了一个"情"字。

"情"之一字，千回百转，累世缠绵，却又有谁能料得到，参得透？

四周隐隐萦绕着兰芷清香，手腕一侧，晶石温润而微凉的感觉那样清晰。卿尘低头，自凤冠珠帘摇曳间看着这灿然华贵的紫晶串珠，伸手轻轻抚摸，没想到莲妃竟将这开启皇族宝库的钥匙神使鬼差地赐给了她。然此时纵然金山银库亦不及母亲对孩子深切的祝福，紫晶石，这是象征着坚贞而永恒的深情呢。

卿尘嘴角漾开一丝清浅的微笑，耳边传来百姓的祈福声，礼乐声中显得那样质朴和真诚，叫人微微湿润了眼眶。

这便是那种不能言说的感动吧，就连她一向敬而远之的凤府，凤衍夫妇的关怀倒似真情流露，还有送亲的凤家长子凤京书、次子凤呈书，照应张罗忙了不下月余。在这样的日子里，她情愿忘了所有权谋算计，便将他们当成是真正的亲人，以凤家女儿的身份，步入这千年宿命的姻缘。

山重水复疑无路，柳暗花明又一村。卿尘犹自出神，思绪万里，那日喜悦又犹疑的心情犹在，也曾因担忧朝势同他商议是否要推拒。他却断然，断然而坚决地道，绝不容再有一次反复。说话时那语气那神情，霸道得逼人，一字一句将她的一生深深俘虏了去。

鸾车微微一顿，将卿尘神游的思绪拉了回来，已是到了凌王府正殿之前。

外面钟鼓喧哗震得人心神微荡，卿尘心头无端快跳了几拍，一抹娇红不由得染上双靥，在白玉般的容颜上更添几分清丽妩媚，明妍不可方物。

忽而眼前微亮，鸾帷向两边挽起，礼官高唱之声传来。卿尘微微抬头，在两名女官的引导下步下鸾车。云裳飘曳，凤服逶迤，一步步踏着芬芳而过，流云霞帔之前广袖轻拂，伸来一只修长而稳定的手。

这手的主人，曾带她纵马极峰，共览山河世界，曾拥她花前月下，多少耳鬓厮磨。而今他在眼前，用他无声的深情，邀她一世的承诺。

卿尘隔着珠帘半垂着眸，笑意漫过唇畔，纤细的手指轻轻放至那手中，立刻便被握住，轻微地温柔地一带。

卿尘随着手上那丝沉稳的力道站到他的身边。喧哗声中，一丝熟悉的气息带着动人的温暖，在他扭头低低一笑时飘落耳边，惹得她双颊霞飞，娇羞中又带来十分的安定。

任他牵着，虽看不太清前方，却放心地一步步迈上白玉殿阶，跨过高高金槛，步入今后他和她共同的家。

在他的扶持下，接过金册宝印，一切行礼如仪。依稀听得韶乐声声，许多人都在近旁，却满心只有身边一人。十指相扣，殿宇中的喧嚣似也远远褪去，只有他伴在身旁。

拜天地，原来不是以前想象得那样简单，真正地举手齐眉，叩拜行礼。带着心中的期盼与深情，每一拜，都许以白头相伴的盟誓，虔诚地、不悔地四拜，刻在了彼此的生命中，一生一世，来生来世。

死生契阔，与子成说，执子之手，与子偕老。生生世世携手并肩，她已是他的妻。